Ian Rankin

So soll er sterben

IAN RANKIN

So soll er sterben

Roman

Aus dem Englischen
von Heike Steffen
und Claus Varrelmann

Büchergilde Gutenberg

Die Originalausgabe erschien 2004
unter dem Titel »Fleshmarket Close«
bei Orion Books, London

Lizenzausgabe für die Büchergilde Gutenberg,
Frankfurt am Main, Zürich, Wien
www.buechergilde.de
Mit freundlicher Genehmigung des
Wilhelm Goldmann Verlags, München

Satz: Uhl+Massopust, Aalen
Druck und Bindung: GGP Media GmbH, Pößneck
Printed in Germany 2006
ISBN 3-7632-5726-8
ISBN 978-3-7632-5726-3

Im Gedenken
an Fiona und Annie,
zwei Freundinnen,
die mir sehr fehlen.

»Wenn es um unsere Vorstellung von der Zivilisation geht, blicken wir nach Schottland.«

Voltaire

»Das Klima von Edinburgh ist so beschaffen, dass die Schwachen jung dahingerafft werden … und die Starken sie beneiden.«

Dr. Johnson zu Boswell

Erster Tag

Montag

1

»Was habe ich hier eigentlich verloren?«, sagte Detective Inspector John Rebus. Auch wenn ihm niemand zuhörte.

Knoxland war eine Hochhaussiedlung im Westen von Edinburgh, außerhalb von Rebus' offiziellem Zuständigkeitsgebiet. Er war nur hier, weil die Kollegen im West End unterbesetzt waren und sein Chef nicht wusste, was er mit ihm anfangen sollte. Es war ein verregneter Montagnachmittag, und nichts an diesem Tag ließ für den Rest der Arbeitswoche etwas Gutes ahnen.

Rebus' ehemaliges Revier, über acht Jahre lang sein hoch geschätztes Basislager, war Opfer einer Umstrukturierung geworden und verfügte seither nicht mehr über ein CID-Büro, was zur Folge hatte, dass Rebus und seine Kollegen heimatlos geworden waren und man sie auf andere Reviere verteilt hatte. Er war am Gayfield Square gelandet: ein ruhiger Job, wie manche meinten. Gayfield Square lag am Rand der vornehmen New Town, wo hinter den Fassaden aus dem achtzehnten und neunzehnten Jahrhundert alles Mögliche passieren konnte, ohne dass etwas nach draußen drang. Die gefühlte Entfernung zu Knoxland war enorm, größer als die tatsächlichen fünf Kilometer. Hier herrschte eine andere Kultur, es war ein anderes Land.

Man hatte Knoxland in den 1960ern erbaut, wie es schien aus Pappmaché und Balsaholz. Die Wände waren so dünn, dass man seine Nachbarn beim Zehennägelschneiden hören konnte und ihr Abendessen roch. Auf den grauen Betonwänden prangten feuchte Flecken. Zahlreiche Graffiti hatten dem Viertel den Namen »Hard Knox« verliehen. Andere Wandverzierungen empfahlen »Pakis raus«, und ein Schriftzug, vermutlich kaum eine Stunde alt, verkündete: »Einer weniger.«

Die vereinzelten Geschäfte hatten Metallgitter an Fenstern und Türen, und niemand machte sich die Mühe, sie während der Öffnungszeiten zu entfernen. Das ganze Viertel wirkte isoliert, im Norden und Westen wurde es von Schnellstraßen begrenzt. Wohlmeinende Stadtentwickler hatten Unterführungen graben lassen, die in den ursprünglichen Plänen wahrscheinlich sauber und gut beleuchtet gewesen waren, damit die Leute dort gelegentlich stehen blieben, um mit ihren Nachbarn übers Wetter oder die neuen Vorhänge in Nummer 42 zu plaudern. Im wirklichen Leben jedoch galten sie selbst tagsüber für alle, die nicht völlig lebensmüde waren, als Sperrgebiet. Andauernd hatte es die Polizei mit Fällen von Handtaschendiebstahl oder Straßenraub zu tun.

Vermutlich waren es dieselben wohlmeinenden Stadtentwickler gewesen, die auf die Idee verfielen, die zahlreichen Wohnblocks der Siedlung nach schottischen Schriftstellern zu benennen und das Wort »House« anzuhängen, damit die Leute immer wieder daran erinnert wurden, dass diese Gebäude mit echten Häusern rein gar nichts gemein hatten.

Barrie House.

Stevenson House.

Scott House.

Burns House.

Unaufdringlich wie ein einzelner Salutschuss ragten sie in den Himmel.

Rebus sah sich suchend nach einer Möglichkeit um, seinen halb leeren Kaffeebecher zu entsorgen. Er hatte bei einem Bäcker auf der Gorgie Road Halt gemacht, weil er wusste, dass seine Chancen auf einen halbwegs genießbaren

Kaffee kontinuierlich abnahmen, je weiter er sich vom Stadtzentrum entfernte. Keine gute Wahl: Das Gebräu war erst brühend heiß gewesen und kurz darauf lauwarm, was das Fehlen jedweden Aromas nur noch unterstrich. Es gab keine Mülleimer in der Nähe, genau genommen keine Mülleimer weit und breit. Doch Bürgersteig und Grünstreifen boten bereitwillig an, die Aufgabe zu übernehmen. Also leistete Rebus seinen Beitrag zum Müllmosaik, richtete sich auf und vergrub die Hände tief in den Manteltaschen. Er konnte seinen eigenen Atem sehen.

»Ein gefundenes Fressen für die Presse«, brummelte jemand. In dem überdachten Verbindungsgang zwischen zwei hohen Wohnblocks liefen ein Dutzend Gestalten herum. Ein schwacher Geruch nach menschlichem oder nichtmenschlichem Urin hing in der Luft. Es gab jede Menge Hunde in dieser Gegend, und der eine oder andere trug sogar ein Halsband. Sie näherten sich schnüffelnd dem Verbindungsgang, bis sie von den Uniformierten verjagt wurden. Der Gang war an beiden Enden mit Absperrband gesichert. Ein paar Jugendliche auf Fahrrädern verrenkten sich den Hals, um einen Blick auf den Tatort zu werfen. Die Männer von der Spurensicherung in weißem Overall mit Kapuze und die Polizeifotografen machten sich gegenseitig den Platz streitig. Neben den Polizeiautos auf der matschigen Spielwiese parkte ein unauffälliger grauer Lieferwagen. Der Fahrer hatte sich bei Rebus beschwert, weil ein paar Halbwüchsige ihm Geld dafür hatten abknöpfen wollen, dass sie auf den Wagen aufpassten.

»Miese Ratten.«

In Kürze würde der Fahrer die Leiche zur Obduktion in die Gerichtsmedizin bringen. Aber es war bereits klar, dass es sich um einen gewaltsamen Tod handelte. Etliche Stichwunden, eine davon im Hals. Den Blutspuren nach zu urteilen, war das Opfer drei bis vier Meter vom einen Ende des

Verbindungsgangs entfernt angegriffen worden. Wahrscheinlich hatte er zu fliehen versucht, war aber, ehe es ihm gelang, ins Freie zu kommen, von seinem Angreifer endgültig niedergestreckt worden.

»In den Taschen ist bloß ein bisschen Kleingeld, sonst nichts«, sagte ein anderer Polizist. »Hoffentlich kennt ihn irgendwer...«

Rebus wusste nicht, wer er war, aber er wusste, *was* er war: nämlich ein Kriminalfall, ein Teil der Verbrechensstatistik. Außerdem war er Nachrichtenmaterial, und die Journalisten hatten garantiert schon Witterung aufgenommen, so wie das Hunderudel bei einer Treibjagd. Knoxland war keine beliebte Wohngegend. Hier zogen nur Leute her, denen nichts anderes übrig blieb. In der Vergangenheit hatten die Behörden die Siedlung benutzt, um Leute abzuschieben, für die sich sonst keine Wohnung fand: Junkies und Geistesgestörte. In letzter Zeit waren vermehrt Einwanderer und Asylbewerber in die besonders verwahrlosten Häuserblocks einquartiert worden. Leute, mit denen niemand zu tun haben, geschweige denn sich ernsthaft befassen wollte. Als Rebus sich umsah, wurde ihm klar, dass sich diese armen Menschen wie Mäuse in einem Labyrinth vorkommen mussten. Nur mit dem Unterschied, dass es in Versuchslabors nur wenige feindlich gesinnte Lebewesen gab, sie hier, im wirklichen Leben, hingegen allgegenwärtig waren.

Sie waren mit Messern bewaffnet, trieben ungehindert ihr Unwesen, beherrschten die Straßen.

Und nun hatten sie getötet.

Ein weiteres Auto hielt am Straßenrand, und ein Mann stieg aus. Rebus kannte ihn: Steve Holly, ein Schreiberling in Diensten eines Glasgower Boulevardblatts. Dick und umtriebig, gegeltes, stachelig vom Kopf abstehenden Haar. Ehe er den Wagen abschloss, griff er nach seinem Notebook und klemmte es sich unter den Arm. Er mochte alles Mögliche sein, dieser Steve Holly, naiv war er nicht. Er nickte Rebus zu.

»Haben Sie was für mich?«

Rebus schüttelte den Kopf, woraufhin sich Holly nach einer ergiebigeren Informationsquelle umzusehen begann. »Wie ich höre, hat man euch aus St. Leonard's rausgeschmissen«, sagte er, so als wollte er Konversation machen, den Blick dabei absichtlich nicht auf Rebus gerichtet. »Hat man Sie etwa hierher strafversetzt?«

Rebus ließ sich nicht provozieren, dennoch fuhr Holly genüsslich fort: »Hier zu arbeiten, muss eine echte Strafe sein. Verdammt übles Pflaster, was?« Holly zündete sich eine Zigarette an, und Rebus wusste, dass er sich im Geist mit dem Artikel beschäftigte, den er nachher schreiben und für den er sich griffige Formulierungen mit ein paar pseudophilosophischen Einsprengseln ausdenken würde.

»Ein Asiate, habe ich gehört«, sagte der Reporter schließlich, blies Rauch in die Luft und hielt Rebus die Zigarettenschachtel hin.

»Das steht noch nicht fest.« Rebus' Kommentar war die Bezahlung für die Zigarette. Holly gab ihm Feuer. »Olivfarbene Haut… Könnte von überallher stammen.«

»Nur nicht aus Schottland«, erklärte Holly lächelnd. »Dürfte also ein Verbrechen aus Fremdenhass sein. War ja zu erwarten, dass so etwas irgendwann auch *hier* passieren würde.« Rebus wusste, wieso er das »hier« betont hatte: Er meinte »in Edinburgh«. In Glasgow hatte es schon mindestens einen Mord aus Fremdenhass gegeben, das Opfer war ein Asylbewerber gewesen, der versucht hatte, in einer der menschenfeindlichen Siedlungen jener Stadt sein Leben zu leben. Erstochen, genau wie das hiesige Opfer, das wenige Meter entfernt fotografiert und nach Spuren abgesucht worden war und nun in einen Leichensack gesteckt wurde. Während dies geschah, herrschte Stille: Man erwies dem

Toten einen Moment lang die letzte Ehre, ehe man sich wieder der Aufgabe widmete, den Täter zu fassen. Der Sack wurde auf einen Rollwagen gehoben, der dann unter der Absperrung hindurch und an Rebus und Holly vorbeigeschoben wurde.

»Sind Sie hier der Boss?«, fragte Holly leise. Rebus schüttelte erneut den Kopf und beobachtete, wie die Leiche in dem Lieferwagen verschwand.

»Dann geben Sie mir einen Tipp – mit wem könnte ich reden?«

»Ich sollte eigentlich gar nicht hier sein«, sagte Rebus, drehte sich um und ging zu seinem Auto, das zumindest ein gewisses Maß an Sicherheit bot.

Ich kann mich wirklich glücklich schätzen, dachte Detective Sergeant Siobhan Clarke, womit sie meinte, dass sie wenigstens über einen eigenen Schreibtisch verfügte. John Rebus – der einen höheren Rang hatte als sie – war nicht so gut dran. Allerdings hatten weder Glück noch Pech etwas damit zu tun. Sie wusste, dass Rebus es als einen Wink von oben betrachtete: Wir haben für Sie keinen Platz mehr; Sie sollten sich langsam aufs Altenteil zurückziehen. Er hatte Anspruch auf die volle Polizistenpension – Kollegen, jünger als er und mit weniger Dienstjahren, stiegen aus dem Spiel aus und lösten ihre Jetons ein. Ihm war sonnenklar, welche Botschaft ihm seine Vorgesetzten übermitteln wollten. Siobhan wusste es auch, dennoch hatte sie ihm ihren Schreibtisch angeboten. Er hatte natürlich abgelehnt, hatte gemeint, er sei mit jedem verfügbaren Arbeitsplatz zufrieden, woraufhin er nun an dem Tisch neben dem Fotokopierer saß, auf dem Becher, Kaffee und Zucker standen. Der Wasserkocher befand sich auf dem angrenzenden Fensterbrett. Unter dem Tisch wurde ein Karton mit Kopierpapier aufbewahrt, und der Stuhl, der davorstand, besaß eine kaputte Lehne und ächzte laut, wenn man auf ihm Platz nahm. Kein Telefon, noch nicht einmal eine Telefonbuchse. Kein Computer.

»Das ist natürlich nur vorübergehend«, hatte Detective Chief Inspector James Macrae erklärt. »Nicht so einfach, Platz für zwei Neuzugänge zu schaffen …«

Rebus hatte mit einem Lächeln und einem Achselzucken reagiert, und Siobhan war klar gewesen, dass er sich hütete, etwas zu sagen: Rebus' spezielle Form von Konfliktmanagement. Erst einmal alles in sich hineinfressen. Das Platzproblem war auch der Grund, dass ihr Tisch zwischen denen der Detective Constables stand. Es gab ein extra Büro für die Detective Sergeants, das sie sich mit der Bürokraft teilten, aber Siobhan oder Rebus passten dort beim besten Willen nicht hinein. Der Detective Inspector hatte übrigens ein eigenes kleines Büro zwischen den beiden anderen. Tja, da lag der Hund begraben: Es gab am Gayfield Square schon einen DI; ein zweiter wurde nicht gebraucht. Der DI hieß Derek Starr, er war groß, blond und gut aussehend. Dummerweise wusste er Letzteres ganz genau. Er hatte Siobhan einmal zum Mittagessen in seinen Klub eingeladen. Der Klub war fünf Minuten zu Fuß entfernt und hieß The Hallion. Sie hatte nicht zu fragen gewagt, wie viel die Mitgliedschaft kostete. Wie sich herausstellte, hatte Starr auch Rebus dorthin eingeladen.

»Er tut's, weil er's tun kann«, hatte Rebus' Zusammenfassung gelautet. Starr war auf dem Weg nach oben, und er wollte es den beiden Neuen deutlich vor Augen führen.

Siobhan war mit ihrem Schreibtisch zufrieden. Sie hatte einen Computer, den Rebus jederzeit benutzen konnte, und ein Telefon. Jenseits des Gangs saß Detective Constable Phyllida Hawes. Sie hatten bei einigen Ermittlungen zusammengearbeitet, obwohl sie verschiedenen Dienststellen angehörten. Siobhan war zehn Jahre jünger, hatte aber einen höheren Dienstgrad. Bisher schien Hawes damit kein Problem gehabt zu haben, und Siobhan hoffte, dass dies auch so blieb. Es gab noch einen DC in dem Büro. Er hieß Colin Tibbet: Mitte zwanzig, vermutete Siobhan, demnach ein paar Jahre jünger als sie. Nettes Lächeln, durch das seine relativ kleinen Zähne zum Vorschein kamen. Hawes hatte schon ein paar scherzhafte Bemerkungen gemacht, dass sie in ihn verschossen sei.

»Ich stehe nicht auf grüne Jungs«, hatte Siobhan erwidert.

»Sie haben also eine Vorliebe für reifere Herren?«, hatte Hawes grinsend gefragt, den Blick in Richtung des Fotokopierers gewandt.

»Reden Sie keinen Unsinn«, hatte Siobhan gesagt, da natürlich Rebus damit gemeint gewesen war. Ein paar Monate zuvor, kurz vor dem Ende der Ermittlungen in einem Fall, hatte Rebus sie plötzlich umarmt und geküsst. Niemand außer ihnen beiden wusste davon, und sie hatten nie ein Wort darüber verloren. Dennoch hing die Sache jedesmal wie ein vertrauter Geruch in der Luft, wenn sie allein waren. Na ja … sie hing über *ihr.* John Rebus war in dieser Hinsicht schwer durchschaubar.

Phyllida Hawes ging nun zum Fotokopierer und erkundigte sich, wohin DI Rebus verschwunden war.

»Er hat einen Anruf bekommen«, antwortete Siobhan. Mehr wusste sie tatsächlich nicht, aber Hawes' Blick verriet, dass sie glaubte, Siobhan würde ihr etwas verschweigen. Tibbet räusperte sich.

»In Knoxland ist jemand umgebracht worden. Die Nachricht ist gerade im Computer aufgetaucht.« Er tippte wie zur Bekräftigung an den Bildschirm. »Hoffentlich nicht der Anfang von einem Bandenkrieg.«

Siobhan nickte. Knapp ein Jahr zuvor hatte eine Gang versucht, sich in das Drogengeschäft in dem Viertel zu drängen, woraufhin es zu einer Reihe von Messerstechereien, Entführungen und Vergeltungsaktionen gekommen war.

Die Eindringlinge waren Nordiren, angeblich mit Verbindungen zu einer paramilitärischen Organisation. Die meisten von ihnen saßen inzwischen im Gefängnis.

»Das braucht uns doch nicht zu kümmern«, meinte Hawes. »Einer der wenigen Vorteile unseres Standorts... keine Siedlungen wie Knoxland in der Nähe.«

Damit hatte sie völlig Recht. Gayfield Square war ein ziemlich typisches Innenstadtrevier: Ladendiebe und Randalierer aus der Princess Street, Betrunkene am Samstag Abend, Einbrüche in der New Town.

»Für Sie ist das hier der reinste Urlaub, oder?«, fügte Hawes grinsend hinzu.

»Die Arbeit in St. Leonard's war kein Zuckerschlecken«, musste Siobhan einräumen. Als die organisatorischen Veränderungen bekannt wurden, hieß es hinter vorgehaltener Hand, sie werde ins Präsidium umziehen. Sie wusste nicht, wer dieses Gerücht in die Welt gesetzt hatte, aber nach einer Woche glaubte sie es. Doch dann hatte Detective Chief Superintendent Gil Templer sie zu sich gebeten, und wenige Minuten später war sie an den Gayfield Square versetzt. Sie versuchte, das nicht als Kränkung zu empfinden, aber genau das war es. Templer selbst hatte nämlich sehr wohl einen Posten im Präsidium erhalten. Andere Kollegen landeten weit draußen in Balerno oder in East Lothian, einige reichten einen Antrag auf Pensionierung ein. Nur Siobhan und Rebus zogen zum Gayfield Square um.

»Ausgerechnet jetzt, wo wir gerade kapiert haben, wie hier der Hase läuft«, hatte sich Rebus beschwert, als er den Inhalt seiner Schreibtischschubladen in einen großen Pappkarton leerte. »Doch für Sie hat es ja auch was Positives: Sie können morgens länger schlafen.«

Das stimmte, ihre Wohnung lag nur fünf Gehminuten entfernt. Sie brauchte nicht mehr in der Rushhour quer durch die Innenstadt zu fahren. Das war einer der wenigen

Vorteile, die ihr einfielen … vielleicht sogar der einzige. Sie waren in St. Leonard's ein echtes Team gewesen, und das Polizeirevier dort hatte sich in einem wesentlich besseren Zustand befunden als das triste Gebäude, in dem sie nun arbeitete. Das CID-Büro war größer und heller gewesen, und hier gab es einen – sie atmete tief durch die Nase ein – einen bestimmten Geruch. Sie konnte ihn nicht genau definieren. Er stammte weder von Körperausdünstungen noch von den Käsesandwiches, die Tibbet sich jeden Tag mitbrachte. Das Gebäude selbst schien ihn abzusondern. Eines Vormittags, als sie allein gewesen war, hatte sie die Nase dicht an Wände und Fußboden gehalten, aber es gab keine erkennbare Quelle des Geruchs. Manchmal verschwand er sogar völlig, nur um dann langsam wieder zurückzukehren. Die Heizkörper? Die Wärmedämmung? Sie hatte aufgehört, nach einer Erklärung zu suchen, und auch mit niemand darüber gesprochen, nicht einmal mit Rebus.

Ihr Telefon klingelte. Sie nahm den Hörer ab. »CID«, sagte sie.

»Empfang hier. Vor mir steht ein Ehepaar, das mit DS Clarke sprechen möchte.«

Siobhan runzelte die Stirn. »Die beiden haben ausdrücklich nach mir gefragt?«

»Ja.«

»Wie heißen die Leute?« Sie griff nach Notizblock und Stift.

»Mr. und Mrs. Jardine. Ich soll Ihnen ausrichten, dass sie aus Banehall sind.«

Siobhan hörte auf zu schreiben. Sie wusste, wer die beiden waren. »Sagen Sie ihnen, ich komme gleich.« Sie legte auf und nahm ihre Jacke, die über der Stuhllehne hing.

»Verdrückt sich da etwa noch jemand?«, fragte Hawes. »Man könnte meinen, gewisse Leute haben etwas gegen uns, Col.« Sie zwinkerte Tibbet zu.

»Besuch für mich«, erklärte Siobhan.

»Bringen Sie ihn her«, erwiderte Hawes, die Arme weit ausgestreckt. »Je mehr Trubel, desto besser.«

»Mal sehen«, sagte Siobhan. Als sie hinausging, bearbeitete Hawes erneut eine Taste am Fotokopierer, während Tibbet etwas auf seinem Bildschirm las und dabei geräuschlos die Lippen bewegte. Sie würde die Jardines auf keinen Fall herbringen. Der unterschwellige Geruch, die muffige Atmosphäre und der Ausblick auf den Parkplatz ... die Jardines hatten etwas Besseres verdient.

Und ich auch, dachte sie unwillkürlich.

Sie hatte die beiden zuletzt vor drei Jahren gesehen und stellte fest, dass sie seitdem sichtlich gealtert waren. Durch John Jardines mittlerweile spärliches Haar zogen sich graue Strähnen. Seine Frau Alice trug ihr ebenfalls grau meliertes Haar im Nacken zusammengebunden, sodass ihr Gesicht unverhältnismäßig groß und streng wirkte. Sie hatte zugenommen, und ihre Kleidung sah aus, als hätte sie das Erstbeste aus dem Schrank gezogen: ein langer brauner Cordrock mit dunkelblauer Strumpfhose und grünen Schuhen; karierte Bluse und darüber ein rot karierter Mantel. John Jardine war etwas sorgfältiger gekleidet: ein Anzug mit Krawatte und einem frisch gebügelten Hemd. Er streckte Siobhan die Hand entgegen.

»Mr. Jardine«, sagte sie. »Wie ich sehe, haben Sie immer noch Ihre Katzen.« Sie zupfte ein paar Haare von seinem Revers.

Er lachte verlegen und trat zur Seite, damit seine Frau Siobhan ebenfalls die Hand geben konnte. Aber statt Siobhans Hand nur kurz zu schütteln, hielt sie sie fest umklammert. Ihre Augen waren gerötet, und Siobhan schien, als hoffe die Frau, dass ihr Blick ihr etwas verriet.

»Wir haben gehört, dass man Sie zum Sergeant befördert hat«, bemerkte John Jardine.

»Ja, zum Detective Sergeant.« Siobhan hielt noch immer Alice Jardines Blick stand.

»Herzlichen Glückwunsch. Wir waren zuerst auf Ihrem alten Revier, und dort hat man uns gesagt, dass Sie hier sind. Irgendeine Umstrukturierung des CID, hieß es …« Er rieb sich die Hände wie beim Waschen. Siobhan wusste, dass er Mitte Vierzig war, aber er wirkte zehn Jahre älter, was auch für seine Frau galt. Drei Jahre zuvor hatte Siobhan Ihnen zu einer Familientherapie geraten. Falls sie der Empfehlung gefolgt waren, hatte dies nicht zum Erfolg geführt. Sie standen noch immer unter Schock, waren verwirrt und traurig.

»Wir haben schon eine Tochter verloren«, sagte Alice Jardine leise und ließ endlich Siobhans Hand los. »Wir wollen nicht auch noch die andere verlieren … Deshalb brauchen wir Ihre Hilfe.«

Siobhans Blick wanderte zwischen den Eheleuten hin und her. Sie war sich bewusst, dass der Constable hinter dem Tresen sie beobachtete; ebenso bewusst war sie sich der abblätternden Wandfarbe, der eingeritzten Graffiti und der Fahndungsplakate.

»Wie wär's mit einem Kaffee?«, fragte sie lächelnd. »Gleich um die Ecke ist ein Lokal.«

Also gingen sie dorthin. Es war eines jener Cafés, die zusätzlich einen Mittagstisch anboten. An einer der Fenstertische saß ein Geschäftsmann, verzehrte die letzten Bissen seines späten Mittagessens, während er gleichzeitig in sein Handy sprach und in seiner Aktentasche kramte. Siobhan führte das Ehepaar zu einer Sitznische, die ein Stück von den an der Wand befestigten Lautsprechern entfernt war. Es lief irgendein Hintergrundgedudel, das die Stille kaschieren sollte.

»Wollen Sie auch was essen?«, fragte der Kellner, auf dessen Hemd ein großer Bolognesesaucenfleck prangte. Seine dicken Arme zierten verblassende Distel-und-Andreaskreuz-Tätowierungen.

»Nur Kaffee«, sagte Siobhan. »Es sei denn …?« Sie sah die ihr gegenüber sitzenden Eheleute an, aber die beiden schüttelten den Kopf. Der Kellner ging in Richtung Espressomaschine, machte dann aber einen Abstecher zu dem Geschäftsmann, der etwas von ihm wollte. Na ja, Siobhan hatte es nicht gerade eilig, an ihren Schreibtisch zurückzukehren. Allerdings bezweifelte sie, dass die bevorstehende Unterhaltung besonders vergnüglich verlaufen würde.

»Wie geht es Ihnen?«, fühlte sie sich verpflichtet zu fragen.

Die beiden sahen einander an, ehe sie antworteten. »Nicht allzu gut«, sagte Mr. Jardine. »Uns geht es … nicht allzu gut.«

»Ja, das kann ich mir vorstellen.«

Alice Jardine beugte sich vor. »Tracy ist nicht der Grund. Ich meine, sie fehlt uns immer noch …« Sie senkte den Blick. »Natürlich fehlt sie uns. Aber zurzeit machen wir uns Sorgen um Ishbel.«

»Große Sorgen«, fügte ihr Mann hinzu.

»Sie ist nämlich verschwunden. Spurlos.«

Mrs. Jardine brach in Tränen aus. Siobhan sah zu dem Geschäftsmann hinüber, aber er war einer jener Menschen, die nichts interessierte, was sie nicht selbst betraf. Der Kellner hingegen hatte an der Espressomaschine innegehalten. Siobhan funkelte ihn an, in der Hoffnung, dass er den Wink verstand und sich mit den Kaffees beeilte. John Jardine hatte den Arm um die Schultern seiner Frau gelegt, und Siobhan fühlte sich drei Jahre zurückversetzt, zu einer fast identischen Szene: ein Reihenhaus in dem Ort Banehall in West Lothian; John Jardine, der seine Frau tröstete, so gut es ging. Das Haus war sauber und aufgeräumt gewesen und in einem Zustand, auf den seine Besitzer, die von der Möglichkeit Gebrauch gemacht hatten, es aus städtischem Besitz zu erwerben, stolz sein konnten. Die Nachbarschaft bestand aus fast identischen Häusern, doch man sah sofort, welche sich in Privatbesitz befanden: neue Türen und Fenster, gepflegte Gärten mit neuem Zaun und schmiedeeiserner Pforte. Einstmals hatte es Banehall dank eines Kohlebergwerks zu einem gewissen Wohlstand gebracht, aber die Zeche war schon vor längerer Zeit geschlossen worden, und die Stadt hatte sich von diesem Schlag nie richtig erholt. Beim ersten Entlangfahren der Main Street waren ihr die zahlreichen leer stehenden Läden und Zu-Verkaufen-Schilder aufgefallen; Menschen bewegten sich unter der Last von Einkaufstüten nur langsam vorwärts; am Kriegerdenkmal lungerten Kinder herum und zielten spielerisch mit Karatetritten aufeinander.

John Jardine arbeitete als Fahrer; Alice montierte in einer Fabrik am Rand von Livingston Elektrogeräte. Sie bemühten sich, ihren beiden Töchtern und sich selbst ein Leben in bescheidenem Wohlstand zu bieten. Aber eine ihrer Töchter war während eines abendlichen Ausflugs nach Edinburgh Opfer eines Verbrechens geworden. Sie hieß Tracy. Sie hatte mit einer Gruppe Freunden in einem Klub getrunken und getanzt, und später am Abend hatten sie ein Taxi angehalten, um zu einer Party zu fahren. Aber für Tracy war in dem Wagen kein Platz gewesen, und während sie auf ein zweites Taxi wartete, vergaß sie die Adresse, wo die Party stattfand. Da der Akku ihres Handys leer war, ging sie zurück in den Klub und bat einen der Jungen, mit denen sie getanzt hatte, ihr seines zu leihen. Er sagte, die Party sei ganz in der Nähe, und bot an, sie zu begleiten.

Dann fing er an sie zu küssen; ließ sich auch von ihrem Widerstand nicht davon abbringen; schlug auf sie ein, zerrte sie in eine schmale Nebenstraße und vergewaltigte sie.

All das wusste Siobhan bereits, als sie in dem Wohnzimmer des Hauses in Banehall saß. Sie war an den Ermittlungen beteiligt gewesen, hatte mit dem Opfer und den Eltern gesprochen. Den Vergewaltiger musste die Polizei nicht lange suchen; er stammte auch aus Banehall, wohnte nur drei oder vier Straßen von den Jardines entfernt, jenseits der Main Street. Tracy kannte ihn aus der Schule. Seine Verteidigungsstrategie war die übliche: zu viel getrunken, Erinnerungslücke… und außerdem war das Mädchen einverstanden gewesen. Die Gerichte taten sich mit Anklagen wegen Vergewaltigung oft schwer, aber zu Siobhans Erleichterung wurde Donald Cruikshank, von seinen Freunden Donny genannt, das Gesicht von tiefen Kratzern der Fingernägel seines Opfers für immer gezeichnet, schuldig gesprochen und zu fünf Jahren verurteilt.

Damit hätte Siobhans Kontakt zu der Familie enden sollen, aber ein paar Wochen nach dem Prozess erfuhr sie, dass die neunzehnjährige Tracy Selbstmord begangen hatte. Sie hatte zu Hause in ihrem Zimmer mit einer Überdosis Tabletten ihrem Leben ein Ende gemacht und war von ihrer vier Jahre jüngeren Schwester Ishbel gefunden worden.

Obwohl Siobhan klar war, dass es keine Worte gab, die sie trösten konnten, hatte sie das Bedürfnis, mit den Eltern zu reden. Ihnen war vom Leben übel mitgespielt worden. Eine Sache jedoch hatte Siobhan sich verkniffen, nämlich Cruikshank im Gefängnis zu besuchen. Sie hätte ihn nur zu gern ihren Zorn spüren lassen. Sie erinnerte sich an Tracys Auftritt vor Gericht, an ihre ersterbende Stimme, als sie stammelnd ihre Aussage machte. Sie hatte dabei ins Leere gestarrt; schien sich beinahe für ihre Anwesenheit zu schämen. Hatte sich geweigert, die Plastikbeutel mit den Beweisstücken zu berühren: ihr zerrissenes Kleid, die zerrissene Unterwäsche. Hatte schweigend ihre Tränen weggewischt. Der Richter war mitfühlend gewesen, während der Angeklagte versucht hatte, keinen schuldbewussten Eindruck zu erwecken, sondern die Rolle des eigentlichen Opfers zu spielen: verletzt, die eine Wange mit einem großen Stück Mull bedeckt. Hatte ungläubig den Kopf geschüttelt und die Augen zur Decke gedreht.

Nachdem die Geschworenen ihr Urteil gefällt hatten, wurden sie über seine Vorstrafen informiert: zwei wegen Körperverletzung, eine wegen versuchter Vergewaltigung. Donny Cruikshank war neunzehn Jahre alt.

»Das elende Schwein hat sein Leben noch vor sich«, hatte John Jardine zu Siobhan gesagt, als sie den Friedhof verließen. Alice hatte die Arme um die Tochter geschlungen, die ihr noch verblieben war. Ishbel weinte an der Schulter ihrer Mutter. Alice blickte stur geradeaus, und man sah an ihren Augen, dass in ihr gerade etwas starb …

Die drei Kaffees wurden serviert, und das brachte Siobhan in die Gegenwart zurück. Sie wartete, bis der Kellner gegangen war.

»Ich schlage vor, Sie erzählen mir, was passiert ist«, sagte sie.

John Jardine schüttete den Inhalt eines Zuckertütchens in seinen Kaffee und begann, ihn umzurühren.

»Ishbel hat letztes Jahr die Schule beendet. Wir wollten, dass sie studiert. Aber sie hatte sich in den Kopf gesetzt, Friseuse zu werden.«

»Das ist natürlich auch ein ehrenwerter Beruf«, unterbrach ihn seine Frau. »Und sie geht regelmäßig zur Berufsschule in Livingston.«

»Jedenfalls hat sie das bis zu ihrem Verschwinden getan«, stellte John Jardine leise fest.

»Seit wann ist sie weg?«

»Genau seit einer Woche.«

»Hat sie sich einfach so aus dem Staub gemacht?«

»Wir dachten, sie sei wie üblich zur Arbeit gegangen – sie ist in dem Friseursalon an der Main Street angestellt. Aber dann rief uns ihre Chefin an, um zu fragen, ob sie krank sei. Ein paar Anziehsachen waren weg, etwa so viel, wie in einen Rucksack passen. Außerdem Geld, Kreditkarte und Handy…«

»Wir haben sie dutzende Male auf dem Handy angerufen«, ergänzte seine Frau, »aber es ist ständig ausgeschaltet.«

»Haben Sie schon mit jemand anderem außer mir gesprochen?«, fragte Siobhan, während sie ihre Tasse an den Mund hob.

»Mit jedem, der uns eingefallen ist – ihre Freundinnen, ehemalige Schulkameraden, ihre Kollegin aus dem Friseursalon.«

»Die Berufsschule?«

Alice Jardine nickte. »Auch dort ist sie seit letzter Woche nicht mehr gewesen.«

»Wir sind zur Polizei in Livingston gegangen«, sagte John Jardine. Er rührte immer noch in seiner Tasse herum. »Man sagte uns, dass sie volljährig sei und kein Hinweis auf ein Verbrechen vorliege. Da sie Kleidung eingepackt hat, spricht nichts für eine Entführung.«

»Das stimmt.« Siobhan hätte noch einiges hinzufügen können: dass sie ständig mit jungen Leuten zu tun hatte, die ausgerissen waren. Dass sie, wenn sie in Banehall wohnen würde, möglicherweise auch von dort abhauen würde… »Haben Sie Streit mit ihr gehabt?«

Mr. Jardine schüttelte den Kopf. »Sie war dabei, Geld für die Anzahlung auf eine Wohnung zu sparen… hatte schon eine Liste mit den Sachen gemacht, die sie für einen eigenen Haushalt brauchen würde.«

»Ein fester Freund?«

»Bis vor ein paar Monaten hatte sie einen. Die Trennung war…« Mr. Jardine fiel das Wort nicht ein, das er suchte. »Die beiden sind nicht sauer aufeinander.«

»Eine freundschaftliche Trennung«, schlug Siobhan vor. Er lächelte und nickte. Sie hatte das passende Wort gefunden.

»Wir wollen ja bloß wissen, ob es ihr gut geht«, erklärte Alice Jardine.

»Daran zweifle ich nicht, und es gibt Leute, die Ihnen helfen können – Organisationen, die nach Personen suchen, die aus welchen Gründen auch immer von zu Hause verschwunden sind.« Siobhan merkte, dass ihre Worte zu routiniert klangen: sie hatte das Gleiche schon allzu oft besorgten Eltern gesagt. Alice sah ihren Mann an.

»Erzähl ihr, was du von Susie weißt«, forderte sie ihn auf.

Er nickte und legte endlich den Löffel auf der Untertasse ab. »Susie ist Ishbels Kollegin aus dem Friseursalon. Sie hat mir erzählt, dass sie Ishbel in einen teuren Wagen hat einsteigen sehen … wahrscheinlich ein BMW.«

»Wann war das?«

»Sie hat es ein paar Mal beobachtet … Der Wagen war immer ein Stück die Straße hinunter geparkt. Am Steuer saß ein älterer Mann.« Er schwieg kurz. »Na ja, mindestens so alt wie ich.«

»Hat Susie Ishbel gefragt, wer das war?«

Er nickte. »Aber Ishbel wollte es ihr nicht verraten.«

»Also hält sie sich vielleicht bei diesem Bekannten auf.« Siobhan hatte ihre Tasse geleert.

»Aber warum hat sie uns nichts gesagt?«, fragte Alice in klagendem Tonfall.

»Tut mir Leid, das weiß ich auch nicht.«

»Susie hat noch etwas erwähnt«, fügte John Jardine, noch leiser als zuvor, hinzu. »Sie sagte, dieser Mann … sie sagte zu uns, er habe ein bisschen zwielichtig ausgesehen.«

»Zwielichtig?«

»Genau genommen hat sie gesagt, er habe wie ein Zuhälter ausgesehen.« Er schaute Siobhan an. »Sie wissen schon, wie diese Typen aus Filmen und dem Fernsehen: Sonnenbrille, Lederjacke … teures Auto.«

»Ich bin mir nicht sicher, ob uns das irgendwie weiterhilft«, entgegnete Siobhan und bereute das »uns« sofort, durch das sie das Anliegen der beiden auch zu ihrem gemacht hatte.

»Ishbel ist eine echte Schönheit«, sagte Alice. »Das wissen Sie bestimmt noch. Was für einen Grund kann sie gehabt haben zu verschwinden, ohne auch nur ein Wort zu sagen? Warum hat sie die Bekanntschaft mit diesem Mann vor uns verheimlicht?« Sie schüttelte den Kopf. »Nein, da steckt irgendwas dahinter.«

Einen Moment lang herrschte am Tisch Stille. Als der Kellner dem Geschäftsmann die Tür aufhielt, klingelte erneut dessen Telefon. Der Kellner machte eine leichte Verbeugung. Jetzt befanden sich nur noch drei Gäste im Café.

»Ich weiß wirklich nicht, wie ich Ihnen helfen könnte«, sagte Siobhan zu den Jardines. »Glauben Sie mir, ich würde, wenn ich könnte…«

John Jardine hatte die Hand seiner Frau ergriffen. »Sie waren damals sehr freundlich zu uns. Mitfühlend und so. Wir haben das zu schätzen gewusst, und Ishbel auch… Darum wenden wir uns an Sie.« Er musterte sie mit seinen trüben Augen. »Wir haben schon Tracy verloren. Ishbel ist das einzige Kind, das wir noch haben.«

»Nun…«, Siobhan holte tief Luft, »ich höre mich ein bisschen um, vielleicht weiß jemand etwas über Ishbels Verbleib.«

Seine Gesichtszüge entspannten sich. »Das ist wirklich großartig.«

»Großartig ist sicher eine Übertreibung, aber ich werde tun, was ich kann.« Da Alice Jardine Anstalten machte, wieder nach ihrer Hand zu greifen, stand Siobhan auf und schaute auf die Uhr, so als hätte sie gleich eine wichtige Verabredung auf dem Revier. Der Kellner kam, und John Jardine bestand darauf, die Rechnung zu bezahlen. Siobhan öffnete die Tür.

»Manchmal wollen Menschen eine Weile allein sein. Sind Sie sicher, dass sie nicht doch irgendwelche Probleme hatte?«

Die Eheleute sahen sich an. Es war Alice, die zu sprechen begann. »Er ist wieder in Banehall. Läuft großkotzig durch die Gegend. Vielleicht hat das etwas damit zu tun.«

»Von wem sprechen Sie?«

»Cruikshank. Er hat bloß drei Jahre abgesessen. Ich habe ihn neulich beim Einkaufen gesehen und bin schnell in eine Seitenstraße, weil ich mich übergeben musste.«

»Haben Sie mit ihm gesprochen?«

»Ich würde ihn noch nicht einmal anspucken.«

Siobhans Blick fiel auf John Jardine, aber der schüttelte den Kopf.

»Ich würde ihn umbringen«, sagte er. »Sollte ich ihm je über den Weg laufen, müsste ich ihn umbringen.«

»Seien Sie vorsichtig, zu wem Sie so etwas sagen, Mr. Jardine.« Siobhan überlegte einen Moment. »Wusste Ishbel davon? Dass man ihn entlassen hat, meine ich.«

»Die ganze Stadt weiß es. Und nirgendwo wird so viel getratscht wie in einem Friseursalon.«

Siobhan nickte. »Also … wie ich schon sagte, ich werde ein paar Leute anrufen. Ein Foto von Ishbel wäre hilfreich.«

Mrs. Jardine griff in ihre Handtasche und zog ein zusammengefaltetes Stück Papier heraus. Es war ein Computerausdruck eines auf A-4-Format vergrößerten Fotos. Ishbel saß auf einem Sofa, ein Glas in der Hand, die Wangen vom Alkohol gerötet.

»Das Mädchen neben ihr ist ihre Kollegin Susie«, erklärte Alice Jardine. »John hat es vor drei Wochen bei einer kleinen Feier aufgenommen. Ich hatte Geburtstag.«

Siobhan nickte. Ishbel hatte sich seit ihrer letzten Begegnung verändert. Ihr Haar war jetzt blond gefärbt und länger als damals. Außerdem schien sie stärker geschminkt zu sein und hatte trotz des Lächelns einen härteren Gesichtsausdruck. Man sah den Ansatz eines Doppelkinns. Das Haar trug sie in der Mitte gescheitelt. Es dauerte einen Augenblick, bis Siobhan begriff, an wen Ishbel sie erinnerte. An Tracy: die langen blonden Haare, der Scheitel, der blaue Eyeliner.

Sie sah genauso aus wie ihre tote Schwester.

»Danke«, sagte Siobhan und steckte das Foto in die Tasche.

Siobhan erkundigte sich, ob die Jardines immer noch unter derselben Telefonnummer zu erreichen waren. John Jardine nickte. »Wir sind in ein anderes Haus im selben Viertel gezogen, konnten aber die Nummer behalten.«

Selbstverständlich waren sie umgezogen. Wie hätten sie es auch ertragen können, in ihrem Haus wohnen zu bleiben, dem Haus, in dem Tracy die Überdosis genommen hatte. Fünfzehn Jahre alt war Ishbel gewesen, als sie den leblosen Körper gefunden hatte. Die Leiche der von ihr abgöttisch geliebten, idealisierten Schwester. Ihres großen Vorbilds.

»Ich melde mich bei Ihnen«, sagte Siobhan, drehte sich um und verschwand in Richtung Revier.

2

»Wo waren Sie eigentlich den ganzen Nachmittag?«, fragte Siobhan, als sie das große Glas India Pale Ale vor ihn auf den Tisch stellte. Sie nahm ihm gegenüber Platz, während er Zigarettenrauch zur Decke blies – sein maximales Zugeständnis, wenn er in Begleitung von Nichtrauchern war. Sie befanden sich im Nebenzimmer der Oxford Bar. Alle Tische waren von Büroangestellten besetzt, die einen Tankstopp einlegten, ehe sie nach Hause pilgerten. Siobhan war noch nicht lange zurück im Büro gewesen, als Rebus' SMS auf dem Display ihres Handys erschien.

lust auf n glas bin im ox

Er war inzwischen in der Lage, eine SMS zu schreiben, zu verschicken und eingehende Nachrichten zu lesen, aber er musste noch lernen, wie man Satzzeichen einfügte.

Und Großbuchstaben.

»Draußen in Knoxland«, sagte er nun.

»Es gab dort heute eine Leiche, hat Col mir erzählt.«

»Gewaltsamer Tod.« Rebus nahm einen Schluck von seinem Bier und schaute missbilligend auf Siobhans schlankes Glas mit der alkoholfreien Mischung aus Soda und Lime Juice.

»Wie kommt's, dass Sie da draußen waren?«, fragte sie.

»Bin angerufen worden. Jemand im Präsidium hat den Leuten von der West-End-Wache den Tipp gegeben, dass es am Gayfield Square überschüssige Ressourcen gibt.«

Siobhan stellte ihr Glas ab. »Hat man das etwa wörtlich so gesagt?«

»Es war in diesem Fall wirklich keine Lupe nötig, um zwischen den Zeilen zu lesen, Shiv.«

Siobhan hatte längst den Versuch aufgegeben, die Leute dazu zu bringen, statt dieser Kurzform ihren richtigen Namen zu benutzen. Zumal es anderen genauso ging: Phyllida Hawes war »Phyl«, Colin Tibbet »Col«. Angeblich wurde Derek Starr manchmal »Deek« genannt, aber in ihrer Anwesenheit war das bisher noch nicht passiert. Sogar DCI James Macrae hatte sie aufgefordert, ihn »Jim« zu nennen, sofern sie nicht in einer offiziellen Besprechung waren. Aber John Rebus ... er wurde von allen »John« genannt, niemals Jock oder Johnny. Es schien, als wäre den Leuten auf den ersten Blick klar, dass er nicht der Typ war, der einen Spitznamen duldete. Ein Spitzname ließ einen Menschen netter und zugänglicher wirken. Wenn DCI Macrae beispielsweise sagte: »Haben Sie einen Moment Zeit für mich, Shiv?«, bedeutete es, dass sie ihm einen Gefallen erweisen sollte. Wenn daraus »Siobhan, bitte in mein Büro« wurde, hatte er ein Hühnchen mit ihr zu rupfen.

»Was denken Sie gerade?«, fragte Rebus jetzt. Er hatte bereits den größten Teil des von ihr gebrachten Biers intus.

Sie schüttelte den Kopf. »Ich habe nur über das Opfer nachgedacht.«

»Asiatisches Aussehen oder wie auch immer die politisch korrekte Bezeichnung diese Woche lautet.« Er drückte seine Zigarette aus. »Womöglich Araber oder aus dem östlichen Mittelmeergebiet... ich bin nicht besonders nah herangekommen. War schon wieder eine überschüssige Ressource.« Er schüttelte seine Zigarettenschachtel. Als er feststellte, dass sie leer war, zerknüllte er sie und trank sein Bier aus. »Dasselbe noch mal?«, fragte er und stand auf.

»Mein Glas ist noch fast voll.«

»Ich schlage vor, Sie lassen die Finger davon und genehmigen sich was Richtiges. Haben Sie heute Abend noch was vor?«

»Nein, aber das bedeutet nicht, dass ich Ihnen bei einem Besäufnis Gesellschaft leisten werde.« Er blieb ungerührt stehen und wartete ab. »Na gut, einen Gin Tonic.«

Das schien Rebus' Billigung zu finden. Er ging in den Schankraum. Sie hörte, wie er dort von mehreren Leuten begrüßt wurde.

»Wieso versteckst du dich da drüben?«, fragte einer von ihnen. Sie konnte Rebus' Antwort nicht verstehen, aber das war auch nicht nötig. Der Schankraum stellte für ihn heimisches Territorium dar, den Ort, an dem er und seine Zechkumpanen – ausnahmslos Männer – sich trafen. Aber dieser Teil seines Lebens musste vom übrigen getrennt sein. Siobhan wusste nicht genau, warum, aber er wollte einfach nur bestimmte Leute dabeihaben. Das Nebenzimmer benutzte er für Verabredungen und »Gäste«. Sie lehnte sich zurück und dachte über die Jardines nach, fragte sich, ob sie wirklich bereit war, sich an deren Suche zu beteiligen. Sie gehörten ihrer Vergangenheit an, und nur selten tauchten Menschen, die man von ehemaligen Ermittlungen her kannte, wieder auf. Der Beruf eines Polizisten brachte es zwangsläufig mit sich, dass man tief in das Leben anderer Leute eindrang – tiefer, als es manchen lieb war –, jedoch immer nur für kurze Zeit. Rebus hatte ihr einmal anvertraut, dass er sich von Gespenstern umgeben fühlte: zerbrochene Freundschaften und Beziehungen und dazu noch all die Opfer, deren Leben beendet worden war, ehe er sich für sie zu interessieren begann.

Das kann einen total fertig machen, Shiv …

Diese und andere Worte waren ihr bis heute im Gedächtnis geblieben: *in vino veritas.* Sie hörte im Schankraum ein Handy klingeln. Das veranlasste sie, ihr eigenes herauszuholen, um zu überprüfen, ob Nachrichten eingegangen waren. Aber sie hatte vergessen, dass man in diesem Raum keinen Empfang hatte. Die Oxford Bar befand sich nur wenige Gehminuten von den Läden der Innenstadt entfernt, dennoch war es im Nebenraum nicht möglich zu telefonieren. Die Bar lag versteckt in einer schmalen Nebenstraße. In den oberen Etagen des Hauses befanden sich Büros und Wohnungen. Dicke Steinmauern, erbaut, um Jahrhunderte zu überdauern. Sie hielt das Handy in verschiedene Richtungen, aber auf dem Display blieb hartnäckig die Meldung »Kein Empfang« stehen. Nun tauchte Rebus – ohne Getränke – in der Tür auf. Stattdessen schwenkte er sein Handy in ihre Richtung.

»Wir werden gebraucht«, sagte er.

»Wo?«

Er ignorierte ihre Frage. »Haben Sie Ihr Auto dabei?«

Sie nickte.

»Besser, wenn Sie fahren. Gut, dass Sie nur Limonade getrunken haben.«

Sie zog die Jacke an und schnappte sich ihre Tasche. Rebus besorgte sich beim Barkeeper Zigaretten und Pfefferminzbonbons, von denen er sich eins in den Mund steckte.

»Ist das Fahrtziel etwa ein Geheimnis?«, fragte Siobhan.

Er schüttelte den Kopf. »Fleshmarket Close«, antwortete er. »Da gibt's zwei Leichen, die für uns vielleicht von Interesse sind.« Er zog die Tür auf. »Sind allerdings schon länger tot als der Typ in Knoxland …«

Fleshmarket Close war eine schmale Fußgängergasse, die von der High Street bis zur Cockburn Street reichte. Rechts und links der Einmündung in die High Street befanden sich ein Pub und ein Fotogeschäft. Es gab weit und breit keine freie Parklücke, deshalb bog Siobhan in die Cockburn Street ein und stellte den Wagen vor der Ladenzeile ab. Sie überquerten die Straße und gingen in die Fleshmarket Close hinein. An diesem Ende gab es an der Einmündung auf der einen Seite einen Buchmacher und auf der anderen ein Geschäft, das Kristalle und so genannte Traumfänger verkaufte. Das alte und das neue Edinburgh, dachte Rebus. Der zur Cockburn Street gelegene Teil der Gasse war Wind und Wetter ausgesetzt, in der anderen Hälfte erhob sich ein fünf Stockwerke hohes Gebäude, vermutlich mit Wohnungen. Die dunklen Fenster schienen düster auf das Treiben unten zu starren.

In der Gasse gab es mehrere Türen. Eine führte wohl zu den Wohnungen und eine andere, direkt gegenüber, zu den Leichen. Rebus erkannte ein paar Gesichter vom Tatort in Knoxland wieder: weiß gekleidete Männer von der Spurensicherung und Polizeifotografen. Die Tür war schmal und niedrig, erbaut vor langer Zeit, als die Bewohner der Stadt noch sehr viel kleiner als heutzutage gewesen waren. Rebus duckte sich beim Hineingehen. Siobhan folgte dicht hinter ihm. Um die Beleuchtung zu verbessern, die von einer schwachen Vierzig-Watt-Birne an der Decke kam, stand eine Bogenlampe bereit, für die allerdings noch ein Verlängerungskabel besorgt werden musste.

Rebus blieb an einer der Wände stehen, bis ihn jemand von der Spurensicherung zu sich rief.

»Die Leichen liegen hier schon eine Weile; Sie brauchen sich keine Sorgen zu machen, dass Sie irgendwelche Spuren vernichten.«

Rebus nickte und ging zu dem kleinen Kreis aus weißen Overalls. Zu Füßen der Männer gähnte ein Loch im Betonboden. Dicht daneben lag eine Spitzhacke. In der Luft schwebte immer noch Staub.

»Der Betonboden sollte entfernt werden«, erklärte jemand. »Sieht nicht so aus, als wäre er besonders alt, aber man wollte aus irgendeinem Grund den Boden absenken.«

»Wozu dient dieser Raum?«, fragte Rebus und schaute sich um. Kisten auf dem Boden, Kartons in einem Regal. Alte Fässer und Werbeschilder für Bier und Whisky.

»Als Vorratslager des Pubs über uns. Jenseits der Mauer ist der eigentliche Keller.« Eine behandschuhte Hand deutete auf das Regal. Rebus hörte über ihnen Dielen knarren und die gedämpften Geräusche einer Musikbox oder eines Fernsehers. »Ein Arbeiter hat angefangen, den Beton aufzuhacken und ist auf die hier gestoßen ...«

Rebus drehte sich um und schaute nach unten. Er erkannte einen Schädel und andere Knochen und zweifelte nicht daran, dass sie ein Skelett ergeben würden, wenn der ganze Beton entfernt war.

»Die sterblichen Überreste da unten dürften schon eine Weile dort gelegen haben«, meinte der Mann von der Spusi. »Das werden bestimmt schwierige Ermittlungen.«

Rebus und Siobhan tauschten einen Blick. Im Wagen hatte Siobhan sich laut gefragt, wieso man sie beide gerufen hatte und nicht Hawes oder Tibbet. Rebus hob eine Augenbraue, um ihr zu signalisieren, dass er jetzt die Antwort kannte.

»*Verdammt* schwierige Ermittlungen«, präzisierte der Spusi-Mann.

»Darum hat man uns beauftragt«, sagte Rebus gelassen, was ihm ein ironisches Lächeln von Siobhan einbrachte. »Wo ist der Mann, der die Spitzhacke geschwungen hat?«

»Oben. Er meinte, ein Gläschen auf den Schreck würde helfen, seine Lebensgeister wieder zu wecken.« Der Spusi-Mann schnupperte, so als wäre ihm erst jetzt der Pfefferminzgeruch in der abgestandenen Luft aufgefallen.

»Dann ist es wohl das Beste, wenn wir gleich mit ihm sprechen«, sagte Rebus.

»War denn nicht von zwei Leichen die Rede?«, erkundigte sich Siobhan.

Der Mann wies mit dem Kopf auf eine weiße Plastiktragetasche, die neben dem Betonloch auf dem Boden lag. Einer seiner Kollegen hob die Tüte ein Stück an. Siobhan sog ruckartig die Luft ein. Es lag dort ein weiteres Skelett, jedoch ein kleines, das man kaum erkannte. Sie atmete durch zusammengepresste Zähne aus.

»Wir hatten leider nichts anderes zur Hand«, entschuldigte sich der Mann und zeigte auf die Tragetasche.

»Mutter und Kind?«, überlegte Rebus.

»Ich würde solche Spekulationen den dafür zuständigen Fachleuten überlassen«, verkündete ein Neuankömmling. Rebus drehte sich um und gab dem Pathologen Dr. Curt die Hand. »Meine Güte, John, sind Sie immer noch dabei? Ich hab gehört, man wolle Sie mit aller Gewalt loswerden.«

»Ich richte mich ganz nach Ihnen, Doc. Wenn Sie in Rente gehen, gehe ich auch.«

»Und ein großes Frohlocken wird die Stadt erfüllen. Auch Ihnen einen schönen guten Abend, Siobhan.« Curt neigte den Kopf ein wenig. Mit seinem makellosen dunklen Anzug, den frisch geputzten Budapestern, dem gestärkten Hemd und der gestreiften Krawatte, die wahrscheinlich seine Mitgliedschaft in irgendeiner altehrwürdigen Edinburgher Institution verriet, schien er einer vergangenen Epoche anzugehören. Sein nach hinten gekämmtes Haar war grau, aber er wirkte dadurch nur umso distinguierter. Er betrachtete die Skelette.

»Der Herr Professor wird ganz aus dem Häuschen geraten«, murmelte er. »Er liebt solche kleinen Rätsel.« Er richtete sich auf und musterte den Raum. »Vor allem historische.«

»Sie glauben also, dass die Toten schon eine Weile hier liegen?«, fragte Siobhan leichtsinnigerweise. Curts Augen funkelten.

»Garantiert lagen sie schon hier, als der Beton gegossen wurde ... aber vermutlich noch nicht allzu lange. Die wenigsten Menschen gießen Beton auf Leichen, ohne einen guten Grund dafür zu haben.«

»Ja, natürlich.« Siobhans Erröten wäre unbemerkt geblieben, hätte die Bogenlampe nicht plötzlich den Raum in gleißendes Licht getaucht, durch das übergroße Schatten auf den Wänden und der niedrige Decke erschienen.

»Schon besser«, meinte der Spusi-Mann.

Siobhan schaute zu Rebus und sah, wie er sich die Wangen rieb, so als müsse sie erst darauf aufmerksam gemacht werden, dass ihr Gesicht rot angelaufen war.

»Vielleicht sollte ich den Herrn Professor benachrichtigen«, sagte Curt wie zu sich selbst. »Bestimmt will er die Skelette *in situ* sehen ...« Er zog sein Handy aus einer Innentasche. »Tut mir ja Leid, den alten Knaben auf dem Weg in die Oper zu stören, aber die Pflicht geht vor, stimmt's?« Er zwinkerte Rebus zu, der mit einem Lächeln reagierte.

»Stimmt genau, Doc.«

Beim Herrn Professor handelte es sich um Professor Sandy Gates, den Kollegen und direkten Vorgesetzten Curts. Beide Männer unterrichteten am pathologischen Institut der Universität, hatten aber ständig Rufbereitschaft, um bei Bedarf an einem Tatort erscheinen zu können.

»Haben Sie schon gehört, dass in Knoxland ein Mann erstochen wurde?«, fragte Rebus, während Curt auf die Tasten seines Handys drückte.

»Ja, das habe ich«, erwiderte Curt. »Wahrscheinlich werden wir ihn uns morgen Vormittag ansehen. Bin mir noch nicht sicher, ob es mit diesen beiden Kunden hier ebenso eilig ist.« Er schaute erneut auf das größere der Skelette. Das Kind war wieder zugedeckt, allerdings nicht mit der Plastiktüte, sondern mit Siobhans Jacke, die sie mit äußerster Behutsamkeit über ihm ausgebreitet hatte.

»War das wirklich nötig?«, murmelte Curt und hielt sich das Handy ans Ohr. »Jetzt müssen wir uns Ihre Jacke vornehmen, um die Fasern zu vergleichen, falls wir welche an den Knochen finden.«

Rebus ertrug es nicht, erneut mit anzusehen, wie Siobhan errötete. Er deutete deshalb auf die Tür. Im Hinausgehen hörte er Curt zu Professor Gates sagen: »Haben Sie sich schon in Schale geworfen, Sandy? Wenn nicht – und auch wenn ja – hätte ich *ce soir* ein alternatives Unterhaltungsprogramm zu bieten …«

Statt in Richtung des Pubs zu gehen, schlug Siobhan den Weg zur Cockburn Street ein.

»Wohin wollen Sie?«, fragte Rebus.

»Ich hab einen Anorak im Auto«, erklärte sie. Als sie zurückkam, hatte sich Rebus eine Zigarette angezündet.

»Freut mich, dass Sie ein bisschen Farbe im Gesicht bekommen haben«, sagte er.

»Haben Sie sich diesen Spruch ganz allein ausgedacht?«

Sie gab einen verärgerten Laut von sich und lehnte sich neben ihm an die Mauer. »Wenn Curt doch nur nicht so …«

»Wie?« Rebus musterte die glühende Spitze seiner Zigarette.

»Ich weiß auch nicht …« Sie schaute sich um, als suche sie nach einer Eingebung. Ein ausgelassenes Grüppchen Menschen schlenderte auf der Suche nach dem nächsten Lokal die Straße entlang. Ein paar Touristen fotografierten sich gegenseitig vor dem Starbuck's, mit der zur Burg führenden Straße als Hintergrund. Altes und Neues, dachte Rebus wieder.

»Für ihn scheint es ein Spiel zu sein«, sagte Siobhan schließlich. »Das trifft nicht genau, was ich meine, aber mir fällt nichts Besseres dazu ein.«

»Er ist einer der ernsthaftesten Männer, die ich kenne«, erwiderte Rebus. Es ist seine Art, mit solchen Dingen umzugehen. Wir haben alle unsere eigene Methode, oder?«

»Haben wir?« Sie sah ihn an. »Bei Ihrer spielt eine größere Menge Nikotin und Alkohol eine Rolle, nehme ich an.«

»Eine erfolgreiche Mischung sollte man tunlichst so lassen, wie sie ist.«

»Auch wenn es eine tödliche Mischung ist?«

»Kennen Sie die Geschichte von dem alten König, der jeden Tag ein bisschen Gift zu sich nahm, um dagegen immun zu werden?« Rebus blies Rauch in den blauvioletten Abendhimmel. »Denken Sie darüber nach. Und während Sie nachdenken, spendiere ich einem Arbeiter ein Glas … und genehmige mir vielleicht auch selbst eins.« Er stieß die Tür des Pubs auf und ließ sie hinter sich zuschwingen. Siobhan blieb noch einen Augenblick draußen, ehe sie ihm folgte.

»Wurde der König am Ende trotzdem umgebracht?«, fragte sie, während sie den Pub durchquerten.

Das Lokal hieß The Warlock, und es schien, als wären

fußkranke Touristen die Zielgruppe. Eine der Wände war mit einem Wandbild bedeckt, das die Geschichte von Major Weir erzählte, der sich im siebzehnten Jahrhundert der Hexerei schuldig bekannt und seine Schwester der Komplizenschaft bezichtigt hatte. Beide waren auf dem Calton Hill hingerichtet worden.

»Nett«, lautete Siobhan einziger Kommentar.

Rebus deutete auf einen Spielautomaten, vor dem ein untersetzter Mann in einem staubigen blauen Overall saß. Oben auf dem Automaten stand ein leeres Brandyglas.

»Wollen Sie noch einen Drink?«, fragte Rebus den Mann. Das Gesicht, das sich ihm zuwandte, sah ebenso geisterhaft aus wie das von Major Weir auf dem Wandbild; außerdem war das dichte dunkle Haar mit Verputz besprenkelt. »Ich bin übrigens DI Rebus. Sie sind hoffentlich in der Lage, mir ein paar Fragen zu beantworten. Das ist meine Kollegin DS Clarke. Also, was wollen Sie trinken – Brandy, nehme ich an.«

Der Mann nickte. »Ich bin aber mit dem Lieferwagen hier … und ich muss ihn noch zurück in die Firma bringen.«

»Keine Sorge, wir kümmern uns darum, dass jemand Sie fährt.« Rebus wandte sich an Siobhan. »Für mich das Übliche und einen doppelten Brandy für Mr. …«

»Evans. Joe Evans.«

Siobhan ging ohne zu murren zur Theke. »Wie läuft's?«, fragte Rebus. Evans schaute auf die vier unbarmherzigen, mit Früchten bedruckten Räder des Automaten.

»Schon drei Pfund verloren.«

»Ist nicht gerade Ihr Glückstag, was?«

Der Mann lächelte. »Ich hab den größten Schreck meines Lebens gekriegt. Zuerst dachte ich, die Skelette wären von den Römern übrig geblieben. Oder dass hier früher eine Grabstätte war.«

»Aber inzwischen sind Sie anderer Meinung?«

»Derjenige, der den Beton gegossen hat, muss gewusst haben, dass sie da liegen.«

»Aus Ihnen wäre ein guter Polizist geworden, Mr. Evans.« Rebus schaute zu Siobhan, die gerade die Gläser in Empfang nahm. »Seit wann arbeiten Sie da unten?«

»War heute mein erster Tag.«

»Wieso haben Sie eine Spitzhacke und keinen Presslufthammer benutzt?«

»In einem so kleinen Raum kann man keinen Presslufthammer verwenden.«

Rebus nickte, als würde ihm das völlig einleuchten. »Haben Sie allein gearbeitet?«

»Sah aus, als würde ein Mann reichen.«

»Waren Sie vorher schon mal in dem Raum?«

Evans schüttelte den Kopf. Er warf eine weitere Münze in den Schlitz und drückte auf den Startknopf. Heftiges Geblinke und verschiedene künstlich klingende Geräusche, aber kein Klimpern von Geld. Er drückte ein zweites Mal auf den Knopf.

»Irgendeine Ahnung, wer den Beton gegossen haben könnte?«

Erneutes Kopfschütteln. Wieder versenkte er eine Münze im Schlitz. »Der Inhaber müsste Unterlagen haben.« Er schwieg kurz. »Ich meine damit nicht Unterlagen unter dem Beton, sondern Papierkram … eine Rechnung oder so.«

»Guter Tipp«, meinte Rebus. Siobhan kam mit den Gläsern und verteilte sie. Für sich hatte sie wieder Soda mit Lime Juice bestellt.

»Hab mit dem Barkeeper gesprochen«, sagte sie. »Der Pub gehört einer Brauerei. Der Wirt, der das Warlock gepachtet hat, war gerade bei einem Großeinkauf, ist aber auf dem Weg hierher.«

»Er weiß, was los ist?«

Sie nickte. »Der Barkeeper hat ihn angerufen. Er müsste jeden Moment eintreffen.«

»Gibt es noch etwas, das Sie uns sagen wollen, Mr. Evans?«

»Nur dass Sie das Betrugsdezernat herschicken sollten. Dieser Automat bescheißt.«

»Gegen gewisse Verbrechen sind wir leider machtlos.« Rebus dachte einen Moment lang nach. »Wissen Sie eigentlich, wieso der Wirt den Auftrag erteilt hat, den Betonboden aufzureißen?«

»Das können Sie ihn gleich selbst fragen«, antwortete Evans und leerte sein Glas. »Er ist gerade reingekommen.« Der Wirt, dessen Hände tief in den Taschen eines wadenlangen schwarzen Ledermantels vergraben waren, hatte sie gesehen und kam auf sie zu. Ein cremefarbener Pullover mit V-Ausschnitt ließ seinen Hals frei, um den ein Medaillon an einer dünnen Goldkette baumelte. Sein kurzes mit Gel frisiertes Haar stand über der Stirn stachelig empor. Er trug eine rechteckige Brille mit orangefarbenen Gläsern.

»Alles okay, Joe?«, fragte er und drückte Evans' Arm.

»Geht so, Mr. Mangold. Die beiden hier sind von der Polizei.«

»Ich bin der Wirt. Ray Mangold.« Rebus und Siobhan stellten sich vor. »Was soll ich sagen? Leichen im Keller – keine Ahnung, ob das gut oder schlecht fürs Geschäft ist.« Er grinste und entblößte dabei ein paar sehr weiße Zähne.

»Ich bin mir sicher, die Opfer werden angesichts solcher Anteilnahme gerührt sein.« Rebus wusste nicht, wieso er sofort etwas gegen den Mann hatte. Vielleicht lag es an den getönten Brillengläsern. Er mochte Leute nicht, deren Augen er nicht sehen konnte. Es schien, als könnte Mangold Gedanken gelesen, denn er nahm die Brille ab und putzte sie mit einem weißen Taschentuch.

»Tut mir Leid, wenn ich ein bisschen herzlos geklungen habe, aber ich muss diese Neuigkeit erst mal verdauen.«

»Das verstehe ich. Sind Sie schon lange der Wirt vom Warlock?«

»Seit fast einem Jahr.« Er hatte die Augen zu schmalen Schlitzen zusammengekniffen.

»Wissen Sie, wie alt der Betonboden ist?«

Mangold überlegt einen Moment, dann nickte er. »Ich glaube, er wurde gerade erneuert, als ich den Laden übernahm.«

»Was haben Sie vorher gemacht?«

»Ich hatte einen Klub in Falkirk.«

»Sind Sie damit Pleite gegangen?«

Mangold schüttelte den Kopf. »Ich war den vielen Ärger Leid: Personalprobleme, randalierende Gangs aus der Umgebung …«

»Zu viel Verantwortung?«, fragte Rebus.

Mangold setzte die Brille wieder auf. »Ja, darauf lief es wohl hinaus. Die Brille dient übrigens nicht zur Zierde.« Wieder war es, als könne er Rebus' Gedanken lesen. »Netzhautüberempfindlichkeit; ich ertrage helles Licht nicht.«

»Haben Sie darum den Klub in Falkirk eröffnet?«

Mangold grinste und zeigte dabei noch mehr Zähne als beim ersten Mal. Rebus überlegte, ob er sich auch so eine Brille mit orangefarbenen Gläsern zulegen sollte. Na schön, dachte er, wenn du meine Gedanken lesen kannst, dann frag, ob du mich auf ein Bier einladen darfst.

Aber in diesem Moment rief der Barkeeper nach Mangold. Evans sah auf die Uhr und verkündete, er werde jetzt gehen, sofern es keine Fragen mehr an ihn gebe. Rebus wollte wissen, ob er ihm einen Fahrer besorgen solle, aber er verzichtete.

»DS Clarke wird noch schnell Ihre Personalien aufnehmen, für den Fall, dass wir uns mit Ihnen in Verbindung setzen müssen.« Während Siobhan in ihrer Tasche nach dem Notizbuch kramte, ging Rebus zu Mangold, der sich über die Theke beugte, damit der Barkeeper nicht laut zu sprechen brauchte. Vier Personen – amerikanische Touristen, nahm Rebus an – standen mitten im Raum und lächelten penetrant. Andere Gäste gab es nicht. Ehe Rebus bei Mangold angelangt war, beendete dieser seine Unterhaltung. Vielleicht hatte er zusätzlich zu seinen telepathischen Fähigkeiten auch Augen im Hinterkopf.

»Wir waren noch nicht fertig«, erklärte Rebus und stützte die Ellbogen auf die Theke.

»Ich dachte, wir wären's.«

»Tut mir Leid, falls ich diesen Eindruck erweckt habe. Ich wollte Sie nach den Arbeiten im Keller fragen. Was genau war der Grund dafür?«

»Wir haben vor, den Pub nach unten zu erweitern.«

»Der Raum ist aber winzig klein.«

»Das ist ja gerade der Punkt: Die Leute sollen einen Eindruck davon bekommen, wie es früher in den Edinburgher Kellerkneipen war. Es wird eng und gemütlich werden, nur ein paar bequeme Stühle, keinerlei Musik, möglichst schummrige Beleuchtung. Ich hätte mir Kerzenlicht gewünscht, aber die Baubehörde hat diese Idee gewissermaßen ausgepustet.« Er lächelte über seinen Scherz. »Man wird den Raum für private Feiern mieten können.«

»War das Ihre Idee oder die der Brauerei.«

»Einzig und allein meine.« Mangold deutete eine leichte Verbeugung an.

»Und Sie waren es auch, der Mr. Evans beauftragt hat?«

»Ja. Er ist sehr zuverlässig. Ich habe ihn schon früher einmal beschäftigt.«

»Was ist mit dem Betonboden? Haben Sie eine Ahnung, wer den gegossen hat?«

»Wie ich schon sagte, die Arbeiten begannen, ehe ich den Laden übernahm.«

»Aber als sie beendet wurden, waren Sie hier schon der

Wirt – das haben Sie vorhin doch gesagt. Und das bedeutet, dass es irgendwelche Belege geben muss – zumindest eine Rechnung.« Jetzt war es an Rebus zu lächeln. »Oder haben die Arbeiter das Geld bar auf die Hand bekommen?«

Mangold wirkte verärgert. »Natürlich gab es eine Rechnung.« Er legte eine Pause ein. »Aber womöglich wurde sie weggeschmissen, oder die Brauerei hat sie irgendwo abgeheftet …«

»Wer war vor Ihnen der Wirt hier, Mr. Mangold?«

»Weiß ich nicht mehr.«

»Hat denn keine Übergabe stattgefunden? Ich dachte, so etwas sei üblich.«

»In den meisten Fällen schon, aber ich habe den Namen leider vergessen.«

»Ich bin mir sicher, mit ein bisschen Mühe wird er Ihnen wieder einfallen.« Er zog eine Visitenkarte aus seiner Brusttasche. »Rufen Sie mich an, wenn Sie sich an ihn erinnern.«

»Selbstverständlich.« Mangold nahm die Karte und studierte sie betont auffällig. Rebus bemerkte, dass Evans auf dem Weg zur Tür war.

»Eine Frage noch, Mr. Mangold …«

»Ja, Detective Inspector.«

Inzwischen hatte sich Siobhan wieder zu Rebus gesellt. »Mich würde interessieren, wie der Name Ihres Klubs gelautet hat.«

»Meines Klubs?«

»Von dem in Falkirk … es sei denn, Sie haben nicht bloß den einen besessen.«

»Er hieß Albatross. Nach dem Song von Fleetwood Mac.«

»Kannten Sie das Gedicht denn nicht?«, fragte Siobhan.

»Davon habe ich erst später erfahren«, sagte Mangold mit zusammengebissenen Zähnen.«

Rebus dankte ihm, gab ihm aber nicht die Hand. Draußen ließ er seinen Blick nach rechts und links schweifen, so als sei er unschlüssig, wo er das nächste Bier trinken wolle. »Was für ein Gedicht?«, fragte er.

»*Der alte Matrose* von Coleridge. Der Matrose tötet einen Albatross, und danach lastet ein Fluch auf seinem Schiff.«

Rebus nickte. »Ja, jetzt fällt's mir wieder ein.«

»Was halten Sie von Mangold?«, erkundigte sich Siobhan.

»Sehr von sich eingenommen.«

»Ob er glaubt, er sieht mit dem Mantel wie der Typ aus *Matrix* aus?«

»Weiß der Geier. Wir müssen ihm weiter auf den Zahn fühlen. Ich will wissen, wer den Beton gegossen hat und wann.«

»Könnte das Ganze ein Schwindel sein? Um Werbung für den Pub zu machen?«

»Dann hätte aber jemand weit im Voraus geplant.«

»Vielleicht ist der Beton nicht so alt, wie er behauptet.«

Rebus starrte sie an. »In letzter Zeit das eine oder andere Buch mit Verschwörungstheorien gelesen, was? Lady DI wurde im Auftrag der Windsors kaltgemacht. Die Mafia und JFK…«

»Wer hat eigentlich Herrn Miesepeter heute Abend Ausgang bewilligt?«

Sein Gesichtszüge entspannten sich gerade ein wenig, als er lautes Gefluche aus der Fleshmarket Close hörte. Ein Uniformierter stand an der Ecke der Gasse Wache, um sie für Unbefugte zu sperren. Er erkannte Rebus und Siobhan und ließ sie durch. Als Rebus eben durch die Tür zum Vorratsraum gehen wollte, stieß er heftig mit jemandem zusammen, der von drinnen kam. Es war ein Mann in Straßenanzug und mit Fliege.

»Guten Abend, Professor Gates«, sagte Rebus, als er sich wieder gefangen hatte. Der Pathologe blieb stehen und funkelte ihn wütend an. Es war ein Blick, der einem Erstsemester auf zwanzig Meter Entfernung das Blut in den Adern hätte gefrieren lassen, aber Rebus war aus anderem Holz geschnitzt.

»John …« Er hatte ihn erst jetzt erkannt. »Sind Sie etwa bei diesem schlechten Scherz mit von der Partie?«

»Ja, aber nur, wenn Sie mir sagen, worum es geht.«

Dr. Curt kam sichtlich verlegen mit geducktem Kopf durch die Tür.

»Diesem Armleuchter«, schnaubte Gates und zeigte dabei auf seinen Kollegen, »habe ich es zu verdanken, dass ich den ersten Akt von *La Bohème* verpasse – und alles nur wegen einem dämlichen Studentenstreich!«

Rebus sah Curt fragend an.

»Die Skelette sind unecht?«, riet Siobhan.

»Und ob sie das sind«, antwortete Gates, der sich langsam ein wenig beruhigte. »Mein geschätzter Kollege wird Sie zweifellos mit den Details versorgen … sofern ihn das nicht auch überfordert. Wenn Sie mich bitte entschuldigen würden …« Er marschierte zum oberen Ende der Gasse, wo der Uniformierte für ihn Platz machte. Curt gab Rebus und Siobhan ein Zeichen, ihm in den Keller zu folgen. Ein paar der Männer von der Spurensicherung waren noch anwesend und versuchten, sich nicht anmerken zu lassen, wie peinlich ihnen die Situation war.

»Wenn wir nach Entschuldigungen suchen«, begann Curt, »dann könnte man die anfangs unzureichende Beleuchtung ins Feld führen. Oder die Tatsache, dass wir es mit Skeletten statt mit frischen Leichen zu tun haben und Letztere potenziell wesentlich interessanter sind …«

»Was soll dieses ›wir‹?«, fragte Rebus ironisch. »Also, sind die Gerippe aus Plastik oder was?« Er ging in die Hocke. Siobhans Jacke lag neben dem kleineren Skelett auf dem Boden. Rebus nahm sie und gab sie ihr.

»Ja, für das des Kindes trifft das zu. Aus Plastik oder einem ähnlichen Material. Hätte ich einen der Knochen angefasst, wäre mir das natürlich sofort aufgefallen.«

»Natürlich«, sagte Rebus. Siobhan bemühte sich, jegliches Anzeichen von Schadenfreude über Curts Blamage zu unterdrücken.

»Das größere der Skelette ist dagegen echt«, fuhr Curt fort, »aber wahrscheinlich sehr alt und wurde für Unterrichtszwecke benutzt.«

Der Pathologe hockte sich neben Rebus. Siobhan gesellte sich zu ihnen.

»Wieso das?«

»In die Knochen sind Löcher gebohrt… Können Sie sie sehen?«

»Nicht so ohne Weiteres, selbst bei dieser Beleuchtung.«

»Eben.«

»Und der Zweck der Löcher ist…«

»Die Knochen waren miteinander verbunden. Durch Schrauben oder Drähte.« Er hob einen Oberschenkelknochen hoch und zeigte auf zwei akkurat gebohrte Löcher. »Typisch für Ausstellungsstücke in Museen.«

»Oder an Universitäten?«, mischte Siobhan sich ein.

»Ganz recht, DS Clarke. Das Zusammenfügen von Skeletten war lange ein eigener Beruf.« Curt stand auf und rieb sich die Hände. »Wir haben solche Skelette früher bei Vorlesungen und Seminaren benutzt. Heutzutage tun wir das kaum noch. Und wir benutzen keine echten Skelette, sondern unechte, die mindestens genauso realistisch wirken.«

»Wie uns gerade bewiesen wurde«, konnte sich Rebus nicht verkneifen zu erwähnen. »Und was bedeutet das nun? Glauben Sie, dass Professor Gates Recht hat und jemand uns einen Streich spielen wollte?«

»Wenn ja, dann hat sich dieser Jemand unglaublich viel Mühe gemacht. Das Entfernen der Schrauben und Verbindungsdrähte ist ein ziemlich Zeit raubendes Unterfangen.«

»Sind an der Universität Skelette als gestohlen gemeldet worden?«, fragte Siobhan.

Curt zögerte einen Moment. »Nicht dass ich wüsste.«

»Aber diese Dinger sind keine Massenware, stimmt's? Man kann nicht einfach in den nächsten Safeway gehen und sich so was kaufen.«

»Dem würde ich nicht widersprechen … obwohl es schon eine Weile her ist, seit ich zuletzt einen Safeway betreten habe.«

»Wirklich sehr merkwürdig«, murmelte Rebus und erhob sich. Siobhan hingegen blieb neben dem Kindergerippe hocken.

»Das ist total krank«, sagte sie.

»Womöglich hatten Sie Recht, Shiv.« Rebus wandte sich an Curt. »Vor fünf Minuten hat sie überlegt, ob es vielleicht ein Werbegag ist.«

Siobhan schüttelte den Kopf. »Aber wie Sie schon sagten, ist ein ziemlicher Aufwand damit verbunden. Es muss mehr dahinterstecken. Wäre es möglich, dass Sie sich das größere der beiden Skelette genauer ansehen?«

»Wonach soll ich denn suchen?«, fragte Curt mit einem Achselzucken.

»Nach Anhaltspunkten, woher es stammt und wie alt es ist.«

»Und wozu das alles?« Curt hatte die Augen halb geschlossen, ein Zeichen, dass sein Interesse geweckt war.

Siobhan stand auf. »Vielleicht ist ja Professor Gates nicht der Einzige, der eine Vorliebe für Rätsel mit historischen Details hat.«

»Sie tun besser, worum sie Sie bittet, Doc«, meinte Rebus lächelnd. »Sonst werden Sie sie nie los.«

Curt starrte ihn an. »Also, an wen erinnert mich das jetzt?«

Rebus breitete die Arme weit aus und zuckte die Achseln.

Zweiter Tag

Dienstag

3

Weil Rebus am nächsten Morgen nichts Besseres zu tun hatte, fuhr er zum gerichtsmedizinischen Institut, wo die Autopsie der bisher noch nicht identifizierten Knoxlandleiche schon begonnen hatte. Im Zuschauerraum, der von dem Autopsiesaal durch eine Glaswand getrennt war, standen drei Bankreihen. Manchen Leuten wurde hier ganz mulmig zumute. Vielleicht lag es an der Atmosphäre klinischer Effizienz: die Edelstahltische mit den Abflusslöchern, die gläsernen Behältnisse für die Gewebeproben. Oder an der Tatsache, dass die Arbeit der Pathologen allzu große Ähnlichkeit mit dem Handwerk eines gewöhnlichen Fleischers besaß. Männer in Schürzen und mit Gummistiefeln zerlegten und filetierten ein totes Lebewesen. Es erinnerte einen nicht nur an die eigene Sterblichkeit, sondern auch daran, dass der Mensch vom Tier abstammte und von ihm am Ende nichts weiter übrig blieb als ein Klumpen Fleisch auf einer Stahlplatte.

Es waren zwei weitere Besucher anwesend – ein Mann und eine Frau, die Rebus zur Begrüßung zunickten. Die Frau rutschte ein wenig zur Seite, als er sich neben sie setzte.

»Morgen«, sagte er und winkte in Richtung der Glasscheibe, hinter der sich Curt und Gates an der Leiche zu schaffen machten. Es war gesetzlich vorgeschrieben, dass jede Autopsie von zwei Pathologen durchgeführt wurde, wodurch sich deren ohnehin kaum zu bewältigendes Pensum weiter vergrößerte.

»Wieso sind Sie hier?«, fragte der Mann. Er hieß Hugh

Davidson, wurde aber allgemein »Shug« genannt. Er war Detective Inspector an der West-End-Wache am Torphichen Place.

»Das hab ich Ihnen zu verdanken, Shug. Man ist wohl der Ansicht, dass es im West End an einem ehrgeizigen DI fehlt.«

Davidsons Gesicht zuckte. Ein bisschen sah das nach einem Lächeln aus. »Dass Sie geizig sind, habe ich allerdings schon gehört, John.«

Rebus ging darauf nicht ein, sondern wandte sich Davidsons Begleiterin zu. »Lange nicht gesehen, Ellen.«

Ellen Wylie war Detective Sergeant, und Davidson ihr Boss. Sie hielt eine geöffnete Akte auf den Knien, die nagelneu aussah und erst ein paar Blatt Papier enthielt. Auf der ersten Seite stand oben eine Registriernummer. Rebus wusste, dass schon bald unzählige Berichte, Fotos und Dienstpläne hinzukommen würden. Es war die Mordakte, die »Bibel« der bevorstehenden Ermittlung.

»Ich habe gehört, Sie waren gestern in Knoxland«, sagte Wylie, die Augen starr geradeaus gerichtet, um ja nichts zu verpassen. »Und haben ausgiebig mit einem Vertreter der vierten Gewalt im Staat geplaudert.«

»Können Sie das auch so formulieren, dass ein normaler Schotte es versteht…?«

»Steve Holly«, verkündete sie. »Und im Zusammenhang mit den gegenwärtigen Ermittlungen könnte der Ausdruck ›Normaler Schotte‹ als rassistisch missverstanden werden.«

»Das liegt bloß daran, dass heutzutage alles rassistisch oder sexistisch ist, Süße.« Rebus wartete auf eine Reaktion von ihr, aber sie tat ihm den Gefallen nicht. »Angeblich darf man seit neuestem nicht mehr ›Gelbsucht‹ oder ›Schwarzmalerei‹ sagen.«

»Oder ›einlochen‹«, fügte Davidson hinzu und beugte sich vor, um Blickkontakt mit Rebus herzustellen, der über den Irrsinn des Ganzen den Kopf schüttelte und sich dann wieder zurücklehnte, um das Geschehen auf der anderen Seite der Scheibe zu verfolgen.

»Wie ist es denn so am Gayfield Square?«, fragte Wylie.

»Wir rechnen damit, dass sich demnächst eine Schwulenorganisation über den politisch unkorrekten Namen beschwert.«

Davidson lachte daraufhin so laut, dass sich die Männer in der Pathologie zu ihm umdrehten. Er hob eine Hand zur Entschuldigung und hielt sich die andere vor den Mund. Wylie schrieb etwas in die Mordakte.

»Sieht so aus, als hätten Sie gerade einen Eintrag ins Klassenbuch gekriegt, Shug«, meinte Rebus. »Also, gibt's irgendwelche neuen Erkenntnisse? Wissen wir schon, wer der Tote ist?«

Die Antwort kam von Wylie: »Nur Kleingeld in den Taschen … noch nicht einmal ein Schlüsselbund.«

»Und es hat sich auch niemand gemeldet, der weiß, wer er ist«, ergänzte Davidson.

»Haustürbefragungen?«

»Es handelt sich um Knoxland, John.« Was er damit meinte, war, dass niemand etwas sagte. Es ging dabei um eine Art Stammesehre, eine eiserne Regel, die schon kleine Kinder von ihren Eltern lernten. Egal, was passierte, der Polizei wurde nichts verraten.

»Und die Presse?«

Davidson reichte Rebus das zusammengefaltete Exemplar eines Boulevardblatts. Der Todesfall hatte es nicht auf die Titelseite geschafft; die Überschrift auf Seite fünf lautete: RÄTSELHAFTER TOD EINES ASYLANTEN. Als Rebus Steve Hollys Artikel überflog, drehte sich Wylie zu ihm um.

»Ich frage mich, wer zu ihm etwas über Asylbewerber gesagt hat?«

»Ich nicht«, antwortete Rebus. »Holly denkt sich so etwas aus. ›Eine der Ermittlungsbehörde nahe stehende Quelle‹.«

Er schnaubte. »Wen von euch meint er damit? Vielleicht alle beide?«

»Vorsicht, Sie machen sich gerade ziemlich unbeliebt, John.«

Rebus gab ihm die Zeitung zurück. »Wie viele Zweibeiner arbeiten an dem Fall?«

»Nicht viele«, räumte Davidson ein.

»Sie und Ellen?«

»Außerdem Charlie Reynolds.«

»Und Sie offenbar«, bemerkte Wylie.

»Ich glaube, meine Begeisterung hält sich in Grenzen.«

»Wir haben noch ein paar fleißige Uniformierte, die von Tür zu Tür gehen«, sagte Davidson kleinlaut.

»Na prima – dann ist der Fall ja so gut wie gelöst.« Rebus sah, dass die Autopsie beendet war. Ein Assistent würde die Leiche wieder zusammennähen. Curt machte den Polizisten ein Zeichen, dass er sie unten treffen würde, und verschwand dann durch eine Tür, um sich umzuziehen.

Die Pathologen hatten kein eigenes Büro. Curt wartete in einem spärlich beleuchteten Korridor. Aus dem Personalraum drangen Geräusche. In einem Wasserkocher brodelte es, ein Kartenspiel schien seinen Höhepunkt zu erreichen.

»Hat der Herr Professor sich schon verdrückt?«, fragte Rebus.

»Er muss in zehn Minuten an der Uni sein.«

»Also, was haben Sie für uns, Herr Doktor?«, fragte Ellen Wylie. Falls sie je die Gabe besessen hatte, Smalltalk zu machen, so hatte sie die irgendwann verloren.

»Insgesamt zwölf Stichwunden, mit an Sicherheit grenzender Wahrscheinlichkeit durch dieselbe Waffe zugefügt. Womöglich ein Küchenmesser, gezackter Rand, nur ein Zentimeter breit. Tiefste Penetration fünf Zentimeter.« Er verstummte, als wollte er den Anwesenden Gelegenheit zu einem anzüglichen Witz geben. Wylie räusperte sich als Warnung. »Tödlich war möglicherweise der Stich in den Hals. Hat die Karotis durchstoßen. Die Blutmenge in den Lungen legt den Schluss nahe, dass er daran erstickt ist.«

»Anzeichen für einen Kampf?«, fragte Davidson.

Curt nickte. »Verletzungen an Handtellern, Fingerspitzen und Handgelenken. Er hat sich eindeutig gewehrt.«

»Aber Sie gehen davon aus, dass es nur einen Angreifer gab?«

»Nur ein Messer«, korrigierte Curt Davidson. »Das ist nicht ganz dasselbe.«

»Zeitpunkt des Todes?«, fragte Wylie. Sie sammelte so viele Informationen wie möglich.

»Die Körpertemperatur wurde am Tatort gemessen. Er ist zirka eine halbe Stunde, ehe man Sie benachrichtigt hat, gestorben.«

»Apropos«, sagte Rebus. »Wer hat uns eigentlich benachrichtigt.«

»Anonymer Anruf um dreizehnfünfzig«, antwortete Wylie.

»Also zehn vor zwei nach traditioneller Zählweise. Männlicher Anrufer?«

Wylie schüttelte den Kopf. »Eine Frau aus einer Telefonzelle.«

»Haben wir die Nummer?«

Dieses Mal wurde genickt. »Außerdem wurde der Anruf aufgezeichnet. Wir werden die Anruferin über kurz oder lang finden.«

Curt sah auf seine Uhr.

»Können Sie uns noch etwas über den Toten verraten, Doktor?«, fragte Davidson.

»Er war alles in allem bei guter Gesundheit. Leichtes Untergewicht, aber gute Zähne; entweder ist er nicht hier aufgewachsen, oder er hat sich den schottischen Ernährungsgewohnheiten widersetzt. Eine Probe des – ziemlich geringen – Mageninhalts geht noch heute ins Labor. Seine letzte Mahlzeit scheint nicht sehr üppig gewesen zu sein: hauptsächlich Reis und Gemüse.

»Irgendeine Ahnung, woher er stammte.«

»Ich bin kein Experte auf diesem Gebiet.«

»Das ist uns bewusst, aber trotzdem ...«

»Naher Osten. Vielleicht Mittelmeerraum ...« Curts Stimme verebbte.

»Na, das engt das Gebiet doch schon mal ein«, meinte Rebus.

»Tätowierungen oder irgendwelche anderen besonderen Merkmale?«, wollte Wylie wissen, die noch immer verbissen mitschrieb.

»Nein.« Curt schwieg einen Moment. »Sie bekommen einen offiziellen Bericht, DS Wylie.«

»Jeder Anhaltspunkt hilft uns in der Zwischenzeit weiter.«

»Solchem Diensteifer begegnet man heutzutage wirklich selten.« Curt schenkte ihr ein Lächeln. Es stand seinem hageren Gesicht nicht gut. »Falls Sie noch Fragen haben, wissen Sie ja, wo Sie mich finden ...«

»Vielen Dank, Doktor«, sagte Davidson. Curt wandte sich an Rebus.

»Auf ein Wort, John ...« Sein Blick traf den von Davidson. »Nichts Dienstliches – ein private Angelegenheit«, erläuterte er. Er fasste Rebus am Ellbogen und geleitete ihn durch die Tür am Ende des Korridors, die in den Aufbewahrungsraum des gerichtsmedizinischen Instituts führte. Außer ihnen hielt sich dort niemand auf; zumindest niemand, dessen Herz noch schlug. Eine Seite des Raums war mit Metallschubladen voll gestopft. Gegenüber befand sich die Laderampe, an der die grauen Lieferwagen hielten, um den endlosen Strom von Leichnamen zu entladen. Das einzige Geräusch war das stete Summen des Kühlaggregats. Dennoch schaute sich Curt um, als fürchtete er, jemand könnte sie belauschen.

»Wegen Siobhans kleiner Bitte«, sagte er.

»Ja?«

»Richten Sie ihr aus, dass ich bereit bin, sie zu erfüllen.« Curt trat ganz nah an Rebus heran. »Aber nur unter der Bedingung, dass Gates nichts davon erfährt.«

»Weil er Sie ohnehin schon auf dem Kicker hat?«

Curts linkes Augenlid zuckte. »Ich wette, er hat die Geschichte heute jedem erzählt, der sie hören wollte.«

»Wir haben uns alle von den Knochen täuschen lassen, Doktor. Nicht nur Sie.«

Doch Curt wirkte verunsichert. »Hören Sie, richten Sie Siobhan nur aus, dass sie einzig und allein mit mir über die Sache reden soll.«

»Es bleibt unter uns«, versicherte Rebus ihm, und legte eine Hand auf Curts Schulter. Der starrte die Hand misstrauisch an.

»Wieso erinnern Sie mich an einen von Hiobs Freunden?«

»Ich höre Ihnen zu, Doktor.«

»Aber Sie verstehen kein Wort, habe ich Recht?«

»Wie immer, Doktor. Genau wie immer.«

Siobhan wurde bewusst, dass sie schon seit einer Weile auf ihren Computerbildschirm starrte, ohne wirklich zur Kenntnis zu nehmen, was darauf zu sehen war. Sie erhob sich und ging zu dem Tisch, auf dem der Kaffee stand und an dem eigentlich Rebus sitzen müsste. DCI Macrae hatte zweimal vorbeigeschaut und wirkte beinahe zufrieden angesichts von Rebus' Abwesenheit. Derek Starr saß in seinem Büro und sprach mit jemandem von der Staatsanwaltschaft über einen Fall.

»Kaffee, Col?«, fragte Siobhan.

»Nein, danke«, antwortete Tibbet. Er fuhr sich über den Hals, und seine Finger verharrten auf einer geröteten Stelle, die wahrscheinlich vom Rasieren stammte. Er wandte den

Blick nicht eine Sekunde von seinem Bildschirm ab, und seine Stimme klang abwesend.

»Irgendetwas von Interesse?«

»Nicht direkt. Ich versuche herauszufinden, ob es vielleicht Verbindungen zwischen mehreren zeitlich eng begrenzten Ladendiebstahlserien in der letzten Zeit gibt. Möglicherweise besteht eine Verbindung zwischen den Serien und dem Zugfahrplan …«

»Wie das?«

Ihm wurde bewusst, dass er zu viel gesagt hatte. Wenn man den ganzen Ruhm allein einheimsen wollte, musste man seine Informationen für sich behalten. Das gehörte zum Lästigsten an Siobhans Beruf. Polizisten waren eingefleischte Geheimniskrämer; Zusammenarbeit mit Kollegen wurde meist von Misstrauen begleitet. Tibbet ignorierte ihre Frage. Sie tippte mit dem Teelöffel gegen ihre Schneidezähne.

»Lassen Sie mich raten«, sagte sie. »Eine solche Diebstahlserie lässt auf eine oder mehrere organisierte Banden schließen … Da Sie den Zugfahrplan studieren, vermuten Sie, dass die Täter aus einer anderen Stadt kommen … Das bedeutet, die Diebstähle fangen erst nach der Ankunft eines bestimmten Zuges an und hören auf, sobald die Täter den Nachhauseweg angetreten haben.« Sie nickte. »Wie finden Sie mich bis jetzt?«

»Die entscheidende Frage ist, woher die Diebe kommen«, antwortete Tibbet zögernd.

»Newcastle?«, riet Siobhan. Tibbets Körpersprache verriet ihr, dass sie einen Volltreffer gelandet und das Spiel gewonnen hatte. Das Wasser kochte, sie goss ihren Becher voll und nahm ihn mit zum Schreibtisch.

»Newcastle«, wiederholte sie und setzte sich.

»Wenigstens tue ich etwas Sinnvolles – statt bloß im Internet zu surfen.«

»Glauben Sie, dass ich das tue?«

»Es sieht jedenfalls so aus.«

»Also, zu Ihrer Information: Ich suche nach einer vermissten Person … und besuche alle Websites, die dabei hilfreich sein könnten.«

»Ich kann mich nicht erinnern, dass heute eine Vermisstenmeldung eingegangen ist.«

Siobhan fluchte innerlich. Jetzt war *sie* in die Falle getappt.

»Tja, ich suche trotzdem nach der Person. Und darf ich Sie daran erinnern, dass ich von uns beiden den höheren Dienstgrad habe?«

»Heißt das, ich soll mich um meinen eigenen Kram kümmern?«

»Ganz recht, DC Tibbet, das heißt es. Und keine Sorge – Newcastle gehört einzig und allein Ihnen.«

»Vielleicht sollte ich mit den Kollegen dort sprechen, um zu erfahren, was sie über die örtlichen Verbrecherbanden wissen.«

Siobhan nickte. »Tun Sie, was immer Sie für richtig halten, Col.«

»Das ist nett von Ihnen, Shiv. Danke.«

»Nennen Sie mich nie wieder so, sonst reiße ich Ihnen den Kopf ab.«

»Alle hier nennen Sie Shiv«, protestierte Tibbet.

»Stimmt, aber Sie werden die Ausnahme von der Regel sein. Sie nennen mich in Zukunft Siobhan.«

Tibbet schwieg einen Moment, und Siobhan dachte, er beschäftige sich wieder mit seiner Bahnfahrplantheorie. Aber dann erklärte er: »Sie können es nicht leiden, Shiv genannt zu werden … aber das haben Sie noch nie jemand gesagt … Interessant …«

Siobhan wollte ihn eigentlich fragen, was er damit meinte, ließ es dann aber bleiben. Sie glaubte ohnehin, den Grund zu kennen: Tibbet war der Ansicht, dass diese neue Information ihm eine gewisse Macht verlieh: eine kleine Brandbombe, die er aufbewahren konnte, um sie irgendwann zu zünden. Nicht nötig, sich deswegen Sorgen zu machen, ehe es so weit war. Siobhan konzentrierte sich auf den Bildschirm, beschloss, eine neue Internetsuche zu starten. Sie war schon auf mehreren Websites von Organisationen gewesen, die sich um vermisste Personen kümmerten. Oft wollten diese Leute keinen direkten Kontakt mit ihren nächsten Verwandten haben, sie aber dennoch wissen lassen, dass es ihnen gut ging. Die Organisationen boten an, mittels ihrer Website Nachrichten auszutauschen. Siobhan hatte einen Text verfasst und nach dreimaligem Überarbeiten auf verschiedenen virtuellen Anschlagbrettern hinterlassen.

Ishbel – Mum und Dad vermissen dich, und deine Freundinnen auch. Melde dich bei uns, damit wir wissen, dass es dir gut geht. Vergiss niemals, dass wir dich lieben. Du fehlst uns.

Siobhan glaubte, die Nachricht würde ihren Zweck erfüllen. Sie war weder zu sachlich noch zu emotional. Sie verriet nicht, dass die Suchmeldung von jemandem stammte, der nicht zu Ishbels unmittelbarer Umgebung gehörte. Und selbst wenn die Jardines gelogen und doch Streit mit ihrer Tochter gehabt hatten, würde Ishbel bei der Erwähnung der Freundinnen vielleicht ein schlechtes Gewissen bekommen. Siobhan hatte das Foto neben ihre Tastatur gelegt.

»Freundinnen von Ihnen?«, hatte Tibbet vor einer Weile mit interessiertem Tonfall gefragt. Sie waren gut aussehende Mädchen, die im Pub und auf Partys im Mittelpunkt standen. Sie wussten, wie man sich amüsiert… Siobhan war klar, dass sie nie verstehen würde, was solche Mädchen umtrieb, aber das bedeutet nicht, dass sie es nicht weiter versuchen wollte. Sie verschickte noch einige E-Mails; diesmal an Polizeireviere. Sie kannte Kolleginnen in Dundee und Glasgow und informierte sie über Ishbels Verschwinden – nur den Namen und eine grobe Beschreibung, verbunden mit der Bemerkung, dass sie ihnen zu großer Dankbarkeit verpflichtet sein würde, falls sie ihr weiterhelfen konnten. Kaum hatte sie die E-Mails abgeschickt, klingelte ihr Handy. Liz Hetherington war am Apparat, ihre Kontaktperson in Dundee, ein Detective Sergeant bei der Tayside Police.

»Lange nichts von dir gehört«, sagte Hetherington. »Wieso liegt dir so viel an dem Mädchen?«

»Ich kenne die Familie«, erwiderte Siobhan. Da es unmöglich war, so leise zu sprechen, dass Tibbet es nicht mitbekam, stand sie auf und ging in den Flur. Auch hier hing der unangenehme Geruch in der Luft, so als würde die Wache von innen her verfaulen. »Sie wohnt in einem Dorf in West Lothian.«

»Okay, ich schicke eine Anfrage raus. Wieso glaubst du, sie könne hier sein?«

»Ich klammere mich einfach an jeden Strohhalm. Ich habe den Eltern versprochen, mich umzuhören.«

»Könnte sie nicht vielleicht im Rotlichtmilieu gelandet sein?«

»Wieso kommst du darauf?«

»Mädchen verlässt ihr Heimatdorf, angelockt von den Lichtern der Großstadt … das passiert doch ständig.«

»Sie ist Friseuse.«

»Stimmt, die werden überall gesucht«, gab Hetherington zu. »Dasselbe gilt allerdings auch für Damen des horizontalen Gewerbes.«

»Komisch, dass du in diese Richtung denkst«, sagte Siobhan. »Das Mädchen ist nämlich mit einem Typ gesehen worden, von dem ihre Kollegin meinte, er habe wie ein Zuhälter ausgesehen.«

»Na bitte. Hat sie Freundinnen, bei denen sie kurzfristig unterkommen könnte?«

»So weit bin ich noch nicht.«

»Okay, sollte eine von ihnen hier in der Nähe wohnen, dann sag Bescheid, und ich schau dort vorbei.«

»Danke, Liz.«

»Und komm mich mal besuchen, Siobhan. Ich werde dir beweisen, dass es in Dundee nicht so trostlos ist, wie ihr Hauptstädter immer glaubt.«

»An einem der nächsten Wochenenden, Liz.«

»Versprochen?«

»Versprochen.« Siobhan beendete das Gespräch. Jawohl, sie würde nach Dundee fahren... falls ihr dies reizvoller erscheinen sollte, als ein Wochenende auf dem Sofa mit Schokolade und alten Filmen zu verbringen; Frühstück im Bett, dazu ein gutes Buch und das erste Album von Goldfrapp im CD-Spieler... Mittagessen im Restaurant, dann vielleicht ein Film im Dominion oder Filmhouse und anschließend wieder nach Hause, wo eine gekühlte Flasche Weißwein auf sie wartete.

Sie stellte fest, dass sie wieder an ihrem Schreibtisch stand. Tibbet sah sie an.

»Ich muss weg«, sagte sie.

Er schaute auf die Uhr, so als wollte er den Zeitpunkt ihres Aufbruchs notieren. »Wissen Sie schon, wann Sie zurück sein werden?«

»In ein paar Stunden, sofern Sie nichts dagegen haben, DC Tibbet.«

»Nur für den Fall, dass jemand nach Ihnen fragt.«

»Na, dann will ich mal«, sagte Siobhan und schnappte sich Jacke und Tasche. »Da ist ein Kaffee, falls Sie einen wollen.«

»Besten Dank.«

Sie verließ ohne ein weiteres Wort den Raum, marschierte den Hügel hinunter zu der Straße, in der sie wohnte, und schloss ihren Peugeot auf. Die Autos vor und hinter ihr hatten nur wenig Platz zum Rangieren gelassen, sodass sie ein

Dutzend Mal vor- und zurückfahren musste, um aus der Parklücke zu kommen. Sie befand sich in einer Zone, in der nur Anwohner parken durften, aber dem Wagen vor ihr fehlte die nötige Erlaubnis. Er hatte auch schon einen Strafzettel unter einem Scheibenwischer. Sie hielt an und schrieb ABSCHLEPPWAGEN IST UNTERWEGS auf ein Blatt Papier aus ihrem Notizbuch. Dann stieg sie aus und schob es unter den anderen Scheibenwischer des BMW. Mit einem gewissen Gefühl der Befriedigung stieg sie wieder in ihren Wagen und fuhr los.

In der Stadt herrschte dichter Verkehr, und es gab keinen schnellen Weg zur M8. Sie klopfte mit den Fingern auf das Lenkrad und summte zur Musik von Jackie Leven; die CD war ein Geburtstagsgeschenk von Rebus, der ihr erzählt hatte, dass Leven aus derselben Gegend stammte wie er.

»Soll das eine Empfehlung sein?«, hatte sie geantwortet. Sie mochte das Album, konnte sich jedoch nicht auf die Texte konzentrieren. Sie musste an die Skelette in der Fleshmarket Close denken. Was hatten sie dort zu suchen? Es ärgerte sie, dass ihr keine Erklärung dafür einfiel. Außerdem ärgerte sie, dass sie ihre Jacke so behutsam über einem unechten Skelett ausgebreitet hatte …

Banehall lag auf halber Strecke zwischen Livingston und Whitburn, unmittelbar nördlich der Autobahn. Die Ausfahrt befand sich direkt hinter dem Ort, und ein Schild kurz vor der Abzweigung zeigte eine Zapfsäule sowie Messer und Gabel. Siobhan bezweifelte jedoch, dass viele Reisende das Angebot nutzten, nachdem sie kurz zuvor einen Blick auf Banehall hatten werfen können. Der Ort sah trostlos aus: Reihenhauszeilen von Anfang des letzten Jahrhunderts, eine nicht mehr benutzte Kirche und eine Fabrikanlage in desolatem Zustand, die nicht den Eindruck erweckte, als sei dieses Unternehmen je besonders erfolgreich gewesen. Die Tankstelle – nicht mehr in Betrieb, in den Ritzen der Betonauffahrt wucherte Unkraut – war das Erste, an dem sie nach dem Schild mit der Aufschrift »Willkommen in Banehall« vorbeikam. Das Schild hatte man allerdings übermalt, und jetzt stand »Wir sind The Bane« darauf. Die meisten Einwohner von Banehall, und nicht etwa nur die Teenager, nannten ihren Ort ohne jegliche Ironie »The Bane« – das Verderben. Ein anderes Straßenschild war von »Vorsicht – Kinder« zu »Vorsicht – Inder« geändert worden. Siobhan musste lächeln und sah suchend nach rechts und links, um den Friseursalon zu entdecken. Da es nur noch wenige, nicht verrammelte Läden gab, war das kein großes Problem. Der Friseursalon hieß schlicht »The Salon«. Siobhan hielt jedoch nicht an, sondern fuhr bis zum Ende der Main Street. Dort wendete sie, fuhr ein Stück zurück und bog in eine Wohnsiedlung ab.

Sie fand das Haus der Jardines relativ schnell, aber es war niemand zu Hause. Auch in der Nachbarschaft war kein Anzeichen von Leben zu sehen. Ein paar Autos am Straßenrand, ein Dreirad, dem eines der Räder fehlte. An vielen der mit Rauputz bedeckten Mauern war eine Satellitenschüssel befestigt. In einigen Wohnzimmerfenstern hingen selbst gebastelte Schilder: WHITEMIRE MUSS BLEIBEN. Whitemire, war, wie sie wusste, ein altes Gefängnis ein paar Kilometer außerhalb von Banehall. Zwei Jahre zuvor war es in eine Abschiebehaftanstalt umgewandelt worden und inzwischen wahrscheinlich der größte Arbeitgeber der Gegend … und es sollte noch vergrößert werden. Zurück auf der Main Street, stellte Siobhan fest, dass der einzige Pub dort den Namen The Bane trug. Sie war an keinem Café vorbeigekommen, nur an einem einsamen Imbiss. Der erschöpfte Reisende, der Messer und Gabel benutzen wollte, wäre gezwungen, sein Glück im Pub zu versuchen. Allerdings gab es keinen Hinweis darauf, ob man dort etwas zu essen bekam. Siobhan parkte und ging über die Straße zum Friseursalon. Auch hier hing ein Pro-Whitemire-Schild im Fenster.

Drinnen saßen zwei Frauen, die Kaffee tranken und rauchten. Es gab keine Kundschaft, und die beiden Friseusen wirkten nicht besonders begeistert darüber, dass sich das möglicherweise gerade ändern sollte. Siobhan holte ihren Dienstausweis heraus und stellte sich vor.

»Ich erinnere mich an Sie«, sagte die Jüngere. »Sie sind die Polizistin, die bei Tracys Beerdigung war. Sie haben Ishbel in der Kirche in den Arm genommen. Ich habe Mrs. Jardine anschließend gefragt, wer Sie waren.«

»Sie haben ein gutes Gedächtnis, Susie«, erwiderte Siobhan. Weder Susie noch die andere Frau hatten es für nötig befunden aufzustehen, und Siobhan hätte sich höchstens auf einen der Friseurstühle setzen können, doch sie blieb lieber stehen.

»Ich hätte nichts gegen einen Kaffee, wenn Sie einen haben«, meinte sie im Plauderton.

Die ältere Frau erhob sich träge. Siobhan fiel auf, dass ihre Fingernägel kunstvoll mit bunten Wirbeln lackiert waren. »Milch ist alle«, sagte sie warnend.

»Ich nehme ihn auch schwarz.«

»Zucker?«

»Nein, danke.«

Die Frau schlurfte zu einer Kochnische an der Rückwand des Ladens. »Ich bin übrigens Angie«, sagte sie zu Siobhan. »Inhaberin dieses Salons und Promifriseuse.«

»Geht's um Ishbel?«, fragte Susie.

Siobhan nickte und setzte sich auf den Platz, der auf der Polsterbank frei geworden war. Susie stand sofort auf, wie um der Nähe zu Siobhan zu entfliehen, und drückte ihre Zigarette in einem Aschenbecher aus. Sie ging zu einem der Frisierstühle, ließ sich darauf nieder, schob den drehbaren Stuhl mit ihren Füßen hin und her und musterte dabei ihre Frisur im Spiegel.

»Sie hat sich nicht gemeldet«, erklärte sie.

»Und Sie haben keine Ahnung, wo sie sein könnte?«

Ein Achselzucken. »Ihre Mum und ihr Dad sind fix und fertig, mehr weiß ich auch nicht.«

»Was können Sie mir über den Mann sagen, mit dem Sie Ishbel gesehen haben?«

Erneutes Achselzucken. Sie spielte an ihrem Pony herum. »Nicht sehr groß, stämmig.«

»Haare?«

»Weiß ich nicht mehr.«

»Hatte er vielleicht eine Glatze?«

»Nein, glaube ich nicht.«

»Kleidung?«

»Lederjacke… Sonnenbrille.«

»Nicht aus der Gegend hier?«

Kopfschütteln. »Hat ein schickes Auto gefahren…. schnittig.«

»BMW? Mercedes?«

»Ich bin keine Autoexpertin.«

»War es groß, klein, mit oder ohne Verdeck?

»Mittelgroß. Es hatte ein Dach, könnte aber auch ein Cabriolet gewesen sein.«

Angie kam mit einem Becher zurück. Sie reichte ihn Siobhan und setzte sich auf Susies früheren Platz.

Siobhan nickte dankend. »Wie alt war er, Susie?«

»Alt… Mitte Vierzig bis Mitte Fünfzig.«

Angie schnaubte: »Einer wie dir kommt das vielleicht alt vor.« Sie selbst war etwa fünfzig und hatte die Frisur einer zwanzig Jahre jüngeren Frau.

»Als Sie Ishbel nach ihm gefragt haben, was hat sie da gesagt?«

»Sie meinte, dass es mich nichts angeht.«

»Irgendeine Idee, wo sie ihn kennen gelernt haben könnte?«

»Nein.«

»Wohin ist sie gefahren, wenn sie abends ausgehen wollte?«

»Nach Livingston ... manchmal auch nach Edinburgh oder Glasgow. In die üblichen Pubs oder Klubs.«

»Ist sie noch mit anderen Freundinnen als Ihnen unterwegs gewesen?«

Susie nannte ein paar Namen, die Siobhan notierte.

»Susie hat schon mit allen gesprochen«, warnte Angie sie. »Sie werden Ihnen keine Hilfe sein.«

»Trotzdem vielen Dank.« Siobhan schaute sich betont auffällig in dem Friseursalon um. »Ist es normal, dass es hier so ruhig ist?«

»Am frühen Vormittag haben wir ein paar Kunden. Und später in der Woche ist mehr los.«

»Aber Ishbels Abwesenheit ist kein Problem?«

»Wir kommen zurecht.«

»Mir drängt sich die Frage auf ...«

Angie kniff die Augen halb zusammen. »Ja?«

»Wieso Sie zwei Friseusen beschäftigt haben?«

Angie sah Susie an. »Es war das Mindeste, das ich tun konnte.«

Siobhan begriff. Angie hatte vermutlich wegen des Selbstmords Mitleid mit Ishbel gehabt. »Fällt Ihnen ein Grund ein, wieso sie so plötzlich verschwunden ist?«

»Vielleicht hatte sie ein gutes Angebot ... Viele Leute kehren The Bane den Rücken und kommen nie wieder.«

»Der geheimnisvolle Bekannte?«

Jetzt zuckte Angie die Achseln. »Falls sie wegen ihm abgehauen ist, wünsche ich ihr viel Glück.«

Siobhan wandte sich an Susie. »Sie haben Ishbels Eltern erzählt, er habe wie ein Zuhälter ausgesehen.«

»Habe ich das?« Sie wirkte ehrlich überrascht. »Ja, vielleicht. Die Sonnenbrille, die Jacke ... er sah aus wie diese Typen im Film.« Ihre Augen wurden größer. »*Taxi Driver*!«, rief sie. »Der Zuhälter ... Wie heißt der Schauspieler doch gleich? Ich hab den Film vor ein paar Monaten im Fernsehen gesehen.«

»Und dem ähnelte dieser Mann?«

»Nein. Aber er trug einen Hut. Deshalb kann ich mich nicht an seine Frisur erinnern!«

»Was für einen Hut?«

Susies Elan verebbte. »Na, einen Hut halt.«

»Es gibt verschiedene Arten von Hüten.«

»Hmm.«

Siobhan schaute Angie hilfesuchend an. »Ein Fedora?«, schlug Angie vor. »Oder ein Homburg?«

»Keine Ahnung, was das für welche sind«, antwortete Susie.

»War es so ein Hut, wie ihn die Gangster in den alten Filmen tragen?«

Susie schien nachzudenken. »Schon möglich«, meinte sie schließlich.

Siobhan schrieb ihre Handynummer auf einen Zettel. »Vielen Dank, Susie. Wenn Ihnen noch etwas einfällt, rufen Sie mich dann bitte an?«

Susie nickte. Da sie zu weit weg saß, gab Siobhan Angie den Zettel. »Dasselbe gilt für Sie.« Angie nickte und faltete den Zettel in der Mitte.

Die Tür ging klappernd auf, und eine gebeugte ältere Frau trat ein.

»Mrs. Prentice«, rief Angie zur Begrüßung.

»Bin ein bisschen zu früh dran, Angie. Haben Sie trotzdem Zeit für mich?«

Angie war bereits aufgestanden. »Für Sie, Mrs. Prentice würde ich meinen gesamten Terminplan umwerfen.« Susie räumte den Friseurstuhl, damit Mrs. Prentice dort Platz nehmen konnte, sobald sie sich ihres Mantels entledigt hatte. Siobhan stand ebenfalls auf. »Eine Sache noch, Susie«, sagte sie.

»Was?«

Siobhan ging zur Kochnische, und Susie folgte ihr. »Die Jardines haben mir erzählt, dass Donald Cruikshank aus dem Gefängnis entlassen worden ist.«

Susies Miene erstarrte.

»Haben Sie ihn schon gesehen?«, fragte Siobhan.

»Ein- oder zweimal. Dieses miese Dreckstück.«

»Haben Sie mit ihm gesprochen?«

»Kein Gedanke! Die Stadtverwaltung hat ihm eine Wohnung besorgt – ist das zu fassen? Seine Eltern wollten nichts mehr mit ihm zu tun haben.«

»Hat Ishbel mit Ihnen über ihn geredet?«

»Nur, dass sie derselben Meinung wie ich war. Glauben Sie, sie ist seinetwegen von hier weg?«

»Glauben Sie's?«

»*Er* sollte aus der Stadt abhauen«, fauchte Susie.

Siobhan nickte zustimmend. »Nun denn«, sagte sie und schwang die Tasche über die Schulter, »vergessen Sie nicht, mich anzurufen, wenn Ihnen noch etwas einfällt.«

»Klar«, sagte Susie. Sie betrachtete Siobhans Frisur. »Soll ich mich mal um Ihre Haare kümmern?«

Unwillkürlich griff Siobhan sich mit der rechten Hand an den Kopf. »Was gefällt Ihnen an meiner Frisur nicht?«

»Na ja ... es ist nur so ... sie lässt Sie älter aussehen, als Sie wahrscheinlich sind.«

»Vielleicht ist das ja genau meine Absicht«, antwortete Siobhan leicht verunsichert und ging zur Tür.

»Dauerwelle und eine leichte Tönung?«, fragte Angie gerade ihre Kundin, als Siobhan den Friseursalon verließ. Draußen blieb sie einen Moment unschlüssig stehen. Sie hatte vorgehabt, Susie nach dem Exfreund von Ishbel zu fragen, mit dem sie noch immer freundschaftlich verbunden zu sein schien. Aber sie hatte keine Lust, wieder hineinzugehen. In der Nähe gab es einen geöffneten Zeitungskiosk. Sie überlegte, sich eine Tafel Schokolade zu besorgen, entschied sich dann aber, dem Pub einen Besuch abzustatten. Sie würde Rebus davon erzählen, und vielleicht wäre er sogar beeindruckt, wenn sich herausstellen sollte, dass es sich um eine der wenigen Bars in Schottland handelte, in denen er noch nicht gewesen war.

Sie schob die schwarze Holztür auf und erblickte pockennarbiges rotes Linoleum und eine Verlourstapete im gleichen Farbton. Eine Lifestyle-Illustrierte hätte den Ausdruck »campy« benutzt und das Revival von Siebzigerjahrescheußlichkeiten gefeiert… aber das hier war noch der unverfälschte Originalstil. An den Wänden hingen ein Pferdegeschirr aus Messing und eine gerahmte Karikatur, die Hunde zeigte, wie sie im Stil von Männern aufrecht gegen eine Wand pinkelten. Im Fernsehen lief ein Pferderennen, und die Luft war von Zigarettenrauch geschwängert. Drei Männer schauten von einem Dominobrett auf. Einer stand auf und ging hinter die Theke.

»Was darf's sein, meine Liebe?«

»Soda mit Lime Juice«, antwortete sie und setzte sich auf einen Barhocker. Über die Dartscheibe war ein Glasgow-Rangers-Schal drapiert; daneben stand ein Billardtisch, dessen Filzbespannung an mehreren Stellen geflickt war. Und es gab keinen Hinweis darauf, dass Messer und Gabel auf dem Schild an der Autobahn ihre Berechtigung besaßen.

»Fünfundachtzig Pence«, sagte der Wirt und stellte das Glas vor sie hin. Momentan, das war ihr klar, gab es für sie nur eine Einstiegsfrage – *Kommt Ishbel Jardine manchmal her* –, aber sie wusste nicht, was das bringen sollte. Zum einen würde sie verraten, dass sie Polizistin war, zum anderen bezweifelte sie, dass sie von diesen Männern, selbst wenn sie Ishbel kannten, irgendetwas Brauchbares erfahren würde. Sie hob das Glas an die Lippen und merkte sofort, dass zu viel Lime Juice darin war. Die Flüssigkeit schmeckte klebrig und hatte nicht genug Kohlensäure.

»Alles in Ordnung?«, erkundigte sich der Wirt. Es klang mehr nach einer Drohung als nach einer Frage.

»Prima«, erwiderte sie.

Zufrieden mit dieser Antwort, verließ er die Theke und kehrte zu seinem Spiel zurück. Auf dem Tisch stand ein Topf mit Kleingeld, Zehn- und Zwanzig-Pence-Münzen. Die Männer, mit denen der Wirt spielte, schienen Rentner zu sein. Sie knallten die Dominosteine mit übertriebener Wucht auf das Brett und klopften dreimal, wenn sie nicht ziehen konnten. Sie hatten das Interesse an ihr bereits verloren. Siobhan sah sich nach der Damentoilette um, entdeckte die Tür links neben der Dartscheibe und ging darauf zu. Jetzt würden die Männer glauben, sie sei nur hereingekommen, um aufs Klo zu gehen, und habe das Getränk pro forma bestellt. Die Toilette wirkte sauber, allerdings hing über dem Waschbecken kein Spiegel, stattdessen war die Wand mit Kugelschreiber-Graffiti bedeckt.

Sean fickt klasse

Kenny Reilly hat 'n' geilen Arsch!!!

Schlampen halten zusammen!

Wir sind die Bane Bunnies

Siobhan lächelte und ging in die einzige Kabine. Das Schloss war kaputt. Sie setzte sich in Vorfreude auf weitere Graffiti.

Donny Cruikshank – Dead Man Walking

Donny das Schwein

Killt den Kerl

Kastriert Cruik

Blutige Rache, Schwestern!!!

Gott segne Tracy Jardine

Es gab noch mehr – viel mehr – Sprüche, und eindeutig nicht alle in derselben Handschrift geschrieben. Schwarzer

Marker, blauer Kugelschreiber, gelber Filzstift. Siobhan nahm an, dass der Spruch mit den drei Ausrufezeichen von derselben Person stammten wie der mit den dreien über dem Waschbecken. Sie fragte sich, ob Ishbel Jardine zu den Autorinnen zählte; ein Handschriftenvergleich würde das klären. Sie durchsuchte ihre Tasche, aber dann fiel ihr ein, dass ihre Digitalkamera im Handschuhfach des Peugeots lag. Sie würde sie holen. Sollten die Dominospieler doch denken, was sie wollten.

Als sie die Tür öffnete, bemerkte sie, dass ein weiterer Gast eingetroffen war. Er stützte die Ellbogen auf die Theke, hielt den Kopf gesenkt, wackelte mit den Hüften. Ihr Hocker stand direkt neben seinem. Er hörte das Quietschen der Toilettentür und drehte sich um. Sie erblickte einen rasierten Schädel, ein teigiges Gesicht und einen Zweitagebart.

Drei senkrechte Streifen auf seiner rechten Wange – Narben.

Donny Cruikshank.

Das letzte Mal hatte sie ihn in einem Edinburgher Gerichtsaal gesehen. Er erkannte sie bestimmt nicht wieder. Sie war nicht als Zeugin vorgeladen gewesen, hatte nie Gelegenheit gehabt, ihn zu verhören. Sie freute sich, ihn in so schlechter Verfassung zu sehen. Sein nicht allzu langer Aufenthalt im Gefängnis hatte ausgereicht, um ihm einen Teil seiner jugendlichen Vitalität zu rauben. Sie wusste, dass es unter Gefängnisinsassen eine Hackordnung gab, und Sexualstraftäter rangierten ganz unten. Sein Mund öffnete sich zu einem matten Lächeln, und er schenkte dem Bier, das gerade vor ihn hingestellt worden war, keine Beachtung. Der Wirt stand mit versteinerter Miene da, hielt die Hand ausgestreckt, um das Geld entgegenzunehmen. Man konnte sehen, dass er über Cruikshanks Anwesenheit nicht begeistert war. Eines von Cruikshanks Augen war blutunterlaufen, als hätte ihm jemand einen Boxhieb verpasst.

»Alles klar, Schätzchen?«, rief er. Sie ging auf ihn zu.

»Was fällt Ihnen ein, mich so zu nennen«, sagte sie eisig.

»Oooh! ›Was fällt Ihnen ein, mich so zu nennen‹.« Der Versuch, sie nachzuäffen, war erbärmlich, und außer Cruikshank lachte niemand. »Ich mag Mädels, die Mumm haben.«

»Pass auf, sonst zerquetsch ich dir mit meinem Mumm die Eier.«

Cruikshank schien seinen Ohren nicht zu trauen. Nach einem Moment der Verblüffung warf er johlend den Kopf in den Nacken.

»Hast du so was schon mal gehört, Malky?«

»Lass es gut sein, Donny«, sagte der Wirt in warnendem Ton.

»Und wenn nicht? Zeigst du mir dann mal wieder die rote Karte?« Er sah sich um. »Tja, der Laden wird mir fehlen«, Sein Blick verharrte auf Siobhan. »Denn das Angebot an Schnepfen ist gerade eben deutlich besser geworden ...«

Der Aufenthalt hinter Gittern hatte ihm körperlich zugesetzt, aber er hatte auch davon profitiert, besaß eine neue Art von Großspurigkeit, kombiniert mit Unverfrorenheit.

Siobhan wusste, dass sie zuschlagen würde, wenn sie bliebe. Aber sie wusste auch, dass die körperlichen Schmerzen, die sie ihm zufügen würde, ihm nichts ausmachten. Und das hieße, dass er triumphieren würde, weil sie die Kontrolle verloren hatte. Also verließ sie stattdessen den Pub und versuchte, die Worte zu ignorieren, die er ihr nachrief.

»Guck dir mal diesen Arsch an, Malky. Komm zurück Süße, ich hab hier einen Hauptgewinn für dich!«

Draußen angekommen hastete Siobhan zu ihrem Auto. Ihr Herz raste. Sie nahm hinter dem Steuer Platz und versuchte, ihren Atem unter Kontrolle zu bringen. *Arschloch,* dachte sie. *Arschloch, Arschloch, Arschloch...* Sie starrte auf das Handschuhfach. Sie würde ein andermal wiederkommen, um die Fotos zu machen. Ihr Handy klingelte. Auf dem Display stand Rebus' Nummer. Sie atmete tief durch, denn sie wollte nicht, dass er ihrer Stimme etwas anmerkte.

»Was ist los, John?«, fragte sie

»Siobhan? Was ist mit *Ihnen* los?«

»Was soll mit mir sein?«

»Sie klingen, als wären Sie einmal um Arthur's Seat gejoggt.«

»Bin bloß zum Auto gerannt.« Sie blickte zum blassblauen Himmel empor. »Es regnet hier.«

»Es regnet? Wo zum Teufel sind Sie?«

»In Banehall.«

»Und verraten Sie mir auch, wo das ist?«

»In West Lothian, hinter Livingston, direkt an der Autobahn.«

»Ja, jetzt weiß ich's wieder – ein Pub namens The Bane, stimmt's?«

Gegen ihren Willen musste sie lächeln. »Ganz genau.«

»Was machen Sie da draußen?«

»Das ist eine lange Geschichte. Was treiben Sie gerade?«

»Nichts, was ich nicht unterbrechen kann, um mir eine lange Geschichte anzuhören. Fahren Sie demnächst zurück in die Stadt?«

»Ja.«

»Dann kommen Sie ja quasi an Knoxland vorbei.«

»Und dort finde ich Sie?«

»Sie können mich nicht verfehlen – wir haben zum Schutz vor den Eingeborenen eine Wagenburg errichtet.«

Siobhan beobachtete, wie die Tür des Pubs von innen geöffnet wurde und Donny Cruikshank irgendwelche Unflätigkeiten von sich gab. Ein Abschiedsgruß mit zwei hochgereckten Fingern, gefolgt von einer Ladung Spucke. Anscheinend hatte Malky die Nase voll von ihm. Siobhan ließ den Motor an.

»Ich bin in einer Dreiviertelstunde bei Ihnen.«

»Bringen Sie Munition mit. Zwei Schachteln Bensons Gold.«

»Zigaretten kriegen Sie von mir nicht, John.«

»Der letzte Wunsch eines Totgeweihten, Shiv.«

4

Rebus' »Wagenburg« bestand in Wahrheit aus einem Einraum-Bürocontainer, den man auf dem Parkplatz in der Nähe des Tatorts abgestellt hatte. Der Container war grün gestrichen, besaß ein einziges, vergittertes Fenster und eine besonders stabile Tür. Als Rebus aus seinem Wagen ausgestiegen war, hatte die allgegenwärtige Kinderhorde Geld dafür verlangt, dass sie auf den Wagen aufpassten. Er hatte mit dem Finger auf sie gezeigt.

»Wenn ein Spatz auf meine Windschutzscheibe auch nur furzt, leckt ihr sie sauber.«

Inzwischen stand er rauchend in der Tür des Containers. Ellen Wylie schrieb etwas auf einem Laptop. Sie verwendeten einen tragbaren Computer, damit sie ihn abends mitnehmen konnten. Andernfalls hätte jemand die ganze Nacht vor der Tür Wache schieben müssen. Einen Telefonanschluss zu bekommen war unmöglich, deshalb benutzte man Handys. Aus einem der Hochhäuser kam DC Charlie Reynolds herüber, der hinter seinem Rücken »Rat-Arse« genannt wurde. Er war Ende vierzig, fast so breit wie hoch und früher ein guter Rugby-Spieler gewesen; hatte sogar eine Saison lang um die Landesmeisterschaft der Polizeiteams mitgespielt. Als Folge davon sah sein Gesicht ziemlich vernarbt aus. Seine Frisur hätte zu einem Gauner aus der Zeit um 1920 gepasst. Reynolds stand in dem Ruf, andere Leute schnell auf die Palme zu bringen.

»Elende Zeitverschwendung«, knurrte er.

»Niemand will mit uns reden?«, vermutete Rebus.

»Das Problem sind die Leute, *die* mit uns reden.«

»Wieso?« Rebus bot Reynolds eine Zigarette an, der sie, ohne sich zu bedanken, nahm.

»Die Leute sprechen nicht ein Wort Englisch. Siebenundfünfzig Nationalitäten gibt's in dem Scheißkasten.« Er wies auf das Hochhaus. »Und die Gerüche! Ich möchte nicht wissen, was die Leute kochen, aber mir ist aufgefallen, dass hier kaum Katzen rumlaufen.« Reynolds bemerkte Rebus' Miene. »Verstehen Sie mich nicht falsch, John, ich bin kein Rassist. Aber man fragt sich doch …«

»Was?«

»Die Sache mit den Asylanten. Ich meine, nehmen wir mal an, Sie müssten Schottland verlassen, okay? Weil man Sie gefoltert hat oder so … Sie würden doch in das nächstgelegene sichere Land gehen, stimmt's; denn Sie würden ja möglichst dicht an der alten Heimat sein wollen. Aber diese Leute …« Er starrte auf das Hochhaus, dann schüttelte er den Kopf. »Verstehen Sie, was ich meine?«

»Ich glaube schon, Charlie.«

»Die Hälfte von denen ist noch nicht mal bereit, unsere Sprache zu lernen. Kassieren bloß Geld vom Staat, und das war's.« Rebus konzentrierte sich auf seine Zigarette. »Sie haben's gut, Sie können sich jederzeit zum Gayfield Square verdrücken; wir anderen müssen uns hier irgendwie durchschlagen.«

»Mir kommen gleich die Tränen, Charlie«, sagte Rebus. Ein weiteres Auto bog auf den Parkplatz ein: Shug Davidson. Er kam von einer Besprechung, bei der über das Ermittlungsbudget verhandelt worden war, und schien über das Ergebnis nicht gerade begeistert zu sein.

»Keine Dolmetscher?«, fragte Rebus.

»Oh, wir können jede Menge Dolmetscher kriegen«, entgegnte Davidson, »nur bezahlen können wir sie nicht. Unser hoch verehrter Assistant Chief Constable meint, wir sollen uns an die Stadtverwaltung wenden, vielleicht leiht uns die kostenlos einen oder zwei aus.«

»Wieso nicht, die schmeißt ja auch sonst das Geld zum Fenster raus«, murmelte Reynolds.

»Was meinen Sie damit?«, wollte Davidson wissen.

»Nichts, Shug, nichts.« Reynolds trat mit finsterer Entschlossenheit seine Zigarette aus.

»Charlie meint, den Leuten aus Knoxland wird zu viel Geld in den Rachen geworfen«, erklärte Rebus.

»Das habe ich nicht gesagt.«

»Ich kann manchmal Gedanken lesen. Eine Gabe, die ich von meinem Vater geerbt habe. Und er von seinem Vater ...« Nun trat Rebus seine Zigarette aus. »Mein Großvater stammte übrigens aus Polen. Wir waren nie eine reinrassige Nation, Charlie – finden Sie sich endlich damit ab.« Mit diesen Worten ging Rebus auf Siobhan Clarke zu, die gerade eingetroffen war. Sie ließ für einen Moment die Umgebung auf sich wirken.

»Dabei hat man sich in den Sechzigerjahren so viel von Beton versprochen«, bemerkte sie. »Und was die Wandgemälde betrifft ...«

Rebus nahm die Sprüche überhaupt nicht mehr wahr: KANAKEN RAUS... SCHEISS PAKIS... WHITE POWER... Irgendein Scherzkeks hatte versucht, in »power« ein »d« hineinzuquetschen, um »white powder« – weißer Puder – daraus zu machen. Rebus fragte sich, wie viel Macht die Dealer in der Siedlung hatten. Vielleicht ein zusätzlicher Grund für die Feindseligkeiten. Die Ausländer konnten sich Drogen wahrscheinlich nicht leisten. SCHOTTLAND DEN SCHOTTEN. Ein älteres Graffito war von JUNKIES VERPISST EUCH in NEGER VERPISST EUCH geändert worden.

»Nett hier«, sagte Siobhan. »Danke für die Einladung.«

»Kein Mitbringsel für mich?«

Sie gab ihm die Zigaretten. Er küsste die beide Schachteln und steckte sie sich in die Tasche. Davidson und Reynolds waren im Container verschwunden.

»Erzählen Sie mir jetzt die Geschichte?«, fragte er.

»Zeigen Sie mir jetzt Knoxland?«

Rebus zuckte die Achseln. »Von mir aus.« Sie setzten sich in Bewegung. Die Siedlung wurde von vier achtstöckigen Hochhäusern dominiert, die an den Ecken eines Platzes aufragten, in dessen Mitte sich ein trostloser Spielplatz befand. In jeder Etage gab es einen Laufgang, und jede Wohnung verfügte über einen Balkon mit Blick auf eine der beiden Schnellstraßen.

»Ziemlich viele Satellitenschüsseln«, stellte Siobhan fest. Rebus nickte. Auch er hatte sich Gedanken über die Schüsseln gemacht, über das Bild von der Wirklichkeit, das sie in die Wohnzimmer und die Köpfe der Menschen übertrugen. Tagsüber wurde für Unfallversicherungen, abends für Alkohol geworben. Eine ganze Generation wuchs in dem Glauben auf, man könne das Leben mithilfe der Fernbedienung kontrollieren.

Inzwischen wurden Siobhan und Rebus von mehreren Kindern auf Fahrrädern umkreist. Andere lungerten vor einer Mauer herum und teilten sich eine Zigarette sowie den Inhalt einer Limonadenflasche, der allerdings nicht wie Limonade aussah. Sie trugen Baseballmützen und Turnschuhe, eine Mode, die aus einer anderen Kultur den Weg zu ihnen gefunden hatte.

»Der ist zu alt für dich!«, brüllte einer der Jungs, gefolgt von Gelächter und dem üblichen schweineartigen Gegrunze.

»Ich besorg's dir besser als er!«, rief dieselbe Stimme.

Sie marschierten weiter. Der Tatort wurde an beiden Enden von zwei Uniformierten bewacht, die mit ihrer

Geduld langsam am Ende waren, weil sie ständig gefragt wurden, wieso man den Verbindungsgang nicht benutzen durfte.

»Bloß weil irgendwer so'n Schlitzauge abgemurkst hat.«

»War kein Schlitzauge, war 'n Eseltreiber, hab ich gehört.«

Die Stimme wurde lauter: »He, Mann, wieso dürfen die beiden durch un' wir nich'? Das ist Diskriminierung, jawohl…«

Rebus war mit Siobhan an dem Uniformierten vorbeigegangen. Viel zu sehen gab es allerdings nicht. Der Boden war noch immer voller Blutflecken, und es roch nach wie vor nach Urin. Jeder Quadratzentimeter der Mauern war mit Schmierereien bedeckt. »Wer immer er war, jemand trauert um ihn«, erklärte Rebus leise, als er einen kleinen Strauß Blumen am Tatort liegen sah. Genau genommen war es kein richtiger Strauß, sondern nur eine Hand voll Wildhafer und einige Pusteblumen, irgendwo am Straßenrand gepflückt.

»Ob uns der- oder diejenige damit etwas sagen will?«, fragte Siobhan.

Rebus zuckte die Achseln. »Vielleicht hatte er oder sie kein Geld für Blumen oder wusste nicht, wo man welche bekommt.«

»Leben wirklich so viele Ausländer in Knoxland?«

Rebus schüttelte den Kopf. »Wahrscheinlich nicht mehr als sechzig oder siebzig.«

»Das sind aber sechzig oder siebzig mehr als vor ein paar Jahren.«

»Ich will doch nicht hoffen, dass Sie ein weiblicher Rat-Arse Reynolds werden wollen.«

»Nein, ich versetze mich lediglich in die Lage der Menschen hier. Viele mögen es nicht, wenn Ausländer oder Leute, die auch nur ein bisschen fremdartig aussehen, in ihrer Nachbarschaft einziehen. Manchmal braucht man bloß, so wie ich, einen englischen Akzent zu haben, und schon kriegt man Probleme.«

»Das ist was anderes. Es gibt, historisch gesehen, viele gute Gründe für einen Schotten, die Engländer zu hassen.«

»Und natürlich auch umgekehrt.«

Sie waren am anderen Ende des Verbindungsgangs angekommen. Hier blickten sie auf mehrere viergeschossige Wohnblocks und daneben ein paar Reihenhauszeilen.

»Die Reihenhäuser sind für Rentner gebaut worden«, erläuterte Rebus. »Hatte irgendwas damit zu tun, dass sie weiterhin am Gemeinschaftsleben teilhaben sollten.«

»Nice Dream, um mit Thom Yorke zu sprechen.«

Genau das war Knoxland: ein schöner Traum. In anderen Gegenden der Stadt gab es noch etliche andere. Die Architekten waren damals so stolz auf ihre Bebauungspläne und Modelle. Denn wer entwirft schon absichtlich ein Ghetto?

»Wieso Knoxland?«, fragte Siobhan. »Die Siedlung ist doch nicht etwa nach John Knox, dem Calvinisten benannt, oder?«

»Wohl kaum. Knox wollte Schottland in ein neues Jerusalem verwandeln. Ich bezweifle, dass Knoxland die Kriterien dafür erfüllt.«

»Ich weiß über ihn bloß, dass er keine Statuen in der Kirche haben wollte und Frauen nicht besonders leiden konnte.«

»Er wollte auch nicht, dass sich Menschen amüsieren. Zu seiner Zeit erwarteten die Schuldigen Tauchstühle und Hexenprozesse ...« Rebus legte eine Kunstpause ein. »Er hatte also auch seine guten Seiten.«

Rebus wusste nicht, wohin sie gingen. Siobhan wirkte voll nervöser Energie, die sie irgendwie loswerden musste. Sie hatte kehrtgemacht und lief jetzt auf eines der Hochhäuser zu.

»Wollen wir?«, sagte sie und versuchte, die Eingangstür zu öffnen. Aber sie war verschlossen.

»Eine Maßnahme aus jüngster Zeit«, erklärte Rebus. »Es wurden auch Überwachungskameras neben den Fahrstühlen angebracht. Um Vandalen fern zu halten.«

»Überwachungskameras?« Siobhan beobachtete, wie Rebus eine vierstellige Zahlenkombination in das Tastenfeld an der Tür eingab. Er schüttelte als Reaktion auf ihre Frage den Kopf.

»Sind leider nicht eingeschaltet. Die Stadtverwaltung hat kein Geld für einen Menschen, der sie in Betrieb hält.« Er zog die Tür auf. In der Eingangshalle gab es zwei Fahrstühle. Beide funktionierten, also erfüllte das Tastenfeld offenbar seinen Zweck.

»Oberste Etage«, sagte Siobhan, als sie in den linken der beiden Fahrstühle einstiegen. Rebus drückte auf den Knopf, und die Türen schlossen sich ruckelnd.

»Und nun zu Ihrer Geschichte ....«, sagte Rebus. Also erzählte sie ihm, worum es ging. Das dauerte nicht lange. Als sie fertig war, befanden sie sich auf einem der Laufgänge und lehnten sich auf die niedrige Brüstung. Es wehte ein böiger Wind. In nordöstlicher und östlicher Richtung blickte man stadteinwärts bis zum Corstorphine Hill und nach Craiglockhart.

»Sehen Sie nur, wie viel Platz ringsum ist. »Warum hat man nicht lauter kleine Häuser errichtet?«

»Wie bitte? Das hätte doch bedeutet, auf das Gemeinschaftsleben zu verzichten.« Rebus wandte sich ihr zu.

»Wollen Sie Cruikshank zum Verhör vorladen?«, fragte er. »Ich könnte ihn festhalten, und Sie verpassen ihm eine ordentliche Abreibung.«

»Die guten alten Polizeimethoden, was?«

»Ich finde die Vorstellung immer sehr anregend.«

»Das ist nicht nötig. Ich habe ihm schon eine verpasst ...

hier drin.« Sie klopfte gegen ihren Kopf. »Aber danke für das Angebot.«

Rebus zuckte die Achseln, wandte sich ab und betrachtete die Aussicht. »Das Mädchen wird zurückkommen, wenn sie es will.«

»Ich weiß.«

»Rein juristisch ist sie gar keine vermisste Person.«

»Sie haben doch auch schon Freunden einen Gefallen erwiesen.«

»Da ist was dran«, gab Rebus zu. »Aber rechnen Sie nicht mit einem Erfolgserlebnis.«

»Keine Sorge.« Sie deutete auf das Hochhaus, das schräg gegenüber desjenigen stand, in dem sie sich gerade befanden. »Was sehen Sie?«

»Nichts, was ich nicht für den Preis eines Biers abfackeln würde.«

»Kaum Schmierereien. Ich meine, verglichen mit den anderen Häusern.«

Rebus schaute hinunter zum Erdgeschoss. Es stimmte: Bei diesem Haus war der Rauputz sauberer als bei den anderen. »Das ist Stevenson House. Vielleicht hat jemand in der Stadtverwaltung schöne Erinnerungen an die Lektüre der *Schatzinsel.* Wenn wir nächstes Mal ein Strafmandat bezahlen, wird das Geld garantiert als Anzahlung auf einen weiteren Kübel Farbe verwendet.« Hinter ihnen gingen die Fahrstuhltüren auf, und zwei ziemlich lustlos wirkende Uniformierte erschienen, je ein Klemmbrett in der Hand.

»Zum Glück die letzte Etage«, brummelte einer. Er entdeckte Siobhan und Rebus. »Wohnen Sie hier?«, fragte er und zückte automatisch seinen Stift, um ihre Namen auf seiner Liste zu notieren.

Rebus blickte Siobhan an. »Anscheinend sehen wir schäbiger aus, als ich gedacht habe.« Dann, an den Uniformierten gewandt: »Wir sind vom CID, mein Sohn.«

Der andere Uniformierte quittierte die Fehleinschätzung seines Kollegen mit einem Schnauben. Er klopfte bereits an der ersten Wohnungstür. Rebus hörte drinnen aufgebrachte Stimmen. Die Tür wurde aufgerissen.

Der Mann war bereits auf hundertachtzig. Seine Frau stand hinter ihm, die Fäuste geballt. Als er die Polizisten sah, verdrehte er die Augen. »Ihr Typen habt mir gerade noch gefehlt.«

»Wenn Sie sich bitte beruhigen würden, Sir…«

Rebus hätte dem jungen Constable den Rat geben können, dass man mit einer wandelnden Bombe anders umgehen musste; man sollte ihr niemals sagen, was sie war.

»Beruhigen? Sie haben gut reden, Freundchen. Ihr seid wegen dem Kerl hier, der umgebracht wurde, stimmt's? Hier draußen schreien Leute laut um Hilfe, Autos brennen, andauernd stolpert man über Junkies… Aber euer Verein lässt sich nur dann blicken, wenn einer von *denen* mal was abkriegt. Nennen Sie das Gerechtigkeit?«

»Die haben es nicht anders verdient«, fauchte seine Frau. Sie trug eine graue Jogginghose und ein dazu passendes Kapuzenshirt. Allerdings sah sie nicht besonders sportlich aus.

»Dürfte ich Sie daran erinnern, dass es um einen Mord geht?« Die Wangen des Constables waren rot angelaufen. Rebus beschloss einzugreifen.

»Detective Inspector Rebus«, sagte er und zeigte seinen Dienstausweis vor. »Wir tun hier nur unsere Arbeit, und wir wären Ihnen äußerst dankbar, wenn Sie uns unterstützen würden.«

»Und was haben wir davon?« Die Frau hatte sich neben ihrem Mann aufgepflanzt, und zusammen füllten sie den Türrahmen mehr als aus. Es war, als hätte der Streit zwischen ihnen nie stattgefunden – Seite an Seite gegen den Rest der Welt.

»Das Gefühl, verantwortungsvolle Bürger zu sein«, antwortete Rebus. »Sie würden etwas Gutes für Ihre Nachbarschaft tun. Und beunruhigt es Sie denn gar nicht, dass da draußen ein gefährlicher Mörder frei herumläuft?«

»Wer immer das auch ist, auf uns hat er's nicht abgesehen.«

»Von mir aus kann er so viele von denen umlegen, wie er will. Vielleicht hauen sie dann ab«, bekräftigte ihr Gatte.

»Das darf doch wohl nicht wahr sein«, murmelte Siobhan. Sie hatte wahrscheinlich nicht beabsichtigt, dass die Eheleute es hörten, aber das hatte nicht geklappt.

»Und wer ist die Tussi da?«

»Die Tussi ist meine Kollegin«, erwiderte Rebus. »Jetzt hören Sie mir mal gut zu...« Er wirkte plötzlich um einiges größer, und die beiden hörten tatsächlich gut zu. »Wir können das hier auf die nette oder auf die unangenehme Tour machen – Sie haben die Wahl.«

Der Mann musterte Rebus. Seine Schultern entspannten sich ein wenig. »Wir wissen überhaupt nichts«, sagte er. »Zufrieden?«

Die Frau schnaubte. »So wie der sich aufgeführt hat, wundert es mich, dass das nicht schon früher passiert ist...« Sie brach ab, als der wütende Blick ihres Mann sie traf.

»Blöde Kuh«, schimpfte er leise. »Jetzt werden wir die Typen gar nicht mehr los.« Erneut fiel sein Blick auf Rebus.

»Sie haben die Wahl«, wiederholte Rebus. »Entweder Wohnzimmer oder Polizeirevier.«

Ehemann und Ehefrau antworteten im Chor: »Wohnzimmer.«

Irgendwann gab es in dem Raum nur noch Stehplätze. Die beiden Constables hatte man mit dem Auftrag weggeschickt, auch noch die restlichen Hausbewohner zu befragen, dabei jedoch kein Sterbenswort über die Sache zu verraten.

»Wahrscheinlich hat das nur zur Folge, dass bei unserer Rückkehr die gesamte Wache Bescheid weiß«, hatte Shug Davidson gemeint, der, assistiert von Wylie und Reynolds, inzwischen die Befragung leitete. Rebus hatte Davidson beiseite genommen.

»Sorgen Sie dafür, dass Rat-Arse die beiden befragt.« Davidsons Blick hatte nach einer Erklärung verlangt. »Sagen wir mal so: Mit einiger Wahrscheinlichkeit werden sie ihm gegenüber die Wahrheit sagen. Ich glaube, die drei stimmen in gewissen gesellschaftspolitischen Fragen überein. Mit Rat-Arse wird es keine große Diskrepanz zwischen ›uns‹ und ›denen‹ geben.«

Davidson hatte sich an den Rat gehalten, und bislang war die Rechnung aufgegangen. Bei fast jeder Bemerkung des Ehepaars nickte Reynolds beifällig.

»Das liegt irgendwie am Aufeinandertreffen der verschiedenen Kulturen«, hatte er an einer Stelle verständnisvoll geäußert. Oder: »Ich bin mir sicher, wir alle verstehen Ihren Standpunkt.«

In dem Raum herrschte klaustrophobische Enge. Rebus bezweifelte, dass die Fenster jemals geöffnet worden waren. Sie hatten Doppelglasscheiben, aber zwischen den beiden Scheiben hatte sich Kondenswasser gebildet und Flecken hinterlassen, die wie getrocknete Tränen aussahen. Ein elektrisches Kaminfeuer brannte. Die Glühbirnen, die sonst den Eindruck glimmender Holzscheite erweckten, waren offenbar durchgebrannt, sodass das Zimmer noch düsterer wirkte. Es gab eine Sitzgruppe, bestehend aus einem riesigen braunen Sofa, eingerahmt von zwei klobigen braunen Sesseln. Auf Letzteren machten es sich die Eheleute bequem. Sie hatten den Polizisten weder Tee noch Kaffee angeboten. Während der Befragung hatte Rebus die meiste Zeit vor dem Wohnzimmerschrank gestanden und betrachtet, was auf den Regalbrettern stand. Videokassetten: romantische Komödien für die Frau, obszöne Stand-up-Comedians und Fußball für den Mann. Die Hüllen einiger Kassetten verrieten auf den ersten Blick, dass es sich um Raubkopien handelte. Es gab auch ein paar Taschenbücher: Schauspielerbiographien und ein Diätratgeber, der angeblich »das Leben von fünf Millionen Menschen verändert« hatte. Fünf Millionen: in etwa die Bevölkerung Schottlands. Rebus konnte nicht erkennen, dass das Leben auch nur einer der anwesenden Personen dadurch eine Wandlung erfahren hatte.

Die zentrale Aussage war: Das Opfer hatte nebenan gewohnt. Nein, sie hatten sich nie mit ihm unterhalten, ihm bloß gesagt, er solle leise sein. Wieso? Weil er manchmal nachts aus vollem Hals schrie. Und zu allen möglichen Zeiten war er laut stampfend hin und her gelaufen. Sie wussten nicht, ob er Freunde oder Verwandte besaß, und hatten auch nie gehört oder gesehen, dass ihn jemand besuchte.

»Wissen Sie, bei dem Lärm, hätte da drüben gut und gern eine von diesen Tanzgruppen mit Holzschuhen üben können.«

»Laute Nachbarn sind etwas Furchtbares«, stimmte Reynolds ohne einen Hauch von Ironie zu.

Viel mehr war nicht zu erfahren. Die Wohnung hatte vor seinem Einzug eine Weile leer gestanden, und sie waren sich nicht ganz sicher, seit wann er dort gewohnt hatte… etwa seit einem halben Jahr. Nein, sie wussten nicht, wie er geheißen und ob er irgendwo gearbeitet hatte – »Jede Wette, dass er nicht gearbeitet hat… das sind doch alles Schmarotzer.«

Nach dieser Bemerkung ging Rebus hinaus, um eine Zigarette zu rauchen, sonst hätte er zwangsläufig die Frage gestellt: »Und was für einen Beitrag leisten *Sie* zum Bruttosozialprodukt?« Als er den Blick über die Siedlung schweifen ließ, dachte er: Ich habe noch keinen einzigen dieser Menschen gesehen, auf die man hier so wütend ist. Er vermutete, dass sie sich hinter verschlossenen Türen vor dem Hass verbargen und versuchten, eine eigene Gemeinschaft aufzubauen. Sollten sie damit jedoch Erfolg haben, würde der Hass noch zunehmen.

»In Augenblicken wie diesen bedaure ich, dass ich nicht rauche«, sagte Siobhan, die sie sich zu ihm gesellt hatte.

»Nie zu spät, damit anzufangen.« Er griff in seine Tasche, aber sie schüttelte den Kopf.

»Etwas Ordentliches zu trinken wäre aber nicht schlecht.«

»Also etwas anderes als das Zeug, das Sie gestern Abend bestellt haben?«

Sie nickte. »Am besten bei mir zu Hause … in der Badewanne … dazu vielleicht Kerzenlicht.«

»Glauben Sie, dass Sie solche Leute einfach wegwaschen können?« Rebus deutete auf die Wohnung.

»Keine Sorge, ich weiß, dass das nicht funktioniert.«

»Gehört alles zur Vielfalt menschlichen Lebens, Shiv.«

»Eine wirklich beruhigende Feststellung.«

Die Fahrstuhltüren öffneten sich. Erneut Uniformierte, aber von einer anderen Truppe: Helme und kugelsichere Westen. Sie waren zu viert und darauf spezialisiert, Furcht einflößend zu wirken. Man hatte sie vom Dezernat Serious Crimes angefordert. Es handelte sich bei ihnen um die Drug Squad, und ihr wichtigstes Handwerkszeug war: der so genannte »Schlüssel«, ein Eisenrohr, das als Rammbock diente. Seine Aufgabe war, ihnen auch zu festungsartig gesicherten Dealerwohnungen so schnell Zutritt zu verschaffen, dass kein Beweismaterial im Klo verschwand.

»Ein ordentlicher Fußtritt dürfte heute wahrscheinlich reichen«, sagte Rebus zu ihnen. Der Anführer musterte ihn regungslos.

»Welche Tür?«

Rebus zeigte sie ihm. Der Mann wandte sich seinem Team zu und nickte. Sie nahmen Aufstellung, brachten das Rohr in Position und schwangen es.

Holz zersplitterte, und die Tür sprang auf.

»Mir ist gerade etwas eingefallen«, sagte Siobhan. »Das Opfer hatte keine Schlüssel bei sich...«

Rebus überprüfte den gesplitterten Türpfosten und drehte am Knauf. »Nicht abgeschlossen«, erklärte er als Bestätigung seiner Theorie. Der Lärm hatte dazu geführt, dass etliche Leute auf den Laufgang gekommen waren. Nicht nur Nachbarn, sondern auch Davidson und Wylie.

»Wir schauen uns ein bisschen um«, meinte Rebus. Davidson nickte.

»Moment mal«, sagte Wylie. »Shiv hat nichts mit den Ermittlungen zu tun.«

»Das ist genau der Teamgeist, den ich mit von Ihnen erhofft habe, Ellen«, erwiderte Rebus prompt.

Davidson signalisierte Wylie mit einer Kopfbewegung, sie solle zu der Vernehmung zurückkehren. Beide verschwanden wieder. Rebus wandte sich an den Anführer des Einsatzkommandos, der gerade aus der Wohnung des Opfers kam. Es war stockdunkel dort, aber die Männer hatten Taschenlampen dabei.

»Alles okay«, sagte der Anführer.

Rebus fasste an den Schalter hinter der Tür und versuchte, im Flur Licht anzuknipsen – vergebens. »Würde es Ihnen etwas ausmachen, mir eine Taschenlampe zu borgen?« Dem Anführer war deutlich anzusehen, dass es ihm sehr wohl etwas ausmachte. »Sie kriegen sie zurück. Versprochen.«

»Alan, geben Sie ihm Ihre Lampe«, befahl der Anführer knapp.

»Jawohl, Sir.« Die Taschenlampe wurde ausgehändigt.

»Morgen früh«, verfügte der Anführer.

»Ich bringe sie Ihnen persönlich vorbei«, versicherte Rebus

ihm. Der Anführer warf ihm einen finsteren Blick zu und gab seinen Männern dann mit einem Handzeichen zu verstehen, dass ihre Arbeit erledigt war. Sie marschierten zurück zum Fahrstuhl. Sobald sich die Türen hinter ihnen geschlossen hatten, schnaubte Siobhan.

»Die Typen haben sie doch nicht alle.«

Rebus testete die Taschenlampe, ob sie funktionierte. »Überlegen Sie sich mal, welchen Gefahren diese Männer täglich ausgesetzt sind: Wohnungen voller Waffen und Spritzen! Würden *Sie* deren Job haben wollen?«

»Ich nehme es zurück«, meinte sie.

Sie gingen hinein. In der Wohnung war es nicht nur finster, sondern auch kalt. Im Wohnzimmer stießen sie auf alte Zeitungen, die aussahen, als stammten sie aus Mülleimern, leere Essensdosen und Milchkartons. Keine Möbel. Die Küche war schäbig, aber ordentlich. Siobhan deutete auf eine der Wände. Ein Stromzähler mit Münzschlitz. Sie holte eine Münze aus der Tasche, warf sie ein und drehte am Knopf. Das Licht ging an.

»So ist's besser«, sagte Rebus und legte die Taschenlampe auf die Arbeitsplatte. »Viel zu sehen gibt's allerdings nicht.«

»Würde mich wundern, wenn er oft gekocht hätte.« Siobhan öffnete die Türen des Hängeschranks, der ein paar Teller und Schalen, mehrere Packungen Reis, Gewürze, zwei angeschlagene Tassen und eine Dose, halb voll mit losem Tee, enthielt. Neben der Spüle stand eine Tüte Zucker, aus der ein Löffel ragte. Rebus warf einen Blick in die Spüle und entdeckte abgeschabte Möhrenschalen, Reis und Gemüse: die letzte Mahlzeit des Toten.

Im Badezimmer schien ein halbherziger Versuch, Wäsche zu waschen, unternommen worden zu sein. Über dem Wannenrand hingen neben einem Stück Seife mehrere Hemden und Unterhosen. Auf dem Waschbecken lag eine Zahnbürste, aber keine Zahnpastatube.

Blieb noch das Schlafzimmer. Rebus schaltete das Licht an. Auch hier keine Möbel. Auf dem Fußboden lag ein entrollter Schlafsack. Der gleiche graubraune Teppichboden wie im Wohnzimmer, mit Fasern, die sich geradezu an Rebus' Sohlen festsogen, als er zum Schlafsack ging. Es gab keine Vorhänge, und durch das Fenster sah man lediglich auf das benachbarte Hochhaus, das etwa fünfundzwanzig Meter entfernt lag.

»Nirgendwo eine Erklärung für den Lärm, den er gemacht hat«, sagte Rebus.

»Ich weiß nicht. Wenn ich hier wohnen müsste, bekäme ich wahrscheinlich auch Schreikrämpfe.«

»Stimmt auch wieder.« Statt eines Schranks oder einer Kommode hatte der Mann einen Müllsack benutzt. Rebus leerte den Inhalt auf den Boden: zum Vorschein kamen ein paar abgetragene, sorgfältig zusammengelegte Kleidungsstücke. »Die Sachen dürften aus einem Secondhandladen stammen.«

»Oder von einer Wohltätigkeitsorganisation – viele von denen helfen Asylbewerbern.«

»Glauben Sie, dass er einer war?«

»Na ja, ich würde nicht gerade sagen, dass er sich hier häuslich eingerichtet hat.«

Rebus hob den Schlafsack hoch und schüttelte ihn. Es war ein altmodisches Modell: weit und dünn. Ein halbes Dutzend Fotos fiel heraus. Schnappschüsse, deren Ränder durch häufiges Anfassen ganz weich geworden waren. Alle zeigten eine Frau und zwei kleine Kinder.

»Seine Familie«, stellte Siobhan fest.

»Wo glauben Sie, wurden die Bilder aufgenommen?«

»Nicht in Schottland.«

Nein, denn das sah man deutlich am Hintergrund: weiß getünchte Wände einer Wohnung, durch ein Fenster der Blick auf die Dächer einer Stadt. Rebus stellte sich ein heißes Land vor, einen wolkenlosen, blauen Himmel. Die Kinder wirkten verwirrt. Der Junge hatte die Finger im Mund; die Frau und das kleine Mädchen lächelten, umarmten sich gegenseitig.

»Vielleicht erkennt irgendwer sie wieder«, meinte Siobhan.

»Das wird wohl nicht nötig sein«, entgegnete Rebus. »Das hier ist eine Sozialwohnung – schon vergessen?«

»Deshalb wird auf dem Wohnungsamt jemand wissen, wer er war.«

Rebus nickte. »Sicherheitshalber sollte man hier erst Fingerabdrücke nehmen und sie mit denen des Toten vergleichen. Anschließend gehen wir zum Wohnungsamt und lassen uns den Namen geben.«

»Und bringt uns das bei der Suche nach dem Mörder irgendwie weiter?«

Rebus zuckte die Achseln. »Der Täter muss auf jeden Fall blutbeschmiert gewesen sein, als er sich vom Tatort entfernte. Garantiert haben ihn irgendwelche Anwohner gesehen.« Er schwieg einen Moment. »Was natürlich nicht bedeutet, dass ihn einer der Zeugen bei uns hinhängt.«

»Weil er zwar ein Mörder ist, aber auch einer von *ihnen*«, erklärte Siobhan.

»Gut möglich, oder aber, weil sie Angst vor ihm haben. In Knoxland wohnen eine Menge übler Typen.«

»Also sind wir keinen Schritt weiter.«

Rebus hielt eines der Fotos hoch. »Was sehen Sie?«, fragte er.

»Eine Familie.«

Rebus schüttelte den Kopf. »Sie sehen eine Witwe und zwei Halbwaisen. Wir sollten an die drei denken, nicht an uns.«

Siobhan nickte zustimmend. »Wir könnten mit einem der Fotos an die Öffentlichkeit gehen.«

»Ich hatte eben dieselbe Idee und weiß auch schon, wer es bekommen wird.«

»Steve Holly?«

»Das Blatt, für das er schreibt, ist ekelhaft, wird aber von vielen Leuten gelesen.« Er schaute sich um. »Genug gesehen?« Siobhan nickte erneut. »Gut, dann erstatten wir jetzt Shug Davidson Rapport...«

Davidson rief beim Erkennungsdienst an, damit jemand die Wohnung auf Fingerabdrücke untersuchte, und Rebus überredete ihn dazu, eines der Fotos behalten zu dürfen, um es an die Presse weiterzuleiten.

»Kann sicher nichts schaden«, lautete Davidsons leidenschaftsloser Kommentar. Seine Stimmung stieg jedoch etwas, als er begriff, dass das Wohnungsamt über einen Mietvertrag mit dem Namen des Toten verfügen musste.

»Und ehe ich's vergesse«, sagte Rebus, »egal wie hoch das Ermittlungsbudget sein mag, gleich wird es um ein Pfund geschrumpft sein.« Er wies auf Siobhan. »Sie musste Geld in die Stromuhr stecken.«

Davidson lächelte und holte ein paar Münzen aus der Tasche. »Hier, Shiv. Genehmigen Sie sich von dem Rest ein Bier.«

»Und was ist mit mir?«, beschwerte sich Rebus. »Werde ich etwa diskriminiert, weil ich ein Mann bin?«

»Sie, John, werden Steve Holly nachher zu einem Exklusivfoto verhelfen. Wenn er Ihnen dafür nicht ein paar Bier spendiert, sollte man ihm Berufsverbot erteilen...«

Als Rebus Knoxland verließ, fiel ihm plötzlich etwas ein. Er rief Siobhan auf ihrem Handy an. Sie war ebenfalls auf dem Weg in die Stadt.

»Wahrscheinlich werde ich mich mit Holly im Ox treffen«, sagte er, »nur für den Fall, dass Sie Lust haben mitzukommen.«

»Wirklich ein verführerisches Angebot, aber ich habe noch etwas vor. Trotzdem vielen Dank.«

»Das war eigentlich nicht der Hauptgrund meines Anrufs. Sie hätten nicht zufällig Lust, noch mal in der Wohnung vorbeizuschauen?«

»Nein.« Einen Moment lang herrschte Stille, dann dämmerte es ihr. »Sie haben versprochen, die Taschenlampe zurückzubringen!«

»Aber sie liegt noch immer in der Küche.«

»Rufen Sie doch Davidson oder Wylie an.«

Rebus rümpfte die Nase. »Nein, das eilt nicht. Ich meine, was kann schon passieren – sie liegt offen in einer leeren Wohnung mit kaputter Tür herum. Ich bin mir sicher, die Leute in Knoxland sind allesamt ehrliche, gottesfürchtige Bürger...«

»In Wahrheit hoffen Sie, dass jemand das Ding klaut, hab ich Recht?« Sie konnte sein Grinsen fast hören. »Nur um zu sehen, was die Typen tun werden.«

»Worauf tippen Sie? Hausdurchsuchung im Morgengrauen, um irgendwas zu beschlagnahmen, das den Jungs als Ersatz für die Lampe dient?«

»Manchmal sind Sie ganz schön gemein, John Rebus.«

»Natürlich – wieso sollte ich anders als alle anderen sein.«

Er beendete das Gespräch und fuhr in die Oxford Bar, wo er sich das letzte Corned-Beef-rote-Beete-Sandwich geben ließ und es gemächlich mit einem Glas Deuchar's hinunterspülte. Harry, der Barkeeper, fragte ihn nach dem satanischen Ritual.

»Welches satanische Ritual?«

»In der Fleshmarket Close. Irgendeine Art Hexensabbat...«

»Meine Güte, glauben Sie etwa alles, was in der Zeitung steht?«

Harry versuchte, seine Enttäuschung zu verbergen. »Aber das Skelett von dem Baby...«

»Unecht. Ein schlechter Scherz.«

»Aber wieso tut jemand so was?«

Rebus suchte nach einer Antwort. »Vielleicht haben Sie doch Recht, Harry. Könnte sein, dass der Barkeeper in dem Pub dort seine Seele an den Teufel verkauft hat.

Harrys Mundwinkel zuckten. »Glauben Sie, meine wäre ihm etwas wert?«

»Die Wahrscheinlichkeit dürfte bei zirka null Prozent liegen«, antwortete Rebus und hob sein Glas an den Mund. Er dachte an Siobhans Bemerkung: *Ich habe noch etwas vor.* Wahrscheinlich wollte sie Dr. Curt beehren. Rebus zückte sein Handy und überprüfte, ob der Empfang gut genug für einen Anruf war. Er hatte die Telefonnummer des Reporters in der Brieftasche. Holly ging sofort an den Apparat.

»DI Rebus, was verschafft mir das unerwartete Vergnügen…?« Er hatte also Rebus' Nummer eingespeichert und befand sich offenbar in Gesellschaft von jemandem, den er damit beeindrucken wollte, was für Leute ihn aus heiterem Himmel anriefen.

»Tut mir Leid, Sie bei einer Besprechung mit Ihrem Chef zu stören«, sagte Rebus. Einen Moment herrschte Schweigen, und Rebus gestattete sich ein zufriedenes Grinsen. Wie es schien, entschuldigte sich Holly, und verließ das Zimmer, in dem er sich aufgehalten hatte. Als er wieder mit Rebus sprach, klang seine Stimme gedämpft und wütend.

»Werde ich etwa überwacht?«

»Ja, klar Steve, Sie sind mindestens so bedeutend wie diese beiden Watergate-Reporter.« Rebus legte eine Kunstpause ein. »Ich habe bloß geraten.«

»Ah ja?« Holly klang keineswegs überzeugt.

»Hören Sie, ich habe etwas für Sie, aber das kann auch warten, bis Sie jemand gefunden haben, der sich um Ihre Paranoia kümmert.«

»He, Moment mal… worum geht's?«

»Der Tote aus Knoxland – wir haben ein Foto gefunden, das vermutlich ihm gehörte. Sieht so aus, als habe er Frau und Kinder gehabt.«

»Und Sie wollen es an die Presse geben?«

»Bis jetzt sind Sie der Einzige, dem ich es anbiete. Wenn Sie es haben wollen, bekommen Sie es unter der Bedingung, dass Sie es veröffentlichen, sobald feststeht, dass es wirklich dem Toten gehörte.«

»Wieso ich?«

»Wollen Sie die Wahrheit wissen? Weil ein Exklusivfoto mehr Bedeutung hat, an prominenterer Stelle platziert wird, hoffentlich auf der Titelseite…«

»Ich kann nichts versprechen«, wandte Holly rasch ein. »Und wann kriegt es die Konkurrenz?«

»Vierundzwanzig Stunden, nachdem Sie es gebracht haben.«

Der Reporter schien nachzudenken. »Noch einmal die Frage: Wieso ich?«

Das hat mit Ihnen nichts zu tun, hätte Rebus am liebsten gesagt. Sie bekommen es wegen der Zeitung, für die Sie arbeiten oder, genauer gesagt, wegen der Auflage der Zeitung. Also bekommt quasi die Auflage das Foto und damit die Story… Aber er zog es vor zu schweigen und zuzuhören, wie Holly geräuschvoll ausatmete.

»Okay, einverstanden. Ich bin in Glasgow. Können Sie es mir per Kurier rüberschicken?«

»Sie können es sich an der Theke der Oxford Bar abholen. Ach ja, bringen Sie ein bisschen Geld mit, Sie haben im Ox noch eine Rechnung offen.«

»Logisch.«

»Dann bis gleich.« Rebus klappte sein Handy zu und beschäftigte sich mit dem Anzünden einer Zigarette. Natürlich würde Holly das Foto abholen. Wenn er es nicht veröffentlichte, sondern die Konkurrenz, dann würde sein Chef ihm ein paar unangenehme Fragen stellen.

»Noch eins?«, fragte Harry. Nun ja, der Mann hatte das Glas schon in der Hand, bereit, es unter den Zapfhahn zu halten. Wie könnte Rebus dieses Angebot ablehnen, ohne unhöflich zu wirken?

5

»Nachdem ich das Skelett der Frau flüchtig untersucht habe, würde ich sagen, dass es ziemlich alt ist.«

»Flüchtig?«

Dr. Curt rutschte nervös auf seinem Stuhl herum. Sie saßen in seinem Büro in der medizinischen Fakultät, das sich in einem Innenhof hinter der McEwan Hall befand. Ab und zu – meist wenn Siobhan sich mit Rebus in einem Pub aufhielt – erinnerte er sie daran, dass viele bedeutende Gebäude Edinburghs, insbesondere die Usher Hall und die McEwan Hall, von Brauereidynastien errichtet worden waren, was ohne treue Bierkonsumenten wie ihn nicht möglich gewesen wäre.

»Flüchtig?«, wiederholte sie in die Stille hinein. Curt richtete übertrieben langsam einige der Stifte auf seinem Tisch gerade aus.

»Nun ja, ich kann bedauerlicherweise niemand um Hilfe bitten ... Es ist ein Skelett, das früher einmal für die Ausbildung der Studenten benutzt wurde.«

»Aber es *ist* echt?«

»Unbedingt. In weniger komplizierten Zeiten als der gegenwärtigen war so etwas fester Bestandteil des Studiums.«

»Aber jetzt nicht mehr.«

Er schüttelte den Kopf. »Neue Techniken haben viele der alten Hilfsmittel ersetzt.« Er klang fast wehmütig.

»Demnach ist der Schädel unecht?« Sie meinte den auf grünem Filz in einem Kasten aus Glas und Holz liegenden Schädel auf dem Regal hinter ihm.

»Oh, der ist absolut authentisch. Er hat früher einmal dem Anatom Dr. Robert Knox gehört.«

»Dem Komplizen der Grabräuber?«

»Er hat ihnen nicht geholfen. Sie haben sein Leben zerstört.«

»Okay, echte Skelette wurden als Hilfsmittel beim Studium benutzt ...« Siobhan erkannte, dass Curts Gedanken nun bei seinem Vorgänger weilten. »Vor wie viel Jahren wurde diese Praxis aufgegeben?«

»Vor fünf bis zehn Jahren, aber wir haben einige ... Exemplare danach noch für eine Weile aufbewahrt.«

»Und gehörte zu diesen Exemplaren auch unser geheimnisvolles Frauenskelett?«

Curt öffnete den Mund, sagte aber nichts.

»Ein simples Ja oder Nein genügt mir«, insistierte Siobhan.

»Leider kann ich Ihnen mit keiner der beiden Antworten dienen. Ich bin mir einfach nicht ganz sicher.«

»Na gut. Wie wurden die überflüssigen Exemplare entsorgt?«

»Hören Sie, Siobhan ...«

»Wo liegt das Problem, Herr Doktor?«

Er musterte sie, dann fällte er offenkundig eine Entscheidung, stützte die Ellbogen auf den Tisch und umklammerte die Hände. »Vor vier Jahren – wahrscheinlich erinnern Sie sich nicht daran – wurden mehrere Leichenteile in der Stadt gefunden.«

»Leichenteile?«

»Hier eine Hand, da ein Fuß ... Wie sich herausstellte, waren sie in Formalin eingelegt gewesen.«

Siobhan nickte. »Ich erinnere mich, davon gehört zu haben.«

»Die Untersuchungen ergaben, dass sie von Studenten nur so zum Spaß aus einem der Labors gestohlen worden waren. Es wurde niemand überführt, aber wir bekamen viel unnötige Aufmerksamkeit von der Presse und auch Zurechtweisungen von etlichen hohen Tieren bis hin zum Vizekanzler.«

»Und was hat das mit unserer Sache zu tun?«

»Zwei Jahre vergingen, dann verschwand etwas aus dem Flur vor Professor Gates Büro.«

»Ein Frauenskelett?«

Curt nickte. »Ich gestehe, dass wir den Diebstahl vertuscht haben. Zu der Zeit trennten wir uns auch von einer Menge alter Hilfsmittel für den Unterricht.« Er schaute sie an und richtete den Blick dann wieder auf das Arrangement aus Stiften. »Es könnte durchaus sein, dass wir zu jener Zeit auch einige Plastikskelette weggeworfen haben.«

»Darunter auch eines von einem Kind?«

»Ja.«

»Sie haben mir erzählt, dass bei Ihnen nichts gestohlen wurde.« Er zuckte mit den Achseln. »Sie haben mich angelogen, Herr Doktor.«

»*Mea culpa* Siobhan.«

Sie überlegte einen Moment und rieb sich dabei den Nasenrücken. »So ganz verstehe ich es noch nicht. Wieso wurde dieses spezielle Frauenskelett als Ausstellungsstück behalten?«

»Das war die Entscheidung eines der Vorgänger von Professor Gates. Es ist das Skelett einer Frau namens Mag Lennox. Wissen Sie, wer das war?«

Siobhan schüttelte den Kopf. »Mag Lennox hat vor zweihundertfünfzig Jahren gelebt. Sie wurde beschuldigt, eine Hexe zu sein, und hingerichtet. Die Bürger der Stadt wollten nicht, dass sie hinterher begraben wurde. Offenbar hatte man Angst, sie würde eines Tages aus ihrem Sarg klettern.

Man ließ die Leiche verwesen, und jeder, den es interessierte, konnte sie sich ansehen – wahrscheinlich, um nach Hinweisen auf den Teufel zu suchen. Irgendwann gelangte Alexander Monro in den Besitz des Skeletts und vermachte es der medizinischen Fakultät.«

»Und vor zwei Jahren wurde es gestohlen, ohne dass Sie Anzeige erstattet hätten.«

Curt zuckte die Achseln, legte den Kopf in den Nacken und schaute zur Decke empor.

»Irgendwelche Verdächtigen?«

»Oh ja, wir hatten gewisse Vermutungen... Medizinstudenten sind für ihren schwarzen Humor bekannt. Gerüchten zufolge zierte das Skelett die Wohnung zweier Studenten. Wir haben jemand beauftragt, die Sache zu überprüfen...« Er schaute sie an. »*Diskret* zu überprüfen, wenn Sie verstehen, was ich meine.«

»Ein Privatdetektiv? Also, ich muss schon sagen, Herr Doktor...« Enttäuscht über seine Methoden schüttelte sie den Kopf.

»Die Überprüfung verlief ergebnislos. Möglich, dass sich die Studenten zu dem Zeitpunkt des Skeletts bereits entledigt hatten.«

»Indem sie es in der Fleshmarket Close vergruben?«

Curt zuckte wieder die Achseln. Ein überaus reservierter, penibler Mensch... Siobhan sah, dass ihm dieses Gepräch beinahe körperliche Schmerzen bereitete. »Wie hießen die beiden Studenten.«

»Alfred McAteer und Alexis Cater. Sie waren sehr enge Freunde, fast unzertrennlich. Ich glaube, ihre Vorbilder waren die beiden Hauptfiguren aus der Fernsehserie *MASH*. Kennen Sie die Serie?«

Siobhan nickte. »Studieren sie immer noch?«

»Nein, sie sind inzwischen approbiert und arbeiten, Gott sei's geklagt, draußen in der Royal Infirmary.«

»Alexis Cater? Verwandt oder verschwägert…?«

»Sein Sohn.«

Siobhan Lippen formten ein O. Gordon Cater war einer der wenigen schottischen Schauspieler seiner Generation, der in Hollywood Erfolg hatte. Er spielte hauptsächlich Charakterrollen, aber in einträglichen Blockbustern. Angeblich war er der Favorit auf die Nachfolge von Roger Moore als James Bond gewesen, ehe man sich dann für Timothy Dalton entschied. Er hatte es in jungen Jahren ziemlich wild getrieben, und viele Frauen schauten sich Filme nur seinetwegen an, mochten sie auch noch so schlecht sein.

»Ich nehme an, Sie gehören auch zu seinen Fans«, murmelte Curt. »Wir haben es nicht an die große Glocke gehängt, dass Alexis hier studiert hat. Er stammt aus Gordons zweiter oder dritter Ehe.«

»Und Sie glauben, er hat Mag Lennox gestohlen?«

»Er gehörte jedenfalls zum Kreis der Verdächtigen. Das war ein weiterer Grund, weshalb wir auf offizielle Ermittlungen verzichtet haben.«

»Außer dem Hauptgrund, dass Professor Gates und Sie erneut wie verantwortungslose Trottel dagestanden hätten.« Sie lächelte angesichts von Curts Unbehagen. Dieser griff plötzlich nach den Stiften und warf sie, so als habe er sich über sie geärgert, in eine Schublade.

»Ihre Methode, Aggressionen abzubauen, Herr Doktor?«

Curt starrte sie bedrückt an und seufzte. »Es gibt noch eine weitere Quelle möglichen Ungemachs. Eine Art Lokalhistorikerin. Sie ist zur Presse gegangen, weil sie eine sehr bizarre Erklärung für die Skelette an der Fleshmarket Close hat.«

»Bizarr?«

»Vor einer Weile wurden bei Ausgrabungen am Holyrood-Palast ein paar Skelette gefunden, und es kam die Theorie auf, es handle sich um Menschenopfer.«

»Wer soll sie denn geopfert haben? Maria Stuart?«

»Wer auch immer, jedenfalls versucht diese selbst ernannte ›Historikerin‹ eine Verbindung zwischen den Holyrood-Skeletten und denen an der Fleshmarket Close herzustellen. Ich sollte vielleicht noch hinzufügen, dass die Dame in der Vergangenheit eine der Gespenstertouren durch die Altstadt geführt hat.«

Siobhan hatte einmal an so einer Tour teilgenommen. Verschiedene Anbieter veranstalteten Spaziergänge durch die High Street und angrenzende Gassen, bei denen sie Gruselgeschichten und eher heitere Anekdoten erzählten und das Ganze mit Spezialeffekten kombinierten, die einer Geisterbahn auf der Kirmes würdig waren.

»Sie handelt also aus Eigennutz.«

»Das kann ich nur vermuten.« Curt sah auf die Uhr. »Möglich, dass die Zeitung in ihrer Abendausgabe den Unsinn bringt, den die Dame verzapft.«

»Hatten Sie schon einmal mit ihr zu tun?«

»Sie wollte damals wissen, was mit Mag Lennox passiert war. Wir haben ihr geantwortet, dass sie das nichts angeht. Sie versuchte daraufhin, die Presse zu mobilisieren…« Curt wedelte mit einer Hand, so als wollte er die Erinnerung daran verscheuchen.

»Wie heißt sie?«

»Judith Lennox. Und, jawohl, sie behauptet, von ihr abzustammen.«

Siobhan notierte den Namen unter denen von Alfred McAteer und Alexis Cater. Nach kurzem Zögern fügte sie einen weiteren Namen hinzu – Mag Lennox – und verband ihn durch einen Pfeil mit Judith Lennox.

»Ist diese hochnotpeinliche Befragung bald zu Ende?«, nölte Curt.

»Ich glaube schon«, erwiderte Siobhan. Sie tippte mit ihrem Stift gegen die Zähne. »Was wird mit Mags Skelett geschehen?«

Der Pathologe zuckte die Achseln. »Sie ist gewissermaßen heimgekehrt, nicht? Vielleicht stellen wir sie wieder in der alten Vitrine auf.«

»Weiß Gates schon Bescheid?«

»Ich hab ihm vorhin eine E-Mail geschickt.«

»Eine E-Mail? Sein Büro ist zwanzig Meter entfernt.«

»Ich wollte es so.« Curt machte Anstalten, sich zu erheben.

»Sie haben Angst vor ihm, stimmt's?«, neckte Siobhan ihn.

Curt ignorierte diese Bemerkung. Er hielt Siobhan die Tür auf und verbeugte sich leicht.

Ihr Heimweg führte sie über die George IV Bridge. An der Ampel bog sie rechts ab, denn sie hatte sich für einen kleinen Abstecher in die High Street entschieden. Vor der St. Giles Cathedral warben Klappschilder für die Gespenstertouren dieses Abends. Sie würden erst in ein paar Stunden beginnen; einige Touristen studierten die verschiedenen Angebote. Weiter die Straße entlang, vor der Tron Kirk, gab es weitere Schilder, weitere Verlockungen, »Edinburghs schaurige Vergangenheit« kennen zu lernen. Siobhan interessierte sich allerdings mehr für die schaurige Gegenwart. Sie warf einen Blick in die Fleshmarket Close; kein Mensch zu sehen. Aber für die Veranstalter der Touren wäre es ein Vergnügen, die Gasse zu ihrer Route hinzuzufügen. In der Broughton Street betrat sie einen Lebensmittelladen und kam mit einer gefüllten Einkaufstüte und der Abendausgabe der Zeitung wieder heraus. Ihre Wohnung befand sich ganz in der Nähe; die Anwohnerparkplätze waren alle besetzt, weshalb sie ihren Peugeot im Parkverbot abstellte, darauf vertrauend, dass sie am nächsten Morgen vor Arbeitsbeginn der Politessen weg sein würde.

Ihre Wohnung lag in einem vierstöckigen Haus. Mit ihren Nachbarn hatte sie Glück: keine lauten Partys bis spät in die Nacht und kein einziger Möchtegernschlagzeuger. Einige der anderen Bewohner kannte sie vom Sehen, aber keinen mit Namen. In Edinburgh wurde nicht erwartet, dass man seine Nachbarn mehr als nur flüchtig kannte, es sei denn, es gab ein Problem, um das man sich gemeinsam kümmern musste, beispielsweise ein Loch im Dach oder eine kaputte Regenrinne. Sie dachte an Knoxland mit seinen hauchdünnen Wänden, durch die jeder hörte, was der andere tat. Jemand in ihrem Haus besaß eine Katze. Das war das Einzige, was sie störte. Es roch im Treppenhaus nach Katzenpisse. Aber sobald sie ihre Wohnungstür hinter sich geschlossen hatte, löste sich die Welt draußen in Wohlgefallen auf.

Sie stellte die Eiscreme ins Eisfach, die Milch in den Kühlschrank, packte das Fertiggericht aus und schob es in die Mikrowelle. Es war fettarm, als prophylaktische Sühne für das unbezwingbare Verlangen nach Minzeis mit Schokostückchen, das sie später womöglich überkommen würde. Auf dem Abtropfbrett stand eine Flasche Wein, die Siobhan knapp zur Hälfte geleert hatte. Sie schenkte sich ein Glas ein, nahm einen kleinen Schluck und kam zu dem Schluss, dass keine Vergiftungsgefahr bestand. Da ihr Essen noch nicht warm war, nahm sie die Zeitung zur Hand. Sie kochte fast nie, zumindest nicht, wenn sie allein war. Als sie am Tisch saß, stellte sie fest, dass die paar Pfunde, die sie in letzter Zeit zugenommen hatte, sie zwangen, die Hose aufzumachen. Desgleichen die Bluse, die unter den Armen spannte. Sie stand auf und kehrte einige Minuten später in Morgengrock und Pantoffeln zurück. Als das Essen fertig war, trug sie es zusammen mit dem Glas und der Zeitung auf einem Tablett ins Wohnzimmer.

Judith Lennox hatte es auf eine der Seiten im Mittelteil geschafft. Ein Foto zeigte sie am einen Ende der Fleshmarket Close, wahrscheinlich erst vor wenigen Stunden aufgenommen. Es war eine Porträtaufnahme, auf der man ihr üppiges, dunkel gelocktes Haar und einen hellen Schal sah. Siobhan wusste nicht, was für einen Eindruck die Frau hatte machen wollen, aber Mund und Augen drückten nur eins aus: Selbstzufriedenheit. Sie genoss die Aufmerksamkeit des Fotografen und wäre sicher bereit gewesen, jede gewünschte Pose einzunehmen. Daneben war ein weiteres inszeniertes Foto abgedruckt – von Ray Mangold, der vor dem Warlock stand, die Arme gravitätisch verschränkt.

Es gab noch ein kleines Bild von der Ausgrabungsstätte auf dem Gelände von Holyrood, in der man die anderen Skelette gefunden hatte. Ein Experte der Organisation Historic Scotland war interviewt worden und äußerte sich abfällig über Lennox' Behauptung, die Leichen an sich oder jedenfalls ihre Körperhaltung lasse auf Ritualmorde schließen. Aber das erfuhr der Leser erst im letzten Absatz des Artikels, nachdem lang und breit über Lennox' Verdacht berichtet worden war, dass jemand sich womöglich die älteren Grabstätten als Vorbild genommen und die Skelette aus der Fleshmarket Close, ob nun echt oder nicht, absichtlich in dieselbe Körperhaltung gebracht hatte wie jene aus Holyrood. Sie blätterte den Rest der Zeitung durch und verharrte dabei am längsten bei der Fernsehseite. Nirgendwo kam eine Sendung, mit der sie sich die Zeit bis zum Zubettgehen vertreiben mochte, also hieß es, auf Musik und Buch zurückzugreifen. Sie vergewisserte sich, dass keine Nachrichten auf ihrem Anrufbeantworter waren, schloss ihr Handy ans Ladegerät an und holte Buch und Decke aus dem Schlafzimmer. John Martyn im CD-Player: das Album eine Leihgabe von John Rebus. Sie fragte sich, wie er wohl den Abend verbringen würde; vielleicht mit Steve Holly oder aber allein im Pub. Tja, sie würde einen geruhsamen Abend zu Hause verbringen und am nächsten Morgen dankbar dafür sein. Sie beschloss, zwei Kapitel zu lesen, bevor sie sich über die Eiscreme hermachte …

Als sie aufwachte, klingelte das Telefon. Sie erhob sich schwankend vom Sofa und nahm ab.

»Hallo?«

»Ich habe Sie doch nicht etwa geweckt?« Es war John Rebus.

»Wie spät ist es?« Sie versuchte, die Anzeige auf ihrer Armbanduhr zu entziffern.

»Halb zwölf. Tut mir Leid, falls Sie schon im Bett waren…«

»War ich nicht. Also, wo brennt's?«

»Von Feuer würde ich nicht reden; eher ein leichtes Glimmen. Das Ehepaar, dem die Tochter weggelaufen ist…«

»Was ist mit den beiden?«

»Sie haben nach Ihnen verlangt.«

Sie rieb sich mit einer Hand übers Gesicht. »Ich verstehe nicht ganz.«

»Die beiden sind in Leith aufgegriffen worden.«

»Verhaftet, meinen Sie.«

»Haben in Leith auf dem Straßenstrich ein paar von den Mädchen belästigt. Die Ehefrau wurde hysterisch… Man hat sie sicherheitshalber auf die Wache gebracht.«

»Und woher wissen Sie das alles?«

»Jemand aus Leith hat für Sie angerufen.«

Siobhan runzelte die Stirn. »Sind Sie noch am Gayfield Square?«

»Mir gefällt's hier, wenn sonst keiner da ist – ich kann jeden Tisch haben, den ich will.«

»Irgendwann müssen auch Sie mal nach Hause gehen.«

»Ich wollte tatsächlich gerade verschwinden, als der Anruf kam.« Er lachte auf. »Haben Sie eine Ahnung, was Tibbet im Schilde führt? Er hat lauter Zugfahrpläne in seinem Computer.«

»In Wahrheit schnüffeln Sie also an den Schreibtischen Ihrer Kollegen herum.«

»Meine Methode, mich mit einer neuen Umgebung vertraut zu machen, Shiv. Soll ich Sie abholen, oder treffen wir uns in Leith?«

»Ich dachte, Sie wollten nach Hause.«

»Ein Ausflug nach Leith wär mir aber lieber.«

»Gut, dann treffe ich Sie dort.«

Siobhan legte den Hörer auf und ging ins Bad, um sich anzuziehen. Der übrig gebliebene halbe Becher Minzschokoeis war inzwischen flüssig, trotzdem stellte sie ihn zurück ins Eisfach.

Das Polizeirevier in Leith befand sich an der Constitution Street. Es war in einem tristen Gebäude aus Stein untergebracht, das genauso abweisend wirkte wie seine Umgebung. Leith, einst ein geschäftiger Hafen mit einer Atmosphäre, die sich vom restlichen Edinburgh deutlich unterschied, hatte in den letzten Jahrzehnten schwere Zeiten erlebt: wirtschaftlicher Niedergang, Drogenszene, Prostitution. Einige Gebiete des Stadtteils waren neu bebaut, andere saniert worden. Es zogen fremde Leute in das Viertel, die keine Lust auf das alte, schäbige Leith hatten. Siobhan hätte es bedauert, wenn das Flair der Gegend verloren ginge; andererseits musste sie ja auch nicht dort wohnen...

Viele Jahre lang war die Straßenprostitution in Leith inoffiziell geduldet worden. Die Polizei hatte dem Treiben zwar nicht völlig tatenlos zugesehen, aber oft ein Auge zugedrückt. Damit war es inzwischen vorbei, und die Frauen standen nicht mehr alle an derselben Straße, was bedeutete, dass sie weniger gegen Überfälle geschützt waren. Einige versuchten immer wieder, an ihre angestammten Plätze zurückzukehren, andere hingegen wanderten in die Salamander Street oder zum Leith Walk in Richtung Innenstadt ab. Siobhan glaubte zu wissen, weshalb die Jardines auf dem Straßenstrich gewesen waren, aber sie wollte es von ihnen selbst hören.

Rebus wartete im Empfangsbereich auf sie. Er wirkte – wie immer – erschöpft: dunkle Tränensäcke, ungekämmtes Haar. Ihr war bekannt, dass er von Montag bis Freitag ein und denselben Anzug trug und ihn samstags reinigen ließ. Er unterhielt sich mit dem Uniformierten hinter dem Tresen, brach das Gespräch aber ab, als er sie sah. Der Uniformierte drückte auf einen Summer, sodass die Tür entriegelt wurde, die Rebus für Siobhan aufhielt.

»Das Ehepaar ist nicht verhaftet worden«, erklärte er, »man hat die beiden bloß hergebracht, um mit ihnen zu reden. Sie sind hier drin...« »Hier« war VR 1 – Vernehmungsraum 1 – eine fensterlose Kammer, in der sich nur ein Tisch und zwei Stühle befanden. John und Alice Jardine saßen sich gegenüber und hielten sich an den Händen. Auf dem Tisch standen zwei leere Becher. Als sich die Tür öffnete, sprang Alice auf und stieß dabei einen der Becher um.

»Sie haben kein Recht, uns die ganze Nacht hier zu behalten!« Beim Anblick von Siobhan verstummte sie, und ihre Miene entspannte sich ein wenig. Ihr Mann hingegen lächelte verlegen und stellte den Becher wieder auf.

»Entschuldigen Sie bitte, dass Sie unseretwegen herkommen mussten«, begann John Jardine. »Wir hatten gehofft, man würde uns wieder gehen lassen, wenn wir Ihren Namen erwähnen.«

»Soweit ich weiß, sind Sie nicht verhaftet worden. Das hier ist übrigens DI Rebus.«

Man nickte sich als Begrüßung zu. Alice Jardine hatte wieder Platz genommen. Siobhan stellte sich mit verschränkten Armen neben den Tisch.

»Gerüchten zufolge haben Sie die hart arbeitenden Damen des horizontalen Gewerbes terrorisiert.«

»Wir haben bloß ein paar Fragen gestellt«, wehrte sich Alice.

»Dummerweise verdienen die Damen ihr Geld nicht mit Plaudereien«, erklärte Rebus.

»Gestern waren wir in Glasgow«, sagte John Jardine leise. »Da lief es ganz gut...«

Siobhan und Rebus tauschten Blicke. »Und das alles nur, weil Susie Ihnen erzählt hat, dass sie Ishbel zusammen mit einem Mann gesehen hat, der wie ein Zuhälter aussah?«, fragte Siobhan. »Lassen Sie mich eines klarstellen: Die Mädchen auf dem Strich mögen zwar ein paar Dealern ein schönes Leben finanzieren – aber auf keinen Fall Zuhältern von der Sorte, wie man sie aus Hollywoodfilmen kennt.«

»Ältere Männer«, entgegnete John Jardine, den Blick auf den Tisch gerichtet. »Sie machen sich Mädchen wie Ishbel gefügig und lassen sie dann für sich arbeiten. Das liest man doch andauernd in der Zeitung.«

»Tja, dann lesen Sie die falsche Zeitung«, informierte Rebus das Ehepaar.

»Es war meine Idee«, fügte Alice Jardine hinzu. »Ich dachte …«

»Wieso sind Sie ausgerastet?«, fragte Siobhan.

»Die zweite Nacht in Folge, in der wir versucht haben, aus den Nutten etwas herauszubekommen«, erklärte John Jardine. Alice schüttelte den Kopf.

»Das ist Siobhan, mit der du redest«, wies sie ihn zurecht. Dann an Siobhan gewandt. »Die letzte Frau, mit der wir gesprochen haben … sie meinte, Ishbel sei möglicherweise … wie war noch gleich die genaue Bezeichnung?«

»… im Pussydreieck gelandet«, ergänzte John Jardine. Seine Frau nickte. »Und als wir sie fragten, was das bedeute, fing sie laut zu lachen an, sagte, wir sollen nach Hause fahren. Da hab ich die Beherrschung verloren.«

»Zufällig kam gerade ein Streifenwagen vorbei«, fügte ihr Mann achselzuckend hinzu. »Die Polizisten brachten uns hierher. Tut uns Leid, Ihnen solche Umstände zu machen, Siobhan.«

»Keine Ursache«, versicherte Siobhan ihm wenig überzeugend.

Rebus hatte die Hände in den Hosentaschen. »Das Pussydreieck befindet sich in der Nähe der Lothian Road: Tabledance-Klubs, Sexshops ...«

Siobhan sah ihn warnend an, aber zu spät.

»Dann könnte sie also dort sein«, sagte Alice mit vor Aufregung bebender Stimme. Sie umfasste die Tischkante, so als wollte sie gleich aufstehen und sich auf den Weg machen.

»Warten Sie einen Moment.« Siobhan hielt eine Hand hoch. »Eine Frau erzählt Ihnen – wahrscheinlich aus Spaß –, Ishbel arbeite *möglicherweise* in einem Tabledance-Klub ... und Sie wollen einfach in diese Läden hineinmarschieren?«

»Wieso nicht?«, fragte Alice.

Rebus gab ihr die Antwort. »Einige dieser Klubs werden von nicht besonders respektablen Individuen geleitet. Diese Herren dürften ziemlich ungnädig reagieren, wenn jemand zu ihnen kommt und neugierige Fragen stellt ...«

John Jardine nickte eifrig.

»Uns wäre geholfen«, fügte Rebus hinzu, »wenn die junge Dame ein bestimmtes Etablissement im Sinn hatte ...«

»Immer vorausgesetzt, dass die Dame Sie nicht bloß ärgern wollte«, warnte Siobhan.

»Gibt nur einen Weg, das herauszufinden«, sagte Rebus. Siobhan drehte sich zu ihm um. »Ihr Wagen oder meiner?«

Sie fuhren im Peugeot, die Jardines auf dem Rücksitz, und waren noch nicht lange unterwegs, als John Jardine verkündete, die »junge Dame« habe auf der anderen Straßenseite vor einem leeren Lagerhaus gestanden. Im Augenblick war sie allerdings nicht zu sehen, nur eine ihrer Kolleginnen lief mit vor Kälte hochgezogenen Schultern auf dem Bürgersteig auf und ab.

»Wir versuchen es in zehn Minuten noch mal«, schlug Rebus vor. »Sind nicht viele potenzielle Freier unterwegs heute. Mit ein bisschen Glück wird sie bald zurück sein.«

Siobhan fuhr die Seafield Road bis zum Ende hinunter,

bog bei dem Kreisverkehr am Ortseingang von Portobello nach rechts in die Inchview Terrace ab und an der Einmündung der Craigentinny Avenue wieder nach rechts. Sie durchquerten nun eine ruhige Wohngegend. In den meisten Bungalows brannte kein Licht mehr, die Leute lagen schon in ihren Betten.

»Ich fahre gerne nachts durch die Stadt«, meinte Rebus im Plauderton.

Mr. Jardine war derselben Meinung: »Es ist völlig anders hier, wenn kein Verkehr herrscht. Viel angenehmer.«

Rebus nickte. »Außerdem sind die Bösewichter leichter zu erkennen ...«

Auf dem Rücksitz trat wieder Schweigen ein, das anhielt, bis sie zurück in Leith waren. »Da ist sie!«, rief John Jardine.

Dünn, kurzes schwarzes Haar. Sie trug kniehohe Stiefel, einen schwarzen Minirock und eine zugeknöpfte Jeansjacke. Kein Make-up, fahle Gesichtsfarbe. Schon von weitem erkannte man die blauen Flecken auf ihren Beinen.

»Kennen Sie sie?«, fragte Siobhan.

Rebus schüttelte den Kopf. »Sieht aus, als wäre sie neu hier. Die andere ...«, damit meinte er die Frau, an der sie beim ersten Mal vorbeigefahren waren, »... ist höchstens zwanzig Meter entfernt, aber die beiden reden nicht miteinander.«

Siobhan nickte. Da die Frauen sonst niemand hatten, hielten sie meist zusammen, was aber hier nicht der Fall zu sein schien. Das konnte bedeuten, dass die ältere Frau glaubte, die Neue habe sich in ihr angestammtes Revier gedrängt. Nachdem Siobhan vorbeigefahren war, wendete sie und hielt am Straßenrand. Rebus hatte das Fenster bereits heruntergekurbelt. Die Prostutierte trat auf das Auto zu, misstrauisch wegen der vielen darin sitzenden Leute.

»Kein Rudelbums«, sagte sie. Dann erkannte sie das Ehepaar auf der Rückbank wieder. »Oh Gott, nicht ihr schon wieder!« Sie drehte sich um und wollte weggehen. Rebus stieg aus, packte sie am Arm und wirbelte sie herum. Mit der anderen Hand präsentierte er ihr seinen Dienstausweis.

»CID«, sagte er. »Wie heißt du?«

»Babette.« Sie reckte das Kinn vor. »Und ich bin wirklich *sehr* nett.« Ein Versuch, abgebrühter zu klingen, als sie war.

»Und das ist dein Anmachspruch, was?«, fragte Rebus in wenig überzeugt klingendem Tonfall. »Wie lange bist du schon hier in der Stadt?«

»Lange genug.«

»Dein Akzent klingt nach Birmingham. Kommst du aus der Gegend dort?«

»Das geht dich gar nichts an.«

»Wenn du dich da mal nicht täuschst. Ich könnte zum Beispiel überprüfen, wie alt du bist …«

»Ich bin achtzehn.«

»Dafür müsste ich mir allerdings deine Geburtsurkunde angucken, was heißt, dass ich mit deinen Eltern sprechen müsste.« Er schwieg einen Moment. »Oder du hilfst uns. Das Ehepaar im Auto sucht nach seiner Tochter. Sie ist weggelaufen.«

»Dann wünsche ich viel Glück.« Sie klang missmutig.

»Aber *ihre* Eltern machen sich Sorgen um sie. Vielleicht würdest du dir das von deinen ja auch wünschen.« Er wartete einen Augenblick, um seine Worte wirken zu lassen, und musterte sie währenddessen unauffällig: keine Anzeichen für Drogenkonsum in den letzten Stunden, aber das lag womöglich auch nur daran, dass sie noch nicht genug Geld für einen Schuss verdient hatte. »Doch heute ist dein Glückstag«, fuhr er fort, »denn du könntest ihnen vielleicht helfen … immer vorausgesetzt, du hast ihnen kein dummes Zeug über das *Pussydreieck* erzählt.«

»Ich weiß nur, dass Tänzerinnen gesucht werden.«

»In welchem Klub?«

»The Nook. Ich hab mich auch vorgestellt. Der Typ hat gemeint, ich bin zu dünn.«

Rebus ging zum Auto. Auch das Rückfenster war jetzt heruntergekurbelt. »Haben Sie Babette ein Foto von Ishbel gezeigt?«, fragte er die Jardines. Alice nickte. Rebus drehte sich wieder zu dem Mädchen um, das sich bereits abgewandt hatte und auf der Suche nach Kundschaft die Straße entlangblickte. Ihre Kollegin tat so, als interessiere sie sich ausschließlich für den Weg vor ihr.

»Hast du sie schon einmal gesehen?«, fragte er Babette.

»Wen?« Sie schaute ihn noch immer nicht an.

»Das Mädchen auf dem Foto.«

Sie schüttelte energisch den Kopf.

»Kein besonders toller Job, oder?«, erkundigte sich Rebus.

»Mir reicht er fürs Erste.« Sie versuchte die Hände in die engen Taschen ihrer Jeansjacke zu stecken.

»Kannst du uns noch etwas erzählen? Irgendetwas, das uns helfen könnte, Ishbel zu finden?«

Babette schüttelte erneut den Kopf, den Blick auf die Straße gerichtet.

»Ich … es tut mir Leid, die Sache vorhin. Keine Ahnung, weshalb ich gelacht habe …«

»Passen Sie gut auf sich auf!«, rief John Jardine vom Rücksitz aus. Seine Frau hielt das Foto aus dem Fenster.

»Falls Sie Ishbel irgendwo sehen …«, sagte sie, ohne den Satz zu beenden.

Babette nickte und nahm von Rebus sogar eine Visitenkarte an. Dann stieg er ins Auto und zog die Tür zu. Siobhan betätigte den Blinker und fuhr los.

»Wo steht Ihr Auto«, fragte sie die Jardines. Sie nannten den Namen einer Straße am anderen Ende von Leith, weshalb Siobhan wieder wendete und sie noch einmal an Babette vorbeikamen. Das Mädchen ignorierte sie. Die andere Frau hingegen starrte sie an. Sie lief in Richtung Babette, wahrscheinlich um zu erfahren, was die Leute im Auto gewollt hatten.

»Könnte der Beginn einer wunderbaren Freundschaft sein«, sinnierte Rebus und verschränkte die Arme. Siobhan hörte ihm nicht zu, sie blickte in den Rückspiegel.

»Sie gehen dort nicht hin, verstanden?«

Keine Antwort.

»Überlassen Sie das DI Rebus und mir. Das heißt, sofern DI Rebus bereit ist mitzukommen.«

»Ich? Ich soll in einen Tabledance-Klub gehen?« Rebus schürzte die Lippen. »Also, wenn Sie das unbedingt für nötig halten, DS Clarke …«

»Wir machen das gleich morgen«, entgegnete Siobhan. »Und zwar dann, wenn der Laden noch nicht geöffnet hat.« Erst jetzt sah sie ihn an.

Und lächelte.

Dritter Tag

Mittwoch

6

Als Detective Constable Colin Tibbet am nächsten Morgen zur Arbeit erschien, musste er feststellen, dass jemand eine Spielzeuglokomotive auf sein Mousepad gestellt hatte. Die Maus war herausgezogen und in einer seiner Schreibtischschubladen deponiert worden – einer verschlossenen Schublade noch dazu. Er hatte sie gestern Abend, ehe er nach Hause ging, abgeschlossen und musste sie bei seiner Rückkehr am Morgen wieder aufschließen. Trotzdem lag seine Maus darin. Er starrte Siobhan Clarke an und wollte gerade etwas sagen, als sie abwehrend mit der Hand wedelte.

»Egal, was es ist«, sagte sie, »es muss warten. Ich bin eigentlich gar nicht mehr da.«

Und schon war sie verschwunden. Beim Hereinkommen Tibbets hatte sie gerade das Büro des DI verlassen. Er hatte noch Derek Starrs abschließende Worte gehört: »Einen Tag oder maximal zwei, Siobhan …« Tibbet nahm an, es handle sich irgendwie um die Skelette von der Fleshmarket Close, aber worum konkret, wusste er nicht. Eines jedoch war ihm klar: Siobhan hatte mitbekommen, dass er Zugfahrpläne studierte. Das machte sie zur Hauptverdächtigen. Aber es gab noch andere potenzielle Täter: Phyllida Hawes war ein solcher Scherz durchaus zuzutrauen. Das gleiche galt für DC Paddy Connolly und DC Tommy Daniels. Oder ging der Streich womöglich aufs Konto von DCI Macrae? Und was war mit dem Mann, der an dem kleinen Klapptisch in der Ecke einen Kaffee trank. Tibbet kannte Rebus bisher nur vom Hörensagen, aber das, was er erfahren hatte, war beeindruckend. Hawes hatte ihn gewarnt, sich nicht von Rebus' Ruf blenden zu lassen.

»Regel Nummer eins für die Zusammenarbeit mit ihm«, hatte sie gesagt, »leih ihm kein Geld, und bezahle niemals sein Bier.«

»Sind das nicht zwei Regeln?«, hatte er gefragt.

»Nicht unbedingt. Beides droht einem vor allem in Pubs.«

An diesem Morgen wirkte Rebus allerdings völlig ungefährlich: verschlafener Blick und ein paar beim Rasieren vergessene graue Stoppeln am Hals. Krawatten gegenüber hatte er allem Anschein nach die gleiche Einstellung wie manche Schulkinder – er trug sie nur widerwillig. Jeden Morgen pfiff er die Melodie irgendeines blöden alten Popsongs. Am späten Vormittag hörte er damit auf, doch dann war es bereits zu spät; Tibbet pfiff die Melodie jetzt an seiner Stelle, unfähig, sie aus seinem Kopf zu verscheuchen.

Rebus hörte, wie Tibbet die ersten Takte von »Wichita Lineman« summte, und musste ein Lächeln unterdrücken. Seine Arbeit hier war erledigt. Er stand auf und zog sein Jackett an.

»Bin für eine Weile weg«, sagte er.

»Oh?«

»Schöne Lok haben Sie da«, bemerkte Rebus. »Ein Hobby von Ihnen?«

»Geschenk von einem meiner Neffen«, erwiderte Tibbet.

Rebus nickte und war insgeheim beeindruckt. Tibbets Miene verriet nichts. Der Kerl war schlagfertig und ein guter Lügner: beides nützliche Eigenschaften für einen Polizisten.

»Also, dann bis später«, sagte Rebus.

»Und falls jemand Sie erreichen will?«, fragte Tibbet, neugierig auf ein paar Details.

»Das wird garantiert nicht passieren.« Er zwinkerte Tibbet zu und verließ das Büro.

Im Flur traf er DCI Macrae, der mit ein paar Papieren in der Hand auf dem Weg in eine Konferenz war.

»Wo wollen Sie hin, John?«

»Geht um den Knoxland-Fall, Sir. Offenbar möchte man auf meine Mitarbeit nicht verzichten.«

»Was Ihnen natürlich sehr unrecht ist.«

»Haargenau.«

»Gut, von mir aus. Aber vergessen Sie nicht: Sie gehören *hierher*, und falls wir Sie brauchen, kommen Sie auf der Stelle zurück.«

»Nichts, was ich lieber täte«, erwiderte Rebus, suchte in seinen Taschen nach dem Autoschlüssel und marschierte zum Ausgang.

Er war gerade auf dem Parkplatz angekommen, als sein Handy klingelte. Shug Davidson war dran.

»Heute schon einen Blick in die Zeitung geworfen, John?«

»Irgendwas Lesenswertes drin?«

»Es dürfte Sie vielleicht interessieren, was Ihr Freund Steve Holly über uns schreibt.«

Rebus Miene erstarrte. »Ich melde mich wieder«, sagte er. Fünf Minuten später hielt er am Straßenrand und sprintete in einen Zeitungskiosk. Er breitete die Zeitung auf dem Beifahrersitz aus. Holly hatte das Foto abdrucken lassen, es aber in einen Artikel über die Tricks so genannter »Scheinasylanten« eingebettet. Es wurde behauptet, Terroristen seien als Flüchtlinge getarnt nach Großbritannien eingereist. Vom angeblichen Sozialleistungsmissbrauch durch Ausländer war die Rede, ergänzt durch Zitate der Bewohner aus Knoxland. Die Botschaft bestand aus zwei Teilen: Großbritannien droht Gefahr, und so geht es nicht weiter.

Und mittendrin das Foto, das wie reine Dekoration wirkte.

Rebus rief Holly auf dessen Handy an, erreichte aber nur die Mailbox und hinterließ einen Schwall ausgesuchter Schimpfworte.

Anschließend fuhr er zum Waterloo Place, wo sich die Dienststelle des Wohnungsamts befand, die für die Belegung der städtischen Mietwohnungen in Knoxland zuständig war. Er hatte dort einen Termin bei einer Mrs. Mackenzie, die sich als kleine, geschäftige Frau Mitte fünfzig entpuppte. Shug Davidson hatte ihr schon die offizielle Bitte um Auskunftserteilung gefaxt, aber das schien ihr nicht auszureichen.

»Es geht um Datenschutz«, erklärte sie Rebus. »Heutzutage gelten in dieser Hinsicht alle möglichen Beschränkungen.« Sie führte ihn durch ein Großraumbüro.

»Ich nehme nicht an, dass der Tote sich beschweren wird, schon gar nicht, wenn wir seinen Mörder erwischen.«

»Ja, aber trotzdem…« Sie waren in einer kleinen verglasten Kabine angekommen, bei der es sich, wie Rebus begriff, um ihr Büro handelte.

»Und ich hab gedacht, dünnere Wände als in Knoxland gäb's nicht.« Er klopfte gegen das Glas. Sie entfernte einen Papierstapel von einem Stuhl und forderte Rebus mit einer Handbewegung auf, Platz zu nehmen. Dann quetschte sie sich um den Tisch herum, ließ sich auf ihren Stuhl nieder, setzte eine Brille mit halbmondförmigen Gläsern auf und begann, einen weiteren Stapel Papiere durchzublättern.

Rebus bezweifelte, dass er bei dieser Frau mit Charme etwas ausrichten könnte. Was vielleicht gar nicht so schlecht war, denn er hatte bei diesen besonderen Tests nie gut abgeschnitten. Er beschloss, an ihre Professionalität zu appellieren.

»Hören Sie, Mrs. Mackenzie, wir beide wollen die Aufgaben, die unser Beruf mit sich bringt, erfolgreich erledigen.« Sie starrte ihn über die Brille an. »Meine momentane Aufgabe ist nun mal, den Täter in einem Mordfall zu ermitteln. Und diese Ermittlungen können erst dann richtig beginnen, wenn wir wissen, wer das Opfer ist. Heute früh habe ich das Resultat des Abgleichs der Fingerabdrücke erfahren: Das Opfer war zweifelsfrei Ihr Mieter.«

»Tja, Herr Inspector, genau da liegt mein Problem. Der arme Mensch, der umgebracht wurde, war *nicht* mein Mieter.«

Rebus runzelte die Stirn. »Das verstehe ich nicht.« Sie gab ihm ein Blatt Papier.

»Das sind die persönlichen Angaben des Mieters. Soweit ich weiß, stammte Ihr Opfer aus dem Nahen Osten oder irgendwo dort aus der Gegend. Für wie wahrscheinlich halten Sie es, dass er Robert Baird hieß?«

Rebus stierte auf den Namen. Die Wohnungsnummer stimmte … die Hausnummer auch. Als Mieter war ein Robert Baird verzeichnet.

»Er muss ausgezogen sein.«

Mackenzie schüttelte den Kopf. »Meine Unterlagen sind auf dem neuesten Stand. Die letzte Mietzahlung ist vergangene Woche eingegangen. Sie kam von Mr. Baird.«

»Glauben Sie, er hat untervermietet?«

Ein Lächeln breitete sich auf Mrs. Mackenzies Gesicht aus. »Was laut Mietvertrag strikt verboten ist«, sagte sie.

»Aber manche Leute tun es.«

»Selbstverständlich. Nun, ich habe mich ein bisschen als Detektiv betätigt …« Sie schien stolz auf sich zu sein. Rebus, der sie immer sympathischer fand, beugte sich vor.

»Erzählen Sie«, sagte er.

»Ich habe mich bei den Wohnungsämtern der anderen Bezirke erkundigt. In ihren Verzeichnissen tauchen etliche Mieter namens Robert Baird auf. Und außerdem auffällig viele Bairds mit anderem Vornamen.«

»Ein paar von denen könnten tatsächlich in die Wohnungen eingezogen sein«, sagte Rebus, den Advocatus Diaboli spielend.

»Die anderen aber nicht.«

»Sie glauben, dieser Baird hat sich in großem Stil Mietverträge für städtische Wohnungen verschafft?«

Sie zuckte die Achseln: »Es gibt nur einen Weg, das herauszufinden ...«

Die erste Wohnung, bei der sie es versuchten, befand sich in einem Hochhaus in Dumbiedykes, nahe Rebus' ehemaliger Polizeiwache. Die Tür wurde von einer afrikanisch aussehenden Frau geöffnet. Hinter ihr tobten ein paar kleine Kinder.

»Wir möchten zu Mr. Baird«, sagte Mackenzie. Die Frau schüttelte nur den Kopf. Mackenzie wiederholte den Namen.

»Zu dem Mann, an den Sie Miete zahlen«, fügte Rebus hinzu. Die Frau schüttelte weiterhin den Kopf und schob langsam aber entschlossen die Tür zu.

»Ich glaube, wir sind auf der richtigen Spur«, meinte Mackenzie. »Kommen Sie.«

Außerhalb des Autos war sie forsch und geschäftsmäßig, aber sobald sie auf dem Beifahrersitz Platz genommen hatte, entspannte sie sich und fragte Rebus nach seiner Arbeit, wo er wohne und ob er verheiratet sei.

»Geschieden«, verriet er ihr. »Schon vor Jahren. Und Sie?«

Sie hielt eine Hand hoch, damit er ihren Ehering sah.

»Manchmal tragen Frauen so einen Ring nur, um nicht so oft angemacht zu werden«, sagte er.

Sie schnaubte. »Und ich dachte immer, *ich* wäre ein misstrauischer Mensch.«

»Das liegt an unseren Jobs, nehme ich an.«

Sie seufzte. »Meiner wäre ohne Leute wie die Frau eben viel einfacher.«

»Sie meinen Ausländer.«

Sie nickte. »Manchmal schaue ich ihnen in die Augen und ahne, was sie durchgemacht haben, um herzukommen.« Sie schwieg einen Moment. »Und ich kann ihnen nur eine Wohnung in Siedlungen wie Knoxland anbieten.«

»Besser als nichts.«

»Schön wär's…«

Ihre nächste Station war eine Mietskaserne in Leith. Die Fahrstühle waren außer Betrieb, daher mussten sie vier Stockwerke hinaufsteigen. Mackenzie lief voraus; dabei machten die Sohlen ihrer Schuhe klackende Geräusche. Oben angekommen, musste Rebus einen Moment Atem schöpfen. Dann nickte er, damit sie an der Tür klopfte. Ein Mann öffnete. Er hatte olivfarbene Haut, war unrasiert, trug ein weißes Unterhemd und eine Jogginghose.

»Was du Arschloch wollen?«, fragte er mit starkem Akzent.

»Ihr Englischlehrer muss ein echter Meister seines Fachs sein«, sagte Rebus in harschem Ton, um dem Mann Paroli zu bieten. Der starrte ihn verständnislos an.

Mackenzie wandte sich an Rebus. »Osteuropäer vielleicht? Vom Balkan?« Sie drehte sich wieder zu dem Mann. »Woher stammen Sie?«

»Arschloch«, erwiderte der Mann. Es klang nicht bösartig. Er schien dieses Wort zu benutzen, weil er sehen wollte, wie es wirkte, oder weil es ihm in der Vergangenheit gute Dienste geleistet hatte.

»Robert Baird«, sagte Rebus. »Kennen Sie ihn?« Der Mann kniff die Augen zusammen, und Rebus wiederholte den Namen. »Sie geben ihm Geld.« Er rieb Daumen und Zeigefinger aneinander in der Hoffnung, dass der Mann verstand, was er meinte. Aber stattdessen wurde er wütend.

»Du Arschloch!«

»Wir wollen kein Geld von Ihnen«, versuchte Rebus zu erklären. »Wir suchen Robert Baird. Er hat diese Wohnung gemietet.« Rebus deutete in den Flur.

»Vermieter«, mischte Mackenzie sich ein, aber es war zwecklos. Das Gesicht des Mannes zuckte, auf seiner Stirn bildeten sich Schweißperlen.

»Keine Sorge«, sagte Rebus und hob beruhigend die Hände – vielleicht würde er diese Geste ja verstehen. Plötzlich bemerkte er, wie sich hinten im Flur ein Schatten bewegte. »Sprechen Sie Englisch?«, rief er.

Der Mann drehte den Kopf zur Seite und bellte ein paar guttural klingende Worte. Trotzdem kam die Gestalt näher, und Rebus erkannte, dass es ein Junge im Teenageralter war.

»Sprichst du Englisch?«, fragte er.

»Ein bisschen«, antwortete der Junge. Er war dünn und recht hübsch, trug ein kurzärmliges blaues Hemd und eine Jeans.

»Von woher kommt ihr?«, wollte Rebus wissen.

»Das hier unser Land«, verkündete der Junge trotzig.

»Keine Sorge, wir sind nicht von der Ausländerbehörde. Ihr zahlt Geld für die Wohnung, stimmt's?«

»Ja, tun wir.«

»Der Mann, dem ihr das Geld gebt – mit dem würden wir gerne sprechen.«

Der Junge übersetzte seinem Vater einen Teil davon. Der Vater starrte Rebus an und schüttelte den Kopf.

»Erklär deinem Vater«, fuhr Rebus zu dem Jungen gewandt fort, »dass ich die Ausländerbehörde holen kann, falls er lieber mit denen reden möchte.«

Der Junge riss die Augen erschrocken auf. Diesmal dauerte das Übersetzen länger. Der Mann sah Rebus erneut an, nun aber mit einem traurigen, resignierten Blick, so als sei er es gewöhnt, von Behörden schikaniert zu werden. Er murmelte etwas, und der Junge verschwand im Flur. Gleich darauf kam er mit einem gefalteten Zettel zurück.

»Er kommt das Geld holen. Wenn es Probleme gibt, sollen wir hier anrufen.«

Rebus faltete den Zettel auseinander. Eine Handynummer und ein Name: Gareth. Rebus gab Mackenzie den Zettel.

»Auf meiner Liste steht auch ein Gareth Baird«, sagte sie.

»Dürfte in Edinburgh nicht allzu viele Männer mit diesem Namen geben. Wahrscheinlich ist es ein und derselbe.« Rebus nahm ihr den Zettel wieder ab und überlegte, was ein Anruf bei der Nummer bringen würde. Er sah, dass der Mann ihm etwas hinhielt: eine Hand voll Geldscheine.

»Will er uns bestechen?«, fragte Rebus den Jungen. Der Sohn schüttelte den Kopf.

»Er versteht nicht.« Erneut redete er mit seinem Vater. Der Mann murmelte etwas, dann schaute er Rebus an, und plötzlich musste Rebus an das denken, was Mackenzie im Wagen gesagt hatte. Es stimmte: In dem Blick lag großes Leid.

»Heute«, sagte der Junge zu Rebus. »Geld … heute.«

Rebus kniff die Augen zusammen. »Gareth kommt heute die Miete kassieren?«

Der Sohn beriet sich mit seinem Vater, dann nickte er.

»Wann?«, fragte Rebus.

Erneute Diskussion. »Jetzt gleich … oder bald«, übersetzte der Junge. Rebus wandte sich an Mackenzie. »Ich kann Ihnen einen Wagen rufen, der Sie zurück ins Büro bringt.«

»Wollen Sie hier auf ihn warten?«

»Genau das habe ich vor.«

»Wenn er gegen den Mietvertrag verstößt, dann sollte ich dabei sein.«

»Gut möglich, dass es noch eine Weile dauert … Ich halte Sie auf dem Laufenden. Die Alternative ist, mit mir hier stundenlang zu warten.« Er zuckte die Achseln, um ihr zu signalisieren, dass sie das selbst entscheiden musste.

»Sie rufen mich auch wirklich an?«

Er nickte. »In der Zwischenzeit könnten Sie ein paar von den anderen Adressen überprüfen.«

Das leuchtete ihr ein. »In Ordnung«, sagte sie.

Rebus holte sein Handy heraus. »Ich lasse einen Streifenwagen kommen.«

»Und was, wenn das den Kerl verscheucht?«

»Guter Einwand. Also ein Taxi.« Er telefonierte, und sie stieg die Treppe hinunter, sodass Rebus nun mit Vater und Sohn allein war.

»Ich warte hier auf Gareth«, verkündete er. Dann spähte er in den Flur. »Was dagegen, wenn ich reinkomme?«

»Nein, gar nicht.« Rebus trat ein.

Die Wohnung sah renovierungsbedürftig aus. Handtücher und Stoffstreifen waren in die Ritzen in den Fensterrahmen gestopft worden, damit es möglichst wenig zog. Immerhin gab es Möbel, und die Wohnung wirkte aufgeräumt. Nur eine Wabe des Gasofens im Wohnzimmerkamin glühte.

»Kaffee?«, fragte der Junge.

»Gerne«, antwortete Rebus. Er deutete auf das Sofa, um die Erlaubnis zu erhalten, sich zu setzen. Der Vater nickte, und Rebus nahm Platz. Dann stand er wieder auf, um sich die Fotos auf dem Kaminsims anzusehen. Drei oder vier Generationen einer Familie. Rebus drehte sich um und nickte dem Vater lächelnd zu. Die Gesichtszüge des Mannes wurden etwas weicher. Außer den Fotos gab es kaum etwas in dem Zimmer, das Rebus' Interesse weckte: kein Nippes, keine Bücher, kein Fernseher, keine Stereoanlage. Neben dem Sessel des Vaters stand ein Kofferradio auf dem Boden. Es war über und über mit Klebefolie umwickelt, vermutlich, damit es nicht auseinander fiel. Rebus entdeckte nirgendwo einen Aschenbecher, deshalb ließ er seine Zigaretten in der Tasche. Kurz darauf kam der Junge mit einer Tasse aus der Küche und überreichte sie Rebus. Milch bot er ihm keine an. Die Flüssigkeit war tiefschwarz, und nachdem Rebus den ersten Schluck getrunken hatte, durchfuhr ihn ein Energiestoß, von dem er nicht wusste, ob er vom Koffein oder vom Zucker stammte. Er nickte seinen Gastgebern zu, um zu signalisieren, dass der Mokka ihm schmeckte. Sie starrten ihn an, als sei er ein Ausstellungsstück im Museum. Er wollte gerade nach dem Namen des Jungen und der Familiengeschichte der beiden fragen, als sein Handy klingelte. Er murmelte ein paar entschuldigende Worte und nahm das Gespräch entgegen.

Es war Siobhan.

»Irgendwas Weltbewegendes passiert?«, fragte sie. Sie hatte nicht erwartet, sofort von den Ärzten empfangen zu werden, aber damit gerechnet, dass man sie in ein Büro oder Vorzimmer führen würde. Stattdessen saß sie nun inmitten von Patienten der Ambulanz, Besuchern und lärmenden Kleinkindern in einem Wartezimmer. Hin und wieder erschien jemand vom Krankenhauspersonal, um sich, ohne die Anwesenden auch nur eines Blickes zu würdigen, etwas zu essen aus einem der zwei Automaten zu holen. Der eine bot eine begrenzte Auswahl an Sandwiches an – dünne dreieckige Weißbrotscheiben, belegt mit verschiedenen Kombinationen aus Salatblättern, Tomatenscheiben, Thunfisch, Schinken und Käse –, der andere, beliebtere, Chips und Schokolade. Es gab auch einen Getränkeautomaten, an dem aber ein Schild mit der Aufschrift »Defekt« hing.

Nachdem sich das Interesse an den Automaten erschöpft hatte, war Siobhan dazu übergangen, sich den Presseerzeugnissen auf dem Tisch zu widmen – uralte Frauenzeitschriften, deren Seiten entweder lose oder irgendeines Fotos oder Preisausschreibens wegen herausgerissen waren. Die ebenfalls ausliegenden Comichefte für die Kinder wollte sie sich für später aufsparen. Also zückte sie ihr Handy und löschte ungebetene Kurznachrichten und die Anruflisten. Dann schickte sie ein paar Freunden eine SMS. Und als ihr schließlich gar nichts mehr einfiel, rief sie Rebus an.

»Kann nicht klagen«, sagte er lediglich. »Was treiben Sie gerade?«

»Lungere in der Royal Infirmary herum. Und Sie?«

»Lungere in Leith herum.«

»Man könnte den Eindruck gewinnen, dass es Ihnen am Gayfield Square nicht gefällt.«

»Aber wir wissen beide, dass dieser Eindruck falsch wäre, stimmt's?«

Sie lächelte. Ein kleiner Junge war hereingekommen. Er stellte sich auf die Zehenspitzen, um Münzen in den Schoko-Automaten zu stecken, konnte sich dann aber nicht entscheiden. Fasziniert drückte er Nase und Hände an die Glasscheibe.

»Treffen wir uns, wie abgemacht, nachher?«, fragte Siobhan.

»Wenn nicht, melde ich mich.«

»Hoffen Sie etwa auf eine Verabredung mit jemand Interessanterem?«

»Man kann nie wissen. Haben Sie heute schon einen Blick auf Hollys Schmierblatt geworfen?«

»Ich lese nur seriöse Zeitungen. Hat er das Foto abgedruckt?«

»Ja, hat er… und es als Aufhänger benutzt, um Stimmung gegen Asylbewerber zu machen.«

»Oh, verdammt.«

»Wenn in den nächsten Tagen noch einer von diesen armen Leuten im Kühlhaus landet, wissen wir, wer Schuld hat.«

Die Tür des Wartezimmers ging wieder auf. Es war die Frau vom Empfangsschalter. Sie gab Siobhan ein Zeichen, ihr zu folgen.

»Wir müssen unser Gespräch später fortsetzen, John.«

»*Sie* haben *mich* angerufen, schon vergessen?«

»Tut mir Leid, aber anscheinend hat man hier endlich Zeit für mich.«

»Und darum haben Sie keine mehr für mich? Besten Dank, Siobhan.«

»Dann bis heute Nachmittag…«

Rebus hatte bereits aufgelegt. Siobhan folgte der Frau vom Empfang zwei Korridore entlang. Schließlich deutete sie auf eine Tür. Siobhan nickte dankend und ging in den dahinter liegenden Raum.

Es war eine Art Büro: Regale und ein Schreibtisch mit Computer. Auf dem einzigen Bürostuhl saß ein Weißkittel und drehte sich hin und her. Sein Kollege stand an den Tisch gelehnt, die Arme nach oben gestreckt. Beide sahen gut aus – und wussten das auch.

»Detective Sergeant Clarke«, stellte sich Siobhan vor und schüttelte die Hand des einen.

»Alf McAteer«, erwiderte er, und seine Finger strichen über ihre. »Ist es ein Anzeichen dafür, dass man alt wird?«, fragte er.

»Was?«

»Wenn man Polizistinnen plötzlich aufregend findet.«

Der andere grinste. Er drückte Siobhans Hand. »Alexis Cater. Machen Sie sich seinetwegen keine Sorge, das Viagra wirkt nicht mehr lange.«

»Oh mein Gott«, McAteer klang erschrocken. »Höchste Zeit für eine neue Pille.«

»Hören Sie«, sagte Cater zu Siobhan, »wenn Sie der Kinderpornos auf Alfs Computer wegen hier sind…«

Siobhan verzog keine Miene. Er neigte ihr den Kopf zu.

»Ein Scherz«, erklärte er.

»Tja«, erwiderte sie, »ich könnte Sie beide mit auf die Wache nehmen, Ihre Computer beschlagnahmen lassen… die Überprüfung würde natürlich ein paar Tage dauern.« Sie schwieg einen Moment. »Und es mag ja stimmen, dass wir Polizistinnen besser aussehen als früher, aber uns wird am ersten Arbeitstag der Sinn für Humor herausoperiert.«

Sie starrten sie an, standen inzwischen nebeneinander an die Tischkante gelehnt.

»Dann wissen wir jetzt ja Bescheid«, sagte Cater zu seinem Freund.

»Voll und ganz«, pflichtete McAteer ihm bei.

Sie waren groß, schlank und breitschultrig. Privatschule und Rugbyteam, tippte Siobhan. Ihren gebräunten Gesichtern nach zu urteilen auch Wintersportler. McAteer hatte den dunkleren Teint der beiden: dichte Augenbrauen, die fast zusammenwuchsen, widerspenstiges schwarzes Haar, unrasiert. Cater war genauso blond wie sein Vater, allerdings hatte sie ihn in Verdacht, mit Tönungsmitteln nachgeholfen zu haben. Außerdem wurde sein Haar bereits ein wenig schütter. Auch besaß er die gleichen grünen Augen wie sein Vater, aber ansonsten bestand kaum Ähnlichkeit. Gordon Caters natürlicher Charme war durch etwas sehr viel weniger Anziehendes ersetzt worden: Alexis' Gewissheit, dass er sein Leben lang zu den Gewinnern zählen würde, jedoch nicht aufgrund seines Charakters oder sonstiger positiver Eigenschaften, sondern allein seiner Herkunft wegen.

McAteer hatte sich seinem Freund zugewandt. »Müssen die Videos von unseren philippinischen Hausmädchen sein.«

Cater schlug McAteer auf die Schulter, hielt den Blick aber auf Siobhan gerichtet.

»Wir sind wirklich gespannt«, meinte er.

»Du vielleicht, Süßer«, sagte McAteer mit affektierter Stimme. In diesem Moment begriff Siobhan, wie die Freundschaft der beiden funktionierte: McAteer war eine Art Hofnarr, buhlte ständig um Caters Gunst. Denn Cater hatte die Macht; jeder wollte mit ihm befreundet sein. Er war ein Magnet für all das, was McAteer sich wünschte – die Einladungen, die Mädchen. Wie um diesen Eindruck zu bestätigen, warf Cater seinem Freund einen Blick zu, und

McAteer tat mit einer Geste so, als würde er seinen Mund wie einen Reißverschluss schließen.

»Was können wir für Sie tun?«, fragte Cater übertrieben höflich. »Wir haben nur wenig Zeit, denn die Patienten warten auf uns ...«

Ein weiterer geschickter Schachzug; er rückte sich ins rechte Licht: Ich bin der Sohn eines Filmstars, aber hier ist meine Aufgabe, Menschen zu helfen, Leben zu retten. Ich bin ein wertvolles Mitglied der Gesellschaft, und daran können auch Sie nichts ändern ...

»Mag Lennox«, antwortete Siobhan.

»Ich tappe komplett im Dunkeln«, sagte Cater. Er unterbrach den Augenkontakt, um die Füße zu kreuzen.

»Das kann nicht sein«, entgegnete Siobhan. »Sie beide haben ihr Skelett aus der medizinischen Fakultät gestohlen.«

»Haben wir das?«

»Und jetzt ist es wieder aufgetaucht ... vergraben in einem Keller an der Fleshmarket Close.«

»Ich hab darüber gelesen«, sagte Cater mit der Andeutung eines Nickens. »Makabrer Fund. Stand denn nicht in der Zeitung, das Ganze habe etwas mit Teufelsanbetung zu tun?«

Siobhan schüttelte den Kopf.

»In dieser Stadt gibt's jede Menge Teufel, was Lex?«, warf McAteer ein.

Cater ignorierte die Bemerkung. »Sie glauben also, wir hätten ein Skelett aus der medizinischen Fakultät gestohlen und in diesem Keller vergraben?« Er schwieg einen Moment. »Wurde der Diebstahl bei der Polizei angezeigt ...? Also, ich kann mich nicht erinnern, dass je darüber berichtet wurde. Die Universität hätte doch bestimmt die nötigen Schritte eingeleitet.« McAteer nickte beipflichtend.

»Sie wissen, dass das nicht geschehen ist«, sagte Siobhan ruhig. »Die Universität wollte nicht noch einen weiteren

Skandal wie den, als Sie beide die Leichenteile aus der Pathologie entwendet haben.«

»Das sind schwer wiegende Anschuldigungen.« Cater lächelte gekünstelt. »Sollte ich meinen Anwalt hinzuziehen?«

»Ich will lediglich wissen, was Sie mit dem Skelett angestellt haben.«

Er starrte sie mit einem Blick an, der vermutlich so manche junge Frau verunsichert hatte. Siobhan zuckte mit keiner Wimper. Er schniefte und holte tief Luft.

»Ist es eigentlich ein ernsthafter Gesetzesverstoß, ein Museumsstück unter einem Pub zu vergraben?« Er versuchte es erneut mit einem Lächeln und legte dabei den Kopf schräg. »Sollten Sie nicht lieber Jagd auf irgendwelche Dealer oder Vergewaltiger machen?«

Die Erinnerung an Donny Cruikshank wurde in ihr lebendig, an die Narben in seinem Gesicht, die als Sühne für sein Verbrechen nicht ausreichten.

»Sie haben nichts zu befürchten«, erklärte sie. »Alles was Sie mir erzählen, bleibt unter uns.«

»Wie Bettgeflüster?«, konnte sich McAteer nicht verkneifen zu fragen. Sein Lachen wurde von einem Blick Caters eliminiert.

»Das bedeutet also, wir würden Ihnen einen Gefallen tun, Detective Clarke. Einen Gefallen, für den wir womöglich eine Gegenleistung erwarten.«

McAteer grinste über die Worte seines Freundes, hielt aber den Mund.

»Was schlagen Sie vor?«, wollte Siobhan wissen.

Cater neigte sich vor. »Gehen Sie heute Abend ein Glas mit mir trinken, dann erzähl ich's Ihnen.«

»Erzählen Sie's mir jetzt.«

Er schüttelte den Kopf, ohne den Blick von ihr abzuwenden. »Heute Abend.«

McAteer wirkte enttäuscht; wahrscheinlich befürchtete er das Aus für ein geplantes gemeinsames Vorhaben.

»Ich glaube nicht«, sagte Siobhan.

Cater sah auf seine Armbanduhr. »Wir müssen zurück auf die Station …« Er streckte die Hand aus. »Es war interessant, Sie kennen gelernt zu haben. Ich wette, wir hätten viel Gesprächsstoff gehabt …« Als sie sich weigerte, ihm die Hand zu geben, hob er eine Augenbraue. Das gehörte zur bevorzugten Mimik seines Vaters; sie hatte es in einem halbem Dutzend Filmen gesehen: leicht verblüfft und enttäuscht …

»Nur ein Glas«, sagte sie.

»Mit zwei Strohhalmen«, fügte Cater hinzu. Der Glaube an seine Macht kehrte zurück. Es war ihr nicht gelungen, ihn abzuweisen. Ein weiterer Sieg auf seiner Liste.

»Um acht in der Opal Lounge?«, schlug er vor.

Sie schüttelte den Kopf. »Halb acht in der Oxford Bar.«

»Kenne ich gar nicht. Eine Neueröffnung?«

»Ganz im Gegenteil. Schauen Sie im Telefonbuch nach.« Sie öffnete die Tür, verharrte aber plötzlich, so als sei ihr gerade etwas eingefallen. »Aber den Hanswurst lassen Sie bitte zu Hause.« Ein Nicken in Richtung McAteer.

Alexis Cater lachte laut, als sie hinausging.

7

Der Mann namens Gareth lachte gerade laut in sein Handy, als die Tür aufging. An jedem seiner Finger prangte ein goldener Ring, und um Hals und Handgelenke baumelten Ketten. Er war nicht groß, aber breit, und bestand hauptsächlich aus Fett. Eine Wampe hing über seinen Hosenbund. Er hatte eine Dreiviertelglatze, und das wenige ihm verbliebene Haar hing ihm strähnig in den Nacken. Er trug einen schwarzen Ledertrenchcoat, ein schwarzes T-Shirt, weite

Jeans und zerkratzte Turnschuhe. Die freie Hand hielt er bereits ausgestreckt, um das Geld in Empfang zu nehmen, und er erwartete nicht, dass jemand sie packen und ihn in die Wohnung ziehen würde. Er ließ das Handy fallen, fluchte, und erst dann bemerkte er Rebus.

»He, was soll der Scheiß?«

»Guten Tag, Gareth. Tut mir Leid, wenn ich eben ein bisschen grob war ... liegt an der aufputschenden Wirkung von drei Tassen Mokka.«

Gareth fasste sich und kam zu dem Schluss, dass keine Gefahr bestand, verprügelt zu werden. Er bückte sich nach seinem Handy, aber Rebus trat darauf und schüttelte den Kopf.

»Später«, sagte er, kickte das Handy ins Treppenhaus und schloss die Tür.

»Was wollen Sie von mir?«

»Nur ein bisschen mit dir plaudern.«

»Sie sehen aus wie eine Bulle.«

»Nicht schlecht, deine Menschenkenntnis.« Rebus deutete den Flur entlang und schob den jungen Mann in Richtung Wohnzimmer, indem er ihm eine Hand in den Rücken drückte. Als sie an Vater und Sohn vorbeikamen, die in der Küchentür standen, sah Rebus den Sohn an, der daraufhin nickte, als Zeichen, dass es der richtige Mann war. »Hinsetzen!«, befahl Rebus. Gareth nahm auf der Armlehne des Sofas Platz. Rebus nahm vor ihm Aufstellung. »Ist das hier deine Wohnung?«

»Was geht Sie das an?«

»Dein Name steht nicht im Mietvertrag.«

»Ach ja?« Gareth spielte mit den Kettchen an seinem linken Handgelenk. Rebus beugte sich über ihn, starrte ihm direkt ins Gesicht.

»Ist Baird dein echter Nachname?«

»Natürlich.« Sein Tonfall sollte Rebus warnen, ihn einen Lügner zu nennen. Dann: »Was ist daran so komisch?«

»Bloß ein kleiner Trick, Gareth. Weißt du, ich kannte deinen Nachnamen gar nicht.« Rebus schwieg und richtete sich wieder auf. »Aber jetzt kenne ich ihn. Wer ist Robert – dein Bruder? Dein Vater?«

»Über wen reden Sie?«

Rebus lächelte. »Bisschen spät für so ein Spielchen, Gareth.«

Das schien Gareth einzusehen. Er wies mit dem Finger in Richtung Küche. »Haben die Typen uns verpfiffen? Haben sie das?«

Rebus schüttelte den Kopf und wartete, bis er wieder Gareths ungeteilte Aufmerksamkeit hatte. »Nein, Gareth«, erwiderte er. »Ein Toter hat's getan …«

Danach ließ er den jungen Mann fünf Minuten schmoren wie einen Sonntagsbraten. Rebus tat so, als müsse er unbedingt nachsehen, ob Kurzmitteilungen auf seinem Handy eingegangen waren. Dann öffnete er eine neue Schachtel Zigaretten und schob sich eine unangezündet zwischen die Lippen.

»Krieg ich auch eine?«, fragte Gareth.

»Selbstverständlich. Sobald du mir verraten hast, ob Robert dein Bruder oder dein Vater ist. Ich würde auf Vater tippen, aber vielleicht irre ich mich. Übrigens habe ich gerade versucht, im Geist nachzuzählen, wie viele Vergehen ihr begangen habt. Unerlaubte Untervermietung ist bloß der Anfang. Versteuert Robert sein illegales Einkommen? Wenn einen die Jungs von der Steuerfahnung erst einmal in den Klauen haben, dann sind sie schlimmer als ein hungriger Tiger. Glaub mir – ich hab das Ergebnis davon gesehen.« Er schwieg einen Augenblick. »Dann ist da das Eintreiben von Geld unter Androhung von Gewalt. Dieser Punkt dürfte vor allem dich betreffen.«

»Ich hab nie jemand was getan!«

»Was du nicht sagst.«

»Nein, hab ich nicht! Ich kassier nur das Geld, das ist alles.« In seiner Stimme lag jetzt ein flehender Ton. Rebus nahm an, dass Gareth ein unbeholfenes, begriffsstutziges Kind gewesen war – keine richtigen Freunde in der Schule, nur Jungen, die ihn seiner massigen Gestalt wegen geduldet hatten, um sich seiner bei Bedarf zu bedienen.

»Ich bin an dir überhaupt nicht interessiert«, versicherte Rebus ihm. »Du sollst mir nur die Adresse deines Vaters geben – eine Adresse, die ich sowieso herausfinden werde. Ich versuche bloß, uns beiden den ganzen Ärger zu ersparen …«

Gareth sah auf, fragte sich offenbar, was das »uns beiden« bedeutete. Rebus zuckte entschuldigend die Achseln.

»Weißt du, ich müsste dich mit auf die Wache nehmen. Dort würde man dich so lange festhalten, bis du die Adresse verraten hast … dann statten wir ihm einen Besuch ab …«

»Er wohnt in Porty«, murmelte Gareth hastig. Damit war Portobello gemeint, ein Vorort südöstlich von Edinburgh, direkt an der Küste gelegen.

»Und er ist dein Vater?«

Gareth nickte.

»Na«, sagte Rebus, »das war gar nicht so schlecht. Jetzt hoch mit dir …«

»Wieso?«

»Weil du und ich ihn besuchen werden.«

Darüber war Gareth überhaupt nicht begeistert, aber nachdem er Rebus' Befehl gefolgt und aufgestanden war, leistete er keinen Widerstand mehr. Rebus gab seinen Gastgebern die Hand, dankte ihnen für den Kaffee. Der Vater wollte Gareth Geld zustecken, aber Rebus schüttelte den Kopf.

»Ab sofort wird keine Miete mehr bezahlt«, sagte er zu dem Sohn. »Hab ich Recht, Gareth?«

Gareth bewegte wortlos den Kopf hin und her. Draußen im Treppenhaus war das Handy schon verschwunden. Rebus musste an die Taschenlampe denken …

»Jemand hat mein Handy geklaut«, beschwerte sich Gareth.

»Du musst unbedingt Anzeige erstatten«, klärte ihn Rebus auf. »Damit die Versicherung bezahlt.« Er sah Gareth' Miene. »Sofern das Ding nicht schon mal jemand anderem gestohlen wurde.«

Unten vor der Tür war Gareth' japanischer Sportwagen von einem halben Dutzend Kindern umringt, deren Eltern es aufgegeben hatten, sie zum Schulbesuch zu zwingen.

»Wie viel hat er euch bezahlt?«, fragte Rebus sie.

»Zwei Tacken.« Zwei Pfund also.

»Und wie viel Zeit hat er damit gekauft?«

Sie starrten Rebus verständnislos an. »Wir sind keine Parkuhr«, sagte einer von ihnen. »Und wir verteilen auch keine Strafzettel.« Seine Freunde und er brachen in schallendes Gelächter aus.

Rebus nickte und wandte sich an Gareth. »Wir nehmen mein Auto«, sagte er. »Hoffen wir für dich, dass deins noch da steht, wenn du es holen kommst…«

»Und wenn nicht?«

»Ein Besuch auf der Wache, wegen der Anzeige, die du deiner Versicherung schicken musst – vorausgesetzt, du bist versichert.«

»Vorausgesetzt«, wiederholte Gareth resigniert.

Die Fahrt nach Portobello dauerte nicht lange. Sie fuhren die Seafield Road entlang, ohne eine einzige Prostituierte zu sehen. Gareth dirigierte Rebus in eine Seitenstraße nahe der Promenade. »Wir müssen hier parken und den Rest zu Fuß gehen«, erklärte er. Also taten sie es. Das Meer war schiefergrau. Am Strand jagten Hunde Stöckchen hinterher. Rebus hatte das Gefühl, um Jahrzehnte zurückversetzt zu sein: Frittenbuden und Spielhallen. Während seiner Kindheit waren seine Eltern in den Sommerferien mit seinem Bruder und ihm entweder nach St. Andrews auf einen Campingplatz oder nach Blackpool in ein billiges Bed & Breakfast gefahren. Jeder Ort am Meer rief in ihm Erinnerungen an diese Zeit wach.

»Bist du hier aufgewachsen?«, fragte er Gareth.

»Nee, in einem Mietshaus in Gorgie.«

»Dann hast du's ja weit gebracht«, meinte Rebus.

Gareth zuckte nur die Achseln und öffnete ein Gartentor. »Wir sind da.« Ein schmaler Weg endete bei der Haustür eines vierstöckigen Stadthauses mit symmetrischer Fassade. Rebus betrachtete es einen Moment. Von jedem Fenster der Vorderfront aus hatte man einen freien Blick über den Strand aufs Meer.

»Schöner hier als in Gorgie«, murmelte er und folgte Gareth den Weg entlang. Der junge Mann schloss die Haustür auf und rief, er sei wieder da. Von einer schmalen, kurzen Diele gingen mehrere Türen ab, und eine Treppe führte nach oben. Gareth ging schnurstracks in den ersten Stock, Rebus nach wie vor dicht hinter ihm.

Sie betraten das Wohnzimmer. Acht Meter lang, mit einem vom Boden bis zur Decke reichenden Panoramafenster. Das Zimmer war geschmackvoll eingerichtet, aber zu modern: Chrom, Leder, abstrakte Kunst. Der Schnitt und die Maße des Raums passten überhaupt nicht dazu. Der Originalkronleuchter und der Stuck waren erhalten geblieben und vermittelten einen Eindruck davon, wie es früher hier ausgesehen haben mochte. Am Fenster stand ein Messingteleskop auf einem hölzernen Dreifuß.

»Wen zum Teufel hast du da angeschleppt?«

Ein Mann saß am Tisch neben dem Teleskop. Er trug eine Brille an einem Band um den Hals. Sein Haar war silbergrau, sorgfältig gekämmt, das Gesicht eher vom Wetter als vom Alter zerfurcht.

»Ich bin Detective Inspector Rebus, Mr. Baird.«

»Was hat er diesmal angestellt?« Baird faltete die Zeitung zusammen und funkelte seinen Sohn an. Sein Tonfall hatte eher resigniert als zornig geklungen. Rebus vermutete, dass Gareth' Karriere in dem kleinen Familienunternehmen bisher nicht wie erhofft verlaufen war.

»Ich bin nicht wegen Gareth hier … sondern ihretwegen.«

»Wegen mir?«

Rebus startete einen Rundgang durch das Zimmer. »Wie es scheint, hat das Wohnungsamt neuerdings wirklich erstklassige Wohnungen im Angebot.«

»Wovon reden Sie?« Die Frage galt Rebus, aber Bairds Blick verlangte auch von seinem Sohn eine Erklärung.

»Er hat auf mich gewartet, Dad«, platzte es aus Gareth heraus. »Hat mich gezwungen, meinen Wagen da zu lassen.«

»Betrug ist eine ernste Angelegenheit, Mr. Baird«, erklärte Rebus. »Es erstaunt mich immer wieder, aber die Richter finden Betrug schlimmer als Einbruch oder Raub. Ich meine, wen betrügen Sie denn? Keine konkrete Person, bloß dieses riesige, unförmige Gebilde namens ›Allgemeinheit‹.« Rebus schüttelte den Kopf. »Aber trotzdem wird man Ihnen so richtig die Hölle heiß machen.«

Baird hatte sich zurückgelehnt und die Arme vor der Brust verschränkt.

»Dummerweise«, fügte Rebus hinzu, »haben Sie sich nicht mit Kleinkram zufrieden gegeben. Bei wie vielen Wohnungen betreiben Sie illegale Untervermietung? Zehn? Zwanzig? Garantiert haben Sie Ihre ganze Familie an der Sache beteiligt … und womöglich auch noch ein paar tote Onkel und Tanten.«

»Sind Sie hier, um mich zu verhaften?«

Rebus schüttelte den Kopf. »Sobald ich von Ihnen bekommen habe, was ich will, bin ich bereit, mich auf Zehenspitzen aus Ihrem Leben zu schleichen.«

Baird wirkte plötzlich interessiert. Er glaubte, einen Mann vor sich zu haben, mit dem man handelseinig werden konnte. Aber er war sich noch nicht ganz sicher.

»War jemand bei ihm, Gareth?«

Gareth schüttelte den Kopf. »Er hat allein in der Wohnung auf mich gewartet …«

»Und auch draußen niemand? Kein Kollege im Streifenwagen?«

Das Kopfschütteln ging weiter. »Wir sind in seinem Wagen hergefahren. Nur er und ich.«

Baird überlegte. »Okay, wie viel wird es mich kosten?«

»Die Beantwortung einiger Fragen. Vorgestern ist einer Ihrer Mieter ermordet worden.«

»Ich sage denen immer wieder, sie sollen unter sich bleiben«, hob Baird an, um sich prophylaktisch gegen den Vorwurf zu verwahren, ihm sei das Schicksal seiner Mieter gleichgültig. Rebus stand inzwischen am Fenster und blickte auf die Promenade und den Strand hinunter. Ein altes Paar spazierte Hand in Hand vorbei. Es ärgerte ihn, dass die beiden vielleicht den Gewinn eines Miethais wie Baird mitfinanzierten. Oder dass möglicherweise ihre Enkel seit einer Ewigkeit auf der Warteliste für eine Sozialwohnung standen.

»Ich bin mir sicher, dass Ihnen der soziale Friede sehr am Herzen liegt«, meinte Rebus. »Was mich interessiert, ist der Name des Mannes und wo er herkam.«

Baird schnaubte. »Ich frage nicht, wo diese Leute herkommen – diesen Fehler habe ich einmal gemacht und es bitter bereut. Wissen Sie, all diese Menschen brauchen ein Dach über dem Kopf. Und wenn das Wohnungsamt ihnen nicht helfen will oder kann – ich kann's.«

»Zu einem gewissen Preis.«

»Einem *fairen* Preis.«

»Ja, ja, Sie sind die Gutherzigkeit in Person. Sie kennen seinen Namen also nicht?«

»Er hat den Vornamen Jim benutzt.«

»Jim? War das seine Idee oder Ihre?«

»Meine.«

»Wie haben Sie Kontakt zu ihm aufgenommen?«

»Meine Kunden nehmen Kontakt zu *mir* auf. Mundpropaganda, könnte man sagen. Das wäre sicher nicht so, wenn sie mit dem, was sie von mir kriegen, unzufrieden wären.«

»Sie bekommen eine Sozialwohnung und bezahlen dafür eine Wuchermiete an Sie.« Rebus wartete vergebens darauf, dass Baird etwas erwiderte; er verstand aber genau, was der Blick des Mannes ihm sagen wollte – *Das mussten Sie mal loswerden, was?* »Und Sie haben keine Ahnung, aus welchem Land er stammte? Aus welcher Region? Wie er hergekommen ist?« Baird schüttelte den Kopf.

»Gareth, geh und hol uns ein Bier aus dem Kühlschrank.« Gareth spurte sofort. Rebus ließ sich von dem »uns« nicht täuschen – er wusste, dass man ihm nichts zu trinken anbieten würde.

»Wie verständigen Sie sich denn mit all diesen Leuten, wenn Sie deren Sprache nicht verstehen?«

»Irgendwie klappt das immer. Notfalls mit Händen und Füßen…« Gareth kam mit einer einzigen Dose zurück, die er seinem Vater reichte. »Gareth hat in der Schule Französisch gehabt. Ich hatte gehofft, das würde sich für uns als nützlich erweisen.« Er senkte die Stimme am Ende des Satzes, und Rebus vermutete, dass Gareth die Erwartungen seines Vaters auch in dieser Hinsicht nicht erfüllt hatte.

»Bei Jim war das aber kein Problem«, fügte der junge Mann hinzu, erpicht darauf, auch etwas zu dem Gespräch beizutragen. »Er konnte ein bisschen Englisch. Wenn auch nicht so gut wie seine Freundin.« Sein Vater warf ihm einen drohenden Blick zu, und Rebus trat schnell zwischen die beiden.

»Was für eine Freundin?«, fragte er Gareth.

»Irgend so eine Frau… etwa so alt wie ich.«

»Wohnten die beiden zusammen?«

»Jim hat allein gelebt. Glaub nicht, dass die beiden ein Paar waren.«

»Wohnte die Frau auch in der Siedlung?«

»Ja, nehm ich an ...«

Baird senior war inzwischen aufgesprungen. »Hören Sie, Sie haben bekommen, was Sie wollten.«

»Tatsächlich?«

»Gut, lassen Sie es mich anders formulieren: Mehr als das, was Sie bekommen haben, werden Sie nicht kriegen.«

»Ob dem so ist, das entscheide ich selbst, Mr. Baird.« Dann, an den Sohn gewandt: »Wie sah sie aus, Gareth?«

Aber Gareth hatte den Wink verstanden. »Weiß ich nicht mehr.«

»Was? Erinnerst du dich nicht mal an ihre Hautfarbe? Du wusstest doch eben noch, wie alt sie ist.«

»Viel dunklere Haut als Jim ... an mehr erinnere ich mich nicht.«

»Aber sie sprach Englisch?«

Gareth wollte Bilckkontakt mit seinem Vater aufnehmen, aber Rebus tat sein Bestes, um das zu verhindern.

»Sie sprach Englisch, und sie war mit Jim befreundet«, insistierte Rebus. »Und sie wohnt in Knoxland. Los, verrat mir noch mehr.«

»Mehr weiß ich nicht.«

Baird ging um Rebus herum und legte einen Arm um die Schulter seines Sohnes. »Sie haben den armen Jungen ganz durcheinander gebracht«, beschwerte er sich. »Wenn ihm noch etwas einfällt, meldet er sich bei Ihnen.«

»Ja, bestimmt«, meinte Rebus.

»Und Sie haben es ernst gemeint, als Sie sagten, Sie würden uns in Ruhe lassen?«

»Ich habe es so gemeint, wie ich es sagte, Mr. Baird – allerdings wird das Wohnungsamt es womöglich anders sehen.«

Bairds Gesicht nahm einen verächtlichen Ausdruck an.

»Ich finde allein hinaus«, sagte Rebus.

Auf der Promenade blies eine steife Brise. Er benötigte

vier Versuche, um sich eine Zigarette anzuzünden. Dann schaute er eine Weile zu dem Wohnzimmerfenster hinauf, bis ihm einfiel, dass er noch nichts gegessen hatte. An der High Street gab es etliche Lokale, deshalb ließ er seinen Wagen, wo er war, und lief die kurze Strecke bis zum nächstgelegenen Pub. Unterwegs rief er Mrs. Mackenzie an, berichtete ihr von Baird und beendete das Gespräch, als er das Lokal betrat. Er bestellte ein kleines Glas IPA, um das Brötchen mit Geflügelsalat hinunterzuspülen. In der Luft hing der Geruch von Suppe und Kartoffeln mit Zwiebeln. Ein Mann, unverkennbar ein Stammgast, bat den Wirt, den Fernsehkanal zu suchen, auf dem Pferderennen gezeigt wurden. Während der Wirt mit der Fernbedienung von einem Sender zum anderen zappte, tauchte für eine Sekunde etwas auf dem Bildschirm auf, bei dessen Anblick Rebus unwillkürlich zu kauen aufhörte.

»Schalten Sie wieder zurück!«, befahl er, und Essenskrümel flogen ihm dabei aus dem Mund.

»Welchen Sender wollen Sie?«

»Halt, stopp.« Es waren die Lokalnachrichten, ein Livebericht über eine Demonstration in einer Siedlung, die unschwer als Knoxland zu erkennen war. Hastig fabrizierte Schilder und Spruchbänder:

UNSER STADTTEIL VERFÄLLT
ES MUSS SICH WAS ÄNDERN
UM UNS SCHOTTEN KÜMMERT SICH NIEMAND …

Der Reporter interviewte gerade das Ehepaar, das neben dem Mordopfer gewohnt hatte. Rebus verstand hin und wieder ein Wort oder Teile eines Satzes: *Die Stadt ist dafür verantwortlich … auf uns nimmt niemand Rücksicht … Abladeplatz … ohne uns zu fragen …* Es war fast, als hätte man ihnen vorher eingeschärft, welche Schlagworte sie benutzen sollten. Der Reporter wandte sich nun einem gut gekleideten, asiatisch aussehenden Mann zu, der eine Brille mit silbernem Rand trug. Laut der Einblendung am unteren Bildrand hieß er Mohammad Dirwan und gehörte zu einer Organisation namens Glasgow New Citizens Collective.

»Gibt jede Menge Spinner da drüben«, bemerkte der Wirt.

»Von mir aus können sie so viele von diesen Typen nach Knoxland schaffen, wie sie wollen«, stimmte einer der Gäste zu. Rebus drehte sich um.

»Was für Typen?«

Der Mann zuckte die Achseln. »Nennen Sie sie, wie Sie wollen – Asylanten oder Schwindler. Aber egal, was diese Leute sind, ich weiß, wer das Geld für sie blechen muss.«

»Stimmt genau, Matty«, pflichtete ihm der Wirt bei. Dann, an Rebus gewandt: »Genug gesehen?«

»Mehr als genug«, erwiderte Rebus und verließ den Pub, ohne sein Bier auszutrinken.

8

Als Rebus in Knoxland eintraf, hatte sich die Lage dort kaum entspannt. Pressefotografen überprüften auf den Displays ihrer Digitalkameras eifrig die Qualität ihrer Bilder. Ein Radioreporter interviewte Ellen Wylie. Rat-Arse Reynolds lief kopfschüttelnd quer über ein Stück unbebauter Fläche zu seinem Auto.

»Was ist los, Charlie?«, fragte Rebus.

»Wir sollten uns raushalten, dann können die Leute in Ruhe ein bisschen Luft ablassen«, grummelte Reynolds, stieg in seinen Wagen, knallte die Tür zu und griff nach einer bereits geöffneten Chipspackung.

Neben dem Bürocontainer hatte sich ein Menschenauflauf versammelt. Rebus erkannte einige Gesichter aus dem Fernsehbericht wieder; ihre Schilder sahen schon etwas mitgenommen aus. Die Einheimischen stritten sich heftig mit

Mohammad Dirwan und deuteten dabei immer wieder mit dem Finger auf ihn. Aus der Nähe wirkte Dirwan auf Rebus wie ein Anwalt: neu aussehender schwarzer Wollmantel, blank geputzte Schuhe, silbergrauer Schnurrbart. Er gestikulierte mit beiden Händen und brüllte fast, um gegen den Lärm anzukommen. Rebus spähte durch das Gitter vor dem Containerfenster. Wie vermutet, war niemand daheim. Er schaute umher und ging dann durch den Verbindungsgang zur anderen Seite des Hochhauses. Ihm fiel der kleine Blumenstrauß am Tatort des Mordes ein. Er war inzwischen bestimmt zertrampelt, in alle Richtungen verstreut. Vielleicht hatte Jims Freundin ihn dort hingelegt.

Auf einer abgesperrten Betonfläche, normalerweise der Parkplatz für die Hausbewohner, stand ein Lieferwagen. Vorne saß niemand. Rebus klopfte an die Hintertür. Die Fenster waren schwarz, aber er wusste, dass man ihn von innen sehen konnte. Die Tür ging auf, und er kletterte hinein.

»Willkommen in der Spielzeugkiste«, begrüßte Shug Davidson ihn und setzte sich neben den Techniker, der die Überwachungskameras steuerte. Der Laderaum des Wagens war voller Monitore und Aufzeichnungsgeräte. Wenn irgendwo in der Stadt die Leute zum Demonstrieren auf die Straße gingen, dokumentierte die Polizei die Geschehnisse. Das war nützlich, um Unruhestifter zu identifizieren oder wenn nötig, Beweismaterial für eine Anklage zu liefern. Auf dem Videomonitor sah es für Rebus so aus, als befände sich die eine Kamera auf einem Laufgang im zweiten oder dritten Stock. Immer wieder wurden einzelne Personen oder Gruppen gezoomt, sodass unscharfe Gesichter plötzlich Konturen bekamen.

»Ist zum Glück noch zu keinen Gewalttaten gekommen«, murmelte Davidson, dann an den Techniker gewandt: »Fahren Sie ein bisschen zurück, Steve ... ja, genau ... jetzt stopp.«

Ein leichtes Flackern auf dem Bild, das Chris zu beseitigen versuchte.

»Wer bereitet dir Kummer, Shug?«, erkundigte sich Rebus.

»Schlau wie eh und je, John…« Davidson deutete auf eine Gestalt am hinteren Rand der Demo. Der Mann trug einen olivgrünen Parka und hatte die Kapuze ins Gesicht gezogen, sodass nur Kinn und Lippen zu sehen waren. »Ich glaube, er war vor ein paar Monaten öfter hier… Da gab's diese Bande aus Belfast, die das Drogengeschäft an sich reißen wollte.«

»Aber ihr habt die Typen doch aus dem Verkehr gezogen.«

»Die meisten sitzen in U-Haft. Ein paar haben sich nach Hause verdrückt.«

»Warum ist er dann hier?«

»Weiß nicht.«

»Weshalb habt ihr ihn nicht gefragt?«

»Er ist abgehauen, als er unsere Kameras entdeckte.«

»Sein Name?«

Davidson schüttelte den Kopf »Da muss ich erst mal recherchieren…« Er rieb sich die Stirn. »Und wie lief's heute bei dir, John?«

Rebus berichtete von Robert Baird.

Davidson nickte. »Gute Arbeit«, sagte er, ohne sich zu irgendeiner Form von Begeisterung hinreißen zu lassen.

»Ich weiß, dass uns das keinen Schritt weitergebracht hat…«

»Tut mir Leid, John, es ist bloß so…«, Davidson seufzte, »…wir sind darauf angewiesen, dass sich ein Zeuge bei uns meldet. Irgendwo da draußen ist die Waffe, und der Mörder muss Blut an der Kleidung gehabt haben. Ich bin sicher, irgendwer weiß etwas.«

»Vielleicht hat Jims Freundin einen Verdacht. Wir könnten Gareth herbringen, vielleicht erkennt er sie ja wieder.«

»Das wäre eine Möglichkeit«, sinnierte Davidson. »Und in

der Zwischenzeit schauen wir zu, wie Knoxland in die Luft fliegt…«

Vier Monitore zeigten unterschiedliche Bilder. Auf einem war eine Gruppe Jugendlicher zu sehen, die etliche Meter hinter der Menge standen. Sie hatten sich mit Kapuzen und Schals vermummt. Als sie den Kameramann sahen, drehten sie sich um und präsentierten ihm ihre Hinterteile. Einer von ihnen hob einen Stein auf und warf ihn, aber nicht weit genug.

»So was meine ich«, erklärte Davidson. »Das Pulverfass hier könnte jederzeit explodieren.«

»Hat es schon Ausschreitungen gegeben?«

»Nur Beschimpfungen.« Er lehnte sich zurück und streckte sich. »Die Haustürbefragungen sind abgeschlossen… Na ja, die Befragungen der Leute, die bereit waren, mit uns zu reden.« Er schwieg einen Moment. »Ich korrigiere mich: die *in der Lage* waren, mit uns zu reden. Diese Siedlung ist wie der Turm zu Babel… Eine Wagenladung Dolmetscher wäre hilfreich.« Sein Magen knurrte, und er versuchte, es zu kaschieren, indem er sich auf seinem quietschenden Stuhl hin und her bewegte.

»Wie wär's mit einer kleinen Pause?«, schlug Rebus vor. Davidson schüttelte den Kopf. »Was ist dieser Dirwan für einer?«

»Anwalt aus Glasgow, der dort einige Asylbewerber vertreten hat.«

»Und warum ist er hier?«

»Abgesehen von der Publicity, hofft er vielleicht auf neue Klienten. Er will, dass die Oberbürgermeisterin herkommt, um sich persönlich ein Bild von der Lage zu machen. Er will ein Treffen zwischen Politikern und den Vertretern der Ausländerorganisationen. Er will alles Mögliche.«

»Momentan steht er allein auf weiter Flur.«

»Ich weiß.«

»Finden Sie es richtig, dass er schutzlos der Meute ausgeliefert ist?«

Davidson starrte ihn an. »Wir haben unsere Leute da draußen.«

»Die Lage scheint sich mehr und mehr zuzuspitzen.«

»Möchten Sie Leibwächter bei ihm spielen?«

Rebus zuckte die Achseln. »Ich tue, was Sie befehlen, Shug. Das hier ist Ihre Show …«

Davidson rieb sich erneut die Stirn. »Tut mir Leid, John, ehrlich.«

»Machen Sie wenigstens eine kleine Pause. Gehen Sie ein bisschen an die frische Luft.« Rebus öffnete die Hintertür.

»Oh John, ich soll Ihnen übrigens etwas ausrichten. Die Jungs von der Drogenfahndung wollen ihre Taschenlampe wiederhaben. Es scheint ziemlich dringend zu sein.«

Rebus nickte, stieg aus und schloss die Tür. Er fuhr hinauf zu Jims Wohnung. Die Tür stand offen, klappte auf und zu. Die Taschenlampe befand sich weder in der Küche noch sonst irgendwo in der Wohnung. Die Spurensicherung war da gewesen, aber er bezweifelte, dass sie die Lampe mitgenommen hatte. Als er die Wohnung wieder verließ, kam Steve Holly gerade aus der Nachbarwohnung, sein Diktiergerät am Ohr, um zu überprüfen, ob es funktioniert hatte.

Unsere Regierung ist viel zu nachsichtig, das ist das Problem….

»Ich nehme an, das entspricht genau Ihrer Meinung«, sagte Rebus. Holly, sichtlich überrascht, Rebus zu sehen, stoppte das Band und steckte den Apparat in die Tasche.

»Ausgewogenheit, mein Lieber – ich lasse beide Seiten zu Wort kommen.«

»Sie haben tatsächlich mit ein paar der armen Schweine gesprochen, die man in diese Löwengrube geworfen hat?«

Holly nickte. Er warf einen Blick über die Brüstung, um festzustellen, ob zu ebener Erde gerade etwas passierte, über das er Bescheid wissen müsste. »Ich habe es sogar geschafft, ein paar Knoxer zu finden, die sich von den vielen Neuankömmlingen nicht gestört fühlen. Ich wette, das überrascht Sie – *ich* jedenfalls war überrascht.« Er zündete sich eine Zigarette an und hielt Rebus die Packung hin.

»Hab gerade erst eine geraucht«, log Rebus.

»Hat sich schon jemand wegen des Fotos von der Frau und den Kindern gemeldet?«

»Vielleicht hat es niemand zur Kentnis genommen… inmitten Ihrer spannenden Ausführungen über Steuerbetrug, überhöhte Auszahlungen und bevorzugte Wohnungszuteilung.«

»Das stimmt alles«, protestierte Holly. »Ich habe nicht behauptet, dass so etwas hier vorgekommen ist, aber anderswo *ist* es passiert.«

»Wenn Sie noch tiefer sinken würden, könnte man Ihren Kopf beim Golf als Tee benutzen.«

»Kein schlechter Spruch«, erwiderte Holly grinsend. »Vielleicht benutze ich ihn…« Sein Handy klingelte. Er nahm das Gespräch entgegen, drehte sich um und ging weg, als hätte Rebus aufgehört zu existieren.

Das war typisch für die Arbeitsweise von jemandem wie Holly, dachte Rebus. Für ihn zählte nur die Gegenwart. Seine Aufmerksamkeit richtete sich auf nichts anderes als seinen nächsten Artikel. Sobald dieser in Druck ging, war er Schnee von gestern, und es musste etwas Neues her, das die entstandene Lücke füllte. Der Vergleich mit der Einstellung einiger von Rebus' Kollegen zu ihrer Arbeit drängte sich auf: Abgeschlossene Ermittlungen wurden aus dem Gedächtnis getilgt. Man wartete auf den nächsten Fall und hoffte, er würde ein bisschen ungewöhnlicher oder interessanter als üblich sein. Rebus wusste, dass es auch gute Journalisten gab und nicht alle so waren wie Steve Holly.

Rebus folgte Holly nach unten, wo sich der Sturm etwas

gelegt hatte. Weniger als ein Dutzend Unverdrossene waren übrig geblieben und stritten sich weiterhin mit dem Rechtsanwalt, zu dem sich inzwischen auch ein paar Ausländer aus der Siedlung gesellt hatten. Das ergab ein neues Fotomotiv; die Kameras klickten wieder eifrig, weshalb sich einige der Ausländer die Hände vors Gesicht hielten. Rebus hörte hinter sich ein Geräusch, und jemand rief: »Los, Howie!« Er drehte sich um und sah einen Jugendlichen zielstrebig auf die Diskutierenden zumarschieren, angefeuert von seinen Kumpeln, die in sicherer Entfernung zurückgeblieben waren. Der Junge achtete nicht auf Rebus. Sein Gesicht war vermummt, die Hände in den beutelartigen Taschen seiner Jacke vergraben. Als er an Rebus vorbeikam, beschleunigte er seine Schritte. Rebus hörte seine keuchenden Atemzüge, und ihm war fast, als dünstete der Junge Adrenalin aus. Er packte einen der Arme und riss ihn nach hinten. Der Junge wirbelte herum, und seine Hände kamen zum Vorschein. Etwas fiel zu Boden: ein mittelgroßer Stein. Der Junge schrie vor Schmerz auf, als Rebus ihm den Arm auf dem Rücken nach oben drückte und ihn dadurch auf die Knie zwang. Die Menge drehte sich des Lärms wegen um, und die Fotografen traten wieder in Aktion. Doch Rebus' Blick war auf die Jugendgang gerichtet, um festzustellen, ob mit einem Angriff von ihnen zu rechnen war. Das schien jedoch nicht der Fall zu sein, denn sie verzogen sich, hatten offenbar nicht die Absicht, ihrem Kameraden zu helfen. Ein Mann stieg in einen verbeulten roten BMW ein. Ein Mann in einem Armeeparka.

Währenddessen stieß der Junge Flüche, Schmerzenslaute und Beschwerden aus. Rebus nahm wahr, dass zwei uniformierte Constables über ihm standen und einer dem Jungen Handschellen anlegte. Als Rebus sich aufrichtete, blickte er Ellen Wylie direkt ins Gesicht.

»Was ist passiert?«, fragte sie.

»Er hatte einen Stein in der Tasche … wollte Dirwan angreifen.«

»Lüge«, rief der Jugendliche. »Abgekartete Sache!« Man hatte die Kapuze von seinem Kopf gezogen und den Schal von seinem Mund. Rebus sah einen rasierten Schädel und ein von Akne übersätes Gesicht. Ein Schneidezahn fehlte. Rebus beugte sich hinunter und hob den Stein auf.

»Noch warm«, erklärte er.

»Bringt ihn auf die Wache«, wies Wylie die Constables an. Dann zum Jungen: »Vor der Leibesvisitation die Frage: Hast du irgendwelche scharfkantigen Gegenstände dabei?«

»Mit euch rede ich nicht.«

»Ab in den Streifenwagen mit ihm.«

Der Junge wurde weggeführt, und die Kameras verfolgten ihn, während er wieder begann, sich lautstark zu beschweren. Rebus merkte, dass der Anwalt vor ihm stand.

»Sie haben mir das Leben gerettet, Sir!« Er griff nach Rebus' Händen.

»So weit würde ich nicht gehen …«

Aber Dirwan hatte sich bereits zu der Menge umgewandt. »Sehen Sie? Sehen Sie, wie der Hass von den Alten auf die Jungen abfärbt? Es ist wie ein langsam wirkendes Gift, das die Erde zerstört, die uns ernähren sollte!« Er versuchte Rebus zu umarmen, stieß jedoch auf Widerstand. Was ihn jedoch nicht weiter zu kümmern schien. »Sie sind Polizist, oder?«

»Ja, Detective Inspector«, gab Rebus zu.

»Er heißt John Rebus!«, rief jemand. Rebus' Blick fiel auf das ironisch lächelnde Gesicht von Steve Holly.

»Mr. Rebus, ich stehe in Ihrer Schuld, bis wir beide diese Welt verlassen. Wir *alle* stehen in Ihrer Schuld.« Damit meinte Dirwan die Ausländer, die in der Nähe in einer Gruppe zusammenstanden und offensichtlich keine Ahnung hatten, was los war. Shug Davidson tauchte auf, verblüfft über den Trubel, im Schlepptau den grinsenden Rat-Arse Reynolds.

»Immer müssen Sie im Mittelpunkt stehen, John«, sagte Reynolds.

»Was ist hier vorgefallen?«, wollte Davidson wissen.

»Ein Junge wollte Mr. Dirwan mit einem Stein attackieren«, murmelte Rebus. »Ich hab ihn aufgehalten.« Er zuckte die Achseln, so als wollte er andeuten, dass er es lieber nicht getan hätte. Einer der beiden Constables, die den Jungen mitgenommen hatten, kehrte zurück.

»Das hier sollten Sie sich anschauen, Sir«, sagte er zu Davidson. Er hielt einen Plastikbeutel für Beweisstücke hoch. Es befand sich etwas Schmales, Eckiges darin.

Ein fünfzehn Zentimeter langes Küchenmesser.

Rebus durfte den Babysitter für seinen neuen besten Freund spielen.

Sie befanden sich im CID-Büro am Torphichen Place. Der Jugendliche wurde in einem der Vernehmungsräume von Shug Davidson und Ellen Wylie verhört. Das Messer war per Express ins kriminaltechnische Labor in Howdenhall gesandt worden. Rebus mühte sich damit ab, eine SMS an Siobhan zu schicken, um sie wissen zu lassen, dass sie ihr Treffen verschieben mussten. Er schlug achtzehn Uhr vor.

Mohammad Dirwan, der seine Aussage bereits gemacht hatte, saß an einem der Tische und trank, den Blick auf Rebus gerichtet, stark gesüßten schwarzen Tee.

»Ich habe Riesenprobleme mit diesem neumodischen Zeugs«, stellte er fest.

»Ich auch«, gab Rebus zu.

»Und dennoch ist es inzwischen unverzichtbar für das heutige Leben geworden.«

»Stimmt.«

»Sie sind ziemlich wortkarg, Inspector. Oder mache ich Sie etwa nervös?«

»Ich bin nur gerade dabei, eine Verabredung zu ändern, Mr. Dirwan.«

»Bitte …« Der Anwalt hob eine Hand. »Ich habe Ihnen doch gesagt, Sie sollen mich Mo nennen.« Er lächelte und entblößte dabei seine makellosen Zähne. »Andauernd sagen Leute zu mir, das sei ein Frauenname – sie denken dabei an eine Figur aus *EastEnders,* die so heißt. Wissen Sie, wer gemeint ist?« Rebus schüttelte den Kopf. »Ich sage dann immer: Erinnern Sie sich denn nicht an den Fußballer Mo Johnson? Er hat *sowohl* für die Rangers als auch für Celtic gespielt und wurde dadurch zweimal zum Held und Verräter – ein Kunststück, das selbst dem besten Anwalt niemals gelingen wird.«

Rebus rang sich ein Lächeln ab. Rangers und Celtic: der protestantische und der katholische Fußballklub. Ihm fiel etwas ein. »Sagen Sie, Mr. …« Ein beleidigter Blick von Dirwan. »Mo … Sie haben doch in Glasgow mit Asylbewerbern zu tun, oder?«

»Richtig.«

»Einer der Demonstranten vorhin … Wir glauben, er stammt aus Belfast.«

»Das würde mich nicht überraschen. Es ist ein Nebeneffekt des Konflikts in Nordirland.«

»Wie das?«

»In den letzten Jahren sind vermehrt Ausländer nach Belfast gezogen – sie rechnen sich dort berufliche Chancen aus. Die Leute, die in die religiösen Auseinandersetzungen verwickelt sind, freut das nicht gerade. Für sie gibt es nur die Kategorien katholisch und protestantisch … vielleicht fühlen sie sich durch die fremden Religionen bedroht. Es ist zu gewalttätigen Auseinandersetzungen gekommen. Ich glaube, es liegt in der Natur des Menschen, alles abzulehnen, was er nicht versteht.« Er hob den Zeigefinger. »Was nicht bedeutet, dass ich das gutheiße.«

»Aber wieso kommen diese Typen aus Belfast nach Schottland?«

»Vielleicht wollen sie die Unzufriedenen unter den Menschen hier für ihre Sache gewinnen.« Er zuckte die Achseln. »Für manche Leute sind Proteste gegen den Staat ein Selbstzweck.«

»Da haben Sie vermutlich Recht.« Rebus hatte ihn auch schon erlebt: den Drang, Unruhe zu schüren, Menschen aufzuwiegeln; einzig und allein, um ein Gefühl von Macht zu spüren.

Der Anwalt leerte seine Tasse. »Halten Sie den Jungen für den Mörder?«

»Möglich wär's.«

»In diesem Land scheint fast jeder ein Messer bei sich zu tragen. Wissen Sie, dass Glasgow die gefährlichste Stadt in Europa ist.«

»Ich hab davon gehört.«

»Messerstechereien ... ständig diese Messerstechereien.« Dirwan schüttelte den Kopf. »Und trotzdem tun Leute alles dafür, in Schottland leben zu dürfen.«

»Sie meinen die so genannten Migranten.«

»Ihr Regierungschef sagt, er macht sich Sorgen wegen des Bevölkerungsrückgangs. Zu Recht. Wir brauchen junge Menschen, die hier Jobs übernehmen; denn wie sollen wir sonst für die Renten der steigenden Zahl alter Menschen aufkommen? Vor allem brauchen wir gut ausgebildete Leute. Doch gleichzeitig schränkt die Regierung die Einwanderung immer mehr ein ... und was die Asylbewerber angeht ...« Er schüttelte erneut den Kopf. »Kennen Sie Whitemire?«

»Das Abschiebegefängnis?«

»Es ist eine deprimierende Einrichtung, Inspector. Ich bin

dort nicht gerne gesehen. Sie ahnen wahrscheinlich, warum.«

»Sie haben Klienten in Whitemire?«

»Eine Menge. Ich versuche zu erreichen, dass sie bei uns bleiben dürfen. Wie Sie sicher wissen, war Whitemire früher ein Gefängnis. Jetzt sind dort Familien untergebracht, Menschen, die schreckliche Angst haben, weil sie wissen, dass eine Rückkehr in ihr Heimatland einem Todesurteil gleichkäme.«

»Diese Leute sind in Whitemire untergebracht, weil sie sonst die Gerichtsurteile gegen sie ignorieren und untertauchen würden.«

Dirwan lächelte wehmütig. »Ich vergaß, dass Sie auch ein Teil des Staatsapparats sind.«

»Was soll das heißen?«, erwiderte Rebus ungehalten.

»Entschuldigen Sie bitte meinen Zynismus. Sind Sie auch der Ansicht, dass wir das ganze Gesindel nach Hause schicken sollten? Dass Schottland der Himmel auf Erden wäre, wenn es hier keine Inder, Zigeuner und Neger gäbe?«

»Um Gottes willen…«

»Ist unter Ihren Freunden womöglich ein Araber oder Afrikaner? Gehen Sie manchmal abends mit einem Asiaten etwas trinken? Oder ist der einzige Ausländer, den Sie kennen, der Inhaber des Zeitungskiosks bei Ihnen um die Ecke…?«

»Kommen Sie mir nicht mit so was«, entgegnete Rebus und warf seinen leeren Pappbecher in den Abfalleimer.

»Es ist ein heikles Thema, ich weiß… aber ich muss mich damit Tag für Tag beschäftigen. Ich glaube, Schottland hat sich viele Jahre etwas vorgemacht: Rassismus interessiert uns nicht, denn wir haben genug mit unserer Bigotterie zu tun! Aber das war leider ein Irrtum.«

»Ich bin kein Rassist.«

»Regen Sie sich nicht auf, ich wollte nur verdeutlichen, was ich meine.«

»Ich rege mich nicht auf.«

»Tut mir Leid… ich kann nur schwer abschalten.« Dirwan zuckte die Achseln. »Das bringt der Beruf mit sich.« Sein Blick wanderte durch den Raum, so als suchte er nach einem anderen Thema. »Was meinen Sie, wird man den Mörder finden?«

»Wir tun alles Menschenmögliche.«

»Das freut mich. Ich bin sicher, Ihre Kollegen und Sie sind alle einsatzfreudige, pflichtbewusste Polizisten.«

Rebus musste an Reynolds denken, schwieg aber.

»Und falls ich Ihnen in irgendeiner Weise behilflich sein kann…«

Rebus nickte und überlegte dann einen Moment. »Zufällig…«

»Ja.«

»Also, es scheint, als habe das Opfer eine Freundin gehabt oder jedenfalls eine Bekannte. Wir würden uns gern mit ihr unterhalten.«

»Wohnt sie in Knoxland?«

»Gut möglich. Es ist eine junge Frau, dunkelhäutiger als das Opfer; spricht wahrscheinlich besser Englisch, als er es getan hat.«

»Mehr wissen Sie nicht?«

»Nein, leider nicht«, antwortete Rebus.

»Ich werde mich umhören… die Ausländer dürften weniger Scheu haben, mit mir zu reden.« Er schwieg einen Moment. »Und vielen Dank, dass Sie mich um Hilfe gebeten haben.« Sein Blick wirkte herzlicher als zuvor. »Ich versichere Ihnen, ich werde tun, was ich kann.«

Beide Männer drehten sich um, als Reynolds in den Raum geschlurft kam. Er aß gerade einen Butterkeks, der bereits auf Hemd und Krawatte gekrümelt hatte.

»Er kriegt eine Anklage«, sagte er und nach einer Kunstpause, »aber nicht wegen Mordes. Die Laboruntersuchung hat ergeben, dass sein Messer nicht die Mordwaffe ist.«

»Das ging aber schnell«, bemerkte Rebus.

»Laut Obduktion war es ein Messer mit geriffelter Schneide, aber das von ihm hat eine glatte. Sie untersuchen es trotzdem noch auf Blutspuren, aber ohne große Hoffnung.« Reynolds schaute in Dirwans Richtung. »Vielleicht können wir ihn wegen versuchter Körperverletzung und verdecktem Tragen einer Waffe drankriegen.«

»Soviel zum Thema Gerechtigkeit«, meinte der Anwalt seufzend.

»Was sollen wir denn Ihrer Meinung nach mit ihm tun? Ihm die Hände abhacken?«

»War diese Bemerkung an mich gerichtet?« Der Anwalt hatte sich erhoben. »Es ist schwer, das zu beurteilen, wenn man nicht angeschaut wird.«

»Jetzt schaue ich Sie an«, erwiderte Reynolds.

»Und was sehen Sie?«

Rebus griff ein. »Was DC Reynolds sieht oder nicht sieht, spielt überhaupt keine Rolle.«

»Ich verrat's ihm gerne«, meinte Reynolds, während ihm kleine Keksstückchen aus dem Mund flogen. Rebus schob ihn mit sanfter Gewalt zur Tür. »Vielen Dank, DC Reynolds.« Es hätte nicht viel gefehlt, und er hätte ihn hinaus in den Flur gestoßen. Reynolds warf dem Anwalt zum Abschied noch einen wütenden Blick zu, dann drehte er sich um und verschwand.

»Sagen Sie«, fragte Rebus Dirwan, »haben Sie schon mal jemanden kennen gelernt, den Sie *nicht* sofort gegen sich aufgebracht haben?«

»Ich habe gewisse Maßstäbe, nach denen ich Menschen beurteile.«

»Und Ihnen genügen zwei Sekunden, um sich ein Bild zu machen?«

Dirwan überlegte. »Ja, manchmal brauche ich wirklich nicht länger.«

»Und haben Sie schon ein Urteil über mich gefällt?« Rebus verschränkte die Arme.

»Nein, habe ich nicht… es fällt schwer, Sie einzuordnen.«

»Aber alle Polizisten sind rassistisch?«

»Wir sind *alle* rassistisch… sogar ich. Entscheidend ist, wie wir mit dieser unschönen Tatsache umgehen.«

Das Telefon auf Wylies Schreibtisch klingelte. Rebus hob ab.

»CID, DI Rebus am Apparat.«

»Äh, guten Tag…« Eine zögernde Frauenstimme. »Sind Sie für den Mord in Knoxland zuständig? An dem Ausländer?«

»Ja, bin ich.«

»Heute Morgen war in der Zeitung…«

»Sie meinen das Foto?« Rebus setzte sich rasch hin und nahm Notizblock und Stift zur Hand.

»Ich glaube, ich weiß, wer die drei sind… Ich meine, ich *weiß*, wer sie sind.« Sie sprach mit so zaghafter Stimme, dass Rebus befürchtete, sie könne es sich jeden Moment anders überlegen und das Gespräch beenden.

»Wir wären Ihnen sehr dankbar, wenn Sie uns irgendwie weiterhelfen könnten, Miss…«

»Was?«

»Ich brauche Ihren Namen.«

»Warum?«

»Weil Anrufer, die ihren Namen nicht nennen, von uns meist als nicht besonders vertrauenswürdig eingestuft werden.«

»Aber, ich…«

»Ich versichere Ihnen, es bleibt unter uns.«

Einen Moment lang herrschte Stille. Dann: »Eylot, Janet Eylot.«

Rebus schrieb den Namen in krakeligen Großbuchstaben auf.

»Darf ich Sie fragen, woher Sie die Personen auf dem Foto kennen, Miss Eylot?«

»Na ja … die drei sind hier.«

Rebus starrte den Anwalt an, ohne ihn wirklich wahrzunehmen. »Wo ist ›hier‹?«

»Hören Sie … wahrscheinlich hätte ich erst um Erlaubnis fragen sollen.«

Rebus spürte, dass sie kurz davor war aufzulegen. »Sie haben das Richtige getan, Miss Eylot. Ich brauche nur noch ein paar nähere Angaben. Wir wollen den Täter unbedingt fassen, aber wir tappen leider noch ziemlich im Dunkeln, und Sie sind unser erster Hoffnungsschimmer.« Er bemühte sich um einen entspannten Tonfall, denn er wollte auf keinen Fall riskieren, ihre Angst noch zu verstärken.

»Der Nachname ist …«, Rebus musste sich sehr beherrschen, um sie nicht energisch anzuspornen, »… Yurgii.« Er bat sie, den Namen zu buchstabieren.

»Klingt osteuropäisch.«

»Es sind türkische Kurden.«

»Sie haben beruflich mit Asylbewerbern zu tun, habe ich Recht, Miss Eylot?«

»Ja, indirekt.« Sie klang jetzt, da sie ihm den Namen verraten hatte, etwas selbstsicherer. »Ich rufe aus Whitemire an – Sie wissen, was das ist?«

Rebus sah zu Dirwan. »Seltsamerweise habe ich gerade mit jemand darüber gesprochen. Sie meinen doch das Abschiebegefängnis.«

»Wir sind eine Anstalt zur Unterbringung abgelehnter Asylbewerber.«

»Und die Frau und die beiden Kinder auf dem Foto … die drei sind bei Ihnen?«

»Ja, es ist eine Mutter mit ihrem Sohn und ihrer Tochter.«

»Und der Ehemann?«

»Ist untergetaucht, kurz bevor die Familie hierher gebracht wurde. So etwas passiert manchmal.«

»Das wundert mich nicht...« Rebus tippte mit dem Stift gegen den Notizblock. »Können Sie mir bitte die Telefonnummer geben, unter der ich Sie erreichen kann?«

»Also, ich...«

»Beruflich oder privat – was Ihnen lieber ist.«

»Ich weiß nicht...«

»Was ist los, Miss Eylot? Wovor haben Sie Angst?«

»Ich hätte zuerst mit meinem Chef sprechen sollen.« Sie schwieg. »Sie werden jetzt herkommen, stimmt's?«

»Warum haben Sie nicht mit Ihrem Chef gesprochen?«

»Na ja...«

»Würde Ihr Chef Sie möglicherweise entlassen, wenn er es erführe?«

Darauf wusste sie nicht sofort eine Antwort. »Muss er erfahren, dass ich Sie angerufen habe?«

»Nein, auf keinen Fall«, erwiderte Rebus. »Aber ich wäre trotzdem gern in der Lage, Sie anzurufen.«

Sie gab nach und nannte ihm ihre Handynummer. Rebus bedankte sich und kündigte an, dass er wahrscheinlich noch einmal mit ihr werde sprechen müssen.

»Vertraulich«, sagte er. Nachdem er aufgelegt hatte, riss er den Zettel vom Notizblock.

»Seine Familie sitzt in Whitemire ein«, stellte Dirwan fest.

»Bitte behalten Sie das vorläufig für sich.«

Der Anwalt zuckte die Achseln. »Sie haben mir das Leben gerettet – da ist das ja wohl das Mindeste, was ich tun kann. Soll ich Sie begleiten?«

Rebus schüttelte den Kopf. Auf das Risiko, Zeuge einer Streiterei zwischen Dirwan und dem Wachpersonal zu werden, konnte er gut verzichten. Er ging auf die Suche nach Shug Davidson und fand ihn auf dem Flur vor dem Vernehmungsraum im Gespräch mit Ellen Wylie.

»Hat Reynolds es Ihnen erzählt?«, fragte Davidson.

Rebus nickte. »Das Messer ist nicht die Mordwaffe.«

»Wir werden das Arschloch aber noch ein bisschen ausquetschen; vielleicht rückt er mit irgendwelchen nützlichen Informationen raus. Er hat eine frische Tätowierung am Arm – eine rote Hand und die Buchstaben UVF.« Die Abkürzung für Ulster Volunteer Force, eine protestantische nordirische Terrororganisation.

»Vergessen Sie den Kerl.« Rebus hielt den Zettel hoch. »Unser Opfer hätte eigentlich in Whitemire sein müssen. Seine Familie sitzt dort ein.«

Davidson starrte ihn an. »Jemand hat die drei auf dem Foto wiedererkannt?«

»Bingo. Wir sollten sie dringend besuchen. Ihr Auto oder meins?«

Davidson rieb sich das Kinn. »John …«

»Was?«

»Die Frau … die Kinder … sie wissen doch noch nicht, dass er tot ist, oder? Glauben Sie, dass Sie der Richtige dafür sind, es ihnen zu sagen?«

»Ich kann das Mitgefühl in Person sein.«

»Na gut, aber Ellen begleitet Sie. Einverstanden, Ellen?«

Wylie nickte und wandte sich an Rebus. »Mein Auto«, sagte sie.

9

Ellens Auto, ein Volvo S40, hatte erst ein paar tausend Kilometer auf dem Zähler. Auf dem Beifahrersitz lagen ein paar CDs, die Rebus sich kurz anschaute.

»Sie können gerne eine davon reinschieben, wenn Sie wollen.«

»Erst muss ich eine SMS an Siobhan schicken«, erwiderte

er – seine Ausrede, um sich nicht zwischen Norah Jones, den Beastie Boys und Mariah Carey entscheiden zu müssen. Er brauchte mehrere Minuten, um die Nachricht *tut mir leid sechs klappt nicht schaffe vielleicht acht* zu verschicken. Hinterher fragte er sich, weshalb er sie nicht angerufen hatte, das hätte vermutlich nur halb so lange gedauert. Fast augenblicklich kam ihr Anruf.

»Wollen Sie sich drücken?«

»Ich bin unterwegs nach Whitemire.«

»Dem Abschiebegefängnis.«

»Die korrekte Bezeichnung ist: Anstalt zur Unterbringung abgelehnter Asylbewerber. Ehefrau und Kinder des Toten befinden sich dort.«

Sie schwieg einen Moment. »Acht Uhr geht bei mir nicht. Ich bin mit jemanden auf ein Glas verabredet. Ich hatte eigentlich gehofft, Sie würden dabei sein.«

»Ich versuche, es zu schaffen, wenn Ihnen das wichtig ist. Danach können wir uns dann ums Pussydreieck kümmern.«

»Wenn dort ein bisschen mehr Betrieb ist, meinen Sie.«

»Reiner Zufall, Siobhan, ob Sie's glauben oder nicht.«

»Übrigens … seien Sie nett, ja?«

»Was meinen Sie damit?«

»Ich vermute, Sie werden derjenige sein, der in Whitemire die schlechte Nachricht überbringt.«

»Wieso glauben alle, dass ich nicht mitfühlend sein kann?« Wylie warf ihm einen Seitenblick zu und lächelte. »Wenn ich will, bin ich der verständnisvolle New-Age-Cop.«

»Natürlich, John. Ich sehe Sie dann um acht im Ox.«

Rebus steckte sein Handy ein und konzentrierte sich auf die Straße. Sie fuhren in westlicher Richtung aus Edinburgh hinaus. Whitemire befand sich zwischen Banehall und Bo'ness, etwa dreißig Kilometer von der Innenstadt entfernt. Es war bis Ende der Siebzigerjahre ein reguläres Gefängnis gewesen, aber Rebus hatte nur ein einziges Mal dort zu tun gehabt, kurz nachdem er zur Polizei gekommen war. Er erzählte Ellen Wylie davon.

»Das war lange vor meiner Zeit«, bemerkte sie.

»Kurz darauf wurde der Laden dichtgemacht. Ich erinnere mich noch gut daran, dass man mir bei meinem Besuch gezeigt hat, wo früher die Hinrichtungen stattfanden.«

»Wie reizend.« Wylie trat auf die Bremse. Es war mitten in der Rushhour. Die Pendler fuhren im Schneckentempo nach Hause in ihre Vorstädte und Dörfer. Kein Schleichweg möglich, und jede Ampel schien auf Rot zu schalten.

»Ich könnte mir das nicht jeden Tag antun«, sagte Rebus.

»Wäre trotzdem schön, auf dem Land zu leben.«

Er sah sie an. »Wieso?«

»Mehr Platz, weniger Hundescheiße.«

»Sind Hunde auf dem Land etwa verboten?«

Sie lächelte. »Außerdem bekommt man für den Preis einer Dreizimmerwohnung in der New Town etliche Hektar und ein Billardzimmer.«

»Ich spiele kein Billard.«

»Ich auch nicht, aber ich könnte es lernen.« Sie schwieg eine Weile. »Also, wie wollen wir im Einzelnen vorgehen, wenn wir dort sind?«

Rebus hatte schon darüber nachgedacht. »Wahrscheinlich brauchen wir einen Dolmetscher.«

»Auf den Gedanken bin ich noch gar nicht gekommen.«

»Vielleicht gehört ja einer zum Personal. Er könnte dann die Nachricht überbringen …«

»Die Frau wird ihren Mann identifizieren müssen.«

Rebus nickte. »Auch das kann ihr der Dolmetscher sagen.«

»Nachdem wir weg sind?«

Rebus zuckte die Achseln. »Wir stellen unsere Fragen und sehen zu, dass wir verschwinden.«

Sie musterte ihn. »Und da behaupte noch jemand, Sie wären nicht mitfühlend.«

Rebus stellte im Radio einen Nachrichtensender ein. Der Zwischenfall in Knoxland wurde mit keinem Wort erwähnt. Er hoffte, das würde auch so bleiben. Irgendwann tauchte schließlich ein Schild am Straßenrand auf, das den Weg nach Whitemire wies.

»Mir ist gerade etwas eingefallen«, sagte Wylie. »Hätten wir unseren Besuch nicht vorher ankündigen sollen?«

»Zu spät.« Sie fuhren jetzt auf einer einspurigen, unbefestigten Straße voller Schlaglöcher. Warnschilder verkündeten, dass unbefugtes Betreten des Anstaltsgeländes strafrechtlich verfolgt werden würde. Der drei Meter fünfzig hohe Zaun, der es umgab, war um blassgrüne Wellblechplatten ergänzt worden.

»Damit niemand hineinsehen kann«, meinte Wylie.

»Oder hinaus«, fügte Rebus hinzu. Er wusste, dass es Demonstrationen gegen Whitemire gegeben hatte, und vermutete, dass dies der Grund für die kürzlich installierten Sichtblenden war.

»Was zum Teufel hat *das* zu bedeuten?«, fragte Wylie. Eine Frau stand einsam und allein am Straßenrand, dick eingemummelt gegen die Kälte. Hinter ihr ragte ein Zelt auf, gerade groß genug für eine Person. Daneben brannte ein Lagerfeuer, über dem ein Wasserkessel hing. Die Frau hielt eine Kerze, um deren Flamme sie schützend die Hand wölbte. Rebus betrachtete sie im Vorbeifahren. Sie hielt den Blick auf den Boden gerichtet, und ihre Lippen bewegten sich leicht. Fünfzig Meter weiter befand sich das Wachhäuschen. Wylie hielt an und hupte, aber es tat sich nichts. Rebus stieg aus und ging zu der Bude. Hinter der Scheibe saß ein Wachmann und kaute an einem Sandwich.

»Guten Tag«, sagte Rebus. Der Mann drückte auf einen Knopf, und seine Stimme ertönte aus einem Lautsprecher.

»Haben Sie einen Termin?«

»Den brauche ich nicht.« Rebus zückte seinen Dienstausweis. »Polizei.«

Der Wachmann wirkte unbeeindruckt. »Schieben Sie ihn durch.«

Rebus legte den Ausweis in eine Metallschublade und beobachtete, wie der Wachmann ihn herausnahm und studierte. Ein Telefonat wurde getätigt, aber Rebus konnte kein Wort verstehen. Anschließend schrieb der Wachmann Rebus' Namen auf und drückte wieder auf den Knopf.

»Autonummer.«

Rebus tat wie befohlen, und ihm fiel auf, dass die drei letzten Buchstaben WYL lauteten. Wylie hatte Geld für Nummernschilder mit ihren Anfangsbuchstaben ausgegeben.

»Begleitet Sie jemand?«, fragte der Wachmann.

»Detective Sergeant Ellen Wylie.«

Der Wachmann forderte ihn auf, Wylie zu buchstabieren, und notierte auch ihren Namen. Rebus deutete auf die Frau am Straßenrand.

»Ist die ständig da?«, fragte er.

Der Wachmann schüttelte den Kopf.

»Sind Freunde oder Verwandte von ihr hier drin?«

»Bloß eine Spinnerin«, antwortete der Wachmann und schob Rebus' Dienstausweis wieder durch. »Stellen Sie den Wagen auf einem der markierten Besucherparkplätze ab. Es kommt Sie jemand abholen.«

Rebus nickte dankend und ging zurück zum Volvo. Die Schranke öffnete sich automatisch, aber der Wachmann musste sein Häuschen verlassen, um das Tor dahinter aufzuschließen. Er winkte sie hindurch, und Rebus zeigte Wylie, wo sie parken sollte.

»Wie ich sehe, haben Sie Nummernschilder mit Ihren Anfangsbuchstaben.«

»Ja und?«

»Ich dachte immer, so etwas besorgen sich nur Männer.«

»Geschenk von meinem Freund«, verriet sie. »Hätte ich die Dinger umtauschen sollen?«

»Und wer ist Ihr Freund?«

»Das geht Sie gar nichts an«, erwiderte sie und warf ihm einen Blick zu, der ihm signalisierte, dass sie das Thema für erledigt hielt.

Der Parkplatz war durch einen weiteren Zaun vom Hauptgebäude getrennt. Offenbar wurde auf dem Gelände gebaut, denn es waren einige Fundamente zu erkennen. »Erfreulich, dass es wenigstens eine Wachstumsbranche in West Lothian gibt«, murmelte Rebus.

Aus dem Hauptgebäude kam ein Wachmann auf sie zu. Er öffnete eine Tür im Zaun und fragte, ob Wylie das Auto abgeschlossen hatte.

»Sogar die Alarmanlage ist eingeschaltet«, versicherte sie ihm. »Werden hier oft Autos geklaut?«

Der Scherz verfehlte seine Wirkung. »Bei uns sitzen einige Leute ein, die zu allem bereit sind.« Dann führte er sie zum Haupteingang. Dort stand ein Mann, der statt der grauen Uniform der Wachleute einen Anzug trug. Er nickte dem Wachmann zu, um zu signalisieren, dass er sich um die Besucher kümmern würde. Rebus betrachtete den schmucklosen Steinbau und die kleinen, hoch gelegenen Fenster in den Mauern. Rechts und links standen wesentlich neuere, weiß getünchte Anbauten.

»Ich heiße Alan Traynor«, sagte der Mann. Er schüttelte erst Rebus und dann Wylie die Hand. »Was kann ich für Sie tun?«

Rebus zog eine Morgenausgabe von Hollys Zeitung aus der Tasche. Sie war auf der Seite mit dem Foto aufgeschlagen.

»Wir glauben, dass diese Personen sich hier befinden.«

»Tatsächlich? Und was bringt Sie auf den Gedanken?«

Rebus gab keine Antwort auf die Frage. »Der Nachname der drei lautet Yurgii.«

Traynor sah sich das Foto erneut an, dann nickte er. »Besser, Sie kommen mit«, sagte er.

Er führte sie in das Gefängnis hinein. Denn in Rebus' Augen war es nichts anderes als das, ungeachtet der gestelzten offiziellen Bezeichnung. Traynor erläuterte die Sicherheitsvorkehrungen. Wenn sie normale Besucher gewesen wären, hätte man ihre Fingerabdrücke genommen, sie fotografiert und mit einem Metalldetektor abgetastet. Das Personal, an dem sie vorüber kamen, trug blaue Uniformen und einen Schlüsselbund an einer Kette. So wie in einem Gefängnis. Traynor war Anfang dreißig. Der dunkelblaue Anzug wirkte maßgeschneidert. Sein dunkles Haar trug er links gescheitelt. Es war ziemlich lang, sodass er es sich gelegentlich aus den Augen streichen musste. Er sagte, er sei der stellvertretende Anstaltsleiter, sein Chef sei krankgeschrieben.

»Hoffentlich nichts Ernstes?«

»Der Stress.« Traynor zuckte die Achseln, wie um deutlich zu machen, dass damit zu rechnen gewesen war. Sie folgten ihm ein paar Stufen hinauf und durch ein kleines, verglastes Büro, in dem eine junge Frau vor einem Computer saß.

»Müssen Sie mal wieder Überstunden machen, Janet?«, fragte Traynor lächelnd. Sie schwieg, blickte die drei nur abwartend an. Als Rebus sicher war, von Traynor unbeobachtet zu sein, zwinkerte er Janet Eylot zu.

Traynors Büro war ebenfalls klein und funktional eingerichtet. Hinter einer Glasscheibe befand sich eine Reihe Überwachungsmonitore, die nacheinander etwa ein Dutzend verschiedene Ansichten vom Gelände zeigten. »Leider nur ein einziger Besucherstuhl«, bemerkte er und ging hinter seinen Schreibtisch.

»Mir macht es nichts aus zu stehen«, erwiderte Rebus und nickte Wylie zu, sie solle Platz nehmen. Aber sie wollte ebenfalls stehen bleiben. Traynor, der sich inzwischen hingesetzt hatte, musste jetzt zu den beiden Polizisten aufschauen.

»Die Yurgiis sind also tatsächlich hier«, fragte Rebus, während er gleichzeitig so tat, als betrachte er die Monitore.

»Ja, das sind sie.«

»Aber der Familienvater nicht.«

»Ist untergetaucht…« Er zuckte die Achseln. »Nicht unsere Schuld. Das hat die Ausländerbehörde verbockt.«

»Und Sie gehören nicht zur Ausländerbehörde?«

Traynor schnaubte. »Whitemire wird von Cencrast Security betrieben, einer Tochterfirma von ForeTrust.«

»Einem Privatunternehmen also.«

»Korrekt.«

»ForeTrust ist in den USA beheimatet, stimmt's?«, fügte Wylie hinzu.

»Stimmt. Unsere Muttergesellschaft betreibt dort Gefängnisse.«

»Und Cencrast in Großbritannien?«

Traynor bejahte es, indem er einmal kurz mit dem Kopf nickte. »Nun, was die Yurgiis betrifft…« Er spielte mit seinem Uhrenarmband herum, um anzudeuten, dass er mit seiner Zeit Besseres anzufangen wüsste.

»Hören Sie, Mr. Traynor«, hob Rebus an, »ich habe Ihnen den Zeitungsartikel gezeigt, und Sie haben nicht mit der Wimper gezuckt. Sie haben sich weder für die Überschrift noch für die Geschichte interessiert.« Er hielt einen Moment inne. »Was bei mir den Eindruck erweckt, dass Sie schon Bescheid wussten.« Rebus stützte sich mit den Fingerknöcheln auf der Schreibtischplatte ab und beugte sich vor. »Und das bringt mich zu der Frage, weshalb Sie sich nicht bei uns gemeldet haben?«

Traynor schaute Rebus eine Sekunde lang in die Augen, dann wandte er seine Aufmerksamkeit den Monitoren zu. »Wissen Sie, wie oft wir in der Presse niedergemacht werden? Verdammt oft – öfter, als gerechtfertigt wäre. Fragen Sie die Inspektionsteams; wir werden vierteljährlich geprüft. Den

Ergebnissen zufolge ist dies eine professionell und human geführte Anstalt.« Er deutete auf einen der Bildschirme, auf dem eine Gruppe Männer zu erkennen war, die an einem Tisch saß und Karten spielte. »Wir *wissen*, dass wir es mit Menschen zu tun haben, und wir behandeln sie auch so.«

»Wenn ich Ihre Werbebroschüre hätte haben wollen, Mr. Traynor, dann hätte ich eine bestellt.« Rebus beugte sich noch weiter hinunter, sodass der junge Mann seinem Blick nicht mehr ausweichen konnte. »Wer zwischen den Zeilen liest, dürfte zu dem Schluss kommen, dass Sie befürchteten, Whitemire könne mit dem Mordfall in Verbindung gebracht werden. Darum haben Sie nicht angerufen. Und das, Mr. Traynor, ist Behinderung polizeilicher Ermittlungen. Was meinen Sie, würde Cencrast einen Vorbestraften weiterbeschäftigen?«

Traynors Gesicht lief schlagartig rot an. »Sie können nicht beweisen, dass ich Bescheid gewusst habe.«

»Aber ich kann es wenigstens versuchen.« Rebus' Lächeln war vermutlich das unangenehmste, mit dem er je bedacht worden war. Rebus richtete sich auf, wandte sich an Wylie und schenkte ihr ein völlig anderes Lächeln, ehe er seine Aufmerksamkeit wieder auf Traynor richtete.

»Um auf die Yurgiis zurückzukommen …«

»Was wollen Sie wissen?«

»Alles.«

»Ich kenne nicht von allen Insassen die Lebensgeschichte«, erwiderte Traynor abwehrend.

»Dann sollten Sie vielleicht in Ihren Unterlagen nachsehen.«

Traynor nickte, erhob sich und ging hinaus, um sich von Janet Eylot die betreffende Akte geben zu lassen.

»Läuft ja prima«, meinte Wylie halblaut.

»Und macht außerdem einen Heidenspaß.«

Als Traynor zurückkam, setzte Rebus erneut seine grimmige Miene auf. Der junge Mann nahm wieder Platz und blätterte in den Papieren. Die Geschichte, die er anschließend erzählte, klang, oberflächlich betrachtet, ganz simpel. Die Yurgiis, türkische Kurden, waren zuerst nach Deutschland eingereist und hatten erklärt, in ihrer Heimat sei ihr Leben bedroht. Mitglieder ihrer Familie seien grundlos eingesperrt worden. Der Familienvater hatte als Vornamen Stef angegeben… An dieser Stelle blickte Traynor auf.

»Sie besaßen keine Ausweise, keine Papiere, die bewiesen, dass sie die Wahrheit sagten. Der Name klingt nicht gerade Kurdisch, oder? Und außerdem… hier erklärt er, Journalist zu sein…«

Ja, ein Journalist, der kritische Artikel über die Regierung schrieb. Er benutzte etliche Pseudonyme, um seine Familie nicht zu gefährden. Als ein Onkel und ein Cousin spurlos verschwanden, vermutete man, dass sie verhaftet worden waren und man sie foltern würde, um Informationen über Stef zu bekommen.

»Gibt sein Alter mit neunundzwanzig an. Auch das könnte natürlich gelogen sein.«

Ehefrau fünfundzwanzig, Kinder sechs und vier. Sie hatten den deutschen Behörden gesagt, sie würden in Großbritannien leben wollen. Den Deutschen war das nur recht gewesen – vier Flüchtlinge weniger, die sie versorgen mussten. Die Ausländerbehörde in Glasgow hatte jedoch nach einer Anhörung beschlossen, die Familie abzuschieben – zuerst nach Deutschland, von wo aus man sie wahrscheinlich zurück in die Türkei schicken würde.

»Wie wurde die Entscheidung begründet?«, fragte Rebus.

»Die Yurgiis konnten nicht beweisen, dass sie keine Wirtschaftsflüchtlinge sind.«

»Schwieriges Unterfangen«, stellte Wylie fest und verschränkte die Arme. »Genauso wie der Beweis, dass man keine Hexe ist…«

»Diese Angelegenheiten werden mit größter Sorgfalt behandelt«, sagte Traynor, erneut in Abwehrhaltung.

»Wie lange sind die Frau und die Kinder schon hier?«, wollte Rebus wissen.

»Seit sieben Monaten.«

»Das ist ziemlich lang.«

»Mrs. Yurgii weigert sich auszureisen.«

»Kann sie das denn?«

»Sie hat einen Anwalt eingeschaltet.«

»Heißt er zufällig Mo Dirwan?«

»Ja, allerdings.«

Rebus fluchte innerlich. Wenn er Dirwans Angebot angenommen hätte, dann hätte *er* der Witwe die schlechte Nachricht überbringen können. »Spricht Mrs. Yurgii Englisch?«

»Ein bisschen.«

»Sie muss nach Edinburgh gebracht werden, um die Leiche zu identifizieren. Wird Sie das begreifen?«

»Ich habe keine Ahnung.«

»Gibt es hier jemanden, der dolmetschen könnte?«

Traynor schüttelte den Kopf.

»Sind die Kinder bei ihr?«, fragte Wylie.

»Ja.«

»Den ganzen Tag?« Er nickte. »Muss denn das ältere der Kinder nicht zur Schule?«

»Es kommt eine Lehrerin her.«

»Wie viele Kinder halten sich hier auf?«

»Das schwankt stark.«

»Ich nehme an, sämtliche Altersstufen und viele verschiedene Nationalitäten.«

»Ja, Nigerianer, Russen, Somalier…«

»Und nur eine Lehrerin?«

Traynor lächelte. »Gehen Sie der Presse nicht auf den Leim, Detective Sergeant. Ich weiß, wir werden ›Schottlands

Guantánamo‹ genannt … Demonstranten bilden eine Kette um unser Gelände …« Er verstummte, wirkte plötzlich müde. »Wir verwahren unsere Insassen nur. Wir sind keine Monster, und das hier ist kein Gefangenenlager. Die neuen Gebäude sind speziell für die Unterbringung von Familien konzipiert worden. Fernseher, eine Cafeteria, Tischtennisplatten und Süßigkeitenautomaten.«

»Und was davon findet man nicht auch in einem modernen Gefängnis?«, fragte Rebus.

»Wenn diese Leute, wie angeordnet, das Land verlassen hätten, wären sie nicht hier.« Traynor klopfte auf die Akte. »Die Behörden haben sich entschieden.« Er holte tief Luft. »Ich vermute, Sie wollen jetzt Mrs. Yurgii sehen …«

»Gleich«, sagte Rebus. »Zuerst erzählen Sie mir noch, was Ihre Unterlagen darüber verraten, wie Stef Yurgii sich dem Transport hierher entzogen hat.«

»Nur dass er, als die Polizei bei den Yurgiis vor der Tür stand.«

»Wo haben sie gewohnt?«

»Sighthill in Glasgow.«

»Eine bezaubernde Gegend.«

»Es gibt schlimmere, Inspector. Wie auch immer, als die Polizisten vor der Tür standen, war Yurgii nicht da. Seiner Frau zufolge verschwand er am Abend zuvor.«

»Wusste er, was bevorstand?«

»Das konnte er sich ausrechnen. Der Bescheid war ergangen; ihr Anwalt hatte es ihnen mitgeteilt.«

»Verfügte er über die nötigen finanziellen Mittel, um seinen Lebensunterhalt zu bestreiten?«

Traynor zuckte die Achseln. »Nur wenn Dirwan ihm Geld gegeben hat.«

Tja, das war etwas, wonach Rebus den Anwalt fragen musste. »Hat er versucht, Kontakt zu seiner Familie aufzunehmen?«

»Nicht dass ich wüsste.«

Rebus dachte einen Moment lang nach, dann schaute er Wylie an, um herauszufinden, ob sie noch eine Frage hatte. Als sie lediglich die Lippen verzog, nickte Rebus. »Okay, gehen wir zu Mrs. Yurgii …«

Das Abendessen war gerade vorbei, und die Cafeteria leerte sich.

»Alle essen zur selben Zeit«, stellte Wylie fest.

Ein uniformierter Wachmann diskutierte mit einer Frau, deren Kopf mit einem Schal verhüllt war. Sie trug ein Kleinkind auf der Schulter. Der Wachmann hielt ein Stück Obst in die Höhe.

»Manche versuchen, Essen in die Zimmer zu schmuggeln«, erklärte Traynor.

»Und das ist verboten.«

Er nickte. »Ich sehe die drei hier nirgendwo … sind wohl schon fertig mit essen. Hier entlang …« Er führte sie in einen Korridor, der mit einer Überwachungskamera ausgestattet war. Das Gebäude mochte zwar sauber und neu sein, aber auf Rebus wirkte es wie ein Gefängnis im Gefängnis.

»Hat es schon Selbstmorde gegeben?«, erkundigte er sich.

Traynor sah ihn verärgert an. »Zwei Versuche. Und einen Mann im Hungerstreik. So was passiert zwangsläufig …« Er blieb an einer offenen Tür stehen und deutete mit der Hand hinein. Rebus blickte in das Zimmer. Es war fünf mal vier Meter groß, also eigentlich nicht klein, aber es standen ein Etagenbett, ein Einzelbett, ein Schrank und ein Tisch darin. Zwei Kinder saßen am Tisch, malten mit Buntstiften und unterhielten sich flüsternd. Ihre Mutter hockte auf dem Bett, die Hände im Schoß, und starrte vor sich hin.

»Mrs. Yurgii?«, begann Rebus und ging ein paar Schritte in den Raum hinein. Die Zeichnungen stellten Bäume und gelbe Sonnenbälle dar. Das Zimmer war fensterlos, wurde durch ein Gitter in der Decke belüftet. Die Frau starrte ihn mit leerem Blick an.

»Ich bin Polizist, Mrs. Yurgii.« Die Kinder schauten neugierig zu ihm herüber. »Und das hier ist meine Kollegin. Könnten wir uns vielleicht allein mit Ihnen unterhalten?«

Sie blickte ihn unverwandt an. Tränen begannen über ihr Gesicht zu kullern. Sie schürzte die Lippen, um nicht zu schluchzen. Die Kinder umarmten sie tröstend. Es schien, als täten sie das häufig. Der Junge schaute zu den Eindringlingen auf. Sein Gesicht wirkte so verbittert, wie man es von einem Sechsjährigen niemals erwartet hätte.

»Verschwindet, tut das nicht mit uns.«

»Ich muss mit deiner Mutter sprechen«, sagte Rebus ruhig.

»Das ist verboten. Verpisst euch.« Er artikulierte die Worte sehr deutlich, mit einem leichten Anklang an den örtlichen Dialekt – vermutlich hatte er sie von den Wachmännern aufgeschnappt.

»Ich muss wirklich mit deiner…«

»Ich alles wissen«, sagte Mrs. Yurgii plötzlich. »Er… nicht…« Ihre Augen flehten Rebus an, aber er hatte keine andere Wahl, als zu nicken. Sie drückte ihre Kinder an sich. »Er nicht«, wiederholte sie. Das Mädchen hatte ebenfalls zu weinen begonnen, nicht jedoch der Junge. Es war, als begriffe er, dass in seinem Leben schon wieder eine Veränderung eingetreten war, die ihm eine weitere Herausforderung aufbürdete.

»Was ist los?« Die Frau aus der Cafeteria stand in der Tür.

»Kennen Sie Mrs. Yurgii?«, fragte Rebus.

»Sie ist eine Freundin.« Das Kleinkind lag nicht mehr auf ihrer Schulter, aber es hatte einen feuchten Milch- oder Speichelfleck hinterlassen. Sie drängte sich an Rebus vorbei und hockte sich vor die Witwe hin.

»Was ist passiert?«, fragte sie. Ihre Stimme war tief und energisch.

»Wir haben schlechte Neuigkeiten«, sagte Rebus.

»Was für Neuigkeiten?«

»Es geht um Mrs. Yurgiis Ehemann«, antwortete Wylie.

»Was ist passiert?« In ihrem Blick lag jetzt Furcht, anscheinend ahnte sie die Wahrheit.

»Nichts Gutes«, bestätigte Rebus. »Mr. Yurgii ist tot.«

»Tot?«

»Er wurde umgebracht. Jemand muss den Leichnam identifizieren. Kennen Sie die Familie von früher?«

Sie sah ihn an, als wäre er nicht ganz bei Trost. »Niemand von uns kannte die anderen, ehe man uns hierher brachte.« Sie spuckte die letzten Worte regelrecht aus.

»Würden Sie ihr bitte sagen, dass sie ihren Ehemann identifizieren muss. Ich schicke morgen Vormittag einen Wagen vorbei …«

Traynor hob die Hand. »Nicht nötig. Wir verfügen über die entsprechenden Fahrzeuge …«

»Ach ja?«, meinte Wylie misstrauisch. »Mit vergitterten Fenstern?«

»Laut Einschätzung der zuständigen Behörde besteht bei Mrs. Yurgii Fluchtgefahr. *Ich* trage die Verantwortung für sie.«

»Wollen Sie die Frau in einem Gefangenentransporter zur Gerichtsmedizin bringen?«

Er sah Wylie entrüstet an. »Sie wird von Wachmännern begleitet werden.«

»Garantiert fühlt sich die Öffentlichkeit dadurch sicherer.«

Rebus fasst Wylie am Ellbogen. Sie schien noch etwas hinzufügen zu wollen, drehte sich dann aber um und verschwand im Korridor.

»Zehn Uhr?«, fragte er. Traynor nickte. Rebus nannte ihm die Adresse des gerichtsmedizinischen Instituts. »Wäre es möglich, dass Mrs. Yurgii von ihrer Freundin begleitet wird?«

»Ich wüsste nicht, was dagegen spricht«, antwortete Traynor.

»Danke«, sagte Rebus. Dann folgte er Wylie nach draußen. Sie lief auf dem Parkplatz auf und ab und trat nach imaginären Steinchen, beobachtet von einem Wachmann, der trotz Flutlicht mit einer Taschenlampe auf dem Gelände patrouillierte. Rebus zündete sich eine Zigarette an.

»Na, geht's Ihnen inzwischen besser, Ellen?«

»Wieso sollte es mir besser gehen?«

Rebus hob beschwichtigend die Hände. »Kein Grund, auf mich sauer zu sein.«

Sie seufzte. »Das ist ja gerade das Problem: Auf *wen* bin ich sauer?«

»Auf die Leute, die die Verantwortung tragen?«, schlug Rebus vor. »Die Leute, die man nie zu Gesicht bekommt.« Er wartete auf ein Zeichen ihrer Zustimmung. »Ich habe eine Theorie«, fuhr er fort. »Wir von der Polizei verbringen die meiste Zeit damit, die so genannten ›Unterweltler‹ zu jagen, aber wir sollten lieber die *Oberweltler* im Auge behalten.«

Sie dachte darüber nach und nickte fast unmerklich. Der Wachmann kam auf sie zu.

»Machen Sie die Zigarette aus!«, bellte er. Rebus starrte ihn regungslos an. »Rauchen verboten.«

Rebus nahm einen weiteren Zug und kniff die Augen zusammen. Wylie deutete auf einen verblichenen gelben Strich auf dem Boden.

»Was hat die Linie zu bedeuten?« Sie wollte den Wachmann von Rebus ablenken.

»Das ist die äußere Grenze der Aufenthaltszone«, antwortete der Wachmann. »Die Insassen dürfen sie nicht übertreten.«

»Und wieso nicht, bitte schön?«

Er richtete seinen Blick auf sie. »Sie könnten sonst versuchen zu fliehen.«

»Haben Sie sich in letzter Zeit mal die Tore angesehen? Wissen Sie, wie hoch der Zaun ist? Und was ist mit dem Stacheldraht und dem Wellblech …?« Sie kam ganz langsam auf ihn zu. Er wich zurück. Rebus griff wieder nach ihrem Arm.

»Kommen Sie, machen wir uns auf den Weg«, sagte er und schnippte seine Zigarette so durch die Luft, dass sie von der polierten Schuhspitze des Wachmanns abprallte und ein paar Funken in der Dunkelheit aufglühten. Als sie das Gelände verließen, richtete die einsam an ihrem Lagerfeuer sitzende Frau den Blick auf sie.

10

»Also, das Ambiente hier ist wirklich … rustikal.« Alexis Cater musterte die nikotinfarbenen Wände des Nebenraums der Oxford Bar.

»Freut mich ungemein, dass es Ihre Billigung findet.«

Er wedelte mit einem Finger. »Sie haben wirklich Feuer – das gefällt mir. Ich habe schon so manches Feuer gelöscht, aber erst nachdem ich es entflammt habe.« Grinsend hob er sein Glas an die Lippen und behielt das Bier einen Moment im Mund, ehe er es hinunterschluckte. »Schmeckt nicht schlecht und ist obendrein spottbillig. Ich glaube, ich werde mir den Pub merken. Ihr Stammlokal?«

Sie schüttelte den Kopf, als Harry, der Barkeeper, gerade hereinkam, um die leeren Gläser abzuräumen. »Alles klar, Shiv?«, rief er. Sie nickte als Antwort.

Cater lächelte süffisant. »Ihre Tarnung ist aufgeflogen, Shiv.«

»Siobhan«, berichtigte sie ihn.

»Wissen Sie was: Ich nenne Sie Siobhan, wenn Sie mich Lex nennen.«

»Wollen Sie allen Ernstes mit einer Polizeibeamtin handeln?«

Seine Augen blitzten über den Rand des Glases hinweg. »Fällt mir schwer, mir Sie in Uniform vorzustellen … aber es lohnt die Mühe.«

Sie hatte sich auf eine der Bänke niedergelassen, in der Hoffnung, er würde sich dann für den Stuhl gegenüber entscheiden. Aber er hatte sich neben sie gesetzt und rutschte Zentimeter um Zentimeter näher.

»Verraten Sie mir eins«, sagte sie, »haben Sie mit Ihrer charmanten Art eigentlich je Erfolg?«

»Kann mich nicht beklagen. Übrigens …«, er warf einen Blick auf seine Uhr, »sind wir schon seit knapp zehn Minuten hier, und Sie haben noch nicht nach meinem Dad gefragt – das ist rekordverdächtig.«

»Das heißt also, Frauen ertragen Sie nur Ihres Vaters wegen.«

Er zuckte zusammen. »Das hat gesessen.«

»Erinnern Sie sich noch an den Grund für unser Treffen?«

»Mein Gott, seien Sie doch nicht so förmlich.«

»Wenn Sie wissen wollen, was ›förmlich‹ bedeutet, können wir unser Gespräch gerne am Gayfield Square fortsetzen.«

Er hob eine Augenbraue. »Ihre Wohnung?«

»Meine Polizeiwache«, klärte sie ihn auf.

»Meine Güte, Sie machen's einem wirklich nicht leicht.«

»Dasselbe habe ich auch gerade gedacht.«

»Ich brauche eine Zigarette«, jammerte Cater. »Rauchen Sie?« Siobhan schüttelte den Kopf, und er sah sich suchend um. Ein weiterer Gast war hereingekommen, hatte sich an den Nebentisch gesetzt und die Abendausgabe der Zeitung vor sich ausgebreitet. Cater entdeckte eine Schachtel Zigaretten neben der Zeitung. »Entschuldigung«, sagte er, »könnten Sie vielleicht eine Zigarette entbehren?«

»Nein, kann ich nicht«, antwortete der Mann. »Ich brauche jede einzelne selbst.« Er fuhr fort, die Zeitung zu lesen. Cater wandte sich an Siobhan.

»Reizende Kundschaft hier.«

Siobhan zuckte die Achseln. Sie hatte nicht vor, ihn darüber aufzuklären, dass sich nur wenige Meter entfernt, im Flur vor den Toiletten, ein Automat befand.

»Das Skelett«, erinnerte sie ihn.

»Was ist damit?« Er lehnte sich zurück und machte ein Gesicht, als wäre er lieber woanders.

»Sie haben es aus der Vitrine vor Professor Gates' Büro geklaut.«

»Ja, und?«

»Ich würde gern wissen, wieso es unter dem Betonboden an der Fleshmarket Close gelandet ist.«

»Ich auch«, schnaubte er. »Vielleicht sollte ich die Geschichte Dad als Stoff für einen Fernsehfilm verkaufen.«

»Nachdem Sie das Skelett geklaut haben …«, soufflierte Siobhan.

Er schwenkte sein Glas, wodurch eine neue Schaumkrone auf dem Bier entstand. »So billig kommen Sie mir nicht davon! Glauben Sie etwa, ich packe schon nach einem Glas aus?«

»Wie Sie wollen …« Siobhan erhob sich.

»Trinken Sie doch wenigsten aus«, protestierte er.

»Nein, danke.«

Er neigte den Kopf erst nach rechts, dann nach links. »Okay, ich habe verstanden …« Er wies auf den Platz neben sich. »Setzen Sie sich, dann erzähle ich Ihnen alles.« Sie zögerte, dann zog sie den Stuhl unter dem Tisch hervor. Er schob ihr Glas zu ihr hinüber. »Mein Gott«, sagte er, »Sie können ganz schön kapriziös sein, wissen Sie das?«

»Ich bin überzeugt, das Gleiche gilt auch für Sie.« Sie hob ihr Glas. Bei seinem Eintreffen hatte Cater ihr ungefragt einen Gin Tonic bestellt, aber es war ihr gelungen, Harry mit einem Zeichen zu verstehen zu geben, dass er den Gin weglassen sollte. Sie trank Tonic pur – der Grund, weshalb die beiden Getränke so billig gewesen waren …

»Wenn ich Ihnen alles erzähle, gehen Sie dann mit mir einen Happen essen?« Sie funkelte ihn an. »Ich habe einen Riesenhunger.«

»In der Broughton Street gibt's einen guten Imbiss.«

»Wohnen Sie da in der Nähe? Wir könnten uns Fish & Chips holen und mit zu Ihnen nehmen …«

Jetzt musste sie lächeln. »Sie geben wohl nie auf, was?«

»Nur wenn ich mir *absolut* sicher bin.«

»Worüber?«

»Dass ich bei der Frau nicht landen kann.« Er strahlte sie an. Der Mann am Nachbartisch blätterte mit vernehmlichem Räuspern seine Zeitung um.

»Warten wir's ab«, meinte sie. »Und jetzt erzählen Sie mir alles über Mag Lennox' Knochen …«

Er starrte nachdenklich an die Decke. »Die gute, alte Mag …« Er verstummte. »Dieses Gespräch ist doch vertraulich, oder?«

»Keine Sorge.«

»Also, Ihre Vermutung stimmt natürlich … wir haben uns Mag ›ausgeborgt‹. Wir hatten zu einer Party eingeladen und fanden es eine lustige Idee, Mag am Kopfende unserer Tafel zu platzieren. Der Einfall war uns bei der Party eines Tiermedizinstudenten gekommen. Er hatte einen ausgestopften Hund aus der Uni mitgenommen und ihn ins Badezimmer gestellt, sodass jeder, der aufs Klo ging …«

»Ich kann es mir lebhaft vorstellen.«

Er zuckte die Achseln. »So ähnlich haben wir's mit Mag gemacht. Haben Sie vor dem Essen an den Tisch gesetzt. Ich glaube, ein paar haben später sogar mit ihr getanzt. Wir waren nämlich recht ausgelassen, wissen Sie. Eigentlich wollten wir Mag anschließend zurückbringen …«

»Aber?«

»Na ja, als wir am nächsten Morgen aufwachten, hatte sie sich heimlich aus dem Staub gemacht.«

»Das glaube ich nicht.«

»Na schön, jemand hat sie sich unter den Nagel gerissen.«

»Und das Baby ebenfalls. Das haben Sie mitgenommen, als die Universität es ausmusterte.« Er nickte. »Haben Sie je herausgefunden, wer der Dieb war?«

Er schüttelte den Kopf. »Beim Essen waren wir zu siebt, aber die eigentliche Party fing erst hinterher an. Insgesamt dürften zwanzig bis dreißig Leute dagewesen sein. Von denen käme theoretisch jeder in Frage.«

»Irgendein Hauptverdächtiger?«

Er überlegte. »Pippa Greenlaw hatte einen etwas brutal wirkenden Typen im Schlepptau. Sie beließ es allerdings bei einem One-Night-Stand, und ich habe den Kerl nie wieder gesehen.«

»Hatte er auch einen Namen?«

»Vermutlich.« Er starrte sie an. »Aber sein Name klang garantiert nicht so sexy wie Ihrer.«

»Was ist mit Pippa. Ist sie auch Ärztin?«

»Um Himmels willen, nein. Sie arbeitet in der PR-Branche. Jetzt, wo ich darüber nachdenke, fällt mir ein, dass sie ihren Kavalier bei der Arbeit kennen gelernt hatte. Er war Fußballprofi.« Er überlegte einen Moment. »Oder wollte es jedenfalls werden.«

»Haben Sie Pippas Telefonnummer?«

»Ja, irgendwo… könnte aber sein, dass sie nicht mehr aktuell ist.« Er beugte sich vor. »Dummerweise habe ich sie nicht dabei. Das bedeutet, dass wir uns noch mal treffen müssen.«

»Das bedeutet, dass Sie mich anrufen und mir die Nummer durchgeben werden.« Sie reichte ihm ihre Visitenkarte. »Sie können auf der Wache eine Nachricht hinterlassen, falls ich gerade nicht da bin.«

Er sah sie versonnen lächelnd an.

»Was ist?«, fragte sie.

»Ich überlege, wie viel von Ihrer eisigen Fräulein-Rührmichnichtan-Show wirklich nur das ist – eine Show. Legen Sie denn niemals diese Rolle ab?« Er packte sie am Handgelenk und führte es an seine Lippen. Sie riss sich los. Er lehnte sich mit zufriedener Miene zurück.

»Feuer und Eis«, sinnierte er. »Eine gute Kombination.«

»Wollen Sie wissen, was auch eine gute Kombination ist?«, erkundigte sich der Mann am Nebentisch und faltetete seine Zeitung zusammen. »Ein Schlag in die Fresse und ein Tritt in den Arsch.«

»Ach du meine Güte, ein edler Ritter!«, sagte Cater lachend. »Tut mir Leid, Freundchen, aber hier gibt's keine bedrängte Jungfer, die Ihrer Hilfe bedarf.«

Der Mann war inzwischen aufgestanden und in die Mitte des Raums getreten. Siobhan erhob sich und versperrte ihm den Blick auf Cater.

»Alles in Ordnung, John«, sagte sie. Dann, an Cater: »Ich glaube, Sie ziehen jetzt besser Leine.«

»Sie kennen diesen Primitivling?«

»Ein Kollege«, bestätigte Siobhan.

Rebus verrenkte den Hals, um Cater einen wütenden Blick zuzuwerfen. »Besorgen Sie ihr gefälligst die Telefonnummer. Und keine Sperenzchen mehr.«

Cater war nun auch aufgestanden. Betont langsam leerte er sein Glas. »Unsere Verabredung war mir ein großes Vergnügen, Siobhan. Wir müssen das unbedingt wiederholen, mit oder ohne Ihren dressierten Affen.«

Harry, der Barkeeper, stand in der Tür. »Ist das da draußen Ihr Aston, Kumpel?«

Caters Miene hellte sich auf. »Schickes Auto, was?«

»Davon verstehe ich nichts, aber ein Gast hat es gerade mit einem Pissoir verwechselt…«

Cater verschlug es beinahe den Atem, und er hastete die wenigen Stufen zum Ausgang hinunter. Harry zwinkerte und kehrte hinter die Theke zurück. Siobhan und Rebus tauschen erst einen Blick, dann ein Lächeln.

»Widerliches kleines Arschloch«, bemerkte Rebus.

»Das wären Sie vielleicht auch, wenn Sie so einen Vater wie er gehabt hätten.«

»Der wurde schon mit einem Silberlöffel im Mund geboren, das ist nicht zu übersehen.« Rebus nahm wieder an seinem Tisch Platz. Siobhan drehte ihren Stuhl in seine Richtung.

»Vielleicht zieht er ja nur eine Show ab.«

»So wie Sie mit Ihrem Fräulein Rührmichnichtan.«

»Und Sie mit Ihrem Herrn Zornig.«

Rebus hob zwinkernd sein Glas an den Mund. Ihr war schon früher aufgefallen, dass er den Mund beim Trinken öffnete, als wollte er der Flüssigkeit die Zähne zeigen, sie attackieren. »Noch mal dasselbe?«, wollte sie wissen.

»Versuchen Sie etwa, den furchtbaren Moment hinauszuzögern?«, sagte er scherzhaft. »Na ja, wieso auch nicht. Ist hier bestimmt billiger als dort.«

Als sie mit den Gläsern zurückkam, fragte sie: »Wie ist es in Whitemire gelaufen?«

»Den Umständen entsprechend. Ellen Wylie wäre beinahe ausgerastet.« Er schilderte, was in der Anstalt passiert war. »Was meinen Sie, warum sie so reagiert hat?«

»Natürliche Abneigung gegen Ungerechtigkeit?«, schlug Siobhan vor. »Vielleicht ist sie ausländischer Herkunft.«

»So wie ich, meinen Sie?«

»Wenn ich mich recht entsinne, stammt Ihre Familie aus Polen.«

»Mein Großvater war Pole.«

»Möglicherweise haben Sie immer noch Verwandte dort.«

»Weiß der Geier.«

»Vergessen Sie bitte nicht, dass auch ich Ausländerin bin. Beide Eltern Engländer … südlich der Grenze aufgewachsen.«

»Aber Sie wurden hier geboren.«

»Und bin verschleppt worden, noch ehe ich aus den Windeln war.«

»Trotzdem sind Sie Schottin. Versuchen Sie nicht, mir mit irgendwelchen Spitzfindigkeiten zu kommen.«

»Ich meine bloß …«

»Das schottische Volk ist eine Promenadenmischung – seit jeher. Unser Land wurde von den Iren besiedelt, von den Wikingern vergewaltigt und geplündert. Als ich klein war, wurde fast jede Pommesbude von Italienern betrieben. Ich hatte Klassenkameraden mit polnischen und russischen Nachnamen …« Er starrte in sein Glas. »Aber ich erinnere mich nicht, dass man deswegen jemanden erstochen hat.«

»Sie sind in einer Kleinstadt aufgewachsen.«

»Ja, und?«

»Vielleicht ist Knoxland schlicht und einfach anders.«

Er nickte zustimmend und leerte sein Glas. »Gehen wir.«

»Ich hab noch nicht ausgetrunken.«

»Sind Sie etwa eine Drückebergerin, DC Clarke?«

Ihr lag eine Erwiderung auf der Zunge, aber sie stand schweigend auf.

»Waren Sie schon mal in einem dieser Läden?«

»Ein paar Mal«, gab er zu. »Junggesellenabschiede.«

Sie hatten in der Bread Street vor einem ziemlich teuren Hotel geparkt. Rebus fragte sich, was wohl in den Touristen vorging, wenn Sie aus der eleganten Lobby auf die Straße traten und sich plötzlich im Pussydreieck wiederfanden. Das Areal erstreckte sich von den Stripklubs in Tollcross und an der Lothian Road bis zur Lady Lawson Street. Die Klubs warben mit Versprechungen wie »geile Möpse«, »VIP-Tabledance« und »Nonstop-Action«. Es gab nur einen einzigen, eher unauffälligen Sexshop und kein Anzeichen dafür, dass die Damen vom Straßenstrich in Leith ihre Wirkungsstätte hierher verlegt hatten.

»Das ruft alte Erinnerungen wach«, gab Rebus zu. »Sie waren in den Siebzigern noch nicht hier, oder? Mittags Gogo-Tänzerinnen in den Pubs ... ein Sexkino in der Nähe der Uni ...«

»Freut mich, Sie in so nostalgischer Stimmung zu erleben«, bemerkte Siobhan kühl.

Ihr Ziel war ein ehemaliger Pub gegenüber einem leer stehenden Laden. Rebus erinnerte sich an mehrere der früheren Namen: The Laurie Tavern, The Wheaten Inn, The Snakepit. Neuerdings hieß es jedoch The Nook. Ein Schild an einem großen geschwärzten Fenster verkündete »Die schärfsten Frauen der Stadt« und versprach den sofortigen Erhalt einer »goldenen Mitgliedskarte«. Zwei Türsteher sollten Betrunkene und andere unliebsame Gestalten fern halten. Beide waren massig und kahl rasiert. Sie trugen identische anthrazitgraue Anzüge, schwarze Hemden mit offenem Kragen und hatten einen Knopf im Ohr, damit man sie alarmieren konnte, falls es drinnen Ärger gab.

»Tweedledum und Tweedledümmer«, sagte Siobhan halblaut. Die beiden starrten sie an, da Frauen nicht zur Zielgruppe des Nook gehörten.

»Tut mir Leid, keine Paare«, sagte einer der beiden.

»Hallo, Bob«, erwiderte Rebus. »Seit wann sind Sie wieder draußen?«

Es dauerte einen Moment, bis der Türsteher ihn einsortiert hatte. «Sie sehen gut aus, Mr. Rebus.«

»Sie auch. Wie's scheint, haben Sie regelmäßig den Kraftraum in Saughton benutzt.« Rebus wandte sich an Siobhan. »Darf ich Ihnen Bob Dodds vorstellen. Bob hat sechs Jahre für einen Fall von ziemlich schwerer Körperverletzung bekommen.«

»Wurde bei der Revision verringert«, fügte Dodds hinzu. »Und das Schwein hatte es nicht anders verdient.«

»Er hatte mit Ihrer Schwester Schluss gemacht... war doch so, oder? Sie sind daraufhin mit einem Baseballschläger und einem Teppichmesser auf ihn losgegangen. Und hier sind Sie nun, in der Blüte Ihrer Jahre«, Rebus lächelte über das ganze Gesicht, »und erweisen sich als nützliches Mitglied der Gesellschaft.«

»Sind Sie ein Bulle?« Der andere Türsteher hatte es endlich kapiert.

»Ich auch«, erklärte Siobhan. »Und das bedeutet, ob Paar oder nicht, wir gehen rein.«

»Wollen Sie mit dem Geschäftsführer sprechen?«, fragte Dodds.

»Das war unsere Absicht.«

Dodds holte ein Walkie-Talkie aus der Tasche. »Tür an Büro.«

Es rauschte einen Moment, dann ertönte knisternd die Antwort. »Was ist denn jetzt schon wieder?«

»Zwei Polizisten wollen mit Ihnen sprechen.«

»Sind die beiden hier, um die Hand aufzuhalten?«

Rebus nahm Dodds das Walkie-Talkie ab. »Wir möchten Ihnen nur ein paar Fragen stellen. Sollten Sie uns jedoch Bestechungsgeld anbieten, müssten wir Sie mit auf die Wache nehmen.«

»Ich bitte Sie, das war doch bloß ein Scherz. Sagen Sie Bob, er soll Sie herbringen.«

Rebus gab das Walkie-Talkie zurück. »Ich nehme an, wir gelten damit als Besitzer einer goldenen Mitgliedskarte«, sagte er.

Hinter der Tür befand sich eine dünne Trennwand, die errichtet worden war, um erst dann einen Blick ins Innere werfen zu können, wenn man Eintritt bezahlt hatte. Am Empfangstresen saß eine Frau mittleren Alters vor einer altmodischen Ladenkasse. Der Teppichboden war karmesinrot und violett, die Wände schwarz, mit winzigen Lämpchen übersät, die entweder den Eindruck eines Nachthimmels erwecken oder aber die Gäste vom genauen Studium der Preise und Maßangaben auf der Getränkekarte abhalten sollten. Die Bar selbst sah noch fast so aus, wie Rebus sie aus den Zeiten der Laurie Tavern in Erinnerung hatte. Es gab jedoch kein Fassbier mehr, sondern die einträglicheren Flaschenabfüllungen. Mitten im Raum befand sich jetzt eine kleine Bühne, von der aus zwei schimmernde Metallstangen bis zur Decke reichten. Eine junge, dunkelhäutige Frau tanzte zu übermäßig lauter Instrumentalmusik, angestarrt von etwa einem halben Dutzend Männern. Siobhan fiel auf, dass sie die Augen geschlossen hielt und sich ganz auf die Musik konzentrierte. Auf einem Sofa in der Nähe saßen zwei weitere Männer, zwischen denen eine barbusige Frau tanzte. Ein Pfeil wies den Weg zu einer »Solokabine«, die vom restlichen Raum durch schwarze Vorhänge abgetrennt war. Drei Geschäftsleute im Anzug saßen auf Barhockern am Tresen und teilten sich eine Flasche Champagner.

»Später am Abend ist mehr los«, sagte Dobbs zu Rebus. »Und am Wochenende tobt hier der Bär…« Er führte sie zu einer Tür am anderen Ende des Raums, auf der »Privat« stand, und tippte in das Tastenfeld daneben eine Zahlenkombination ein. Dann öffnete er die Tür und bedeutete ihnen mit einem Nicken, ihm zu folgen.

Sie betraten einen kurzen, schmalen Flur mit einer Tür am Ende. Dodds klopfte und wartete.

»Wenn's denn unbedingt sein muss!«, rief eine Stimme von drinnen. Rebus ließ Dodds mit einer Kopfbewegung wissen, dass er nicht mehr gebraucht wurde. Dann drehte er den Türknauf.

Das Büro war nicht viel größer als eine Abstellkammer und bis auf den letzten Quadratzentimeter voll gestellt. Regale bogen sich unter dem Gewicht von Akten und den unterschiedlichsten ausrangierten Geräten – von einer alten Zapfanlage bis hin zu einer Kugelkopfschreibmaschine. Auf dem Linoleumboden stapelten sich Zeitschriften, hauptsächlich Wirtschaftsmagazine. Die untere Hälfte eines Wasserspenders diente als Ablage für verschiedene Sorten eingeschweißter Bierfilze. Ein betagter, grüner Safe stand offen und enthielt Strohhalmschachteln und abgepackte Papierservietten. Hinter dem Tisch befand sich ein winziges vergittertes Fenster, das, wie Rebus vermutete, tagsüber wenigstens für ein bisschen Tageslicht sorgte. Die freie Wandfläche war mit gerahmten Fotos aus Illustrierten bedeckt: Aufnahmen im Paparazzistil von Männern, die gerade das Nook verließen. Rebus erkannte ein paar Fußballprofis, deren Karriere den Zenit überschritten hatte.

Der Mann, der am Tisch saß, war Mitte Dreißig. Er trug ein enges weißes T-Shirt, das die Muskeln seines Oberkörpers und seiner Arme gut zur Geltung brachte. Das Gesicht war gebräunt, das kurz geschorene Haar pechschwarz. Kein Schmuck, abgesehen von einer goldenen Uhr mit unnötig vielen Zeigern. Das Blau seiner Augen leuchtete sogar im matten Licht dieses Raums. »Stuart Bullen«, stellte er sich vor und streckte die Hand aus, blieb aber sitzen.

Rebus nannte seinen und Siobhans Namen. Nachdem das Händeschütteln erledigt war, entschuldigte Bullen sich für das Fehlen von Besucherstühlen.

»Kein Platz«, meinte er achselzuckend.

»Das macht nichts«, beruhigte Rebus ihn.

»Wie Sie sehen, hat das Nook nichts zu verbergen. Umso neugieriger bin ich auf den Grund Ihres Besuchs.«

»Ihrer Aussprache nach zu urteilen, stammen Sie nicht von hier«, bemerkte Rebus.

»Ich komme ursprünglich von der Westküste.«

Rebus nickte. »Ihr Name kommt mir irgendwie bekannt vor.«

Bullen verzog den Mund. »Um Ihnen längeres Kopfzerbrechen zu ersparen: Ja, ich bin der Sohn von Rab Bullen.«

»Glasgower Gangster«, erklärte Rebus Siobhan.

»Ein angesehener *Geschäftsmann*«, korrigierte ihn Bullen.

»Der starb, weil ihn jemand vor seinem Haus aus nächster Nähe erschossen hat«, fügte Rebus hinzu. »Wie lange ist das jetzt her – fünf oder sechs Jahre?«

»Wenn ich gewusst hätte, dass Sie gekommen sind, um über meinen Vater zu reden…« Bullen starrte Rebus finster an.

»Sind wir nicht«, unterbrach ihn Rebus.

»Wir suchen ein Mädchen, Mr. Bullen«, sagte Siobhan. »Eine Ausreißerin namens Ishbel Jardine.« Sie reichte ihm das Foto. »Haben Sie sie vielleicht gesehen?«

»Wieso sollte ich sie gesehen haben?«

Siobhan zuckte die Achseln. »Kann sein, dass sie Geld braucht. Wir haben gehört, Sie haben in letzter Zeit neue Tänzerinnen engagiert.«

»Jeder Klub in der Stadt engagiert regelmäßig neue Tänzerinnen.« Jetzt zuckte er die Achseln. »Die Frauen kommen und gehen. Übrigens sind alle meine Tänzerinnen legal angestellt, und sie tanzen, sonst nichts.«

»Was ist mit der Solokabine?«, fragte Rebus.

»Wir reden hier über Hausfrauen und Studentinnen, die sich nebenbei rasch ein paar Pfund verdienen wollen.«

»Wenn Sie bitte einen Blick auf das Foto werfen würden«, sagte Siobhan. »Sie ist achtzehn und heißt Ishbel.«

»Noch nie gesehen.« Er gab das Foto zurück. »Wer hat Ihnen gesagt, dass ich neue Tänzerinnen engagiert habe?«

»Dienstgeheimnis«, erwiderte Rebus.

»Mir ist aufgefallen, dass Sie sich meine kleine Sammlung

von Schnappschüssen angeschaut haben.« Bullen wies mit dem Kopf auf die Fotos an der Wand. »Das hier ist ein niveauvoller Klub, und wir halten uns etwas darauf zugute, dass wir mehr Klasse haben als die Konkurrenz in der Nachbarschaft. Aus diesem Grund sind wir sehr wählerisch, was unsere Tänzerinnen angeht. Junkies engagieren wir prinzipiell nicht.«

»Wer hat behauptet, dass die Information von einem Junkie stammt? Und ich bezweifle sehr, dass auf diesen Schuppen die Bezeichnung ›niveauvoll‹ zutrifft.«

Bullen lehnte sich zurück, um Rebus besser betrachten zu können. »Sie dürften bald das Pensionsalter erreicht haben, Herr Inspector. Ich freue mich schon auf den Tag, an dem ich mit Polizisten wie Ihrer Kollegin zu tun haben werde.« Er lächelte Siobhan an. »Eine sehr erfreuliche Perspektive.«

»Seit wann besitzen Sie das Nook?«, fragte Rebus. Er hatte seine Zigarettenschachtel herausgeholt.

»Rauchen verboten«, sagte Bullen. »Feuergefahr.« Rebus zögerte, dann steckte er die Schachtel wieder ein. Bullen dankte ihm mit einem knappen Nicken. »Um Ihre Frage zu beantworten: seit vier Jahren.«

»Wieso sind Sie aus Glasgow weggegangen?«

»Na ja, der Mord an meinem Vater dürfte wohl als Grund reichen.«

»Man hat den Mörder nie gefasst, oder?«

»Sollten Sie statt ›man‹ nicht lieber ›wir‹ sagen?«

»Die Polizei von Glasgow und von Edinburgh – das sind zwei völlig verschiedene Paar Schuhe.«

»Sie glauben also, Sie hätten mehr Glück gehabt.«

»Mit Glück hat das nichts zu tun.«

»Also, Herr Inspector, wenn das alles ist… Bestimmt müssen Sie noch andere Etablissements aufsuchen.«

»Was dagegen, wenn wir mit den Frauen reden?«, fragte Siobhan unvermittelt.

»Zu welchem Zweck?«

»Um ihnen das Foto zu zeigen. Es gibt doch bestimmt einen Umkleideraum.«

Er nickte. »Hinter dem schwarzen Vorhang. Aber sie halten sich nur zwischen ihren Auftritten dort auf.«

»Dann werden wir eben dort mit ihnen reden, wo sie gerade sind.«

»Wenn's unbedingt sein muss«, fauchte Bullen.

Sie drehte sich um und wollte hinausgehen, blieb dann aber abrupt stehen. An der Tür hing eine schwarze Lederjacke. Sie rieb den Kragen zwischen zwei Fingern. »Was für ein Auto fahren Sie?«, fragte sie.

»Was geht Sie das an?«

»Es ist eine ganz simple Frage, aber wenn Sie sich unbedingt mit mir anlegen wollen…« Sie starrte ihn an.

Bullen seufzte. »Einen BMW X5.«

»Klingt nach Sportwagen.«

Bullen schnaubte. »Das ist ein Geländewagen. Fast so groß wie ein Panzer.«

Sie nickte. »Eine dieser Schüsseln, die sich Männer als Kompensation für gewisse körperliche Unzulänglichkeiten kaufen.« Mit dieser Bemerkung verließ sie den Raum. Rebus schenkte Bullen ein Lächeln.

»Na, wie sieht's jetzt mit der ›erfreulichen Perspektive‹ aus, von der Sie eben sprachen?«

»Ich kenne Sie«, entgegnete Bullen und drohte mit einem Finger. »Sie sind der Bulle, den Cafferty in der Hand hat.«

»Tatsächlich?«

»Das sagen alle.«

»Dann hat es wohl wenig Sinn zu widersprechen, oder?«

Rebus wandte sich um und folgte Siobhan. Er war zufrieden mit sich, weil er sich von dem Stinktier nicht hatte provozieren lassen. Big Ger Cafferty war viele Jahre der Boss der Edinburgher Unterwelt gewesen. Inzwischen lebte er ein geruhsameres Leben – zumindest nach außen hin, denn bei Cafferty konnte man sich nie sicher sein. Es stimmte, dass Rebus und er sich kannten. Davon abgesehen hatte Bullen Rebus auf eine Idee gebracht: Wenn es einen Menschen gab, der wusste, was eine zwielichtige Glasgower Gestalt wie Bullen bewogen hatte, seine angestammte Wirkungsstätte zu verlassen und sich auf der anderen Seite des Landes anzusiedeln, dann war das Morris Gerald Cafferty.

Siobhan hatte sich auf einen der Barhocker an der Theke niedergelassen, denn die Geschäftsleute waren an einen Tisch umgezogen. Rebus gesellte sich zu ihr, sehr zur Beruhigung des Barkeepers, der hier wahrscheinlich noch nie eine einzelne Frau hatte bedienen müssen.

»Für mich eine Flasche Ihres besten Biers«, lautete Rebus Bestellung. »Und die Dame bekommt, was immer sie haben will.«

»Cola light«, sagte sie zum Barkeeper. Er brachte die Getränke.

»Sechs Pfund.«

»Mr. Bullen meinte, das geht aufs Haus«, informierte er ihn zwinkernd. »Er will uns bei Laune halten.«

»Haben Sie dieses Mädchen schon mal hier gesehen?«, fragte Siobhan und zeigte ihm das Foto.

»Irgendwie kommt sie mir bekannt vor… aber andererseits sehen viele Mädchen so aus.«

»Wie heißen Sie, mein Sohn?«, fragte Rebus.

Man sah deutlich, dass dem Barkeeper die Bezeichnung »Sohn« gegen den Strich ging. Er war Anfang zwanzig, klein und drahtig. Ein weißes T-Shirt – womöglich der Versuch, den Stil des Chefs nachzuahmen. Haar mit Gel stachelig in die Höhe frisiert. Er trug denselben Knopf im Ohr wie die Türsteher. Das andere Ohr zierten zwei Ohrstecker.

»Barney Grant.«

»Arbeiten Sie schon lange hier, Barney?«

»Zwei Jahre.«

»In einem Laden wie dem sind Sie wahrscheinlich der Dienstälteste.«

»Niemand ist so lange hier wie ich«, bestätigte Grant.

»Ich wette, dass Sie schon so einiges erlebt haben.«

Grant nickte. »Aber eins habe ich noch nie erlebt, nämlich, dass Stuart jemand einen Drink spendiert.« Er streckte die Hand aus. »Sechs Pfund, bitte.«

»Ich bewundere Ihre Hartnäckigkeit, mein Sohn.« Rebus gab ihm das Geld. »Was ist das für ein Akzent, den Sie sprechen?«

»Australisch. Und wissen Sie, was – ich habe ein gutes Gedächtnis für Gesichter, und ich glaube, ich erinnere mich an Ihres.«

»Ich war vor ein paar Monaten hier… Junggesellenabschied. Bin aber nicht lange geblieben.«

»Zurück zu Ishbel Jardine, denn so heißt das Mädchen«, mischte Siobhan sich ein. »Sie glauben, sie möglicherweise hier gesehen zu haben.«

Grant schaute sich das Foto ein zweites Mal an. »Oder auch nicht. Bin in vielen Klubs und Pubs… könnte irgendwo anders gewesen sein.« Er brachte das Geld zur Kasse. Siobhan drehte sich um, weil sie sich den Raum näher ansehen wollte, und bereute es sofort. Eine der Tänzerinnen steuerte mit einem der Anzugträger im Schlepptau die Solokabine an. Eine andere, dieselbe, die sich vorhin völlig auf die Musik konzentriert hatte, glitt nun an der Metallstange auf und nieder, allerdings ohne ihren Tangaslip.

»Mein Gott, wie widerwärtig«, sagte sie zu Rebus. »Was zum Teufel habt ihr Männer davon?«

»Eine deutlich leichtere Brieftasche«, entgegnete er.

Siobhan wandte sich wieder an Grant. »Wie viel Geld nehmen die Frauen?«

»Zehn Pfund pro Tanz. Dauert ein paar Minuten, anfassen verboten.«

»Und in der Solokabine?«

»Keine Ahnung.«

»Warum nicht.«

»Bin nie dabei. Wollen Sie noch was trinken?« Er deutete auf ihr Glas, das genauso viel Eis enthielt wie zuvor, aber ansonsten leer war.

»Alter Trick«, erklärte Rebus ihr. »Je mehr Eis man rein tut, desto weniger Platz bleibt für das, was man eigentlich bestellt hat.«

»Nein, vielen Dank«, sagte sie zu Grant. »Glauben Sie, die Tänzerinnen würden mit uns reden?«

»Warum sollten Sie?«

»Und wenn ich Ihnen das Foto dalasse – würden Sie es dann herumzeigen?«

»Kann ich machen.«

»Und hier ist meine Karte.« Sie gab sie ihm zusammen mit dem Foto. »Rufen Sie mich an, falls Sie etwas erfahren.«

»Okay.« Er legte beides unter die Theke. Dann zu Rebus: »Was ist mit Ihnen? Noch ein Bier?«

»Nicht bei den Preisen hier, trotzdem vielen Dank, Barney.«

»Nicht vergessen«, sagte Siobhan, »mich anrufen.« Sie rutschte von ihrem Hocker herunter und ging in Richtung Ausgang. Rebus war vor einer weiteren Reihe gerahmter Fotos stehen geblieben – Kopien der Zeitungsausschnitte in Bullens Büro. Er tippte gegen eines davon. Siobhan betrachtete es genauer: Alex Cater und sein Vater, der Filmstar, die Gesichter im Schein des Blitzlichts kreidebleich. Gordon Cater hatte sich die Hand vors Gesicht halten wollen, war aber nicht schnell genug gewesen. Sein Blick wirkte gehetzt, sein Sohn hingegen grinste, erfreut, dass ein Bild von ihm für die Nachwelt erhalten bliebe.

»Sehen Sie mal, was da steht«, sagte Rebus. Jede Meldung war mit dem Stempel »Exklusiv« versehen, und unter der Überschrift befand sich stets derselbe fett gedruckte Name: Steve Holly.

»Komisch, dass er immer zur richtigen Zeit am richtigen Ort ist«, meinte Siobhan.

»Ja, finde ich auch.«

Draußen blieb Rebus stehen, um sich eine Zigarette anzuzünden. Siobhan ging weiter, schloss den Wagen auf, stieg ein, nahm auf dem Fahrersitz Platz und umklammerte fest das Lenkrad. Rebus kam langsam nach, sog bei jedem Zug den Rauch tief ein. Als er neben dem Peugeot stand, war noch die Hälfte der Zigarette übrig, dennoch schnippte er sie auf die Straße und ließ sich auf dem Beifahrersitz nieder.

»Ich weiß, was Sie denken«, sagte er.

»Ach ja?« Sie betätigte den Blinker, um aus der Parklücke zu fahren.

»Am Fleshmarket Close hat's so eine Fleischbeschau sicher nie gegeben«, stellte er fest. »Warum haben Sie Bullen nach seinem Wagen gefragt?«

Siobhan antwortete erst nach einer Weile. »Weil er wie ein Zuhälter aussieht«, sagte sie, während gleichzeitig Rebus' Worte in ihrem Kopf widerhallten.

... so eine Fleischbeschau nie gegeben.

Vierter Tag

Donnerstag

11

Am nächsten Morgen war Rebus zurück in Knoxland. Ein paar Transparente und Plakate vom Vortag, die Parolen von Fußabdrücken verunziert, lagen verstreut herum. Rebus saß im Container, trank einen Kaffee, den er sich von unterwegs mitgebracht hatte, und las Zeitung. Stef Yurgiis Name war am gestrigen Nachmittag bei einer Pressekonferenz bekannt gegeben worden. In Steve Hollys Revolverblatt wurde er nur ein einziges Mal erwähnt, Mo Dirwan hingegen waren gleich mehrere Absätze gewidmet. Und von Rebus gab es eine kleine Fotoserie: wie er den Jungen zu Boden drückte, wie er, vor den Augen der Anhänger Dirwans, von diesem mit erhobenen Armen zum Helden gekürt wurde. Die Überschrift – mit ziemlicher Sicherheit auf Hollys Mist gewachsen – bestand aus einem einzigen Wort: STEINEWERFER!

Rebus warf die Zeitung in den Papierkorb, wohl wissend, dass irgendjemand sie wahrscheinlich wieder herausfischen würde. Er entdeckte eine halb volle Tasse kalten Kaffee, kippte den Inhalt über die Zeitung und fühlte sich gleich besser. Seine Uhr zeigte Viertel nach neun. Eine Weile zuvor hatte er einen Streifenwagen nach Portobello geschickt. Er musste jeden Moment eintreffen. Im Container war es still. In weiser Voraussicht hatte man davon abgesehen, Computer nach Knoxland zu bringen, weshalb sämtliche Befragungsprotokolle in Torphichen getippt wurden. Rebus trat ans Fenster und schob mit dem Fuß ein paar Glasscherben zu einem Haufen zusammen. Trotz der Gitter war das Fenster eingeschlagen worden: mit einer Stange vermutlich oder einem dünnen Metallrohr. Etwas Klebriges war durchs Fenster gesprüht worden und bedeckte den Boden sowie den nächststehenden Schreibtisch. Um dem Ganzen die Krone aufzusetzen, hatte man außen auf jede freie Fläche des Containers das Wort SCHWEINE gesprayt. Rebus wusste, dass das Fenster am Abend vernagelt werden würde. Womöglich war der Container ohnehin schon zur überflüssigen Ressource erklärt worden. Sie hatten zusammengetragen, was zusammenzutragen war, und alles verfügbare Beweismaterial gesammelt. Rebus kannte Shug Davidsons Hauptstrategie: das ganze Viertel an den Pranger stellen, bis jemand mit dem Finger auf den Schuldigen zeigte. Da kamen Hollys Artikel vielleicht gerade recht.

Nun ja, netter Gedanke, aber Rebus bezweifelte, dass es in Knoxland viele Menschen gab, die sich nicht voll und ganz bestätigt fühlten, wenn die Zeitungen über Rassismus schrieben. Doch Davidson hoffte auf einen Zeugen, einen einzigen Zeugen, mehr brauchte er nicht.

Ein Name.

Es hatte jede Menge Blut gegeben, eine Waffe, die verschwinden musste, Kleider, die verbrannt oder weggeworfen worden waren. Irgendjemand wusste etwas. Und dieser Jemand hockte in einem dieser Blocks und wurde hoffentlich von Gewissensbissen geplagt.

Irgendjemand wusste etwas.

Als Allererstes an diesem Morgen hatte Rebus Holly angerufen, um ihn zu fragen, wie es sein konnte, dass er immer dann vor dem Nook stand, wenn gerade jemand Bekanntes herauskam.

»Guter investigativer Journalismus, mehr nicht. Aber Sie reden über alte Kamellen.«

»Wie das?«

»Als der Laden aufmachte, war er ein paar Monate lang

angesagt. Aus dieser Zeit stammen die Fotos. Sie gehen oft dahin, stimmt's?«

Rebus hatte aufgelegt, ohne zu antworten.

Jetzt hörte er ein Auto kommen und spähte durch das zerbrochene Glas nach draußen. Leerte den Becher Kaffee und erlaubte sich ein kleines Lächeln.

Er ging hinaus, um Gareth Baird in Empfang zu nehmen; die beiden Uniformierten, die ihn hergebracht hatten, begrüßte er mit einem Nicken.

»Guten Morgen, Gareth.«

»Was soll der Scheiß?« Gareth vergrub die Fäuste in den Taschen. »Schikane, oder was?«

»Ganz und gar nicht. Du bist ein wertvoller Zeuge, du weißt, wie die Freundin von Stef Yurgii aussieht.«

»Herrgott, ich hab sie kaum angesehen!«

»Dabei hat sie doch das Reden übernommen«, entgegnete Rebus ruhig. »Ich glaube, dass du sie wiedererkennst, wenn du sie siehst.«

»Soll ich ein Phantombild für euch machen, oder was?«

»Später. Jetzt gehst du erst mal mit diesen beiden Herren hier auf Aufklärungstour.«

»Was soll das denn heißen?«

»Haustürbefragungen. Dann bekommst du auch gleich einen interessanten Einblick in die Arbeit der Polizei.«

»Wie viele Haustüren?« Gareth' Blick wanderte über die Wohnblocks.

»Alle.«

Er starrte Rebus mit großen Augen an, so wie ein Kind, das ungerechtfertigterweise zum Nachsitzen verdonnert wird.

»Je eher du anfängst...« Rebus klopfte dem jungen Mann auf die Schulter. Und an die Uniformierten gewandt: »Nehmt ihn mit, Jungs.«

Als er Gareth nachschaute, der, flankiert von den beiden

Beamten, mit hängendem Kopf auf den ersten Wohnblock zuschlurfte, stieg in ihm ein Gefühl der Befriedigung auf. Der Beruf hatte doch auch seine guten Seiten …

Zwei Wagen fuhren vor: Davidson und Wylie in dem einen, Reynolds im anderen. Wahrscheinlich waren sie im Konvoi von Torphichen hergekommen. Davidson hatte die Zeitung mitgebracht, aufgeschlagen bei STEINEWERFER!

»Schon gelesen?«, fragte er.

»So tief würde ich nicht sinken, Shug.«

»Warum nicht?« Reynolds grinste. »Für die Eselstreiber sind Sie der neue Held.«

Davidson stieg die Röte ins Gesicht. »Noch so ein Spruch, und ich schreibe einen Bericht über Sie, Charlie – verstanden?«

Reynolds straffte sich. »Kleiner Ausrutscher, Sir.«

»Sie haben sich schon mehr Ausrutscher geleistet als ein ganzes Eishockeyteam. Passen Sie auf, dass so was nicht noch mal vorkommt.«

»Sir.«

Davidson ließ die Worte einen Moment lang wirken, bis er der Überzeugung war, sich klar genug ausgedrückt zu haben. »Haben Sie irgendwas Sinnvolles zu tun?«

Reynolds entspannte sich ein wenig. »Insiderinformation: Es gibt da eine Frau in den Blocks, die uns Tee machen würde und dazu ein paar Kekse anbietet.«

»Ach ja?«

»Habe sie gestern kennen gelernt, Sir. Sie meinte, sie hätte nichts dagegen, uns ab und an ein Kännchen zu kochen.«

Davidson nickte. »Dann mal los!« Reynolds setzte sich in Bewegung. »Ach, Charlie! Die Uhr läuft – machen Sie es sich nicht allzu gemütlich da drin …«

»Rein dienstlicher Besuch, Sir, keine Sorge.« Im Vorbeigehen bedachte er Rebus mit einem anzüglichen Grinsen.

Davidson wandte sich an Rebus. »Wen haben die beiden Uniformierten da bei sich?«

Rebus zündete sich eine Zigarette an. »Gareth Baird. Er soll die Runde machen und sehen, ob sich die Freundin des Opfers hinter einer dieser Türen versteckt hält.«

»Nadel im Heuhaufen, wie?«, lautete Davidsons Kommentar.

Rebus zuckte mit den Achseln. Ellen Wylie war im Container verschwunden. Erst jetzt bemerkte Davidson die frischen Schmierereien. »Schweine, ja? Ich war schon immer der Meinung, dass die Leute, die uns so nennen, genau das sind.« Er strich sich das Haar aus der Stirn und kratzte sich am Kopf. »Was liegt sonst noch an heute?«

»Die Ehefrau des Opfers wird die Leiche identifizieren. Ich dachte, ich sollte vielleicht dabei sein.« Er legte eine Pause ein. »Außer, Sie wollen das übernehmen.«

»Das überlasse ich gern Ihnen. In Gayfield gibt es also nichts, was auf Sie wartet?«

»Nicht einmal ein ordentlicher Schreibtisch.«

»Und die hoffen, dass Sie dem Wink mit dem Zaunpfahl folgen?«

Rebus nickte. »Finden Sie, ich sollte?«

Davidson blickte skeptisch drein. »Was wartet auf Sie, wenn Sie in den Ruhestand gehen?«

»Leberzirrhose vermutlich. Die Anzahlung habe ich schon geleistet.«

Davidson lächelte. »Na, ich sag's mal so: Wir sind immer noch unterbesetzt, da bin ich froh, wenn Sie uns erhalten bleiben.« Rebus wollte etwas sagen – danke vielleicht –, doch Davidson hob den Finger. »Solange Sie nicht irgendwelche wilden Aktionen starten, klar?«

»Klar wie Kloßbrühe, Shug.«

Beide drehten sich um, als zwei Stockwerke über ihnen plötzlich jemand losbrüllte. »Schönen guten Morgen, Inspector!« Es war Mo Dirwan, der Rebus vom Laubengang aus zuwinkte. Rebus erwiderte halbherzig die Geste, dann fiel ihm ein, dass er dem Rechtsanwalt noch ein paar Fragen stellen wollte.

»Warten Sie, ich komme rauf!«, rief er.

»Ich bin in zwei-null-zwei.«

»Dirwan hat für die Familie Yurgii gearbeitet«, erinnerte Rebus Davidson. »Da sind noch ein paar Dinge, die ich mit ihm klären möchte.«

»Lassen Sie sich nicht aufhalten.« Davidson legte Rebus eine Hand auf die Schulter. »Aber keine Fototermine mehr, okay?«

»Keine Sorge, Shug, wird nicht wieder vorkommen.«

Rebus nahm den Aufzug in den zweiten Stock und marschierte zur Tür mit der Nummer 202. Er blickte nach unten und sah, wie Davidson die äußeren Schäden am Container in Augenschein nahm. Von Reynolds und dem versprochenen Tee weit und breit keine Spur.

Die Tür war nur angelehnt, also trat Rebus ein. Der Teppichboden der Wohnung wirkte wie aus Resten zusammengesetzt. Im Flur lehnte ein Besen an der Wand. Ein Wasserschaden hatte einen großen braunen Fleck an der cremefarbenen Decke hinterlassen.

»Ich bin hier!«, rief Dirwan. Er saß auf dem Sofa im Wohnzimmer. Auch hier war das Fenster mit Kondenswasser beschlagen. Beide Heizelemente des Elektroofens glühten. Aus einem Kassettenrekorder dudelte leise indische Musik. Vor dem Sofa stand ein älteres Paar.

»Setzen Sie sich zu mir«, sagte Dirwan und klopfte mit einer Hand auf den Sitz neben sich, in der anderen hielt er eine Tasse mit Untertasse. Rebus nahm Platz. Das Pärchen beantwortete sein Lächeln mit einer leichten Verbeugung. Erst als er saß, wurde ihm bewusst, dass es keine anderen Sitzgelegenheiten gab, sodass den beiden nichts anderes übrig blieb, als stehen zu bleiben. Was den Rechtsanwalt nicht sonderlich zu stören schien.

»Mr. und Mrs. Singh leben schon seit elf Jahren hier«, erklärte er. »Aber nicht mehr lange.«

»Das tut mir Leid«, antwortete Rebus.

Dirwan kicherte. »Sie werden nicht abgeschoben, Inspector. Ihr Sohn hat es mit seinem Geschäft sehr weit gebracht. Großes Haus in Barnton ...«

»Cramond«, berichtigte Mr. Singh; eines der besseren Viertel der Stadt.

»Großes Haus in Cramond.« Der Anwalt ließ sich nicht beirren. »Sie ziehen zu ihm.«

»In die Einliegerwohnung«, sagte Mrs. Singh, und das Wort schien ihr zu gefallen. »Möchten Sie einen Tee oder Kaffee?«

»Nein, danke«, sagte Rebus. »Aber ich müsste kurz mit Mr. Dirwan sprechen.«

»Sollen wir hinausgehen?«

»Nein, nein ... wir gehen nach draußen.« Rebus warf Dirwan einen eindringlichen Blick zu. Der Anwalt reichte Mrs. Singh seine Tasse.

»Sagen Sie Ihrem Sohn, ich wünsche ihm alles, was er sich selbst wünscht«, blökte er mit unangenehm lauter Stimme.

Die Singhs verbeugten sich erneut. Rebus stand auf. Es gab einiges Händeschütteln, bevor Rebus Dirwan nach draußen dirigieren konnte.

»Eine wunderbare Familie, da stimmen Sie mir doch sicherlich zu«, bemerkte Dirwan, nachdem die Tür hinter ihnen ins Schloss gefallen war. »Wie Sie sehen, können Migranten einen wichtigen Beitrag für die Gesellschaft als Ganzes leisten.«

»Daran habe ich nie gezweifelt. Wussten Sie schon, dass wir den Namen des Opfers kennen? Stef Yurgii.«

Dirwan seufzte. »Ich habe es heute Morgen erfahren.«

»Haben Sie nicht die Fotos gesehen, die wir in den Boulevardzeitungen platziert haben?«

»Ich lese diese Schundblätter nicht.«

»Aber Sie wollten uns doch sicher darüber informieren, dass Sie ihn kannten?«

»Ich kannte ihn nicht; ich kenne seine Frau und seine Kinder.«

»Sie hatten nie mit ihm zu tun? Hat er nie versucht, seiner Familie eine Nachricht zukommen zu lassen?«

Dirwan schüttelte den Kopf. »Nicht durch mich. Ich würde keinen Moment zögern, es Ihnen mitzuteilen.« Er blickte Rebus in die Augen. »Da müssen Sie mir vertrauen, John.«

»Nur meine besten Freunde nennen mich John«, sagte Rebus mit warnendem Unterton, »und Vertrauen muss man sich verdienen, Mr. Dirwan.« Er legte eine Pause ein, um seine Worte wirken zu lassen. »Sie wussten nicht, dass er in Edinburgh war?«

»Nein.«

»Aber Sie haben für seine Frau gearbeitet?«

Der Anwalt nickte. »Es ist eine Schande: Wir bezeichnen uns als zivilisiert, aber wir haben kein Problem damit, diese Frau und ihre Kinder in Whitemire verrotten zu lassen. Sind Sie dort gewesen?« Rebus nickte. »Dann wissen Sie Bescheid – keine Bäume, keine Freiheit, das absolute Minimum an Ausbildung und Verpflegung …«

»Was für unseren Fall nichts zur Sache tut«, fühlte sich Rebus verpflichtet zu sagen.

»Gott, ich kann nicht glauben, dass Sie das gerade gesagt haben! Sie konnten doch mit eigenen Augen sehen, wohin der Rassismus in diesem Land führt.«

»Die Singhs scheinen davon nicht betroffen zu sein.«

»Das Lächeln auf ihren Gesichtern bedeutet gar nichts.« Plötzlich hielt er inne und rieb sich den Nacken. »Ich sollte nicht so viel Tee trinken. Erhitzt das Blut, wissen Sie.«

»Hören Sie, ich bin dankbar für Ihre Hilfe, dass Sie mit all diesen Leuten sprechen ...«

»Apropos, möchten Sie wissen, was ich herausgefunden habe?«

»Natürlich.«

»Gestern bin ich den ganzen Abend von Tür zu Tür gegangen, und genauso heute Morgen ... Natürlich hatte nicht jeder etwas Wichtiges zu sagen, und nicht alle wollten mit mir sprechen.«

»Trotzdem danke, dass Sie es versucht haben.«

Dirwan nahm den Dank mit einem Kopfnicken entgegen. »Wussten Sie, dass Stef Yurgii in seiner Heimat Journalist war?«

»Ja.«

»Die Leute hier – diejenigen, die ihn kannten – wussten es nicht. Er hatte ein Talent dafür, Leute kennen zu lernen, sie zum Sprechen zu bringen – liegt wohl in der Natur eines Journalisten, nicht?«

Rebus nickte.

»Stef hat sich mit den Leuten über ihr Leben unterhalten«, fuhr der Anwalt fort. »Er hat viele Fragen gestellt, ohne selbst viel von seiner eigenen Vergangenheit preiszugeben.«

»Sie glauben, er wollte darüber schreiben?«

»Möglich wär's.«

»Was ist mit der Freundin?«

Dirwan schüttelte den Kopf. »Niemand scheint sie zu kennen. Wahrscheinlich wollte er ihre Existenz geheim halten, schließlich hatte er eine Familie in Whitemire.«

Rebus nickte erneut. »Noch etwas?«, fragte er.

»Bis jetzt nicht. Soll ich noch weiter Klinken putzen?«

»Es ist öde, ich weiß ...«

»Aber nein, ganz und gar nicht! Ich kriege langsam ein Gefühl für die Gegend hier, und ich begegne Menschen, die vielleicht Interesse daran haben, ein eigenes Kollektiv zu gründen.«

»Wie das in Glasgow?«

»Ganz genau. Wir sind stärker, wenn wir gemeinsam agieren.«

Rebus dachte darüber nach. »Na dann, viel Glück – und noch einmal danke.« Er schüttelte Dirwans ausgestreckte Hand, unschlüssig, wie weit er dem Mann trauen konnte. Immerhin war er Anwalt, und er verfolgte seine eigenen Interessen.

Jemand kam auf sie zu. Sie mussten beiseite treten, um ihn passieren zu lassen. Rebus erkannte den Jugendlichen von gestern, den mit dem Stein. Der Junge warf den beiden einen Blick zu, augenscheinlich ohne sich recht entscheiden zu können, wer von beiden am meisten Verachtung verdiente. Er blieb vor den Aufzügen stehen und drückte auf den Knopf.

»Ich hab gehört, du stehst auf Tätowierungen!«, rief Rebus. Er nickte Dirwan zu, um ihm zu signalisieren, dass ihr Gespräch beendet war. Dann ging er zu dem Jungen, der einen Schritt zur Seite trat, als fürchte er sich vor einer Ansteckung. Genau wie der Junge behielt auch Rebus die Aufzugtüren im Blick. Derweil klopfte Dirwan ohne Erfolg bei 203 und ging weiter, um es bei 204 zu versuchen.

»Was wollen Sie?«, brummelte der Junge.

»Guten Tag sagen, mehr nicht. Menschen tun so was, weißt du: Sie sprechen miteinander.«

»Scheiß drauf.«

»Und sie tun sogar noch mehr; sie akzeptieren die Meinung anderer. Schließlich sind wir alle unterschiedlich.« Ein schwaches Klingeln ertönte, und die Türen des linken Aufzugs schoben sich ruckelnd auf. Rebus wollte gerade einsteigen, als ihm klar wurde, dass der Junge sich nicht bewegte. Er packte ihn bei der Jacke, zerrte ihn in die Kabine und hielt ihn fest, bis die Türen geschlossen waren. Der Junge stieß ihn von sich und drückte auf den Türöffnerknopf, aber zu spät. Mit quälender Langsamkeit setzte sich der Aufzug in Bewegung.

»Du hast was übrig für die Paramilitärs?«, fragte Rebus. »Die UVF und so?«

Der Junge schwieg, die Lippen zusammengepresst.

»Da hat man doch was, hinter dem man sich verstecken kann«, sagte Rebus wie zu sich selbst. »Jeder Feigling braucht irgendein Schutzschild... Und später sehen die Tattoos bestimmt super aus, wenn du Frau und Kinder hast... katholische Nachbarn und einen muslimischen Chef...«

»Na klar, so weit kommt's noch.«

»Dir wird noch so einiges zustoßen im Leben, auf das du keinen Einfluss hast, mein Sohn. Lass dir das gesagt sein, ich kenne mich da aus.«

Der Fahrstuhl hielt an. Die Türen gingen dem Jungen nicht schnell genug auf, er drückte sie auseinander, quetschte sich durch den Spalt und machte sich davon. Rebus sah ihm nach, wie er über den Spielplatz marschierte. Auch Shug Davidson, der in der Tür des Containers stand, beobachtete ihn.

»Na, Verbrüderung mit den Einheimischen?«, fragte er.

»Nur ein paar Ratschläge fürs Leben«, erwiderte Rebus. »Wie heißt er übrigens?«

Davidson musste einen Moment nachdenken. »Howard Slowther, nennt sich Howie.«

»Alter?«

»Fast fünfzehn. Die Schulbehörde ist hinter ihm her, weil er ständig schwänzt. Der kleine Howie ist mit Volldampf auf dem Weg nach unten.« Davidson zuckte mit den Achseln. »Und wir können nichts dagegen tun, so lange er nicht eine echte Dummheit begeht.«

»Was jeden Tag passieren kann«, meinte Rebus, den Blick

noch immer auf die schnell entschwindende Figur gerichtet, die gerade die Rampe zur Unterführung hinablief.

»Jederzeit«, stimmte Davidson zu. »Wann ist der Termin in der Gerichtsmedizin?«

»Um zehn.« Rebus blickte auf die Uhr. »Höchste Zeit für mich.«

»Und nicht vergessen: immer schön melden.«

»Ich werde Ihnen eine Postkarte schicken, Shug: ›Es ist so einsam hier ohne Sie.‹«

12

Siobhan hatte keinen Grund anzunehmen, dass es sich bei Ishbels »Zuhälter« um Stuart Bullen handelte: Er war zu jung. Er besaß eine Lederjacke, aber keinen Sportwagen. Sie hatte sich im Internet einen X5 angesehen, und der sah alles andere als sportlich aus.

Andererseits hatte sie ihm eine ganz konkrete Frage gestellt: Welchen Wagen fahren Sie? Vielleicht hatte er ja mehrere: den X5 für den Alltag und in der Garage einen für nachts und die Wochenenden. War es die Mühe wert, der Sache nachzugehen? Fürs Erste nicht, beschloss sie.

Nachdem sie sich in eine Parklücke auf der Cockburn Street gezwängt hatte, bog sie zu Fuß in die Fleshmarket Close. Ein Touristenpärchen mittleren Alters betrachtete die Kellertür. Der Mann hielt eine Videokamera in der Hand, die Frau einen Reiseführer.

»Entschuldigung?«, sagte die Frau. Sie hatte einen mittelenglischen Akzent, Yorkshire vermutlich. »Wissen Sie, ob das der Keller ist, in dem die Skelette gefunden wurden?«

»Das ist er«, antwortete Siobhan.

»Die Frau, bei der wir die Stadtführung gemacht haben, hat davon erzählt«, erklärte die Touristin. »Gestern Abend.«

»War es eine Geistertour?«, erkundigte sich Siobhan.

»Ganz genau. Sie sagte, es hat mit Hexerei zu tun.«

»Tatsächlich?«

Der Mann war schon dabei, die nägelbeschlagene Holztür zu filmen. Siobhan entschuldigte sich, als sie sich an ihnen vorbeidrückte. Der Pub war noch nicht geöffnet, aber sie ging davon aus, dass jemand da sein würde, und trat mit dem Fuß gegen die Tür. Die untere Hälfte bestand aus solidem Holz, in die obere waren runde Scheiben aus grünem Glas eingelassen, die aussahen wie Weinflaschenböden. Dahinter bewegte sich jemand, dann hörte sie, wie der Schlüssel im Schloss gedreht wurde.

»Wir öffnen erst um elf.«

»Mr. Mangold? DS Clarke. Erinnern Sie sich an mich?«

»Gott, was ist denn jetzt schon wieder?«

»Könnte ich vielleicht reinkommen?«

»Ich bin in einer Besprechung.«

»Wird nicht lange dauern.«

Mangold zögerte, dann zog er die Tür auf.

»Danke«, sagte Siobhan und trat ein. »Was ist mit Ihrem Gesicht passiert?«

Er berührte den Bluterguss auf seiner linken Wange. Das Auge war geschwollen. »Kleine Meinungsverschiedenheit mit einem Gast«, antwortete er. »Berufsrisiko.«

Siobhan blickte zum Barkeeper hinüber. Er schüttete Eis von einem Eimer in einen anderen und grüßte sie mit einem Nicken. Es roch nach Desinfektionsmittel und Holzpolitur. In einem Aschenbecher auf der Theke qualmte eine Zigarette, daneben ein Becher Kaffee und Papierkram – die Morgenpost, wie es schien.

»Sie sind ja noch mal davongekommen, wie es aussieht.«

Der Barkeeper zuckte mit den Achseln. »War nicht in meiner Schicht.«

Siobhan bemerkte zwei weitere Kaffeebecher auf einem

Ecktisch und eine Frau, die einen davon in beiden Händen hielt. Vor ihr lag ein kleiner Stapel Bücher. Siobhan konnte ein paar Titel erkennen: *Gespenster in Edinburgh* und *Die Stadt über- und unterirdisch.*

»Machen Sie es kurz, bitte. Ich stecke bis über beide Ohren in Arbeit.« Er schien es trotzdem nicht eilig zu haben, seinen Gast vorzustellen, doch Siobhan lächelte der Frau zu, die das Lächeln erwiderte. Sie war in den Vierzigern, das krause dunkle Haar mit einem schwarzen Samtband zusammengebunden. Ihren Afghanenmantel hatte sie anbehalten. Darunter schauten nackte Fußknöchel und Ledersandalen hervor. Mangold stand breitbeinig und mit verschränkten Armen mitten im Raum.

»Sie wollten Ihre Unterlagen durchsehen«, erinnerte ihn Siobhan.

»Welche Unterlagen?«

»Über den neuen Fußboden im Keller.«

»Der Tag hat einfach zu wenig Stunden«, jammerte Mangold.

»Dennoch, Sir …«

»Zwei unechte Skelette. Wozu die ganze Aufregung?« Flehend breitete er die Arme aus.

Die Frau gesellte sich zu ihnen. »Sie interessieren sich für die Begräbnisstätte?«, fragte sie mit leiser, zischender Stimme.

»Richtig«, antwortete Siobhan. »Ich bin Detective Sergeant Clarke, und Sie sind Judith Lennox.« Lennox sah sie mit großen Augen an. »Ich habe Ihr Foto in der Zeitung gesehen«, erklärte Siobhan.

Lennox nahm Siobhans Hand, es war mehr ein Festhalten als ein Händeschütteln. »Sie sind so voller Energie, Miss Clarke. Das ist reinste Elektrizität.«

»Und Sie erteilen Mr. Mangold gerade Nachhilfeunterricht in Geschichte.«

»Stimmt genau!« Ihre Augen weiteten sich erneut.

»Die Titel auf den Buchrücken«, erklärte Siobhan und deutete mit dem Kopf in Richtung Tisch. »War nicht schwer zu erraten.«

Lennox sah zu Mangold. »Ich helfe Ray bei den Entwürfen für seine neue Themenbar ... sehr spannend.«

»Der Keller?«, vermutete Siobhan.

»Er wollte ein wenig historisches Hintergrundwissen.«

Mangold ließ ein Hüsteln vernehmen. »Ich glaube, Detective Sergeant Clarke hat Wichtigeres zu tun mit ihrer Zeit ...« Ein dezenter Hinweis darauf, dass auch er ein viel beschäftigter Mann war. Und an Siobhan gewandt: »Ich habe mal flüchtig nachgeschaut, ob ich irgendetwas finde, aber Fehlanzeige. Wahrscheinlich wurden die Arbeiten bar auf die Hand bezahlt. Es gibt jede Menge Leute, die einen neuen Fußboden legen, ohne Fragen zu stellen und ohne was Schriftliches ...«

»Ohne was Schriftliches?«, wiederholte Siobhan.

»Sie waren hier, als die Skelette gefunden wurden?«, fragte Judith Lennox.

Siobhan bemühte sich, die Frau zu ignorieren, und hielt den Blick auf Mangold gerichtet. »Sie wollen mir also erzählen ...«

»Es war Mag Lennox, stimmt's? Sie haben Mags Skelett gefunden.«

Siobhan starrte die Frau an. »Wie kommen Sie darauf?«

Judith Lennox schloss die Augen. »Ich hatte eine Vorahnung. Ich wollte Touren durch die medizinische Fakultät organisieren ... aber sie haben mich nicht gelassen. Ich durfte das Skelett nicht einmal sehen ...« Ihre Augen funkelten fanatisch. »Ich bin eine Nachfahrin von Mag.«

»Ach ja?«

»Sie hat dieses Land mit einem Fluch belegt und jeden, der ihr Schaden zufügt oder seinen Spott mit ihr treibt.« Lennox nickte wie zur Selbstbestätigung.

Siobhan dachte an Cater und McAteer; es sah nicht gerade so aus, als lastete ein Fluch auf ihnen. Sie war drauf und dran, diesen Gedanken in Worte zu fassen, als sie sich an das Versprechen erinnerte, das sie Curt gegeben hatte.

»Ich weiß nur, dass die Skelette nicht echt waren«, betonte Siobhan.

»Sag ich doch die ganze Zeit«, schaltete Mangold sich ein. »Warum um alles in der Welt machen Sie dann so einen Zirkus deswegen?«

»Ich hätte gern eine Erklärung«, entgegnete Siobhan ruhig. Sie dachte an die Szene im Keller zurück, wie sich ihr ganzer Körper verkrampft hatte beim Anblick des Kindes … wie sie vorsichtig ihre Jacke über die Gebeine gebreitet hatte.

»Auch in Holyrood sind Skelette gefunden worden«, sagte Lennox. »Und die waren echt. Außerdem ein Versammlungsort für den Hexensabbat in Gilmerton.«

Siobhan hatte von dem »Hexensabbat« gehört: ein paar unterirdische Kammern unter einem Buchmacherlokal. Ihren letzten Informationen zufolge handelte es sich um eine ehemalige Schmiede. Eine Erkenntnis, der die Historikerin sich wohl kaum anschließen würde.

»Das ist also alles, was Sie mir zu sagen haben?«, fragte sie Mangold.

Er hob erneut die Arme, die Goldarmbänder rutschten ihm die Handgelenke hinab.

»Na dann«, sagte Siobhan, »will ich Sie nicht länger von der Arbeit abhalten. Freut mich, Sie kennen gelernt zu haben, Miss Lennox.«

»Ganz meinerseits«, entgegnete die Historikerin. Sie streckte eine Handfläche vor. Siobhan trat einen Schritt zurück. Lennox hatte erneut die Augen geschlossen, ihre Lider flatterten. »Nutzen Sie diese Energie. Sie ist erneuerbar.«

»Gut zu wissen.«

Lennox schlug die Augen auf und richtete sie auf Siobhan. »Ein Stück unserer Lebenskraft geben wir an unsere Kinder weiter. Durch sie findet die wahre Erneuerung statt…«

Der Blick, mit dem Mangold Siobhan bedachte, war entschuldigend, aber es steckte auch ein wenig Selbstmitleid darin: schließlich würde er noch eine ganze Weile mit Judith Lennox zu tun haben…

Noch nie zuvor hatte Rebus in der Gerichtsmedizin Kinder gesehen, und der Anblick machte ihn wütend. Dies war ein Ort für Erwachsene, für Hinterbliebene. Für unliebsame Wahrheiten über den menschlichen Körper. Er war die Antithese der Kindheit.

Andererseits hatte das Leben für die beiden Yurgii-Kinder noch nie etwas anderes bereitgehalten als Verwirrung und Verzweiflung.

Was Rebus nicht daran hinderte, einen der Wachleute an die Wand zu drücken. Nicht körperlich natürlich, sondern indem er sich einschüchternd dicht vor ihm aufbaute und sich langsam vorwärts schob, bis der andere mit dem Rücken an der Wand stand.

»Sie haben die Kinder mitgebracht?«, schnauzte er.

Der Wachmann war jung; seine schlecht sitzende Uniform bot ihm vor jemandem wie Rebus keinen Schutz. »Sie wollten nicht dableiben«, stammelte er. »Sie haben geheult und sich an ihre Mutter geklammert…« Rebus wandte den Kopf, um zu der Frau hinüberzusehen, die ihre Kinder an sich drückte und selbst von ihrer Kopftuch tragenden Freundin aus Whitemire umarmt wurde. Der Junge ließ die beiden Männer nicht aus den Augen. »Mr. Traynor hielt es für das Beste, sie mitzunehmen.«

»Sie hätten im Wagen warten können.« Rebus hatte den Transporter draußen stehen sehen: gefängnisblau mit vergitterten Fenstern und einem verstärkten Gitter zwischen Vordersitz und Rückbänken.

»Nicht ohne ihre Mutter…«

Die Tür ging auf, und ein zweiter Wachmann trat ein. Er war älter als sein Kollege. In der Hand hielt er ein Klemmbrett. Ein Mann im weißen Kittel folgte ihm: Bill Ness, der Leiter der Gerichtsmedizin. Ness war über fünfzig und trug eine Buddy-Holly-Brille. Wie immer kaute er auf einem Weingummi herum. Er ging zu der Familie und hielt den Kindern die Tüte hin, woraufhin diese sich nur noch enger an ihre Mutter drückten. Ellen Wylie, die gekommen war, um bei der Identifizierung dabei zu sein, stand in der Tür. Sie hatte nicht gewusst, dass Rebus auch da sein würde, doch er hatte ihr inzwischen übermittelt, dass sie den Job gern allein erledigen könne.

»Alles klar hier?«, fragte der ältere Wachmann Rebus.

»Alles bestens«, antwortete dieser und trat ein paar Schritte zurück.

»Mrs. Yurgii«, drängte Ness. »Wir wären so weit, wenn Sie bereit sind.«

Sie nickte und versuchte aufzustehen; ihre Freundin musste ihr helfen. Dann legte sie ihren Kindern je eine Hand auf den Kopf.

»Ich kann hier bei den Kleinen bleiben, wenn Sie möchten«, sagte Rebus. Sie schaute ihn an, dann flüsterte sie ihren Kindern etwas zu, woraufhin diese sich noch fester an sie klammerten.

»Eure Mama ist direkt hinter dieser Tür«, erklärte Ness. »Es dauert nur eine Minute…«

Mrs. Yurgii ging vor ihren Kindern in die Hocke und flüsterte erneut auf sie ein. In ihren Augen standen Tränen. Dann hob sie beide Kinder auf einen Stuhl, lächelte ihnen zu und ging zur Tür. Ness hielt sie für sie auf. Die Wachleute folgten, der Ältere warf Rebus einen warnenden Blick zu:

Lassen Sie die beiden bloß nicht aus den Augen. Rebus zeigte keine Reaktion.

Als die Tür ins Schloss fiel, rannte das Mädchen darauf zu und legte die Hände gegen die Füllung. Sie sagte kein Wort und sie weinte nicht. Ihr Bruder ging zu ihr, legte den Arm um ihre Schulter und führte sie zurück zum Stuhl. Rebus hockte sich nieder, den Rücken an die Wand gegenüber der Stuhlreihe gelehnt. Es war ein trostloser Raum: keine Poster oder Bekanntmachungen, keine Zeitschriften. Nichts, um sich die Zeit zu vertreiben, weil sich hier niemand die Zeit vertrieb. In der Regel musste man höchstens eine Minute warten, so lange dauerte es, den Leichnam aus dem Kühlraum zu holen, damit er identifiziert werden konnte. Danach hatten die meisten es eilig, das Gebäude zu verlassen. Kein Mensch wollte sich auch nur eine Minute länger aufhalten als nötig. Es gab nicht einmal eine Uhr, denn, wie Ness einmal zu Rebus gesagt hatte: »Unsere Klienten haben alle Zeit der Welt.« Einer von zahllosen Sprüchen, mit dem er und seine Kollegen sich die Arbeit erträglich machten.

»Ich heiße übrigens John«, sagte Rebus zu den Kindern. Das Mädchen starrte wie gebannt auf die Tür, der Junge jedoch schien ihn zu verstehen.

»Polizei böse«, sagte er mit Nachdruck.

»Hier nicht«, sagte Rebus. »Nicht in diesem Land.«

»In der Türkei sehr böse.«

Rebus nickte verständnisvoll. »Hier aber nicht«, wiederholte er. »Hier ist die Polizei gut.« Der Junge blickte skeptisch drein, was Rebus ihm nicht verübeln konnte. Welche Erfahrung hatte er bisher mit der Polizei gemacht? Polizisten waren zusammen mit den Einwanderungsbeamten gekommen und hatten die Familie in Gewahrsam genommen. Wahrscheinlich sahen für ihn auch die Wachleute von Whitemire aus wie Polizisten: Allen Uniformierten war mit

Vorsicht zu begegnen. Allen, die über ihn bestimmen konnten.

Sie hatten Schuld, dass seine Mutter weinte, dass sein Vater verschwunden war.

»Wollt ihr hier bleiben? Hier in diesem Land?«, fragte Rebus. Der Junge begriff nicht, wovon er sprach.

»Welches Spielzeug magst du?«

»Spielzeug?«

»Womit spielst du?«

»Mit meiner Schwester.«

»Und was spielt ihr? Lest ihr Bücher?«

Auch diese Fragen konnte er nicht beantworten. Es war, als würde Rebus ihn zur Geschichte der Stadt befragen oder zu den Regeln des Rugby.

Die Tür ging auf. Mrs. Yurgii schluchzte leise und wurde von ihrer Freundin gestützt. Die Wachleute hinter ihr blickten, der Situation angemessen, ernst drein. Ellen Wylie nickte Rebus zu, um ihn wissen zu lassen, dass die Identität des Opfers bestätigt worden war.

»Das hätten wir dann wohl«, sagte der ältere Wachmann. Die Kinder klammerten sich erneut an ihre Mutter. Die Wachleute manövrierten die vier auf die Tür zu, die zurück in die Welt der Lebenden führte.

Der Junge drehte sich nur ein einziges Mal um, als wollte er Rebus' Reaktion abschätzen. Rebus versuchte es mit einem Lächeln, das nicht erwidert wurde.

Ness verschwand in den Tiefen des Gebäudes, sodass nur noch Rebus und Wylie zurückblieben.

»Ob wir mit ihr reden sollten?«, fragte sie.

»Warum?«

»Um zu erfahren, wann sie zum letzten Mal von ihrem Mann gehört hat…«

Rebus zuckte mit den Achseln. »Das ist Ihre Entscheidung, Ellen.«

Sie sah ihn an. »Was ist los?«

Rebus schüttelte langsam den Kopf.

»Es ist hart für die Kleinen«, sagte sie.

»Wann glauben Sie«, fragte er, »war das Leben dieser Kinder *nicht* hart?«

Sie zuckte mit den Schultern. »Niemand hat sie gebeten herzukommen.«

»Da haben Sie wohl Recht.«

»Aber darum geht es Ihnen nicht?«, vermutete sie.

»Ich finde nur, dass sie eine Kindheit verdient haben«, antwortete er. »Mehr nicht.«

Er ging nach draußen, um eine Zigarette zu rauchen, und blickte Wylie nach, als sie in ihrem Volvo davonfuhr. Er marschierte auf dem kleinen Parkplatz auf und ab, vorbei an drei neutralen Lieferwagen der Gerichtsmedizin, die dort auf ihren nächsten Einsatz warteten. Im Gebäude saßen die Angestellten vermutlich bei einer Kanne Tee und spielten Karten. Auf der gegenüberliegenden Straßenseite gab es einen Kindergarten, und Rebus dachte darüber nach, wie kurz der Weg vom einen zum anderen war, trat die Zigarette aus und stieg in seinen Wagen. Fuhr Richtung Gayfield Square, aber am Revier vorüber. Es gab da ein Spielwarengeschäft auf der Elm Row: Harburn Hobbies. Er parkte vor dem Eingang und ging hinein, packte das eine oder andere ein, ohne auf den Preis zu achten: ein einfaches Eisenbahnset, ein paar Modellbaukästen, eine Puppe mit Puppenhaus. Der Verkäufer half ihm, die Sachen ins Auto zu laden. Als er wieder hinterm Steuer saß, kam ihm noch eine Idee, und er fuhr zu seiner Wohnung in der Arden Street. Im Flurschrank stand ein Karton voller alter Comichefte und Märchenbücher, die aus der Kinderzeit seiner Tochter stammten. Warum waren die überhaupt noch da? Vielleicht warteten sie auf die noch nicht vorhandenen Enkelkinder. Rebus verstaute den Karton auf dem Rücksitz neben den Spielsachen und fuhr Richtung

Westen aus der Stadt hinaus. Es herrschte nicht allzu viel Verkehr, sodass er die Abfahrt nach Whitemire in einer halben Stunde erreicht hatte. Vom Lagerfeuer stieg Rauch auf, doch die Frau war dabei, ihr Zelt zusammenzurollen, und schaute nicht auf. Am Tor stand ein anderer Wachmann als zuvor. Rebus musste seinen Dienstausweis vorzeigen und das Auto auf den Parkplatz fahren, wo er von einem zweiten Wachmann in Empfang genommen wurde, der wenig Eifer an den Tag legte, als es darum ging, ihm beim Ausladen zu helfen.

Traynor ließ sich nicht blicken, aber das spielte keine Rolle. Rebus und der Wachmann trugen die Spielwaren ins Gebäude.

»Die Sachen müssen durchgecheckt werden«, sagte dieser.

»Wie bitte?«

»Wir können nicht zulassen, dass die Leute einfach alles Mögliche hier reintragen ...«

»Glauben Sie vielleicht, ich hätte Drogen in der Puppe versteckt?«

»Das ist die übliche Vorgehensweise, Inspector.« Der Wachmann senkte die Stimme. »Sie und ich, wir wissen beide, dass das vollkommener idiotischer Schwachsinn ist, aber machen muss ich es trotzdem.«

Die beiden sahen sich an. Schließlich nickte Rebus. »Aber die Kinder werden die Sachen kriegen, ja?«, fragte er.

»Wenn ich da etwas mitzureden habe, bekommen sie die noch heute Abend.«

»Danke.« Rebus schüttelte dem Mann die Hand, dann blickte er sich um. »Wie halten Sie es hier aus?«

»Wäre es Ihnen lieber, wenn hier nur Leute arbeiten würden, die anders sind als ich? Von denen gibt es weiß Gott genug ...«

Rebus rang sich ein Lächeln ab. »Da haben Sie sicher Recht.« Er bedankte sich erneut.

Als Rebus vom Gelände fuhr, sah er, dass das Zelt verschwunden war. Seine Besitzerin lief mit einem Rucksack auf dem Rücken die Straße entlang. Er hielt an und kurbelte das Fenster herunter.

»Kann ich Sie mitnehmen?«, fragte er. »Ich fahre nach Edinburgh.«

»Sie waren gestern schon hier«, sagte sie. Er nickte. »Wer sind Sie?«

»Ich bin Polizist.«

»Sie arbeiten an dem Mord in Knoxland?«, wollte sie wissen. Rebus nickte erneut. Sie warf einen Blick auf den Rücksitz.

»Genug Platz für Ihren Rucksack«, meinte er.

»Deshalb habe ich nicht geguckt.«

»Nein?«

»Ich habe mich gefragt, was mit dem Puppenhaus geschehen ist. Als Sie reingefahren sind, habe ich ein Puppenhaus auf dem Rücksitz gesehen.«

»Da müssen Ihre Augen Ihnen wohl einen Streich gespielt haben.«

»Muss wohl«, sagte sie. »Warum sollte ein Polizist Spielzeug in ein Abschiebegefängnis bringen?«

»Richtig, warum sollte er«, pflichtete Rebus ihr bei und stieg aus, um beim Verstauen des Gepäcks zu helfen.

Den ersten Kilometer legten sie schweigend zurück, dann erkundigte sich Rebus, ob sie rauche.

»Nein, aber lassen Sie sich davon nicht aufhalten.«

»Nicht nötig«, log Rebus. »Wie oft halten Sie diese Mahnwachen?«

»Sooft ich kann.«

»Immer allein?«

»Am Anfang waren noch mehr dabei.«

»Ich erinnere mich, ich habe es im Fernsehen gesehen damals.«

»Es gibt noch ein paar, die mir Gesellschaft leisten, wenn sie können; meist an den Wochenenden.«

»Weil die sonst arbeiten?«, vermutete Rebus.

»Ich arbeite auch«, fauchte sie. »Aber ich kann mit meiner Zeit freier jonglieren.«

»Sind Sie Artistin?«

Sie lächelte. »Ich bin Künstlerin.« Sie hielt inne, um seine Reaktion abzuwarten. »Danke, dass Sie nicht aufgestöhnt haben.«

»Warum sollte ich?«

»Die meisten Leute von Ihrem Schlag würden stöhnen.«

»Leute von meinem Schlag?«

»Leute, die jeden, der anders ist, als Bedrohung sehen.«

Rebus tat, als müsse er darüber nachdenken. »Ach, so bin ich also. Ich hab mich schon immer gefragt…«

Sie lächelte wieder. »Na gut, ich bin vielleicht etwas vorschnell, aber nicht ohne Grund.« Sie schob den Sitz so weit wie möglich nach hinten, damit sie die Füße aufs Armaturenbrett legen konnte. Rebus schätzte sie auf Mitte vierzig. Das lange, mausbraune Haar war zu Zöpfen geflochten. Drei goldene Creolen in jedem Ohr. Das Gesicht blass und sommersprossig, die beiden vorderen Schneidezähne standen schief übereinander, was ihr das Aussehen eines vorwitzigen Schulmädchens verlieh.

»Ich glaube Ihnen«, sagte er. »Und ich glaube herausgehört zu haben, dass Sie keine allzu große Freundin unserer Asylgesetze sind?«

»Das liegt daran, dass die zum Himmel stinken.«

»Und wonach stinken sie?«

Sie drehte sich zu ihm. »Heuchelei, zum Beispiel«, erwiderte sie. »In diesem Land kann man sich den Weg zu einem Pass erkaufen, wenn man den richtigen Politiker kennt. Wenn nicht, und wenn uns die Hautfarbe nicht passt oder die politische Einstellung, dann vergiss es.«

»Sie halten uns also nicht für zu lasch?«

»Ach, hören Sie doch auf«, sagte sie mit verächtlicher Miene und wandte ihre Aufmerksamkeit wieder der Landschaft zu.

»War ja nur eine Frage.«

»Und Sie glauben, dass Sie die Antwort schon wissen?«

»Ich weiß, dass wir ein besseres Sozialsystem haben als andere Länder.«

»Ja, genau. Und das ist auch der Grund, warum die Leute ihre gesamten Ersparnisse irgendwelchen Banden in den Rachen werfen, damit die sie über die Grenze schmuggeln, richtig? Dafür ersticken sie auf irgendwelchen Lastwagen und verstecken sich in Frachtcontainern.«

»Den Eurostar nicht zu vergessen; die Leute hängen sich doch auch unter die Waggons.«

»Kommen Sie mir nur nicht so von oben herab!«

»Wollte nur Konversation machen.« Rebus konzentrierte sich einen Moment lang aufs Fahren. »Welche Art Kunst machen Sie?«

Es verging eine Weile, bis sie ihm antwortete. »Hauptsächlich Porträts ... ab und zu Landschaften ...«

»Und habe ich vielleicht schon von Ihnen gehört?«

»Sie sehen nicht aus wie ein Sammler.«

»Früher hatte ich einen H. R. Giger an der Wand hängen.«

»Ein Original?«

Rebus schüttelte den Kopf. »Ein LP-Cover: *Brain Salad Surgery*.«

»Wenigstens wissen Sie den Namen des Künstlers.« Sie schniefte und fuhr sich mit dem Handrücken über die Nase. »Ich heiße Caro Quinn.«

»Und Caro ist die Abkürzung für Caroline?« Sie nickte. Etwas ungeschickt streckte Rebus ihr die rechte Hand hin. »John Rebus.«

Quinn zog sich den grauen Wollhandschuh aus und

schüttelte ihm die Hand. Der Wagen zog über die Mittellinie. Rebus lenkte ihn hastig zurück.

»Versprechen Sie mir, uns in einem Stück nach Edinburgh zu bringen?«, fragte sie.

»Wo soll ich Sie rauslassen?«

»Kommen wir in die Nähe des Leith Walk?«

»Mein Revier ist am Gayfield Square.«

»Na wunderbar … Ich wohne ganz in der Nähe der Pilrig Street, wenn's keine allzu großen Umstände macht.«

»Kein Problem.« Ein paar Minuten lang herrschte Schweigen, bis Quinn wieder zu sprechen anfing.

»Man würde kein Schaf so durch Europa treiben, wie einige dieser Familien von einem Land ins nächste getrieben werden … in Großbritannien sitzen fast zweitausend in Abschiebehaft.«

»Aber viele können doch auch bleiben, oder nicht?«

»Längst nicht genug. Holland ist gerade dabei, sechsundzwanzig*tausend* Menschen abzuschieben.«

»Klingt viel. Wie viele gibt es in Schottland?«

»Elftausend allein in Glasgow.«

Rebus stieß einen Pfiff aus.

»Vor ein paar Jahren haben wir noch mehr Asylbewerber aufgenommen als alle anderen Länder der Welt.«

»Ich dachte, das wäre immer noch so.«

»Die Zahlen sinken rapide.«

»Weil die Welt sicherer geworden ist?«

Sie musterte ihn und beschloss, seine Bemerkung als Ironie zu deuten. »Die Kontrollen werden immer strenger.«

»Wir haben auch nicht ohne Ende Arbeit«, meinte Rebus mit einem Schulterzucken.

»Und müssen wir deshalb weniger Mitgefühl haben?«

»In meinem Beruf gibt es nicht viel Raum für Mitgefühl.«

»Deshalb sind Sie auch mit einem Wagen voller Spielzeug nach Whitemire gefahren.«

»Meine Freunde nennen mich auch Nikolaus…«

Auf ihr Geheiß parkte Rebus in zweiter Reihe vor ihrem Haus. »Kommen Sie noch kurz mit hoch«, sagte sie.

»Warum?«

»Ich möchte Ihnen etwas zeigen.«

Er schloss den Wagen ab und hoffte, der Besitzer des eingeparkten Mini möge es mit Fassung tragen. Quinn wohnte im obersten Stock, der, Rebus' Erfahrung nach, meist von Studenten okkupiert wurde. Quinn hatte eine Erklärung.

»So verfüge ich über zwei Etagen«, sagte sie. »Ich habe eine Leiter in der Wohnung, die auf den Dachboden führt.« Sie schloss die Wohnungstür auf, als Rebus noch eine halbe Treppe zurücklag. Er glaubte, sie etwas rufen zu hören – einen Namen vielleicht –, doch als er in den Flur trat, war niemand da. Quinn hatte den Rucksack an die Wand gelehnt und winkte ihn die steile, schmale Leiter zum Dachboden hinauf. Rebus atmete ein paar Mal tief durch und machte sich erneut an den Aufstieg.

Es gab nur einen großen Raum, in den durch vier große Veluxfenster Tageslicht flutete. An den Wänden standen Leinwände, an sämtlichen Dachbalken waren mit Stecknadeln Schwarzweißfotografien befestigt.

»Ich male meistens nach Fotos«, erklärte Quinn. »Die wollte ich Ihnen zeigen.« Es waren Nahaufnahmen von Gesichtern, wobei die Kamera hauptsächlich auf die Augen fokussiert schien. Rebus sah Misstrauen und Angst, Neugier, Nachsicht und Gutmütigkeit. Umringt von so vielen Blicken kam er sich selbst wie ein Ausstellungsobjekt vor, und als er dies der Künstlerin mitteilte, schien sie erfreut.

»Bei meiner nächsten Ausstellung soll kein Stück Wand mehr zu sehen sein, nur diese gemalten Gesichter, die unsere Aufmerksamkeit erzwingen, eins neben dem anderen.«

»Und uns in Grund und Boden starren.« Rebus nickte. »Wo haben Sie die Fotos gemacht?«

»Überall: in Dundee, Glasgow, Knoxland.«

»Alles Migranten?«

Sie nickte und betrachtete ihr Werk.

»Wann waren Sie in Knoxland?«

»Vor drei oder vier Monaten. Nach ein paar Tagen haben sie mich verjagt.«

»Wie das?«

Sie drehte sich zu ihm. »Sagen wir, man hat mir das Gefühl vermittelt, dass ich nicht willkommen war.«

»Wer ist man?«

»Die Leute, die da wohnen... Heuchler... verbitterte Menschen.«

Rebus sah sich die Fotos genauer an. Niemand dabei, den er erkannte.

»Natürlich wollen sich nicht alle fotografieren lassen. Das muss ich respektieren.«

»Fragen Sie sie nach ihren Namen?« Sie nickte wieder. »Jemand namens Stef Yurgii dabei?«

Sie wollte gerade den Kopf schütteln, doch dann sah sie ihn mit durchdringendem Blick an. »Sie horchen mich aus!«

»Ich habe nur eine Frage gestellt«, entgegnete er.

»Auf freundlich machen, mich nach Hause fahren...« Sie schüttelte den Kopf über ihre eigene Dummheit. »Gott, und ich habe Sie auch noch reingebeten.«

»Ich versuche, einen Mord aufzuklären, Caro. Und mitgenommen habe ich Sie aus reiner Neugier... ohne Hintergedanken.«

Sie starrte ihn an. »Neugier worauf?« Abwehrend verschränkte sie die Arme vor der Brust.

»Weiß nicht. Vielleicht, warum Sie diese Mahnwachen halten. Sie sehen eigentlich nicht so aus.«

Ihre Augen wurden noch schmaler. »Wie sehe ich nicht aus?«

Er zuckte mit den Achseln. »Kein verfilztes Haar, keine

Armeejacke, kein räudiger Hund an einem Stück Wäscheleine … und nicht allzu viele Piercings, soweit ich das beurteilen kann.« Er wollte die Angelegenheit etwas ins Lächerliche ziehen und war erleichtert zu sehen, dass sie lockerer wurde. Sie rang sich ein schiefes Lächeln ab, löste die Arme aus der Verschränkung und steckte stattdessen die Hände in die Hosentaschen.

Von unten drang ein Geräusch herauf: das Weinen eines Babys. »Ihrs?«, fragte Rebus.

»Ich bin nicht mal verheiratet heutzutage …« Sie wandte sich um und stieg die enge Treppe hinab. Rebus blieb noch einen Moment stehen, bevor er ihr folgte.

Eine der Türen im Flur stand offen. Sie führte in ein kleines Schlafzimmer mit einem schmalen Bett, auf dem eine dunkelhäutige Frau mit verschlafenen Augen saß, ein Baby an der Brust.

»Alles klar mit der Kleinen?«, fragte Quinn die junge Frau.

»Alles klar«, lautete die Antwort.

»Dann lasse ich euch in Ruhe.« Quinn zog langsam die Tür zu.

»Ruhe«, antwortete die leise Stimme von drinnen.

»Raten Sie mal, wo ich sie getroffen habe«, sagte Quinn zu Rebus.

»Auf der Straße?«

Sie schüttelte den Kopf. »In Whitemire. Sie ist ausgebildete Krankenschwester, nur leider darf sie hier nicht arbeiten. In Whitemire sitzen Ärzte, Lehrer …« Sie lächelte, als sie seinen Gesichtsausdruck sah. »Keine Angst, ich habe sie nicht rausgeschmuggelt oder so. Man muss nur eine Adresse und eine Kaution hinterlegen, und man kann so viele rausholen, wie man will.«

»Tatsächlich? Habe ich nicht gewusst. Was kostet es?«

Ihr Lächeln wurde noch breiter. »Ist da jemand, den Sie gern auslösen würden, Inspector?«

»Nein … ich war nur neugierig.«

»Es gibt viele Leute wie mich, die eine Kaution hinterlegt haben … sogar der eine oder andere Parlamentarier ist dabei.« Sie legte eine Pause ein. »Sie denken an Mrs. Yurgii, stimmt's? Ich hab gesehen, wie sie mit ihren Kindern zurückgebracht wurde. Und gut eine Stunde später kreuzen Sie auf mit einem Puppenhaus im Auto.« Sie hielt erneut inne. »Sie wird man nicht auf Kaution rauslassen.«

»Warum nicht?«

»Angeblich besteht bei ihr Fluchtgefahr – wahrscheinlich weil ihr Mann geflüchtet ist.«

»Nur ist der jetzt tot.«

»Ich glaube nicht, dass das irgendwas ändert.« Sie legte den Kopf schräg, als wollte sie abschätzen, ob er sich für ein Porträt eigne. »Wissen Sie was? Vielleicht war ich wirklich etwas zu vorschnell mit meinem Urteil über Sie. Haben Sie Zeit für einen Kaffee?«

Rebus schaute auf die Uhr. »Ich hab noch zu tun«, antwortete er. Von unten tönte lautes Hupen herauf. »Und da ist ein Mini-Fahrer, den ich besänftigen muss.«

»Vielleicht ein andermal.«

»Gern.« Er gab ihr seine Karte. »Meine Mobilnummer steht auf der Rückseite.«

Sie hielt die Karte in der flachen Hand, als wollte sie ihr Gewicht abschätzen. »Danke fürs Mitnehmen.«

»Sagen Sie mir Bescheid, wenn Ihre Ausstellung eröffnet wird.«

»Sie müssen nur zwei Dinge mitbringen – Ihr Scheckbuch natürlich …«

»Und?«

»Ihr Gewissen«, sagte sie und hielt ihm die Tür auf.

13

Siobhan reichte es mit der Warterei. Sie hatte im Krankenhaus angerufen, wo man Dr. Cater ausrufen ließ, aber ohne Erfolg. Dann war sie hingefahren und hatte am Empfang nach ihm gefragt. Wieder wurde er ausgerufen, wieder ohne Erfolg.

»Ich bin ziemlich sicher, dass er da ist«, hatte eine Krankenschwester im Vorbeigehen gesagt. »Vor einer halben Stunde habe ich ihn noch gesehen.«

»Wo?«, hatte Siobhan gefragt.

Doch die Schwester hatte sich nicht genau erinnern können und ein halbes Dutzend Möglichkeiten genannt – und so lief Siobhan jetzt durch die Stationen und Flure, horchte an Türen, spähte durch die Spalte zwischen den Trennwänden und wartete vor den Zimmern, bis die Visite vorüber war und sich herausstellte, dass der Arzt doch nicht Alexis Cater war.

»Kann ich Ihnen helfen?« Ein Dutzend Mal oder öfter hatte sie diese Frage gehört. Immer hatte sie nach Cater gefragt und immer eine vollkommen andere Antwort erhalten.

»Lauf du ruhig, ich krieg dich schon«, murmelte sie vor sich hin, als sie in einen Gang kam, in dem sie vor weniger als zehn Minuten schon einmal gewesen war. Sie blieb vor einem Getränkeautomaten stehen, zog eine Dose Irn-Bru und trank im Gehen. Ihr Handy klingelte, die Nummer auf dem Display kannte sie nicht – ebenfalls eine Mobilfunknummer.

»Hallo?«, sagte sie und bog um die nächste Ecke.

»Shiv? Sind Sie das?«

Sie blieb wie angewurzelt stehen. »Natürlich bin ich es – Sie haben doch meine Nummer gewählt!«

»Schon gut, bei der Laune will ich gar nicht…«

»Warten Sie, warten Sie.« Sie gab einen tiefen Seufzer von sich. »Ich renne die ganze Zeit schon hinter Ihnen her.«

Alexis Cater kicherte. »Hab ich läuten hören. Schön zu wissen, wie begehrt ich bin.«

»Just in diesem Moment rutschen Sie deutlich nach unten auf der Beliebtheitsskala. Sie wollten mich doch anrufen.«

»Tatsächlich?«

»Wegen der Adresse Ihrer Freundin Pippa«, antwortete Siobhan und gab sich keine Mühe, ihren Ärger zu verbergen. Sie hob die Dose an die Lippen.

»Das ist ganz schlecht für die Zähne«, warnte Cater.

»Das ist was ...?« Siobhan drehte sich um hundertachtzig Grad. Er stand hinter einer Glastür auf halber Länge des Flurs und beobachtete sie. Sie ging auf ihn zu.

»Tolle Hüften«, stellte er fest.

»Wie lange folgen Sie mir schon?«, fragte sie in ihr Handy.

»Nicht lange.« Er drückte die Tür auf und klappte sein Handy im gleichen Moment zu wie sie das ihre. Den weißen Kittel trug er offen, darunter waren ein graues Hemd und eine schmale, erbsengrüne Krawatte zu sehen.

»Sie haben vielleicht Zeit für solche Spielchen, ich nicht.«

»Und warum haben Sie dann den weiten Weg hierher auf sich genommen? Ein simpler Anruf hätte genügt.«

»Sie sind nicht rangegangen.«

Seine äußerst vollen Lippen formten sich zu einem Schmollmund. »Und Sie sind ganz sicher, dass Sie sich nicht danach verzehrt haben, mich zu sehen?«

Ihr Blick verfinsterte sich. »Was ist jetzt mit Ihrer Freundin Pippa?«, drängte sie.

Er nickte. »Wie steht's mit einem Drink nach der Arbeit? Dann erzähle ich Ihnen alles, was Sie wissen müssen.«

»Sie erzählen es mir *jetzt*.«

»Auch gut – dann können wir uns treffen und uns rein privat unterhalten.« Er steckte die Hände in die Taschen. »Pippa arbeitet für Bill Lindquist. Kennen Sie ihn?«

»Nein.«

»Ganz wichtiger PR-Typ. Besaß eine Zeit lang ein Büro in London, aber dann hat er mit dem Golfspielen angefangen und sich in Edinburgh verliebt. Er hat die eine oder andere Runde mit meinem Vater gespielt...« Er bemerkte, dass Siobhan nicht im Mindesten beeindruckt war.

»Büroadresse?«

»Im Telefonbuch unter ›Lindquist PR‹. Irgendwo in New Town – India Street vielleicht. Ich würde vorher anrufen, wenn ich Sie wäre: PR wäre nicht PR, wenn man sich den ganzen Tag den Hintern im Büro breitsitzen könnte...«

»Danke für den Hinweis.«

»Na dann. Was ist nun mit dem Drink?«

Siobhan nickte. »Opal Lounge, neun Uhr?«

»Klingt gut.«

»Prima.« Siobhan schenkte ihm ein Lächeln und wandte sich zum Gehen. Als er ihr nachrief, blieb sie stehen.

»Sie haben nicht vor zu kommen, stimmt's?«

»Sie werden wohl hingehen müssen, um das rauszufinden«, erwiderte sie und winkte ihm zu, während sie den Flur entlangging. Ihr Handy klingelte, und sie nahm den Anruf entgegen. Caters Stimme.

»Sie haben immer noch tolle Hüften, Shiv. Eine Schande, dass die so wenig frische Luft und sportliche Betätigung kriegen...«

Sie fuhr auf direktem Weg zur India Street und rief von unterwegs an, um zu hören, ob Pippa Greenlaw im Büro war. Sie war es nicht, besuchte gerade einen Kunden in der Lothian Road, wurde aber zur vollen Stunde zurückerwartet. Und dank des dichten Verkehrs auf dem Weg zurück in die Stadt traf Siobhan fast auf die Minute genau am Sitz von Lindquist PR ein. Das Büro lag im Souterrain eines typischen georgianischen Hauses, zu erreichen über eine steinerne Wendeltreppe. Siobhan wusste, dass viele Gebäude in New Town in Büros umgewandelt worden waren, doch inzwischen fanden viele wieder zu ihrer ursprünglichen Bestimmung als Wohnhaus zurück. In dieser und den umliegenden Straßen konnte man zahlreiche »Zu verkaufen«-Schilder sehen. Es hatte sich herausgestellt, dass die Häuser in New Town den Anforderungen des neuen Jahrhunderts nicht gerecht wurden: Bei den meisten war auch das Gebäudeinnere denkmalgeschützt, sodass man weder Wände herausreißen und neue Kabel verlegen, noch die Raumaufteilung verändern konnte. Auch Anbauten waren nicht erlaubt. Der bürokratische Apparat der Stadtver waltung sorgte dafür, dass die berühmte »Eleganz« New Towns erhalten blieb. Und wo die Stadtverwaltung versagte, gab es immer noch zahllose Bürgerinitiativen, deren Widerstand es zu überwinden galt...

Besagte Eleganz der alten Gebäude wurde nun zum Gesprächsthema zwischen Siobhan und der Empfangsdame, der es unangenehm war, dass Pippa sich verspätete. Sie holte Siobhan einen Kaffee aus dem Automaten, bot ihr von ihren Keksen an, die sie in der Schreibtischschublade verwahrte, und plauderte zwischen den Telefonaten mit ihr.

»Die Decke ist umwerfend, nicht wahr?«, sagte sie. Siobhan schaute zu den Stuckverzierungen empor und pflichtete ihr bei. »Sie sollten erst den Kamin in Mr. Lindquists Büro sehen.« Verzückt schloss sie die Augen. »Total...«

»Umwerfend?«, half Siobhan ihr aus. Die Empfangsdame nickte.

»Noch Kaffee?«

Siobhan lehnte dankend ab. Sie hatte die erste Tasse noch nicht einmal angerührt. Eine Tür ging auf, und ein Mann streckte den Kopf heraus. »Ist Pippa zurück?«

»Sie muss aufgehalten worden sein, Bill«, hauchte die

Empfangsdame mit entschuldigender Miene. Lindquist musterte Siobhan, verschwand jedoch ohne ein weiteres Wort wieder in seinem Büro.

Die Empfangsdame lächelte Siobhan zu und hob die Augenbrauen, um ihr zu verstehen zu geben, dass sie auch Mr. Lindquist für umwerfend hielt. Vielleicht war in der PR-Branche ja einfach alles umwerfend, dachte Siobhan – alles und jeder.

Die Außentür wurde mit Wucht aufgestoßen. »Idioten … ein Haufen hirntoter Vollidioten.« Eine junge, schlanke Frau kam mit großen Schritten herein. Ihr Rock und das Jackett waren äußerst figurbetont. Langes rotes Haar und roter Lipgloss. Schwarze Schuhe mit hohen Absätzen und schwarze Strümpfe; irgendetwas sagte Siobhan, dass es tatsächlich Strümpfe waren und keine Strumpfhosen. »Wie um alles in der Welt soll man diesen Leuten helfen, wenn die regelmäßig sämtliche Goldmedaillen in Vollidiotie einheimsen – können Sie mir das verraten, Sherlock?« Sie knallte ihre Aktentasche auf den Empfangstisch. »Gott ist mein Zeuge, Zara, wenn Bill mich da noch einmal hinschickt, nehme ich eine Uzi mit und so viel Munition, wie in diese Tasche passt.« Sie klopfte auf ihre Aktentasche und bemerkte erst jetzt, dass Zaras Blick auf die Stuhlreihe am Fenster gerichtet war.

»Pippa«, sagte Zara zaghaft, »die Dame wartet auf dich.«

»Meine Name ist Siobhan Clarke«, stellte sich Siobhan vor und kam einen Schritt näher. »Ich bin vielleicht eine zukünftige Kundin Ihres Hauses …« Sie hob die Hand, als sie Greenlaws entsetzten Gesichtsausdruck sah. »Ein Scherz, ein Scherz.«

Erleichtert verdrehte Greenlaw die Augen. »Dem Himmel sei Dank.«

»In Wahrheit bin ich Polizistin.«

»Das mit der Uzi war nicht ernst gemeint …«

»Gut so – soweit ich weiß, sind die berühmt dafür, dass sie

ständig klemmen. Mit einer Heckler und Koch wären Sie da besser beraten …«

Pippa Greenlaw lächelte. »Kommen Sie mit in mein Büro, damit ich mir das aufschreiben kann.«

Ihr Büro war ursprünglich wohl das Dienstmädchenzimmer des mehrstöckigen Gebäudes gewesen, schmal und nicht besonders lang, das vergitterte Fenster mit Blick auf einen überfüllten Parkplatz, auf dem Siobhan einen Maserati und einen Porsche ausmachte.

»Ich wette, der Porsche ist Ihrer«, sagte sie.

»Natürlich – deswegen sind Sie doch hier, oder nicht?«

»Wie kommen Sie darauf?«

»Weil der Blitzer am Zoo mich letzte Woche wieder erwischt hat.«

»Damit habe ich nichts zu tun. Was dagegen, wenn ich mich setze?«

Greenlaw zog die Stirn in Falten und nickte. Siobhan räumte einen Stapel Papiere von einem Stuhl. »Ich wollte mich mit Ihnen über eine von Lex Caters Partys unterhalten«, sagte sie.

»Welche?«

»Vor gut einem Jahr. Die mit den Skeletten.«

»Na … gerade wollte ich sagen, dass sich nach Lex' kleinen Festen kein Mensch mehr an irgendetwas erinnert – bei den Mengen an Alkohol, die da vernichtet werden –, aber an die erinnere ich mich dann doch, zumindest an die Skelette.« Sie schüttelte sich. »Der Blödmann hat mir erst erzählt, dass es echt war, nachdem ich ihm einen Kuss aufgedrückt hatte.«

»Sie haben es geküsst?«

»Es war so eine Art Mutprobe.« Sie stockte. »Nach ungefähr zehn Gläsern Champagner … Ein Kinderskelett war auch dabei.« Sie schüttelte sich erneut. »Jetzt weiß ich es wieder.«

»Wissen Sie auch noch, wer sonst noch da war?«

»Die üblichen Verdächtigen, nehme ich an. Worum geht es eigentlich?«

»Die Skelette sind nach der Party verschwunden.«

»Ach ja?«

»Hat Lex das nie erzählt?«

Pippa schüttelte den Kopf. Von Nahem sah man ihre Sommersprossen, die von ihrer Bräune nur teilweise überdeckt wurden. »Ich war davon ausgegangen, dass er sie halt irgendwo entsorgt hat.«

»Sie waren in Begleitung auf dem Fest.«

»Mir fehlt es nie an einer Begleitung, Süße.«

Die Tür ging auf, und Lindquists Kopf schaute herein. »Pippa?«, fragte er. »In fünf Minuten in meinem Büro?«

»Kein Problem, Bill.«

»Und das Meeting eben …?«

Greenlaw zuckte mit den Achseln. »Alles bestens, genau wie du gesagt hast, Bill.«

Er lächelte und verschwand wieder. Siobhan fragte sich, ob es zu dem Kopf auch tatsächlich einen Körper gab; vielleicht bestand der Rest nur aus Drähten und Metall. Sie ließ einen Augenblick verstreichen, bevor sie weitersprach. »Er muss Sie doch gehört haben, als Sie reingekommen sind. Oder ist sein Büro schalldicht?«

»Bill hört nur gute Nachrichten, das ist seine goldene Regel … Warum interessieren Sie sich für Lex' Party?«

»Die Skelette sind wieder aufgetaucht – in einem Keller in der Fleshmarket Close.«

Greenlaw riss die Augen auf. »Davon habe ich im Radio gehört!«

»Und was haben Sie gedacht?«

»Publicitygag – das war mein erster Gedanke.«

»Die Skelette lagen unter einem Betonfußboden.«

»Und wurden wieder ausgegraben.«

»Sie haben fast ein Jahr da gelegen.«

»Spricht für eine langfristige Planung…« Doch sie klang nicht mehr ganz so überzeugt. »Trotzdem ist mir nicht ganz klar, was das mit mir zu tun hat.« Sie lehnte sich vor, die Ellbogen auf den Schreibtisch gestützt. Der war leer bis auf ein flaches, silbernes Notebook; kein Drucker, keine Kabel.

»Sie waren mit jemandem da. Lex hat die Vermutung geäußert, dass dieser Jemand die Skelette mitgenommen haben könnte.«

Greenlaw zog die Stirn in Falten. »Und mit wem war ich da?«

»Ich hatte gehofft, dass Sie mir das sagen könnten. Lex glaubt sich zu erinnern, dass es ein Fußballer war.«

»Fußballer?«

»Darüber haben Sie ihn wohl kennen gelernt…«

Greenlaw dachte nach. »Ich wüsste nicht, dass ich jemals… nein, warten Sie, da war mal einer.« Sie wandte das Gesicht gen Himmel und zeigte ihren schlanken Hals. »Er war kein richtiger Fußballer… spielte in irgendeinem Amateurverein. Gott, wie hieß der noch?« Dann sah sie Siobhan triumphierend in die Augen. »Barry.«

»Barry?«

»Oder Gary… so was in der Art.«

»Sie kennen wohl viele Männer.«

»So viele auch wieder nicht. Aber viele Unwichtige, wie diesen Barry oder Gary.«

»Hat er auch einen Nachnamen?«

»Den kannte ich vermutlich nie.«

»Wo sind Sie ihm über den Weg gelaufen?«

Greenlaw versuchte, sich zu erinnern.

»Höchstwahrscheinlich in einer Bar… vielleicht auch auf einer Party oder beim Lunch eines Kunden.« Sie setzte ein bedauerndes Lächeln auf. »Er war ein One-Night-Stand. Er sah gut genug aus, dass ich mich mit ihm verabredet habe.

Ich glaube, jetzt erinnere ich mich tatsächlich an ihn. Ich dachte wohl, ich könnte Lex mit ihm schockieren.«

»Inwiefern?«

»Sie wissen schon. Er war ein etwas ungehobelter Typ.«

»Wie ungehobelt genau?«

»Gott, er war kein Biker oder so was, nur ein wenig…« Sie suchte nach dem richtigen Wort. »Etwas *prolliger* als die Männer, mit denen ich sonst zu tun habe.«

Sie hob noch einmal bedauernd die Schultern, lehnte sich in ihrem Stuhl zurück, die Fingerspitzen zusammengelegt, und schaukelte leicht vor und zurück.

»Haben Sie eine Ahnung, woher er kam? Wo er wohnte? Wovon er lebte?«

»Ich meine mich zu erinnern, dass er eine Wohnung in Corstorphine hatte… nicht, dass ich je dort gewesen wäre. Er war…«, sie schloss einen Moment lang die Augen, »… nein, ich weiß nicht mehr, was er gemacht hat. Auf jeden Fall warf er mit Geld um sich.«

»Wie sah er aus?«

»Blondiert mit dunklen Strähnen. Drahtig und jederzeit bereit, sein Sixpack zu zeigen… Jede Menge Energie im Bett, aber keine Finesse. Auch nicht übermäßig gut ausgestattet.«

»Da haben wir doch was, wo wir ansetzen können.«

Die beiden Frauen lächelten sich an.

»Kommt mir vor, als wäre es ewig her«, sagte Greenlaw.

»Sie haben ihn nicht mehr gesehen seit damals?«

»Nein.«

»Und Sie haben nicht zufällig seine Telefonnummer aufbewahrt?«

»Jedes Jahr am ersten Januar baue ich eine Art Scheiterhaufen aus all den kleinen Zetteln… Sie wissen schon: die ganzen Nummern und Initialen von Leuten, die man nie wieder anrufen wird, von denen man nicht einmal mehr weiß, dass man sie je gekannt hat. All diese widerlichen, verlogenen Angeber, die dir auf der Tanzfläche an den Arsch fassen oder dir auf einer Party an die Titten grapschen, weil sie glauben, PR bedeutet Permanent Rollig …« Sie gab ein Stöhnen von sich.

»Dieses Meeting, von dem Sie gerade kommen, gab es da zufällig auch was zu trinken?«

»Nur Champagner.«

»Und Sie sind mit dem Porsche zurückgefahren?«

»Oh Gott, Sie wollen mich doch nicht etwa pusten lassen, Officer?«

»Im Grunde bin ich ehrlich beeindruckt; ich hab's erst jetzt gemerkt.«

»Das Problem mit Champagner ist, dass ich davon immer Durst kriege.« Sie sah auf die Uhr. »Haben Sie Lust, mir Gesellschaft zu leisten?«

»Zara hat noch einen Kaffee zu vergeben«, entgegnete Siobhan.

Greenlaw zog eine Grimasse. »Ich muss noch mit Bill sprechen, aber dann bin ich fertig für heute.«

»Sie Glückliche.«

Greenlaw schob die Unterlippe vor. »Wie wär's mit später?«

»Ich verrate Ihnen ein Geheimnis: Lex wird um neun in der Opal Lounge sein.«

»Ach ja?«

»Der gibt Ihnen bestimmt einen aus.«

»Aber das ist ja noch ewig hin«, protestierte Greenlaw.

»Seien Sie tapfer«, riet Siobhan ihr und stand auf. »Und danke fürs Gespräch.«

Sie wollte gehen, doch Greenlaw bedeutete ihr mit einer Handbewegung, sich wieder zu setzen. Sie fing an, in ihren Schubladen zu kramen, und holte schließlich einen Block und einen Kugelschreiber hervor.

»Dieses Gewehr, das Sie erwähnten«, sagte sie. »Wie hieß das gleich noch?«

In Knoxland wurde der Container mit einem Kran auf einen Lkw gehievt. In den Fenstern waren Köpfe zu sehen. Die Bewohner der Hochhäuser beobachteten das Manöver. Seit Rebus' letztem Besuch waren noch weitere Graffiti hinzugekommen, das Fenster war noch weiter eingeschlagen worden, und jemand hatte versucht, vor der Tür ein Feuer zu legen.

»Und auf dem Dach«, teilte Shug Davidson Rebus mit, »Anzünderflüssigkeit, Zeitungen und ein alter Autoreifen.«

»Das überrascht mich.«

»Was?«

»Die Zeitungen – meinen Sie etwa, es gibt in Knoxland Menschen, die tatsächlich lesen?«

Davidsons Lächeln war von kurzer Dauer. Er verschränkte die Arme vor der Brust. »Manchmal frage ich mich, warum wir uns überhaupt so reinhängen.«

In diesem Moment wurde Gareth Baird von den zwei Polizeibeamten aus dem nächstliegenden Wohnblock geführt. Allen dreien stand die Erschöpfung ins Gesicht geschrieben.

»Nichts?«, fragte Davidson. Einer der Beamten schüttelte den Kopf.

»Bei vierzig oder fünfzig Wohnungen hat keiner aufgemacht.«

»Ich komme auf keinen Fall noch mal hierher!«, zeterte Gareth.

»Oh doch, wenn wir das wollen, wirst du es tun«, sagte Rebus mit warnendem Unterton.

»Sollen wir ihn nach Hause bringen?«, fragte der Beamte.

Rebus schüttelte den Kopf, den Blick auf Gareth geheftet. »Es spricht nichts gegen den Bus. Die fahren alle halbe Stunde.«

Fassungslos zog Gareth die Augenbrauen zusammen. »Nach allem, was ich getan habe.«

»Falsch, mein Sohn«, stellte Rebus richtig. »*Wegen* allem, was du getan hast. Du hast gerade erst angefangen, dafür zu bezahlen. Die Bushaltestelle ist da drüben, soweit ich weiß.« Rebus deutete in Richtung der Schnellstraße. »Durch die Unterführung, wenn du dich traust.«

Gareth blickte von einem zum anderen und sah nicht ein mitfühlendes Gesicht. »Schönen Dank auch«, brummelte er und stapfte davon.

»Zurück zum Revier, Jungs«, wies Davidson die Uniformierten an. »Tut mir Leid, dass Sie die Niete des Tages gezogen haben ...«

Die beiden nickten und marschierten auf ihren Streifenwagen zu.

»Da wartet eine nette kleine Überraschung auf die zwei«, sagte Davidson zu Rebus. »Irgendwer hat einen ganzen Karton Eier auf ihrer Windschutzscheibe zerdeppert.«

Mit gespieltem Erstaunen schüttelte Rebus den Kopf. »Es gibt also Leute in Knoxland, die frische Lebensmittel kaufen?«

Diesmal lächelte Davidson nicht. Er holte sein Handy hervor. Rebus erkannte den Klingelton: *Scots Wha Hae*. Davidson zuckte mit den Schultern. »Meine Kinder haben mit dem Ding rumgespielt gestern Abend. Hab vergessen, es wieder zu ändern.« Er nahm das Gespräch entgegen, Rebus lauschte.

»Am Apparat ... Ach ja, Mr. Allan.« Davidson verdrehte die Augen. »Ja, das ist richtig ... Hat er?« Davidson sah Rebus an. »Das ist ja interessant. Können wir vielleicht persönlich miteinander sprechen?« Er warf einen Blick auf die Uhr. »Heute wäre mir am liebsten ... zufällig habe ich gerade jetzt Zeit, wenn es Ihnen ... Nein, ich bin sicher, dass es nicht allzu lang dauern wird ... wir können in zwanzig Minuten da sein ... Ja, kann ich mir vorstellen. Vielen Dank. Bis gleich.«

Davidson beendete das Gespräch und starrte auf das Telefon.

»Mr. Allan?«, fragte Rebus.

»Rory Allan«, antwortete Davidson, noch immer in Gedanken.

»Der Herausgeber des *Scotsman*?«

»Ein Mitarbeiter der Nachrichtenredaktion hat ihm gerade mitgeteilt, dass vor ungefähr einer Woche ein Anruf eingegangen ist von einem ausländisch klingenden Mann, der sich Stef nannte.«

»Stef wie in Stef Yurgii?«

»Wäre denkbar … er sagte, er sei Journalist und wolle eine Story schreiben.«

»Worüber?«

Davidson zuckte mit den Achseln. »Deshalb treffe ich mich mit Rory Allan.«

»Brauchen Sie vielleicht Begleitschutz, Chef?« Rebus setzte sein gewinnendstes Lächeln auf.

Davidson überlegte einen Moment. »Im Grunde müsste ich Ellen mitnehmen …«

»Aber die ist nicht da.«

»Ich könnte sie anrufen.«

Rebus versuchte es mit einem empörten Gesichtsausdruck. »Wollen Sie mich etwa loswerden, Shug?«

Davidson zögerte noch einen Augenblick, dann steckte er das Handy zurück in die Tasche. »Aber nur, wenn Sie sich tadellos benehmen«, sagte er.

»Bei meiner Schottenehre.« Rebus schlug die Absätze zusammen und legte die Hand an die Stirn.

»Gott steh mir bei«, sagte Davidson, als hätte er den kurzen Moment der Schwäche bereits bereut.

Edinburghs seriöse Tageszeitung residierte in einem Neubau gegenüber der BBC auf der Holyrood Road. Von dort bot sich eine wunderbare Sicht auf die Kräne, die noch immer über dem im Werden begriffenen schottischen Parlamentsgebäude in den Himmel ragten.

»Ich frage mich, ob das Ding fertig wird, bevor die Kosten uns in den Ruin treiben«, murmelte Davidson, als sie ins Gebäude des *Scotsman* traten. Ein Wachmann führte sie durch ein Drehkreuz und schickte sie mit dem Aufzug in den ersten Stock, von wo sie auf die Reporter in dem offenen Großraumbüro im Erdgeschoss hinabsehen konnten. Die rückwärtige Außenwand bestand aus Glas und gab den Blick frei auf die Salisbury Crags. Draußen auf dem Balkon standen ein paar Leute und rauchten, sodass Rebus klar wurde, dass er seinem Laster hier nicht würde frönen können. Rory Allan kam ihnen entgegen.

»DI Davidson«, sagte er und steuerte zielstrebig auf Rebus zu.

»Genau genommen bin ich DI Rebus. Nur weil ich aussehe wie sein Vater, heißt das noch lange nicht, dass er nicht der Boss ist.«

»Der Altersdiskriminierung in allen Anklagepunkten schuldig«, entgegnete Allan und schüttelte erst Rebus, dann Davidson die Hand. »Wir haben da ein Konferenzzimmer frei … folgen Sie mir.«

Sie traten in einen langen, schmalen Raum mit einem großen, ovalen Tisch in der Mitte.

»Riecht brandneu«, bemerkte Rebus.

»Der Raum wird nicht sehr häufig benutzt«, erklärte der Herausgeber. Rory Allan war in den Dreißigern, mit rasch wachsender Stirnglatze, frühzeitig ergrautem Haar und einer John-Lennon-Brille. Das Jackett hatte er im Büro gelassen. Er trug ein hellblaues Hemd mit roter Seidenkrawatte, die Ärmel im Arbeiterstil hochgerollt. »Setzen Sie sich doch. Kann ich Ihnen einen Kaffee anbieten?«

»Nein danke, nicht nötig, Mr. Allan.«

Allan nickte zufrieden. »Dann also zur Sache ... Sie sind sich doch darüber im Klaren, dass wir mit der Geschichte auch in Druck hätten gehen können. Dann wäre es Ihnen überlassen geblieben, es selbst herauszufinden.«

Davidson antwortete mit einem leichten Nicken. Es klopfte an der Tür.

»Herein!«, bellte Allan.

Es erschien eine kleinere Version des Herausgebers: gleiche Frisur, ähnliche Brille, Ärmel hochgerollt.

»Das ist Danny Watling. Er arbeitet in unserer Nachrichtenredaktion. Ich habe ihn zu uns gebeten, damit er Ihnen selbst erzählen kann, was er weiß.« Allan bedeutete dem Journalisten, Platz zu nehmen.

»Da gibt es nicht viel zu erzählen«, sagte Danny Watling mit so leiser Stimme, dass Rebus, der ihm gegenübersaß, Mühe hatte, ihn zu verstehen. »Ich hatte Telefondienst ... habe einen Anruf entgegengenommen ... der Typ meinte, er sei Journalist und habe eine Story, die er schreiben wolle.«

Shug Davidsons Hände lagen gefaltet auf dem Tisch. »Hat er gesagt, worum es ging?«

Watling schüttelte den Kopf. »Er hat sich ziemlich bedeckt gehalten, und sein Englisch war nicht besonders gut. Hörte sich an, als hätte er den Text mit dem Wörterbuch gelernt.«

»Vielleicht hat er auch vorgelesen?«, warf Rebus ein.

Watling dachte darüber nach. »Ja, vielleicht hat er auch vorgelesen.«

Davidson bat um eine Erklärung. »Möglicherweise hat seine Freundin den Text für ihn geschrieben«, erläuterte Rebus. »Ihr Englisch ist wahrscheinlich besser als das von Stef.«

»Hat er seinen Namen genannt?«, fragte Davidson den Journalisten.

»Stef, ja.«

»Keinen Nachnamen?«

»Den sollte ich wohl nicht erfahren.« Watling sah zu seinem Chef. »Die Sache ist, hier rufen ständig irgendwelche Spinner an.«

»Danny hat den Anruf wohl nicht ganz so ernst genommen, wie er es hätte tun sollen«, bemerkte Allan und zupfte einen unsichtbaren Faden von der Hose.

»Nein, ich …« Watlings Hals lief rot an. »Ich habe ihm erklärt, dass wir in der Regel nicht mit Freelancern zusammenarbeiten, aber dass er als Koautor genannt werden würde, wenn er bereit wäre, mit einem von uns über sein Projekt zu reden.«

»Was hat er dazu gemeint?«, fragte Rebus.

»Ich glaube, er hat es nicht verstanden. Was mich noch misstrauischer machte.«

»Er wusste nicht, was ›Freelancer‹ bedeutet?«, erkundigte sich Davidson.

»Vielleicht gibt es dafür einfach keine Entsprechung in seiner Sprache«, argumentierte Rebus.

Watling blinzelte einige Male. »Im Nachhinein glaube ich fast, Sie haben Recht«, sagte er an Rebus gewandt.

»Und er hat keine Andeutungen gemacht, worum es bei seiner Geschichte ging?«

»Nein. Er wollte wohl erst persönlich mit mir sprechen.«

»Und das haben Sie abgelehnt?«

Watling richtete sich auf. »Oh nein, ich habe mich mit ihm verabredet. Für zehn Uhr am selben Abend, vor Jenners.«

»Dem Kaufhaus?«, fragte Davidson.

Watling nickte. »Das war ungefähr das Einzige, was er kannte … Ich habe ihm ein paar Pubs genannt, auch die wirklich bekannten, wo sich nur Touristen blicken lassen. Aber er schien mit der Stadt kaum vertraut zu sein.«

»Haben Sie *ihn* gebeten, einen Vorschlag zu machen?«

»Ich sagte ihm, ich würde mich mit ihm treffen, wo immer

er wolle, aber ihm fiel nichts ein. Dann erwähnte ich die Princes Street, und die kannte er, und Jenners, dachte ich, ist ja kaum zu übersehen.«

»Aber er ist nicht gekommen«, vermutete Rebus.

Watling schüttelte den Kopf. »Das war wahrscheinlich die Nacht vor seinem Tod.«

Einen Augenblick lang herrschte Stille. »Vielleicht hilft uns das weiter, vielleicht auch nicht«, lautete der Kommentar, den Davidson sich nicht verkneifen konnte.

»Möglicherweise haben Sie hier das Motiv«, bemerkte Rory Allan.

»Noch ein Motiv, meinen Sie«, korrigierte ihn Davidson. »Die Zeitungen – soweit ich weiß, auch Ihre, Mr. Allan – waren es bisher zufrieden, das Ganze als rassistisch motiviertes Verbrechen zu interpretieren.«

Der Herausgeber zuckte mit den Achseln. »Ich habe nur laut nachgedacht…«

Rebus sah den Journalisten an. »Haben Sie sich Notizen gemacht?«, fragte er. Watling nickte und blickte zu seinem Chef, der ihm mit einem Nicken die Erlaubnis erteilte. Watling reichte Davidson ein gefaltetes Blatt Papier, das er aus einem linierten Notizblock gerissen hatte. Davidson brauchte nicht lange, um es zu lesen, und schob das Blatt über den Tisch zu Rebus.

Steph… Osteuropäer???

Journ. Story

Heute, 22, Jnrs

»Bringt auch nicht gerade das, was man neue Erkenntnisse nennen könnte«, sagte Rebus platt. »Und er hat nicht wieder angerufen?«

»Nein.«

»Auch nicht bei einem Ihrer Kollegen?« Wieder Kopfschütteln. »Und dieser Anruf war der erste?« Nicken. »Sie haben vermutlich nicht daran gedacht, sich seine Telefonnummer geben zu lassen oder den Anruf zurückzuverfolgen?«

»Klang nach einer Telefonzelle. Ziemlich dicht an einer Straße.«

Rebus fiel die Bushaltestelle am Rande von Knoxland ein, ungefähr fünfzehn Meter davon entfernt stand eine Telefonzelle, direkt an der Straße. »Wissen wir, woher der Notruf kam?«, fragte er Davidson.

»Aus der Telefonzelle hinter der Unterführung«, bestätigte dieser.

»Vielleicht dieselbe?«, vermutete Watling.

»Das ist doch fast einen Artikel wert«, scherzte sein Chef. »›Funktionstüchtige Telefonzelle in Knoxland entdeckt‹.«

Shug Davidson sah zu Rebus, der mit der Schulter zuckte, um anzudeuten, dass er keine weiteren Fragen mehr hatte. Die beiden erhoben sich.

»Vielen Dank, dass Sie uns angerufen haben, Mr. Allan, wir wissen das zu schätzen.«

»Viel ist es ja nicht…«

»Ein weiteres Stück im Puzzle.«

»Und wie geht es voran, das Puzzle, Inspector?«

»Ich würde sagen, den Rand haben wir fertig, fehlt nur noch die Mitte.«

»Das ist der schwierigste Teil«, meinte Allan mitfühlend. Es folgte allgemeines Händeschütteln. Watling eilte zurück zu seinem Schreibtisch. Allan winkte den beiden Polizisten zum Abschied, als die Aufzugtüren sich schlossen. Wieder draußen, deutete Davidson auf ein Café auf der anderen Straßenseite.

»Ich geb einen aus«, sagte er.

Rebus zündete sich eine Zigarette an. »Gern, aber ich brauche eine Minute zum Rauchen.« Er sog den Rauch tief in die Lungen, blies ihn durch die Nase wieder aus und klaubte sich ein Stück Tabak von der Zunge. »Ein Puzzle, wie?«

»Leute wie Allan arbeiten doch mit Klischees... Ich dachte, ich setze ihm eins vor, damit er was zum Nachdenken hat.«

»Das Entscheidende an einem Puzzle«, erwiderte Rebus, »ist die Anzahl der Teile.«

»Das stimmt.«

»Und wie viele Teile haben wir?«

»Um ehrlich zu sein, die Hälfte liegt auf dem Fußboden verstreut, ein paar wahrscheinlich unterm Sofa oder unterm Teppich. Aber könnten Sie einen Zahn zulegen und das Ding zu Ende rauchen? Ich brauche einen Espresso, und zwar pronto.«

»Gott, es ist erschütternd zu sehen, wie Drogen einen Menschen in die Abhängigkeit treiben«, sagte Rebus und nahm noch einen letzten tiefen Zug.

Fünf Minuten später saßen sie im Café und rührten in ihren Tassen. Davidson verleibte sich einen klebrigen Kirschkuchen ein.

»Übrigens«, sagte er, als er gerade nicht den Mund voll hatte, »ich habe da was für Sie.« Er klopfte seine Jackentaschen ab und holte eine Kassette hervor. »Da ist der Notruf drauf.«

»Danke.«

»Ich habe es Gareth Baird vorgespielt.«

»Und, war es Yurgiis Freundin?«

»Er war sich nicht sicher. Die Tonqualität ist nicht gerade Dolby Pro Logic, wie er ganz richtig sagte.«

»Trotzdem danke.« Rebus steckte die Kassette ein.

14

Auf dem Heimweg schob er sie in das Kassettendeck seines Autos. Drehte an den Knöpfen für Bass und Höhen, konnte die Klangqualität aber nicht nennenswert verbessern. Die hysterische Stimme einer Frau, unterbrochen von der professionellen Gelassenheit des Mannes in der Notrufzentrale.

Er stirbt … er stirbt …. oh Gott …

Können Sie uns eine Anschrift nennen, Madam?

Knoxland … zwischen den Häusern …. den großen Häusern … auf dem Pflaster …

Benötigen Sie einen Krankenwagen?

Tot …. tot …. Ein Durcheinander aus Kreischen und Schluchzen.

Die Polizei wurde bereits verständigt. Bleiben Sie bitte am Tatort, bis die Beamten eintreffen. Madam? Hallo, Madam …?

Was? Was?

Kann ich Ihren Namen notieren?

Sie haben ihn umgebracht … er hat gesagt … oh mein Gott …

Wir schicken einen Krankenwagen. Können Sie uns eine genauere Anschrift geben? Madam? Hallo, sind Sie noch da …?

Die Leitung war tot. Rebus fragte sich erneut, ob sie die gleiche Telefonzelle benutzt hatte wie Stef für seinen Anruf bei Danny Watling. Und er fragte sich auch, was das für eine Geschichte war, über die er nur von Angesicht zu Angesicht mit Danny hatte sprechen wollen … Stef Yurgii mit seinem journalistischen Gespür plaudert mit den Migranten in Knoxland … und will sicherstellen, dass ihm niemand seine Story stehlen kann. Rebus spulte zurück.

Sie haben ihn umgebracht … er hat gesagt …

Was hatte er gesagt? Hatte er sie gewarnt, dass ihm etwas zustoßen könnte? Hatte er ihr anvertraut, dass er in Lebensgefahr war?

Wegen einer Story?

Rebus setzte den Blinker und fuhr an den Straßenrand. Er ließ die Aufnahme noch einmal von vorn bis hinten laufen, die Lautstärke aufgedreht. Als er das Band anhielt, schien das Hintergrundrauschen noch immer da zu sein. Ein Gefühl wie in großer Höhe, wenn man Druck auf den Ohren hat.

Es war ein ausländerfeindliches Verbrechen, ein Verbrechen aus Hass. Unschön, aber simpel, der Mörder verbittert und verdreht, die Tat ein Ventil für seine Wut.

Oder etwa nicht?

Kinder ohne Vater... Wachleute, denen die Angst vor Spielzeug eingeimpft wurde... brennende Autoreifen auf einem Dach...

»Was in Gottes Namen ist hier eigentlich los?«, hörte er sich sagen. Die Welt drehte sich weiter, fest entschlossen, von all dem keine Notiz zu nehmen: Autos im Feierabendstau, Fußgänger, die nur Augen hatten für den Weg unter ihren Füßen; denn was ich nicht sehe, kann mir nicht wehtun. Eine schöne, lebenswerte Welt, die da auf das neue Parlament wartete. Ein in die Jahre gekommenes Land, das seine eigenen Talente ziehen ließ... und weder Besucher noch Einwanderer mit offenen Armen empfing.

»Was in Gottes Namen?«, flüsterte er, während seine Hände das Lenkrad umklammerten. Nur wenige Meter weiter bemerkte er einen Pub. Er könnte einen Strafzettel kriegen, doch das Risiko war es wert.

Aber nein... hätte er etwas trinken wollen, wäre er ins Ox gefahren. Aber er war auf dem Heimweg, genau wie der Rest der arbeitenden Bevölkerung. Ein schönes heißes Bad und vielleicht ein, zwei Schlückchen Malt. Da waren noch die CDs, die er am vergangenen Wochenende gekauft und noch immer nicht gehört hatte: Jackie Leven, Lou Reed, John Mayall's Bluesbreakers... Und die, die Siobhan ihm geliehen hatte: Snow Patrol und Grant-Lee Phillips … die hatte er eigentlich schon letzte Woche zurückgeben wollen.

Vielleicht sollte er sie anrufen und fragen, ob sie etwas vorhatte. Sie mussten ja nicht unbedingt ausgehen. Essen vom Imbiss und Bier bei ihm oder bei ihr, Musik und Gespräch. Ihr Verhältnis war nicht mehr wirklich unbefangen gewesen, seit er sie in die Arme genommen und geküsst hatte. Nicht dass sie je darüber gesprochen hätten; er ging davon aus, dass sie die Sache lieber ad acta legen wollte. Aber das bedeutete nicht, dass sie sich nicht gemeinsam in einem Zimmer aufhalten und zusammen essen konnten.

Oder doch?

Wahrscheinlich hatte sie ohnehin andere Pläne. Schließlich hatte sie Freunde. Und er? All die Jahre in dieser Stadt, in diesem Beruf, und was wartete auf ihn, wenn er nach Hause kam?

Gespenster.

Nachtwachen am Fenster, bei denen er durch sein eigenes Spiegelbild hindurchsah.

Er dachte an Caro Quinn inmitten all dieser Augenpaare … auch sie hatte ihre Gespenster. Er interessierte sich nicht zuletzt deshalb für sie, weil sie eine Herausforderung darstellte. Er hatte seine Vorurteile, und sie hatte ihre. Er fragte sich, wie viele Gemeinsamkeiten es trotzdem zwischen ihnen gab. Sie hatte seine Nummer, aber er glaubte nicht, dass sie ihn anrufen würde. Und wenn er doch etwas trinken ginge, dann allein – er gehörte zu denen, die sein Vater einst »Gerstenkönige« nannte: verbitterte, verhärtete Männer, die an der Theke standen, die Reihe der Portionierer vor sich, und den billigsten Whisky in sich hineinschütteten. Mit niemandem sprachen, weil sie sich längst von der Gesellschaft entfernt hatten, von den Gesprächen und dem Lachen. Die Bevölkerung der Königreiche, über die sie herrschten, bestand nur aus ihnen allein.

Zu guter Letzt holte er die Kassette heraus. Shug konnte sie zurückhaben. Sie barg keinerlei Geheimnisse. Sie verriet ihm lediglich, dass es eine Frau gab, der Stef Yurgii viel bedeutet hatte.

Eine Frau, die vielleicht wusste, warum er gestorben war.

Eine Frau, die untergetaucht war.

Warum sich also Sorgen machen? Lass die Arbeit im Büro, John. Denn genau das sollte es für dich sein: eine Arbeit. Mehr hatten die Arschlöcher, die lediglich eine schäbige Ecke in Gayfield Square für ihn hatten freimachen können, nicht verdient. Er schüttelte den Kopf, kratzte sich mit beiden Händen am Kopf, um die Gedanken zu verscheuchen. Dann setzte er erneut den Blinker, um sich in den fließenden Verkehr einzuordnen.

Er fuhr nach Hause, und der Rest der Welt konnte ihm gestohlen bleiben.

»John Rebus?«

Der Mann war schwarz, groß, ein Muskelpaket. Das Weiße seiner Augen war das Erste, was Rebus sah, als er aus der Dunkelheit trat.

Er hatte im Treppenhaus auf ihn gewartet, neben der Hintertür, die in den verwilderten Garten mit der Wäscheleine führte. Ein guter Platz für jemanden, der es auf das Geld anderer Leute abgesehen hatte, weshalb Rebus zusammenzuckte, obwohl der andere ihn beim Namen genannt hatte.

»Sind Sie Detective Inspector John Rebus?«

Er trug das Haar kurz geschnitten, einen modisch aussehenden Anzug und ein rotes Hemd mit offenem Kragen. Seine Ohren waren klein und dreieckig, fast ohne Ohrläppchen. Die beiden Männer starrten einander fast zwanzig Sekunden lang ohne mit der Wimper zu zucken an.

In der rechten Hand hielt Rebus eine Tüte mit einer

Flasche Malt für zwanzig Pfund, die er nur im äußersten Notfall als Waffe einzusetzen bereit war. Aus gegebenem Anlass kam ihm ein alter Sketch von Chic Murray in den Sinn: Ein Mann mit einem Flachmann in der Tasche stürzt, befühlt den feuchten Fleck an der Seite und sagt: *Gott sei Dank … ist nur Blut.*

»Wer zum Teufel sind Sie?«

»Tut mir Leid, wenn ich Sie erschreckt habe …«

»Wer sagt, dass Sie mich erschreckt haben?«

»Erzählen Sie mir nicht, Sie hätten nicht daran gedacht, mir, was auch immer da in der Tüte ist, um die Ohren zu hauen.«

»Da müsste ich lügen. Wer sind Sie, und was wollen Sie?«

»Kann ich Ihnen meinen Dienstausweis zeigen?« Der Mann hob die Hand und hielt auf halbem Weg zur Innentasche seines Jacketts inne.

»Nur raus damit.«

Er zog eine Brieftasche hervor und schlug sie auf. Sein Name war Felix Storey. Er kam von der Einwanderungsbehörde.

»Felix?«, fragte Rebus mit erhobener Augenbraue.

»Das bedeutet glücklich, hat man mir gesagt.«

»Es gibt doch diese Zeichentrickkatze …«

»Die auch.« Storey steckte die Brieftasche wieder ein. »Ist da was Trinkbares in der Tüte?«

»Schon möglich.«

»Sie stammt aus einem Spirituosenladen.«

»Sie sind ein aufmerksamer Beobachter.«

Storey musste fast lächeln. »Deshalb bin ich hier.«

»Wie meinen Sie das?«

»Weil Sie, Inspector, letzte Nacht beobachtet wurden, als Sie aus einem Etablissement namens The Nook kamen.«

»Tatsächlich?«

»Ich habe eine schöne Sammlung von Zehn-mal-acht-Fotos.«

»Und was zum Teufel hat das mit der Einwanderungsbehörde zu tun?«

»Gegen einen Drink würde ich Ihnen das vielleicht verraten …«

Ein Dutzend Fragen schossen Rebus durch den Kopf, aber die Tüte wurde langsam schwer. Mit einem winzigen Nicken stieg er die Treppen hinauf. Storey folgte ihm. Er schloss die Tür auf und schob die Post mit dem Fuß beiseite, sodass sie auf der vom Vortag zu liegen kam. Verschwand kurz in die Küche, um zwei saubere Gläser zu holen, und führte Storey ins Wohnzimmer.

»Schöne Wohnung«, meinte Storey mit einem Nicken, als er sich im Zimmer umsah. »Hohe Decken, Erker. Sind die Wohnungen hier in der Gegend alle so groß?«

»Manche sind größer.« Rebus hatte die Flasche aus der Verpackung geholt und kämpfte mit dem Verschluss. »Setzen Sie sich.«

»Es geht doch nichts über ein gutes Gläschen Scotch.«

»Wir hier oben nennen den nicht so.«

»Sondern?«

»Whisky oder Malt.«

»Warum nicht Scotch?«

»Geht wohl noch zurück auf die Zeit, als *Scotch* noch nicht besonders viel galt.«

»Sie meinen, das Wort wurde abwertend gebraucht?«

»Wenn man das so nennt heutzutage.«

Storey grinste. »In meinem Beruf muss man den Jargon einfach draufhaben.« Er erhob sich ein wenig, um sein Glas entgegenzunehmen. »Prost!«

»*Slainte!*«

»Das ist gälisch, oder?« Rebus nickte. »Sie sprechen Gälisch?«

»Nein.«

Storey schien darüber nachzudenken, während er sich den Lagavulin auf der Zunge zergehen ließ. Schließlich nickte er anerkennend. »Teufel auch, verdammt stark das Zeug.«

»Möchten Sie Wasser?«

Der Engländer schüttelte den Kopf.

»Ihr Akzent«, sagte Rebus. »London, habe ich Recht?«

»Stimmt: Tottenham.«

»Ich war mal in Tottenham.«

»Beim Fußball?«

»Nein, ein Mordfall. Am Kanal war eine Leiche gefunden worden...«

»Ich glaube, ich erinnere mich. Ich war noch ein Kind damals.«

»Schönen Dank.« Rebus schenkte sich nach, dann bot er Storey die Flasche an. Der nahm sie und füllte sein Glas ebenfalls nach. »Sie stammen also aus London und arbeiten bei der Einwanderungsbehörde. Und aus irgendwelchen Gründen observieren Sie das Nook.«

»Richtig.«

»Das erklärt, wieso Sie mich gesehen haben, aber nicht, woher Sie wussten, wer ich bin.«

»Wir arbeiten mit der Kripo hier vor Ort zusammen. Ich darf keine Namen nennen, aber der Beamte hat Sie und DS Clarke sofort erkannt.«

»Ist ja interessant.«

»Wie gesagt, ich darf keine Namen nennen.«

»Und warum interessieren Sie sich für das Nook?«

»Und Sie?«

»Ich hab zuerst gefragt. Aber lassen Sie mich raten: Ein paar von den Mädchen kommen aus dem Ausland?«

»Davon gehe ich aus.«

Rebus sah ihn über den Glasrand hinweg an, und seine Augen verengten sich. »Aber deswegen sind Sie nicht hier?«

»Bevor ich darüber sprechen kann, muss ich wissen, warum Sie dort waren.«

»Ich habe lediglich DS Clarke begleitet, das ist alles. Sie hatte ein paar Fragen an den Eigentümer.«

»Was für Fragen?«

»Ein junges Mädchen wird vermisst. Ihre Eltern haben Angst, dass sie vielleicht in einem Laden wie dem Nook landen könnte.« Rebus zuckte mit den Achseln. »Das ist die ganze Geschichte. DS Clarke ist mit der Familie bekannt, deshalb geht sie ein paar Schritte weiter als gewöhnlich.«

»Und sie wollte nicht allein ins Nook gehen?«

»So ist es.«

Storey überlegte und betrachtete aufmerksam seinen Whisky, den er im Glas kreisen ließ. »Was dagegen, wenn ich mir das von ihr bestätigen lasse?«

»Halten Sie mich für einen Lügner?«

»Nicht unbedingt.«

Rebus starrte ihn an, dann holte er sein Handy hervor und wählte ihre Nummer. »Siobhan? Na, was liegt an?« Er hörte ihr zu, den Blick noch immer auf Storey gerichtet. »Hören Sie, ich habe Besuch bekommen. Ein Mann von der Einwanderungsbehörde, er wüsste gern, was wir neulich im Nook gemacht haben. Ich geb Sie mal weiter…«

Storey nahm das Telefon. »DS Clarke? Mein Name ist Felix Storey. DI Rebus wird Ihnen später alles erklären, aber könnten Sie im Moment einfach nur bestätigen, was Sie beide ins Nook geführt hat?« Er lauschte. Dann: »Ja, das deckt sich so ziemlich mit dem, was DI Rebus sagte. Ich bedanke mich. Und entschuldigen Sie die Störung…« Er reichte das Handy zurück an Rebus.

»Cheers, Shiv… wir sprechen später. Jetzt ist erst mal Mr. Storey an der Reihe.« Rebus klappte das Telefon zu.

»Das wäre nicht nötig gewesen«, sagte der Einwanderungsbeamte.

»Besser, man sorgt von Anfang an für klare Verhältnisse …«

»Ich meinte nur, Sie hätten nicht unbedingt das Handy nehmen müssen. Das Festnetztelefon steht da drüben.« Er nickte in Richtung Esstisch. »Das ist um einiges billiger.«

Rebus gestattete sich ein Lächeln. Felix Storey stellte sein Whiskyglas auf dem Teppich ab und richtete sich auf, die Hände gefaltet.

»Bei dem Fall, an dem ich arbeite, muss ich mich nach allen Seiten hin absichern.«

»Warum?«

»Weil sich vielleicht der eine oder andere korrupte Polizist ins Bild schleichen könnte …« Storey ließ seine Worte wirken. »Nicht dass ich irgendwelche Beweise hätte, aber so was passiert. Die Leute, mit denen ich zu tun habe, würden nicht einen Augenblick zögern, eine ganze Abteilung zu kaufen.«

»Vielleicht gibt es in London mehr korrupte Polizisten als hier.«

»Vielleicht.«

»Wenn's nicht um illegale Tänzerinnen geht, dann wohl um Stuart Bullen«, bemerkte Rebus. Sein Gegenüber nickte. »Und wenn man die weite Reise von London auf sich nimmt und den ganzen Aufwand betreibt, der mit so einer Observation verbunden ist …«

Storey nickte noch immer. »Es geht um eine große Sache«, erklärte er. »Sehr groß womöglich.« Er rutschte auf dem Sofa herum. »Meine Eltern sind in den Fünfzigern hergekommen: von Jamaika nach Brixton, zwei unter vielen. Das war schon eine echte Völkerwanderung damals, aber im Vergleich zu heute ein Witz. Heute kommen Jahr für Jahr Zehntausende illegal ins Land … und nicht wenige haben für dieses Privileg eine Stange Geld hingeblättert.

Einschleusung von Ausländern ist ein großes Geschäft geworden, Inspector. Aber man sieht sie erst, wenn etwas schief gelaufen ist.« Er hielt inne, damit Rebus seine Fragen loswerden konnte.

»Was hat Bullen damit zu tun?«

»Wir glauben, dass er sämtliche Operationen in Schottland leitet.«

Rebus schnaubte verächtlich. »Die kleine Niete?«

»Er ist der Sohn seines Vaters, Inspector.«

»Chicory Tip«, murmelte Rebus. Und um Storeys fragenden Blick zu beantworten: »Die hatten einen großen Hit mit ›Son of My Father‹ … aber das war vor Ihrer Zeit. Wie lange observieren Sie das Nook schon?«

»Erst seit einer Woche.«

»Der Zeitungskiosk, der dichtgemacht wurde?«, fragte Rebus. Er erinnerte sich an den Kiosk mit den weiß gestrichenen Fenstern, direkt gegenüber vom Nook. Storey nickte. »Na, ich war ja nun im Nook und kann Ihnen sagen, für mich sieht es nicht so aus, als wären da Horden von illegalen Einwanderern gebunkert.«

»Ich habe ja auch nicht behauptet, dass er die da untergebracht hat …«

»Und Berge von falschen Pässen habe ich auch nicht gesehen.«

»Waren Sie in seinem Büro?«

»Es sah nicht so aus, als hätte er etwas zu verbergen; der Safe stand sperrangelweit offen.«

»Ein Ablenkungsmanöver?«, spekulierte Storey. »Als er den Grund für Ihren Besuch erfahren hatte, haben Sie da irgendeine Veränderung an ihm bemerkt? Ist er vielleicht etwas ruhiger geworden?«

»Ich hatte nicht den Eindruck, dass ihm irgendetwas Sorgen bereitete. Was genau glauben Sie, ist seine Aufgabe?«

»Er stellt ein Glied in der Kette dar. Und da liegt unser

Problem: Wir wissen nicht, wie viele Glieder die Kette hat und welche Funktion jedem einzelnen Glied zukommt.«

»Klingt für mich, als hätten Sie nicht den blassesten Schimmer.«

Storey beschloss, sich nicht auf diese Diskussion einzulassen. »Kannten Sie Bullen?«

»Ich wusste nicht einmal, dass er in Edinburgh war.«

»Aber Sie wussten, wer er ist?«

»Ich kenne die Familie, ja. Was nicht bedeutet, dass ich den Jungen jeden Abend zu Bett bringe.«

»Das war keine Anschuldigung, Inspector.«

»Sie klopfen mich ab, was ungefähr aufs Gleiche rausläuft – und das nicht einmal besonders geschickt, wenn ich das anmerken darf.«

»Tut mir Leid, wenn es sich so anhört...«

»Das *ist* so. Und ich teile auch noch meinen Whisky mit Ihnen...« Rebus schüttelte den Kopf.

»Ich kenne Ihren Ruf, Inspector. Und was ich über Sie gehört habe, gibt mir keinen Grund zu glauben, dass Sie mit Stuart Bullen auf Tuchfühlung gegangen sind.«

»Vielleicht haben Sie einfach nicht mit den richtigen Leuten gesprochen.« Rebus schenkte sich Whisky nach, ohne Storey etwas anzubieten. »Was versprechen Sie sich denn nun davon, das Nook zu observieren? Abgesehen natürlich von den Polizisten, die Sie beim Abkassieren erwischen.«

»Verbindungen. Hinweise und vielleicht eine frische Spur.«

»Die alten sind also kalt geworden? Wie viele echte Beweise haben Sie?«

»Sein Name wurde genannt...«

Rebus wartete, aber es kam nicht mehr. Er schnaubte. »Ein anonymer Hinweis? Könnte einer seiner Konkurrenten im Pussydreieck gewesen sein, der ihm was anhängen will.«

»Der Klub wäre eine perfekte Tarnung.«

»Waren Sie schon mal drin?«

»Noch nicht.«

»Weil Sie denken, dass Sie da auffallen würden?«

»Sie meinen wegen meiner Hautfarbe?« Storey zuckte mit den Achseln. »Vielleicht auch deswegen. Man sieht hier nicht allzu viele schwarze Gesichter auf den Straßen, aber das wird sich ändern. Ob man die dann auch sehen will oder nicht, ist eine andere Frage.« Er blickte sich erneut im Zimmer um. »Schöne Wohnung.«

»Das sagten Sie bereits.«

»Wohnen Sie schon lange hier?«

»Gut zwanzig Jahre etwa.«

»Das ist eine lange Zeit… Bin ich der erste Schwarze, den Sie zu Gast haben?«

Rebus dachte nach. »Wahrscheinlich ja«, gab er zu.

»Wie steht's mit Chinesen, Indern?« Rebus ersparte sich eine Antwort. »Was ich sagen will…«

»Hören Sie«, unterbrach ihn Rebus, »mir reicht's. Trinken Sie aus, und dann verschwinden Sie … und das nicht, weil ich Rassist bin, sondern stinksauer.« Er stand auf. Storey erhob sich ebenfalls und reichte ihm das Glas.

»Guter Whisky«, sagte er. »Gemerkt? Sie haben mir beigebracht, nicht ›Scotch‹ zu sagen.« Er griff in seine Brusttasche und holte eine Visitenkarte heraus. »Falls Sie mal das Bedürfnis haben, sich mit mir in Verbindung zu setzen.«

Rebus nahm die Karte, ohne einen Blick darauf zu werfen. »In welchem Hotel wohnen Sie?«

»In der Nähe vom Haymarket, auf der Grosvenor Street.«

»Kenne ich.«

»Schauen Sie mal vorbei abends, und wir trinken einen auf meine Rechnung.«

Rebus ging nicht darauf ein, sondern sagte: »Ich bring Sie zur Tür.«

Auf dem Weg zurück ins Wohnzimmer schaltete er sämtliche Lichter aus, stellte sich an das vorhanglose Fenster und schaute nach unten. Storey trat hinaus auf die Straße. Kurz darauf hielt neben ihm ein Wagen. Er stieg hinten ein. Rebus konnte weder den Fahrer noch das Nummernschild erkennen. Es war ein großes Auto, vielleicht ein Vauxhall. Am Ende der Straße bog es rechts ab. Rebus ging zum Tisch, nahm den Hörer ab und rief ein Taxi. Dann stieg er ebenfalls die Treppen hinunter, um draußen zu warten. Als das Taxi eintraf, klingelte sein Telefon: Siobhan.

»Fertig mit unserem geheimnisvollen Gast?«, fragte sie.

»Fürs Erste, ja.«

»Was zum Teufel wollte der Kerl?«

Er erklärte es ihr, so gut er konnte.

»Und dieses arrogante Arschloch glaubt, Bullen hätte uns in der Tasche?«, lautete ihre erste Reaktion. Rebus hielt es für eine rhetorische Frage.

»Er wird vielleicht auch noch mit Ihnen sprechen wollen.«

»Keine Sorge, der soll nur kommen.« Aus einer Seitenstraße raste mit heulenden Sirenen ein Krankenwagen. »Sie sind im Auto«, bemerkte sie.

»Taxi«, korrigierte er. »Das Letzte, was ich im Moment brauchen kann, ist eine Anzeige wegen Trunkenheit am Steuer.«

»Wohin geht's denn?«

»Kleiner Abstecher in die Stadt.« Das Taxi hatte die Kreuzung Tollcross überquert. »Wir sprechen uns morgen.«

»Viel Spaß.«

»Werd's versuchen.«

Er legte auf. Das Taxi fuhr durch das Gewirr der Einbahnstraßen jenseits der Earl Grey Street. Sie würden die Lothian Road auf der Morrison Street überqueren… nächster Halt: Bread Street. Rebus gab dem Fahrer Trinkgeld und beschloss, sich eine Quittung ausstellen zu lassen. Vielleicht würde er die Fahrt als Spesen im Fall Yurgii geltend machen können.

»Ich glaube nicht, dass man Tabledance von der Steuer absetzen kann, Kumpel«, meinte der Taxifahrer.

»Sehe ich wirklich so aus?«

»Wollen Sie eine ehrliche Antwort?«, rief der Mann und fuhr mit knirschendem Getriebe davon.

»Das war das letzte Mal, dass du von mir ein Trinkgeld gekriegt hast«, brummelte Rebus und steckte die Quittung in die Tasche. Es war noch nicht mal zehn Uhr. Auf den Straßen waren grüppchenweise Männer unterwegs, auf der Suche nach der nächsten Kneipe. Fast überall standen Rausschmeißer in den grell erleuchteten Eingängen; manche in dreiviertellangen Mänteln, andere in Bomberjacken. Auf Rebus wirkten sie wie Klone in unterschiedlicher Kleidung – weniger, weil sie alle gleich aussahen, als vielmehr, weil sie die gleiche Sicht auf die Welt hatten. Für sie gab es zwei Gruppen von Menschen: bedrohliche und potenzielle Beute.

Rebus wusste, dass er nicht lange vor dem geschlossenen Kiosk herumstehen durfte, denn wenn einer der Türsteher des Nook misstrauisch wurde, wäre Storeys Operation in Gefahr. Also überquerte er die Straße, blieb zehn Meter vom Eingang des Nook entfernt stehen, hob das Telefon ans Ohr und führte mit trunkener Stimme ein etwas einseitiges Gespräch.

»Ja, ich bin's ... wo seid ihr? Ihr wolltet doch im Shakespeare sein ... nein, ich bin auf der Bread Street ...«

Es spielte keine Rolle, was er sagte. Für alle, die ihn sahen oder hörten, war er nur einer von vielen betrunkenen Nachtschwärmern. Doch zugleich nahm er den Kiosk in Augenschein. Drinnen brannte kein Licht; keine Bewegungen, kein Schattenspiel waren zu sehen. Wenn das Nook wirklich rund um die Uhr observiert wurde, dann ziemlich geschickt. Er ging davon aus, dass auch Filmaufnahmen gemacht wurden, aber es war nicht zu erkennen, wie. Wäre auch nur ein kleiner Fleck weiße Farbe vom Fenster entfernt worden, könnte man von draußen hineinsehen und früher oder später würde jemand die reflektierende Linse bemerken. Doch die Scheibe war vollständig geweißt, die Tür mit einem Gitter versehen und das Rollo herabgelassen. Auch hier kein Guckloch auszumachen. Aber Moment mal … über der Tür befand sich ein kleines Fenster, vielleicht einen Meter mal sechzig Zentimeter, das bis auf ein kleines Quadrat in einer Ecke ebenfalls geweißt war. Clever gemacht; dort oben sah niemand zufällig hin. Natürlich bedeutete das auch, dass einer der observierenden Beamten mit der Kamera bewaffnet oben auf einer Stehleiter oder Ähnlichem sitzen musste. Unpraktisch und unbequem, aber nichtsdestoweniger perfekt.

Rebus beendete sein fiktives Telefonat und ging zurück Richtung Lothian Road. Samstagnachts war man gut beraten, einen Bogen um diese Gegend zu machen. Selbst jetzt, mitten in der Woche, wurde hier gesungen und gegrölt, die Leute kickten Flaschen über die Straße und flitzten zwischen den Autos umher. Man hörte schrilles Gelächter von jungen Frauen in kurzen Röcken mit blinkenden Stirnbändern, die in Gruppen unterwegs waren. Ein Mann bot diese Stirnbänder und pulsierende Zauberstäbe aus Plastik zum Verkauf an. Er trug von beidem je ein Bündel in der Hand und lief damit die Straße auf und ab. Rebus betrachtete ihn und musste an Storeys Worte denken: *Ob man die dann auch sehen will oder nicht …* Der Mann war drahtig, jung und dunkelhäutig. Rebus blieb vor ihm stehen.

»Was kosten die?«

»Zwei Pfund.«

Rebus kramte umständlich in seinen Taschen nach Kleingeld. »Woher kommen Sie?« Der Mann gab keine Antwort, hatte die Augen überall, nur nicht auf Rebus. »Wie lange leben Sie schon in Schottland?« Doch der Mann lief bereits weiter. »Wollen Sie mir nichts verkaufen, oder wie?« Offensichtlich nicht. Der Mann ging weiter. Rebus marschierte in entgegengesetzter Richtung davon, zum westlichen Ende der Princes Street. Aus dem Shakespeare trat ein Blumenverkäufer, mehrere Bund Rosen im Arm.

»Wie viel?«, fragte Rebus.

»Fünf Pfund.« Der Verkäufer war kaum im Teenageralter. Dunkelhäutig, Naher Osten vielleicht. Wieder suchte Rebus in seinen Taschen nach Geld.

»Woher kommst du?«

Der Junge gab vor, ihn nicht zu verstehen. »Fünf«, wiederholte er.

»Ist dein Chef hier irgendwo in der Nähe?«, beharrte Rebus.

Die Blicke des Jungen schossen Hilfe suchend nach links und rechts.

»Wie alt bist du, mein Sohn? Auf welche Schule gehst du?«

»Ich nicht verstehen.«

»Komm mir nicht so …«

»Wollen Rose?«

»Ich muss nur noch mein Geld finden … Bisschen spät für dich zum Arbeiten, meinst du nicht? Wissen deine Eltern, was du so treibst?«

Dem Jungen reichte es. Er rannte los, verlor einen Rosenstrauß, sah sich nicht um und blieb nicht stehen. Rebus hob den Strauß auf und reichte ihn einer Gruppe von Mädchen, die gerade vorüberging.

»An die Wäsche darfst du mir trotzdem nicht«, sagte eine, »aber den hier hast du dir verdient.« Sie drückte ihm einen Kuss auf die Wange. Als die Mädchen kreischend und mit lautem Absatzgeklapper davonstöckelten, krakeelte eine von ihnen, dass er alt genug sei, um ihr Großvater zu sein.

Das bin ich wohl, dachte Rebus, und fühl mich auch so.

Er betrachtete die Gesichter auf der Princes Street. Mehr

Chinesen, als er erwartet hatte. Die Bettler sprachen allesamt mit schottischem oder englischem Akzent. In einem Hotel kehrte Rebus ein. Der Chefbarkeeper kannte ihn seit fünfzehn Jahren. Es spielte keine Rolle, ob Rebus eine Rasur nötig hatte oder nicht seinen besten Anzug und sein saubersstes Hemd trug.

»Was soll's sein, Mr. Rebus?« Er legte einen Untersetzer vor ihn auf die Theke. »Ein kleiner Malt vielleicht?«

»Lagavulin«, antwortete Rebus in dem Wissen, dass ihn ein einfaches Glas hier so viel kosten würde wie sonst eine viertel Flasche... Das Glas wurde vor ihn hingestellt, der Barkeeper kam gar nicht erst auf die Idee, ihm Eis oder Wasser anzubieten.

»Ted«, sagte Rebus, »arbeiten hier auch Ausländer?«

Keine Frage schien ihn je aus dem Konzept zu bringen: das Markenzeichen eines guten Barkeepers. Er mahlte mit dem Kiefer, während er über eine Antwort nachdachte. Derweil bediente sich Rebus aus dem Schälchen mit Nüssen, das jetzt neben seinem Glas stand.

»Wir hatten mal ein paar Australier hier an der Bar«, erwiderte Ted und fing an, Gläser zu polieren. »Die waren auf Weltreise. Haben hier für ein paar Wochen einen Zwischenstopp eingelegt. Aber wir nehmen nur Leute mit Erfahrung.«

»Und sonst? Im Restaurant zum Beispiel?«

»Oh ja, wir haben Kellner von überall her. Mehr noch in der Hauswirtschaft.«

»Hauswirtschaft?«

»Zimmermädchen.«

Rebus beantwortete die Klarstellung mit einem Nicken. »Hören Sie, mal ganz unter uns...« Bei diesen Worten neigte sich Ted ein wenig über den Tresen. »Wäre es denkbar, dass hier auch Illegale arbeiten?«

Ted blickte ob dieser Frage reichlich befremdet drein.

»Alles einwandfrei, Mr. Rebus, die Leitung würde nicht… könnte niemals…«

»Schon gut, Ted. Ich habe nichts anderes erwartet.«

Ted schien beruhigt. »Womit ich nicht sagen will, dass andere Etablissements da genauso wählerisch sind… Da kann ich Ihnen eine Geschichte erzählen. Meine Stammkneipe, wo ich freitagabends gern noch ein Gläschen hebe. Auf einmal kommt da diese Band rein, keine Ahnung, woher die kommen. Zwei Kerle mit Gitarren… ›Save All Your Kisses For Me‹ und so was. Und ein Älterer mit einem Tamburin, mit dem er an den Tischen Geld sammelt.« Er schüttelte langsam den Kopf. »Zehn zu eins, dass das Flüchtlinge waren.«

Rebus hob sein Glas. »Das ist eine völlig neue Welt«, sagte er. »Ich habe nie richtig darüber nachgedacht.«

»Sieht aus, als könnten Sie einen Nachschlag gebrauchen.« Ted zwinkerte, und sein ganzes Gesicht legte sich in Falten. »Aufs Haus, wenn Sie erlauben…«

Als Rebus die Bar verließ, schlug ihm die kalte Luft entgegen. Ein Schwenk nach rechts würde ihn in Richtung Zuhause führen, doch er überquerte die Straße, spazierte zur Leith Street und weiter bis zum Leith Walk, vorbei an asiatischen Supermärkten, Tätowierstuben, Imbissen. Er wanderte ohne Ziel umher. Unten am Walk ging vielleicht Babette ihrem Gewerbe nach. Womöglich fuhren John und Alice Jardine mit dem Auto durch die Gegend, um nach ihrer Tochter zu suchen. Hunger jedweder Art dort draußen in der Dunkelheit. Er hatte die Hände in den Taschen vergraben, die Jacke gegen die Kälte zugeknöpft. Ein halbes Dutzend Motorräder knatterte vorüber, um vor der nächsten roten Ampel zu halten. Rebus beschloss, die Straße zu überqueren, doch die Ampel sprang schon wieder um. Er trat einen Schritt zurück, als das vorderste Motorrad losdonnerte.

»Minitaxi, Sir?«

Rebus wandte sich nach der Stimme um. In der Tür eines Geschäfts stand ein Mann. Der Laden war beleuchtet und offensichtlich zu einer Minitaxizentrale umfunktioniert worden. Der Mann sah asiatisch aus. Rebus schüttelte den Kopf, doch dann überlegte er es sich anders. Der Fahrer führte ihn zu einem Ford Escort, der sein Mindesthaltbarkeitsdatum längst überschritten hatte. Rebus nannte ihm die Adresse, und der Mann griff nach einem Straßenverzeichnis.

»Ich zeige Ihnen den Weg«, erklärte Rebus. Der Fahrer nickte und ließ den Motor an.

»Ein paar Gläschen gehabt, Sir?« Sein Akzent klang schottisch.

»Ein paar.«

»Morgen frei, wie?«

»Ich hoffe nicht.«

Der Mann lachte, obwohl Rebus nicht wusste, warum. Sie fuhren über die Princes Street zurück und die Lothian Road hinauf Richtung Morningside. Rebus ließ den Fahrer anhalten und bat ihn, einen Moment zu warten. Er ging in ein Geschäft, das die ganze Nacht geöffnet hatte, kam mit einer Literflasche Wasser wieder heraus, ließ sich auf dem Beifahrersitz nieder und nahm einen Schluck, um ein Viererpack Aspirin hinunterzuspülen.

»Gute Idee, Sir«, lobte der Fahrer. »Direkt zum Gegenschlag ausholen. Kein Kater morgen, kein Grund zum Krankfeiern.«

Gut einen Kilometer weiter verkündete Rebus dem Fahrer, dass sie einen kleinen Abstecher machen würden. Dirigierte ihn nach Marchmont und ließ ihn vor seiner Wohnung halten. Er ging hinauf und schloss die Wohnungstür auf. Holte einen dicken Ordner aus einer Schublade im Wohnzimmer. Schlug ihn auf und beschloss, ein paar Zeitungsausschnitte mitzunehmen. Stieg wieder die Treppe hinunter und zurück ins Taxi.

In Bruntsfield ließ Rebus den Fahrer rechts abbiegen, dann wieder rechts. Sie befanden sich auf einer schwach beleuchteten Vorstadtstraße mit großen Häusern, die größtenteils hinter Büschen und Zäunen verborgen lagen. Nirgends brannte Licht, außer in einem Haus. Und dort stieg Rebus aus. Das Tor ließ sich nur geräuschvoll öffnen. Rebus fand den Klingelknopf und drückte drauf. Nichts geschah. Er trat ein paar Schritte zurück und schaute zu den Fenstern im ersten Stock empor. Dort brannte Licht, aber die Vorhänge waren zugezogen. Unten im Erdgeschoss, zu beiden Seiten des Vordachs, befanden sich größere, fest mit Holzläden verschlossene Fenster. Rebus glaubte, von irgendwoher Musik zu hören. Er spähte durch den Briefschlitz, doch drinnen waren keine Bewegungen auszumachen. Dann wurde ihm klar, dass die Musik von hinter dem Haus kam. Eine kiesbestreute Auffahrt führte an einer Seite des Hauses entlang. Rebus folgte ihr, wobei sich eine Sicherheitsleuchte nach der anderen per Bewegungsmelder einschaltete. Die Musik drang aus dem Garten. Es war dunkel, nur ein seltsamer, rötlicher Schimmer war zu erkennen. Irgendetwas stand mitten auf dem Rasen, durch einen Steg aus Holzbohlen mit dem Wintergarten verbunden. Dampf stieg auf – und Musik, irgendetwas Klassisches. Rebus marschierte auf den Whirlpool zu.

Denn das war es: ein der schottischen Witterung ausgesetzter Whirlpool. Und darin saß Morris Gerald Cafferty, bekannt als »Big Ger«. Er hatte es sich in einer Ecke bequem gemacht, die Arme oben auf dem Wannenrand ausgestreckt. Zu beiden Seiten sprudelte Wasser aus den Düsen. Rebus schaute sich um, doch Cafferty war allein. Die Wanne war von innen beleuchtet, und durch einen Farbfilter wurde alles in rötliches Licht getaucht. Cafferty hatte den Kopf zurückgelegt, die Augen geschlossen, sein Gesichtsausdruck wirkte eher konzentriert als entspannt.

Dann öffnete er die Augen und sah Rebus an. Seine Pupillen waren klein und dunkel, sein Gesicht feist. Das kurze graue Haar klebte ihm nass am Kopf. Die aus dem Wasser ragende obere Hälfte seines Brustkorbs zierte ein Pelz dunkler, lockiger Haare. Er schien nicht überrascht, plötzlich jemanden vor sich stehen zu sehen, nicht einmal zu dieser späten nächtlichen Stunde.

»Haben Sie Ihre Badehose mitgebracht?«, fragte er. »Nicht dass ich eine anhätte ...« Er blickte an sich hinunter.

»Ich hörte, Sie sind umgezogen«, sagte Rebus.

Cafferty drehte den Kopf nach links zu einer Schalttafel und drückte einen Knopf. Die Musik verstummte. »CD-Spieler«, erklärte er. »Die Lautsprecher sind drinnen.« Er trommelte mit den Fingerknöcheln auf den Wannenrand. Dann drückte er noch einen Knopf, die Pumpe blieb stehen, und das Wasser wurde ruhig.

»Mit Lightshow und allem drum und dran«, stellte Rebus fest.

»Die Farbe kann man sich aussuchen.« Erneut drückte er einen Knopf, und das Wasser färbte sich grün, dann blau, dann weiß und wieder rot.

»Rot steht Ihnen«, meinte Rebus.

»Wegen des mephistophelischen Looks?« Cafferty feixte. »Ich bin so gern hier draußen um diese Zeit. Hören Sie den Wind in den Bäumen, Rebus? Die sind schon länger hier als wir beide, diese Bäume. Die Häuser genauso. Und sie werden immer noch hier sein, wenn es uns nicht mehr gibt.«

»Ich fürchte, Sie waren zu lange im Wasser, Cafferty. Ihr Hirn ist schon ganz schrumpelig geworden.«

»Ich werde alt, Rebus, das ist alles ... Genau wie Sie.«

»Zu alt für einen Bodyguard? Oder gehen Sie davon aus,

dass Sie alle Ihre Feinde schon unter die Erde gebracht haben?«

»Joe macht um neun Feierabend, aber er ist nie allzu weit entfernt.« Eine kurze Pause. »Stimmt's, Joe?«

»Richtig, Mr. Cafferty.«

Rebus wandte sich zu dem Bodyguard um. Er war barfuß und offensichtlich hastig in Unterhose und T-Shirt gestiegen.

»Joe schläft im Zimmer über der Garage«, klärte Cafferty Rebus auf. »Sie können wieder gehen, Joe. Ich denke, beim Herrn Inspector bin ich sicher.«

Joe warf Rebus einen bösen Blick zu und marschierte über den Rasen davon.

»Nette Gegend hier«, sagte Cafferty im Plauderton. »Kaum Kriminalität ...«

»Ich bin sicher, Sie tun, was Sie können, um das zu ändern.«

»Ich bin raus aus dem Spiel, Rebus, genau wie Sie in Bälde.«

»Ach ja?« Rebus hielt die Zeitungsausschnitte hoch, die er mitgebracht hatte. Fotos von Cafferty aus der Boulevardpresse. Sie alle stammten aus dem letzten Jahr und zeigten ihn mit bekannten Kriminellen von außerhalb seines Reviers: Manchester, Birmingham, London.

»Sind Sie hinter mir her, oder was?«, fragte Cafferty.

»Vielleicht.«

»Da fühle ich mich ja fast geschmeichelt ...« Cafferty stand auf. »Würden Sie mir bitte den Bademantel reichen?«

Eine Aufforderung, der Rebus nur zu gern nachkam. Cafferty stieg von der Wanne auf eine Holztreppe, wickelte sich in den weißen Baumwollmantel und schlüpfte in ein Paar Badelatschen. »Helfen Sie mir, die Abdeckung drüberzulegen«, sagte Cafferty, »dann gehen wir rein, und Sie können mir erzählen, was um alles in der Welt Sie von mir wollen.«

Wieder tat ihm Rebus den Gefallen.

Zu seiner Zeit hatte Big Ger Cafferty praktisch sämtliche kriminelle Aktivitäten in Edinburgh kontrolliert, von Drogen über einschlägige Saunen bis zu Finanzbetrug. Seit seiner letzten Haftstrafe jedoch war er nicht mehr aufgefallen. Nicht dass Rebus ihm die Geschichte von seinem Ruhestand abkaufte; jemand wie Cafferty hängte sein Geschäft nicht an den Nagel. Seiner Ansicht nach war Cafferty mit dem Alter einfach gewiefter geworden – und er wusste inzwischen, wie polizeiliche Ermittlungen gegen ihn in der Regel abliefen.

Er war um die sechzig, und die meisten berüchtigten Gangster seit den 1960ern hatte er gekannt. Es gab Gerüchte, dass er mit den Krays und Richardson in London zusammengearbeitet hatte, außerdem mit einigen der bekannteren Kriminellen Glasgows. Bei früheren Ermittlungen war versucht worden, ihn mit holländischen Drogenbanden und osteuropäischen Frauenhändlern in Verbindung zu bringen, doch es war nur wenig hängen geblieben. Teilweise hatten einfach die Mittel gefehlt oder die schlagkräftigen Beweise, die den Staatsanwalt zur Einleitung von Ermittlungen hätten veranlassen können. Teilweise waren Zeugen spurlos verschwunden.

Rebus folgte Cafferty in den Wintergarten und von dort in die mit Kalkstein geflieste Küche. Die ganze Zeit über starrte er auf dessen breiten Rücken und fragte sich nicht zum ersten Mal, wie viele Hinrichtungen dieser Mann angeordnet, wie viele Leben er zerstört hatte.

»Tee oder was Stärkeres?«, fragte Cafferty, während er in seinen Badelatschen durch die Küche schlappte.

»Tee.«

»Gott, muss was Ernstes sein…« Cafferty lächelte vor sich hin, während er den Wasserkocher anstellte und drei Teebeutel in die Kanne warf. »Ich sollte mir wohl besser was anziehen«, sagte er. »Kommen Sie, ich zeige Ihnen den Salon.«

Der Salon ging nach vorn raus, verfügte über einen großen Erker und einen imposanten Marmorkamin. An einer Bilderleiste hingen mehrere Gemälde. Rebus verstand nicht allzu viel von Malerei, aber die Rahmen sahen teuer aus. Cafferty war nach oben gegangen, sodass Rebus Gelegenheit hatte, sich umzuschauen. Doch es gab herzlich wenig zu sehen: keine Bücher, keine Hi-Fi-Anlage, kein Schreibtisch … nicht einmal Dekogegenstände auf dem Kaminsims. Nur ein Sofa und ein Sessel, ein riesiger Orientteppich und die Gemälde. Kein Zimmer, in dem tatsächlich jemand wohnte. Möglicherweise hielt Cafferty hier Besprechungen ab, um die Besucher mit seiner Sammlung zu beeindrucken. Rebus berührte den Marmor in der unbegründeten Hoffnung, dass er sich als unecht erweisen könnte.

»Bitte schön«, sagte Cafferty, als er mit zwei Tassen zurück ins Zimmer kam. Rebus nahm ihm eine ab.

»Milch, kein Zucker«, teilte Cafferty ihm mit. Rebus nickte. »Warum grinsen Sie?«

Rebus nickte in Richtung der Zimmerdecke, wo über der Tür ein kleiner schmaler Kasten ein blinkendes rotes Licht aussandte. »Sie haben eine Alarmanlage«, erklärte er.

»Und?«

»Und das ist lustig.«

»Glauben Sie, hier würde niemand einbrechen? Es ist ja nicht so, als ob hier ein großes Schild neben der Tür hängt, auf dem steht, wer ich bin.«

»Na, wahrscheinlich nicht«, räumte Rebus ein.

Cafferty trug graue Jogginghosen und ein Sweatshirt mit V-Ausschnitt. Er wirkte braun gebrannt und entspannt. Rebus fragte sich, ob es im Haus auch eine Sonnenbank gab. »Setzen Sie sich«, forderte Cafferty ihn auf.

Rebus nahm Platz. »Ich interessiere mich für jemanden«,

begann er. »Und ich dachte, Sie kennen ihn vielleicht: Stuart Bullen.«

Cafferty schürzte die Lippen. »Der kleine Stu«, sagte er. »Seinen alten Herrn kannte ich besser.«

»Daran zweifle ich nicht. Aber was wissen Sie über die jüngsten Aktivitäten des Juniors?«

»War er nicht brav, der Junge?«

»Ich weiß es nicht genau.« Rebus nahm einen Schluck Tee. »Wussten Sie, dass er in Edinburgh ist?«

Cafferty nickte. »Betreibt wohl eine Stripbar.«

»Richtig.«

»Und als wäre das nicht schon Arbeit genug, hat er jetzt auch noch euch im Genick.«

Rebus schüttelte den Kopf. »Es geht lediglich um ein Mädchen, das von zu Hause weggelaufen ist. Ihre Eltern machen sich Sorgen, dass sie vielleicht für Bullen arbeitet.«

»Und tut sie das?«

»Nicht dass ich wüsste.«

»Aber Sie haben dem kleinen Stu einen Besuch abgestattet, und er ist Ihnen quer gekommen.«

»Ich konnte ihm nur ein paar Fragen stellen …«

»Zum Beispiel?«

»Zum Beispiel, was er hier in Edinburgh treibt.«

Cafferty lächelte. »Erzählen Sie mir nicht, dass Ihnen noch nie ein schwerer Junge von der Westküste begegnet ist, den es in den Osten gezogen hat.«

»Ein paar.«

»Die kommen hierher, weil sie in Glasgow keine zehn Meter gehen können, ohne dass ihnen irgendwer auf die Pelle rückt. Liegt an der unterschiedlichen Kultur, Rebus.« Er unterstrich seine Worte mit einem theatralischen Schulterzucken.

»Soll das heißen, er wollte einen klaren Schnitt?«

»Er ist Rab Bullens Sohn, wird es immer sein.«

»Soll heißen, vielleicht hat irgendwer irgendwo ein Kopfgeld auf ihn ausgesetzt?«

»Er ist nicht in Panik weggelaufen, falls Sie das meinen.«

»Woher wissen Sie das?«

»Dafür ist er nicht der Typ. Er will sich beweisen… aus dem Schatten seines Vaters treten… Sie wissen ja, wie das ist.«

»Und mit einer Stripbar hat er das erreicht?«

»Vielleicht.« Cafferty betrachtete seinen Tee. »Vielleicht hat er aber auch andere Pläne.«

»Als da wären?«

»Ich kenne ihn nicht gut genug, um das beantworten zu können. Ich bin ein alter Mann, Rebus; man erzählt mir nicht mehr so viel wie früher. Und selbst wenn ich etwas wüsste, warum um alles in der Welt sollte ich es gerade Ihnen erzählen?«

»Weil Sie noch eine Rechnung offen haben.« Rebus setzte seine halb leere Tasse auf dem lackierten Holzfußboden ab. »Rab Bullen hat Sie damals über den Tisch gezogen, war's nicht so?«

»Schnee von gestern, Rebus, Schnee von gestern.«

»Soweit Sie wissen, ist der Junior also sauber?«

»Seien Sie nicht naiv – niemand ist sauber. Haben Sie sich in letzter Zeit mal umgeschaut? Natürlich gibt es nicht allzu viel zu sehen in Gayfield Square. Kann man auf den Fluren immer noch die Abflussrohre riechen?« Cafferty lächelte über Rebus' Schweigen. »Manche Leute erzählen mir schon noch was… hin und wieder.«

»Welche Leute?«

Caffertys Lächeln wurde breiter. »›Kenne deinen Feind‹, so heißt es doch. Das ist doch auch der Grund, weshalb Sie Zeitungsartikel über mich aufheben.«

»An Ihrem umwerfenden Aussehen liegt es jedenfalls nicht, so viel ist sicher.«

Cafferty riss den Mund zu einem gewaltigen Gähnen auf. »Das passiert mir immer nach einem heißen Bad«, sagte er entschuldigend und sah Rebus in die Augen. »Ich habe auch gehört, dass Sie an dem Mord in Knoxland arbeiten. Der arme Teufel hatte … wie viele? Zwölf? Fünfzehn Stichwunden? Was sagen die Herren Curt und Gates dazu?«

»Wie meinen Sie das?«

»Sieht für mich nach einer Raserei aus … als hätte jemand jegliche Kontrolle verloren.«

»Oder er war einfach sehr, sehr wütend«, entgegnete Rebus.

»Was aufs Gleiche hinausläuft. Ich sage lediglich, dass es vielleicht nur ein Vorgeschmack war.«

Rebus starrte ihn mit durchdringendem Blick an. »Sie wissen etwas.«

»Ich doch nicht, Rebus … Ich sitze zufrieden hier in meinem Sessel und werde alt.«

»Oder Sie unternehmen einen Abstecher nach England, um ein paar Verbrecherkollegen zu treffen.«

»Wilde Unterstellungen, Rebus … wilde Unterstellungen.«

»Der Mord in Knoxland, Cafferty … was verschweigen Sie mir?«

»Glauben Sie etwa, ich sitze hier und erledige Ihre Arbeit für Sie?« Cafferty schüttelte langsam den Kopf, dann umfasste er die Sessellehnen und stand auf. »Aber jetzt ist Schlafenszeit. Beim nächsten Mal bringen Sie Ihre nette DS Clarke mit und sagen Sie ihr, sie soll ihren Bikini einpacken. Oder besser noch, schicken Sie sie vorbei und bleiben selbst zu Hause.« Cafferty lachte länger und lauter als angebracht, während er Rebus zur Haustür begleitete.

»Knoxland«, sagte Rebus.

»Was ist damit?«

»Wo Sie schon davon angefangen haben – erinnern Sie sich noch, dass vor ein paar Monaten die Iren versucht haben, in der dortigen Drogenszene Fuß zu fassen?« Cafferty machte eine unverbindliche Geste. »Sieht aus, als wären sie wieder da … Wissen Sie zufällig was darüber?«

»Drogen sind was für Versager, Rebus.«

»Origineller Spruch.«

»Vermutlich haben Sie keinen besseren verdient.« Cafferty öffnete die Haustür. »Sagen Sie mal, Rebus … diese Geschichten über mich, sammeln Sie die alle in einem Album mit kleinen Herzchen vorne drauf?«

»Dolche.«

»Und wenn man Sie in den Ruhestand schickt, wird das alles sein, was auf Sie wartet. Ein paar letzte Jahre mit Ihrem Album. Keine große Hinterlassenschaft, wie?«

»Und was genau hinterlassen Sie, Cafferty? Gibt es irgendwelche Krankenhäuser, die nach Ihnen benannt sind?«

»Bei dem, was ich so spende, könnte das sehr gut sein.«

»Dieser Ablasshandel ändert nichts daran, wer Sie sind.«

»Muss es auch nicht. Sie sollten endlich begreifen, dass ich mit meinem Los sehr zufrieden bin.« Er hielt inne. »Anders als manch anderer, den ich kenne.«

Cafferty kicherte leise vor sich hin, als er die Tür hinter Rebus schloss.

Fünfter Tag

Freitag

15

Siobhan hörte es in den Morgennachrichten.

Müsli mit fettarmer Milch, Kaffee, Multivitaminsaft. Sie aß wie immer am Küchentisch, in den Bademantel gehüllt – da konnte ruhig etwas danebengehen. Danach unter die Dusche und in die Kleider. Das Haar war in wenigen Minuten trocken, deshalb trug sie es so kurz. Radio Scotland diente für gewöhnlich nur als Hintergrundberieselung, um die Stille zu übertönen. Doch dann hörte sie das Wort »Banehall« und drehte den Apparat lauter. Sie hatte verpasst, worum es ging, die Studiosprecherin hatte gerade zu einer Außenübertragung übergeleitet:

»Nun, Catriona, während ich spreche, ist die Polizei aus Livingston hier vor Ort. Natürlich müssen wir hinter der Absperrung bleiben, aber soeben geht ein Team der Spurensicherung, alle in den üblichen weißen Overalls mit Kapuze und Maske, in das Reihenhaus. Es handelt sich um ein Haus des sozialen Wohnungsbaus mit vielleicht drei oder vier Schlafzimmern. Die Außenwände sind grau verputzt, vor allen Fenstern gibt es Vorhänge. Der Vorgarten ist verwildert, und eine kleine Menge Schaulustiger hat sich versammelt. Ich konnte mit ein paar Nachbarn sprechen. Allem Anschein nach war das Opfer der Polizei bekannt, aber ob das etwas mit dem Fall zu tun hat, wird sich noch zeigen …«

»Colin, ist die Identität des Opfers bereits bekannt gegeben worden?«

»Noch nicht offiziell, Catriona. Ich weiß lediglich, dass es sich um einen jungen Mann hier aus dem Ort handelt, zweiundzwanzig Jahre alt, und dass wir es wohl mit einem recht brutalen

Verbrechen zu tun haben. Doch auch in diesem Punkt müssen wir auf die Pressekonferenz warten. Die Beamten hier vor Ort sagen, dass die in zwei bis drei Stunden stattfinden wird.«

»Vielen Dank, Colin … in unserer Informationssendung am Mittag werden wir unsere Hörer über diese Angelegenheit auf dem Laufenden halten. Derweil hat sich ein Parlamentsmitglied von der Liste Central Scotland für eine Schließung des Abschiebegefängnisses in Whitemire ganz in der Nähe von Banehall ausgesprochen …«

Siobhan nahm ihr Telefon von der Ladestation, konnte sich aber nicht an die Nummer des Livingstoner Polizeireviers erinnern. Ohnehin kannte sie dort niemanden außer DC Davie Hynds, ebenfalls ein Opfer der Umstrukturierungsmaßnahmen in St. Leonards, doch der war noch keine vierzehn Tage da. Sie ging ins Bad und nahm Gesicht und Haar im Spiegel in Augenschein. Ein Spritzer Wasser und ein nasser Kamm mussten heute ausnahmsweise reichen. Für mehr hatte sie keine Zeit. Sie flitzte ins Schlafzimmer und riss den Kleiderschrank auf.

Knapp eine Stunde später war sie in Banehall, fuhr am ehemaligen Haus der Jardines vorbei. Sie waren umgezogen, um nicht so nah neben Tracys Vergewaltiger zu wohnen. Donny Cruikshank, den Siobhan auf zweiundzwanzig schätzte.

In der nächsten Straße standen mehrere Mannschaftswagen der Polizei. Die Menge hatte sich zerstreut. Ein Mann mit einem Mikrofon machte eine Vox pop – vermutlich der gleiche Reporter, den sie im Radio gehört hatte. Das Haus, das im Mittelpunkt des allgemeinen Interesses stand, wurde von zwei anderen flankiert. Alle drei Eingangstüren standen offen. Sie sah Steve Holly im rechten Haus verschwinden. Zweifelsohne hatte Bares den Besitzer gewechselt, und man ließ Holly in den hinteren Garten, von wo er vielleicht einen besseren Blick auf die Geschehnisse haben würde. Siobhan parkte in zweiter Reihe und ging auf den Uniformierten zu, der an dem blau-weißen Absperrband Wache schob. Sie zeigte ihm ihren Dienstausweis. Er hob das Band hoch, sodass sie drunter durchschlüpfen konnte.

»Wurde die Leiche schon identifiziert?«, fragte sie.

»Vermutlich der Typ, der hier wohnt«, antwortete er.

»War der Gerichtsmediziner schon da?«

»Noch nicht.«

Sie nickte und ging weiter, öffnete das Tor und lief über den Gartenweg auf das Haus zu. Sie atmete ein paar Mal tief durch, denn sie wollte professionell wirken, wenn sie eintrat. Der Flur war schmal. Im Erdgeschoss schien es nur ein kleines Wohnzimmer und eine ebenso kleine Küche zu geben. Eine Tür führte von der Küche in den hinteren Garten. Die Treppe zum oberen Stockwerk war steil. Hier gab es vier Türen, alle offen. Eine gehörte zu einem Einbauschrank, in dem Kartons aufbewahrt wurden, Oberbetten und Decken. Durch eine andere sah sie in ein blassrosa Badezimmer. Also zwei Schlafzimmer: eines mit einem schmalen Bett, unbenutzt. Blieb noch das größere, das nach vorn hinausging. In diesem Zimmer herrschte Betriebsamkeit: Beamte der Spurensicherung, Fotografen, ein Arzt im Gespräch mit einem Detective. Der Detective bemerkte sie.

»Kann ich Ihnen helfen?«

»DS Clarke«, sagte sie und hielt ihm ihren Dienstausweis hin. Sie hatte noch immer keinen Blick auf die Leiche geworfen, aber sie war da, kein Zweifel. Der keksfarbene Teppich voller Blut. Das Gesicht verzerrt, der Mund aufgerissen, als hätte er einen letzten Atemzug Leben einsaugen wollen. Der kahl rasierte Kopf blutverkrustet. Die Männer von der Spurensicherung führten Detektoren über die Wände, um nach Spritzern zu suchen, die vielleicht Hinweise auf die Heftigkeit und die Art des Angriffs liefern würden.

Der Detective gab ihr den Ausweis zurück. »Sie sind weit

weg von zu Hause, DS Clarke. Ich bin DI Young, ich leite die Ermittlungen in diesem Fall, und ich erinnere mich nicht, Hilfe aus der großen Stadt angefordert zu haben.«

Sie versuchte es mit einem gewinnenden Lächeln. DI Young machte seinem Namen alle Ehre: Er war jung, jünger als sie zumindest, und trotzdem ranghöher. Ein kräftiges Gesicht über einem noch kräftigeren Körper. Wahrscheinlich spielte er Rugby, stammte womöglich aus einer Bauernfamilie. Er hatte rotes Haar und helle Wimpern sowie ein paar geplatzte Adern zu beiden Seiten der Nase. Hätte man ihr gesagt, dass er erst kürzlich die Schule absolviert habe, hätte sie es vermutlich geglaubt.

»Ich dachte nur …« Sie zögerte und suchte nach den richtigen Worten. Sie sah sich um und bemerkte die Fotos an den Wänden – Softpornos, Blondinen mit offenem Mund und gespreizten Beinen.

»Was dachten Sie, DS Clarke?«

»Dass ich Ihnen vielleicht helfen kann.«

»Nun, das ist wirklich ein sehr netter Gedanke, aber ich glaube, wir kommen auch allein zurecht, wenn es Ihnen nichts ausmacht.«

»Aber es ist so …« Und nun starrte sie auf die Leiche hinunter. Ihr Magen fühlte sich an, als wäre er durch einen Sandsack ersetzt worden, doch ihr Gesicht zeigte nur rein berufliches Interesse. »Ich kenne ihn. Ich weiß einiges über ihn.«

»Nun, auch wir wissen, wer er ist, aber trotzdem vielen Dank …«

Natürlich wussten sie, wer er war. Bei seinem Ruf und seinem vernarbten Gesicht. Donny Cruikshank, leblos auf dem Fußboden seines Schlafzimmers.

»Aber ich weiß etwas, das Sie nicht wissen«, beharrte sie.

Young sah sie durchdringend an, und da wusste sie, dass sie es geschafft hatte.

»Hier gibt es noch haufenweise Pornos«, sagte einer von der Spusi. Er meinte das Wohnzimmer. Auf dem Boden neben dem Fernseher stapelten sich DVDs und Videos. Es gab auch einen Computer, vor dem ein weiterer Beamter saß und mit der Maus hantierte. Er hatte noch einige Disketten und CD-Roms durchzusehen.

»Und nicht vergessen: Wir sind hier bei der Arbeit«, mahnte DI Young. Auch im Wohnzimmer war ihm noch zu viel los, also führte er Siobhan in die Küche.

»Ich heiße übrigens Les«, sagte er, deutlich milder gestimmt, seit sie ihm etwas zu bieten hatte.

»Siobhan«, antwortete sie.

»Also…« Er lehnte sich mit verschränkten Armen gegen die Arbeitsplatte. »Wie haben Sie Donny Cruikshank kennen gelernt?«

»Er ist wegen Vergewaltigung verurteilt worden – ich habe damals an dem Fall gearbeitet. Sein Opfer hat Selbstmord begangen. Sie hat ganz in der Nähe gewohnt. Die Eltern leben immer noch hier. Sie sind vor ein paar Tagen zu mir gekommen, weil ihre zweite Tochter verschwunden ist.«

»Ach!«

»Sie haben mir erzählt, sie hätten sich vorher an die Polizei in Livingston gewandt…« Siobhan bemühte sich, nicht vorwurfsvoll zu klingen.

»Gibt es irgendeinen Grund zu der Annahme, dass…?«

»Was?«

Young zuckte mit den Schultern. »Dass das was mit dem… ich meine, dass da ein Zusammenhang besteht?«

»Das hatte ich mich auch gefragt. Deshalb bin ich hergekommen.«

»Wenn Sie darüber vielleicht einen Bericht schreiben könnten…?«

Siobhan nickte. »Mach ich noch heute.«

»Danke.« Young stieß sich von der Arbeitsplatte ab und

wollte wieder nach oben gehen. In der Tür blieb er stehen. »Viel zu tun in Edinburgh?«

»Nicht allzu viel.«

»Wer ist Ihr Vorgesetzter?«

»DCI Macrae.«

»Vielleicht rede ich mal mit ihm… möglicherweise kann er Sie für ein paar Tage entbehren.« Er hielt inne. »Vorausgesetzt natürlich, Sie wären einverstanden?«

»Ich gehöre ganz Ihnen«, erwiderte Siobhan. Sie hätte schwören können, dass er rot anlief, als er den Raum verließ.

Sie war auf dem Weg zurück ins Wohnzimmer, als sie um ein Haar mit einem Neuankömmling zusammengestoßen wäre: Dr. Curt.

»Sie kommen ja ganz schön rum, DS Clarke«, sagte er. Er blickte nach links und rechts, um sicherzugehen, dass sie nicht belauscht wurden. »Irgendwelche Fortschritte im Fall Fleshmarket Close?«

»Kleine. Ich habe Judith Lennox kennen gelernt.«

Bei dem Namen zuckte Curt zusammen. »Sie haben ihr doch nichts erzählt?«

»Natürlich nicht… Ihr Geheimnis ist bei mir in guten Händen. Haben Sie vor, Mag Lennox wieder auszustellen?«

»Ich denke schon.« Er trat zur Seite, um einen Mann von der Spurensicherung vorbeizulassen. »Nun, ich sollte wohl besser…« Er nickte Richtung Treppe.

»Keine Angst, der läuft Ihnen schon nicht weg.«

Curt starrte sie an. »Wenn ich mir die Bemerkung erlauben darf, Siobhan«, sagte er betont langsam, »dieser Satz verrät einiges über Sie.«

»Und zwar?«

»Dass Sie schon viel zu viel Zeit mit John Rebus verbracht haben…« Mit seinem schwarzen Arztkoffer in der Hand stieg er die Treppe hinauf. Bei jedem Schritt hörte Siobhan seine Knie knacken.

»Was tun Sie denn hier, DS Clarke?«, rief jemand von draußen. Sie blickte zur Absperrung hinaus und sah Steve Holly mit seinem Notizbuch wedeln. »Haben Sie sich verlaufen?«

Sie ging den Gartenweg hinunter, öffnete das Tor und schlüpfte unter dem Absperrband hindurch. Holly heftete sich an ihre Fersen, als sie auf ihr Auto zumarschierte.

»Sie haben damals an dem Fall gearbeitet, stimmt's?«, sagte er. »Die Vergewaltigung, meine ich. Ich weiß noch, wie ich Sie fragen wollte …«

»Hauen Sie ab, Holly.«

»Na kommen Sie, ich werde Sie schon nicht zitieren oder so was …« Er war jetzt vor ihr und ging rückwärts, um sie ansehen zu können. »Aber Sie müssen doch das Gleiche denken wie ich. Wie viele hier …«

»Und das wäre?« Sie konnte sich die Frage nicht verkneifen.

»Der Kerl hat's nicht anders verdient. Wer immer das getan hat, ihm gehört ein Orden verliehen.«

»Kaum ein Limbotänzer könnte so tief sinken wie Sie.«

»Ihr Freund Rebus hat was ganz Ähnliches gesagt.«

»Zwei Genies, ein Gedanke.«

»Kommen Sie, Sie müssen doch …« Er brach mitten im Satz ab, als er rückwärts gegen ihr Auto lief, das Gleichgewicht verlor und stürzte. Siobhan stieg in den Wagen und ließ den Motor an, bevor er wieder auf die Beine kam. Während sie rückwärts davonfuhr, klopfte er sich den Staub von der Hose. Dann wollte er seinen Kugelschreiber aufheben, musste aber feststellen, dass sie darübergerollt war.

Sie fuhr nicht weit, nur geradeaus über die Main Street. Sie hatte das Haus der Jardines schnell gefunden. Beide waren zu Hause und baten sie herein.

»Schon gehört?«, fragte sie.

Sie nickten, wirkten weder erfreut noch unglücklich.

»Wer könnte es gewesen sein?«, fragte Mrs. Jardine.

»Praktisch jeder«, antwortete ihr Mann. Sein Blick ruhte auf Siobhan. »Kein Mensch in Banehall wollte ihn wieder hier haben, nicht einmal seine eigene Familie.«

Das erklärte, warum Cruikshank allein gelebt hatte.

»Gibt es Neuigkeiten?«, fragte Alice Jardine und versuchte, Siobhans Hand zu nehmen. Es schien, als hätte sie den Mord bereits aus ihren Gedanken verbannt.

»Wir waren in dem Klub«, erklärte Siobhan. »Niemand dort schien Ishbel zu kennen. Hat sie sich immer noch nicht gemeldet?«

»Sie sind die Erste, der wir Bescheid sagen würden«, versicherte John Jardine. »Aber wir vergessen ganz, was sich gehört – trinken Sie eine Tasse Tee mit uns?«

»Ich habe wirklich keine Zeit.« Siobhan hielt inne. »Aber ich wollte Sie um etwas bitten…«

»Ja?«

»Eine Probe von Ishbels Handschrift.«

Alice Jardine riss die Augen auf. »Wofür?«

»Nichts Bestimmtes eigentlich… aber womöglich können wir die irgendwann einmal gut gebrauchen.«

»Ich werde nachsehen, ob ich etwas finde«, sagte John Jardine. Er ging nach oben und ließ die beiden Frauen allein. Siobhan steckte die Hände in die Hosentaschen, um sie vor Alice in Sicherheit zu bringen.

»Sie sind nicht der Meinung, dass wir Sie finden werden, stimmt's?«

»Sie wird sich finden lassen, wenn sie so weit ist«, antwortete Siobhan.

»Sie glauben nicht, dass Ihr etwas zugestoßen ist?«

»Glauben Sie das?«

»Ich muss gestehen, ich befürchte das Schlimmste«, entgegnete Alice Jardine und rieb sich die Hände, wie um sie zu waschen.

»Sie sind sich doch darüber im Klaren, dass wir Sie befragen werden, ja?« Siobhan sprach mit sanfter Stimme. »Man wird Ihnen Fragen stellen über Cruikshank ... über seinen Tod.«

»Ich weiß.«

»Man wird auch nach Ishbel fragen.«

»Um Gottes willen, die denken doch nicht...?« Ihre Stimme war lauter geworden.

»Wir müssen Sie befragen, daran führt kein Weg vorbei.«

»Und werden Sie die Fragen stellen, Siobhan?«

Siobhan schüttelte den Kopf. »Ich bin zu nah dran. Wahrscheinlich wird ein Mann namens Young zu Ihnen kommen. Ich glaube, er ist ganz in Ordnung.«

»Gut, wenn Sie das sagen...«

Ihr Mann kehrte zurück. »Viel ist es nicht, um ehrlich zu sein«, sagte er und reichte ihr ein Adressbuch mit Namen und Telefonnummern, die meisten mit grünem Filzstift notiert. In den Buchdeckel hatte Ishbel ihren Namen und ihre Anschrift geschrieben.

»Könnte reichen«, meinte Siobhan. »Ich bringe es zurück, sobald ich damit fertig bin.«

Alice Jardine fasste ihren Mann am Ellbogen. »Siobhan sagt, die Polizei wird uns befragen wollen über...« Sie brachte es nicht fertig, seinen Namen auszusprechen. »Über *ihn*.«

»Wirklich?« Mr. Jardine sah zu Siobhan.

»Reine Routine«, erklärte sie. »Wir wollen uns ein Bild machen vom Leben des Opfers...«

»Verstehe.« Doch er klang nicht sehr überzeugt. »Aber die können doch nicht... die glauben doch nicht, dass Ishbel irgendetwas damit zu tun hat?«

»Red nicht so einen Unsinn, John«, zischte seine Frau. »So etwas würde Ishbel niemals tun!«

Vielleicht nicht, dachte Siobhan, aber Ishbel war durchaus nicht das einzige Familienmitglied, das unter Verdacht geraten könnte ...

Erneut wurde Tee angeboten und freundlich abgelehnt. Schließlich gelang es Siobhan, sich aus dem Haus und in den Wagen zu retten. Beim Anfahren blickte sie in den Rückspiegel und sah Steve Holly über den Bürgersteig schlendern und die Hausnummern studieren. Einen Moment lang dachte sie daran, zurückzufahren und ihn zum Teufel zu jagen. Aber das würde seine Neugier nur noch anstacheln. Wie auch immer er sich aufführen und welche Fragen er stellen würde, die Jardines mussten ohne ihre Hilfe zurechtkommen.

Sie fuhr über die Main Street und hielt vor dem Salon. Drinnen roch es nach Dauerwelle und Haarspray. Zwei Kundinnen saßen unter den Trockenhauben, aufgeschlagene Illustrierte auf dem Schoß, jedoch in eine lautstarke Unterhaltung vertieft, mit der sie den Lärm der Hauben übertönten.

»... von mir alles Glück der Welt, kann ich da nur sagen.«

»Ein großer Verlust ist es nicht, so viel steht fest.«

»Sergeant Clarke, habe ich Recht?« Die Frage kam von Angie. Sie sprach noch lauter als ihre Kundinnen, die ihre Warnung sofort begriffen und verstummten, den Blick auf Siobhan gerichtet.

»Was können wir für Sie tun?«, fragte Angie.

»Ich wollte mit Susie sprechen.« Siobhan lächelte der jungen Friseurin zu.

»Warum? Hab ich was verbrochen?«, protestierte diese. Sie war gerade dabei, einer der Kundinnen eine Tasse Instantcappuccino zu bringen.

»Nein, nein«, beruhigte Siobhan sie. »Außer natürlich, Sie haben Donny Cruikshank ermordet.«

Die vier Frauen blickten entsetzt drein. Siobhan hob abwehrend die Hände. »Schlechter Scherz«, meinte sie.

»An Verdächtigen mangelt es ja nicht«, räumte Angie ein und zündete sich eine Zigarette an. Heute waren ihre Nägel blau mit kleinen gelben Punkten.

»Und wer sind Ihre persönlichen Favoriten?«, fragte Siobhan und bemühte sich, die Frage möglichst locker klingen zu lassen.

»Schauen Sie sich nur mal um, Schätzchen.« Angie blies den Rauch zur Decke. Susie brachte ein weiteres Getränk zu den Trockenhauben – ein Glas Wasser diesmal.

»Jemanden abmurksen zu *wollen*, ist eine Sache«, sagte sie.

Angie nickte. »Anscheinend hat ein Engel uns erhört und beschlossen, dieses eine Mal das Richtige zu tun.«

»Ein Racheengel?«, vermutete Siobhan.

»Werfen Sie mal einen Blick in die Bibel, Schätzchen; da geht's nicht nur um Engelsflügel und Heiligenscheine.« Die Frauen unter den Trockenhauben warfen sich lächelnd einen Blick zu. »Erwarten Sie, dass wir Ihnen helfen, den Schuldigen hinter Gitter zu bringen? Da werden Sie wohl die Geduld eines Hiob brauchen.«

»Anscheinend haben *Sie* die Bibel ja gelesen, da wissen Sie auch, dass Mord eine Sünde gegen Gott ist.«

»Kommt auf Ihren Gott an, würde ich sagen.« Angie trat auf sie zu. »Sie sind doch mit den Jardines befreundet – das haben die mir selbst erzählt. Also, sagen Sie mir ins Gesicht ...«

»Was?«

»Sagen Sie mir, dass Sie nicht froh sind, dass das Schwein tot ist.«

»Ich bin nicht froh.« Sie hielt dem Blick der anderen stand.

»Dann sind Sie kein Engel, sondern eine Heilige.« Angie machte sich daran, den Fortschritt der Dauerwelle ihrer Kundinnen zu überprüfen. Siobhan ergriff die Gelegenheit, sich mit Susie zu unterhalten.

»Ich brauche Ihre Daten.«

»Meine Daten?«

»Sie meint deine Maße, Susie«, erklärte Angie, und ihre Kundinnen stimmten in ihr Gelächter mit ein.

Siobhan rang sich ein Lächeln ab. »Ihr voller Name und Ihre Anschrift reicht, eventuell Ihre Telefonnummer. Falls ich einen Bericht schreiben muss.«

»Ja, klar…« Susie wirkte nervös. Sie ging zur Kasse, nahm einen Notizblock und fing an zu schreiben. Sie riss das Blatt ab und reichte es Siobhan. Sie hatte Großbuchstaben benutzt, aber das machte Siobhan wenig Sorgen; das Gleiche galt für die meisten Sprüche auf der Damentoilette des Bane.

»Danke, Susie«, sagte sie und steckte den Zettel direkt neben Ishbels Adressbuch in die Tasche.

Im Bane hielten sich ein paar mehr Gäste auf, als bei ihrem ersten Besuch. Man rückte zur Seite, um ihr an der Theke Platz zu machen. Der Barkeeper erkannte sie und nickte.

Sie bestellte etwas Nichtalkoholisches.

»Der geht aufs Haus«, meinte er.

»Sieh an«, sagte einer der Gäste. »Malky versucht es zur Abwechslung mal mit einem Vorspiel.«

Siobhan ignorierte die Bemerkung. »Normalerweise kriege ich erst einen spendiert, wenn ich mich als Kriminalbeamtin ausgewiesen habe.« Sie hielt ihren Dienstausweis hoch.

»Gute Wahl, Malky«, bemerkte einer. »Es geht um den jungen Donny, stimmt's?« Siobhan drehte sich zu dem Mann um. Er war über sechzig und trug eine flache Mütze auf der glänzenden Glatze. In der Hand hielt er eine Pfeife. Zu seinen Füßen lag ein schlafender Hund.

»Stimmt«, sagte sie.

»Der Junge war ein verdammter Idiot, das wissen wir alle… Aber den Tod hat er trotzdem nicht verdient.«

»Ach nein?«

Der Mann schüttelte den Kopf. »Die jungen Dinger heutzutage schreien viel zu schnell Vergewaltigung.« Er hob die Hand, um die Einwände des Barkeepers zurückzuweisen. »Nein, Malky, was ich nur sagen will … gib einem Mädel was zu trinken, und sie rennt in ihr Unglück. Man muss sich nur ansehen, was die am Leib tragen, wenn sie die Main Street hoch und runter stolzieren. Vor fünfzig Jahren waren die Frauen noch nicht so offenherzig … und es stand nicht jeden Tag was über sexuelle Übergriffe in der Zeitung.«

»Da wären wir wieder!«, rief einer.

»Die Zeiten haben sich geändert.« Der Mann schien das allgemeine Stöhnen seiner Trinkkumpane regelrecht zu genießen. Siobhan wurde klar, dass es sich um eine regelmäßig wiederkehrende Vorstellung handelte, ohne Drehbuch zwar, aber doch verlässlich. Sie blickte zu Malky, doch der schüttelte den Kopf, um ihr zu signalisieren, dass es nicht der Mühe wert war, sich auf eine Diskussion einzulassen, denn genau darauf wartete der Mann nur. Sie entschuldigte sich und ging zur Toilette. In der Kabine setzte sie sich, legte sich Ishbels Adressbuch und Susies Zettel auf den Schoß und verglich die Handschriften mit den Sprüchen an den Wänden. Seit ihrem letzten Besuch war nichts Neues hinzugekommen. Sie glaubte, dass »Donny Perversling« von Susie stammte und »Kampf dem Cruik« von Ishbel. Aber es waren noch andere am Werk gewesen. Angie fiel ihr ein, sogar die Frauen unter den Trockenhauben.

Blutige Rache …

Dead Man Walking …

Diese beiden stammten weder von Ishbel noch von Susie, aber irgendjemand hatte sie geschrieben.

Die Friseursalonsolidarität.

Eine ganze Stadt voller Verdächtiger …

Sie blätterte in dem Adressbuch, und ihr Blick fiel auf eine Anschrift unter C, die ihr bekannt vorkam: Justizvollzugsanstalt Barlinnie. Flügel E, dort waren die Sexualstraftäter untergebracht. Geschrieben in Ishbels Handschrift, unter C wie Cruikshank. Siobhan sah das gesamte Buch durch, fand aber nichts weiter von Interesse.

Bedeutete das, dass Ishbel Cruikshank geschrieben hatte? Gab es eine Verbindung zwischen den beiden, von der Siobhan noch nichts wusste? Sie bezweifelte, dass die Eltern Bescheid wussten – schon der Gedanke würde die beiden aus der Fassung bringen. Sie ging zurück zur Theke, hob ihr Glas und blickte Malky, dem Barkeeper, direkt in die Augen.

»Leben die Eltern von Donny Cruikshank noch hier im Ort?«

»Sein Vater kommt oft hierher«, sagte einer der Gäste. »Ein braver Kerl, Eck Cruikshank. Hat ihn fast ins Grab gebracht, als Donny hinter Gitter kam …«

»Aber Donny hat nicht zu Hause gewohnt«, sagte Siobhan.

»Nicht seit er entlassen wurde«, erklärte der Mann.

»Seine Mutter wollte ihn nicht mehr im Haus haben«, schaltete Malky sich ein. Kurz darauf sprach der ganze Pub über die Cruikshanks, und die Polizistin in ihrer Mitte war vergessen.

»Donny war schon eine echte Plage …«

»Der war ein paar Monate mit meiner Tochter zusammen, konnte keiner Fliege was zuleide tun …«

»Der Vater arbeitet als Werkzeugmechaniker in Falkirk …«

»Ein solches Ende hat er nicht verdient …«

»So was verdient keiner …«

Siobhan nippte an ihrem Getränk und gab ab und an einen Kommentar von sich oder stellte eine Frage. Als ihr Glas leer war, wollten zwei der Gäste sie auf ein zweites einladen, aber sie schüttelte den Kopf.

»Die nächste Runde geht auf mich«, sagte sie und kramte in ihrer Tasche nach Geld.

»Ich lass mich doch nicht von einer Frau einladen«, protestierte einer. Doch er wehrte sich nicht, als das frisch gezapfte Pint vor ihn auf die Theke gestellt wurde. Siobhan steckte das Wechselgeld ein.

»Und als er wieder draußen war?«, fragte sie beiläufig. »Hat er da wieder mit den alten Freunden rumgehangen?«

Die Männer verstummten, und ihr wurde klar, dass sie nicht beiläufig genug gefragt hatte. Sie versuchte es mit einem Lächeln. »Es werden noch andere kommen und genau die gleichen Fragen stellen.«

»Das heißt noch lange nicht, dass wir auch antworten müssen«, sagte Malky streng. »Ein bisschen zwangloses Gerede, mehr nicht.«

Die Gäste nickten zustimmend.

»Wir ermitteln hier in einem Mordfall«, erinnerte Siobhan. Auf einmal war es kühl geworden im Pub, alle Sympathie eingefroren.

»Mag sein, aber wir sind keine Denunzianten«.

»Das erwartet auch niemand.«

Einer der Männer schob sein Bier zurück. »Ich kann mein Bier selber bezahlen«, sagte er. Der Mann neben ihm tat es ihm gleich.

Die Tür ging auf, und zwei Uniformierte traten ein. Einer trug ein Klemmbrett.

»Sie haben von dem Todesfall gehört?«, fragte er. Todesfall: netter Euphemismus, aber korrekt. Es war kein Mord, so lange der Pathologe nicht sein Urteil abgegeben hatte. Siobhan beschloss zu gehen. Der Beamte mit dem Klemmbrett wollte ihre Personalien aufnehmen. Sie zeigte ihm stattdessen ihren Dienstausweis.

Als sie draußen war, ertönte eine Hupe. Es war Les Young. Er hielt an, winkte sie zu sich heran und drehte das Fenster herunter.

»Hat die Spürnase aus der großen Stadt den Fall schon gelöst?«, fragte er.

Sie ignorierte die Frage und berichtete stattdessen von ihren Besuchen bei den Jardines, im Salon und im Bane.

»Dann haben Sie also kein Alkoholproblem?«, fragte er und schaute an ihr vorbei zum Pub. Als sie nicht antwortete, wurde ihm klar, dass er genug gestichelt hatte. »Gute Arbeit«, sagte er. »Vielleicht sollten wir einen Fachmann einschalten, um die Handschriften zu vergleichen und herauszufinden, wen Donny Cruikshank noch so zum Feind hatte.«

»Den einen oder anderen Fürsprecher hatte er auch«, entgegnete Siobhan. »Ein paar Männer sind der Meinung, dass er nicht in den Knast gehörte.«

»Vielleicht haben die sogar Recht…« Young bemerkte ihren Gesichtsausdruck. »Was nicht heißen soll, dass er unschuldig war. Nur… im Gefängnis werden Vergewaltiger in der Regel getrennt untergebracht, zu ihrer eigenen Sicherheit.«

»Und die Einzigen, zu denen sie Kontakt haben, sind andere Vergewaltiger?«, fragte Siobhan. »Glauben Sie, einer von denen könnte Cruikshank umgebracht haben?«

Young zuckte mit den Achseln. »Sie haben gesehen, wie viele Pornos er besaß – Raubkopien, CD-ROMs…«

»Und?«

»Mit seinem Computer konnte er die nicht machen. Er verfügte nicht über die Software und den entsprechenden Prozessor. Er muss sie also von irgendwoher gekriegt haben.«

»Versand? Sexshops?«

»Möglich…« Young nagte auf der Unterlippe.

Siobhan zögerte, bevor sie weitersprach. »Da ist noch etwas.«

»Was?«

»Ishbel Jardines Adressbuch – sieht aus, als hätte sie Cruikshank geschrieben, als er im Gefängnis saß.«

»Ich weiß.«

»Das wissen Sie?«

»Wir haben ihre Briefe in einer Schublade in Cruikshanks Schlafzimmer gefunden.«

»Und was steht drin?«

Young griff zum Beifahrersitz. »Sehen Sie selbst.« Zwei Bögen Papier, jeder mit eigenem Umschlag und beide in den üblichen Plastikbeuteln für Beweismaterial. Ishbel hatte in Großbuchstaben geschrieben.

ALS DU MEINE SCHWESTER VERGEWALTIGT HAST, HÄTTEST DU MICH GLEICH MIT UMBRINGEN KÖNNEN...

MEIN LEBEN IST VORBEI, UND DU BIST SCHULD...

»Sie werden begreifen, warum wir auf einmal so versessen darauf sind, mit ihr zu sprechen«, sagte Young.

Siobhan nickte. Sie glaubte zu verstehen, warum Ishbel diese Briefe geschickt hatte – Cruikshank sollte sich schuldig fühlen. Aber warum hatte er sie aufbewahrt? Um sich darüber lustig zu machen? Hatte ihre Wut ihm irgendeinen Kitzel verschafft? »Wieso hat die Gefängniszensur die durchgelassen?«, fragte sie.

»Das habe ich mich auch gefragt...«

Sie sah ihn an. »Haben Sie in Barlinnie angerufen?«

»Ich habe mit dem zuständigen Beamten gesprochen«, bestätigte Young. »Er hat sie durchgelassen, weil er glaubte, sie würden Cruikshank vielleicht dazu bringen, sich mit seiner Schuld auseinander zu setzen.«

»Und, hat es funktioniert?«

Young zuckte mit den Achseln.

»Hat Cruikshank geantwortet?«

»Der Beamte meint, nein.«

»Aber die Briefe hat er aufbewahrt...«

»Vielleicht hatte er vor, sie damit aufzuziehen.« Young zögerte. »Vielleicht hat sie sich seinen Spott zu sehr zu Herzen genommen.«

»Ich sehe sie nicht als Mörderin«, erklärte Siobhan.

»Das Problem ist, dass wir sie überhaupt nicht sehen. Sie zu finden, ist Ihre vordringlichste Aufgabe, Siobhan.«

»Ja, Sir.«

»In der Zwischenzeit richten wir ein Ermittlungsbüro ein.«

»Wo?«

»Anscheinend gibt es in der Bücherei einen Raum, den wir nutzen können.« Mit einem Nicken deutete er die Straße entlang. »Neben der Grundschule. Sie können uns beim Einrichten helfen, wenn Sie wollen.«

»Zuerst sollten wir meinen Vorgesetzten wissen lassen, wo ich bin.«

»Steigen Sie ein.« Young zog sein Handy heraus. »Ich werde ihm mitteilen, dass wir Sie entführt haben.«

16

Rebus und Ellen Wylie waren wieder in Whitemire.

Eine kurdische Dolmetscherin aus Glasgow war engagiert und hergebracht worden. Eine kleine, quirlige Frau mit breitem Westküstenakzent, jeder Menge Goldschmuck und mehreren Schichten bunter Kleider. Für Rebus sah sie aus, als würde sie eigentlich in einem Kirmes-Wohnwagen leben und aus der Hand lesen. Doch stattdessen saß sie mit Mrs. Yurgii, den beiden Detectives und Alan Traynor an einem Tisch in der Cafeteria. Rebus hatte Traynor darauf hingewiesen, dass sie ihn nicht unbedingt brauchen würden, doch er hatte darauf bestanden, dabei zu sein, und saß nun mit verschränkten Armen ein wenig abseits von der Gruppe. Mehrere Angestellte, Reinigungskräfte und die Köche, hatten in der Cafeteria zu tun. Gelegentlich schepperte ein Topf gegen eine Metalloberfläche. Mrs. Yurgii zuckte jedes Mal zusammen. Ihre Kinder wurden in ihrem Zimmer beaufsichtigt. Sie hatte ein Taschentuch um die Finger der rechten Hand gewickelt.

Ellen Wylie hatte die Dolmetscherin aufgetrieben, und sie war es auch, die die Fragen stellte.

»Hat ihr Mann die ganze Zeit über nichts von sich hören lassen? Hat sie nie versucht, ihn zu kontaktieren?«

Die Frage wurde übersetzt, dann kam die Antwort und deren Übersetzung ins Englische.

»Wie sollte sie? Sie wusste nicht, wo er sich aufhielt.«

»Den Insassen ist es erlaubt, nach draußen zu telefonieren«, stellte Traynor klar. »Wir haben ein öffentliches Telefon, das kann von allen genutzt werden.«

»Sofern sie das Geld haben«, fauchte die Dolmetscherin.

»Und er hat nie versucht, sich mit ihr in Verbindung zu setzen?«, wiederholte Wylie.

»Es ist sehr gut möglich, dass er von den Leuten draußen auf dem Laufenden gehalten wurde«, antwortete die Dolmetscherin, ohne der Witwe die Frage gestellt zu haben.

»Wie meinen Sie das?«

»Ich nehme doch an, dass hier ab und an tatsächlich jemand rauskommt.« Wieder warf sie Traynor einen zornigen Blick zu.

»Die meisten werden nach Hause geschickt«, entgegnete er.

»Um dann zu verschwinden«, konterte sie.

»Gelegentlich«, schaltete Rebus sich ein, »wird doch auch der eine oder andere ausgelöst, habe ich Recht, Mr. Traynor?«

»Durchaus. Wenn jemand bürgt …«

»Auf diesem Weg könnte Stef Yurgii von seiner Familie erfahren haben – von Leuten, die hier waren.«

Traynor blickte skeptisch drein.

»Haben Sie eine Liste?«, fragte Rebus.

»Was für eine Liste?«

»Von denen, die auf Kaution entlassen wurden.«

»Natürlich.«

»Mit den derzeitigen Adressen?« Traynor nickte. »Es wäre also ein Leichtes festzustellen, wie viele in Edinburgh oder sogar in Knoxland selbst leben?«

»Ich glaube, Sie haben da etwas falsche Vorstellungen, Inspector. Was denken Sie, wie viele Leute in Knoxland einen Asylsuchenden aufnehmen würden? Ich gebe gern zu, dass ich persönlich noch nie da war, aber von dem, was ich in der Zeitung gelesen habe ...«

»Da ist was dran«, pflichtete Rebus ihm bei. »Trotzdem, könnten Sie mir die Liste geben?«

»Die Daten sind vertraulich.«

»Ich brauche nicht alle. Nur die, die in Edinburgh leben.«

»Und nur die Kurden?«, fragte Traynor nach.

»Wahrscheinlich, ja.«

»Das sollte sich machen lassen.« Traynor klang alles andere als begeistert.

»Vielleicht könnten Sie sich jetzt gleich der Sache annehmen, während wir uns mit Mrs. Yurgii unterhalten?«

»Ich kümmere mich später darum.«

»Oder einer Ihrer Mitarbeiter ...?«

»Später, Inspector.« Traynor hatte einen nachdrücklicheren Tonfall angeschlagen. Mrs. Yurgii begann wieder zu reden. Als sie fertig war, nickte die Dolmetscherin.

»Stef konnte nicht in seine Heimat zurückkehren. Sie hätten ihn umgebracht. Er war Journalist und Menschenrechtler.« Sie zog die Stirn in Falten. »Wenn ich das richtig verstanden habe.« Sie fragte bei der Witwe nach und nickte erneut. »Ja, er hat an Berichten über staatliche Korruption und Kampagnen gegen das Volk der Kurden gearbeitet. Sie sagt, er war ein Held, und ich glaube ihr ...«

Die Dolmetscherin lehnte sich zurück, als warte sie nur darauf, dass man ihr widersprach.

Ellen Wylie lehnte sich vor. »Gab es draußen jemanden, den er kannte? Den er möglicherweise aufgesucht hat?«

Die Frage wurde gestellt und beantwortet.

»Er kannte niemanden in Schottland. Die Familie wollte Sighthill nicht verlassen. Sie fingen gerade an, sich dort wohl zu fühlen. Die Kinder hatten Freunde gefunden... Plätze in einer Schule bekommen. Und dann wurden sie auf einmal mitten in der Nacht in einen Lieferwagen verfrachtet – einen Polizeiwagen – und hierher gebracht. Sie hatten Todesangst.«

Wylie berührte die Dolmetscherin am Arm. »Ich weiß nicht, wie ich es am besten formulieren soll... vielleicht können Sie mir helfen.« Sie zögerte. »Wir sind ziemlich sicher, dass Stef zumindest eine Person draußen kannte.«

Es dauerte einen Augenblick, bis die Dolmetscherin begriff, worauf sie hinauswollte. »Sie meinen eine Frau?«

Wylie nickte. »Wir müssen sie finden.«

»Und wie soll seine Witwe Ihnen dabei helfen?«

»Ich weiß nicht genau...«

»Fragen Sie sie«, sagte Rebus, »welche Sprachen ihr Mann beherrschte.«

Die Dolmetscherin sah ihn an, während sie die Frage stellte. Dann: »Er sprach ein wenig Englisch und etwas Französisch. Sein Französisch war besser als sein Englisch.«

Wylie sah ihn ebenfalls an. »Ob die Freundin Französisch spricht?«

»Gut möglich. Irgendwelche Frankophonen hier, Mr. Traynor?«

»Gelegentlich.«

»Aus welchen Ländern?«

»Hauptsächlich aus Afrika.«

»Kann es sein, dass von denen vielleicht jemand auf Kaution entlassen wurde?«

»Gehe ich recht in der Annahme, dass ich das nachprüfen soll?«

»Wenn es nicht allzu große Umstände macht.« Rebus lächelte. Traynor seufzte. Die Dolmetscherin sprach wieder mit Mrs. Yurgii. Deren Antwort bestand darin, in Tränen auszubrechen und ihr Gesicht im Taschentuch zu vergraben.

»Was haben Sie gesagt?«, fragte Wylie.

»Ich habe sie gefragt, ob ihr Mann treu war.«

Mrs. Yurgii sprach unter Schluchzern. Die Dolmetscherin legte einen Arm um sie.

»Und nun haben wir ihre Antwort«, sagte sie.

»Und die lautet?«

»›Bis zum Tode‹«, zitierte die Dolmetscherin.

Die Stille wurde von einem Tuten unterbrochen: Traynors Walkie-Talkie. Er hob es ans Ohr. »Schießen Sie los«, sagte er. Dann, nachdem er einen Moment zugehört hatte: »Oh Gott… bin schon unterwegs.«

Er ging ohne ein Wort. Rebus und Wylie tauschten einen Blick, und Rebus stand auf, um ihm zu folgen.

Es war nicht schwer, den nötigen Abstand zu wahren. Traynor hatte es eilig, es fehlte nicht viel, und er wäre in den Laufschritt verfallen. Den Gang hinunter, dann nach links in einen anderen, bis er an dessen Ende eine Tür aufriss. Diese wiederum führte in einen kürzeren Flur, der an einem Notausgang endete. Drei kleine Räume gingen davon ab – Isolationszellen. In einer hämmerte jemand gegen die verschlossene Tür. Hämmerte und trat und schrie in einer Sprache, die Rebus nicht verstand. Doch das schien nicht der Grund für Traynors Eile zu sein. Er war in eine andere Zelle getreten. Die Tür wurde von einem Wachmann aufgehalten. Auch drinnen befanden sich einige Wachleute. Sie hockten neben einem extrem abgemagerten Mann in Unterhosen, der auf dem Fußboden lag. Aus seinen Kleidern hatte er sich eine Schlinge gewunden. Sie war noch immer straff um seinen Hals gelegt. Sein Kopf sah hochrot und geschwollen aus, die Zunge hing ihm aus dem Mund.

»Alle zehn Minuten, verdammt«, schimpfte Traynor.

»Wir *haben* alle zehn Minuten nachgesehen«, betonte der Wachmann.

»Ja, natürlich …« Traynor blickte auf und entdeckte Rebus in der Tür. »Raus mit dem!«, brüllte er. Der nächststehende Wachmann fing an, Rebus auf den Gang hinauszudrängen. Rebus hielt beide Hände hoch.

»Schon gut, Kollege, ich geh ja schon.« Er wich zurück. Der Wachmann folgte ihm. »Selbstmordkontrollen, wie? So wie sich das anhört, wird der Nachbar wohl der Nächste sein, bei dem Lärm, den er da veranstaltet …«

Der Wachmann antwortete nicht. Er schlug Rebus die Tür vor der Nase zu und blieb stehen, um ihn durch die Glasscheibe zu beobachten. Rebus hob erneut beide Hände, drehte sich um und ging davon. Irgendetwas sagte ihm, dass seine Anliegen auf Traynors Prioritätenliste ein gutes Stück nach unten gerutscht waren …

Das Interview in der Cafeteria war zu Ende. Wylie schüttelte der Dolmetscherin die Hand, und diese begleitete die Witwe in Richtung des Familientrakts.

»Und«, fragte Wylie, »wo hat's gebrannt?«

»Gebrannt hat's nicht, aber eins der armen Schweine hat Selbstmord begangen.«

»Oh Scheiße …«

»Kommen Sie, ich will hier raus.« Er ging voran Richtung Ausgang.

»Wie hat er es angestellt?«

»Hat sich aus seinen Kleidern eine Art Tourniquet gebastelt. Erhängen konnte er sich nicht; es gab da nichts, wo er die Schlinge hätte festmachen können …«

»Oh Scheiße«, wiederholte sie. Draußen an der frischen

Luft zündete sich Rebus eine Zigarette an. Wylie schloss ihren Volvo auf. »Das bringt uns alles nicht weiter hier, oder?«

»Es war doch klar, dass es nicht leicht werden würde, Ellen. Die Freundin ist der Schlüssel.«

»Außer, sie hat's getan«, schlug Wylie vor.

Rebus schüttelte den Kopf. »Hören Sie sich den Notruf an. Sie weiß, warum er umgebracht wurde, und das ›Warum‹ führt uns zum ›Wer‹.«

»Klingt regelrecht metaphysisch, wenn Sie so was sagen.«

Er zuckte erneut mit den Achseln und schnippte den Zigarettenstummel weg. »Ich bin ein Mann mit vielen Facetten, Ellen.«

»Ach ja? Könnten Sie das mal buchstabieren, bitte, Mister Facette?«

Als sie vom Gelände fuhren, blickte er zu Caro Quinns Lager hinüber. Bei seiner Ankunft war sie nicht da gewesen, aber jetzt stand sie am Straßenrand und trank Tee aus einer Thermoskanne. Rebus bat Wylie anzuhalten.

»Dauert nur eine Minute«, sagte er und stieg aus.

»Was wollen Sie …« Er hatte die Wagentür zugeschlagen, bevor sie die Frage zu Ende bringen konnte. Quinn reagierte mit einem Lächeln, als sie ihn erkannte.

»Hallo.«

»Hören Sie«, begann er, »kennen Sie irgendwelche wohl gesonnenen Journalisten? Ihren Zielen wohl gesonnen?«

Sie sah ihn an. »Einen oder zwei.«

»Dann können Sie denen eine Neuigkeit stecken: Einer der Insassen hat soeben Selbstmord begangen.« Kaum waren die Worte draußen, wusste er, dass er einen Fehler begangen hatte. Das hätte man auch besser verpacken können, John, schalt er sich, als Caro Quinn Tränen in die Augen traten.

»Tut mir Leid«, sagte er. Er sah, dass Wylie sie im Rückspiegel beobachtete. »Ich dachte, Sie könnten vielleicht was damit anfangen … Es wird eine Untersuchung geben … je mehr Medienberichte, umso schlechter für Whitemire …«

Sie nickte. »Ja, ich verstehe. Danke, dass Sie es mir verraten haben.« Die Tränen liefen ihr über die Wangen. Wylie hupte. »Ihre Freundin wartet«, sagte Quinn.

»Kann ich Sie allein lassen?«

»Mir geht's gleich wieder besser.« Sie fuhr sich mit dem Handrücken übers Gesicht. Mit der anderen Hand hielt sie noch immer ihre Tasse, der Tee tropfte unbemerkt zu Boden.

»Sicher?«

Sie nickte. »Es ist nur so … so … *barbarisch.*«

»Ich weiß«, erwiderte er ruhig. »Na … besitzen Sie ein Handy?« Sie nickte. »Sie haben doch meine Nummer, wie wär's, wenn Sie mir auch Ihre geben?« Sie nannte sie, und er schrieb sie in sein Notizbuch.

»Sie sollten jetzt gehen«, sagte sie.

Rebus nickte und lief zum Wagen zurück. Er winkte ihr zu, bevor er einstieg.

»Ich bin aus Versehen an die Hupe gekommen«, log Wylie. »Sie kennen die Frau?«

»Flüchtig«, gab er zu. »Sie ist Künstlerin – malt Porträts.«

»Es stimmt also …« Wylie legte den ersten Gang ein. »Sie sind tatsächlich ein Mann mit vielen Facetten.«

»›C‹ und zwei ›t‹, richtig?«

»Richtig«, antwortete sie. Rebus drehte den Rückspiegel, sodass er beobachten konnte, wie Caro Quinn immer kleiner wurde, während der Wagen sich entfernte.

»Und woher kennen Sie sie?«

»Ich kenn sie halt, okay?«

»Entschuldigen Sie die Frage. Brechen Ihre Freundinnen immer in Tränen aus, wenn Sie mit Ihnen sprechen?«

Er warf ihr einen Blick zu, und für ein paar Minuten trat Schweigen ein.

»Haben Sie Lust auf einen kleinen Abstecher nach Banehall?«, fragte Wylie schließlich.

»Warum?«

»Nur so«, sagte sie. »Mal umschauen.« Auf dem Weg nach Whitemire hatten sie sich über den Mordfall unterhalten.

»Und was gibt's da zu sehen?«

»Die F-Truppe bei der Arbeit.«

F-Truppe, weil Livingston zur »Einheit F« der Lothian and Borders Police gehörte, die kaum jemand in Edinburgh besonders ernst nahm. Rebus konnte sich ein Lächeln nicht verkneifen.

»Warum nicht?«, sagte er.

»Also dann.«

Rebus' Handy klingelte. Er dachte, es könnte Caro Quinn sein, und fragte sich, ob er noch eine Weile hätte bei ihr bleiben und ihr Gesellschaft leisten sollen. Doch es war Siobhan.

»Ich habe gerade mit Gayfield telefoniert«, begann sie.

»Und?«

»DCI Macrae betrachtet uns beide als unerlaubt abwesend.«

»Und wie lautet Ihre Entschuldigung?«

»Ich bin in Banehall.«

»Komisch, da wollen wir auch gerade hin.«

»Wer ist wir?«

»Ellen und ich. Wir waren in Whitemire. Und Sie, immer noch auf der Suche nach dem Mädchen?«

»Es hat da eine kleine Veränderung gegeben ... haben Sie gehört, dass hier eine Leiche gefunden wurde?«

»Ich dachte, es war ein Mann.«

»Der Typ, der ihre Schwester vergewaltigt hat.«

»Okay, das ändert natürlich die Lage. Und jetzt unterstützen Sie die F-Truppe bei den Ermittlungen?«

»Sozusagen.«

Rebus schnaubte. »Jim Macrae muss den Eindruck gewinnen, dass wir Gayfield nicht besonders mögen.«

»Begeistert war er nicht gerade … Und ich soll Ihnen noch etwas ausrichten.«

»Ach ja?«

»Es gibt da noch jemanden, bei dem Sie in Ungnade gefallen sind …«

Rebus dachte kurz nach. »Ist dieser Trottel immer noch wegen der blöden Taschenlampe hinter mir her?«

»Er will eine offizielle Beschwerde einreichen.«

»Mein Gott … Ich kauf ihm eine neue.«

»Scheint eine Speziallampe zu sein – das Ding kostet über hundert Pfund.«

»Dafür kann ich einen ganzen Kronleuchter kaufen!«

»Nicht den Überbringer erschießen, John.«

In diesem Moment passierten sie das Ortseingangsschild. Aus BANEHALL war BANEHELL geworden.

»Wie einfallsreich«, murmelte Wylie. »Fragen Sie sie, wo sie ist.«

»Ellen möchte wissen, wo Sie sind«, sagte Rebus ins Telefon.

»Die Bücherei hat uns einen Raum zur Verfügung gestellt. Den benutzen wir als Basislager.«

»Gute Idee. Da kann die F-Truppe gleich nachsehen, ob es irgendwelche Nachschlagewerke zum Thema gibt. *Das große Buch der Morde* zum Beispiel.«

Wylie lächelte, aber Siobhan klang alles andere als amüsiert. »John, kommen Sie bloß nicht mit so einer Einstellung hierher.«

»War nur Spaß, Siobhan. Bis gleich.«

Rebus setzte Wylie vom Ziel ihrer Reise in Kenntnis. Der kleine Parkplatz der Bücherei war bereits überfüllt. Uniformierte Beamte trugen Computer in den einstöckigen Fertigbau. Rebus hielt einem die Tür auf und trat hinter ihm ein, Wylie blieb zurück, um ihre Mailbox abzuhören. Der Raum für die Ermittlungen war nur gut vier mal fünf Meter groß. Zwei Klapptische und ein paar Stühle stellten das Mobiliar dar.

»Wir haben keinen Platz für das ganze Zeug«, teilte Siobhan soeben einem Uniformierten mit, der in die Hocke ging, um ihr einen überdimensionierten Computerbildschirm vor die Füße zu stellen.

»Anweisung«, brachte er schwer atmend hervor.

»Kann ich Ihnen helfen?« Die Frage galt Rebus, gestellt von einem jungen Mann im Anzug.

»DI Rebus«, antwortete dieser.

Siobhan trat vor. »John, das ist DI Young. Er leitet die Ermittlungen.«

Die beiden Männer gaben sich die Hand. »Ich heiße Les«, sagte der Jüngere. Sein Interesse an dem Besucher war erloschen: Er hatte ein Ermittlungsbüro einzurichten.

»Lester Young?«, fragte Rebus. »Wie der Jazzmusiker?«

»Leslie – wie die Stadt in Fife.«

»Nun denn, viel Glück, Leslie«, wünschte Rebus und ging, gefolgt von Siobhan, zurück in die Bibliothek. An einem großen runden Tisch saßen ein paar Rentner und blätterten in Zeitungen und Illustrierten. In der Kinderecke lag eine Mutter auf einem Knautschsessel und schien tief und fest zu schlafen, während ihr Sprössling, Schnuller im Mund, die Bücher aus den Regalen zog und auf dem Teppich stapelte. In der Abteilung für Geschichte blieb Rebus stehen.

»Les, eh?«, fragte er mit gedämpfter Stimme.

»Er ist in Ordnung«, flüsterte Siobhan.

»Sie sind schnell bei der Hand mit Ihrem Urteil.« Rebus zog ein Buch aus dem Regal. Allem Anschein nach handelte es davon, wie die Schotten die moderne Welt erfunden hatten. Er schaute sich um, um sicherzugehen, dass sie nicht doch in der Belletristik gelandet waren. »Was passiert jetzt mit Ishbel Jardine?«, fragte er.

»Keine Ahnung. Das ist einer der Gründe, warum ich hier bleibe.«

»Wissen die Eltern schon von dem Mord?«

»Ja.«

»Dann ist also Party angesagt heute Abend ...«

»Ich war bei ihnen ... sie sahen nicht nach Feiern aus.«

»Und hatte einer von ihnen Blut an Kleidung oder Händen?«

»Nein.«

Rebus stellte das Buch zurück ins Regal. Das Kind fing an zu weinen, als sein Bücherturm umkippte. »Und die Skelette?«

»Tote Spur, könnte man sagen. Alexis Cater hat einen Typen im Verdacht, der mit einer von seinen Freundinnen bei besagter Party war. Nur dass die Freundin ihn kaum kannte und sich nicht einmal mehr an seinen Namen erinnert. Barry oder Gary meinte sie.«

»Und ist die Sache damit erledigt? Können die Gebeine in Frieden ruhen?«

Siobhan zuckte mit den Achseln. »Wie sieht es bei Ihnen aus? Schon Glück gehabt bei Ihrem Mord?«

»Die Ermittlungen sind noch in vollem Gange ...«

»... sagte der Polizeisprecher. Ihr sitzt also auf dem Trockenen?«

»So würde ich es nun auch wieder nicht nennen. Aber der Durchbruch lässt noch auf sich warten.«

»Und deshalb sind Sie hier? Um auf den Durchbruch zu warten?«

»Ganz so war es nicht gemeint mit dem Warten ... Glauben Sie, die F-Truppe wird mit dem Fall fertig?«

»An Verdächtigen mangelt es nicht.«

»Kann ich mir vorstellen. Wie wurde er umgebracht?«

»Man hat mit irgendwas auf ihn eingedroschen – einem Hammer vermutlich.«

»Wo?«

»Auf den Kopf.«

»Ich meine, wo im Haus.«

»Im Schlafzimmer.«

»Also war es wohl jemand, den er kannte?«

»Würde ich sagen, ja.«

»Glauben Sie, Ishbel könnte fest genug mit einem Hammer zuschlagen, um jemanden umzubringen?«

»Ich glaube nicht, dass sie es war.«

»Vielleicht haben Sie ja bald Gelegenheit, sie selbst zu fragen.« Rebus tätschelte ihr den Arm. »Aber wenn die F-Truppe an dem Fall dran ist, müssen Sie sich wahrscheinlich ein kleines bisschen mehr anstrengen als sonst …«

Draußen beendete Wylie gerade ein Telefonat. »Gibt es da drinnen was Interessantes zu sehen?«, fragte sie. Rebus schüttelte den Kopf. »Zurück zur Basis also?«, erkundigte sie sich.

»Mit einem kleinen Umweg«, teilte Rebus ihr mit.

»Wohin?«

»Zur Universität.«

17

Sie parkten in einer gebührenpflichtigen Parkbucht am George Square, spazierten durch die Gärten und kamen vor der Unibibliothek heraus. Die meisten Gebäude an dem Platz waren in den 1960ern hochgezogen worden und Rebus ein Dorn im Auge: Klötze aus sandfarbenem Beton, die die alten Gebäude, Stadthäuser aus dem achtzehnten Jahrhundert, verdrängt hatten. Reihenweise tückische Stufen und ein berüchtigter Windkanal, der an manchen Tagen arglose Passanten umblies. Zwischen den Gebäuden liefen Studenten umher, Bücher und Mappen unterm Arm. Einige standen in Grüppchen herum und unterhielten sich.

»Scheiß Studenten«, lautete Wylies knappe Beschreibung der Szenerie.

»Sind Sie nicht selbst aufs College gegangen, Ellen?«, fragte Rebus.

»Deshalb darf ich das ja auch sagen.«

Neben dem George Square Theatre stand ein Verkäufer der Obdachlosenzeitung *Big Issue*. Rebus ging zu ihm.

»Alles klar, Jimmy?«

»Kann nicht klagen, Mr. Rebus.«

»Und kommst du noch durch den nächsten Winter?«

»Wenn ich nicht vorher hopsgehe, bestimmt.«

Rebus gab ihm ein paar Münzen, weigerte sich aber, dafür eine Zeitung zu nehmen. »Gibt es irgendwas, das ich wissen sollte?«, fragte er mit gedämpfter Stimme.

Jimmy blickte nachdenklich drein. Er trug eine abgewetzte Baseballkappe, unter der lange, verfilzte graue Haare hervorlugten. Die grüne Strickjacke reichte ihm fast bis zu den Knien. Zu seinen Füßen lag ein Border Collie – oder so etwas Ähnliches – und schlief. »Nicht viel los«, meinte er schließlich. Seine Stimme war von den üblichen Lastern heiser geworden.

»Sicher?«

»Sie wissen doch, ich halte Augen und Ohren offen … Shit ist billiger geworden, falls Ihnen das weiterhilft.«

Shit: Haschisch. Rebus grinste. »Leider nicht mein Markt. Die Drogen meiner Wahl werden immer nur teurer.«

Jimmy lachte laut auf, was den Hund veranlasste, ein Auge zu öffnen. »Ja ja, Kippen und Alkohol, die übelsten Drogen, die die Menschheit je gesehen hat!«

»Pass auf dich auf«, sagte Rebus und entfernte sich. Und an Wylie gewandt: »Da wären wir.« Er hielt ihr die Tür auf.

»Sie waren also schon mal hier?«

»Ja, hier ist der Fachbereich Linguistik – früher haben die schon mal Stimmanalysen für uns gemacht.« In der gläsernen Empfangskabine saß ein Pförtner in grauer Uniform.

»Dr. Maybury«, sagte Rebus.

»Zimmer zwei-zwölf.«

»Danke.«

Rebus führte Wylie zu den Aufzügen. »Kennen Sie eigentlich jeden in Edinburgh?«, fragte sie.

»So haben wir früher gearbeitet, Ellen.« Er ließ sie vor sich in den Aufzug treten und drückte auf den Knopf für den zweiten Stock. Klopfte an die Tür von Zimmer 212, doch es war niemand da. Durch das Milchglasfenster neben der Tür waren keine Bewegungen auszumachen. Rebus versuchte es an der nächsten Bürotür und erhielt die Auskunft, Maybury sei vielleicht im Sprachlabor im Untergeschoss.

Das Sprachlabor lag am Ende eines Flurs hinter einer Doppeltür. In einer Reihe von Kabinen saßen vier Studenten, die einander nicht sehen konnten. Sie trugen Kopfhörer und sprachen mehrmals hintereinander eine Liste von scheinbar zufällig gewählten Worten in ein Mikrofon:

Brot
Mutter
Denken
Ordentlich
See
Allegorie
Unterhaltung
Interessant
Beeindruckend

Sie schauten auf, als Rebus und Wylie eintraten. Ihnen gegenüber saß eine Frau an einem großen Tisch mit einer Art Schaltpult, an das ein großer Kassettenrekorder angeschlossen war. Sie gab ein entnervtes Geräusch von sich und schaltete den Rekorder ab.

»Was ist denn?«, fauchte sie.

»Dr. Maybury, wir hatten schon einmal miteinander zu tun. Ich bin Detective Inspector John Rebus.«

»Ja, ich erinnere mich: Es ging um Drohanrufe ... Sie wollten den Akzent lokalisieren.«

Rebus nickte und stellte Wylie vor. »Bitte entschuldigen Sie die Störung, aber ich wollte fragen, ob Sie ein paar Minuten für mich erübrigen könnten.«

»Ich bin hier gleich fertig.« Sie schaute auf die Uhr. »Gehen Sie doch hoch in mein Büro und warten Sie dort auf mich. Da steht ein Wasserkocher und alles.«

»Wasserkocher und alles klingt gut.«

Sie wühlte in ihrer Tasche nach dem Schlüssel. Als Rebus und Wylie den Raum verließen, gab sie den Studenten bereits Anweisung, sich auf den nächsten Durchgang vorzubereiten.

»Was machen die da?«, fragte Wylie, während der Aufzug sie wieder hinauf in den zweiten Stock brachte.

»Weiß der Geier.«

»Na ja, wenigstens holen sie die Jugendlichen von der Straße ...«

Dr. Mayburys Büro war bis oben hin voll gestopft mit Büchern und Papieren, Video- und Audiokassetten. Der Computer auf ihrem Schreibtisch war unter Bergen von Papier begraben. Auf dem für Kolloquien vorgesehenen Tisch türmten sich Bücher aus der Bibliothek. Wylie entdeckte den Wasserkocher und stöpselte ihn ein. Rebus verließ den Raum und ging zur Toilette, wo er sein Handy hervorholte und Caro Quinn anrief.

»Alles in Ordnung?«, fragte er.

»Ja«, versicherte sie. »Ich habe einen Journalisten von der *Evening News* angerufen. Die Geschichte erscheint vielleicht noch in der heutigen Abendausgabe.«

»Was war los?«

»Reges Kommen und Gehen ...« Sie hielt inne. »Werde ich wieder verhört?«

»Tut mir Leid, wenn es Ihnen so vorkommt.«

Sie zögerte. »Hätten Sie Lust, später vorbeizuschauen? Bei mir zu Hause, meine ich.«

»Warum?«

»Damit mein hoch spezialisiertes Team von Anarchosyndikalisten den Indoktrinationsprozess einleiten kann.«

»Sind die Jungs auf der Suche nach einer Herausforderung?«

Sie lachte. »Ich frage mich immer noch, wie Sie ticken.«

»Abgesehen von meiner Armbanduhr? Nehmen Sie sich in Acht, Caro. Schließlich bin ich der Feind.«

»Heißt es nicht, man soll seinen Feind kennen?«

»Komisch, genau das hat mir vor kurzem schon jemand gesagt.« Er schwieg kurz. »Ich könnte Sie zum Essen einladen.«

»Um von Anfang an chauvinistische Machtstrukturen zu etablieren?«

»Ich habe zwar nicht den leisesten Schimmer, was das heißen soll, aber vermutlich bin ich schuldig im Sinne der Anklage.«

»Es heißt, dass wir die Rechnung teilen«, klärte sie ihn auf. »Seien Sie um acht bei mir.«

»Dann also bis später.« Rebus beendete das Gespräch und fragte sich fast im selben Moment, wie sie von Whitemire nach Hause käme. Würde sie per Anhalter fahren? Er wollte ein zweites Mal ihre Nummer wählen, ließ es dann aber bleiben. Schließlich war sie kein Kind mehr. Sie hielt diese Mahnwachen schon seit Monaten. Sie würde auch ohne seine Hilfe nach Hause kommen. Und abgesehen davon würde sie ihm vermutlich unterstellen, chauvinistische Machtstrukturen etablieren zu wollen.

Rebus kehrte in Mayburys Büro zurück und nahm von

Wylie eine Tasse Kaffee entgegen. Sie setzten sich einander gegenüber an den Tisch.

»Sind Sie nie zur Uni gegangen, John?«, fragte sie.

»Hat mich nie gereizt«, antwortete er. »Außerdem war ich verdammt faul in der Schule.«

»Ich hab's gehasst«, sagte Wylie. »Ich wusste nie, was ich sagen sollte. Jahr für Jahr habe ich in Zimmern wie diesem gehockt und kein Wort rausgebracht, damit bloß niemand merkte, wie dumm ich war.«

»Und wie dumm waren Sie genau?«

Wylie lächelte. »Irgendwann stellte sich heraus, dass die anderen glaubten, ich würde nie den Mund aufmachen, weil ich schon alles wusste.«

Die Tür ging auf, Dr. Maybury kam herein und quetschte sich hinter Wylies Stuhl an der Wand entlang auf ihren Platz am Schreibtisch. Sie war groß und schlank und wirkte unsicher. Ihr dichtes, dunkles, welliges Haar hatte sie zu einer Art Pferdeschwanz gebunden. Sie trug eine altmodische Brille, als könnte sie die klassische Schönheit ihres Gesichts dahinter verbergen.

»Möchten Sie einen Kaffee, Dr. Maybury?«, fragte Wylie.

»Das Zeug kommt mir schon zu den Ohren raus«, antwortete sie brüsk. Murmelte eine Entschuldigung und dankte Wylie für das Angebot.

Rebus erinnerte sich an diesen Charakterzug; sie war schnell aus der Fassung zu bringen, und sie entschuldigte sich öfter als nötig.

»Entschuldigung«, sagte sie erneut, ohne ersichtlichen Grund diesmal, und schob einige Papiere auf ihrem Schreibtisch zusammen.

»Worum ging es da unten?«, wollte Wylie wissen.

»Sie meinen die Wortlisten?« Mayburys Mundwinkel zuckten. »Ich beschäftige mich zurzeit mit Forschungen zum Thema Elision …«

Wylie hob die Hand wie in der Schule. »Sie und ich wissen, was das heißt, Doktor, aber könnten Sie es für DI Rebus kurz erklären?«

»Wenn ich mich recht entsinne, ging es, als Sie reinkamen, gerade um das Wort ›ordentlich‹. Neuerdings lassen immer mehr Leute beim Sprechen den Mittelteil weg – das nennt man Elision.«

Rebus hatte aufgehört, sich zu fragen, wozu derlei Forschungen gut waren. Er trommelte mit den Fingerspitzen auf den Tisch. »Wir haben da eine Aufnahme mitgebracht und wollten Sie bitten, sich die einmal anzuhören«, sagte er.

»Wieder ein anonymer Anrufer?«

»Könnte man so sagen … Es war ein Notruf. Wir versuchen, die Nationalität der Anruferin zu ermitteln.«

Maybury schob die Brille hoch und streckte die Hand aus. Rebus reichte ihr das Band. Sie legte es in den Kassettenrekorder, der neben ihr auf dem Boden stand, und drückte auf Start.

»Es könnte etwas unangenehm werden«, warnte Rebus. Sie nickte und hörte sich die Aufnahme von Anfang bis Ende an.

»Mein Spezialgebiet sind regionale Akzente, Inspector«, erklärte sie. »Regionen des Vereinten Königreichs. Diese Frau ist nicht von hier.«

»Ja, aber von irgendwo muss sie ja kommen.«

»Aber nicht aus diesem Land.«

»Sie können uns also nicht helfen? Und wenn Sie raten müssten?«

Maybury tippte sich mit dem Finger ans Kinn. »Afrikanerin, vermutlich afrokaribisch.«

»Sie spricht wahrscheinlich Französisch«, ergänzte Rebus. »Könnte ihre Muttersprache sein.«

»Meine Kollegen in der Französischabteilung könnten Ihnen da sicherlich Genaueres sagen … Moment mal.« Der ganze Raum schien heller zu werden, als sie lächelte. »Eine meiner Doktorandinnen hat sich mit den Varianten des Französischen in Afrika beschäftigt … vielleicht könnte sie …«

»Wir sind dankbar für jeden Hinweis«, meinte Rebus.

»Kann ich die Kassette behalten?«

Rebus nickte. »Ein bisschen eilig ist es allerdings schon.«

»Ich weiß nicht genau, wo sie steckt.«

»Vielleicht rufen Sie bei ihr zu Hause an?«, schlug Wylie vor.

»Soweit ich weiß, ist Sie irgendwo in Südwestfrankreich unterwegs.«

»Das macht es allerdings nicht einfacher«, sagte Rebus.

»Nicht unbedingt. Aber wenn ich sie ans Telefon kriege, könnte ich ihr das Band vorspielen.

Jetzt war es Rebus, der lächelte.

»Elision«, sagte Rebus.

Sie befanden sich in Torphichen Place. Es war ziemlich ruhig auf dem Revier, die Knoxlandtruppe wusste nicht recht, was sie als Nächstes tun sollte. Wenn ein Fall nicht innerhalb der ersten zweiundsiebzig Stunden gelöst war, verlor er deutlich an Tempo. Der anfängliche Adrenalinkick war längst verpufft, die Haustürbefragungen und Verhöre waren abgeschlossen, alles schien sich verschworen zu haben, den Eifer zu ersticken. Rebus hatte Fälle, die zwanzig Jahre nach der Tat noch immer nicht aufgeklärt waren. So was nagte an ihm, weil er all die unnütz aufgewandten Arbeitsstunden nicht vergessen konnte und wusste, dass er nur ein Telefonat – nur einen Namen – von der Lösung entfernt war. Womöglich waren die Schuldigen verhört und laufen gelassen worden. Vielleicht hatte man sie komplett übersehen, oder der entscheidende Hinweis lag irgendwo zwischen den muffigen Seiten dieser Akten versteckt – und kein Mensch würde ihn jemals finden.

»Elision«, wiederholte Wylie mit einem Nicken. »Gut zu wissen, dass das erforscht wird.«

»Und zwar ›orntlich‹.« Rebus schnaubte. »Haben Sie sich mal mit Geografie beschäftigt, Ellen?«

»In der Schule. Sie meinen, das ist wichtiger als Linguistik?«

»Ich musste gerade an Whitemire denken ... an die ganzen Nationalitäten dort: Angola, Namibia, Albanien. Ich könnte die nicht auf der Karte zeigen.«

»Ich auch nicht.«

»Dabei ist die Hälfte von denen vermutlich gebildeter als ihre Bewacher.«

»Worauf wollen Sie hinaus?«

Er starrte sie an. »Seit wann muss ich auf irgendwas hinauswollen?«

Kopfschüttelnd gab sie einen tiefen Seufzer von sich.

»Schon gesehen?«, fragte Shug Davidson. Er stand vor ihnen und hielt eine Ausgabe der Abendzeitung in die Höhe. Die Schlagzeile lautete SELBSTMORD IN WHITEMIRE.

»Da wird nicht lange um den heißen Brei geredet, was?«, sagte Rebus, nahm Davidson die Zeitung ab und begann zu lesen.

»Ich hatte Rory Allan an der Strippe. Er hat um einen zitierfähigen Satz für die morgige Ausgabe des *Scotsman* gebeten. Er will ein ganzes Feature über die Sache machen – von Whitemire bis Knoxland und alles, was dazwischen liegt.«

»Das bringt Bewegung in die Sache«, meinte Rebus. Die Story selbst war ziemlich dünn. Caro Quinn wurde mit einem Ausspruch über die unmenschlichen Zustände in dem Abschiebegefängnis zitiert. Ein Absatz handelte von Knoxland, außerdem gab es ein paar alte Fotos von den damaligen Protesten gegen Whitemire. Caros Gesicht, eins unter vielen, war eingekringelt worden. Die Leute trugen Plakate und beschimpften die Wachleute, als diese am Eröffnungstag im Gefängnis eintrafen.

»Ihre Freundin schon wieder«, bemerkte Wylie, die ihm über die Schulter schaute.

»Welche Freundin?«, fragte Davidson neugierig.

»Ach nichts, Sir«, antwortete Wylie schnell. »Wir sprachen nur von der Frau, die vor dem Gefängnis diese Mahnwachen hält.«

Rebus war am Ende des Artikels angelangt und wurde von dort auf einen Kommentar im Inneren der Zeitung verwiesen. Er blätterte um und überflog den Leitartikel: *Untersuchungen gefordert … höchste Zeit, dass die Politik nicht mehr wegschaut … unerträgliche Situation für alle Beteiligten … zu lange ignoriert … Appelle … die Zukunft von Whitemire nach der jüngsten Tragödie ungeklärt …*

»Was dagegen, wenn ich die behalte?«, fragte er, weil er glaubte, dass Caro vielleicht Mut aus den Berichten schöpfen würde.

»Fünfunddreißig Pence«, sagte Davidson und streckte die Hand aus.

»Dafür kriege ich eine Neue!«

»Aber diese hier hat einen hohen ideellen Wert, John, und sie ist aus erster Hand.« Er hielt seine Hand noch immer ausgestreckt; Rebus zahlte und tröstete sich damit, dass er damit immer noch billiger weggekommen war als mit einer Schachtel Pralinen. Ohnehin hielt er Caro Quinn nicht für eine besonders Süße. Aber – schon wieder hatte er ein vorschnelles Urteil über sie gefällt. In seinem Beruf lernte man, Urteile auf der untersten »Wir gegen die anderen«-Ebene zu fällen. Jetzt wollte er herausfinden, was dahinter lag.

Bisher hatte ihn das erst fünfunddreißig Pence gekostet.

Siobhan war wieder im Bane. Diesmal hatte sie einen Polizeifotografen mitgebracht und Les Young.

»Ich brauch sowieso ein Bier«, war sein Kommentar gewesen, nachdem er erfahren hatte, dass es bei dreien der vier Computer im Ermittlungsbüro Probleme mit der Software gab und keiner erfolgreich an die Telefonanlage der Bücherei angeschlossen werden konnte. Er bestellte ein kleines Eighty-Shilling.

»Lime Juice mit Soda für die Dame?«, fragte Malky. Siobhan nickte. Der Fotograf saß an einem Tisch in der Nähe der Toiletten und schraubte ein Objektiv auf seine Kamera. Einer der Gäste trat zu ihm und fragte, wie viel er dafür wolle.

»Vergiss es, Arthur!«, rief Malky. »Das sind Bullen.«

Siobhan nippte an ihrem Glas, Young schob das Geld zum Barkeeper hinüber. Sie beobachtete Malky, während er das Wechselgeld auf die Theke legte. »Nicht gerade eine typische Reaktion, würde ich sagen«, bemerkte sie.

»Was?«, fragte Les Young und wischte sich einen schmalen Streifen Schaum von der Oberlippe.

»Malky weiß, dass wir von der CID sind. Und wir haben einen Fotografen mitgebracht, der soeben seine Kamera zusammensetzt. Und Malky hat nicht einmal gefragt, warum.«

Der Barkeeper zuckte mit den Achseln. »Geht mich nichts an, was Sie machen«, brummelte er und wandte sich ab, um einen Zapfhahn zu polieren.

Der Fotograf war fast fertig. »DS Clarke«, sagte er, »vielleicht sollten Sie reingehen und nachsehen, ob jemand drin ist.«

Siobhan lächelte. »Was glauben Sie, wie viele Frauen hier verkehren?«

»Trotzdem …«

Siobhan wandte sich an Malky. »Ist jemand auf der Damentoilette?«

Malky zuckte wieder mit den Achseln. Siobhan wandte

sich an Young. »Sehen Sie? Er ist nicht mal überrascht, dass wir auf dem Klo Fotos machen wollen…« Dann ging sie zur Tür und schob sie auf. »Die Luft ist rein«, versicherte sie dem Fotografen. Doch als sie in die Kabinen spähte, entdeckte sie, dass jemand die Klosprüche mit einem dicken schwarzen Filzstift übermalt hatte, sodass sie praktisch unlesbar waren. Siobhan bat den Fotografen, sein Bestes zu versuchen. Dann ging sie zurück zur Theke. »Gute Arbeit, Malky«, bemerkte sie kühl.

»Was?«, fragte Les Young.

»Der gute Malky ist ein ganz Schlauer. Hat gesehen, dass ich bei meinen beiden Besuchen hier auf der Toilette war, und ihm dämmerte, was ich so interessant fand. Also kam er auf die Idee, die Sprüche, so gut es ging, zu übermalen.«

Malky schwieg, hob nur das Kinn ein wenig, um klarzustellen, dass ihn kein schlechtes Gewissen plagte.

»Sie wollen uns keine Tipps geben, habe ich Recht, Malky? Banehall ist besser dran ohne Donny Cruikshank, und wer auch immer es getan hat – viel Glück! Das denken Sie doch, stimmt's?«

»Ich sage gar nichts.«

»Brauchen Sie auch nicht… Sie haben immer noch Tinte an den Fingern.«

Malky betrachtete die schwarzen Flecken.

»Die Sache ist doch die«, fuhr Siobhan fort, »bei meinem ersten Besuch hier hatten Sie Streit mit Cruikshank.«

»Ich hab Sie in Schutz genommen«, entgegnete Malky.

Siobhan nickte. »Und als ich weg war, haben Sie ihn rausgeworfen. Böses Blut zwischen Ihnen beiden?« Sie stützte die Ellbogen auf die Theke, stellte sich auf die Zehenspitzen und beugte sich vor. »Vielleicht sollten wir Sie zu einem offiziellen Verhör mitnehmen… Was meinen Sie, DI Young?«

»Gute Idee.« Er stellte das leere Glas ab. »Sie könnten unser erster offizieller Verdächtiger sein, Malky.«

»Ihr könnt mich mal.«

»Oder …«, Siobhan legte eine Pause ein, »… oder Sie sagen uns, von wem die Wandsprüche stammten. Ein paar waren von Ishbel und Susie, das weiß ich, aber von wem noch?«

»Tut mir ja Leid, aber ich geh so selten auf die Damentoilette.«

»Mag sein, aber immerhin wussten Sie von den Sprüchen.« Siobhan lächelte. »Ab und an gehen Sie also doch rein. Nach Geschäftsschluss womöglich?«

»Haben wir ein paar perverse Neigungen, Malky?«, stichelte Young. »Sind Sie deshalb nicht mit Cruikshank ausgekommen? Zu viele Gemeinsamkeiten?«

Malky deutete mit dem Finger auf Young. »Sie reden nur Scheiße!«

»Für mich«, sagte Young und ignorierte Malkys Finger, der dicht vor seinem linken Auge schwebte, »klingt das alles ziemlich überzeugend. In Fällen wie diesem muss man manchmal nur eine einzige Verbindung herstellen …« Er straffte sich. »Können Sie jetzt gleich mitkommen, oder brauchen Sie einen Moment, um die Kneipe zu schließen?«

»Sehr witzig.«

»Richtig, Malky«, sagte Siobhan. »Deshalb kriegen wir uns auch kaum noch ein vor Lachen.«

Malky schaute von einem zur anderen. Beide blickten streng und ernst drein.

»Ich gehe davon aus, dass Sie hier nur angestellt sind«, meinte Young. »Am besten rufen Sie Ihren Chef an und teilen ihm mit, dass Sie zu einem Verhör mitgenommen werden.«

Malky hatte seinen Finger wieder eingefahren, die Hand zur Faust geballt und dann gesenkt. »Na, kommen Sie …«, sagte er in der Hoffnung, dass die beiden wieder zu Verstand kommen würden.

»Darf ich Sie daran erinnern«, erklärte Siobhan, »dass es

strengstens verboten ist, die Ermittlungen in einem Mordfall zu behindern. Die meisten Richter sehen so was gar nicht gern.«

»Herrgott, ich hab doch nur …« Doch er brachte den Satz nicht zu Ende. Young seufzte, holte sein Handy hervor und wählte.

»Ich brauche ein paar Uniformierte ins Bane. Wir haben hier einen Verdächtigen zu verhaften …«

»Schon gut, schon gut«, lenkte Malky ein und hob beschwichtigend die Hände. »Setzen wir uns an einen Tisch und reden. Nichts, was wir nicht auch hier erledigen können, oder?« Young klappte sein Handy zu.

»Das werden wir Sie wissen lassen, sobald wir gehört haben, was Sie uns sagen wollen«, teilte Siobhan dem Barkeeper mit. Er schaute in die Runde, um sicherzugehen, dass keiner der Stammgäste Nachschub brauchte, und gönnte sich selbst einen Whisky. Hob die Klappe, kam hinter der Theke hervor und nickte zu dem Tisch, auf dem die Fototasche stand.

In diesem Moment kam der Fotograf aus den Toiletten. »Ich hab getan, was ich konnte«, sagte er.

»Danke, Billy«, erwiderte Les Young. »Ich hätte die Bilder gern noch vor Feierabend.«

»Ich werde sehen, was sich machen lässt.«

»Das ist eine Digitalkamera … es dauert keine fünf Minuten, mir ein paar Ausdrucke zu machen.«

»Kommt drauf an.« Billy hatte seine Tasche gepackt und sich über die Schulter geschwungen. Dann nickte er zum Abschied einmal in die Runde und marschierte zur Tür. Young saß geschäftsmäßig und mit verschränkten Armen da. Malky hatte sein Glas in einem Zug geleert.

»Tracy war bei allen beliebt«, fing er an.

»Tracy Jardine«, erklärte Siobhan Young. »Das Mädchen, das von Cruikshank vergewaltigt wurde.«

Malky nickte bedächtig. »Danach war sie nicht mehr dieselbe … mich hat's nicht überrascht, als sie sich umbrachte.«

»Und als Cruikshank zurückkam?«, drängte Siobhan.

»Ein Großmaul sondergleichen, als würde ihm der Laden hier gehören. Dachte wohl, wir müssten alle Angst vor ihm haben, weil er im Knast war. So'n Scheiß …« Malky betrachtete sein leeres Glas. »Irgendwer einen Nachschlag?«

Sie schüttelten den Kopf. Er ging hinter die Theke und goss sich ein. »Das ist der Letzte für heute«, sagte er zu sich selbst.

»Kleines Alkoholproblem gehabt früher?«, fragte Young verständnisvoll.

»Ich hab so einiges weggeputzt«, gab Malky zu. »Aber die Zeiten sind vorbei.«

»Freut mich zu hören.«

»Malky«, fuhr Siobhan fort, »ich weiß, dass Ishbel und Susie sich auf der Toilette verewigt haben, aber wer noch?«

Malky atmete tief durch. »Wahrscheinlich eine Freundin der beiden, Janine Harrison. Genau genommen war sie eigentlich Tracys Freundin. Aber nach Tracys Tod war sie oft mit Ishbel und Susie zusammen.« Er lehnte sich zurück und starrte das Glas an, als koste es ihn einige Mühe, den Inhalt nicht in einem Zug hinunterzustürzen. »Sie arbeitet in Whitemire.«

»Als was?«

»Gehört zum Wachpersonal.« Er hielt inne. »Haben Sie schon gehört, was passiert ist? Einer hat sich erhängt. Gott, wenn sie den Laden dichtmachen …«

»Was dann?«

»Banehall wurde auf Kohle erbaut. Nur dass es heute keine Kohle mehr gibt. Whitemire ist der einzige Arbeitgeber in der Gegend. Die Hälfte der Leute, die Sie hier sehen – die mit den neuen Autos und den Satellitenschüsseln – haben irgendwas mit Whitemire zu tun.«

»Okay, also Janine Harrison. Wer noch?«

»Da ist noch eine Freundin von Susie. Eine ganz Stille normalerweise, bis der Alkohol wirkt …«

»Name?«

»Janet Eylot.«

»Und arbeitet die auch in Whitemire?«

Er nickte. »Soweit ich weiß, ist sie Sekretärin.«

»Und leben die beiden hier im Ort, Janine und Janet?«

Er nickte wieder.

»Gut«, sagte Siobhan, nachdem sie die Namen notiert hatte. »Ich weiß nicht recht, DI Young …« Sie sah zu Les Young hinüber. »Was meinen Sie? Halten Sie es immer noch für nötig, Malky zum Verhör mitzunehmen?«

»Im Moment nicht, DS Clarke. Aber wir brauchen seinen Nachnamen und seine Anschrift.«

Die Malky ohne Einwände zu Protokoll gab.

18

Sie nahmen Siobhans Wagen, um nach Whitemire zu fahren. Young betrachtete bewundernd das Interieur.

»Ganz schön sportlich.«

»Gut oder schlecht?«

»Gut, würde ich sagen …«

Neben der Zufahrtsstraße stand ein Zelt, die Bewohnerin desselben wurde gerade von einem Fernsehteam interviewt. Mehrere Journalisten lauschten in der Hoffnung auf ein paar zitierfähige Sätze. Der Wachmann am Tor teilte ihnen mit, dass »drinnen noch ein viel größerer Zirkus« herrsche.

»Keine Sorge«, versicherte Siobhan, »wir haben unseren Turndress dabei.«

Ein zweiter Wachmann in Uniform wartete auf dem Parkplatz auf sie. Sein Empfang fiel kühl aus.

»Ich weiß, heute ist vielleicht nicht der beste Tag für einen Besuch«, sagte Young mitfühlend, »aber wir ermitteln in einem Mordfall. Sie werden also verstehen, dass die Sache nicht warten kann.«

»Zu wem wollen Sie?«

»Wir würden uns gern mit zwei Ihrer Kolleginnen unterhalten: Janine Harrison und Janet Eylot.«

»Janet ist nach Hause gegangen«, sagte der Wachmann. »Die Sache hat ihr ziemlich zugesetzt.« Er sah, wie Siobhan die Augenbraue hob. »Das mit dem Selbstmord«, erklärte er.

»Und Janine Harrison?«, fragte sie.

»Janine arbeitet im Familienflügel. Ich glaube, sie hat bis sieben Dienst.«

»Dann sprechen wir mit ihr«, meinte Siobhan. »Und wenn Sie uns Janets Adresse geben könnten …«

Die Flure und Gemeinschaftsräume waren menschenleer. Siobhan vermutete, dass man die Insassen auf ihre Zimmer geschickt hatte, bis die Aufregung vorüber wäre. Sie sah, dass hinter einigen nur angelehnten Türen Meetings stattfanden: ernst dreinblickende Männer in Anzügen, Frauen in weißen Blusen mit halbmondförmigen Brillen und Perlenketten um den Hals.

Bürokraten.

Der Wachmann führte sie in ein Großraumbüro und ließ Officer Harrison ausrufen. Während sie warteten, eilte ein Mann an ihnen vorbei, kam zurück und fragte den Wachmann, was los sei.

»Polizei, Mr. Traynor. Es geht um einen Mord in Banehall.«

»Haben Sie ihnen erklärt, dass unsere Klienten das Gelände nicht verlassen dürfen?« Er klang höchst verärgert über den Besuch.

»Es handelt sich um eine reine Routinebefragung, Sir«,

schaltete Siobhan sich ein. »Wir sprechen mit allen, die das Opfer gekannt haben.«

Mit dieser Auskunft schien er zufrieden. Er gab ein grunzendes Geräusch von sich und marschierte davon.

»Hohes Tier?«, vermutete Siobhan.

»Chef vom Ganzen«, bestätigte der Wachmann. »Ist nicht sein Tag heute.«

Der Wachmann verließ den Raum, als Janine Harrison eintrat. Sie war Mitte zwanzig, nicht groß, dafür aber muskulös. Das dunkle Haar trug sie kurz geschnitten, Siobhan vermutete, dass sie viel Sport trieb, vermutlich eine Kampfsportart oder etwas Ähnliches.

»Setzen Sie sich«, sagte Young, nachdem er sich und Siobhan vorgestellt hatte.

Sie blieb stehen, die Hände hinter dem Rücken. »Worum geht's?«

»Um den mutmaßlichen Mord an Donny Cruikshank«, antwortete Siobhan.

»Dem Kerl wurde der Schädel eingeschlagen – was gibt es da zu mutmaßen?«

»Sie waren kein Fan von ihm?«

»Er hat ein betrunkenes Mädchen vergewaltigt. Nein, ich war kein Fan von ihm.«

»Der Pub im Ort«, sagte Siobhan, »die Sprüche auf der Damentoilette ...«

»Was ist damit?«

»Sie haben Ihren Teil dazu beigetragen.«

»Hab ich das?« Sie blickte nachdenklich drein. »Ja, vielleicht, kann sein. Frauensolidarität, Sie wissen schon.« Sie sah Siobhan an. »Er hat ein junges Mädchen vergewaltigt und zusammengeschlagen. Und Sie wollen sich jetzt ein Bein ausreißen, um den zu kriegen, der ihn um die Ecke gebracht hat?« Sie schüttelte den Kopf.

»Niemand hat es verdient, ermordet zu werden.«

»Nein?« Harrison war sich da nicht so sicher.

»Welcher Spruch stammt von Ihnen? ›Dead Man Walking‹ vielleicht? Oder ›Blutige Rache‹?«

»Ich weiß es wirklich nicht mehr.«

»Wir werden Sie wahrscheinlich um eine Probe Ihrer Handschrift bitten müssen«, schaltete Les Young sich ein.

Sie zuckte mit den Achseln. »Ich habe nichts zu verbergen.«

»Wann haben Sie Cruikshank das letzte Mal gesehen?«

»Ungefähr vor einer Woche im Bane. Hat allein Billard gespielt, weil keiner mit ihm spielen wollte.«

»Es wundert mich, dass er da hinging, wenn ihn niemand leiden konnte.«

»Hat ihm gefallen.«

»Der Pub?«

Harrison schüttelte den Kopf. »Die Aufmerksamkeit. Anscheinend war es ihm ziemlich egal, warum die Leute ihn beachteten, solange er nur im Mittelpunkt stand …«

Nach ihrem kurzen Zusammentreffen mit Cruikshank hielt Siobhan das für durchaus glaubhaft. »Sie waren mit Tracy befreundet, oder?«

Harrison wies mit dem Finger auf sie. »Jetzt weiß ich, wer Sie sind. Sie hatten mit Tracys Eltern zu tun, und Sie waren bei ihrer Beerdigung.«

»Ich habe sie nicht sehr gut gekannt.«

»Aber Sie haben gesehen, was sie durchgemacht hat.« Wieder der anklagende Tonfall.

»Ja, das stimmt«, sagte Siobhan ruhig.

»Wir sind Polizisten, Janine«, unterbrach Young. »Wir machen nur unsere Arbeit.«

»Prima … machen Sie Ihre Arbeit. Aber erwarten Sie nicht allzu viel Hilfe.« Sie verschränkte die Arme vor der Brust, ein Bild unerschütterlicher Entschlossenheit.

»Falls Sie uns irgendetwas zu sagen haben«, insistierte Young, »ist es besser, wenn wir es aus Ihrem Mund hören.«

»Dann hören Sie mir gut zu: Ich habe ihn nicht umgebracht, aber ich bin froh, dass er tot ist.« Sie legte eine Pause ein. »Und wenn ich ihn umgebracht hätte, würd ich's von allen Dächern rufen.«

Es folgten einige Momente der Stille, dann fragte Siobhan: »Wie gut kennen Sie Janet Eylot?«

»Ich kenne sie. Sie arbeitet hier… Das ist ihr Stuhl, auf dem Sie sitzen.« Sie nickte zu Young hinüber.

»Und privat?«

Harrison nickte.

»Gehen Sie zusammen aus?«, fragte Siobhan.

»Manchmal.«

»War sie mit im Bane, als Sie Cruikshank das letzte Mal gesehen haben?«

»Wahrscheinlich.«

»Sie erinnern sich nicht?«

»Nein.«

»Man sagt, sie schlägt ein wenig über die Stränge, wenn sie was getrunken hat.«

»Haben Sie sie mal gesehen? Sie ist vielleicht einsfünfzig groß, und das auch nur mit hohen Absätzen.«

»Soll heißen, sie wäre nicht auf Cruikshank losgegangen?«

»Soll heißen, sie hätte nicht gewonnen.«

»Sie dagegen sehen ziemlich sportlich aus, Janine.«

Harrison setzte ein eisiges Lächeln auf. »Sie sind nicht mein Typ.«

Siobhan schwieg einen Augenblick. »Haben Sie eine Ahnung, was mit Ishbel Jardine los sein könnte?«

Einen Moment lang war Harrison von dem Themenwechsel irritiert. »Nein«, sagte sie schließlich.

»Hat sie je davon gesprochen, dass sie weglaufen wollte?«

»Nie.«

»Aber sie hat doch bestimmt über Cruikshank geredet.«

»Sicher.«

»Könnten Sie etwas mehr ins Detail gehen?«

Harrison schüttelte den Kopf. »Ist das Ihre Taktik, wenn Sie nicht weiterkommen? Jemandem die Schuld in die Schuhe schieben, der nicht da ist, um sich zu verteidigen?« Sie blickte Siobhan ins Gesicht. »Tolle Freundin sind Sie.« Young wollte etwas sagen, aber sie ließ ihn nicht zu Wort kommen. »Es ist Ihr Job, ich weiß... Nur ein Job. Genau wie die Arbeit hier... Wenn hier jemand unter unserer Obhut zu Tode kommt, spüren wir das alle.«

»Kann ich mir vorstellen«, sagte Young.

»Apropos, ich muss noch einmal meine Runde machen, bevor ich gehen kann... Sind wir fertig?«

Young sah zu Siobhan, die noch eine letzte Frage stellen wollte. »Wussten Sie, dass Ishbel Cruikshank Briefe geschrieben hat, als er im Gefängnis war?«

»Nein.«

»Sind Sie überrascht?«

»Ja, ich denke schon.«

»Vielleicht haben Sie sie nicht so gut gekannt, wie Sie glaubten.« Siobhan hielt inne. »Danke für das Gespräch.«

»Ja, vielen Dank«, ergänzte Young. Und als sie fast schon draußen war: »Wir melden uns noch einmal wegen Ihrer Handschriftprobe...«

Als sie den Raum verlassen hatte, lehnte sich Young in seinem Stuhl zurück und verschränkte die Hände hinter dem Kopf. »Wenn es nicht so politisch inkorrekt wäre, würde ich sie ein Mannweib nennen.«

»Vielleicht wird man so in dem Job.«

Auf einmal stand der Wachmann, der sie hereingeführt hatte, wieder in der Tür, als habe er in Hörweite gewartet.

»Sie ist in Ordnung, man muss sie nur erst kennen lernen«, erklärte er. »Hier ist die Adresse von Janet Eylot.« Als Siobhan nach dem Zettel griff, fiel ihr auf, dass er sie betrachtete. »Und nebenbei bemerkt... Sie sind haargenau Janines Typ...«

Janet Eylot lebte in einem ziemlich neuen Einfamilienhaus am Rand von Banehall. Noch konnte sie aus dem Küchenfenster auf Felder hinausblicken.

»Wird nicht mehr lange so bleiben«, sagte sie. »Die Stadtplaner haben schon ein Auge drauf geworfen.«

»Freuen Sie sich dran, so lange es geht«, meinte Young und nahm eine Tasse Tee entgegen. Sie setzten sich an einen kleinen quadratischen Tisch. Zwei Kinder hockten vor einem lautstarken Videospiel.

»Ich lasse sie nur eine Stunde pro Tag spielen«, erklärte Eylot. »Und das auch erst, wenn die Hausaufgaben gemacht sind.« So, wie sie das sagte, vermutete Siobhan, dass Eylot allein erziehend war. Eine Katze hüpfte auf den Tisch, Eylot fegte sie mit dem Arm auf den Fußboden. »Ich hab's dir doch gesagt!«, schrie sie, als sich die Katze in den Hausflur verzog. Dann schlug sie sich die Hand vors Gesicht. »Tut mir Leid…«

»Sie sind ziemlich aufgewühlt, Janine«, sagte Siobhan sanft. »Kannten Sie den Mann, der sich erhängt hat?«

Eylot schüttelte den Kopf. »Aber er war nur fünfzig Meter von meinem Schreibtisch entfernt. Da muss man doch an all die schrecklichen Dinge denken, die um einen herum passieren können, ohne dass man je davon erfährt.«

»Ich verstehe, was Sie meinen«, sagte Young.

Sie schaute ihn an. »In Ihrem Beruf… Sie sehen doch ständig so Sachen.«

»Donny Cruikshanks Leiche zum Beispiel«, warf Siobhan ein. Sie hatte den Hals einer leeren Weinflasche entdeckt, der unter dem Deckel des Mülleimers hervorlugte; auf dem Abtropfgestell stand ein einzelnes Weinglas. Sie fragte sich, wie viel Janet Eylot an einem Abend so trank.

»Seinetwegen sind wir hier«, sagte Young. »Wir wollen wissen, wie er gelebt hat, wer ihn kannte, wer ihm vielleicht nicht besonders wohl gesonnen war.«

»Was hat das mit mir zu tun?«

»Haben Sie ihn nicht gekannt?«

»Wer würde so einen schon kennen wollen?«

»Wir dachten nur ... bei dem, was Sie über ihn an die Klowand im Bane geschrieben haben ...«

»Ich war doch nicht die Einzige!«, fauchte sie.

»Das wissen wir.« Siobhans Stimme war noch ruhiger geworden. »Wir beschuldigen niemanden, Janet. Wir wollen nur seinen Hintergrund ausleuchten.«

»Das ist nun der ganze Dank«, sagte Eylot kopfschüttelnd. »Typisch ...«

»Wie meinen Sie das?«

»Dieser Asylsuchende ... der, der erstochen wurde. Ich war es, die die Polizei angerufen hat. Ohne mich hätten Sie nie erfahren, wer er war. Und das ist nun der Dank.«

»Sie haben uns den Namen von Stef Yurgii genannt?«

»Ja doch – und wenn mein Chef je Wind davon kriegt, fliege ich in hohem Bogen raus. Zwei von Ihren Kollegen sind in Whitemire gewesen: ein großer, kräftiger Mann und eine jüngere Frau ...«

»DI Rebus und DS Wylie?«

»Keine Ahnung, wie die hießen. Ich habe mich im Hintergrund gehalten.« Sie stockte. »Und statt den Mord an diesem armen Kerl aufzuklären, kümmert ihr euch lieber um einen Drecksack wie Cruikshank.«

»Vor dem Gesetz sind alle gleich«, sagte Young. Sie starrte ihn unverwandt an, sodass ihm die Röte ins Gesicht stieg und er die Tasse an den Mund hob, um es zu kaschieren.

»Sehen Sie?«, sagte sie anklagend. »Sie beten das so runter, aber Sie wissen selbst, dass da nicht viel Wahres dran ist.«

»Was DI Young sagen möchte«, schaltete Siobhan sich ein, »ist lediglich, dass wir unvoreingenommen sein müssen.«

»Aber auch das stimmt nicht.« Eylot stand auf, die Stuhlbeine scharrten über den Fußboden. Sie riss den Kühlschrank auf, dann wurde ihr bewusst, was sie getan hatte, und schlug die Tür wieder zu. Im mittleren Fach lagen drei Weinflaschen.

»Janet«, sagte Siobhan, »liegt es an Whitemire? Gefällt Ihnen die Arbeit dort nicht?«

»Ich find's schrecklich.«

»Dann kündigen Sie.«

Eylot lachte schrill auf. »Und wo soll der nächste Job herkommen? Ich muss für meine zwei Kinder sorgen...« Sie setzte sich wieder und starrte aus dem Fenster. »Whitemire ist alles, was ich habe.«

Whitemire, zwei Kinder und ein Kühlschrank...

»Was haben Sie an die Toilettenwand geschrieben, Janet?«, fragte Siobhan ruhig.

Plötzlich standen Eylot Tränen in den Augen. Sie versuchte, sie wegzublinzeln. »Irgendwas mit Blut«, antwortete sie mit brüchiger Stimme.

»Blutige Rache?«, rief Siobhan. Die Frau nickte, Tränen liefen ihr über die Wangen.

Sie blieben nicht mehr lange. Als sie wieder an der frischen Luft waren, atmeten beide unwillkürlich tief durch.

»Haben Sie Kinder, Les?«, fragte Siobhan.

Er schüttelte den Kopf. »Aber ich war verheiratet. Hat ein Jahr gehalten; wir haben uns vor elf Monaten getrennt. Und Sie?«

»So weit bin ich nie gekommen.«

»Sie schlägt sich tapfer, oder was meinen Sie?« Er riskierte einen Blick zurück zum Haus.

»Das Jugendamt werden wir wohl nicht einschalten müssen.« Sie schwieg einen Augenblick. »Was jetzt?«

»Zurück zur Basis.« Er blickte auf die Uhr. »Kurz vor Feierabend. Ich gebe einen aus, wenn Sie Lust haben.«

»Falls Sie nicht gerade ins Bane wollen.«

Er lächelte. »Ich muss ohnehin nach Edinburgh.«

»Ich dachte, Sie wohnen in Livingston.«

»Stimmt, aber ich bin in einem Bridgeklub …«

»Bridge?« Sie konnte sich ein Lächeln nicht verkneifen.

Er zuckte mit den Achseln. »Ich habe vor Jahren damit angefangen, auf dem College.«

»Bridge«, wiederholte sie.

»Was dagegen?« Er versuchte zu lachen, aber es war offensichtlich, dass er sich in der Defensive fühlte.

»Nein, ganz und gar nicht. Ich versuche mir nur gerade vorzustellen, wie Sie im Dinnerjackett mit Fliege …«

»So ist das nicht.«

»Dann sollten wir uns auf einen Drink in der Stadt treffen, damit Sie mir alles ganz genau erklären können. Das Dome auf der George Street … halb sieben?«

»Halb sieben«, wiederholte er.

Maybury war Gold wert: um Viertel nach fünf rief sie Rebus an. Er notierte sich die Zeit, weil er sie später für die Akte brauchen würde … Ein wirklich großartiger Song von The Who, dachte er: *Out of my brain on the five-fifteen …*

»Ich habe ihr die Aufnahme vorgespielt«, sagte Maybury.

»Das ging ja schnell.«

»Ich habe ihre Handynummer gefunden. Ist es nicht erstaunlich, dass die Dinger heutzutage überall funktionieren?«

»Sie ist also in Frankreich?«

»Ja, in Bergerac.«

»Und was hat sie gesagt?«

»Nun ja, die Klangqualität war ja nicht gerade berauschend …«

»Das ist mir klar.«

»Und die Verbindung wurde ständig unterbrochen.«

»Aha.«

»Aber ich habe es ihr ein paar Mal vorgespielt, und sie

meinte Senegal. Sie ist nicht hundertprozentig sicher, aber das schien ihr am wahrscheinlichsten.«

»Senegal?«

»Liegt in Afrika, Landessprache Französisch.«

»Okay, prima, vielen Dank.«

»Viel Glück, Inspector.«

Rebus legte auf und machte sich auf die Suche nach Wylie, die vor ihrem Computer saß. Sie tippte einen Bericht über die Aktivitäten des Tages, der später der Ermittlungsakte beigefügt werden würde.

»Senegal«, sagte er.

»Wo ist das denn?«

Rebus seufzte. »In Afrika natürlich. Landessprache Französisch.«

Sie starrte ihn an. »Das hat Maybury Ihnen gerade gesagt, stimmt's?«

»Oh, ihr Ungläubigen!«

»Ungläubig, aber nicht dumm.« Sie schloss ihr Dokument, ging ins Internet und tippte Senegal in eine Suchmaschine ein. Rebus zog einen Stuhl heran.

»Da«, sagte sie und deutete auf eine Afrikakarte auf dem Bildschirm. Senegal lag an der Nordwestküste des Kontinents, eingeklemmt zwischen Mauretanien im Norden und Mali im Osten.

»Es ist winzig«, meinte Rebus.

Wylie klickte auf ein Icon, und ein Fenster wurde geöffnet. »Gerade mal hundertsiebenundneunzigtausend Quadratkilometer«, sagte sie. »Das ist fast dreiviertel so groß wie Großbritannien, wenn ich mich nicht irre. Hauptstadt: Dakar.«

»Wie in Rallye Paris-Dakar?«

»Wahrscheinlich. Bevölkerung: sechseinhalb Millionen.«

»Minus eins …«

»Ist sie ganz sicher, dass die Anruferin aus dem Senegal stammt?«

»Na, wir haben es wohl eher mit Wahrscheinlichkeiten zu tun.«

Wylie fuhr mit dem Finger eine Liste statistischer Daten entlang. »Kein Hinweis darauf, dass in dem Land Unruhen herrschen oder so.«

»Und das bedeutet?«

Wylie zuckte mit den Achseln. »Vielleicht ist die Frau gar keine Asylbewerberin ... und möglicherweise auch nicht illegal hier.«

Rebus nickte, verkündete, dass er vielleicht jemanden kenne, der was darüber Bescheid wusste, und rief Caro Quinn an.

»Wollen Sie mich versetzen?«, fragte sie.

»Weit gefehlt – ich habe sogar ein Geschenk für Sie.« Den Blick auf Wylie gerichtet klopfte er sich auf die Jackentasche, aus der die Tageszeitung ragte. »Ich hatte mich nur gefragt, ob Sie mir etwas über den Senegal erzählen können.«

»Das Land in Afrika?«

»Ganz genau.« Er schaute auf den Bildschirm. »Überwiegend muslimisch, wichtigstes Exportgut Erdnüsse.«

Er hörte sie lachen. »Was ist damit?«

»Gibt es hier Flüchtlinge von dort? Vielleicht sogar in Whitemire?«

»Nicht dass ich wüsste ... Aber der Flüchtlingsrat kann Ihnen da sicher weiterhelfen.«

»Gute Idee.« Doch während er das sagte, kam ihm ein ganz anderer Gedanke. Wenn jemand Bescheid wusste, dann die Einwanderungsbehörde.

»Bis später dann«, sagte er und legte auf.

Wylie saß mit verschränkten Armen da und grinste übers ganze Gesicht. »Ihre Freundin von Whitemire?«, fragte sie.

»Sie heißt Caro Quinn.«

»Und Sie sind mit ihr verabredet.«

»Und?« Rebus zuckte mit den Schultern.

»Und was konnte sie Ihnen über den Senegal sagen?«

»Nur, dass sie nicht glaubt, dass in Whitemire irgendwelche Senegalesen sitzen. Sie meinte, wir sollten uns an den Flüchtlingsrat wenden.«

»Was ist mit Mo Dirwan? Der ist doch bestimmt auf dem Laufenden in diesen Dingen.«

Rebus nickte. »Rufen Sie ihn an.«

Wylie deutete mit dem Finger auf sich selbst. »Ich? Sie sind doch derjenige, den er anhimmelt.«

Rebus verzog das Gesicht. »Fangen Sie bitte nicht davon an, Ellen.«

»Und überhaupt, ich vergaß ... Sie haben ja eine Verabredung heute Abend. Sicher wollen Sie noch kurz einen Abstecher nach Hause machen, für die Gesichtsmassage.«

»Wenn mir zu Ohren kommt, dass Sie das rumerzählt haben ...«

Sie hob beide Hände wie zum Zeichen der Kapitulation. »Ihr Geheimnis ist bei mir bestens aufgehoben, Don Juan. Dann hauen Sie schon ab ... Wir sehen uns Montag.«

Rebus sah sie fragend an, doch sie scheuchte ihn mit beiden Händen aus dem Raum. Als er schon fast an der Tür war, rief sie ihn. Er wandte sich zu ihr um.

»Lassen Sie sich einen Rat geben von einer Fachfrau.« Sie deutete auf die Zeitung in seiner Jackentasche. »Ein klein wenig Geschenkpapier kann Wunder wirken ...«

19

An jenem Abend stand Rebus frisch geduscht und rasiert vor Caro Quinns Wohnungstür. Er sah sich um, doch Mutter und Kind waren nicht zu sehen.

»Ayisha ist bei Freunden«, erklärte Quinn.

»Freunde?«

»Sie darf doch wohl Freunde haben, John.« Quinn beugte sich vor, um einen schwarzen Schuh über den linken Fuß zu ziehen.

»Das war nur so dahingesagt«, verteidigte er sich.

Sie richtete sich auf. »Nein, das war es nicht, aber egal. Habe ich Ihnen erzählt, dass Ayisha in ihrem Heimatland als Krankenschwester gearbeitet hat?«

»Ja.«

»Sie wollte hier auch arbeiten, in ihrem Beruf, aber Asylsuchende dürfen das nicht. Trotzdem hat sie sich mit einigen Krankenschwestern angefreundet, und eine von denen veranstaltet heute Abend ein kleines Fest.«

»Ich habe was mitgebracht fürs Baby«, sagte Rebus und zog eine Rassel aus der Tasche. Quinn nahm ihm die Rassel ab und probierte sie aus. Lächelnd sah sie ihn an.

»Ich lege sie ihr ins Zimmer.«

Als sie gegangen war, wurde ihm mit einem Mal bewusst, dass er schwitzte, dass ihm das Hemd am Rücken klebte. Am liebsten hätte er das Jackett ausgezogen, doch er fürchtete, dass man den Schweißfleck sah. Die Jacke war schuld: hundert Prozent Wolle, zu warm für drinnen. Er stellte sich vor, wie er beim Essen saß und ihm der Schweiß in die Suppe tropfte …

»Sie haben mir gar nicht gesagt, wie schick ich mich gemacht habe«, sagte Quinn, als sie zurückkam. Sie hatte noch immer nur den einen Schuh an. Ihre Füße steckten in schwarzen Strümpfen, die unter einem knielangen schwarzen Rock verschwanden. Sie trug ein senffarbenes Oberteil mit weitem Ausschnitt, der fast bis zu den Schultern reichte.

»Sie sehen umwerfend aus«, bestätigte er.

»Danke.« Sie zog den zweiten Schuh an.

»Für Sie habe ich auch ein Geschenk.« Er überreichte ihr die Zeitung.

»Und ich dachte schon, Sie hätten sie für den Fall mitgebracht, dass Sie sich mit mir langweilen.« Dann bemerkte sie, dass er eine schmale rote Schleife darum gebunden hatte. »Netter Einfall«, sagte sie, während sie die Schleife löste.

»Glauben Sie, der Selbstmord wird irgendwelche Folgen haben?«

Nachdenklich schlug sie sich mit der Zeitung gegen die linke Handfläche. »Wahrscheinlich nicht«, antwortete sie schließlich. »Für die Regierung ist nur wichtig, dass diese Menschen irgendwo verwahrt werden. Whitemire ist da so gut wie jeder andere Ort.«

»Die Zeitungen sprechen von einer Krise.«

»Aber nur deshalb, weil das Wort ›Krise‹ immer wichtig klingt.« Sie hatte die Seite mit ihrem Foto aufgeschlagen. »Mit diesem Kringel um den Kopf sehe ich aus wie eine Zielscheibe.«

»Warum sagen Sie das?«

»John, ich habe Zeit meines Lebens gegen das System gekämpft. Atom-U-Boote in Faslane, das Atomkraftwerk in Torness, der US-Stützpunkt in Greenham Common ... was auch immer, ich war dabei. Ob mein Telefon im Moment abgehört wird? Keine Ahnung. Ob es früher schon mal abgehört wurde? Bestimmt.«

Rebus betrachtete das Telefon. »Was dagegen, wenn ich ...?« Er nahm den Hörer ab, ohne eine Antwort abzuwarten, drückte den grünen Knopf und lauschte. Dann drückte er auf die Gabel, ließ wieder los und drückte erneut. Sah sie an und schüttelte den Kopf, während er den Hörer auflegte.

»Und Sie meinen, Sie können das erkennen?«, fragte sie.

Er zuckte mit den Achseln. »Möglicherweise.«

»Sie glauben, ich übertreibe, stimmt's?«

»Was nicht bedeuten würde, dass Sie nicht Ihre Gründe haben.«

»Ich wette, Sie haben auch schon Telefone abgehört. Während der Bergarbeiterstreiks vielleicht?«

»Wer verhört hier jetzt wen?«

»Das liegt daran, dass wir Feinde sind, schon vergessen?«

»Sind wir das?«

»Die meisten Ihrer Kollegen würden mich so sehen, ob ich nun eine Bomberjacke trage oder nicht.«

»Ich bin nicht wie die meisten meiner Kollegen.«

»Das stimmt wahrscheinlich. Sonst hätte ich Sie auch nie über meine Schwelle gelassen.«

»Und warum haben Sie? Um mir die Fotos zu zeigen, richtig?«

Sie nickte. »Ich wollte, dass Sie diese Menschen als Menschen sehen und nicht als Problem.« Sie zog sich den Rock vorne glatt und atmete tief durch, um das Thema zu wechseln. »Und wen werden wir mit unserer Anwesenheit beehren heute Abend?«

»Ich kenne da einen guten Italiener auf dem Leith Walk.« Er hielt inne. »Sie sind doch bestimmt Vegetarierin, oder?«

»Gott, Sie stecken wirklich voller Vorurteile. Aber dieses Mal haben Sie ausnahmsweise recht. Italiener ist also bestens: Pizza und Pasta.«

»Dann also los.«

Sie trat einen Schritt auf ihn zu. »Sie würden vielleicht seltener ins Fettnäpfchen treten, wenn Sie sich etwas entspannen könnten.«

»Das ist das Maximum an Entspannung, das ich ohne den Dämon Alkohol erreichen kann.«

Sie schob ihren Arm unter seinen. »Dann lassen Sie uns gehen und Ihre Dämonen suchen, John.«

»... und dann die drei Kurden, Sie haben das bestimmt im Fernsehen mitverfolgt, die sich aus Protest den Mund zugenäht haben. Ein anderer Asylbewerber hat sich die Augen zugenäht… die *Augen*, John… diese Menschen sind so verzweifelt, das kann sich keiner vorstellen. Die meisten sprechen kein Englisch, und teilweise sind sie aus den gefährlichsten Ländern der Welt geflüchtet – Irak, Somalia, Afghanistan… vor ein paar Jahren hatten die noch ganz gute Chancen, hier bleiben zu dürfen, aber heutzutage sind die Gesetze dermaßen streng… viele greifen auf völlig verzweifelte Maßnahmen zurück, zerreißen ihren Ausweis, weil sie glauben, dass sie dann nicht mehr nach Hause geschickt werden können. Aber stattdessen landen sie im Gefängnis oder auf der Straße… und inzwischen gibt es Politiker, die davon sprechen, dass wir schon zu viele Ausländer im Land haben … und ich… ich glaube einfach, dass es da eine Lösung geben muss.«

Endlich hielt sie inne, um Atem zu holen, und griff nach dem Weinglas, das Rebus soeben nachgefüllt hatte. Fleisch und Geflügel standen nicht auf Caro Quinns Speiseplan, Alkohol anscheinend schon. Sie hatte ihre Pizza mit Champignons erst zur Hälfte gegessen. Rebus, der seine Calzone bereits verputzt hatte, musste sich zurückhalten, um nicht über den Tisch zu greifen und sich von ihrem Teller zu bedienen.

»Ich war der Meinung«, sagte er, »dass Großbritannien mehr Flüchtlinge aufnimmt als irgendein anderes Land.«

»Das stimmt«, räumte sie ein.

»Sogar mehr als die Vereinigten Staaten?«

Sie nickte, das Weinglas an den Lippen. »Aber entscheidend ist doch, wie viele bleiben dürfen. Die Zahl der Flüchtlinge auf dieser Welt verdoppelt sich alle zwei Jahre, John. In Glasgow gibt es mehr Asylbewerber als in irgendeiner anderen Stadt in Großbritannien – mehr als in Wales und Nordirland zusammen. Und wissen Sie, was passiert ist?«

»Mehr Rassismus?«, vermutete Rebus.

»Mehr Rassismus. Rassistische Übergriffe werden immer

häufiger, die Zahl ausländerfeindlicher Gewalttaten steigt jedes Jahr um fünfzig Prozent.« Sie schüttelte den Kopf, und ihre langen Silberohrringe gerieten ins Schwingen.

Rebus warf einen Blick auf die Flasche. Sie war zu drei Vierteln geleert. Die erste Flasche war ein Valpolicella gewesen, dieser hier ein Chianti.

»Rede ich zu viel?«, fragte sie plötzlich.

»Ganz und gar nicht.«

Sie hatte die Ellbogen auf den Tisch gestützt. Jetzt legte sie das Kinn in die Hände. »Erzählen Sie mir von sich, John. Was hat Sie dazu gebracht, zur Polizei zu gehen?«

»Pflichtbewusstsein«, behauptete er. »Der Wunsch, meinen Mitmenschen zu dienen.« Sie starrte ihn an, und er lächelte. »War nur ein Scherz«, sagte er. »Ich brauchte Arbeit. Ich war ein paar Jahre in der Armee, vermutlich hatte ich immer noch dieses Faible für Uniformen.«

Sie blickte ihn fest an. »Als Streifenpolizist kann ich Sie mir nicht so recht vorstellen … Was ist es genau, was Sie in diesem Beruf hält?«

Der Kellner kam an den Tisch und bewahrte Rebus davor, eine Antwort geben zu müssen. Es war Freitagabend und das Restaurant gut besucht. Ihr Tisch war der kleinste und stand in einer dunklen Ecke zwischen Theke und Küchentür.

»Alles in Ordnung bei Ihnen?«, fragte der Kellner.

»Es war köstlich, Marco, aber ich glaube, wir sind fertig.«

»Nachtisch für die Dame?«, fragte Marco. Er war klein und rund und hatte seinen italienischen Akzent auch nach fast vierzig Jahre in Schottland noch nicht verloren. Caro Quinn hatte ihn nach seiner Herkunft befragt, kaum dass sie das Restaurant betreten hatten, und später erfahren, dass Rebus Marco schon seit vielen Jahren kannte.

»Tut mir Leid, wenn es ausgesehen hat wie ein Verhör«, hatte sie sich entschuldigt.

Rebus hatte nur mit den Schultern gezuckt und gemeint, dass sie eine gute Polizistin abgeben würde.

Nun schüttelte sie den Kopf, während Marco die Liste der Desserts aufsagte, von denen offenbar jedes einzelne eine besondere Spezialität des Hauses war.

»Kaffee«, sagte sie. »Einen doppelten Espresso.«

»Für mich das Gleiche, danke, Marco.«

»Und einen *Digestif*, Mr. Rebus?«

»Nur den Kaffee, danke.«

»Und für die Dame?«

Caro Quinn lehnte sich vor. »Marco«, begann sie, »wie viel auch immer ich noch trinke heute Abend, ich werde auf gar keinen Fall mit Mr. Rebus ins Bett gehen. Sie können sich also die Mühe sparen, ihm Beihilfe leisten zu wollen, okay?«

Marco zuckte wortlos mit den Achseln und hob beide Hände, dann drehte er sich auf dem Absatz um und rief die Bestellung zur Theke hinüber.

»War ich zu streng mit ihm?«, fragte Quinn.

»Ein bisschen.«

Sie lehnte sich wieder zurück. »Hilft er Ihnen oft bei Ihren Verführungen?«

»Auch wenn Sie sich das vielleicht nur schwer vorstellen können, Caro, es ist mir nicht in den Sinn gekommen, Sie verführen zu wollen.«

Sie sah ihn an. »Warum nicht? Was haben Sie gegen mich?«

Er lachte. »Ich habe gar nichts gegen Sie. Ich wollte nur…«, er suchte nach dem passenden Wort… »ein Gentleman sein«, fiel ihm schließlich ein.

Sie blickte nachdenklich drein, dann zuckte sie mit den Achseln und schob ihr Glas weg. »Ich sollte nicht so viel trinken.«

»Die Flasche ist noch nicht leer.«

»Danke, aber ich glaube, es ist genug. Mich beschleicht

das Gefühl, dass ich vielleicht ein bisschen viel doziert habe. So haben Sie sich Ihren Freitagabend sicher nicht vorgestellt.«

»Sie haben bei mir die eine oder andere Wissenslücke geschlossen… es war interessant, Ihnen zuzuhören.«

»Wirklich?«

»Wirklich.« Er hätte hinzufügen können, dass er allemal lieber ihr zuhörte, als von sich selbst zu erzählen.

»Also, was macht die Arbeit?«, fragte er.

»Läuft ganz gut… wenn ich die Zeit finde. Vielleicht sollte ich Sie auch mal porträtieren.«

»Wollen Sie kleine Kinder erschrecken?«

»Nein, aber irgendetwas haben Sie an sich.« Sie legte den Kopf schräg. »Schwer zu sagen, was in Ihrem Gehirn vor sich geht. Die meisten Menschen versuchen, die Tatsache zu überdecken, dass sie berechnend und zynisch sind. Bei Ihnen ist das eher die Oberfläche.«

»Und drinnen habe ich diesen weichen, romantischen Kern?«

»So weit würde ich nun nicht gerade gehen.«

Der Kaffee wurde serviert, und beide lehnten sich in ihrem Stuhl zurück. Rebus packte seinen Amarettino aus.

»Sie können meinen auch noch haben, wenn Sie möchten«, sagte Quinn und stand auf. »Ich geh mal eben nach nebenan…« Rebus erhob sich leicht von seinem Stuhl, wie er es bei Schauspielern in alten Filmen gesehen hatte. Sie schien zu bemerken, dass das nicht zu seinem üblichen Repertoire gehörte, und lächelte. »Ganz der Gentleman…«

Sobald sie weg war, schaltete er sein Handy ein, um zu sehen, ob jemand versucht hatte, ihn zu erreichen. Gleich zwei Anrufe: beide von Siobhan. Er wählte ihre Nummer und hörte lautes Stimmengewirr im Hintergrund.

»Ich bin's«, meldete er sich.

»Warten Sie…« Ihre Stimme ging im allgemeinen Lärm

unter. Er hörte, wie eine Tür geöffnet und wieder geschlossen wurde. Die Geräusche verebbten.

»Sie sind im Ox?«, fragte er.

»Richtig. Ich war mit Les Young im Dome, aber er hatte noch was vor, da hat's mich hierher verschlagen. Und Sie?«

»Im Restaurant.«

»Allein?«

»Nein.«

»Kenne ich sie?«

»Sie heißt Caro Quinn und ist Künstlerin.«

»Die einsame Kreuzzüglerin von Whitemire?«

Rebus runzelte die Stirn. »Genau die.«

»Ich lese schließlich Zeitung. Was ist sie für ein Typ?«

»Sie ist in Ordnung.« Er blickte auf und sah Quinn auf den Tisch zukommen. »Hören Sie, ich muss Schluss machen …«

»Warten Sie. Der Grund für meinen Anruf… eigentlich gibt es zwei Gründe …«, ihre Stimme wurde von einem vorüberfahrenden Wagen übertönt, »… und ich hatte mich gefragt, ob Sie es schon wissen.«

»Tschuldigung, das habe ich nicht verstanden. Ob ich was schon weiß?«

»Mo Dirwan.«

»Was ist mit ihm?«

»Er wurde zusammengeschlagen. So gegen sechs.«

»In Knoxland?«

»Wo sonst?«

»Wie geht es ihm?« Rebus sah Quinn an. Sie spielte mit ihrem Kaffeelöffel und gab sich alle Mühe auszusehen, als hörte sie nicht zu.

»Gut, soweit ich weiß. Ein paar Kratzer und blaue Flecken.«

»Ist er im Krankenhaus?«

»Nein, er wird zu Hause betreut.«

»Wissen wir, wer es war?«

»Rassisten vielleicht?«

»Ich meine, wer genau.«

»Es ist Freitagabend, John.«

»Will heißen?«

»Will heißen, die Sache kann bis Montag warten.«

»Na dann.« Er überlegte einen Augenblick. »Und was war noch? Sie sagten doch, es gab zwei Gründe für Ihren Anruf.«

»Janet Eylot.«

»Kenne ich.«

»Sie arbeitet in Whitemire. Behauptet, sie hätte Ihnen Stef Yurgiis Namen genannt.«

»Das stimmt. Und?«

»Ich wollte nur sichergehen, dass sie die Wahrheit sagt.«

»Ich habe ihr versprochen, dass sie keinen Ärger kriegt deswegen.«

»Kriegt sie nicht.« Siobhan hielt inne. »Noch nicht zumindest. Wie stehen die Chancen, dass wir Sie hier im Ox noch zu Gesicht bekommen heute Nacht?«

»Vielleicht schaff ich's später, noch mal reinzuschauen.«

Bei diesen Worten hob Quinn die Augenbrauen. Rebus beendete das Gespräch und steckte das Handy wieder in die Tasche.

»Ihre Freundin?«, stichelte sie.

»Arbeitskollegin.«

»Und wo werden Sie es vielleicht noch ›schaffen‹ reinzuschauen?«

»Eine Kneipe, in der wir uns öfter treffen.«

»Die Bar ohne Namen?«

»Sie heißt Oxford Bar.« Er nahm seine Tasse. »Ein Anwalt ist zusammengeschlagen worden heute Abend, ein Mann namens Mo Dirwan.«

»Ich kenne ihn.«

Rebus nickte. »Habe ich mir gedacht.«

»Er ist häufig in Whitemire. Danach hält er oft bei mir an,

um sich mit mir zu unterhalten, Dampf abzulassen.« Einen Moment lang schien sie in Gedanken versunken. »Geht es ihm gut?«

»Anscheinend ja.«

»Er nennt mich ›Unsere Gute Frau von Whitemire‹ ...« Sie stockte. »Was ist los?«

»Nichts.« Rebus stellte die Tasse ab.

»Sie können nicht immer den Retter in der Not für ihn spielen.«

»Darum geht es nicht ...«

»Was dann?«

»Es ist in Knoxland passiert.«

»Und?«

»Ich hatte ihn gebeten, sich dort umzusehen und mit den Leuten zu sprechen.«

»Und deshalb ist es Ihre Schuld? Wie ich Mo Dirwan kenne, wird er dadurch nur noch stärker und politischer werden.«

»Wahrscheinlich haben Sie Recht.«

Sie trank ihren Kaffee aus. »Sie sollten zusehen, dass Sie in Ihren Pub kommen. Ist vielleicht der einzige Ort, an dem Sie entspannen können.«

Rebus winkte Marco wegen der Rechnung. »Zuerst bringe ich Sie nach Hause«, sagte er. »Kann doch mein Gentlemanimage nicht so ohne weiteres aufgeben.«

»Ich glaube, Sie haben mich missverstanden, John ... ich komme mit.« Er starrte sie an. »Wenn Sie nichts dagegen haben.«

»Das ist es nicht.«

»Was dann?«

»Ich bin mir nicht so sicher, ob das Ihre Art Kneipe ist.«

»Aber Ihre, und das macht mich neugierig.«

»Und Sie glauben, die Wahl meiner Stammkneipe wird Ihnen was über mich verraten?«

»Möglicherweise.« Sie zog die Stirn in Falten. »Ist es das, was Ihnen Angst macht?«

»Wer sagt, dass ich Angst habe?«

»Man sieht's in Ihren Augen.«

»Vielleicht mache ich mir nur Sorgen um Mo Dirwan.« Er hielt inne. »Erinnern Sie sich noch, wie Sie mir erzählt haben, dass man Sie aus Knoxland verjagt hat?« Sie nickte übertrieben heftig, was wohl dem Wein zuzuschreiben war. »Könnten die gleichen Typen gewesen sein.«

»Also hatte ich Glück, dass ich mit einer Drohung davongekommen bin?«

»Sie können sich nicht zufällig erinnern, wie die Typen aussahen?«

»Baseballkappen und Kapuzenpullover.« Auch ihr Schulterzucken war übertrieben heftig. »Viel mehr habe ich von denen nicht gesehen.«

»Und hatten sie einen Akzent?«

Sie schlug mit der Hand auf den Tisch. »Können Sie nicht einmal abschalten? Nur für den Rest dieses Abends?«

Rebus hob kapitulierend die Hände. »Wie könnte ich da Nein sagen?«

»Können Sie nicht«, warf Marco ein, als er die Rechnung brachte.

Rebus gab sich Mühe, seinen Unmut zu kaschieren. Nicht nur, dass Siobhan vorn an der Theke stand – genau da, wo gewöhnlich sein Platz war – nein, sie schien auch noch den ganzen Laden zu unterhalten. Die Männer drängten sich um sie und hingen an ihren Lippen. Als Rebus die Tür aufstieß, brandete gerade lautes Gelächter auf, das das Ende einer Anekdote markierte.

Caro Quinn folgte ihm etwas zögerlich. Im vorderen Raum hielten sich gerade mal zwölf Leute auf, womit er rappelvoll war. Sie wedelte sich mit der Hand vor dem Gesicht herum, was entweder als Kommentar zu der Hitze oder zum Zigarettenqualm gemeint war. Rebus fiel auf, dass er seit fast zwei Stunden nicht geraucht hatte, und schätzte, dass er vielleicht noch dreißig oder vierzig Minuten durchhalten würde …

Höchstens.

»Der verlorene Sohn!«, schrie einer der Stammgäste und klopfte Rebus auf die Schulter. »Was trinkst du, John?«

»Na, lass stecken, Sandy«, antwortete Rebus. »Der geht auf mich.« Und an Quinn gewandt: »Was möchten Sie?«

»Einen Orangensaft.« Während der kurzen Taxifahrt schien sie einen Augenblick lang eingenickt zu sein, den Kopf auf seiner Schulter. Er hatte steif dagesessen, um ihren Schlaf nicht zu stören, aber ein Schlagloch hatte sie aufgeweckt.

»Orangensaft und ein Pint IPA«, rief Rebus Harry dem Barkeeper zu. Der Kreis von Siobhans Bewunderern hatte sich weit genug geöffnet, um für die Neuankömmlinge Platz zu machen. Man stellte sich vor, Hände wurden geschüttelt. Rebus bezahlte die Getränke und bemerkte, dass Siobhan für Gin Tonic optiert hatte.

Harry nahm die Fernbedienung und zappte durch die Kanäle, übersprang mehrere Sportsender, bis er bei den Nachrichten angelangt war. Hinter dem Sprecher war ein Bild von Mo Dirwan zu sehen, ein Porträtfoto, auf dem er ein breites Lächeln zeigte. Der Sprecher wurde ausgeblendet, nur noch seine Stimme war zu hören, als das Foto sich in eine Filmaufnahme von Dirwan verwandelte, die vermutlich vor seinem Haus aufgenommen worden war. Er hatte ein blaues Auge und ein paar Schürfwunden, ein rosafarbenes Pflaster klebte schräg auf seinem Kinn. Er hielt eine Hand hoch, um zu zeigen, dass er einen Verband trug.

»Knoxland wie es leibt und lebt«, erklärte einer der Gäste.

»Sie meinen, man bleibt da besser weg?«, fragte Quinn leichthin.

»Ich meine, man bleibt da besser weg, wenn das Gesicht nicht reinpasst.«

Rebus bemerkte, wie es in Quinn zu brodeln begann. Er berührte sie am Ellbogen. »Wie ist der Saft?«

»Gut.« Sie sah ihn an und schien zu verstehen, was er wollte. Nickte kurz, um ihn wissen zu lassen, dass sie sich nicht auf eine Diskussion einlassen würde … diesmal nicht.

Zwanzig Minuten später hatte Rebus die Waffen gestreckt und sich eine Zigarette angezündet. Er beobachtete Siobhan und Quinn, die in ein Gespräch vertieft waren, und hörte Caros Frage: »Wie ist er denn so bei der Arbeit?«

Verabschiedete sich aus einer Dreierdiskussion über das schottische Parlament und quetschte sich zwischen zwei Gästen hindurch zu den beiden Frauen.

»Hat irgendwer daran gedacht, Ohrenschützer in den Kühlschrank zu legen?«, fragte er.

»Was?« Quinn sah ihn ehrlich verdutzt an.

»Er meint, er hat heiße Ohren«, erklärte Siobhan.

Quinn lachte. »Ich versuche gerade, etwas mehr über Sie zu erfahren.« Sie wandte sich an Siobhan. »Er erzählt ja nichts.«

»Keine Sorge, ich kenne alle seine kleinen Geheimnisse …«

Wie immer an einem gelungenen Abend im Ox ebbten die Gespräche auf und ab. Manch einer beteiligte sich an zwei Diskussionen gleichzeitig und brachte beide kurz zusammen, ehe sie wieder auseinander drifteten. Es gab schlechte Witze und noch schlechtere Wortspiele, und Caro Quinn reagierte etwas irritiert, weil »kein Mensch mehr irgendetwas ernst nimmt«. Jemand pflichtete ihr bei und faselte vom Verfall jeglicher Kultur. Rebus jedoch flüsterte ihr ins Ohr, wie er die Dinge sah: »Wir nehmen das Leben nie ernster, als wenn wir Witze drüber reißen …«

Später, die Tische im Nebenraum hatten sich mit lautstarken Gästen gefüllt, wartete Rebus an der Theke auf seine Bestellung und bemerkte, dass Siobhan und Caro fehlten. Stirnrunzelnd blickte er zu einem der Stammgäste, der mit dem Kopf Richtung Damentoilette zeigte. Rebus nickte und bezahlte die Getränke. Er würde sich noch einen winzigen Whisky gönnen, bevor er den Laden verließ. Einen winzigen Laphroaig und die dritte … nein, vierte Zigarette … und das wär's. Sobald Caro zurück war, würde er ihr anbieten, sie im Taxi mitzunehmen. Auf einmal waren oben auf der Treppe, die zu den Toiletten führte, laute Stimmen zu hören. Noch kein ausgewachsener Streit, aber auf dem besten Wege dahin. Die Leute stellten ihre Gespräche ein, um der Diskussion besser folgen zu können.

»Was ich sagte, war lediglich, dass diese Menschen Arbeit brauchen, genau wie alle anderen auch!«

»Meinen Sie nicht, dass die Wärter in den Konzentrationslagern genauso argumentiert haben?«

»Meine Güte, das kann man nun wirklich nicht vergleichen!«

»Wieso nicht? Moralisch gesehen sind beide gleich verwerflich …«

Rebus ließ die Getränke stehen und drängte sich durch die Menge. Er hatte die beiden Stimmen erkannt: Caro und Siobhan.

»Ich versuche nur zu erklären, dass das Ganze auch einen wirtschaftlichen Aspekt hat«, erklärte Siobhan den versammelten Kneipengästen. »Ob Ihnen das gefällt oder nicht: Wenn Sie zufällig in Banehall leben, ist Whitemire Ihre einzige Chance!«

Caro Quinn verdrehte die Augen. »Ich glaub's einfach nicht!«

»Irgendwann werden Sie's glauben müssen – nicht jeder hier draußen in der wirklichen Welt kann sich Ihr moralisches hohes Ross leisten. In Whitemire arbeiten auch allein erziehende Mütter. Glauben Sie, die werden es leichter haben, wenn Sie mit Ihren Vorstellungen durchkommen?«

Rebus war oben angelangt. Die beiden Frauen standen nur wenige Zentimeter voneinander entfernt, Siobhan ein Stückchen größer, Caro Quinn auf Zehenspitzen, um mit ihrer Gegenspielerin auf gleicher Augenhöhe zu sein.

»Immer langsam mit den jungen Pferden«, sagte Rebus und versuchte es mit einem beschwichtigenden Lächeln. »Höre ich da vielleicht den Alkohol sprechen?«

»Komm mir bloß nicht so väterlich!«, brummelte Quinn. Und zu Siobhan: »Was ist mit Guantánamo Bay? Wahrscheinlich haben Sie auch nichts dagegen, wenn Menschen eingesperrt und ihrer grundlegenden Menschenrechte beraubt werden?«

»Sie müssen sich nur mal selbst reden hören, Caro – Sie schmeißen alles in einen Topf! Mir ging es ausschließlich um Whitemire…«

Rebus betrachtete Siobhan und sah die Wut der ganzen letzten Woche in ihr toben, sah, dass sie Dampf ablassen musste. Das Gleiche galt wohl für Caro. Der Streit hätte jederzeit ausbrechen können, zu jedem beliebigen Thema.

Er hätte das viel früher erkennen müssen; jetzt unternahm er einen zweiten Beschwichtigungsversuch.

»Meine Damen…«

Nun starrten ihn beide mit wütendem Blick an.

»Caro«, sagte er, »dein Taxi wartet draußen.«

Aus dem wütenden Blick wurde ein Stirnrunzeln. Sie versuchte sich zu erinnern, eines gerufen zu haben. Er fixierte Siobhan, weil er wusste, dass sie ihm die Lüge ansah, und beobachtete, wie sich ihre Schultern entspannten.

»Wir setzen das Gespräch ein andermal fort«, drängte er Caro. »Aber für heute sollten wir es gut sein lassen…«

Er manövrierte Caro die Treppe hinunter und durch die Menge. Sah zu Harry hinüber und hielt sich einen imaginären Telefonhörer ans Ohr. Harry nickte: Er würde ein Taxi rufen.

»Bis bald, Caro!«, rief einer der Stammgäste.

»Nehmen Sie sich vor dem in Acht«, warnte ein anderer und stupste Rebus in die Brust.

»Danke, Gordon«, sagte Rebus und schlug die Hand zur Seite.

Draußen setzte sie sich auf den Bürgersteig, den Kopf in den Händen.

»Alles in Ordnung?«, fragte Rebus.

»Ich hab wohl etwas die Kontrolle verloren da drin.« Sie nahm die Hände vom Gesicht und atmete die Nachtluft ein. »Dabei bin ich nicht mal betrunken. Aber ich kann einfach nicht fassen, dass sich irgendjemand für dieses Gefängnis einsetzt!« Sie drehte sich um und betrachtete die Kneipentür, als erwäge sie, sich noch einmal ins Getümmel zu stürzen. »Ich meine... sagen Sie mir, dass es Ihnen nicht so geht.« Sie starrte ihn an. Er schüttelte den Kopf.

»Siobhan macht es Spaß, des Teufels Advokaten zu spielen«, erklärte er und ging neben ihr in die Hocke.

Jetzt war es an Caro, den Kopf zu schütteln. »Nein, das war es nicht... sie hat das ernst gemeint. Sie sieht auch die *guten Seiten* von Whitemire.« Sie musterte ihn, um seine Reaktion auf diese Formulierung zu prüfen, die, wie er vermutete, wortwörtlich von Siobhan stammte.

»Sie ist in letzter Zeit ziemlich oft in Banehall gewesen«, fuhr Rebus fort. »Es ist nicht so, dass die Jobs da auf der Straße liegen...«

»Und das soll eine Rechtfertigung für dieses schreckliche Gefängnis sein?«

Er schüttelte den Kopf. »Ich glaube nicht, dass es irgendeine Rechtfertigung gibt für Whitemire«, sagte er mit ruhiger Stimme.

Sie nahm seine Hände und drückte sie. Er glaubte zu

sehen, dass ihr Tränen in die Augen traten. Einige Minuten saßen sie schweigend so da. Rebus dachte zurück an die Zeit, als auch er noch Ideale gehabt hatte. Sie waren ihm frühzeitig ausgetrieben worden. Er war mit sechzehn in die Armee eingetreten. Na, vielleicht nicht direkt ausgetrieben, aber durch andere Werte ersetzt, die meistens weniger konkret, weniger leidenschaftlich waren. Inzwischen war er abgehärtet. Wenn er mit jemandem wie Mo Dirwan zu tun hatte, war seine erste Reaktion, den Betrüger in ihm zu suchen, den Heuchler, den geldgierigen Egoisten. Und bei jemandem wie Caro Quinn...?

Am Anfang hatte er den typischen verwöhnten Mittelschichtgutmenschen in ihr gesehen. Dieses wohlfeile, liberale Leiden an der Welt – um einiges bekömmlicher als die nackte Realität. Aber es brauchte mehr als das, einen Menschen tagein, tagaus nach Whitemire zu treiben, von den Angestellten verachtet, von den Insassen kaum wahrgenommen. Es brauchte eine gehörige Portion Mumm.

In diesem Moment erkannte er, wie sehr das an ihr zehrte. Sie hatte ihren Kopf wieder an seine Schulter gelehnt. Ihre Augen starrten das Gebäude auf der anderen Seite der schmalen Gasse an. Ein Friseursalon, mit rot-weiß gestreiftem Fahnenmast und allem Drum und Dran. Rot und weiß für Blut und Binden, dachte Rebus, auch wenn er keine Ahnung hatte, warum. Ein tuckernder Dieselmotor war zu hören, das Geräusch kam näher, und das Taxi tauchte sie ins Scheinwerferlicht.

»Dein Taxi«, sagte Rebus und half Caro auf die Füße.

»Ich kann mich immer noch nicht erinnern, eins gerufen zu haben«, gestand sie.

»Hast du auch nicht«, sagte er mit einem Lächeln und hielt ihr die Wagentür auf.

Kaffee, sagte sie, bedeutete genau das, keine Hintergedanken. Er nickte, er wollte dafür Sorge tragen, dass sie sicher in ihre Wohnung gelangte. Danach, dachte er, würde er zu Fuß nach Hause gehen, um etwas von dem Alkohol in seinem Blut zu verbrennen.

Die Tür zu Ayishas Schlafzimmer war geschlossen. Sie schlichen auf Zehenspitzen daran vorbei ins Wohnzimmer, von dem die Küche abging. Während Caro Wasser aufsetzte, nahm er ihre Plattensammlung in Augenschein – ausschließlich Vinyl, keine CDs. Viele Alben, die er seit Jahren nicht gesehen hatte: Steppenwolf, Santana, Mahavishnu Orchestra … Caro kam mit einer Karte in der Hand zurück ins Zimmer.

»Die lag auf dem Tisch«, sagte sie und reichte sie ihm. Ein Dankeschön für die Rassel. »Trinkst du auch koffeinfrei? Ansonsten gibt's nur Pfefferminztee.«

»Koffeinfrei ist in Ordnung.«

Für sich selbst machte sie Tee, dessen Duft durch den kleinen Raum zog. »Ich bin gern auf nachts«, sagte sie und schaute aus dem Fenster. »Manchmal arbeite ich ein paar Stunden.«

»Ich auch.«

Sie schenkte ihm ein müdes Lächeln, setzte sich ihm gegenüber in den Sessel und pustete in ihren Tee. »Ich werde mir über dich nicht schlüssig, John. Bei den meisten Leuten weiß man innerhalb von dreißig Sekunden, ob sie auf der gleichen Wellenlänge sind wie man selbst oder nicht.«

»Und ich, bin ich Mittel- oder Kurzwelle?«

»Keine Ahnung.« Sie sprachen leise, um Mutter und Kind nicht zu wecken. Caro versuchte, ein Gähnen zu unterdrücken.

»Du solltest ins Bett«, sagte Rebus.

Sie nickte. »Trink erst deinen Kaffee aus.«

Doch er schüttelte den Kopf, stellte die Tasse auf die nackten Holzdielen und erhob sich. »Es ist spät.«

»Tut mir Leid, wenn ich…«

»Was?«

Sie zuckte mit den Achseln. »Du bist mit Siobhan befreundet… das Oxford ist deine Stammkneipe…«

»Die sind beide ziemlich hart im Nehmen«, versicherte er ihr.

»Ich hätte dich allein hingehen lassen sollen. Ich war nicht in der richtigen Stimmung.«

»Wirst du nach Whitemire fahren am Wochenende?«

Sie zuckte mit den Achseln. »Auch das hängt von meiner Stimmung ab.«

»Na, wenn du dich langweilst, kannst du mich ja anrufen.«

Sie war ebenfalls aufgestanden. Kam auf ihn zu, stellte sich auf die Zehenspitzen und drückte ihm einen Kuss auf die linke Wange. Als sie zurücktrat, riss sie plötzlich die Augen auf und schlug sich die Hand vor den Mund.

»Was ist passiert?«, fragte Rebus.

»Grad fällt mir ein… ich hab dich das Essen bezahlen lassen!«

Er grinste und ging zur Tür.

Er spazierte den Leith Walk entlang, warf einen Blick auf das Handy, um zu sehen, ob Siobhan ihm auf die Mailbox gesprochen hatte. Hatte sie nicht. Die Kirchenglocken schlugen Mitternacht. Er würde schätzungsweise eine halbe Stunde nach Hause brauchen. Auf der South Bridge und der Clerk Street würden jede Menge Betrunkene unterwegs sein und die letzten Reste in sich hineinstopfen, die noch unter den Heizlampen der Imbissbuden auslagen, bevor sie vermutlich die Cowgate hinab zu den Bars ziehen würden, die bis zwei Uhr geöffnet hatten. Vom Geländer der South Bridge aus konnte man von oben auf die Cowgate hinabschauen, als würde man Tiere im Zoo beobachten. Zu dieser späten Stunde war die Straße für den Autoverkehr gesperrt; zu viele Betrunkene, die auf die Fahrbahn torkelten und von Autos gestreift wurden. Bestimmt würde er im Royal Oak noch etwas zu Trinken bekommen, aber der Laden würde gerammelt voll sein. Nein, er würde auf direktem Weg nach Hause gehen, und das so zügig wie möglich, um den morgendlichen Kater auszuschwitzen. Er fragte sich, ob Siobhan schon zu Hause war. Er könnte sie anrufen, um die Wogen zu glätten. Andererseits, wenn sie betrunken war... Besser bis zum Morgen warten.

Als er die Princes Street überquerte, bemerkte er eine Prügelei mitten auf der North Bridge. Taxis mussten abbremsen und einen Bogen um die beiden jungen Männer machen. Sie hatten sich gegenseitig hinten an den Hemdkragen gepackt, sodass nur noch ihre Köpfe zu sehen waren, kein Hals. Mit der freien Hand und den Füßen schlugen und traten sie nach dem anderen. Waffen schienen sie nicht zu haben. Es war ein Tanz, dessen Schritte Rebus genau kannte. Er ging weiter, vorbei an dem Mädchen, um dessen Zuneigung hier gebuhlt wurde.

»Marty!«, schrie sie. »Paul! Aufhören, ihr Idioten!«

Natürlich meinte sie nicht, was sie sagte. Ihre Augen leuchteten angesichts dieses Spektakels – und das alles ihretwegen! Einige Freundinnen versuchten sie zu trösten, hielten sie in den Armen, um dem Drama näher zu sein.

Etwas weiter entfernt wurde gesungen. Der Text besagte, dass die Sänger zu sexy seien für ihr Shirt, was letztendlich als Erklärung dafür herhalten musste, dass sie es irgendwann im Laufe des Abends weggeworfen hatten. Ein Streifenwagen tauchte auf und wurde mit Gejohle und V-Zeichen begrüßt. Jemand kickte eine Flasche auf die Straße, und alle jubelten, als sie unter einem Reifen zerplatzte. Der Streifenwagen fuhr ungerührt weiter.

Auf einmal kreuzte eine junge Frau vor Rebus auf, das ungewaschene Haar zu kleinen Löckchen gekringelt, die

Augen hungrig, als sie ihn erst nach Geld fragte, dann nach einer Zigarette und schließlich, ob er Lust habe auf »ein bisschen Spaß«. Die Formulierung klang seltsam altmodisch und er fragte sich, ob sie die aus einem Buch oder einem Film aufgeschnappt hatte.

»Geh nach Hause, bevor ich dich festnehme«, sagte er.

»Nach Hause?«, brabbelte sie, als handele es sich um einen völlig neuen und fremdartigen Begriff. Ihrem Akzent nach war sie Engländerin. Rebus schüttelte den Kopf und ging weiter. Er lief durch eine Seitenstraße zur Buccleuch Street. Dort war es sehr viel ruhiger, und es wurde noch stiller, als er die weiten Grünflächen der Meadows überquerte, deren Name ihn daran erinnerte, dass es hier einmal Felder und Wiesen gegeben hatte. Als er in die Arden Street einbog, blickte er zu den Wohnungen hinauf. Keinerlei Anzeichen für irgendwelche Studentenpartys, nichts, was ihn wach halten könnte. Er hörte, wie hinter ihm Autotüren zugeschlagen wurden, und drehte sich rasch um in der Erwartung, Felix Storey gegenüberzustehen. Doch diese beiden Männer waren weiß und vom Poloshirt bis zu den Schuhen in Schwarz gekleidet. Es dauerte einen Moment, bis er sie eingeordnet hatte.

»Das darf doch nicht wahr sein«, sagte er.

»Sie schulden uns eine Taschenlampe«, erklärte der Wortführer der beiden. Sein Kollege, jünger und mit finsterer Miene, war Alan – der Mann, dessen Taschenlampe er sich ausgeliehen hatte.

»Sie wurde gestohlen«, entgegnete Rebus mit einem Achselzucken.

»Es handelte sich um einen nicht ganz billigen Teil unserer Ausrüstung«, sagte der Kerl. »Und Sie haben versprochen, sie zurückzugeben.«

»Nun tun Sie doch nicht so, als ob Ihnen noch nie etwas abhanden gekommen wäre!« Doch der Ausdruck im Gesicht des Mannes verriet ihm, dass er von Argumenten oder einem Appell an den Geist der Kameradschaft nicht umzustimmen war. Die Drogenfahndung betrachtete sich selbst als eine Art Naturgewalt, vom Rest der Polizei unabhängig. Zum Zeichen der Kapitulation hielt Rebus beide Hände hoch. »Ich kann Ihnen einen Scheck ausstellen.«

»Wir wollen keinen Scheck. Wir wollen eine Taschenlampe, und zwar genau die gleiche, die wir Ihnen geborgt haben.« Er hielt ihm ein Blatt Papier hin, Rebus nahm es. »Das ist der Name und die Modellnummer.«

»Ich fahre gleich morgen zu Argos und hol eine.«

Der Kerl schüttelte den Kopf. »Sie halten sich für einen guten Polizisten? Hier haben Sie Gelegenheit, das unter Beweis zu stellen.«

»Argos oder Dixon's – Sie werden nehmen, was ich kriegen kann.«

Der Wortführer trat einen Schritt näher, das Kinn vorgeschoben. »Wenn Sie uns loswerden wollen, besorgen Sie uns *genau die* Taschenlampe.« Er tippte mit dem Finger auf das Blatt Papier. Dann schien er überzeugt zu sein, sich klar genug ausgedrückt zu haben, machte auf dem Absatz kehrt und marschierte zum Auto zurück, seinen jüngeren Kollegen im Schlepptau.

»Passen Sie auf ihn auf, Alan!«, rief Rebus. »Er braucht nur etwas Ruhe und liebevolle Pflege, dann ist er wieder ganz der Alte.«

Er winkte dem Auto hinterher, bevor er die Treppe zu seiner Wohnung hinaufstieg und die Tür aufschloss. Die Bodendielen knarrten unter seinen Füßen, als wollten sie sich beschweren. Rebus schaltete die Anlage ein: eine CD von Dick Gaughan, kaum hörbar. Dann ließ er sich in seinen Lieblingssessel fallen und suchte seine Taschen nach Zigaretten ab. Er sog den Rauch tief ein und schloss die Augen. Die Welt schien sich in Schräglage zu befinden, und er gleich mit. Mit der freien Hand klammerte er sich an die Armlehne, die Füße presste er fest auf den Boden. Das Telefon klingelte, und er wusste, es war Siobhan. Er beugte sich hinunter und nahm den Hörer ab.

»Sie sind also zu Hause«, hörte er sie sagen.

»Wo sonst?«

»Muss ich das beantworten?«

»Schmutzige Gedanken haben Sie.« Dann: »Bei mir müssen Sie sich nicht entschuldigen.«

»Entschuldigen?« Ihre Stimme war lauter geworden. »Wofür in Gottes Namen sollte ich mich entschuldigen?«

»Sie haben ein bisschen zu viel getrunken.«

»Das hat damit überhaupt nichts zu tun.« Sie klang betont nüchtern.

»Wenn Sie meinen.«

»Ich gebe zu, dass mir nicht ganz klar ist, was Sie an dieser Frau ...«

»Sind Sie sicher, dass wir dieses Gespräch wirklich führen sollten?«

»Werden Sie es aufzeichnen und gegen mich verwenden?«

»Was gesagt ist, ist gesagt, man kann es nicht zurücknehmen.«

»Im Gegensatz zu Ihnen, John, war es noch nie meine Stärke, alles runterzuschlucken.«

Rebus entdeckte eine Tasse, die auf dem Teppich stand. Kalter Kaffee, noch halb voll. Er nahm einen Schluck. »Sie waren mit der Wahl meiner Begleitung also nicht einverstanden ...«

»Ich habe nicht zu entscheiden, mit wem Sie ausgehen.«

»Das ist sehr großzügig von Ihnen.«

»Aber Sie beide sind so ... so verschieden.«

»Und das ist schlecht?«

Sie gab einen lauten Seufzer von sich, der wie eine atmosphärische Störung durch die Leitung knisterte. »Ich meine doch nur… Wir sind nicht einfach nur Arbeitskollegen, oder? Da ist doch mehr – wir sind… Kumpel.«

Rebus lächelte in sich hinein, lächelte über die Pause vor ›Kumpel‹. Hatte sie erst an ›Freunde‹ gedacht und sich dann doch nicht getraut?

»Und als Kumpel«, entgegnete er, »wollen Sie nicht tatenlos zusehen, wie ich eine falsche Wahl treffe?«

Siobhan schwieg einen Moment, lange genug, dass Rebus den Kaffee austrinken konnte.

»Warum interessieren Sie sich so für sie?«, fragte sie.

»Vielleicht gerade *weil* sie so anders ist.«

»Sie meinen, weil sie diese verschwurbelten Ideale im Kopf hat?«

»Sie kennen sie nicht gut genug, um das beurteilen zu können.«

»Aber ich kenne den Schlag.«

Rebus schloss die Augen, rieb sich die Nase und dachte: Genau das hätte ich vor kurzem auch noch gesagt, vor diesem Fall. »Wir bewegen uns schon wieder auf dünnem Eis, Shiv. Sie sollten schlafen gehen. Ich rufe Sie morgen früh an.«

»Sie glauben, ich werde meine Meinung ändern, stimmt's?«

»Das bleibt Ihnen überlassen.«

»Ich kann Ihnen versichern, dass das nicht passieren wird.«

»Ihr gutes Recht. Wir sprechen uns morgen.«

Sie schwieg eine Weile, sodass Rebus schon vermutete, sie sei eingeschlafen. Aber dann: »Was hören Sie da?«

»Dick Gaughan.«

»Klingt, als wäre er wütend.«

»Ist sein Stil.« Rebus hatte den Zettel mit den Daten der Taschenlampe herausgeholt.

»Typisch schottisch womöglich?«

»Womöglich.«

»Dann also gute Nacht, John.«

»Moment mal. Wenn Sie nicht angerufen haben, um sich zu entschuldigen, warum dann?«

»Ich wollte nicht, dass irgendwas zwischen uns steht.«

»Und steht was zwischen uns?«

»Ich hoffe nicht.«

»Und Sie wollten sich nicht einfach nur davon überzeugen, dass ich sicher und allein in meinem Bettchen liege?«

»Das habe ich überhört.«

»Gute Nacht, Shiv. Schlafen Sie gut.«

Er legte auf, lehnte den Kopf zurück und schloss wieder die Augen.

Keine Freunde … nur Kumpel.

Sechster und siebter Tag

Samstag/Sonntag

20

Als Allererstes am Samstagmorgen wählte er Siobhans Nummer. Ihr Anrufbeantworter sprang an, und er hinterließ eine kurze Nachricht – »Ich bin's, John, wollte nur mein Versprechen von letzter Nacht einlösen … wir hören voneinander« –, dann versuchte er es auf ihrem Handy und konnte auch da nur auf die Mailbox sprechen.

Nach dem Frühstück durchwühlte er den Flurschrank und die Kartons unter dem Bett und tauchte über und über mit Staub und Spinnweben bedeckt wieder auf, mehrere Packen Fotos an die Brust gedrückt. Er besaß nicht sehr viele Familienbilder, die meisten hatte seine Exfrau mitgenommen. Doch manche Fotos, wie die seiner Familie, seiner Mutter und seines Vaters, seiner Onkel und Tanten waren ihm geblieben. Aber auch davon gab es nicht allzu viele. Er vermutete, dass sich der Großteil entweder bei seinem Bruder befand oder im Lauf der Zeit verloren gegangen war. Vor Jahren hatte seine Tochter Sammy immer damit gespielt, hatte sie ausgiebig betrachtet und gefragt, wer wer sei. Rebus hatte gehofft, die Information auf der Fotorückseite zu finden, und schließlich mit den Achseln gezuckt.

Sein Großvater – der Vater seines Vaters – war aus Polen nach Schottland immigriert. Rebus wusste nicht, warum er sein Land verlassen hatte, da dies jedoch vor dem Aufkommen des Faschismus gewesen war, vermutete er wirtschaftliche Gründe dahinter. Er war jung und ledig gewesen und hatte ungefähr ein Jahr später eine Frau aus Fife geheiratet.

Rebus wusste herzlich wenig über diesen Abschnitt seiner Familiengeschichte. Er erinnerte sich nicht, seinen Vater je danach gefragt zu haben. Und wenn doch, dann hatte dieser entweder nicht antworten wollen oder selbst nicht Bescheid gewusst. Vielleicht gab es Dinge, an die sein Großvater nicht hatte rühren und die er deshalb auch nicht hatte weitergeben wollen.

Rebus betrachtete das Foto in seiner Hand. Die Person auf dem Bild hielt er für seinen Großvater: ein Mann mittleren Alters, das schütter werdende schwarze Haar mit Pomade nach hinten gekämmt, ein schiefes Lächeln im Gesicht. Er trug seinen Sonntagsstaat. Es war eine Studioaufnahme, der gemalte Hintergrund zeigte Kornfelder und einen strahlend blauen Himmel. Auf der Rückseite stand die Adresse des Fotografen in Dunfermline. Rebus drehte das Foto erneut um. Er versuchte, ein Stück von sich selbst in seinem Großvater zu entdecken. Doch dieser Mann war ein Fremder. Die ganze Familiengeschichte eine Anhäufung von Fragen, die zu spät gestellt worden waren: Fotos ohne Namen, ohne Hinweis auf Jahr oder Ort. Unscharfe, lächelnde Münder, die verhärmten Gesichter von Arbeitern und ihren Familien. Rebus dachte an seine eigene Familie – oder was davon noch übrig war: Tochter Sammy, Bruder Michael. In unregelmäßigen Abständen rief er die beiden an, meist nachdem er ein Glas zu viel getrunken hatte. Vielleicht würde er später mit ihnen telefonieren, aber nur, wenn er zuvor nichts getrunken hatte.

»Ich weiß nichts über dich«, verkündete er dem Mann auf dem Foto. »Ich bin nicht einmal hundertprozentig sicher, dass du der bist, für den ich dich halte.« Er fragte sich, ob es noch Verwandte in Polen gab. Womöglich existierten ganze Dörfer voller Verwandter, ein ganzer Clan von Cousins und Cousinen, die kein Wort Englisch sprachen und sich trotzdem freuen würden, ihn zu sehen. Vielleicht war sein Großvater nicht der Einzige gewesen, der das Land verlassen hatte. Gut möglich, dass die Familie sich bis nach Amerika und Kanada oder Richtung Osten nach Australien ausgebreitet hatte. Vielleicht waren manche von den Nazis ermordet worden oder hatten sich zu deren Helfershelfern gemacht. Nie erzählte Geschichten, in denen es Überschneidungen gab mit Rebus' eigenem Leben…

Wieder einmal musste er an die Flüchtlinge und Asylsuchenden, an die Wirtschaftsmigranten denken. An das Misstrauen und den Groll, den sie auslösten, die Angst der Leute vor allem, was neu war, was von außerhalb kam. Vielleicht erklärte das auch Siobhans Reaktion auf Caro Quinn, gehörte Caro doch einfach nicht zu ihren Kreisen. Multiplizierte sich ein solches Misstrauen, hatte man bald eine Situation wie in Knoxland.

Rebus gab nicht Knoxland selbst die Schuld. Mehr als alles andere war das Viertel ein Symptom. Er musste einsehen, dass diese alten Fotografien ihm keine neuen Erkenntnisse liefern würden, dass sie lediglich sein eigenes Herausgerissensein repräsentierten. Außerdem hatte er noch einen Ausflug vor.

Glasgow hatte nie zu seinen Lieblingsstädten gehört. Überall Beton und Hochhäuser. Er verfuhr sich jedes Mal und hatte Schwierigkeiten, etwas zu finden, an dem er sich hätte orientieren können. Manche Bezirke der Stadt vermittelten den Eindruck, als könnten sie ganz Edinburgh mit einem einzigen Bissen verschlingen. Auch die Menschen schienen anders zu sein. Er konnte nicht genau sagen, was es war – der Akzent oder die Denkweise –, doch er fühlte sich unwohl in dieser Stadt.

Selbst mit einem Stadtplan bewaffnet brachte er es fertig, kurz nach der Autobahnabfahrt falsch abzubiegen. Er hatte eine Querstraße zu früh genommen, fand sich unweit des

Gefängnisses Barlinnie wieder und arbeitete sich nun langsam durch den zäh fließenden samstäglichen Einkaufsverkehr Richtung Stadtzentrum vor. Der feine Nebel hatte sich zu echtem Regen ausgewachsen, der die Wegweiser und Straßenschilder praktisch unlesbar machte, was die Sache nicht gerade erleichterte. Mo Dirwan hatte Glasgow als Europas Hauptstadt der Morde bezeichnet; Rebus fragte sich, ob das vielleicht nicht zuletzt dem Verkehrsleitsystem anzulasten war.

Dirwan wohnte in Calton, zwischen dem Friedhof Necropolis und Glasgow Green. Eine hübsche Gegend mit zahlreichen Grünflächen und alten Bäumen. Rebus fand das Haus, aber keinen Parkplatz in der Nähe. Er drehte eine Runde und musste schließlich die hundert Meter vom Auto zur Haustür zu Fuß zurücklegen. Eine solide gebaute Doppelhaushälfte aus Rotklinker mit kleinem Vorgarten. Die Tür war neu: eine Glastür mit bleigefassten Rauten aus Milchglas. Rebus klingelte, wartete einen Moment und erfuhr dann, dass Mo nicht zu Hause war. Seine Frau jedoch erkannte Rebus und versuchte, ihn ins Haus zu zerren.

»Ich wollte wirklich nur sehen, ob es ihm gut geht, mehr nicht«, sagte Rebus.

»Sie müssen auf ihn warten. Wenn er hört, dass ich Sie abgewiesen habe …«

Rebus blickte auf ihre Hand, die seinen Arm umklammert hielt. »Von Abweisen kann nun wirklich nicht die Rede sein.«

Sie ließ ihn los und lächelte verlegen. Sie war schätzungsweise zehn bis fünfzehn Jahre jünger als ihr Gatte. Üppige schwarze Locken umrahmten ihr Gesicht. Sie trug reichlich Make-up, das jedoch mit großer Sorgfalt aufgetragen war: die Augen dunkel, der Mund purpurrot. »Entschuldigung«, sagte sie.

»Keine Ursache, ist ja schön, wenn man sich begehrt fühlen kann. Erwarten Sie Mo in Kürze zurück?«

»Keine Ahnung. Er musste nach Rutherglen. Es hat dort Schwierigkeiten gegeben in letzter Zeit.«

»Ach ja?«

»Nichts Ernstes, hoffentlich, nur ein paar Jugendbanden, die sich gegenseitig bekämpfen.« Sie zuckte mit den Achseln. »Ich wette, die Inder tragen genauso viel Schuld wie die anderen.«

»Und was macht Mo dort?«

»Er nimmt an einer Gemeindeversammlung teil.«

»Wissen Sie, wo die stattfindet?«

»Ich habe die Adresse.« Sie verschwand ins Innere des Hauses, ohne einen Hauch von Parfüm zu hinterlassen. Er stellte sich ganz vorn in den Flur, um nicht nass zu werden. Immer noch dieses feine, hartnäckige Nieseln. Die Schotten hatten ein Wort dafür: *smirr*. Er fragte sich, ob es in anderen Kulturen ähnliche Wörter gab. Als sie zurückkam und ihm den Zettel reichte, berührten sich ihre Finger, und Rebus spürte einen kurzen Schlag.

»Elektrische Aufladung«, sagte sie und deutete mit dem Kopf auf den Teppich im Flur. »Ich habe Mo schon so oft gesagt, dass wir einen aus reiner Wolle brauchen.«

Rebus nickte, bedankte sich und rannte zu seinem Wagen zurück. Er suchte die Adresse, die sie ihm gegeben hatte, auf dem Stadtplan. Sah nach einer Fahrt von fünfzehn Minuten aus, der größte Teil der Strecke Richtung Süden auf der Dalmarnock Road. Das Parkhead-Stadion befand sich ganz in der Nähe, aber Celtic hatte kein Heimspiel heute, sodass wohl kaum mit gesperrten Straßen oder Umleitungen zu rechnen war. Dafür hatte der Regen die Kauflustigen und Touristen zurück in ihre Autos gescheucht. Rebus schaute eine Weile nicht auf die Karte und musste prompt feststellen, dass er erneut falsch abgebogen war und nun Richtung Cambusland fuhr. Er hielt am Straßenrand an und wollte warten, bis er auf der Fahrbahn kehrtmachen konnte, als plötzlich die hinteren Türen aufgerissen wurden und sich zwei Männer auf den Rücksitz fallen ließen.

»Danke, Kumpel«, sagte einer von ihnen. Er roch nach Bier und Zigaretten. Sein Lockenkopf triefte vor Nässe, und er schüttelte ihn wie ein Hund.

»Was zum Teufel soll das?«, fragte Rebus mit lauter Stimme. Er hatte sich umgedreht, damit die beiden seinen Gesichtsausdruck besser einschätzen konnten.

»Sind Sie nicht unser Minitaxi?«, erkundigte sich der andere. Seine Nase sah aus wie eine Erdbeere, sein Atem roch säuerlich, und seine Zähne waren schwarz von dunklem Rum.

»Seh ich etwa so aus oder was?«, schrie Rebus.

»Tschuldigung, Kumpel, tschuldigung ... war echt'n Missverständnis.«

»Genau, sollte kein Überfall werden«, fügte sein Kollege hinzu. Durchs linke Seitenfenster entdeckte Rebus den Pub, aus dem sie soeben gekommen waren. Ytong-Steine und eine solide Tür – keine Fenster. Die beiden machten Anstalten auszusteigen.

»Ihr Jungs seid nicht zufällig nach Wardlawhill unterwegs?«, fragte Rebus in ruhigerem Tonfall.

»Normalerweise fahren wir per Anhalter, aber bei dem Regen ...«

Rebus nickte. »Na, wie wär's, wenn ich euch dort am Gemeindezentrum rauslasse?«

Die Männer blickten erst einander, dann Rebus an. »Und wie viel soll das kosten?«

Rebus wischte ihr Misstrauen mit einer Handbewegung beiseite. »Ich spiele hier gerade den guten Samariter.«

»Willst du uns bekehren oder was?« Der Mann starrte ihn finster an.

Rebus lachte. »Keine Angst, ich hab nicht vor, euch ›den Weg zu zeigen‹ oder irgendwas in der Art.« Er überlegte einen Augenblick. »Genau genommen verhält es sich genau umgekehrt.«

»Hä?«

»Ihr müsst mir den Weg zeigen.«

Als sie nach einer kurzen, verwinkelten Fahrt durch das Wohnviertel ihr Ziel erreichten, waren sie schon beim Vornamen angelangt, und Rebus fragte, ob sie denn nicht vorhätten, an der Gemeindeversammlung teilzunehmen.

»Immer schön den Ball flach halten, das war schon immer meine Devise«, lautete die Antwort.

Als sie vor dem einstöckigen Gebäude hielten, hatte der Regen etwas nachgelassen. Genau wie der Pub schien auch dieses Gebäude auf den ersten Blick keine Fenster zu haben, doch bei genauerem Hinsehen stellte sich heraus, dass die sich auf der Vorderseite ganz oben befanden, knapp unter den Dachbalken. Rebus schüttelte seinen beiden Fremdenführern die Hand.

»Mal sehen, ob du hier auch wieder rausfindest…«, meinten sie lachend. Rebus nickte und lächelte. Er hatte sich auch schon gefragt, ob er die Autobahn nach Edinburgh je wiederfinden würde. Keiner seiner Passagiere hatte wissen wollen, warum sich jemand von außerhalb für die Gemeindeversammlung interessierte. Rebus schrieb auch das ihrer Lebensphilosophie zu: den Ball flach halten. Wer keine Fragen stellte, musste sich auch nicht vorwerfen lassen, seine Nase in Dinge zu stecken, die ihn nichts angingen. In mancherlei Hinsicht sicherlich keine schlechte Einstellung, aber er hatte noch nie danach gelebt und würde es auch in Zukunft nicht tun.

Vor dem Haupteingang drängte sich eine kleine Gruppe Menschen. Nachdem er sich von seinen Fahrgästen verabschiedet hatte, parkte Rebus so dicht wie möglich vorm Eingang. Er befürchtete schon, dass die Versammlung beendet war und er Mo Dirwan verpasst hatte. Doch als er näher kam, wurde ihm klar, dass er sich geirrt hatte. Ein Weißer mittleren Alters mit Anzug und Krawatte und schwarzem Mantel hielt ihm ein Flugblatt hin. Auf seinem kahl rasierten Kopf glänzten Regentropfen. Sein Gesicht wirkte blass und teigig, der Nacken bestand aus mehreren Rollen Speck.

»British National Party«, erklärte er, und Rebus erkannte ihn am Akzent als Londoner. »Wir wollen britische Straßen wieder sicher machen.« Vorn auf dem Flugblatt war eine ältere Frau abgebildet, die voller Angst einer Gruppe farbiger Jugendlicher entgegenblickte, die auf sie zumarschierte.

»Gestellte Fotos?«, vermutete Rebus und zerknüllte das feucht gewordene Flugblatt in der Faust. Die anderen Männer, die sich zu beiden Seiten ihres Anführers im Hintergrund hielten, sahen deutlich jünger und ungepflegter aus, gekleidet in die inzwischen fast zum Pöbelschick avancierte Kluft: Turnschuhe und Jogginghosen, Trainingsjacken und tief ins Gesicht gezogene Baseballkappen. Die Jacken waren bis oben hin geschlossen, sodass die untere Hälfte des Gesichts im Stehkragen verschwand. Sie würden nur schwer anhand von Fotos zu identifizieren sein.

»Wir wollen die Rechte britischer Bürger schützen.« Aus seinem Mund klang das Wort »britisch« fast wie ein Bellen. »Britannien den Briten – was ist daran falsch?«

Rebus ließ das Flugblatt fallen und kickte es weg. »Ich kann mich des Gefühls nicht erwehren, dass Ihre Definition etwas enger gefasst ist als die anderer.«

»Sie werden es nicht erfahren, so lange Sie uns nicht eine Chance geben.« Er schob den Unterkiefer vor. Oje, dachte Rebus, und dabei versucht er noch, freundlich zu sein. Der Kerl erinnerte ihn an einen Gorilla, der zum ersten Mal versucht, einen Blumenstrauß zu binden. Von drinnen hörte man Klatschen und Buhrufe.

»Schwer was los«, sagte Rebus und zog die Tür auf.

Es gab einen kleinen Vorraum, von dem aus eine weitere

Doppeltür in den Hauptsaal führte. Eine Bühne gab es nicht, aber jemand hatte eine Lautsprecheranlage zur Verfügung gestellt, damit derjenige, der im Besitz des Mikrofons war, auch das Worte hatte. Doch nicht alle Anwesenden teilten diese Sicht der Dinge. Einige Männer waren von ihren Sitzen aufgesprungen, um ihre Gegenspieler niederzubrüllen und mit ausgestrecktem Zeigefinger die Luft zu durchlöchern. Auch mehrere Frauen hatte es von den Sitzen gerissen. Fast alle Stuhlreihen waren voll besetzt. Rebus sah, dass den Stühlen gegenüber ein Tapeziertisch stand, an dem fünf düster dreinblickende Gestalten hockten. Vermutlich eine Auswahl hiesiger Honoratioren. Mo Dirwan gehörte nicht dazu, dennoch hatte Rebus ihn bald entdeckt. Er stand in der ersten Reihe und wedelte mit den Armen, als wollte er Flugbewegungen imitieren. In Wirklichkeit jedoch versuchte er, das Publikum zu beruhigen. Seine Hand war noch immer verbunden, und auf seinem Kinn klebte nach wie vor rosafarbenes Pflaster.

Einem der Honoratioren reichte es. Er stopfte einige Unterlagen in seine Tasche, warf sie sich über die Schulter und marschierte Richtung Ausgang. Das Buhen wurde lauter. Rebus konnte nicht herausfinden, ob es dem Umstand galt, dass er die Waffen streckte, oder vielleicht der Tatsache, dass er zum Rückzug gezwungen worden war.

»Du bist ein Wichser, McCluskey!«, rief jemand. Was Rebus auch nicht weiterhalf. Doch andere folgten seinem Beispiel. Eine kleine, mollige Frau am Tisch hielt das Mikro in der Hand, doch mit ihren guten Manieren und dem besonnenen Tonfall würde es ihr niemals gelingen, für Ruhe und Ordnung zu sorgen. Rebus bemerkte, dass das Publikum bunt gemischt war: Es gab nicht nur weiße Gesichter auf der einen und farbige auf der anderen Seite. Auch sämtliche Altersstufen waren vertreten. Eine Frau hatte ihren Nachwuchs im Sportwagen mitgebracht, eine andere wedelte wild mit ihrem Gehstock durch die Luft, sodass die Umsitzenden in Deckung gehen mussten. Ein halbes Dutzend uniformierter Polizisten hatte sich unauffällig im Hintergrund gehalten, doch jetzt sprach einer von ihnen in sein Walkie-Talkie. Zweifelsohne forderte er Verstärkung an. Einige Jugendliche schienen der Meinung zu sein, dass ihr Problem just die Polizisten waren. Die beiden Gruppen standen sich in einem Abstand von nur zwei oder drei Metern gegenüber, und der wurde von Minute zu Minute kleiner.

Rebus erkannte, dass Mo Dirwan nicht mehr weiterwusste. Er wirkte vollkommen konsterniert, als dämmerte ihm, dass er ein Mensch war und nicht Superman. Nicht einmal er konnte die Lage unter Kontrolle bringen. Sein ganzer Einfluss stand und fiel mit der Bereitschaft der anderen, seinen Argumenten zuzuhören: und hier war kein Mensch bereit, irgendwem zuzuhören. Rebus vermutete, dass auch Martin Luther King mit einem Megafon in der Hand hier wenig Beachtung gefunden hätte. Ein junger Mann beobachtete das Geschehen mit Entsetzen. Seine Augen ruhten einen Moment lang auf Rebus. Er war vermutlich indischer Herkunft, trug aber das gleiche Outfit wie die weißen Jugendlichen, außerdem einen einzelnen runden Ohrring. Seine Unterlippe war geschwollen und blutverkrustet, und er stand ein wenig schief, als könnte er das linke Bein nicht richtig belasten. Es tat ihm offensichtlich weh. War das der Grund für sein Entsetzen? War er das jüngste Opfer und diese Versammlung seinetwegen einberufen worden? Nackte Angst stand ihm ins Gesicht geschrieben … die Angst angesichts einer solchen Eskalation.

Rebus hätte ihn gern zu beruhigen versucht, wenn er nur gewusst hätte, wie, doch in diesem Moment wurden die Türen aufgestoßen und weitere Polizisten strömten in den Saal. Darunter auch ein älteres Gesicht: mehr Silber auf dem Revers und der Mütze als die anderen. Silber auch im Haar, das unter der Mütze hervorlugte.

»Ruhe jetzt!«, brüllte er und marschierte selbstbewusst nach vorn aufs Mikrofon zu, das er der inzwischen nur noch flüsternden Frau ohne alle Formalitäten aus der Hand riss.

»Ruhe jetzt, Leute, bitte!« Seine Stimme donnerte aus den Lautsprechern. »Seien Sie doch vernünftig.« Er blickte auf eine der Gestalten am Tisch. »Ich würde vorschlagen, die Versammlung fürs Erste zu schließen.« Der Mann, dem sein Blick gegolten hatte, nickte kaum merklich. Rebus vermutete, dass es sich um den Gemeinderat handelte; auf jeden Fall jemanden, dem der Polizist sich zumindest offiziell unterstellen musste.

Dabei konnte es keinen Zweifel geben, wer jetzt das Sagen hatte.

Rebus zuckte zusammen, als ihm jemand auf die Schulter schlug, doch es war nur ein breit grinsender Mo Dirwan, der ihn entdeckt und sich ungesehen genähert hatte.

»Mein lieber Freund, was in Gottes Namen hat Sie hierher verschlagen?«

Von Nahem sah Rebus, dass Dirwans Verletzungen nicht ernster waren als nach einer Prügelei zwischen Betrunkenen: einige wenige Kratzer und Schürfwunden. Auf einmal beschlich ihn der Verdacht, dass das Pflaster und der Verband vielleicht nur Show waren.

»Ich wollte sehen, wie es Ihnen geht.«

»Ha!« Dirwan schlug ihm erneut auf die Schulter. Dass er dies mit der verbundenen Hand tat, bestärkte Rebus in seinem Misstrauen. »Womöglich hatten Sie sogar ein winzig kleines Schuldgefühl?«

»Ich wollte auch hören, wie es passiert ist.«

»Na, das ist schnell erzählt – ich wurde überfallen. Haben Sie noch keine Zeitung gelesen heute? Sie können sich eine aussuchen, ich bin in allen.«

Rebus zweifelte nicht daran, dass diese Zeitungen in Dirwans Wohnzimmer den ganzen Fußboden bedeckten…

Doch nun wurde die Aufmerksamkeit des Anwalts von der Tatsache in Anspruch genommen, dass alle aus dem Saal gescheucht wurden. Er drängte sich durch die Menge zu dem älteren Polizisten vor, schüttelte ihm die Hand und wechselte ein paar Worte mit ihm. Dann weiter zum Gemeinderat, dessen Gesichtsausdruck Rebus verriet, dass es nur noch einen einzigen verschwendeten Samstag wie diesen brauchte, und er würde sein Rücktrittsgesuch einreichen. Dirwan redete eindringlich auf ihn ein, doch als er seinen Arm packen wollte, wurde er mit Vehemenz abgeschüttelt. Also wedelte Dirwan stattdessen mit dem Zeigefinger, klopfte dem Mann auf die Schulter und kam zu Rebus zurück.

»Meine Güte, was für ein Chaos!«

»Hab schon Schlimmeres erlebt.«

Dirwan musterte ihn. »Warum habe ich das Gefühl, dass Sie das immer sagen würden, egal, was um Sie herum passiert?«

»Diesmal stimmt es zufällig«, erwiderte Rebus. »Also… kann ich jetzt mit Ihnen sprechen?«

»Sie wollten mit mir sprechen?«

Rebus antwortete nicht, schlug nun seinerseits Dirwan auf die Schulter und dirigierte ihn aus dem Gebäude. Draußen war eine Rangelei im Gange. Einer der Lakaien des BNP-Mannes war mit einem jungen Inder zusammengestoßen. Dirwan machte Anstalten einzuschreiten, doch Rebus hielt ihn zurück, und die Uniformierten nahmen sich der Sache an. Der Mann von der BNP stand auf einer grasbewachsenen Böschung auf der anderen Straßenseite, die Hand zu einer Art Hitlergruß erhoben. Rebus hielt ihn für ziemlich lächerlich, was nicht bedeutete, dass er ungefährlich war.

»Wollen wir zu mir nach Hause fahren?«, schlug Dirwan vor.

»Wir setzen uns in meinen Wagen«, antwortete Rebus mit einem Kopfschütteln. Sie stiegen ein, aber um sie herum war einfach zu viel los. Rebus ließ den Motor an, um in eine Seitenstraße zu fahren, wo sie sich in Ruhe würden unterhalten können. Als sie an dem BNP-Mann vorbeikamen, trat er ein wenig stärker aufs Pedal, lenkte den Wagen dicht an den Bordstein und ließ eine Wasserfontäne aufspritzen, die, sehr zu Mo Dirwans Freude, auf den Kerl niederregnete.

Rebus fuhr rückwärts in eine winzige Parklücke, stellte den Motor ab und drehte sich zu Mo Dirwan.

»Also, was ist passiert?«, fragte er.

Dirwan zuckte mit den Achseln. »Das ist schnell erzählt. Ich war, Ihrer Bitte entsprechend, in Knoxland unterwegs, um mit sämtlichen Migranten zu reden, die mit mir reden wollten.«

»Haben sich welche geweigert?«

»Nicht jeder Mensch vertraut einem Fremden, John, auch nicht, wenn der die gleiche Hautfarbe hat.«

Rebus nickte zustimmend. »Und wo waren Sie, als Sie angegriffen wurden?«

»Ich stand in Stevenson House und habe auf den Aufzug gewartet. Sie kamen von hinten, zu viert oder fünft, die Gesichter maskiert.«

»Haben Sie was gesagt?«

»Einer… ganz am Ende.« Die Rückschau war ihm sichtlich unangenehm, was Rebus daran erinnerte, dass er es mit dem Opfer eines Überfalls zu tun hatte. Auch wenn die Verletzungen noch so gering sein mochten, war es doch eine Situation, an die Dirwan gewiss nicht gern zurückdachte.

»Hören Sie«, sagte Rebus, »ich hätte das schon längst sagen wollen: Es tut mir Leid, was geschehen ist.«

»Ist ja nicht Ihre Schuld, John. Ich hätte darauf vorbereitet sein sollen.«

»Ich nehme an, die hatten es gezielt auf Sie abgesehen?«

Dirwan nickte. »Der Typ, der gesprochen hat… er sagte, ich solle aus Knoxland verschwinden. Er sagte, alles andere wäre mein Todesurteil. Und während er sprach, drückte er mir ein Messer an die Wange.«

»Was für ein Messer?«

»Keine Ahnung… Sie denken an die Mordwaffe?«

»Ja, möglicherweise.« Und, hätte er am liebsten hinzugefügt, an das Messer, das bei Howie Slowther gefunden worden war. »Sie konnten nicht zufällig einen der Angreifer erkennen?«

»Ich habe die meiste Zeit auf dem Fußboden verbracht und nicht mehr gesehen als Fäuste und Schuhe.«

»Was ist mit dem, der geredet hat. Klang er wie einer von hier?«

»Was denn sonst?«

»Weiß nicht. Irisch vielleicht.«

»Ich finde es nicht immer ganz leicht, Iren und Schotten auseinander zu halten.« Dirwan zuckte entschuldigend mit den Achseln. »Schockierend, ich weiß, für jemanden, der schon seit Jahren hier lebt…«

Ganz unten in einer von Rebus' Taschen klingelte das Handy. Er zog es hervor und sah aufs Display. Es war Caro Quinn. »Ich muss mal eben rangehen«, sagte er zu Dirwan und öffnete die Wagentür. Er marschierte ein paar Schritte den Bürgersteig entlang und hob das Telefon ans Ohr.

»Hallo«, sagte er.

»Wie konntest du mir das antun?«

»Was?«

»Mich so viel trinken lassen«, stöhnte sie.

»Haben wir etwa einen dicken Kopf?«

»Ich fasse nie wieder einen Tropfen Alkohol an.«

»Sehr guter Vorsatz. Vielleicht sollten wir uns beim Abendessen darüber unterhalten?«

»Heute kann ich nicht. Ich geh mit einem Freund ins Filmhouse.«

»Dann morgen?«

Sie schien darüber nachzudenken. »Ich sollte eigentlich was arbeiten am Wochenende. Und dank letzter Nacht verliere ich bereits einen Tag.«

»Kannst du mit einem Kater nicht arbeiten?«

»Du etwa?«

»Ich habe es zur Kunstform entwickelt, Caro.«

»Na, mal seh'n, wie es morgen so läuft... Ich werde versuchen, dich anzurufen.«

»Das ist alles, was du mir anbieten kannst?«

»Wir können es auch lassen.«

»Schon gut, ich geb mich damit zufrieden.« Rebus machte kehrt und ging zum Wagen zurück. »Bye, Caro.«

»Bye, John.«

Mit einem Freund ins Filmhouse... Einem Freund, nicht einem Kumpel. Rebus nahm wieder hinter dem Steuer Platz. »Entschuldigung.«

»Dienstlich oder privat?«, fragte Mo Dirwan.

Rebus gab keine Antwort, er hatte selbst eine Frage. »Sie kennen doch Caro Quinn, oder?«

Dirwan legte die Stirn in Falten und versuchte, den Namen einzuordnen. »Unsere Gute Frau von Whitemire?«, erkundigte er sich. Rebus nickte. »Ja, eine echte Persönlichkeit.«

»Eine Frau mit Prinzipien.«

»Oh ja, bei Gott. Sie hat eine Asylsuchende bei sich aufgenommen – wussten Sie das?«

»Ja, zufällig.«

Der Anwalt riss die Augen auf. »War sie es, mit der Sie gerade gesprochen haben?«

»Ja.«

»Wissen Sie, dass sie auch schon aus Knoxland verjagt wurde?«

»Hat sie mir erzählt.«

»Wir ziehen an einem Strang, Caro und ich…« Dirwan betrachtete ihn. »Und vielleicht gehören auch Sie dazu, John.«

»Ich?« Rebus ließ den Motor an. »Ich bin wohl eher einer dieser Knoten, auf die man in solchen Situationen hin und wieder stößt.«

Dirwan lachte. »Das glaube ich Ihnen sofort, dass Sie sich selbst so sehen.«

»Kann ich Sie nach Hause bringen?«

»Wenn es keine Umstände macht.«

Rebus schüttelte den Kopf. »Sie können mir helfen, zurück zur Autobahn zu finden.«

»Es war also ein Angebot mit Hintergedanken?«

»Könnte man so sagen.«

»Und wenn ich das Angebot annehme, werden Sie dann auch meine Gastfreundschaft annehmen?«

»Ich muss wirklich zurück…«

»Wollen Sie mich beleidigen?«

»Nein, auf gar keinen Fall…«

»Aber genauso sieht es aus.«

»Meine Güte, Mo…« Rebus stieß einen tiefen Seufzer aus. »Also gut, eine schnelle Tasse Kaffee.«

»Meine Frau wird darauf bestehen, dass Sie etwas essen.«

»Einen Keks.«

»Und vielleicht ein Stückchen Kuchen.«

»Nein, nur Kekse.«

»Sie wird eine Kleinigkeit machen… Sie werden schon sehen.«

»Also gut, Kuchen. Kaffee und Kuchen.«

Der Anwalt grinste übers ganze Gesicht. »Handeln ist

nicht gerade Ihre Stärke, John. Wäre ich ein Teppichverkäufer, Ihre Kreditkarte wäre jetzt am Limit.«

»Was lässt Sie vermuten, dass sie da nicht schon ist?«

Außerdem, hätte er hinzufügen können, war er tatsächlich hungrig…

21

Am sonnigen, stürmischen Sonntagmorgen spazierte Rebus die Marchmont Road entlang und durch die Meadows. Im Park versammelten sich bereits die ersten Fußballmannschaften zu verabredeten Spielen. Manche Teams trugen einheitliche Trikots, um sich einen professionellen Anstrich zu geben, andere sahen eher zusammengewürfelt aus, Jeans und Turnschuhe statt Shorts und Fußballstiefel. Der beliebteste Ersatz für richtige Torpfosten waren Verkehrskegel, und die Seitenlinien waren für alle bis auf die Spieler selbst unsichtbar.

Ein Stück weiter wurde Frisbee gespielt. Ein Hund rannte hechelnd von einem zum anderen, während auf einer Bank ein Pärchen saß und in der Sonntagszeitung zu blättern versuchte, ohne dass die zahlreichen Beilagen beim nächsten Windstoß davonflogen.

Rebus hatte sich zu Hause einen ruhigen Abend gemacht, nachdem ein kleiner Bummel über die Lothian Road ergeben hatte, dass das Programm des Filmhouse seine Sache nicht war. Er fragte sich, welchen Film Caro wohl ausgesucht haben mochte und wie er sich aus der Affäre gezogen hätte, wenn er ihr zufällig im Foyer über den Weg gelaufen wäre…

Es geht doch nichts über eine gute alte ungarische Familiensaga…

Daheim hatte er sich ein indisches Imbissessen und zwei

Videos einverleibt, die er schon kannte: *Rock'n'Roll Circus* und *Midnight Run*. Dazu gab's alles in allem vier Flaschen IPA, um das Ganze abzurunden, und so war er zeitig und mit klarem Kopf aufgewacht. Sein Frühstück hatte aus einem halben Nan-Brot vom Vortag und einer Tasse Tee bestanden. Nun ging es auf Mittag zu, und Rebus machte einen Spaziergang. Das alte Royal Infirmary war von einem Bretterzaun eingefasst, der die Bauarbeiten am Gebäude kaum verdecken konnte. Nach allem, was er zuletzt gehört hatte, sollte in dem Gebäudekomplex ein Mix aus Geschäften und Wohnungen entstehen. Er fragte sich, was für Menschen Geld dafür bezahlten, in eine umfunktionierte Krebsstation einzuziehen. Würde das jahrhundertlange Leid im Gemäuer zu spüren sein? Möglicherweise fiel irgendjemandem ein, auch dort Geistertouren anzubieten, genau wie in der Mary King's Close, in der angeblich die Seelen von Pestopfern umgingen, oder im Greyfriars Kirkyard, wo im siebzehnten Jahrhundert mehrere protestantische Rebellen den Tod fanden.

Er hatte oft daran gedacht, aus Marchmont wegzuziehen; hatte sogar schon einen Anwalt gefragt, welchen Preis er für seine Wohnung verlangen könnte. Zweihunderttausend, sagte der. Vermutlich nicht annähernd genug, um auch nur eine halbe Krebsstation zu kaufen, aber doch genug, um den Job an den Nagel hängen, die volle Pension kassieren und die Welt bereisen zu können.

Das Problem war nur, die Welt lockte ihn nicht. Weitaus wahrscheinlicher war, dass er das ganze Geld versaufen würde. War das die Angst, die ihn im Beruf hielt? Seine Arbeit war sein Leben. Im Lauf der Jahre hatte er zugelassen, dass alles andere in den Hintergrund gedrängt wurde: Familie, Freunde, Freizeit.

Weshalb er auch jetzt beruflich unterwegs war.

Er spazierte die Chalmers Street entlang, vorbei an der

neuen Schule; bei der Kunstakademie überquerte er die Straße und bog in die Lady Lawson Street ein. Er hatte keine Ahnung, wer Lady Lawson gewesen war, bezweifelte aber, dass sie sich übermäßig geschmeichelt gefühlt hätte anlässlich der Straße, die nach ihr benannt worden war – ganz zu schweigen von den zahllosen Pubs und Klubs. Rebus befand sich wieder einmal im Pussydreieck. Viel los war nicht, denn die letzten Lokalitäten hatten erst vor sieben oder acht Stunden geschlossen. Die Menschen lagen noch in ihren Betten, um ihre samstäglichen Räusche auszuschlafen.

Die Straßen waren gereinigt worden, die Neonlichter ausgeschaltet. In der Ferne erklangen Kirchenglocken. Ein ganz normaler Sonntag.

Die Tür des Nook war mit einem Metallriegel und einem schweren Vorhängeschloss gesichert. Rebus blieb stehen und blickte zu dem leeren Kiosk auf der anderen Straßenseite hinüber. Für den Fall, dass niemand reagierte, hatte er beschlossen, auch noch die anderthalb Kilometer zum Haymarket zu laufen, um Felix Storey in seinem Hotel aufzusuchen. Er bezweifelte, dass sie so früh schon bei der Arbeit waren. Wo immer Stuart Bullen stecken mochte, im Nook war er nicht. Trotzdem überquerte Rebus die Straße und klopfte gegen das Schaufenster des Kiosk. Er wartete, schaute nach rechts und links. Kein Mensch weit und breit, keine Autos, keine Köpfe in den Fenstern der oberen Stockwerke. Er klopfte noch einmal, dann bemerkte er einen dunkelgrünen Lieferwagen, der gut fünfzehn Meter weiter am Straßenrand parkte. Rebus schlenderte darauf zu. Wem auch immer der Wagen vorher gehört hatte, der Schriftzug war übermalt worden, die Umrisse der Buchstaben unter der neuen Farbschicht gerade noch sichtbar. Rebus musste an den Überwachungswagen in Knoxland denken, in dem Shug Davidson sich eingerichtet hatte. Er blickte noch einmal die Straße entlang, dann hämmerte er mit der Faust gegen die hinteren

Türen, drückte das Gesicht an die Scheibe und ging davon. Er schaute sich nicht um, blieb aber stehen, um die Kleinanzeigen im Schaufenster eines Zeitungskiosks zu studieren.

»Wollen Sie unsere Operation in Gefahr bringen?«, fragte Felix Storey. Rebus drehte sich um. Storey stand hinter ihm, die Hände in den Hosentaschen. Er trug grüne Armeehosen und ein olivfarbenes T-Shirt.

»Schicke Tarnung«, bemerkte Rebus. »Die Sache ist Ihnen wohl ernst.«

»Wie meinen Sie das?«

»Dass Sie die Sonntagsschicht übernehmen – wo das Nook erst um zwei aufmacht.«

»Was nicht bedeutet, dass niemand drin ist.«

»Nicht zwingend, aber der Riegel vor der Tür ist doch ein recht eindeutiger Hinweis ...«

Storey zog die Hände aus den Taschen und verschränkte die Arme vor der Brust. »Was wollen Sie?«

»Sie um einen Gefallen bitten.«

»Hätten Sie da nicht einfach eine Nachricht im Hotel hinterlassen können?«

Rebus zuckte mit den Achseln. »Nicht mein Stil, Felix.« Erneut betrachtete er das Outfit seines Gegenübers. »Was wollen Sie darstellen? Stadtguerilla oder so?«

»Einen Nachtschwärmer bei Tag«, antwortete Storey.

Rebus schnaubte. »Nun ja, aber das mit dem Lieferwagen ist keine schlechte Idee. Der Kiosk ist tagsüber zu riskant – man könnte drinnen jemanden auf einer Stehleiter sitzen sehen.« Rebus blickte nach links und rechts. »Schade nur, dass hier so wenig los ist; Sie stechen raus wie ein bunter Hund.«

Storey blickte ziemlich finster drein. »Und Ihr Gehämmere an dem Lieferwagen ... ist das etwa unauffällig?«

Rebus zuckte wieder mit den Achseln. »Wenigstens haben Sie mir so Ihre Aufmerksamkeit geschenkt.«

»Allerdings. Also raus damit, was wollen Sie von mir?«

»Sprechen wir bei einem Kaffee darüber.« Rebus deutete mit dem Kopf die Straße hinauf. »Keine zwei Minuten von hier gibt's ein Café.« Storey überlegte kurz und blickte zum Lieferwagen. »Ich gehe doch davon aus, dass Sie nicht allein hier sind«, sagte Rebus.

»Ich muss nur Bescheid sagen…«

»Nur zu.«

Storey deutete Richtung Café. »Gehen Sie schon mal vor, ich komme nach.«

Rebus nickte. Er setzte sich in Bewegung, wandte sich noch einmal um und bemerkte, dass auch Storey über die Schulter sah, während er auf den Lieferwagen zuging.

»Was soll ich Ihnen bestellen?«, rief Rebus.

»Milchkaffee!«, rief der andere zurück. Sobald Rebus in die andere Richtung blickte, riss er schnell die Wagentür auf, stieg ein und zog die Tür hinter sich zu.

»Er will mich um einen Gefallen bitten«, verkündete er der Person im Wagen.

»Was das wohl sein mag?«

»Ich gehe mit ihm einen Kaffee trinken, um das herauszufinden. Kommst du allein zurecht?«

»Werde mich zu Tode langweilen, aber ich werd's überleben.«

»Ich bin spätestens in zehn Minuten zurück…« Storey brach ab, als die Wagentür von außen aufgerissen wurde. Rebus' Kopf tauchte auf.

»Hallo, Phyl«, sagte er mit einem Lächeln. »Sollen wir Ihnen was mitbringen?«

Rebus fühlte sich wohler, wenn er Bescheid wusste. Seit er bei dem Besuch im Nook gesehen worden war, hatte er sich gefragt, wer Storeys Informant sein mochte. Es musste jemand sein, der ihn kannte, ihn und Siobhan.

»Phyllida Hawes arbeitet also für Sie«, sagte er, als die beiden Männer sich mit ihren Kaffeetassen hinsetzten. Das Café befand sich an der Ecke Lothian Road. Sie konnten nur deshalb einen Tisch ergattern, weil ein Pärchen gerade ging, als sie kamen. Alle Welt schien zu lesen: Zeitungen und Bücher. Eine Frau stillte ihr Baby und nippte dabei an ihrem Kaffee. Storey beschäftigte sich mit der Verpackung des Sandwichs, das er sich gerade besorgt hatte.

»Das geht Sie nichts an«, brummelte er und gab sich alle Mühe, leise zu sprechen, damit niemand mithören konnte. Rebus versuchte, die Hintergrundmusik einzuordnen. Der Stil war Sechziger, Kalifornien. Doch er hatte seine Zweifel, dass die Musik tatsächlich aus der Zeit stammte. Es gab jede Menge Bands heutzutage, die nach damals klingen wollten.

»Geht mich nichts an«, stimmte Rebus zu.

Storey nahm einen Schluck Kaffee und zuckte zusammen, weil das Gebräu kochend heiß war. Er biss in das kühlschrankkalte Sandwich, um den Schmerz zu lindern.

»Kommen Sie weiter?«, fragte Rebus.

»Geht so«, antwortete Storey, den Mund voller Salatblätter.

»Aber nichts, woran Sie mich teilhaben lassen möchten?« Rebus blies in seine Tasse. Er kannte den Laden und wusste, dass der Kaffee extrem heiß war.

»Was glauben Sie?«

»Ich glaube, dass diese ganze Unternehmung ein Vermögen kostet. Wenn ich so viel Geld für eine Observation rausschmeißen würde, würde ich ein Ergebnis herbeischwitzen.«

»Sehe ich aus, als würde ich schwitzen?«

»Genau das macht mich neugierig. Irgendjemand irgendwo sucht entweder händeringend nach hieb- und stichfesten Beweisen, oder er ist sich mehr als sicher, dass er sie kriegen wird.« Storey wollte antworten, doch Rebus hob die Hand. »Ich weiß, ich weiß … das geht mich nichts an.«

»Und daran wird sich auch nichts ändern.«

»Großes Pfadfinderehrenwort.« Rebus hob drei Finger zum Pfadfindergruß an die Stirn. »Was mich zu meiner Bitte führt…«

»Der ich nicht nachzukommen geneigt bin.«

»Auch nicht im Geist grenzüberschreitender Zusammenarbeit?«

Storey gab vor, vollauf mit seinem Sandwich beschäftigt zu sein, und wischte sich ein paar Krümel von der Hose.

»Übrigens, die Armeehosen stehen Ihnen gut«, schmeichelte Rebus. Was ihm endlich die Andeutung eines Lächelns einbrachte.

»Rücken Sie schon raus mit Ihrer Frage«, sagte Storey.

»Es geht um den Mordfall, an dem ich arbeite… der in Knoxland.«

»Was ist damit?«

»Anscheinend hatte das Opfer eine Freundin, und ich habe läuten hören, dass sie aus dem Senegal stammt.«

»Und?«

»Und ich würde sie gern finden.«

»Haben Sie ihren Namen?«

Rebus schüttelte den Kopf. »Ich weiß nicht einmal, ob sie legal hier ist.« Er hielt inne. »Und an genau diesem Punkt hatte ich auf Ihre Hilfe gehofft.«

»Inwiefern?«

»Der Einwanderungsbehörde ist doch sicherlich bekannt, wie viele Senegalesen es in Großbritannien gibt. Sofern die legal hier sind, müssten Sie doch wissen, wie viele in Schottland leben…«

»Mein lieber Inspector, ich habe den Eindruck, dass Sie uns mit einem Faschistenstaat verwechseln.«

»Soll das heißen, dass diese Leute nicht registriert werden?«

»Natürlich werden sie das, aber natürlich nur die offiziellen Einwanderer. Nicht die Illegalen und auch nicht die Flüchtlinge.«

»Die Sache ist, wenn sie illegal hier ist, wird sie doch wahrscheinlich versuchen, Landsleute zu finden. Die würden ihr am ehesten helfen, und die sind bei Ihnen registriert.«

»Ja, so weit kann ich Ihnen folgen, aber dennoch …«

»Sie haben Besseres zu tun mit Ihrer Zeit?«

Vorsichtig nahm Storey einen Schluck aus der Tasse und wischte sich mit dem Handrücken den Schaum von der Oberlippe. »Ich bin nicht einmal sicher, ob wir solche Daten überhaupt vorliegen haben, nicht in einer Ihnen nützlichen Form.«

»Im Moment würde ich mich mit allem zufrieden geben.«

»Glauben Sie, dass die Freundin etwas mit dem Mord zu tun hat?«

»Ich vermute, dass sie Angst hat.«

»Weil sie etwas weiß?«

»Das kann ich erst sagen, wenn ich sie gefragt habe.«

Der Mann von der Einwanderungsbehörde schwieg. Rebus wartete und betrachtete derweil die Welt draußen vor dem Fenster. Die Leute gingen Richtung Princes Street, wahrscheinlich wollten sie einkaufen. An der Theke hatte sich eine Schlange gebildet. Die Leute hielten Ausschau nach einem freien Platz an einem der Tische. Zwischen Rebus und Storey stand ein freier Stuhl, und Rebus hoffte, dass niemand sich dort würde hinsetzen wollen; ein Nein konnte leicht als Beleidigung aufgefasst werden …

»Ich könnte einen ersten Suchlauf durch die Datenbank autorisieren«, sagte Storey schließlich.

»Das wäre phantastisch.«

»Ich mache Ihnen keinerlei Versprechungen.«

Rebus nickte.

»Haben Sie sich schon mal unter den Studenten umgeschaut?«, fragte Storey.

»Was für Studenten?«

»Ausländische Studenten. Gut möglich, dass sich ein paar aus dem Senegal in der Stadt befinden.«

»Gute Idee«, meinte Rebus.

»Freut mich, wenn ich Ihnen behilflich sein kann.« Schweigend tranken die beiden Männer ihren Kaffee. Danach verkündete Rebus, er wolle Storey zurück zum Lieferwagen begleiten. Er fragte, wie Stuart Bullen zum ersten Mal auf dem Radarschirm der Einwanderungsbehörde aufgetaucht war.

»Ich dachte, dass hätte ich Ihnen schon erzählt.«

»Mein Gedächtnis ist auch nicht mehr das, was es mal war«, entschuldigte sich Rebus.

»Es kam ein anonymer Hinweis. Das ist oft so: Die Leute wollen anonym bleiben, bis wir ein Ergebnis haben. Dann verlangen sie Geld.«

»Und wie lautete der Hinweis?«

»Nur, dass Bullen nicht sauber ist. Menschenschmuggel.«

»Und Sie haben diesen ganzen Apparat aufgrund eines einzigen Telefonanrufs in Bewegung gesetzt?«

»Der gleiche Anrufer hatte uns schon mal einen Tipp gegeben, und der war gut: ein Lkw, der mit einer Ladung Illegaler in Dover landete.«

»Und ich dachte, heutzutage hättet ihr in den Häfen jede Menge High-tech-Zeugs im Einsatz.«

Storey nickte. »Stimmt. Sensoren, die Körperwärme aufspüren ... elektronische Spürhunde ...«

»Dann hätten Sie diese Illegalen vielleicht auch so gekriegt?«

»Vielleicht, vielleicht aber auch nicht.« Storey hielt inne und sah Rebus an. »Was genau wollen Sie damit andeuten, Inspector?«

»Gar nichts. Was glauben Sie, will ich damit andeuten?«

»Gar nichts«, wiederholte Storey. Doch sein Blick strafte seine Worte Lügen.

An jenem Abend saß Rebus mit dem Telefon in der Hand am Fenster und redete sich ein, dass Caro vielleicht doch noch anrufen würde. Er hatte seine Plattensammlung durchgesehen und Alben herausgekramt, die seit Jahren ungespielt im Schrank lagen: Montrose, Blue Oyster Cult, Rush, Alex Harvey… Keines hatte länger als ein paar Songs auf dem Plattenteller gelegen, bis er zu *Goat's Head Soup* gekommen war. Eine wahre Soundsuppe, jede Menge Ideen in einen Topf gerührt, doch nur die Hälfte der Zutaten trug zu einer Geschmacksverbesserung bei. Trotzdem besser – melancholischer –, als er es in Erinnerung hatte. Auf einigen Liedern war Ian Stewart zu hören. Der arme Stu, er war unweit von Rebus in Fife aufgewachsen und später ein vollwertiges Mitglied der Stones gewesen, bis der Manager beschieden hatte, dass er nicht das richtige Image besaß. Die Band hatte ihn noch für Studioaufnahmen und Tourneen engagiert.

Stu, der nicht aufgegeben hatte, obwohl sein Gesicht nicht erwünscht gewesen war.

Rebus konnte gut nachempfinden, wie sich das anfühlte.

Achter Tag

Montag

22

Montagmorgen, Stadtbücherei Banehall. Instantkaffee in Pappbechern, Doughnuts mit Zuckerguss aus einer Bäckerei. Les Young war im grauen Anzug erschienen, weißes Hemd, dunkelblaue Krawatte. Ein vager Hauch von Schuhcreme lag in der Luft. Sein Team saß an und auf den Tischen, manche rieben sich das verschlafene Gesicht, andere schlürften den bitteren Kaffee wie einen Zaubertrank. An den Wänden hingen Werbeposter für Kinderbuchautoren: Michael Morpurgo, Francesca Simon, Eoin Colfer. Außerdem eines von einem Comichelden namens Käpt'n Superslip, der aus unerfindlichen Gründen zum Namensvetter für Youngs neuen Spitznamen geworden war, wie Siobhan einer zufällig mitgehörten Unterhaltung entnahm. Sie glaubte nicht, dass er sich geschmeichelt fühlte.

Irgendwie hatte sie am Morgen keine vernünftige Hose mehr gehabt, und so trug Siobhan Rock und Strümpfe – für sie ein sehr untypisches Outfit. Der Rock war knielang, und sie zupfte ununterbrochen daran herum in der Hoffnung, er könnte auf wundersame Weise ein paar Zentimeter länger werden. Sie hatte keine Ahnung, ob ihre Beine »gut« oder »schlecht« waren – in jedem Fall missfiel ihr die Vorstellung, irgendjemand könnte ihre Beine begutachten und sich womöglich anhand dessen ein Urteil über sie als Person bilden. Schlimmer noch, sie wusste, dass die Strumpfhosen am Ende des Tages mehrere Laufmaschen haben würden. Sicherheitshalber hatte sie ein zweites Paar eingesteckt.

Zum Wäschewaschen hatte sie am Wochenende einfach

nicht die Zeit gefunden. Am Samstag war sie nach Dundee gefahren, um den Tag mit Liz Hetherington zu verbringen. In einem Weinlokal hatten sie sich Anekdoten über die Arbeit erzählt, waren danach essen gegangen, ins Kino und in mehrere Klubs. Siobhan hatte auf Liz' Sofa übernachtet und war erst am Nachmittag, noch immer ziemlich erledigt, nach Hause gefahren.

Sie saß bereits vor ihrer dritten Tasse Kaffee.

Sie war nicht zuletzt deshalb nach Dundee gefahren, um Edinburgh zu entfliehen und der Gefahr, Rebus über den Weg zu laufen oder von ihm abgefangen zu werden. Sie war nicht übermäßig betrunken gewesen am Freitagabend und verspürte keinerlei Reue über den Standpunkt, den sie vertreten hatte, oder das anschließende Streitgespräch. Kneipengerede, mehr nicht. Dennoch bezweifelte sie, dass Rebus die Angelegenheit auf sich beruhen lassen würde, und sie wusste, auf wessen Seite er stand. Sie wusste auch, dass Whitemire keine fünf Kilometer entfernt war und Caro Quinn ihren Wachdienst vermutlich schon wieder angetreten hatte, um sich zum Gewissen des Gefängnisses zu stilisieren.

Sonntagabend hatte es sie ins Stadtzentrum verschlagen, in die Cockburn Street und die Fleshmarket Close. Auf der High Street war sie einer Gruppe Touristen begegnet, die sich um eine Stadtführerin drängten; Siobhan hatte sie an der Stimme und den Haaren erkannt: Judith Lennox.

»... in Knox' Tagen waren die Vorschriften natürlich sehr viel strikter. Es war unter Strafe verboten, am Sonntag ein Hühnchen zu rupfen. Kein Tanz, kein Theater, kein Glücksspiel. Auf Ehebruch stand die Todesstrafe, geringere Vergehen wurden unter anderem mit der Schandmaske bestraft. Das war eine Art Helm, der mit einem Schloss gesichert war und den Opfern, Lügnern und Gotteslästerern, einen Metallstab in den Mund zwang... Am Ende unseres Rundgangs haben Sie die Möglichkeit, im Warlock einzukehren, einem traditionellen Inn, das sich mit dem schrecklichen Ende des Major Weir beschäftigt…«

Siobhan hatte sich gefragt, ob Lennox für ihre Empfehlungen Geld kassierte.

»… was darauf schließen lässt«, sagte Les Young gerade, »dass es sich bei der Tatwaffe um einen stumpfen Gegenstand handelte. Schädelbruch und Gehirnblutungen infolge mehrerer heftiger Schläge auf den Kopf. Der Tod ist mit großer Sicherheit sofort eingetreten…« Er las aus dem Autopsiebericht vor. »Und aufgrund der kreisförmigen Verletzungen kommen die Pathologen zu dem Schluss, dass vermutlich ein ganz alltäglicher Hammer benutzt wurde… wie man sie in jedem Baumarkt kriegt, Durchmesser zwei Komma neun Zentimeter.«

»Was weiß man über die Wucht der Hiebe, Sir?«, fragte jemand.

Young setzte ein schiefes Grinsen auf. »Der Bericht hält sich da ziemlich bedeckt, aber wenn man zwischen den Zeilen liest, können wir wohl mit einiger Sicherheit davon ausgehen, dass wir es mit einem männlichen Angreifer zu tun haben. Höchstwahrscheinlich Rechtshänder. Die Anordnung der Verletzungen lässt vermuten, dass das Opfer von hinten angegriffen wurde.« Young ging zu einer Trennwand hinüber, die mit Fotos vom Tatort zum schwarzen Brett umfunktioniert worden war. »Die Nahaufnahmen von der Autopsie kriegen wir später.« Er deutete auf ein Foto aus Cruikshanks Schlafzimmer. Sein Kopf war vollständig mit Blut bedeckt. »Der Hinterkopf hat die meisten Schläge abbekommen. Das ist kaum möglich, wenn der Angriff von vorn erfolgt.«

»Und können wir sicher sein, dass er im Schlafzimmer ermordet wurde?«, fragte ein anderer. »Er wurde nicht mehr bewegt?«

»Aller Wahrscheinlichkeit nach ist er dort gestorben, wo

wir ihn gefunden haben.« Young schaute sich um. »Noch Fragen?« Keine. »Also dann …« Er nahm sich den Dienstplan des Tages vor und verteilte die anstehenden Aufgaben. Das Hauptaugenmerk schien auf Cruikshanks Pornosammlung zu liegen, auf deren Herkunft und möglichen Komplizen bei der Herstellung und Beschaffung. Mehrere Beamte wurden nach Barlinnie geschickt, um die dortigen Wärter zu den Freundschaften zu befragen, die Cruikshank im Lauf seiner Inhaftierung geschlossen hatte. Siobhan wusste, dass Sexualstraftäter in einem eigenen Flügel getrennt von den anderen untergebracht waren. So wurde sichergestellt, dass sie nicht tagtäglichen Übergriffen ausgesetzt waren; andererseits schlossen die Insassen untereinander Freundschaften, die die Sache bei der Entlassung nur noch schlimmer machten; ein bislang einzelner Straftäter wurde womöglich in ein ganzes Netzwerk Gleichgesinnter eingebunden und so ein Kreis geschlossen, der zu weiteren Straftaten und immer neuen Konflikten mit dem Gesetz führen konnte.

»Siobhan?« Sie blickte zu Young hinüber und begriff erst jetzt, dass er mit ihr gesprochen hatte.

»Ja?« Sie schaute auf ihre Tasse, musste feststellen, dass sie schon wieder leer war, und verspürte ein heftiges Verlangen nach Nachschub.

»Sind Sie schon dazu gekommen, Ishbel Jardines Freund zu befragen?«

»Sie meinen ihren Ex?« Siobhan räusperte sich. »Nein, noch nicht.«

»Glauben Sie nicht, dass er vielleicht etwas weiß?«

»Es war eine Trennung in aller Freundschaft.«

»Mag sein, aber trotzdem …«

Siobhan spürte, dass sie rot anlief. Ja, sie war anderweitig beschäftigt gewesen, hatte sich hauptsächlich auf Donny Cruikshank konzentriert.

»Er steht auf meiner Liste«, war alles, was ihr dazu einfiel.

»Würden Sie vielleicht jetzt gern mit ihm sprechen?« Young schaute auf die Uhr. »Ich treffe mich mit ihm, sobald wir hier fertig sind.«

Siobhan nickte. Sie spürte die Blicke der anderen und wusste, dass so mancher im Raum sich ein Grinsen nicht verkneifen konnte. In der kollektiven Wahrnehmung des Teams gehörten sie und Young bereits zusammen, hatte sich der DI in die Neue verguckt.

Sie war die rechte Hand von Käpt'n Superslip.

»Er heißt Roy Brinkley«, erklärte Young. »Ich weiß nur, dass er sieben oder acht Monate mit Ishbel zusammen war und sie sich vor ein paar Monaten getrennt haben.« Sie befanden sich allein im Mordbüro, alle anderen waren ausgeschwärmt.

»Halten Sie ihn für verdächtig?«

»Na ja, es gibt da Verbindungen, zu denen wir ihn befragen müssen. Cruikshank saß im Knast, weil er Tracy Jardine vergewaltigt hat... Tracy bringt sich um, und ihre Schwester läuft davon...« Young zuckte mit den Achseln, die Arme verschränkt.

»Aber er war mit Ishbel zusammen, nicht mit Tracy. Ist es nicht wahrscheinlicher, dass einer von Tracys Freunden Cruikshank um die Ecke bringt als einer von Ishbels...« Siobhan hielt inne und starrte Young an. »Ihr Verdächtiger ist gar nicht Roy Brinkley, habe ich Recht? Sie denken, dass er vielleicht etwas über Ishbel weiß. Sie glauben, *sie* hat's getan!«

»Ich erinnere mich nicht, das gesagt zu haben.«

»Aber Sie haben es gedacht. Habe ich Sie nicht gerade sagen hören, dass die Hiebe von einem Mann ausgeführt wurden?«

»Und genau das werden Sie mich auch weiterhin sagen hören.«

Siobhan nickte bedächtig. »Weil Sie nicht wollen, dass Ishbel Lunte riecht. Sie haben Angst, dass sie dann endgültig untertaucht.« Siobhan hielt inne. »Sie glauben, dass sie ganz in der Nähe ist, stimmt's?«

»Ich habe keinerlei Beweise.«

»Haben Sie das ganze Wochenende damit verbracht, über diesen Fall nachzudenken?«

»Genau genommen ist mir der Gedanke am Freitagabend gekommen.« Er ging auf die Tür zu, Siobhan folgte ihm.

»Beim Bridge?«

Young nickte. »Etwas unfair meinem Partner gegenüber – wir haben praktisch kein Spiel gewonnen.«

Sie standen im Hauptsaal der Bücherei. Siobhan erinnerte ihn daran, dass er die Tür nicht abgeschlossen hatte.

»Nicht nötig«, sagte er mit einem Lächeln.

»Ich dachte, wir wollten uns mit Roy Brinkley treffen.«

Young nickte und marschierte Richtung Empfangstisch, wo der erste Stapel zurückgegebener Bücher gerade vom Bibliothekar eingescannt wurde. Siobhan war bereits einige Schritte weitergegangen, bevor sie bemerkte, dass Young direkt vor dem Bibliothekar stehen geblieben war.

»Roy Brinkley?«, fragte er. Der junge Mann blickte auf.

»Das bin ich.«

»Könnten wir vielleicht kurz mit Ihnen sprechen?« Young zeigte in Richtung Ermittlungsbüro.

»Warum? Irgendwas nicht in Ordnung?«

»Doch, doch, keine Sorge, Roy. Wir brauchen nur ein paar Hintergrundinformationen…«

Während Brinkley hinter seinem Tresen hervorkam, trat Siobhan neben Les Young und stupste ihm mit dem Finger in die Seite.

»Tut mir Leid, aber wir haben keinen anderen Raum…«, entschuldigte sich Young bei dem Bibliothekar.

Er hatte für Brinkley einen Stuhl herangezogen, von dem aus er direkt auf die Fotos vom Tatort blickte. Siobhan wusste, dass Young log, dass das Gespräch gerade wegen der Fotos hier geführt wurde. Und so sehr der junge Mann sie auch zu ignorieren versuchte, sein Blick wanderte immer wieder zu den Fotos zurück. Der entsetzte Ausdruck auf seinem Gesicht hätte den allermeisten Richtern als Beweis seiner Unschuld genügt.

Roy Brinkley war Anfang zwanzig. Er trug ein offenes Jeanshemd; die braunen Locken reichten ihm bis zum Kragen. Er trug schmale, geflochtene Armbänder, aber keine Uhr. Siobhan würde ihn eher als hübsch denn als schön bezeichnen. Man hätte ihn ohne weiteres für siebzehn oder achtzehn halten können, und es war leicht zu erkennen, was Ishbel an ihm gefallen hatte. Doch Siobhan fragte sich, wie er mit ihren etwas derben Freundinnen zurechtgekommen war...

»Kannten Sie ihn?«, fragte Young. Beide Detectives standen. Young hatte sich an einen Tisch gelehnt, die Arme verschränkt, die Beine übergeschlagen. Siobhan stand ein Stückchen von Brinkley entfernt zu seiner Linken, sodass er sie aus dem Augenwinkel gerade noch wahrnehmen konnte.

»Weniger persönlich als mehr vom Hörensagen.«

»Sind Sie beide zusammen zur Schule gegangen?«

»Nicht im gleichen Jahrgang. Er war eigentlich kein Schlägertyp, eher der Klassenclown. Ich hatte immer das Gefühl, dass er nie so richtig seinen Platz gefunden hat.«

Siobhan musste an Alf McAteer denken, der für Alexis Carter den Hofnarren spielte.

»Aber das hier ist eine Kleinstadt«, wandte Young ein. »Sie müssen doch zumindest mal ein paar Worte mit ihm gewechselt haben.«

»Wir haben wahrscheinlich Hallo gesagt, wenn wir uns über den Weg gelaufen sind.«

»Sie hatten die Nase wohl meist in einem Buch, wie?«

»Ich mag Bücher…«

»Und was war mit Ihnen und Ishbel Jardine? Wie hat es angefangen?«

»Kennen gelernt haben wir uns in einer Disco…«

»Sie kannten sie nicht von der Schule?«

Brinkley zuckte mit den Achseln. »Sie war drei Jahre unter mir.«

»Okay, Sie haben sich also in dieser Disco kennen gelernt und sich dann verabredet?«

»Nicht direkt. Wir haben ein paar Mal miteinander getanzt, aber ich habe auch mit ihren Freundinnen getanzt.«

»Und wer sind diese Freundinnen, Roy?«, fragte Siobhan. Brinkley blickte von Young zu Siobhan und wieder zurück zu Young.

»Ich dachte, es geht um Donny Cruikshank.«

Young machte eine unverbindliche Geste. »Hintergrund, Roy«, sagte er.

Brinkley drehte sich zu Siobhan. »Es waren zwei: Janet und Susie.«

»Janet von Whitemire und Susie aus dem Salon?«, hakte sie nach. Der junge Mann nickte. »Und in welcher Disco war das?«

»Irgendwo in Falkirk… Ich glaube, der Laden hat dichtgemacht…« Nachdenklich zog er die Brauen zusammen.

»Das Albatross?«, fragte Siobhan.

»Das war's, genau«, antwortete Brinkley mit heftigem Nicken.

»Sie kennen den Laden?«, fragte Les Young Siobhan.

»Er ist mir mal in Verbindung mit einem anderen Fall untergekommen«, erklärte sie.

»Ach?«

»Später«, sagte sie und deutete mit dem Kopf auf Brinkley, um Young wissen zu lassen, dass dies nicht der richtige Zeitpunkt war. Er nickte zustimmend.

»Ishbel war ziemlich eng mit ihren Freundinnen, stimmt's?«, erkundigte sich Siobhan.

»Klar.«

»Ist es nicht komisch, dass sie wegläuft, ohne den beiden irgendetwas zu sagen?«

Er zuckte mit den Achseln. »Haben Sie die beiden danach gefragt?«

»Ich frage Sie.«

»Ich weiß keine Antwort.«

»Gut, wie steht es mit dieser Frage: Warum haben Sie sich getrennt?«

»Hatten uns wohl einfach auseinander gelebt, nehme ich an.«

»Es muss doch einen Grund gegeben haben«, hakte Les Young nach und trat einen Schritt auf Brinkley zu. »Hat sie Schluss gemacht, oder war es umgekehrt?«

»Es war eher eine gemeinsame Entscheidung.«

»Und deshalb sind Sie auch Freunde geblieben?«, sagte Siobhan. »Was war Ihr erster Gedanke, als sie von ihrem Verschwinden hörten?«

Er rutschte nervös auf seinem Sitz hin und her, sodass der Stuhl knarrte. »Ihre Eltern sind bei mir zu Hause aufgekreuzt und haben mich gefragt, ob ich sie gesehen hätte. Um ehrlich zu sein …«

»Ja?«

»Ich dachte, vielleicht ist es ihre Schuld. Sie sind nie richtig über Tracys Selbstmord hinweggekommen. Haben ständig über sie geredet und Geschichten von früher erzählt.«

»Und Ishbel? Wollen Sie sagen, sie sei drüber weggekommen?«

»Es sah so aus.«

»Und warum hat sie sich dann die Haare gefärbt und so gekämmt, dass sie wie Tracy aussah?«

»Also, ich will ja gar nicht sagen, dass das schlechte Menschen sind …« Er presste die Hände zusammen.

»Wer? John und Alice?«

Er nickte. »Nur, dass Ishbel das Gefühl … dass sie die Vorstellung hatte, dass sie lieber Tracy zurückhaben wollten. Tracy lieber als sie.«

»Und deshalb wollte sie wie Tracy aussehen?«

Wieder nickte er. »Ich meine, das ist ganz schön hart, oder? Vielleicht ist sie deshalb abgehauen …« Er ließ den Kopf hängen, sah untröstlich aus. Siobhan schaute zu Les Young hinüber, der gedankenverloren einen Flunsch gezogen hatte. Fast eine Minute lang herrschte Schweigen, bis Siobhan zu sprechen begann.

»Wissen Sie, wo Ishbel ist, Roy?«

»Nein.«

»Haben Sie Donny Cruikshank ermordet?«

»Ein Teil von mir wünschte, ich hätte es getan.«

»Was glauben Sie, wer es war? Haben Sie an Ishbels Vater gedacht?«

Brinkley hob den Kopf. »Gedacht … ja. Aber nur kurz.«

Sie nickte, als stimmte sie ihm zu.

Auch Les Young hatte noch eine Frage. »Haben Sie Cruikshank nach seiner Entlassung gesehen?«

»Ja.«

»Und mit ihm gesprochen?«

Er schüttelte den Kopf. »Aber ich hab ihn ein paar Mal gesehen, mit einem Typen.«

»Was für einem Typen?«

»Einem Freund vermutlich.«

»Aber Sie kannten ihn nicht?«

»Nein.«

»Also wahrscheinlich nicht aus dem Ort.«

»Vielleicht doch … ich kenne nicht jeden hier in Banehall. Wie Sie schon sagten, ich stecke meine Nase zu oft in Bücher.«

»Können Sie den Mann beschreiben?«

»Sie erkennen ihn, wenn Sie ihn sehen«, sagte Brinkley mit einem schiefen Grinsen.

»Wieso?«

»Er hat ein Tattoo auf dem Hals.« Er fasste sich an die Kehle, um zu zeigen, wo. »Ein Spinnennetz …«

Sie saßen in Siobhans Wagen, damit Roy Brinkley ihre Unterhaltung nicht belauschen konnte.

»Spinnennetz«, sagte sie.

»Ist nicht zum ersten Mal aufgetaucht«, teilte Les Young ihr mit. »Einer der Gäste im Bane hat den Mann erwähnt. Der Barkeeper hat bestätigt, ihn einmal bedient zu haben, aber der Typ war ihm unsympathisch.«

»Kein Name?«

Young schüttelte den Kopf. »Noch nicht, aber den kriegen wir schon.«

»Hat er ihn im Knast kennen gelernt?«

Young antwortete nicht, er hatte selbst eine Frage. »Was ist jetzt mit dem Albatross?«

»Kennen Sie den Laden etwa?«

»Ich bin in Livingston aufgewachsen, und wenn man zum Feiern nicht auf die Lothian Road ging, konnte man im Albatross glücklich werden.«

»Die Disco war also bekannt?«

»Für die schlechte Anlage, gepanschtes Bier und eine klebrige Tanzfläche.«

»Und die Leute sind trotzdem hingegangen?«

»Eine Zeit lang gab es keine Alternative in der Stadt … an manchen Abenden waren mehr Frauen da als Männer – und die waren alt genug, um es besser zu wissen.«

»Also eine Art Puff?«

Er zuckte mit den Achseln. »Ich bin nie dazu gekommen, das herauszufinden.«

»Zu viel Bridge gespielt«, stichelte sie.

Er ignorierte ihre Bemerkung. »Aber ich war überrascht, dass Sie den Schuppen kennen.«

»Haben Sie in der Zeitung von der Sache mit den Skeletten gelesen?«

Er grinste. »Nicht nötig; das ganze Revier hat darüber gesprochen. Kommt nicht oft vor, dass Dr. Curt so danebengreift.«

»Er hat nicht danebengegriffen.« Sie hielt inne. »Und wenn schon, ich bin genauso drauf reingefallen.«

»Wie das?«

»Ich habe meine Jacke über das Kind gelegt.«

»Das aus Plastik?«

»Es war halb von Erde und Zement bedeckt…«

Er hielt abwehrend die Hände hoch. »Ich sehe da trotzdem keinen Zusammenhang.«

»Ist auch ziemlich dünn«, räumte sie ein. »Dem Besitzer des Pub hat früher das Albatross gehört.«

»Zufall?«

»Wahrscheinlich.«

»Aber Sie werden noch mal mit ihm sprechen, für den Fall, dass er Ishbel kannte?«

»Könnte ich.«

Young seufzte. »Bleibt also nur der Mann mit der Tätowierung.«

»Das ist mehr, als wir noch vor einer Stunde hatten.«

»Stimmt.« Er ließ seinen Blick über den Parkplatz schweifen. »Wie kann es sein, dass es in Banehall kein vernünftiges Café gibt?«

»Wir könnten auf die M8 Richtung Harthill fahren.«

»Und? Was gibt es in Harthill?«

»Autobahnraststätte.«

»Sagte ich nicht ein vernünftiges Café?«

»War ja nur ein Vorschlag...« Siobhan beschloss, ebenfalls durch die Windschutzscheibe zu starren.

»Also gut«, gab Young schließlich nach. »Sie fahren, und ich zahle.«

»Einverstanden«, sagte sie und ließ den Motor an.

23

Rebus hatte sich erneut am George Square eingefunden und stand vor Dr. Mayburys Büro. Drinnen waren Stimmen zu hören, was ihn nicht davon abhielt anzuklopfen.

»Herein!«

Er öffnete die Tür und spähte hinein. Ein Kolloquium – acht verschlafene Gesichter rund um den Tisch. Er schenkte Maybury ein Lächeln. »Könnte ich kurz mit Ihnen sprechen?«

Sie ließ die Brille von der Nase rutschen, sodass sie an einem Band genau über ihrer Brust baumelte. Stand ohne ein Wort auf und quetschte sich zwischen Wand und Stühlen hindurch. Dann schloss sie die Tür hinter sich und atmete geräuschvoll aus.

»Tut mir schrecklich Leid, dass ich Sie schon wieder stören muss«, entschuldigte sich Rebus.

»Nein, das ist es nicht.« Sie kniff sich in die Nasenwurzel.

»Bisschen lahme Truppe da drin?«

»Ich werde nie begreifen, warum wir uns überhaupt die Mühe machen, so früh am Montagmorgen ein Kolloquium zu halten.« Sie dehnte ihren Hals nach links und rechts. »Entschuldigung – ist ja nicht Ihr Problem. Haben Sie die Frau aus dem Senegal schon ausfindig machen können?«

»Nun, genau deswegen bin ich hier.«

»Ja?«

»Unsere neueste Theorie lautet, dass sie womöglich mit Studenten befreundet ist.« Rebus legte eine Pause ein. »Vielleicht ist sie sogar selbst Studentin.«

»Und?«

»Ja, und da hatte ich mich gefragt, wie ich das am besten rausfinden kann. Ich weiß, das ist nicht Ihr Gebiet, aber wenn Sie mir die richtige Richtung weisen könnten...«

Maybury dachte einen Augenblick nach. »Das Studentensekretariat wäre da wohl die beste Adresse.«

»Und wo finde ich das?«

»Im Old College.«

»Gegenüber von Thin's Bookshop?«

Sie lächelte. »Ist wohl schon eine Weile her, dass Sie ein Buch gekauft haben, wie? Thin's ist Pleite gegangen, der Laden gehört jetzt zu Blackwell's.«

»Aber da ist das Old College?«

Sie nickte. »Entschuldigen Sie meine Besserwisserei.«

»Und glauben Sie, dass die mir Auskunft geben werden?«

»Die einzigen Menschen, die sie da zu Gesicht kriegen, sind Studenten, die ihren Studentenausweis verloren haben. Für die sind Sie eine völlig neue, aufregende Spezies. Am besten gehen Sie über den Bristo Square und durch die Unterführung. Man kommt von der West College Street ins Old College.«

»Ist mir bekannt, aber trotzdem Danke.«

»Wissen Sie, was ich hier tue? Ich quatsche, um das Unvermeidliche hinauszuzögern.« Sie sah auf die Uhr. »Noch vierzig Minuten.«

Rebus hielt ein Ohr an die Tür. »Hört sich an, als wären die eh schon eingeschlafen.«

»Die Sprachwissenschaft wartet nicht, Inspector«, sagte Maybury und straffte sich. »Auf in den Kampf!« Sie atmete tief durch, öffnete die Tür und war verschwunden.

Von unterwegs rief Rebus in Whitemire an und bat, mit Traynor verbunden zu werden.

»Tut mir Leid, aber Mr. Traynor ist nicht zu sprechen.«

»Sind Sie das, Janet?« Einen Augenblick lang herrschte Schweigen.

»Am Apparat«, sagte Janet Eylot.

»Janet, hier ist DI Rebus. Es tut mir Leid, dass meine Kollegen Sie belästigt haben. Lassen Sie mich wissen, wenn ich etwas für Sie tun kann.«

»Danke, Inspector.«

»Und was ist mit Ihrem Boss? Erzählen Sie mir nur nicht, er ist wegen Überlastung zu Hause geblieben.«

»Er möchte nur nicht gestört werden heute Morgen.«

»Gut und schön, aber könnten Sie es trotzdem versuchen, für mich? Sagen Sie ihm, ich hätte mich nicht abwimmeln lassen.«

Sie ließ sich eine Weile mit der Antwort Zeit. »Na gut«, sagte sie schließlich. Einige Augenblicke später meldete sich Traynor.

»Hören Sie, ich habe alle Hände voll …«

»Haben wir das nicht alle?«, entgegnete Rebus mitfühlend. »Ich wollte nur wissen, ob Sie Ihre Daten für mich durchgegangen sind.«

»Welche Daten?«

»Kurden und französischsprachige Afrikaner, die auf Kaution aus Whitemire entlassen wurden.«

Traynor seufzte. »Es gibt keine.«

»Sind Sie sicher?«

»Ganz sicher. War das alles?«

»Fürs Erste ja«, antwortete Rebus. Die Verbindung war bereits beendet, bevor er das letzte Wort ausgesprochen hatte. Rebus starrte sein Handy an, gelangte aber zu dem Schluss, dass es wenig Sinn hatte, den Mann weiter zu nerven. Schließlich hatte er seine Auskunft bekommen.

Er wusste nur nicht recht, ob er ihr Glauben schenken sollte.

»Höchst ungewöhnlich«, sagte die Frau im Studentensekretariat, und das nicht zum ersten Mal. Sie hatte Rebus durch einen Innenhof zu einem anderen Büroflügel des Old College geführt. Rebus glaubte sich zu erinnern, dass dies früher die medizinische Fakultät gewesen war, wo Grabräuber ihre Beute an wissbegierige Anatomen verkauft hatten. Und war nicht auch der Serienmörder William Burke nach seiner Hinrichtung in diesen Räumen obduziert worden? Er beging den Fehler, seine Begleiterin danach zu fragen. Sie schaute ihn über ihre halbmondförmigen Brillengläser hinweg an. Falls sie ihn für aufregend hielt, wusste sie das gut zu verbergen.

»Damit kenne ich mich nicht aus«, erwiderte sie mit trillernder Stimme. Sie hatte einen zügigen Gang, obwohl sie nur sehr kleine Schritte machte. Rebus schätzte sie ungefähr auf sein Alter, fand es aber schwer, sich diese Frau in jüngeren Jahren vorzustellen. »Höchst eigenartig«, murmelte sie wie zu sich selbst – eine deutliche Erweiterung ihres Vokabulars.

»Ich bin für jede Hilfe dankbar.« Den gleichen Satz hatte er schon zu Anfang ihres Gesprächs verwendet. Sie hatte ihm aufmerksam zugehört und dann jemanden angerufen, der auf der Verwaltungsleiter eine Stufe höher stand als sie. Die Erlaubnis war erteilt worden, jedoch nur unter Vorbehalt: Persönliche Daten waren vertraulich. Es bedurfte eines schriftlichen Antrags, eines persönlichen Gesprächs und eines guten Grundes, bevor derlei Daten weitergegeben werden konnten.

Rebus hatte sich mit den Bedingungen einverstanden erklärt und hinzugefügt, dass seine Anfrage ohnehin hinfällig wäre, sollte sich herausstellen, dass keine senegalesischen Studenten an der Universität eingeschrieben waren.

Daraufhin hatte Mrs. Scrimgour sich einverstanden erklärt, die Datenbank zu durchforsten.

»Sie hätten auch in meinem Büro warten können«, sagte sie jetzt. Rebus nickte schweigend, als sie durch eine offen stehende Tür in ein Büro traten, in dem eine jüngere Frau vor einem Computer saß. »Ich muss Sie kurz ablösen, Nancy«, erklärte Mrs. Scrimgour und brachte es fertig, den Satz eher wie einen Tadel denn wie eine Bitte klingen zu lassen. Nancy hatte es so eilig, der Aufforderung nachzukommen, dass sie beim Aufstehen fast ihren Stuhl umstieß. Mrs. Scrimgour dirigierte Rebus mit einer Kopfbewegung auf die andere Seite des Schreibtisches, von wo er nicht auf den Bildschirm sehen konnte. Er gehorchte, lehnte sich aber mit den Ellbogen auf die Tischplatte, die Augen auf einer Höhe mit denen von Mrs. Scrimgour. Sie zog die Stirn in Falten, woraufhin Rebus sie anlächelte.

»Ist was?«, fragte er.

Sie tippte auf der Tastatur herum. »Afrika ist in fünf Zonen gegliedert«, teilte sie ihm mit.

»Senegal liegt im Nordwesten.«

Sie sah ihn an. »Norden oder Westen?«

»Eins von beiden«, sagte er mit einem Achselzucken. Sie rümpfte leicht die Nase und tippte weiter. Dann hielt sie inne, die Hand auf der Maus.

»Nun«, sagte sie, »wir haben genau eine Person aus dem Senegal an unserer Universität. Damit wäre das ja geklärt.«

»Aber den Namen und die Anschrift werden Sie mir nicht verraten?«

»Nicht ohne das besprochene Verfahren.«

»Das nur dazu dient, noch mehr Zeit zu verschwenden.«

»Es ist dies die ordnungsgemäße Verfahrensweise«, betete sie herunter, »entsprechend den gesetzlichen Vorschriften, falls ich Sie daran erinnern muss.«

Rebus nickte bedächtig. Er brachte sein Gesicht dicht vor ihres. Sie schob ihren Stuhl zurück.

»Nun«, sagte sie, »mehr können wir heute wohl nicht tun.«

»Und es wäre nicht vielleicht denkbar, dass Sie die Seite aus Versehen geöffnet lassen, wenn Sie gehen …«

»Ich glaube, Inspector, wir beide kennen die Antwort auf diese Frage.« Sprach's und klickte zweimal mit der Maus. Rebus wusste, dass die Informationen verschwunden waren, doch das machte ihm wenig Sorgen. Er hatte genug gesehen: Der Bildschirm hatte sich in ihren Brillengläsern gespiegelt. Das Foto einer lächelnden jungen Frau mit dunklen Locken. Er war ziemlich sicher, dass sie Kawake hieß und im Studentenwohnheim auf der Dalkeith Road lebte.

»Sie waren mir eine große Hilfe«, versicherte er Mrs. Scrimgour.

Sie gab sich Mühe, ihre Enttäuschung nicht allzu deutlich zu zeigen.

Pollock Halls befand sich am Fuß von Arthur's Seat am Rand des Holyrood Parks. Eine ausgedehnte, verwinkelte Anlage mit einer Mischung aus alter und neuer Architektur, Staffelgiebel und Türmchen neben kastenartiger Moderne. Rebus hielt vor dem Torhaus an, um mit dem uniformierten Wachmann zu sprechen.

»Hallo, John«, begrüßte der Mann ihn.

»Sie sehen blendend aus, Andy«, sagte Rebus und schüttelte ihm die Hand.

Andy Edmunds war seit seinem achtzehnten Lebensjahr Polizist gewesen und hatte deshalb weit vor seinem fünfzigsten Geburtstag bei vollen Bezügen in Pension gehen können. Jetzt arbeitete er halbtags als Wachmann, um jeden Tag ein paar Stunden totzuschlagen. Die beiden Männer waren einander in der Vergangenheit schon öfter von Nutzen gewesen. Rebus wurde von Andy stets informiert, wenn sich irgendwelche Dealer an die Studenten in Pollock Halls heranmachen wollten, und Andy hatte sich im Gegenzug noch immer als Teil der Truppe fühlen können.

»Was führt Sie her?«, fragte er.

»Wollte Sie um einen Gefallen bitten. Ich habe einen Namen – keine Ahnung, ob Vor- oder Nachname –, und ich weiß, dass das Mädchen hier gemeldet ist.«

»Was hat sie angestellt?«

Rebus sah sich um, um seinen Worten besondere Bedeutung zu verleihen. Edmunds schluckte den Köder und trat einen Schritt näher.

»Dieser Mord in Knoxland«, erklärte Rebus im Flüsterton. »Vielleicht gibt es da einen Zusammenhang.« Er legte den Finger an die Lippen, und Edmunds nickte wissend.

»Ich kann schweigen wie ein Grab, John, das wissen Sie doch.«

»Natürlich, Andy. Also ... wie können wir das Mädchen ausfindig machen?«

Das Wörtchen »wir« ließ Edmunds unverzüglich in Aktion treten. Er ging in seinen Glaskasten, führte ein Telefonat und kam zurück. »Wir sprechen mit Maureen«, sagte er. Dann zwinkerte er Rebus zu. »Bisschen was am Laufen zwischen uns beiden, aber sie ist verheiratet ...« Nun war es an ihm, den Finger an den Mund zu legen.

Rebus nickte. Er hatte Edmunds ins Vertrauen gezogen, und so wollte auch dieser etwas Vertrauliches preisgeben. Seite an Seite gingen sie die zehn Meter zur Hauptverwaltung. Es war das älteste Gebäude der Anlage, errichtet im schottischen »Baronial Style«, mit einer pompösen Holztreppe und dunkel gebeizter Holzvertäfelung im Innern. Maureens Büro befand sich im Erdgeschoss und verfügte über einen offenen Kamin mit reich verziertem, grünem Marmorsims und eine holzvertäfelte Decke. Maureen war anders, als Rebus erwartet hatte: eher klein und pummelig, fast ein Mäuschen. Schwer vorstellbar, dass sie ein heimliches Techtelmechtel mit einem Mann in Uniform hatte. Edmunds sah zu Rebus, als warte er auf dessen Urteil. Rebus hob eine Augenbraue und nickte kaum merklich, was den Expolizisten zufrieden zu stellen schien.

Nachdem er Maureen die Hand geschüttelt hatte, buchstabierte Rebus den Namen. »Vielleicht ist mir der eine oder andere Buchstabe an die falsche Stelle gerutscht«, sagte er.

»Kawame Mana«, korrigierte Maureen. »Hier ist sie.« Auf ihrem Bildschirm war die gleiche Maske zu sehen wie auf dem von Mrs. Scrimgour. »Sie hat ein Zimmer in Fergusson Hall… studiert Psychologie.«

Rebus hielt sein Notizbuch aufgeschlagen. »Geburtsdatum?«

Maureen tippte auf den Bildschirm, und Rebus schrieb ab. Kawame war im zweiten Studienjahr und zwanzig Jahre alt.

»Nennt sich Kate«, ergänzte Maureen. »Zimmer zweizehn.«

Rebus wandte sich an Andy Edmunds, der bereitwillig nickte. »Ich führe Sie hin«, sagte er.

Der schmale, cremefarbene Flur war stiller, als Rebus erwartet hatte.

»Hört hier denn kein Mensch Hip-Hop in voller Lautstärke?«, fragte er. Edmunds schnaubte.

»Heutzutage haben die alle Kopfhörer, John. Damit können die gleich die ganze Welt aussperren.«

»Also wird sie uns gar nicht hören, wenn wir klopfen?«

»Finden wir's raus.« Sie standen vor der Tür mit der Nummer 210. Blümchen- und Smiley-Aufkleber und der Name *Kate,* aus kleinen silbernen Sternchen zusammengesetzt. Rebus ballte die Hand zur Faust und hämmerte dreimal gegen die Tür. Die Tür auf der anderen Seite des Gangs wurde einen Spaltbreit geöffnet. Ein männliches Augenpaar musterte sie. Dann wurde die Tür hastig wieder geschlossen, und Edmunds reckte schnüffelnd die Nase in die Luft.

»Hundert Prozent Gras«, sagte er. Rebus' Mundwinkel zuckten.

Nachdem auch aufs zweite Klopfen hin niemand reagiert hatte, trat er gegen die gegenüberliegende Tür, sodass sie im Rahmen wackelte. Als sie schließlich geöffnet wurde, hatte er bereits seinen Dienstausweis gezückt. Er streckte die Hand aus und zog an den winzigen Hörsteckern, sodass sie herabfielen. Der junge Mann war noch keine zwanzig, trug armeegrüne Baggyhosen und ein eingelaufenes graues T-Shirt. Durch das kurz zuvor geöffnete Fenster wehte der Wind herein.

»Was ist los?«, fragte der Junge gedehnt.

»So wie's aussieht, das Fenster.« Rebus durchquerte den Raum und streckte den Kopf aus dem Fenster. Aus dem Busch direkt unter ihm stieg eine kleine Rauchfahne auf. »Hoffentlich war nicht mehr allzu viel dran.«

»Allzu viel was?« Sein Tonfall klang nach Bildungsbürgertum, vermutlich stammte er aus einer der Grafschaften um London.

»Wie auch immer du es nennen möchtest – Gras, Marihuana …« Rebus lächelte. »Aber das Letzte, wozu ich jetzt Lust hätte, wäre die Treppen runterlaufen, den Joint suchen, eine DNA-Probe von der Spucke auf dem Papier machen lassen und wieder den weiten Weg hierher kommen, um dich zu verhaften.«

»Gras ist entkriminalisiert worden, noch nicht davon gehört?«

Rebus schüttelte den Kopf. »Nur runtergestuft – das ist ein Unterschied. Aber du hast immer noch das Recht, deine Eltern anzurufen – an dem Gesetz hat bisher noch keiner rumgepfuscht.« Er sah sich im Zimmer um: ein Bett, das zerknautschte Oberbett auf dem Fußboden davor, Bücherregale, auf dem Schreibtisch ein Notebook. Poster von Theaterstücken.

»Gehst du gern ins Theater?«, fragte Rebus.

»Bin selbst schon aufgetreten – in Studentenproduktionen.«

Rebus nickte. »Kennst du Kate?«

»Klar.« Der Junge schaltete das Gerät ab, an dem seine Kopfhörer hingen. Siobhan würde wissen, was es war, dachte Rebus, er hingegen konnte lediglich erkennen, dass es zu klein war, um CDs zu spielen.

»Hast du eine Ahnung, wo wir sie finden können?«

»Was hat sie getan?«

»Gar nichts, wir wollen nur mit ihr sprechen.«

»Sie ist nicht allzu oft hier… wahrscheinlich in der Bibliothek.«

»John…«, meldete sich Edmunds zu Wort. Er hielt die Tür auf, sodass man in den Flur sehen konnte. Eine junge, dunkelhäutige Frau, die dichten dunklen Locken zusammengebunden, schloss die Zimmertür auf und blickte dabei über die Schulter, um festzustellen, was im Zimmer ihres Nachbarn vor sich ging.

»Kate?«, fragte Rebus.

»Ja. Was wollen Sie?« Bei ihrer Aussprache war jede Silbe gleich stark betont.

»Ich bin Polizeibeamter, Kate.« Rebus war in den Flur getreten. Edmunds ließ die Tür zufallen, der Junge war damit entlassen. »Könnte ich kurz mit Ihnen sprechen?«

»Oh Gott, ist was mit meiner Familie?« Ihre großen Augen waren noch größer geworden. »Ist ihnen was zugestoßen?« Die Tasche glitt ihr von der Schulter auf den Fußboden.

»Es hat nichts mit Ihrer Familie zu tun«, versicherte Rebus.

»Was dann …? Ich verstehe nicht.«

Rebus griff sich in die Jackentasche, holte eine Kassette in einer durchsichtigen Plastikhülle hervor und schüttelte sie, sodass sie klapperte. »Haben Sie einen Kassettenrekorder?«, fragte er.

Als die Aufnahme zu Ende war, blickte sie ihn an.

»Warum spielen Sie mir das vor?«, fragte sie mit zittriger Stimme.

Rebus stand an den Kleiderschrank gelehnt da, die Hände hinter dem Rücken. Er hatte Andy Edmunds gebeten, draußen zu warten, was dem gar nicht gefiel. Zum einen hatte Rebus vermeiden wollen, dass er das Band hörte – schließlich ging es um polizeiliche Ermittlungen, und Edmunds war kein Polizist mehr, auch wenn er sich gern noch dafür hielt. Zum anderen – und so würde er sich Edmunds gegenüber rechtfertigen – war das Zimmer einfach zu klein. Rebus wollte die Angelegenheit für Kate nicht noch unangenehmer machen als nötig. Der Kassettenrekorder stand auf ihrem Schreibtisch. Rebus lehnte sich vor, drückte auf »Stop« und dann auf »Rewind«.

»Wollen Sie es noch mal hören?«

»Ich verstehe nicht, was Sie von mir wollen.«

»Wir glauben, dass sie aus dem Senegal stammt, die Frau auf dem Band.«

»Aus dem Senegal?« Kate schürzte die Lippen. »Gut möglich. Wer hat Ihnen das gesagt?«

»Jemand von der linguistischen Fakultät.« Rebus zog die Kassette aus dem Gerät. »Gibt es viele Senegalesen in Edinburgh?«

»Soweit ich weiß, bin ich die Einzige.« Kate starrte die Kassette an. »Was hat diese Frau getan?«

Rebus war gerade dabei, ihre CD-Sammlung durchzusehen. Sie besaß einen ganzen CD-Ständer voll, außerdem mehrere Stapel auf der Fensterbank. »Sie mögen wohl Musik, Kate.«

»Ich tanze gern.«

Rebus nickte. »Das sieht man.« Doch was er tatsächlich sah, waren Namen von Bands und Künstlern, von denen er noch nie zuvor gehört hatte. Er richtete sich auf. »Sie kennen sonst niemanden aus dem Senegal?«

»Ich weiß, dass in Glasgow einige Senegalesen leben… Was hat sie getan?«

»Nur das, was Sie eben gehört haben – sie hat einen Notruf getätigt. Ein Mann, den sie kannte, ist ermordet worden, deshalb wollen wir mit ihr sprechen.«

»Weil Sie glauben, dass sie es getan hat?«

»Sie sind hier die Psychologin – was glauben Sie?«

»Wenn sie ihn umgebracht hätte, warum sollte sie die Polizei rufen?«

Rebus nickte. »Genau das denken wir auch. Dennoch, vielleicht weiß sie etwas.« Rebus hatte sich aufmerksam umgeschaut, hatte Kates Schmucksammlung entdeckt und die neu riechende Ledertasche. Er sah sich nach Fotos von den Eltern um, die vermutlich für all das zahlten. »Haben Sie Familie im Senegal, Kate?«

»Ja, in Dakar.«

»Das ist doch da, wo die Rallye endet, oder?«

»Richtig.«

»Und Ihre Familie… haben Sie Kontakt?«

»Nein.«

»Oh? Müssen Sie dich ganz allein finanzieren?« Sie starrte ihn an.

»Entschuldigung. Neugier ist meine Berufskrankheit. Wie gefällt Ihnen Schottland?«

»Es ist sehr viel kälter hier als im Senegal.«

»Kann ich mir vorstellen.«

»Ich meine nicht nur das Klima.«

Rebus nickte verständnisvoll. »Sie können mir also nicht weiterhelfen, Kate?«

»Tut mir schrecklich Leid.«

»Ist ja nicht Ihre Schuld.« Er legte ihr seine Visitenkarte auf den Schreibtisch. »Falls Ihnen jemand aus der Heimat über den Weg läuft ...«

»Sage ich Ihnen auf jeden Fall Bescheid.« Sie war aufgestanden, offensichtlich hatte sie es eilig, ihn loszuwerden.

»Na dann, noch mal Danke.« Rebus hielt ihr die Hand hin. Sie nahm sie. Ihre Hand fühlte sich kalt und feucht an. Als sich die Tür hinter ihm schloss, wunderte sich Rebus über den Ausdruck in ihren Augen: Erleichterung, wenn ihn nicht alles täuschte.

Edmunds saß auf der obersten Treppenstufe, die Arme um die Knie gelegt. Rebus entschuldigte sich und brachte seine Rechtfertigung vor. Edmunds schwieg, bis sie wieder draußen waren und auf Rebus' Auto zugingen. Erst dann wandte er sich an Rebus.

»Stimmt das, das mit der DNA auf dem Zigarettenpapier?«

»Woher um alles in der Welt soll ich das wissen, Andy? Aber der kleine Scheißer hat sich vor Angst fast in die Hose gemacht. Und darum ging's ja schließlich.«

Die Pornofilme waren in die Polizeidirektion in Livingston gebracht worden. Im Raum befanden sich außer ihr noch drei Frauen, und Siobhan spürte, dass dies die Situation für die gut ein Dutzend Männer ziemlich unangenehm machte. Der einzige verfügbare Fernseher hatte einen Achtzehn-Zoll-Bildschirm, sodass sie sich um das Gerät drängeln mussten. Die Männer verfolgten das Geschehen mit ausdrucksloser Miene oder kauten auf ihren Bleistiften herum, und alle hielten sich mit dummen Sprüchen zurück. Les Young lief die meiste Zeit hinter ihnen auf und ab und betrachtete seine Schuhe, als wollte er mit der ganzen Sache nichts zu tun haben.

Einige Filme waren kommerziell hergestellt und kamen aus Amerika oder Europa. Einer war auf Deutsch, ein anderer auf Japanisch. In letzterem konnte man Schuluniformen und Mädchen, kaum älter als fünfzehn oder sechzehn, sehen.

»Kinderporno«, sagte einer der Beamten. Hin und wieder ließ er das Bild einfrieren, um mit einer Digitalkamera Fotos von den Gesichtern zu machen.

Eine der DVDs war schlecht gefilmt und schlecht geschnitten und zeigte ein Vorstadtwohnzimmer. Ein Pärchen auf dem grünen Ledersofa, ein anderes auf dem Flokatiteppich. Eine dunkelhäutige Frau saß oben ohne neben dem elektrischen Heizofen und schien zu masturbieren, während sie die anderen beobachtete. Die Kamera wanderte von einem zum anderen. Einmal kam die Hand des Kameramanns ins Bild, als er einer der Frauen an die Brust fasste. Die Geräuschkulisse hatte bisher nur aus undeutlichem Genuschel, Stöhnen und Atmen bestanden, jetzt war seine Stimme zu hören.

»Alles klar, Großer?«

»Klingt wie einer von hier«, sagte einer.

»Man braucht nur eine Digitalkamera und die richtige Software«, ergänzte ein anderer. »Heutzutage kann jeder seine eigenen Pornos drehen.«

»Glücklicherweise will das nicht jeder«, bemerkte eine weibliche Polizistin.

»Moment mal«, unterbrach Siobhan. »Können wir ein Stück zurückspulen?«

Der Mann mit der Fernbedienung hielt den Film an und ging Bild für Bild zurück.

»Auf der Suche nach Anregungen, Siobhan?«, erkundigte sich einer und erntete kurzes Gelächter.

»Das reicht, Rod«, rief Les Young.

Der Mann neben Siobhan lehnte sich zu seinem Nachbarn hinüber. »Genau das hat die Frau auf dem Teppich auch gerade gesagt«, flüsterte er.

Wieder Gelächter, doch Siobhan konzentrierte sich auf den Bildschirm. »Anhalten bitte«, sagte sie. »Was ist das da auf der Hand des Kameramanns?«

»Ein Muttermal?«, vermutete einer und streckte sich, um besser sehen zu können.

»Eine Tätowierung«, meinte eine Frau. Siobhan nickte. Sie glitt von ihrem Stuhl und trat näher an den Bildschirm. »Wenn mich nicht alles täuscht, ist das eine Spinne.« Sie blickte zu Les Young.

»Eine tätowierte Spinne«, sagte er leise.

»Und am Hals vielleicht ein Spinnennetz?«

»Der Freund des Opfers dreht also Pornos.«

»Wir müssen rausfinden, wer er ist.«

Les Young blickte in die Runde. »Wer ist dafür zuständig herauszufinden, wen Cruikshank gekannt hat?«

Alle blickten von einem zum anderen und zuckten mit den Achseln, bis sich eine der Frauen räusperte und eine Antwort gab.

»DC Maxton, Sir.«

»Und wo steckt der?«

»Ich glaube, er wollte noch einmal nach Barlinnie fahren.« Offensichtlich um herauszufinden, welche Gefangenen mit Cruikshank befreundet gewesen waren.

»Rufen Sie ihn an und erzählen Sie ihm von der Tätowierung«, befahl Young. Die Frau ging zu einem Schreibtisch und nahm den Hörer ab. In der Zwischenzeit hatte Siobhan ihr Handy hervorgeholt. Sie hatte sich ein Stück von der Gruppe entfernt und stand nun neben dem zugezogenen Fenster.

»Könnte ich mit Roy Brinkley sprechen, bitte?« Sie sah

Young an, und der nickte, als er begriff, was sie vorhatte. »Roy? DS Clarke hier... Hören Sie, dieser Freund von Donny Cruikshank, der mit dem Spinnennetz... haben Sie bei dem zufällig noch andere Tätowierungen bemerkt?« Sie hörte zu und lächelte dann. »Auf dem Handrücken? Okay, vielen Dank. Dann will ich Sie nicht länger stören.«

Sie beendete das Gespräch. »Eine tätowierte Spinne auf dem Handrücken.«

»Gute Arbeit, Siobhan.«

Mit diesem Lob fing sie sich ein paar neidische Blicke ein, die sie ignorierte. »Bringt uns aber kein Stück weiter, solange wir nicht wissen, wer er ist.«

Young schien der gleichen Meinung zu sein. Der Mann mit der Fernbedienung hatte den Film bereits weiterlaufen lassen.

»Vielleicht haben wir ja Glück«, sagte er. »Wenn der Typ so ein Grapscher ist, wie man annehmen könnte, drückt er vielleicht irgendwem anders die Kamera in die Hand.«

Sie setzten sich wieder und sahen zu. Irgendetwas nagte an Siobhan, sie wusste nur nicht genau, was. Dann schwenkte die Kamera weg vom Sofa zu der knienden Frau, die inzwischen aufgestanden war. Im Hintergrund lief Musik. Es war kein Soundtrack, sondern die Musik, die tatsächlich dort im Wohnzimmer spielte, während der Film gedreht wurde. Die Frau tanzte, schien in der Musik aufzugehen.

»Ich habe diese Frau schon mal gesehen«, erklärte Siobhan mit ruhiger Stimme. Aus dem Augenwinkel sah sie, wie einer aus dem Team genervt die Augen verdrehte.

Da war es wieder: Sie als die rechte Hand von Käpt'n Superslip, die alle anderen dumm dastehen ließ.

Gewöhnt euch dran, wollte sie ihnen sagen. Doch stattdessen blickte sie zu Young, der ebenfalls etwas skeptisch dreinschaute. »Ich glaube, ich hab sie schon mal tanzen gesehen.«

»Wo?«

Siobhan zögerte kurz. »In einem Schuppen namens The Nook.«

»Die Tabledancebar?«, fragte einer der Männer, woraufhin allgemeines Gelächter ausbrach und einige Kollegen mit dem Finger auf ihn zeigten. »Das war bei einem Junggesellenabend«, versuchte er, sich zu rechtfertigen.

»Und, haben Sie das Vortanzen bestanden?«, wollte einer von Siobhan wissen und erntete erneutes Gelächter.

»Sie führen sich auf wie Schulkinder«, schimpfte Les Young. »Entweder Sie werden erwachsen oder Sie haben hier nichts verloren.« Er deutete mit dem Daumen Richtung Tür. Und an Siobhan gewandt: »Wann war das?«

»Vor ein paar Tagen. Im Zusammenhang mit Ishbel Jardine.« Jetzt war ihr die Aufmerksamkeit aller sicher. »Uns lagen Hinweise vor, dass sie vielleicht dort arbeitet.«

»Und?«

Siobhan schüttelte den Kopf. »Keine Spur von ihr. Aber...«, sie deutete auf den Fernseher, »ich bin ziemlich sicher, dass *sie* da war und ungefähr den gleichen Tanz aufgeführt hat wie jetzt auch.« Auf dem Bildschirm ging einer der Männer, nackt bis auf die Socken, auf die Tänzerin zu. Er legte ihr beide Hände auf die Schultern und wollte sie auf die Knie zwingen, doch sie entwand sich seinem Griff und tanzte mit geschlossenen Augen weiter. Der Mann blickte achselzuckend in die Kamera. Plötzlich schwenkte die Kamera nach unten, das Bild wurde unscharf. Als sie wieder nach oben kam, war jemand Neues im Bild.

Der Kopf kahl rasiert, die Narben im Gesicht auf dem Bildschirm sehr viel schärfer als im wirklichen Leben.

Donny Cruikshank.

Er war komplett bekleidet, ein breites Grinsen auf dem Gesicht, eine Dose Lager in der Hand.

»Gib mir mal die Kamera«, sagte er und streckte die freie Hand aus.

»Kannst du damit umgehen?«

»Verpiss dich, Mark. Wenn du das kannst, kann ich es erst recht.

»Gut gemacht, Donny«, sagte einer der Beamten und notierte sich den Namen »Mark«.

Die Diskussion dauerte noch eine Weile, dann wechselte die Kamera schließlich den Mann. Donny Cruikshank schwenkte sie herum und richtete sie auf seinen Freund. Dessen Hand ging zu langsam hoch, um sein Gesicht rechtzeitig zu bedecken. Der Mann mit der Fernbedienung musste nicht erst aufgefordert werden, zurückzuspulen und das Bild einzufrieren. Sein Kollege hob die Digitalkamera.

Auf dem Bildschirm: ein riesiger, kahl rasierter Schädel, glänzend vor Schweiß. Stecker in beiden Ohren und in der Nase, eine Kerbe in einer der buschigen, schwarzen Augenbrauen, eine Zahnlücke im Mund, den er zum Protest aufgerissen hatte.

Und natürlich das tätowierte Spinnennetz am Hals…

24

Von Pollock Halls aus war es nur eine kurze Fahrt bis Gayfield Square. Im CID-Büro befand sich niemand außer Phyllida Hawes, der die Röte ins Gesicht stieg, als Rebus den Raum betrat.

»Na, DC Hawes, wieder irgendwelche Kollegen bespitzelt in letzter Zeit?«

»John, ich wollte…«

Rebus lachte. »Keine Sorge, Phyl. Sie haben nur getan, was Sie glaubten, tun zu müssen.« Rebus ließ sich auf ihrem Schreibtisch nieder. »Als Storey mich zu Haus besuchte, meinte er, er halte mich für ehrlich, weil er meinen Ruf kenne. Ich nehme an, das habe ich Ihnen zu verdanken.«

»Trotzdem, ich hätte Sie vorwarnen sollen.« Sie wirkte erleichtert.

»Ich werde es nicht gegen Sie verwenden.« Rebus stand auf und ging zum Wasserkocher. »Auch einen?«

»Bitte … danke.«

Rebus füllte Kaffeepulver in die beiden letzten sauberen Tassen. »Also«, fragte er leichthin, »wer hat Sie mit Storey zusammengebracht?«

»Befehl von oben: Präsidium Fettes Avenue an DCI Macrae.«

»Und Macrae war der Meinung, dass Sie die richtige Frau für den Job sind?« Rebus nickte, wie um seiner Zustimmung zu dieser Wahl Ausdruck zu verleihen.

»Ich durfte mit niemandem darüber sprechen«, fügte Hawes hinzu.

Rebus winkte mit dem Löffel in ihre Richtung. »Ich hab's vergessen … nehmen Sie Milch und Zucker?«

Sie rang sich ein kleines Lächeln ab. »Sie haben es nicht vergessen.«

»Wie meinen Sie das?«

»Es ist das erste Mal, dass Sie mir Kaffee anbieten.«

Rebus hob die Augenbrauen. »Sie haben vermutlich Recht. Es gibt für alles ein erstes Mal, oder?«

Sie war aufgestanden und ein paar Schritte auf ihn zugegangen. »Nur Milch.«

»Werd's mir merken.« Rebus schnupperte am Inhalt eines Halblitertetrapacks. »Ich würde unserem kleinen Colin ja auch einen machen, aber ich wette, der ist unten in Waverley und hält nach bahnreisenden Gelegenheitsdieben Ausschau.«

»Genau genommen wurde er zu einem Einsatz gerufen.« Hawes nickte Richtung Fenster. Rebus warf einen Blick auf den Parkplatz. Je vier bis fünf uniformierte Beamte quetschten sich in die vorhandenen Streifenwagen.

»Was ist los?«, fragte er.

»Cramond hat Verstärkung angefordert.«

»Cramond?« Rebus blickte ungläubig drein. Das Viertel lag zwischen einem Golfplatz und dem River Almond und war eine der friedlichsten Wohngegenden der Stadt – und eine der teuersten. »Haben die Kleinbauern zum Aufstand geblasen?«

Hawes war neben ihn ans Fenster getreten. »Es geht um illegale Einwanderer«, erklärte sie. Rebus starrte sie an.

»Worum genau?«

Sie zuckte mit den Achseln. Rebus fasste sie am Arm, führte sie zu ihrem Schreibtisch, nahm den Hörer von der Gabel und drückte ihn ihr in die Hand. »Rufen Sie Ihren Freund Felix an«, sagte er. Es klang wie ein Befehl.

»Warum?«

Rebus wischte die Frage mit einer Handbewegung beiseite und beobachtete, wie sie die Nummer eintippte.

»Handy?«, fragte er. Sie nickte. Er nahm ihr den Hörer ab. Beim siebten Klingeln ging jemand ran.

»Ja?« Die Stimme klang ungeduldig.

»Felix?«, sagte Rebus, den Blick auf Phyllida Hawes gerichtet. »Hier spricht Rebus.«

»Ich bin ziemlich in Eile im Moment.« Es hörte sich an, als säße er in einem Auto, das mit hoher Geschwindigkeit unterwegs war.

»Ich hatte mich nur gefragt, wie weit Sie mit meiner Anfrage sind.«

»Welche Anfrage?«

»Senegalesen in Schottland. Sagen Sie nicht, Sie haben's vergessen.« Er versuchte, gekränkt zu klingen.

»Ich hatte anderes im Kopf, John. Ich kümmere mich noch darum.«

»Und was hat Sie so beschäftigt? Sind Sie etwa gerade auf dem Weg nach Cramond, Felix?«

Es folgte ein Schweigen, was Rebus ein breites Grinsen entlockte.

»Okay«, erwiderte Storey langsam. »Soweit ich weiß, habe ich Ihnen diese Nummer nie gegeben … was bedeutet, dass Sie vermutlich von DC Hawes stammt, was wiederum bedeutet, dass Sie von Gayfield Square anrufen …«

»Und soeben die Kavallerie ausschwärmen sehe. Was ist los in Cramond, Felix?«

Wieder Schweigen, und schließlich die Worte, auf die Rebus gewartet hatte.

»Vielleicht kommen Sie einfach mit und finden es selbst raus …«

Der Parkplatz lag nicht in Cramond selbst, sondern ein Stück davon entfernt an der Küste. Hier ließen Spaziergänger ihr Auto stehen und folgten einem gewundenen Pfad durch Gras und Brennnesseln hinunter zum Strand. Ein kahler, windgepeitschter Parkplatz, der vermutlich noch nie so voll gewesen war wie im Moment. Ein Dutzend Streifenwagen und vier Mannschaftswagen, außerdem die großmotorigen Limousinen, die die Beamten vom Zoll und der Einwanderungsbehörde bevorzugten. Felix Storey war gerade dabei, den Truppen mit ausholenden Gesten Befehle zu erteilen.

»Es ist keine fünfzig Meter bis zum Strand, aber denken Sie daran: sobald die uns sehen, werden sie losrennen. Unser Glück ist, dass sie nirgendwohin können, außer sie haben vor, nach Fife zu schwimmen.« Einige grinsten, doch Storey hob die Hand. »Ich meine das ernst. Das ist schon öfter passiert. Deshalb ist auch die Küstenwache in Bereitschaft.« Ein Walkie-Talkie meldete sich knisternd zu Wort. Er hob es ans Ohr. »Ich höre.« Dann lauschte er einer Mitteilung, die fast vom Rauschen übertönt wurde. »Ende.« Er senkte das Gerät wieder. »Die beiden Teams an den Flanken sind in Position. Sie setzen sich in ungefähr dreißig Sekunden in Bewegung, wir sollten also losgehen.«

Er marschierte voran, wollte an Rebus vorbei, der gerade den Versuch aufgegeben hatte, sich eine Zigarette anzuzünden.

»Wieder ein anonymer Hinweis?«, vermutete er.

»Gleiche Quelle.« Storey sprach im Gehen, seine Leute – darunter auch DC Colin Tibbet – folgten ihm. Rebus setzte sich ebenfalls in Bewegung und wich nicht von Storeys Seite.

»Und was ist los? Sollen hier Illegale an Land gebracht werden?«

Storey warf ihm einen kurzen Blick zu. »Muschelsucher.«

»Wie bitte?«

»Die Leute sammeln Herzmuscheln. Dahinter stehen Banden, die Einwanderer und Asylsuchende für einen Hungerlohn arbeiten lassen. Die beiden Landrover da oben …« Rebus drehte sich um und sah die fraglichen Fahrzeuge in einer Ecke des Parkplatzes stehen. Beide hatten kleine Anhänger dabei und wurden von zwei Uniformierten bewacht. »Damit bringen sie die Leute her. Die Herzmuscheln werden an Restaurants verkauft, einige vermutlich nach Europa …« Genau in diesem Moment passierten sie ein Schild mit dem warnenden Hinweis, dass die an dieser Küste zu findenden Krustentiere möglicherweise verseucht und für den menschlichen Verzehr nicht geeignet waren. Storey warf Rebus erneut einen Blick zu. »Die Restaurantbesitzer haben natürlich keine Ahnung, was sie da kaufen.«

»Das wirft ein völlig neues Licht auf Paella.« Rebus hatte noch eine Frage zu den Anhängern, doch jetzt war das Aufheulen kleinerer Motoren zu hören. Als sie die Düne erklommen hatten, sah er zwei mit prallen Säcken beladene Quadbikes und, über den ganzen Strand verteilt, gebückt stehende Gestalten mit Schaufeln in der Hand.

»Jetzt!«, schrie Storey und rannte los. Die anderen folgten ihm so gut sie konnten durch den lockeren Sand die Düne hinunter. Rebus blieb zurück, um das Geschehen zu beobachten. Er sah, wie die Muschelsucher aufblickten, sah, wie sie Säcke und Schaufeln fallen ließen. Manche blieben wie angewurzelt stehen, andere versuchten zu fliehen. Von beiden Seiten rannten uniformierte Beamte auf sie zu. Von den Dünen herab kamen Storeys Männer, und so blieb als einzige Fluchtmöglichkeit nur der Firth of Forth. Ein oder zwei wateten ins Meer, schienen sich aber eines Besseren zu besinnen, als ihre Beine und Hüften in dem eiskalten Wasser taub wurden.

Manche Polizisten schrien und johlten, andere stolperten und landeten auf allen vieren im Sand. Rebus hatte endlich eine windstille Stelle gefunden, um sich eine Zigarette anzustecken. Er atmete tief ein und ließ den Rauch lange in den Lungen, während er das Spektakel verfolgte. Die Quads fuhren in die Runde, die beiden Fahrer brüllten sich etwas zu. Einer von ihnen nahm die Sache in die Hand und wollte die Dünen hinauffahren, womöglich in der Hoffnung, dass er aus dem Schneider wäre, wenn er es nur bis zum Parkplatz schaffte. Aber sein schwer beladenes Quadrad war dieser Geschwindigkeit nicht gewachsen. Die Vorderräder erhoben sich in die Luft, und das Fahrzeug überschlug sich. Der Fahrer wurde aus dem Sattel geschleudert, und sofort stürzten sich vier Polizisten auf ihn. Der zweite Fahrer sah keinen Grund, seinem Beispiel zu folgen. Er hob die Hände und ließ den Motor im Leerlauf weitertuckern, bis er von einem anzugtragenden Einwanderungsbeamten abgestellt wurde. Die Szene kam Rebus bekannt vor… ja, das war's: das Ende des Beatles-Films *Help*. Fehlte nur noch Eleanor Bron.

Als er zum Strand hinunterging, sah er unter den Arbeitern auch einige junge Frauen. Manche weinten. Allem Anschein nach waren es Chinesen, genau wie die beiden Männer auf den Motorrädern. Einer von Storeys Leuten beherrschte anscheinend ihre Sprache. Er formte die Hände zu einem Trichter und brüllte Anweisungen. Seine Worte konnten die Frauen nicht beruhigen, sie heulten nur noch lauter.

»Was sagen sie?«, fragte Rebus den Mann.

»Sie wollen nicht nach Hause geschickt werden.«

Rebus sah sich um. »Schlimmer als das hier kann es doch kaum sein, oder?«

Er zog eine Grimasse. »Die schleppen Vierzigkilosäcke… kriegen vielleicht drei Mäuse pro Sack, und vor ein Arbeitsgericht können sie auch nicht gehen.«

»Wohl kaum.«

»Sklaverei ist das, nichts anderes… Menschen werden zu einer Ware gemacht, die man kaufen und verkaufen kann. Im Nordosten nehmen sie Fische aus. Anderswo arbeiten sie in der Obst- und Gemüseernte. Die Banden können für jeden Bedarf Arbeiter liefern.« Er brüllte den Leuten weitere Befehle zu. Die meisten sahen erschöpft aus und waren froh über jede Gelegenheit, die Arbeit ruhen zu lassen. Die Teams an den Flanken waren eingetroffen und hatten ein paar Entlaufene mitgebracht.

»Anrufen!«, zeterte einer der Motorradfahrer. »Ein Anruf erlaubt!«

»Sobald wir auf dem Revier sind«, beschwichtigte ihn ein Beamter. »Und das auch nur, falls wir großzügig gestimmt sind.«

Storey hatte sich vor dem Fahrer aufgebaut. »Wen wollen Sie denn anrufen? Haben Sie ein Handy dabei?« Der Fahrer wollte in seine Hosentasche greifen, wurde aber von den Handschellen daran gehindert. Storey holte das Telefon für ihn heraus und hielt es ihm unter die Nase. »Sagen Sie mir die Nummer, ich wähle für Sie.«

Der Mann musterte ihn, dann grinste er und schüttelte den Kopf. So leicht ließ er sich nicht reinlegen.

»Wollen Sie in diesem Land bleiben?«, fragte Storey. »Dann sollten Sie besser anfangen, mit uns zu kooperieren.«

»Ich bin legal hier... Arbeitserlaubnis und alles.«

»Schön für Sie. Wir werden prüfen, ob die gefälscht ist oder abgelaufen.«

Das Grinsen löste sich auf wie eine Sandburg bei Flut.

»Ich lasse durchaus mit mir reden«, teilte Storey ihm mit. »Falls Ihnen etwas einfällt, das Sie mir mitteilen möchten, lassen Sie es mich wissen.« Er nickte den Polizisten zu, und der Gefangene wurde zusammen mit den anderen die Dünen hinaufgeführt. Dann bemerkte Storey, dass Rebus neben ihm stand. »Das Blöde ist nur«, sagte er, »dass er uns gar nichts erzählen muss, wenn seine Papiere in Ordnung sind. Muschelsammeln ist schließlich nicht verboten.«

»Und was ist mit den anderen?« Rebus deutete auf die Nachzügler. Sie waren deutlich älter als die anderen und schienen sich nur noch gebückt fortbewegen zu können.

»Wenn sie illegal hier sind, werden sie in Gewahrsam genommen, bis sie abgeschoben werden können.« Storey straffte sich und steckte die Hände in die Taschen seines knielangen Kamelhaarmantels. »Es kommen jede Menge nach, um sie zu ersetzen.«

Rebus beobachtete, wie der Mann von der Einwanderungsbehörde auf die graue Dünung hinaussah. »König Knut und die Flut?«, schien ihm ein passender Vergleich.

Storey zog ein riesiges weißes Taschentuch heraus und putzte sich geräuschvoll die Nase. Dann machte er sich an den Aufstieg über die Dünen. Rebus blieb zurück, um zu Ende zu rauchen.

Als er wieder am Parkplatz eintraf, waren die Mannschaftswagen verschwunden, dafür eine weitere Person in

Handschellen hinzugekommen. Einer der Uniformierten berichtete Storey gerade, was passiert war.

»Er kam die Straße entlang, hat die Streifenwagen gesehen und auf der Stelle kehrtgemacht. Wir konnten ihn einholen und anhalten …«

»Ich hab doch gesagt, das hatte mit euch gar nichts zu tun!«, bellte der Mann. Er sprach mit irischem Akzent. Dreitagebart auf dem breiten Kinn, den Unterkiefer trotzig vorgereckt. Sein Auto war zum Parkplatz gefahren worden. Ein alter 7er BMW, die rote Farbe verblichen, die Schweller rostig. Rebus kannte den Wagen. Er ging um das Auto herum. Auf dem Beifahrersitz lag ein aufgeschlagenes Notizbuch, darin eine Liste vermutlich chinesischer Namen. Storey bemerkte Rebus' Blick und nickte: Er wusste Bescheid.

»Name?«, fragte er den Fahrer.

»Ich will erst mal Ihren Dienstausweis sehen«, fauchte dieser. Er trug einen olivgrünen Parka, vermutlich denselben wie in der vorangegangenen Woche, als Rebus den Mann zum ersten Mal zu Gesicht bekommen hatte. »Was gibt's zu glotzen?«, fragte er Rebus und musterte ihn von oben bis unten. Rebus lächelte schweigend, holte sein Handy heraus und wählte eine Nummer.

»Shug?«, fragte er, als am anderen Ende abgenommen wurde. »Rebus hier … Erinnern Sie sich noch an die Demo? Sie wollten mir doch noch den Namen dieses Iren geben …« Rebus lauschte, die Augen auf den Mann vor ihm gerichtet. »Peter Hill?« Er nickte. »Raten Sie mal, wer hier vor mir steht …«

Der Mann zog ein finsteres Gesicht, machte sich aber nicht die Mühe zu leugnen.

Es war Rebus' Vorschlag, Peter Hill zum Revier Torphichen zu bringen, wo Shug Davidson bereits im Ermittlungsbüro Stef Yurgii auf ihn wartete. Rebus machte Davidson und

Felix Storey miteinander bekannt. Mehrere Polizisten konnten sich das Glotzen nicht verkneifen. Es war vielleicht nicht das erste Mal, dass sie einen Schwarzen sahen, aber das erste Mal, dass sie in diesem Winkel der Stadt einen zu Besuch hatten.

Rebus beschränkte sich aufs Zuhören, als Davidson die Verbindung zwischen Peter Hill und Knoxland erläuterte.

»Können Sie beweisen, dass er mit Drogen handelt?«, fragte Storey schließlich.

»Für eine Verurteilung reicht's nicht... aber wir haben vier seiner Freunde aus dem Verkehr gezogen.«

»Er war also entweder ein zu kleiner Fisch oder...«

»Zu clever, um sich erwischen zu lassen«, gestand Davidson mit einem Nicken.

»Und seine Verbindungen zu den Paramilitärs?«

»Ebenfalls schwer festzumachen, aber von irgendwoher müssen die Drogen ja kommen. Und der Geheimdienst in Nordirland hat uns entsprechende Hinweise gegeben. Terroristen brauchen Geld, und das beschaffen sie sich auf jede erdenkliche Weise.«

»Auch als Sklaventreiber illegaler Einwanderer?«

Davidson zuckte mit den Achseln. »Es gibt für alles ein erstes Mal«, meinte er.

Storey rieb sich nachdenklich das Kinn. »Dieses Auto...«

»Siebener BMW«, erläuterte Rebus.

Storey nickte. »Das waren doch keine irischen Nummernschilder. In Nordirland haben die meist drei Buchstaben und vier Zahlen.«

Rebus sah ihn an. »Sie sind gut informiert.«

»Ich habe eine Weile beim Zoll gearbeitet. Wenn man Passagierfähren überprüft, kennt man sich irgendwann mit Nummernschildern aus.«

»Mir ist nicht ganz klar, worauf Sie hinauswollen«, musste Shug Davidson zugeben. Storey drehte sich zu ihm.

»Ich frage mich nur, wie er an das Auto gekommen ist. Wenn er es nicht mitgebracht hat, hat er es entweder hier gekauft oder…«

»Oder es gehört jemand anderem.« Davidson nickte.

»Unwahrscheinlich, dass er allein arbeitet, nicht bei dieser Größenordnung.«

»Da haben wir doch noch etwas, das wir ihn fragen können.« Storey lächelte und sah zu Rebus, als erwartete er auch von dieser Seite Zustimmung. Doch Rebus' Blick war nachdenklich. Er fragte sich noch immer, was es mit diesem Wagen auf sich hatte…

Der Ire wartete im Vernehmungsraum zwei. Er schaute nicht auf, als die drei Männer eintraten und die uniformierten Beamten entließen, die Wache gehalten hatten. Storey und Davidson setzten sich ihm gegenüber an den Tisch, Rebus blieb stehen und lehnte sich an die Wand. Draußen waren Straßenbauarbeiten im Gange, und der Lärm der Presslufthämmer drang durch die Wände. Es würde das Gespräch immer wieder erschweren und auch auf den Kassetten zu hören sein, die Davidson soeben auspackte. Er schob beide in den Rekorder und prüfte den Timer. Die gleiche Prozedur wiederholte er mit zwei Videokassetten. Die Kamera war über der Tür angebracht und direkt auf den Tisch gerichtet. Sollte ein Verdächtiger auf die Idee kommen zu behaupten, seine Aussagen seien unter Zwang zustande gekommen, konnten seine Anschuldigen mithilfe dieser Aufnahmen entkräftet werden.

Das Band wurde eingeschaltet, und die drei Polizisten nannten ihren Namen. Dann bat Davidson den Iren, ebenfalls seinen vollen Namen zu nennen. Dieser schien es zufrieden, wortlos dazusitzen. Er zupfte sich ein paar Fäden von der Hose und legte schließlich die gefalteten Hände auf die Tischkante.

Er starrte gebannt auf das Stück Wand zwischen Davidson und Storey. Zu guter Letzt fing er an zu sprechen.

»Ich könnte ein Tässchen Tee vertragen. Milch und drei Zucker.« Ihm fehlten offenbar mehrere Backenzähne, sodass seine Wangen eingefallen wirkten und die Schädelkonturen unter der gelblichen Haut betont wurden. Er hatte kurzes, silbergraues Haar, hellblaue Augen, einen dürren Hals und war höchstens einsfünfundsiebzig groß.

Und ziemlich aufgeblasen.

»Alles zu seiner Zeit«, meinte Davidson ruhig.

»Und ich will einen Anwalt … und telefonieren …«

»Auch das zu seiner Zeit. Derweil …« Davidson schlug eine braune Mappe auf und zog ein großes Schwarzweißfoto heraus. »Das sind doch Sie, habe ich Recht?«

Man konnte nur das halbe Gesicht sehen, der Rest wurde von der Kapuze des Parkas verdeckt. Das Bild war bei der Demo in Knoxland an dem Tag aufgenommen worden, an dem Howie Slowther mit einem Stein auf Mo Dirwan losgegangen war.

»Ich glaube nicht.«

»Und das hier?« Diesmal hatte der Fotograf das ganze Gesicht erwischt. »Vor ein paar Monaten aufgenommen, ebenfalls in Knoxland.«

»Und worauf wollen Sie hinaus?«

»Ich will darauf hinaus, dass ich schon eine ganze Weile darauf gewartet habe, Sie wegen irgendetwas dranzukriegen.« Davidson lächelte und wandte sich an Felix Storey.

»Mr. Hill«, hob Storey an und schlug ein Bein über das andere. »Ich arbeite bei der Einwanderungsbehörde. Wir sind dabei, die Papiere aller Ihrer Arbeiter zu prüfen, um festzustellen, wie viele von denen illegal hier sind.«

»Keine Ahnung, wovon Sie sprechen. Ich habe nur eine Spazierfahrt entlang der Küste gemacht – ist ja wohl nicht verboten, oder?«

»Nein, aber ein Gericht könnte sich vielleicht über diese Namenliste auf Ihrem Beifahrersitz wundern, sollte sich herausstellen, dass die Namen mit denen der Leute übereinstimmen, die wir heute festgenommen haben.«

»Welche Liste?« Endlich sah Hill seinem Verhörer in die Augen. »Wenn Sie da irgendeine Liste gefunden haben, muss mir die einer untergeschoben haben.«

»Sie meinen, es gibt keine Fingerabdrücke von Ihnen auf dem Papier?«

»Und keiner der Arbeiter wird Sie identifizieren können?«, zog Davidson die Schlinge weiter zu.

»Ist doch nicht verboten, oder?«

»Sklaverei«, ließ Storey ihn wissen, »ist meines Wissens schon vor einigen Jahrhunderten aus den Gesetzbüchern gestrichen worden.«

»Und deshalb darf ein Nigger wie Sie heutzutage Anzug tragen?«, fauchte der Ire.

Storey setzte ein schiefes Grinsen auf, als freute er sich, dass sie so schnell an diesen Punkt gelangt waren. »Ich habe gehört, dass man die Iren die Schwarzen Europas nennt – bedeutet das etwa, dass wir Brüder sind?«

»Es bedeutet, dass Sie mich am Arsch lecken können.«

Storey legte den Kopf in den Nacken und lachte aus vollem Hals. Davidson hatte die Mappe wieder zugeschlagen. Die beiden Fotos lagen noch auf dem Tisch, Peter Hill gegenüber. Er tippte mit dem Finger auf die Mappe, als wollte er Hills Aufmerksamkeit darauf lenken, auf ihren schieren Umfang, auf die Menge an Informationen, die sie enthielt.

»Wie lange sind Sie schon im Sklavenhandel tätig?«, fragte Rebus.

»Ich sage kein Wort, so lange ich nicht eine Tasse Tee kriege.« Hill lehnte sich zurück und verschränkte die Arme. »Und ich will, dass sie mir von meinem Anwalt gebracht wird.«

»Sie haben also einen Anwalt? Das lässt doch vermuten, dass Sie glaubten, einen zu brauchen.«

Hill drehte sich zu Rebus, doch seine Frage war an sein Gegenüber am Tisch gerichtet. »Was glauben Sie, wie lange Sie mich hier festhalten können?«

»Kommt drauf an«, erklärte Davidson. »Sehen Sie, Ihre Verbindungen zu den Paramilitärs...« Er tippte erneut auf die Mappe. »Aufgrund der Terrorismusgesetze können wir Sie ein Weilchen länger festhalten, als Sie vielleicht glauben.«

»Jetzt bin ich also Terrorist, ja?«, fauchte Hill.

»Sie waren schon immer Terrorist, Peter. Geändert haben sich nur Ihre Finanzierungsmethoden. Letzten Monat waren Sie noch Dealer, heute Sklaventreiber...«

Jemand klopfte an die Tür. Ein Detective Constable streckte den Kopf herein.

»Haben Sie es?«, fragte Davidson. Der Kopf nickte. »Dann kommen Sie rein und leisten unserem Verdächtigen Gesellschaft.« Davidson erhob sich, verkündete für die beiden Aufnahmegeräte, dass die Vernehmung unterbrochen werde, und blickte auf die Uhr, um die genaue Zeit zu nennen. Die Apparate wurden ausgeschaltet. Davidson bot dem DC seinen Stuhl an und nahm im Gegenzug ein Blatt Papier entgegen. Draußen auf dem Flur schloss er die Tür hinter sich, faltete das Blatt auseinander, warf einen Blick darauf und reichte es dann Storey, dessen Lippen sich zu einem strahlenden Lächeln verzogen.

Zuletzt wurde das Blatt an Rebus weitergegeben. Es enthielt eine Beschreibung des roten BMW einschließlich des polizeilichen Kennzeichens. Darunter in Großbuchstaben Name und Anschrift des Eigentümers.

Der Wagen gehörte Stuart Bullen.

Storey riss Rebus das Blatt aus der Hand und drückte einen Kuss aufs Papier. Dann führte er einen kleinen Tanz auf.

Die Freude war ansteckend. Auch Davidson grinste. Er schlug Felix Storey auf den Rücken. »Nicht immer bringt eine Observation Ergebnisse«, sagte er und blickte Zustimmung heischend zu Rebus.

Aber es war ja gar nicht die Observation, musste Rebus unwillkürlich denken, sondern wieder einmal ein geheimnisvoller anonymer Hinweis.

Und Storeys Intuition hinsichtlich des Eigentümers des BMW.

Wenn es denn nur Intuition gewesen war…

25

Als sie beim Nook eintrafen, war dort bereits ein anderes Überfallkommando vor Ort – Siobhan und Les Young. Die umliegenden Büros leerten sich, und mehrere Männer in Anzug marschierten an den Türstehern vorbei. Rebus wollte Siobhan gerade fragen, was sie hier tat, als er bemerkte, dass sich einer der Türsteher ans Mikrofon seines Kopfhörers fasste. Der Mann drehte das Gesicht zur Seite, und Rebus wusste, dass sie erkannt worden waren.

»Er gibt Bullen Bescheid, dass wir hier sind!«, rief er den anderen zu. Sie setzten sich unverzüglich in Bewegung, drängten an den Geschäftsleuten vorbei in den Klub. Die Musik war laut, der Laden voller als bei Rebus' erstem Besuch. Es gab auch mehr Tänzerinnen – nämlich vier – auf der Bühne. Siobhan hielt sich im Hintergrund und studierte die Gesichter, während Rebus zu Bullens Büro voranging. Die Tür mit dem Tastenfeld war verschlossen. Rebus schaute sich um, sah den Barkeeper und erinnerte sich an seinen Namen: Barney Grant.

»Barney!«, schrie er. »Hierher!«

Barney stellte das Glas ab, das er gerade einschenken

wollte, kam hinter der Bar hervor und tippte den Zahlencode ein. Rebus drückte die Tür mit der Schulter auf und spürte im gleichen Moment, wie der Fußboden unter ihm nachgab. Er befand sich in dem kurzen Flur, der zu Bullens Büro führte, nur dass im Fußboden eine Falltür geöffnet worden und er unsanft auf die Holzleiter gestürzt war, die in die Dunkelheit hinabführte.

»Was zum Teufel ist das?«, schnauzte Storey.

»So eine Art Tunnel«, erklärte der Barkeeper.

»Wohin führt der?«

Wortlos schüttelte er den Kopf. Rebus humpelte so gut es ging die Leiter hinunter. Es fühlte sich an, als wäre das rechte Bein vom Fußknöchel bis zum Knie aufgerissen; den linken Knöchel hatte er sich ordentlich verdreht. Er blickte zu den Gesichtern über ihm empor. »Gehen Sie nach draußen, vielleicht finden Sie heraus, wohin der Tunnel führt.«

»Das kann überallhin sein«, brummelte Davidson.

Rebus spähte den Tunnel entlang. »Ich glaube, er führt Richtung Grassmarket.« Er schloss die Augen, damit sie sich schneller an die Dunkelheit gewöhnten, und setzte sich in Bewegung, die Hände seitlich ausgestreckt, um nicht das Gleichgewicht zu verlieren. Nach einer Weile öffnete er die Augen wieder und blinzelte mehrmals. Er konnte den feuchten Erdboden ausmachen, die gekrümmten Wände und die gewölbte Decke. Höchstwahrscheinlich von Menschenhand gemacht und jahrhundertealt. Old Town beherbergte ein Labyrinth aus Tunneln und Katakomben, die größtenteils nicht erforscht waren. Sie hatten den Einwohnern Schutz vor Eindringlingen geboten und heimliche Rendezvous und Verschwörungen ermöglicht. Vermutlich waren sie auch von Schmugglern benutzt worden. In jüngerer Zeit hatten die Leute alles Mögliche, von Pilzen bis zu Cannabis, darin anzubauen versucht. Einige Tunnel waren als Touristenattraktion geöffnet worden, die meisten jedoch sahen aus wie dieser: feucht und voll stickiger Luft.

Der Tunnel machte eine Biegung nach links. Rebus holte sein Handy hervor, doch er hatte keinen Empfang, konnte den anderen nicht Bescheid geben. Von vorn hörte er Geräusche, ohne etwas zu sehen.

»Stuart?«, rief er. Seine Stimme hallte von den Wänden wider. »Das ist doch hirnrissig, Stuart!«

Er ging weiter, sah ein schwaches Leuchten in der Ferne, eine Person, die darin verschwand. Dann war es wieder dunkel. Eine Tür, diesmal in der Seitenwand, hatte sich hinter Bullen geschlossen. Rebus legte beide Hände an die rechte Wand, um die Tür nicht zu verpassen. Seine Finger berührten etwas Hartes. Ein Türknauf, ausgerechnet. Er drehte daran und zog, aber die Tür ging in die andere Richtung auf. Er versuchte es mit Drücken, doch jemand hatte etwas Schweres vor die Tür gestellt. Rebus rief um Hilfe, stemmte sich mit der Schulter gegen die Tür. Ein Geräusch auf der anderen Seite; jemand versuchte, einen Karton beiseite zu schieben.

Dann öffnete sich die Tür. Sie war weniger als einen Meter hoch. Rebus bückte sich unter dem Rahmen hindurch. Die Tür befand sich auf ebener Erde. Als er sich aufrichtete, sah er, dass sie mit einem Karton voller Bücher blockiert worden war. Ein älterer Herr starrte ihn an.

»Er ist zur Tür raus«, sagte er. Rebus nickte und humpelte in die angezeigte Richtung. Sobald er auf der Straße stand, wusste er, wo er sich befand: auf der West Port, vor einem Antiquariat keine hundert Meter vom Nook entfernt. Er hielt sein Mobiltelefon noch in der Hand. Es hatte wieder Empfang. Er blickte zur Ampel an der Lady Lawson Street, dann nach rechts zum Grassmarket – und sah, was er zu sehen gehofft hatte.

Stuart Bullen, der, den Arm von Storey auf den Rücken

gedreht, mitten auf der Fahrbahn in seine Richtung bugsiert wurde. Seine Kleider waren zerrissen und dreckig. Rebus blickte an sich hinunter. Er sah nicht viel besser aus, zog das Hosenbein hoch und stellte erleichtert fest, dass er nicht blutete und nur die Haut aufgeschürft war. Shug Davidson kam aus der Lady Lawson Street gerannt, das Gesicht vom Laufen gerötet. Rebus beugte sich vor, die Hände auf den Knien. Verspürte den Wunsch nach einer Zigarette, wusste aber, dass er nicht genug Atemluft hatte, sie zu rauchen. Richtete sich wieder auf und stand Auge in Auge mit Stuart Bullen.

»Ich war am gewinnen«, verkündete er dem jungen Mann. »Echt.«

Sie brachten Bullen zurück ins Nook. Die Nachricht von der Razzia hatte die Runde gemacht, und alle Kunden waren verschwunden. Siobhan befragte die Tänzerinnen, die wie aufgereiht an der Theke saßen. Barney Grant schenkte ihnen Nichtalkoholisches ein.

Ein letzter Kunde kam hinter dem VIP-Vorhang hervor. Das plötzliche Verstummen jeglicher Geräusche hatte ihn misstrauisch gemacht. Er schien die Situation zu erfassen, zog sich die Krawatte zurecht und marschierte Richtung Ausgang. Rebus' Hinken war daran schuld, dass er den Mann mit der Schulter streifte.

»Verzeihung«, murmelte dieser.

»Meine Schuld, Herr Stadtrat«, sagte Rebus und blickte ihm nach. Dann ging er zu Siobhan, grüßte Les Young mit einem Nicken. »Also, worum geht's?«

Es war Young, der ihm antwortete. »Wir haben ein paar Fragen an Stuart Bullen.«

»Worüber?« Rebus' Blick ruhte noch immer auf Siobhan.

»Es geht um den Mord an Donny Cruikshank.«

Jetzt richtete Rebus seine Aufmerksamkeit auf Young. »Na, so spannend das auch sein mag, Sie werden sich wohl hinten anstellen müssen. Sie sehen doch sicherlich ein, dass wir als Erste dran sind.«

»Wer ist wir?«

Rebus deutete auf Felix Storey, der Stuart Bullen endlich – wenn auch widerwillig – losließ, nachdem ihm Handschellen angelegt worden waren. »Dieser Mann ist von der Einwanderungsbehörde. Er hat Bullen seit Wochen observieren lassen.«

»Wir müssen ebenfalls mit Bullen sprechen«, beharrte Les Young.

»Dann bringen Sie Ihren Fall vor.« Rebus machte eine ausholende Geste Richtung Storey und Shug Davidson. Les Young fixierte ihn, dann ging er auf die beiden zu. Siobhan blickte Rebus finster an.

»Was?«, fragte er mit Unschuldsmiene.

»Ich bin diejenige, auf die Sie sauer sind, schon vergessen? Lassen Sie es nicht an Les aus.«

»Les ist ein großer Junge, der kann auf sich selbst aufpassen.«

»Die Sache ist nur, bei einer Meinungsverschiedenheit würde er fair bleiben – anders als andere.«

»Harte Worte, Siobhan.«

»Ab und an brauchen Sie das.«

Rebus zuckte mit den Achseln. »Also, was hat Bullen mit Cruikshank zu tun?«

»Wir haben bei Cruikshank zu Hause einen Porno Marke Eigenbau gefunden, mit mindestens einer von Bullens Tänzerinnen drauf.«

»Und das ist alles?«

»Wir wollen ja nur mit ihm sprechen.«

»Ich wette, bei den Ermittlungen haben sich einige gefragt, was das Ganze soll. Die denken, wenn einer einen Vergewaltiger um die Ecke bringt, warum sich ein Bein ausreißen?« Er legte eine Pause ein. »Habe ich Recht?«

»Sie kennen sich da sicherlich besser aus als ich.«

Rebus drehte sich zu Young und Davidson, die in ein Gespräch vertieft waren. »Vielleicht wollen Sie ja auch nur den guten Les da drüben beeindrucken…«

Sie zerrte an seiner Schulter, um sich seiner vollen Aufmerksamkeit zu versichern. »Es geht um einen Mord, John. Sie würden genau das Gleiche tun wie ich.«

Er grinste. »Ich wollte Sie doch nur ein bisschen ärgern, Siobhan.« Er drehte sich zu der offen stehenden Tür, die zu Bullens Büro führte. »Haben Sie bei unserem ersten Besuch die Falltür bemerkt?«

»Ich dachte, es sei ein Keller.« Sie hielt inne. »Sie haben sie nicht gesehen?«

»Hab sie nur vergessen«, log er und rieb sich das rechte Bein.

»Sieht schmerzhaft aus, Kumpel.« Barney Grant begutachtete die Wunde. »Sieht aus, als hätten Sie ein paar Stollentritte abgekriegt. Ich hab früher mal Fußball gespielt, ich weiß, wovon ich rede.«

»Sie hätten uns auch warnen können wegen der Falltür.«

Der Barkeeper zuckte nur mit den Achseln. Felix Storey schubste Stuart Bullen in Richtung des Flurs. Rebus machte Anstalten, ihm zu folgen, Siobhan hinterher. Storey ließ die Falltür zuklappen. »Prima Ort, um Illegale zu verstecken«, bemerkte er. Bullen antwortete mit einem Schnauben. Die Tür zum Büro stand offen. Storey stieß sie mit dem Fuß auf. Der Raum sah genauso aus, wie Rebus ihn in Erinnerung hatte: voll gestopft mit Zeug. Storey rümpfte die Nase.

»Wird eine ganze Weile dauern, bis wir das alles in Beweismittelbeutel verpackt haben.«

»Meine Güte«, schimpfte Bullen leise.

Auch die Tür des Safes stand leicht offen, und Storey stieß sie mit der Spitze seines polierten Budapesters auf.

»Oh«, sagte er. »Dann wollen wir die Beutelchen mal reinholen.«

»Das habt ihr mir untergeschoben!«, schrie Bullen. »Ihr wollt mich reinlegen, ihr Schweine!« Er versuchte, sich aus Storeys Griff zu befreien, aber der Mann von der Einwanderungsbehörde war zehn Zentimeter größer und gut zwanzig Pfund schwerer als er. Mehrere Leute drängten sich in der Tür und versuchten, einen besseren Blick zu erhaschen. Davidson und Young waren darunter, außerdem einige Tänzerinnen.

Rebus drehte sich zu Siobhan, die die Lippen schürzte. Sie hatte dasselbe im Safe gesehen wie er, nämlich einen Stapel Reisepässe, von einem Gummiband zusammengehalten, mehrere Rohlinge für Kredit- und Kundenkarten, verschiedene amtlich aussehende Stempel und Frankiermaschinen plus einige gefaltete Dokumente, vermutlich Geburts- und Heiratsurkunden.

Alles, was man brauchte, um eine neue Identität zu schaffen.

Oder auch ein paar hundert.

Sie brachten Stuart Bullen nach Torphichen in den Vernehmungsraum eins.

»Ihr Kollege sitzt gleich nebenan«, meinte Felix Storey. Er hatte sich die Jacke ausgezogen und öffnete die Manschettenknöpfe, um die Ärmel hochzurollen.

»Und wer soll das sein?« Man hatte Bullen die Handschellen abgenommen, und er rieb sich die Handgelenke.

»Peter Hill, so heißt er wohl.«

»Nie gehört.«

»Er ist Ire … spricht in den höchsten Tönen von Ihnen.«

Bullen fixierte Storey mit festem Blick. »Jetzt weiß ich mit Sicherheit, dass das Ganze hier faul ist.«

»Warum? Sind Sie so sicher, dass Hill nicht plaudern wird?«

»Ich sagte bereits, ich kenne den Mann nicht.«

»Wir haben Fotos von ihm, wie er in Ihrem Klub ein und aus geht.«

Bullen musterte Storey, als versuchte er abzuschätzen, wie viel Wahrheit in dessen Worten steckte. Rebus wusste es selbst nicht. Gut möglich, dass Hill bei der Observation ins Netz gegangen war, andererseits war durchaus denkbar, dass Storey bluffte. Er hatte nichts mitgebracht zu diesem Verhör: keine Akte, keine Mappe. Bullen sah zu Rebus.

»Sind Sie sicher, dass Sie den dabeihaben wollen?«, fragte er Storey.

»Warum nicht?«

»Es heißt, er sei Caffertys Mann.«

»Wessen Mann?«

»Cafferty – dem gehört hier die ganze Stadt.«

»Und was hat das mit Ihnen zu tun, Mr. Bullen?«

»Cafferty hat was gegen meine Familie.« Er legte eine Kunstpause ein. »Und irgendjemand hat die ganze Sache ja eingefädelt.«

»Ihnen wird was Besseres einfallen müssen«, entgegnete Storey in fast mitleidigem Ton. »Versuchen Sie doch mal, Ihre Verbindung zu Peter Hill wegzuerklären.«

»Ich sage doch die ganze Zeit«, erklärte Bullen mit zusammengebissenen Zähnen, »es gibt keine.«

»Und deshalb haben wir ihn in Ihrem Auto angetroffen?«

Im Raum wurde es still. Shug Davidson lief mit verschränkten Armen auf und ab. Rebus stand an seinem Lieblingsplatz an der Wand. Stuart Bullen unterzog seine Fingernägel einer genauen Inspektion.

»Roter 7er BMW«, fuhr Storey fort, »auf Ihren Namen zugelassen.«

»Das Auto ist mir schon vor Monaten abhanden gekommen.«

»Haben Sie das gemeldet?«

»Die Mühe kann man sich ja wohl sparen.«

»Und bei dieser Geschichte wollen Sie bleiben? Untergeschobene Beweismittel und ein verloren gegangener BMW? Ich hoffe, Sie haben einen guten Anwalt, Mr. Bullen.«

»Vielleicht sollte ich diesen Mo Dirwan nehmen, der scheint ja ganz erfolgreich zu sein.« Bullen sah wieder zu Rebus. »Wie man hört, sind Sie beide ja dicke Freunde.«

»Wie interessant, dass Sie darauf zu sprechen kommen«, schaltete sich Shug Davidson ein und blieb vor dem Tisch stehen. »Ihr Freund Hill ist nämlich in Knoxland gesehen worden. Wir haben Bilder von ihm bei der Demo, bei der Mr. Dirwan um ein Haar angegriffen worden wäre.«

»Damit verbringen Sie also Ihre Zeit? Heimlich Leute fotografieren?« Bullen schaute in die Runde. »Bei anderen Menschen nennt man das pervers.«

»Apropos«, sagte Rebus, »wir haben da noch ein Ermittlungsteam, das mit Ihnen sprechen möchte.«

Bullen streckte die Arme aus. »Ich bin ein gefragter Mann.«

»Weshalb Sie auch ein Weilchen bei uns bleiben werden, Mr. Bullen«, meinte Storey. »Machen Sie es sich also bequem …«

Nach vierzig Minuten legten sie eine Pause ein. Die festgenommenen Muschelsucher waren in St. Leonard's untergebracht, dem einzigen Revier, das über ausreichend Zellen verfügte. Storey machte sich auf die Suche nach einem Telefon, um sich zu erkundigen, ob bei den Verhören schon etwas herausgekommen war. Rebus und Davidson hatten sich gerade eine Tasse Tee geholt, als Siobhan und Young auftauchten.

»Können wir jetzt mit ihm sprechen?«, fragte Siobhan.

»Wir gehen gleich wieder rein«, erklärte Davidson.

»Aber er schaltet im Moment doch sowieso nur auf stur«, argumentierte Les Young.

Davidson seufzte. »Wie lange brauchen Sie?«, wollte er wissen.

»So viel Zeit, wie Sie uns geben können.«

»Dann mal los!«

Young wandte sich zum Gehen, doch Rebus berührte ihn am Arm.

»Was dagegen, wenn ich mitkomme, nur so aus Neugier?«

Siobhan warf Young einen warnenden Blick zu, doch der nickte trotzdem. Daraufhin machte sie auf dem Absatz kehrt und marschierte voran zum Vernehmungsraum.

Bullen hatte die Hände hinter dem Kopf verschränkt. Als er Rebus' Teetasse bemerkte, fragte er, wo seine sei.

»Im Beutel«, antwortete Rebus, während Siobhan und Young sich vorstellten.

»Wechselt ihr euch ab, oder was?«, brummelte Bullen und nahm die Hände herunter.

»Der Tee ist ziemlich gut«, meldete sich Rebus zu Wort. Der Blick, den er von Siobhan erntete, sagte ihm, dass sie seinen Kommentar nicht für übermäßig konstruktiv hielt.

»Wir sind hier, um Sie zu einem bestimmten Amateur-Pornofilm zu befragen«, begann Les Young.

Bullen lachte auf. »Vom Sublimen zum Lächerlichen.«

»Der Film ist im Haus eines Mordopfers gefunden worden«, ergänzte Siobhan kühl. »Einige der Darsteller sind Ihnen möglicherweise bekannt.«

»Wie das?« Bullen wirkte ehrlich neugierig.

»Ich habe wenigstens eine Person erkannt.« Siobhan hielt die Arme vor der Brust verschränkt. »Sie tanzte an einer Stange, als Detective Inspector Rebus und ich Ihrem Etablissement einen Besuch abstatteten.«

»Wäre mir neu«, entgegnete Bullen mit einem Achselzucken. »Aber die Mädchen kommen und gehen… ich bin ja nicht ihre Großmutter. Sie können tun und lassen, was sie wollen.« Er lehnte sich über den Tisch zu Siobhan. »Haben Sie das vermisste Mädchen schon gefunden?«

»Nein«, gab sie zu.

»Aber der Kerl wurde umgebracht, oder? Der, der ihre Schwester vergewaltigt hat?« Als sie keine Antwort gab, zuckte er erneut mit den Achseln. »Ich lese Zeitung, genau wie alle anderen auch.«

»In seinem Haus wurde der Film gefunden«, teilte Les Young ihm mit.

»Trotzdem ist mir immer noch nicht klar, wie ich Ihnen helfen soll.« Bullen wandte sich zu Rebus um, als erhoffte er sich von dieser Seite einen Hinweis.

»Kannten Sie Donny Cruikshank?«, fragte Siobhan.

Bullen drehte sich wieder zu ihr. »Hatte noch nie von ihm gehört, bis ich in der Zeitung von dem Mord gelesen hab.«

»Könnte er vielleicht in Ihrem Klub verkehrt haben?«

»Klar könnte er – ich bin ja nicht immer da. Barney weiß da besser Bescheid.«

»Der Barkeeper?«, erkundigte sich Siobhan.

Bullen nickte. »Oder Sie fragen die Leute von der Einwanderungsbehörde… die haben meinen Klub ja anscheinend nicht aus den Augen gelassen.« Sein Lächeln wirkte etwas gezwungen. »Ich hoffe nur, die haben darauf geachtet, mich von meiner Schokoladenseite aufzunehmen.«

»Sie glauben, Sie haben eine?«, fragte Siobhan. Bullens Lächeln schwand. Er schaute auf seine Uhr. Sah teuer aus: dick und golden.

»Sind wir hier bald fertig?«

»Noch lange nicht«, antwortete Les Young. Die Tür ging auf, und Felix Storey kam herein, gefolgt von Shug Davidson.

»Die ganze Bagage auf einem Haufen!«, rief Bullen. »Wenn im Nook so viel los wäre wie hier, ich würde mich auf Gran Canaria zur Ruhe setzen…«

»Ihre Zeit ist rum«, sagte Storey zu Young. »Wir brauchen ihn wieder.«

Les Young warf Siobhan einen Blick zu. Sie holte mehrere Polaroidfotos aus der Tasche und legte sie vor Bullen auf den Tisch.

»Die hier kennen Sie«, sagte sie und tippte mit dem Finger auf eines der Fotos. »Was ist mit den anderen?«

»Mit Gesichtern kann ich nicht allzu viel anfangen«, erwiderte er und musterte Siobhan von oben bis unten. »Die Figur kann ich mir besser merken.«

»Sie arbeitet für Sie, als Tänzerin.«

»Richtig«, gab er schließlich zu. »Stimmt. Und was ist mit ihr?«

»Ich würde gern mit ihr sprechen.«

»Wie der Zufall so will, hat sie heute Abend Dienst...« Er schaute erneut auf seine Uhr. »Falls Barney aufmachen kann.«

Storey schüttelte den Kopf. »Erst, wenn wir alle Räume durchsucht haben.«

Bullen seufzte. »In diesem Fall«, sagte er zu Siobhan, »weiß ich nicht, wie ich Ihnen weiterhelfen soll.«

»Sie müssen doch ihre Anschrift haben... oder eine Telefonnummer.«

»Die Mädchen bleiben gern anonym... Aber wahrscheinlich habe ich irgendwo eine Handynummer.« Er nickte in Storeys Richtung. »Wenn Sie ihn lieb bitten, sucht er die vielleicht für Sie, wenn er den Klub auf den Kopf stellt.«

»Nicht nötig«, warf Rebus ein. Er war an den Tisch getreten, um die Bilder zu betrachten. Jetzt nahm er das von der Tänzerin in die Hand. »Ich kenne sie«, sagte er. »Ich weiß sogar, wo sie wohnt.« Siobhan sah ihn ungläubig an. »Sie heißt Kate.« Er sah auf Bullen hinab. »Stimmt doch, oder?«

»Kate, richtig«, brummelte Bullen widerwillig. »Begeisterte Tänzerin, unsere Kate.« Er sagte es fast wehmütig.

»Sie haben ihn genau richtig angefasst«, meinte Rebus. Er saß auf dem Beifahrersitz, Siobhan am Steuer. Les Young hatte sie allein fahren lassen, er musste zurück nach Banehall. Rebus sah noch einmal die Polaroidfotos durch.

»Wieso?«, fragte sie nach einer Weile.

»Mit einem wie Bullen muss man Tacheles reden. Ansonsten macht der dicht.«

»Viel hat er uns trotzdem nicht verraten.«

»Dem guten Leslie hätte er noch sehr viel weniger erzählt.«

»Mag sein.«

»Herrgott, Shiv, können Sie nicht einmal im Leben ein Lob annehmen?«

»Ich suche nach dem Hintergedanken.«

»Sie werden keinen finden.«

»Das wäre das erste Mal …«

Sie waren unterwegs nach Pollock Halls. Auf dem Weg zum Wagen hatte Rebus ihr erklärt, woher er Kate kannte.

»Ich hätte sie wiedererkennen müssen«, hatte er kopfschüttelnd gesagt. »Die ganzen CDs in ihrem Zimmer.«

»Und so was nennt sich nun Polizist«, hatte Siobhan ihn geneckt. »Hätte vielleicht geholfen, wenn sie angezogen gewesen wäre.«

Sie fuhren jetzt auf der Dalkeith Road, nur einen Steinwurf von St. Leonard's mit seinen Zellen voller Muschelsucher entfernt. Bisher war bei den Befragungen nichts herausgekommen – zumindest nichts, was Felix Storey ihnen hätte mitteilen wollen. Siobhan setzte den Blinker, um nach links in die Holyrood Park Road einzubiegen, dann rechts nach Pollock Halls. Andy Edmunds tat noch immer Dienst am Tor. Er bückte sich zum offenen Fenster hinunter.

»Schon wieder zurück?«, fragte er.

»Wir haben noch ein paar Fragen an Kate«, erklärte Rebus.

»Zu spät – habe Sie gerade davonradeln sehen.«

»Schon lange her?«

»Noch keine fünf Minuten…«

Rebus drehte sich zu Siobhan. »Sie ist auf dem Weg zu ihrer Schicht.«

Siobhan nickte. Kate konnte nicht wissen, dass Stuart Bullen festgenommen worden war. Rebus winkte Edmunds zu, während Siobhan auf der Straße wendete. Sie fuhr über eine rote Ampel auf die Dalkeith Road. Von allen Seiten wurde gehupt.

»Ich muss mir für dieses Auto unbedingt eine Sirene besorgen«, murmelte sie. »Glauben Sie, wir holen sie noch vorm Nook ein?«

»Nein, aber das heißt nicht, dass wir sie nicht erwischen – sie wird wissen wollen, was los ist.«

»Sind Storeys Leute noch da?«

»Keine Ahnung«, gestand Rebus. Sie hatten St. Leonard's passiert und fuhren Richtung Cowgate und Grassmarket. Rebus brauchte eine Weile, um zu erkennen, was Siobhan bereits wusste: Dies war der schnellste Weg.

Wenn auch nicht ganz ohne Rückstau. Mit weiterem Gehupe und Lichthupen wurden sie auf mehrere verbotene und ungehörige Fahrmanöver aufmerksam gemacht.

»Wie war es da unten im Tunnel?«, fragte Siobhan.

»Gruselig.«

»Aber weit und breit keine illegalen Ausländer?«

»Nein«, antwortete Rebus.

»Wissen Sie, wenn ich die Observation leiten würde, dann wären *die* es, die ich im Auge behalten würde.«

Rebus war versucht, ihr zuzustimmen. »Aber wenn Bullen nie mit denen zusammenkommt? Muss er ja schließlich nicht – er hat ja den Iren als Mittelsmann.«

»Der Gleiche, den Sie in Knoxland gesehen haben?«

Rebus nickte. Dann wurde ihm klar, worauf sie hinauswollte. »Dort leben die, richtig? Das ist der ideale Ort, um sie unterzubringen.«

»Aber ich dachte, die Anlage wäre von oben bis unten durchkämmt worden?«, fragte Siobhan in aller Unschuld.

»Aber wir haben einen Mörder gesucht und Zeugen ...« Er hielt inne.

»Was ist?«, wollte Siobhan wissen.

»Mo Dirwan wurde zusammengeschlagen, als er sich umsehen wollte ... in Stevenson House.« Er nahm sein Handy und tippte Caro Quinns Nummer ein. »Caro? Hier ist John, ich habe eine Frage – wo warst du genau, als man dich aus Knoxland verjagte?« Sein Blick ruhte auf Siobhan, während er zuhörte. »Ganz sicher? Nein, nein, nur so ... Ich ruf dich später noch mal an. Tschüs.« Er beendete das Gespräch. »Sie war gerade in Stevenson House angekommen«, berichtete er Siobhan.

»Was für ein Zufall!«

Rebus starrte auf sein Telefon. »Das muss ich Storey erzählen.« Doch er drehte das Handy unschlüssig in der Hand hin und her.

»Sie tun's aber nicht«, bemerkte sie.

»Ich weiß nicht genau, ob ich ihm traue«, gestand Rebus. »Diese nützlichen anonymen Hinweise, die er ständig kriegt. Daher wusste er von Bullen, vom Nook und von den Muschelsuchern.«

»Und?«

Rebus zuckte mit den Achseln. »Und er hatte diese plötzliche Eingebung wegen des BMW ... genau das Glied, das wir brauchten, um die Sache mit Bullen in Verbindung zu bringen.«

»Wieder ein anonymer Hinweis?«, vermutete Siobhan.

»Aber wer ist der Anrufer?«

»Muss jemand aus Bullens näherer Umgebung sein.«

»Oder einfach jemand, der viel über ihn weiß. Aber wenn Storey ständig mit diesen Insiderinformationen gefüttert wird, da muss er doch selbst auch misstrauisch werden, oder nicht?«

»Nach dem Motto: ›Warum kriege ich all diese tollen Tipps?‹ Vielleicht gehört er einfach nicht zu den Menschen, die einem geschenkten Gaul ins Maul schauen.«

Rebus dachte darüber nach. »Geschenkter Gaul oder Trojanisches Pferd?«

»Ist sie das?«, fragte Siobhan plötzlich. Sie deutete auf eine Radfahrerin, die ihnen entgegenkam. Sie fuhr die Straße entlang und an ihnen vorbei Richtung Grassmarket.

»Ich habe sie nicht richtig gesehen«, gestand Rebus. Siobhan biss sich auf die Unterlippe.

»Festhalten«, sagte sie, trat auf die Bremse und wendete einmal mehr mitten auf der Straße. Diesmal stauten sich die Autos in beiden Richtungen. Rebus winkte und hob mit entschuldigender Miene die Achseln, doch als ein Fahrer sie aus dem Fenster heraus anbrüllte, griff er auf eine weniger versöhnliche Geste zurück. Siobhan fuhr wieder Richtung Grassmarket, den wütenden Fahrer auf den Fersen. Er hatte das Fernlicht eingeschaltet und ging nicht von der Hupe.

Rebus drehte sich um und starrte den Mann wütend an, der weiter zeterte und mit der Faust drohte.

»Findet der das geil oder was?«, sagte Siobhan.

Rebus schnalzte mit der Zunge. »Na, na, was ist das für eine Ausdrucksweise, wenn ich bitten darf?« Dann lehnte er sich aus dem Fenster und brüllte aus vollem Hals: »Wir sind Bullen, verdammt!« – in dem Bewusstsein, dass der Mann ihn ohnehin nicht hören konnte. Siobhan brach in lautes Gelächter aus, dann fuhr sie scharf nach links an den Straßenrand.

»Sie hat angehalten«, stellte sie fest. Die Frau stieg vom Fahrrad und wollte es an einen Laternenpfahl ketten. Sie befanden sich mitten auf dem Grassmarket, überall schicke Bistros und Touristenpubs. Siobhan blieb im Parkverbot auf einer doppelten gelben Linie stehen und lief zu Kate. Aus dieser Entfernung erkannte Rebus das Mädchen. Sie trug eine ausgefranste Jeansjacke und abgeschnittene Jeanshosen, hohe schwarze Stiefel und ein seidenes, rosafarbenes Halstuch. Sie sah verwirrt aus, als Siobhan sich vorstellte. Rebus löste den Sicherheitsgurt und war gerade dabei die Tür zu öffnen, als sich ein Arm durchs Fenster schob und seinen Kopf in einen schraubstockartigen Griff nahm.

»Was glaubst du eigentlich, wer du bist, hä?«, brüllte eine Stimme. »Meinst wohl, die Straße gehört dir, oder was?«

Der speckige Ärmel des Mannes presste sich auf Rebus' Mund und Nase. Er suchte nach dem Türgriff, warf sich mit aller Kraft gegen die Tür und stürzte aus dem Wagen auf die Knie; ein stechender Schmerz schoss ihm durch beide Beine. Der Kerl befand sich noch immer auf der anderen Seite der Tür und machte keinerlei Anstalten, Rebus loszulassen. Die Tür diente ihm als Schutzschild gegen Rebus' Schwinger und Fausthiebe.

»Hältst dich wohl für einen ganz Großen, was? Mir den Stinkefinger zeigen …«

»Er *ist* ein ganz Großer«, hörte Rebus Siobhan sagen. »Er ist Polizist, genau wie ich. Lassen Sie ihn los.«

»Er ist was?«

»Ich sagte, lassen Sie ihn los!« Der Griff lockerte sich. Rebus befreite seinen Kopf, stand auf und hörte das Blut in seinen Ohren pulsieren; vor seinen Augen drehte sich alles. Siobhan hatte dem Kerl den freien Arm auf den Rücken gedreht und zwang ihn nun nach vorn gebeugt und mit gesenktem Kopf auf die Knie. Rebus zog seinen Dienstausweis hervor und hielt ihn dem Mann unter die Nase.

»Versuch das noch mal, und ich buchte dich ein«, keuchte er.

Siobhan ließ den Mann los und trat einen Schritt zurück. Auch sie hatte ihren Dienstausweis gezückt, bevor der Mann sich aufrichten konnte.

»Konnte ich ja nicht riechen«, lautete sein Kommentar. Doch Siobhan war schon nicht mehr an ihm interessiert. Sie ging zurück zu Kate, die das Geschehen mit großen Augen verfolgt hatte. Rebus notierte sich umständlich das Kennzeichen des Mannes, während dieser zurück zu seinem Wagen marschierte. Dann drehte er sich um und gesellte sich zu Siobhan und Kate.

»Kate wollte gerade was trinken gehen«, erläuterte Siobhan. »Ich habe sie gefragt, ob wir ihr Gesellschaft leisten dürften.«

Nichts, was ihm lieber gewesen wäre.

»In einer halben Stunde bin ich verabredet«, gab Kate zu bedenken.

»Länger brauchen wir nicht«, versicherte Rebus.

Sie gingen in den nächsten Pub und ergatterten einen Tisch. Die Jukebox war ziemlich laut, aber Rebus brachte den Barkeeper dazu, sie leiser zu stellen. Ein Pint für ihn, Alkoholfreies für die beiden Frauen.

»Ich habe Kate gerade gesagt«, erklärte Siobhan, »wie gut sie tanzen kann.« Rebus nickte zustimmend, und ein stechender Schmerz schoss ihm in den Nacken. »Das ist mir gleich aufgefallen, als ich Sie das erste Mal im Nook gesehen habe«, fuhr Siobhan fort. Es hörte sich an, als sei von einer exklusiven Disco die Rede. Kluges Mädchen, dachte Rebus: kein moralischer Zeigefinger, die Zeugin nicht nervös oder verlegen machen … Er nahm einen Schluck aus seinem Glas.

»Mehr mache ich da nicht, wissen Sie, nur tanzen.« Kates Augen wanderten rasch zwischen Siobhan und Rebus hin und her. »Was die Leute über Stuart sagen – dass er Menschen einschleust, ich habe davon nichts gewusst.« Sie hielt inne, als wollte sie noch etwas sagen, nippte dann aber an ihrem Getränk.

»Sie finanzieren sich das Studium selbst?«, fragte Rebus. Sie nickte.

»Ich habe eine Anzeige in der Zeitung gesehen: ›Tänzerinnen gesucht‹.« Sie lächelte. »Ich bin nicht blöd, ich wusste sofort, was für eine Art Klub das Nook ist, aber die Mädchen dort sind toll. Und ich mache schließlich nichts anderes als tanzen.«

»Wenn auch ohne Kleider.« Der Satz war ihm unwillkürlich herausgerutscht. Siobhan warf ihm einen bösen Blick zu, aber zu spät.

Kates Gesichtszüge verhärteten sich. »Haben Sie mir nicht zugehört? Ich sagte doch, ich mache sonst nichts.«

»Das wissen wir, Kate«, beruhigte Siobhan sie mit sanfter Stimme. »Wir haben den Film gesehen.«

Kate starrte sie an. »Welchen Film?«

»Wo Sie neben dem Kamin tanzen.« Siobhan legte ein Polaroidfoto auf den Tisch. Kate nahm es eilig an sich, sie wollte nicht, dass jemand es sah.

»Das habe ich nur ein einziges Mal gemacht«, erklärte sie und wich den Blicken ihrer Gesprächspartner aus. »Eines der Mädchen meinte, das sei leicht verdientes Geld. Ich habe ihr gleich gesagt, dass ich nichts anderes tun würde …«

»Und so war es ja auch«, bestätigte Siobhan. »Ich kenne den Film und weiß, dass Sie die Wahrheit sagen. Sie haben Musik aufgelegt und getanzt.«

»Ja, und dann wollten sie nicht zahlen. Alberta hat mir was von ihrem Geld angeboten, aber das mochte ich nicht annehmen. Sie hatte schließlich dafür gearbeitet.« Sie nippte an ihrem Getränk. Siobhan tat es ihr gleich.

»Der Kameramann«, fragte Siobhan, »kannten Sie den?«

»Ich habe ihn zum ersten Mal gesehen, als wir das Haus betraten.«

»Und wo ist dieses Haus?«

Kate zuckte mit den Achseln. »Irgendwo außerhalb von Edinburgh. Alberta ist gefahren… Ich hab nicht auf den Weg geachtet.« Sie musterte Siobhan. »Wer hat den Film noch gesehen?«

»Nur ich«, log Siobhan. Kates Blick fiel auf Rebus, der den Kopf schüttelte, um sie wissen zu lassen, dass er ihn nicht kannte.

»Ich arbeite an einem Mordfall«, fuhr Siobhan fort.

»Ich weiß. Der Immigrant in Knoxland.«

»Genau genommen sind das DI Rebus' Ermittlungen. Der Mordfall, an dem ich arbeite, hat sich in einer Stadt namens Banehall ereignet. Der Kameramann…« Sie hielt inne. »Erinnern Sie sich zufällig noch an seinen Namen?«

Kate dachte nach. »Mark?«, sagte sie schließlich.

Siobhan nickte. »Kein Nachname?«

»Er hatte eine große Tätowierung am Hals…«

»Ein Spinnennetz«, bestätigte Siobhan. »Irgendwann ist ein anderer Mann hereingekommen, und Mark hat ihm die Kamera gegeben.« Siobhan holte noch ein Polaroidfoto hervor, ein unscharfes Bild von Donny Cruikshank. »Erinnern Sie sich an ihn?«

»Um ehrlich zu sein, ich hatte die Augen die meiste Zeit geschlossen. Ich habe versucht, mich auf die Musik zu konzentrieren. Nur so kann ich den Job machen – indem ich an nichts anderes denke als an die Musik.«

Siobhan nickte wieder. »Der Mann ist ermordet worden, Kate. Können Sie mir irgendetwas über ihn erzählen?«

Sie schüttelte den Kopf. »Nur, dass ich das Gefühl hatte, die beiden amüsierten sich. Wie Schuljungen, wissen Sie? Sie hatten diesen fiebrigen Blick.«

»Wieso fiebrig?«

»Na ja, ein Raum mit drei nackten Frauen – das schien neu für sie zu sein, neu und aufregend…«

»Hatten Sie keine Angst?«

Erneut schüttelte sie den Kopf. Rebus räusperte sich. »Sie sagten, eine Ihrer Kolleginnen im Nook hat Sie zu dem Dreh mitgenommen?«

»Ja.«

»Wusste Stuart Bullen davon?«

»Ich glaube nicht.«

»Aber Sie können es nicht mit Sicherheit sagen?«

Sie zuckte mit den Achseln. »Stuart hat uns Tänzerinnen immer fair behandelt. Ihm ist klar, dass die anderen Klubs Tänzerinnen suchen – wenn es uns irgendwo nicht gefällt, können wir jederzeit gehen.«

»Aber Alberta muss den Mann mit der Tätowierung gekannt haben«, sagte Siobhan.

Kate zuckte wieder mit den Achseln. »Ich denke schon.«

»Wissen Sie, woher?«

»Vielleicht ist er mal im Klub gewesen… Da hat Alberta die meisten Männer kennen gelernt.« Sie ließ das Eis in ihrem Glas klimpern.

»Noch eins?«, fragte Rebus.

Sie sah auf die Uhr und schüttelte den Kopf. »Barney wird gleich hier sein.«

»Barney Grant?«, fragte Siobhan. Kate nickte.

»Er will mit allen Mädchen sprechen. Er weiß, dass er uns verliert, wenn wir einen oder zwei Tage nicht arbeiten können.«

»Er hat also vor, das Nook weiterzuführen?«, erkundigte sich Rebus.

»Nur bis Stuart wiederkommt.« Sie hielt inne. »Er kommt doch wieder, oder?«

Anstelle einer Antwort leerte Rebus sein Pint.

»Wir lassen Sie jetzt lieber allein«, sagte Siobhan zu Kate. »Vielen Dank für das Gespräch.« Sie machte Anstalten aufzustehen.

»Tut mir Leid, wenn ich Ihnen nicht weiterhelfen konnte.«

»Wenn Ihnen noch etwas zu diesen beiden Männern einfällt …«

Kate nickte. »Gebe ich Ihnen Bescheid.« Sie stockte. »Dieser Film …«

»Ja?«

»Was glauben Sie, wie viele Kopien davon existieren?«

»Das lässt sich unmöglich sagen. Ihre Freundin Alberta … arbeitet die noch im Nook?«

Kate schüttelte den Kopf. »Sie hat kurz danach aufgehört.«

»Sie meinen, kurz nachdem der Film gedreht wurde?«

»Ja.«

»Und wie lang ist das her?«

»Zwei oder drei Wochen.«

Sie bedankten sich noch einmal und gingen Richtung Ausgang. Draußen sahen sie einander an. Siobhan sprach als Erste. »Donny Cruikshank muss gerade frisch aus dem Knast gekommen sein.«

»Kein Wunder, dass er fiebrig aussah. Werden Sie versuchen, diese Alberta zu finden?«

Siobhan stieß einen Seufzer aus. »Weiß nicht … Es war ein langer Tag.«

»Wollen wir noch irgendwo was trinken?« Sie schüttelte den Kopf. »Haben Sie ein Date mit Les Young?«

»Wieso? Haben Sie eins mit Caro Quinn?«

»Hab ja nur gefragt.« Rebus holte seine Zigaretten hervor.

»Soll ich Sie irgendwo absetzen?«, bot Siobhan an.

»Ich glaube, ich laufe lieber, aber trotzdem danke.«

»Na dann …« Sie zögerte, beobachtete ihn, wie er sich eine Zigarette anzündete. Als er weiter schwieg, drehte sie sich um und ging zu ihrem Wagen. Er blickte ihr nach. Konzentrierte sich einen Moment lang aufs Rauchen und überquerte dann die Straße. Dort war ein Hotel, und er blieb in der Nähe des Eingangs stehen. Gerade als er mit der Zigarette fertig war, sah er Barney Grant aus der Richtung des Nook kommen. Er hatte die Hände in den Hosentaschen vergraben und pfiff vor sich hin – keinerlei Anzeichen dafür, dass er sich um seinen Job oder seinen Chef Sorgen machte. Er ging in den Pub, und aus irgendeinem Grund sah Rebus auf die Uhr und notierte sich die Zeit.

Und blieb, wo er war, vor dem Hotel. Er warf einen Blick durch die Fenster hinein ins Restaurant. Es wirkte weiß und steril, die Art Restaurant, in dem die Größe der Teller in umgekehrtem Verhältnis zu den Portionen steht, die darauf serviert werden. Nur wenige Tische waren besetzt; es gab mehr Kellner als Gäste. Einer der Kellner bedachte ihn mit einem vorwurfsvollen Blick, um ihn zu verscheuchen, doch Rebus zwinkerte ihm zu. Als ihm schließlich langweilig wurde und er gerade gehen wollte, fuhr vor dem Pub ein Wagen vor. Der Motor heulte im Leerlauf auf, der Fahrer spielte mit dem Gaspedal. Der Beifahrer sprach in sein Handy. Die Tür des Pubs ging auf, Barney Grant kam heraus und steckte sein Handy in die Tasche, während der Mann im Auto seines zuklappte. Grant stieg hinten in den Wagen, der sich bereits in Bewegung setzte, bevor er die Tür zugezogen hatte. Rebus sah dem Auto nach, wie es den Hügel hinauffuhr, dann folgte er ihm zu Fuß.

Er brauchte ein paar Minuten bis zum Nook. Als er dort eintraf, fuhr der Wagen gerade wieder ab. Sein Blick fiel auf die verschlossene Tür, dann über die Straße zu dem verrammelten Kiosk. Die Observation war beendet, der Lieferwagen nirgends auszumachen. Er versuchte, die Tür des Nook zu öffnen, doch sie war abgeschlossen. Dennoch, aus irgendeinem Grund war Barney Grant hineingegangen, und das Auto hatte auf ihn gewartet. Rebus hatte den Fahrer nicht erkannt, doch das Gesicht auf dem Beifahrersitz war ihm vertraut.

Howie Slowther, der Junge aus Knoxland, der mit dem Tattoo der Paramilitärs und dem Hass auf Ausländer.

Befreundet mit dem Barkeeper des Nook…

Oder dem Besitzer.

Neunter Tag

Dienstag

26

Frühmorgendliche Razzia in Knoxland, dasselbe Team, das die Muschelsucher über die Küste Cramonds gejagt hatte. Stevenson House – das ohne Graffiti. Wieso keine Graffiti? Der Grund war entweder Angst oder Respekt. Rebus wusste, dass es ihm von Anfang an hätte auffallen müssen. Stevenson House sah anders aus als die übrigen Häuser, und es wurde auch anders behandelt.

Bei den ersten Haustürbefragungen hatten die Beamten an viele Türen vergeblich geklopft – auf einem ganzen Flur hatte fast niemand geöffnet. Waren sie zurückgekommen, um es noch einmal zu versuchen? Nein. Warum nicht? Weil die Mordkommission voll ausgelastet war. Und vielleicht auch, weil die Beamten sich nicht allzu viel Mühe gegeben hatten, weil das Opfer für sie nichts als eine Zahl in der Statistik war.

Felix Storey ging da sehr viel gründlicher vor. Dieses Mal wurde an die Türen gehämmert, durch Briefschlitze gespäht. Dieses Mal ließen sie sich nicht so einfach abwimmeln. Die Einwanderungsbehörde – genau wie die Behörde für Zoll und Verbrauchssteuern – hatte größere Befugnisse als die Polizei. Sie konnten auch ohne Durchsuchungsbefehl Türen eintreten. »Begründeter Verdacht« lautete die Formel, die Rebus gehört hatte, und Storey hegte keinen Zweifel daran, dass begründeter Verdacht im Überfluss vorhanden war.

Caro Quinn – bedroht, als sie in und um Stevenson House Fotos machen wollte.

Mo Dirwan – angegriffen, als er bei seinen Befragungen in Stevenson House angelangt war.

Rebus war um vier Uhr aufgestanden, um fünf hatte er Storeys anfeuernden Worten gelauscht – um ihn herum unausgeschlafene, verquollene Gesichter und der Geruch von Mundspray und Kaffee.

Kurz danach ging es mit vier anderen im Wagen Richtung Knoxland. Viel geredet wurde nicht. Die Fenster waren heruntergekurbelt, damit die Scheiben des Saab nicht beschlugen. Vorbei an verdunkelten Geschäften, dann an Einfamilienhäusern, in denen die ersten Fenster bereits erleuchtet waren. Ein Autokonvoi, darunter einige Streifenwagen. Taxifahrer blickten ihnen nach. Sie wussten, dass irgendetwas im Busch war. Die Vögel mussten eigentlich schon wach sein, aber man hörte keinen Laut von ihnen, als die Wagen in Knoxland hielten.

Nur die Autotüren, die leise geöffnet und geschlossen wurden.

Flüstern und Gesten, ab und an ein unterdrücktes Husten. Jemand spuckte auf den Boden. Ein neugieriger Hund wurde verjagt, bevor er zu bellen anfangen konnte.

Tritte auf den Treppenstufen, ein Geräusch wie von Sandpapier.

Weitere Gesten, Flüstern. Alles ging auf dem Flur im dritten Stock in Position.

Dem Stockwerk, in dem so viele Türen verschlossen geblieben waren.

Sie standen da und warteten, je drei an einer Tür. Alle schauten auf die Uhr: Um Punkt Viertel vor sechs würden sie anfangen, gegen die Türen zu hämmern und zu rufen.

Noch dreißig Sekunden.

Doch dann war die Tür zum Treppenhaus aufgegangen, ein ausländischer Junge erschienen, einen langen Kittel über den Hosen, eine Einkaufstüte in der Hand. Die Tüte fiel zu

Boden, und Milch ergoss sich über den Fußboden. Einer der Beamten legte den Finger an die Lippen, als der Junge gerade tief Luft holte und einen gewaltigen Schrei ausstieß.

Hämmern gegen die Türen, das Klappern der Briefkästen. Der Junge hochgehoben und nach unten getragen. Der Beamte hinterließ milchige Fußspuren.

Türen wurden geöffnet, andere mit der Schulter aufgestemmt. Zu sehen: Szenen häuslichen Lebens; Familien am Frühstückstisch.

Wohnzimmer, in denen Menschen in Schlafsäcken oder unter Bettdecken auf dem Fußboden schliefen. Bis zu sieben oder acht in einem Zimmer, teilweise lagen sie sogar auf dem Flur.

Kinder schrien vor Angst, die Augen weit aufgerissen. Ihre Mütter streckten die Arme nach ihnen aus. Junge Männer schlüpften in ihre Kleider oder umklammerten verschreckt den oberen Rand ihrer Schlafsäcke.

Alte Menschen, die lauthals in verschiedenen Sprachen protestierten und mit den Händen fuchtelten wie bei einer Pantomime. Großeltern, denen diese neuerliche Demütigung nichts mehr anhaben konnte, die halb blind waren ohne ihre Brille, aber dennoch fest entschlossen, das äußerste Maß an Würde zu wahren, das in dieser Situation noch möglich war.

Storey marschierte von Zimmer zu Zimmer, von Wohnung zu Wohnung. Er hatte drei Dolmetscher mitgebracht, nicht annähernd genug. Einer der Beamten reichte ihm ein Blatt Papier, das er von einer Wand gerissen hatte. Storey gab es an Rebus weiter. Es sah aus wie ein Dienstplan: die Adressen mehrerer Lebensmittelfirmen, eine Liste von Nachnamen neben den Schichten, für die sie eingeteilt waren. Rebus reichte das Blatt zurück. Er interessierte sich mehr für die überdimensionierten Plastiksäcke voller Stirnbänder und Zauberstäbe, die er in einem Flur entdeckt hatte. Er schaltete eines der Stirnbänder ein; die kleinen Doppelbirnen blinkten rot. Er sah sich um, konnte aber den Jungen von der Lothian Road, der dort die gleiche Ware feilgeboten hatte, nicht entdecken. In der Küche verwelkende Rosen im Spülbecken, die Knospen noch immer fest geschlossen.

Die Dolmetscher hielten Überwachungsfotos von Bullen und Hill in die Höhe und fragten die Leute, ob sie die beiden kannten. Kopfschütteln und Deuten, aber auch hier und da ein Nicken. Ein Mann – Rebus hielt ihn für einen Chinesen – schrie in gebrochenem Englisch: »Wir viel Geld bezahlt, hierher kommen … viel Geld! Viel arbeiten … schicken Geld nach Hause. Wir arbeiten wollen! Arbeiten wollen!«

Ein Freund rief ihm etwas in seiner Muttersprache zu. Seine Augen richteten sich auf Rebus. Dieser nickte – er wusste, was der Mann gesagt hatte.

Spar dir den Atem.

Das interessiert sie nicht.

Sie interessieren sich nicht für uns … nicht für unsere Geschichte.

Der Mann ging auf Rebus zu, doch der schüttelte den Kopf und deutete auf Felix Storey. Also blieb er vor Storey stehen. Er musste ihn am Ärmel zupfen, um sich bemerkbar zu machen.

Storey starrte ihn wütend an, doch der Mann ignorierte diesen Blick.

»Stuart Bullen«, sagte er. »Peter Hill.« Er wusste, dass ihm Storeys Aufmerksamkeit jetzt sicher war. »Das sind die Männer, die Sie suchen.«

»Sind bereits in Haft«, versicherte ihm der Mann von der Einwanderungsbehörde.

»Das ist gut«, sagte der andere ruhig. »Und haben Sie die gefunden, die sie umgebracht haben?«

Storey sah zu Rebus, dann wieder zu dem Mann.

»Könnten Sie das bitte wiederholen?«, fragte er.

Der Mann hieß Min Tan und stammte aus einem Dorf in Zentralchina. Er saß auf der Rückbank von Rebus' Wagen, Storey daneben, Rebus auf dem Fahrersitz.

Sie parkten vor einer Bäckerei auf der Gorgie Road. Min Tan schlürfte geräuschvoll seinen zuckersüßen schwarzen Tee. Rebus hatte sein Getränk bereits entsorgt. Erst als er den dünnen, gräulichen Kaffee zum Mund geführt hatte, war es ihm wieder eingefallen: Genau hier hatte er sich an dem Nachmittag, als Stef Yurgiis Leiche gefunden worden war, jenen ungenießbaren Kaffee geholt. Trotzdem war die Bäckerei gut im Geschäft. Fast alle Pendler an der nahe gelegenen Bushaltestelle hielten Becher in der Hand. Andere bissen in ihre Frühstücksbrötchen mit Rührei und Würstchen.

Storey hatte die Befragung für einen Moment unterbrochen, um mit wem auch immer am anderen Ende der Leitung zu sprechen.

Storey stand vor einem Problem: Edinburghs Polizeireviere waren nicht in der Lage, alle Ausländer aus Knoxland unterzubringen. Es gab schlichtweg zu viele und nicht genügend Zellen. Er hatte bei den Gerichten angefragt, aber die litten ebenfalls unter Platzmangel. Also wurden die Leute fürs Erste in ihren Wohnungen bewacht, der dritte Stock in Stevenson House für Besucher gesperrt. Doch jetzt mangelte es an Arbeitskräften; die Beamten, die an Storeys Razzia beteiligt gewesen waren, wurden an ihren üblichen Stellen gebraucht. Sie konnten unmöglich als bessere Wachleute fungieren. Dabei war es für Felix Storey klar, dass, sollten nicht genügend Leute bereitgestellt werden, nichts die Einwanderer in Stevenson House daran hindern würde, an einer mickrigen Wachtruppe vorbei in die Freiheit zu stürmen.

Er hatte seine Vorgesetzten in London und andernorts angerufen und bei der Behörde für Zoll- und Verbrauchssteuern Hilfe angefordert.

»Erzählen Sie mir nicht, dass da nicht ein paar Umsatzsteuerbeamte rumsitzen und Däumchen drehen«, hörte Rebus ihn sagen. Was bedeutete, dass der Mann inzwischen nach jedem Strohhalm griff. Rebus war versucht zu fragen, warum man die armen Schlucker nicht einfach laufen ließ. Er hatte die Erschöpfung in ihren Gesichtern gesehen. Storey würde entgegnen, dass die meisten – vielleicht sogar alle – illegal ins Land gekommen oder ihre Visa und Aufenthaltsbewilligungen abgelaufen waren. Man betrachtete sie als Straftäter, aber für Rebus lag auf der Hand, dass sie auch Opfer waren. Min Tan hatte von der bitteren Armut in der Provinz gesprochen, aus der er stammte, von seiner »Pflicht«, Geld nach Hause zu schicken.

Pflicht – nicht gerade ein Wort, das Rebus allzu oft zu hören bekam.

Rebus hatte dem Mann etwas zu Essen aus der Bäckerei angeboten, doch der hatte ein wenig die Nase gerümpft – er war noch nicht verzweifelt genug, um sich an den regionalen Spezialitäten gütlich zu tun. Auch Storey hatte dankend abgelehnt, und nur Rebus war so dumm gewesen, sich einen aufgewärmten Bridie zu holen, der jetzt fast vollständig neben dem Kaffeebecher im Rinnstein lag.

Storey klappte mit einem Stöhnen sein Handy zu. Min Tan gab vor, sich auf seinen Tee zu konzentrieren, Rebus jedoch waren derlei Skrupel fremd.

»Sie können Ihre Niederlage immer noch eingestehen«, schlug er vor.

Storey sah ihn mit gerunzelter Stirn im Rückspiegel an. Dann wandte er sich an den Mann neben ihm.

»Wir sprechen also über mehr als ein Mordopfer?«, fragte er.

Min Tan nickte und hob zwei Finger.

»Zwei?«, hakte Storey nach.

»Mindestens zwei«, antwortete Min Tan. Er schien zu zittern und nahm noch einen Schluck Tee. Rebus fiel auf, dass die Kleider des Chinesen der morgendlichen Kälte nicht viel entgegenzusetzen hatten. Er ließ den Motor an und drehte die Heizung auf.

»Fahren wir irgendwohin?«, fauchte Storey.

»Wir können nicht den ganzen Tag im Auto sitzen«, entgegnete Rebus. »Sonst holen wir uns noch den Tod.«

»Zwei Tote«, beharrte Min Tan, der Rebus missverstanden hatte.

»War einer davon der Kurde?«, fragte Rebus. »Stef Yurgii?«

Der Chinese zog die Stirn in Falten. »Wer?«

»Der Mann, der erstochen wurde. Er war doch einer von Ihnen, oder nicht?« Rebus hatte sich zu ihm umgedreht, aber Min Tan schüttelte den Kopf.

»Ich kenne den Mann nicht.«

Selbst Schuld, dachte Rebus, die gerechte Strafe für voreilige Schlussfolgerungen. »Peter Hill und Stuart Bullen haben Stef Yurgii nicht umgebracht?«

»Ich sage, ich kenne den Mann nicht!« Min Tan war lauter geworden.

»Sie haben also beobachtet, wie die beiden zwei Menschen umgebracht haben«, schaltete sich Storey ein. Wieder Kopfschütteln. »Sie haben doch gerade gesagt …«

»Alle wissen … sie haben allen erzählt.«

»Was erzählt?«, fragte Rebus.

»Von den zwei …« Min Tan schienen die Worte zu fehlen. »Zwei Körper … Sie wissen, wenn schon tot.« Er kniff sich in den Arm, mit dem er den Becher hielt. »Alles weg, nichts mehr da.«

»Kein Fleisch mehr?«, vermutete Rebus. »Leichen ohne Fleisch. Sie meinen Skelette?«

Triumphierend wackelte Min Tan mit dem Finger.

»Und die Leute reden darüber?«, hakte Rebus nach.

»Einmal … ein Mann nicht wollte arbeiten für so wenig

Lohn. Wurde laut. Hat den Leuten gesagt, sollen nicht arbeiten, sollen frei gehen …«

»Und er wurde umgebracht?«, fiel ihm Storey ins Wort.

»Nicht umgebracht!« Min Tan schrie vor Verzweiflung. »Zuhören, bitte! Haben ihn mitgenommen und ihm Leichen ohne Fleisch gezeigt. Haben gesagt, das Gleiche wird ihm passieren – uns allen –, wenn er nicht gehorcht, nicht richtig arbeitet.«

»Zwei Skelette«, murmelte Rebus leise vor sich hin. Doch Min Tan hatte ihn gehört.

»Mutter und Kind«, erklärte er, und seine Augen weiteten sich noch bei der Erinnerung vor Entsetzen. »Wenn sie Mutter und Kind umbringen können – nicht festgenommen, nicht aufgefallen –, dann können sie alles tun, alle töten … alle, die nicht gehorchen!«

Rebus nickte, er hatte verstanden.

Zwei Skelette.

Mutter und Kind.

»Haben Sie die Skelette gesehen?«

Min Tan schüttelte den Kopf. »Andere haben gesehen. Eines ein Baby, in Zeitung gewickelt. Haben es in Knoxland gezeigt, haben den Kopf gezeigt und die Hände. Dann Mutter und Kind begraben in …« Er suchte nach dem richtigen Wort. »Zimmer unter der Erde …«

»Einem Keller?«, schlug Rebus vor.

Min Tan nickte eifrig. »Dort vergraben, einer von uns dabei. Er hat uns erzählt.«

Rebus starrte durch die Windschutzscheibe. Es ergab Sinn: die Skelette dazu benutzen, den Migranten Angst einzujagen, sie mit Angst einzuschüchtern. Die Drähte und Schrauben entfernen, damit die Skelette echt aussahen. Und um dem Ganzen das I-Tüpfelchen aufzusetzen, die Skelette vor einem Augenzeugen mit Beton übergießen. Der Mann kehrt nach Knoxland zurück und verbreitet die Geschichte.

Sie können alles tun, alle töten … alle, die nicht gehorchen …

Eine halbe Stunde, bevor die Kneipe öffnete, klopfte er an die Tür des Warlock.

Siobhan begleitete ihn. Er hatte sie von seinem Wagen aus angerufen, nachdem er Storey und Min Tan in Torphichen abgesetzt hatte, Storey mit ein paar neuen Fragen für Bullen und den Iren im Gepäck. Siobhan war noch nicht ganz wach, Rebus musste ihr die Geschichte mehr als einmal erklären. Sein zentrales Argument: Wie viele Skelette waren in den letzten Monaten aufgetaucht?

Schließlich ihre Antwort: Soweit sie wusste, nur jenes eine Paar.

»Ich muss sowieso mit Mangold sprechen«, sagte sie jetzt, als Rebus gegen die Tür des Warlock trat, nachdem sein höfliches Klopfen ignoriert worden war.

»Gibt's einen besonderen Grund?«, fragte er.

»Das erfahren Sie, wenn ich mit ihm spreche.«

»Danke, dass Sie mich ins Vertrauen ziehen.« Noch ein letzter Tritt, dann ging er einen Schritt zurück. »Keiner da.«

Sie sah auf die Uhr. »Die lassen sich ja Zeit.«

Er nickte. Normalerweise war so kurz vor dem Öffnen jemand da – wenn auch nur, um die Zapfhähne vorzubereiten und die Kasse zu füllen. Die Putzkraft war womöglich schon wieder gegangen, aber wer auch immer Thekendienst hatte, sollte inzwischen aufgekreuzt sein.

»Und was haben Sie gestern Abend noch unternommen?«, fragte Siobhan in leicht bemühtem Plauderton.

»Nicht viel.«

»Sieht Ihnen nicht ähnlich, eine Mitfahrgelegenheit auszuschlagen.«

»Ich hatte Lust zu laufen.«

»Das sagten Sie.« Sie verschränkte die Arme. »Unterwegs noch irgendwo eingekehrt?«

»Sie werden es nicht für möglich halten, aber ich kann mehrere Stunden am Stück ohne Alkohol auskommen.« Er widmete sich der Aufgabe, eine Zigarette anzuzünden. »Und Sie? Wieder ein Rendezvous mit General Superslip?« Sie starrte ihn an, und er lächelte. »So ein Spitzname macht schnell die Runde.«

»Mag sein, aber Sie haben ihn falsch verstanden: Es heißt Käpt'n, nicht General.«

Rebus schüttelte den Kopf. »Vielleicht am Anfang, aber ich kann Ihnen versichern, inzwischen heißt er General. Seltsame Sache, so ein Spitzname …« Er spazierte bis ans andere Ende der Fleshmarket Close, blies den Rauch in die Luft. Dann bemerkte er etwas und marschierte zur Kellertür.

Sie war nur angelehnt.

Er stieß sie auf und trat ein, Siobhan hinterher.

Die Hände in den Hosentaschen, tief in Gedanken versunken, starrte Ray Mangold auf eine der Wände. Er war allein, um ihn herum die halbfertigen Bauarbeiten. Der Betonfußboden war vollständig aufgestemmt, der Schutt weggeräumt worden, doch es hing noch immer jede Menge Staub in der Luft.

»Mr. Mangold?«, sagte Rebus.

Der Zauber war gebrochen, Mangold drehte den Kopf. »Ach, Sie sind's«, sagte er und klang alles andere als begeistert.

»Schicke Blutergüsse«, bemerkte Rebus.

»Schon fast verheilt«, meinte Mangold und berührte seine Wange.

»Wo haben Sie die her?«

»Wie ich Ihrer Kollegin bereits erzählt habe …«, er nickte in Siobhans Richtung, »hatte ich einen kleinen Zusammenstoß mit einem Gast.«

»Wer hat gewonnen?«

»Er wird auf jeden Fall nicht mehr im Warlock auftauchen, so viel steht fest.«

»Entschuldigen Sie, wenn wir Sie bei irgendetwas stören«, warf Siobhan ein.

Mangold schüttelte den Kopf. »Ich habe nur versucht, mir vorzustellen, wie es hier aussieht, wenn alles fertig ist.«

»Die Touristen werden ihnen die Bude einrennen«, versicherte ihm Rebus.

Mangold lächelte. »Na hoffentlich.« Er nahm die Hände aus den Taschen und faltete sie. »Also, was kann ich heute für Sie tun?«

»Diese Skelette...« Rebus deutete auf die Stelle, an der sie gefunden worden waren.

»Nicht zu fassen, dass Sie immer noch Ihre Zeit damit verschwenden...«

»Tun wir nicht«, unterbrach ihn Rebus. Neben ihm stand ein Schubkarren, der vermutlich dem Maurer Joe Evans gehörte. Drinnen ein offener Werkzeugkasten, zuoberst ein Hammer und ein Steinmeißel. Rebus nahm den Meißel in die Hand und wunderte sich, wie schwer er war. »Kennen Sie einen Mann namens Stuart Bullen?«

Mangold wägte seine Antwort ab. »Ich hab von ihm gehört. Rab Bullens Sohn.«

»Richtig.«

»Soweit ich weiß, betreibt er eine Art Stripbar...«

»Das Nook.«

Mangold nickte bedächtig. »Genau...«

Rebus ließ den Meißel mit lautem Geschepper zurück in den Werkzeugkasten fallen. »Er hat auch noch einen hübschen Nebenerwerb als Sklaventreiber, Mr. Mangold.«

»Sklaventreiber?«

»Er lässt illegale Einwanderer für sich arbeiten, vermutlich nicht ohne einen ordentlichen Anteil für sich abzuzweigen. Allem Anschein nach verhilft er ihnen gelegentlich auch zu einer neuen Identität.«

»Du lieber Himmel!« Mangold blickte von Rebus zu Siobhan und wieder zu Rebus. »Trotzdem … was hat das mit mir zu tun?«

»Als einer der Einwanderer aufmuckte, hat Bullen beschlossen, ihm Angst einzujagen. Hat ihm zwei Skelette gezeigt, die später in einem Keller einbetoniert wurden.«

Mangold riss die Augen auf. »Die Skelette, die Evans ausgegraben hat?«

Rebus zuckte wortlos mit den Achseln, seine Augen bohrten sich in die Mangolds. »Ist die Kellertür denn immer abgeschlossen, Mr. Mangold?«

»Hören Sie, ich habe Ihnen von Anfang an erklärt, dass der Beton gegossen wurde, bevor ich den Laden übernahm.«

Rebus zuckte erneut mit den Achseln. »Wir haben dazu nur Ihre Aussagen, schließlich konnten Sie uns ja keine Unterlagen darüber vorlegen.«

»Ich könnte noch mal nachschauen.«

»Könnten Sie. Aber Vorsicht! Die Schlauköpfe in den Polizeilabors haben einiges auf dem Kasten, die können sogar feststellen, wann irgendwas geschrieben oder getippt wurde. Erstaunlich was?«

Mangold nickte. »Ich sage nicht, dass ich tatsächlich etwas finden werde …«

»Aber Sie sehen noch einmal nach, und das wissen wir zu schätzen.« Rebus nahm erneut den Meißel in die Hand. »Und Sie kennen Stuart Bullen nicht? Haben ihn nie getroffen?«

Mangold schüttelte vehement den Kopf. Rebus ließ die Stille einen Augenblick lang wirken, dann drehte er sich zu Siobhan, um ihr anzudeuten, dass nun sie an der Reihe war, in den Ring zu steigen.

»Mr. Mangold«, begann sie, »ich würde Ihnen gern ein paar Fragen über Ishbel Jardine stellen.«

Mangold blickte ziemlich verblüfft drein. »Was ist mit ihr?«

»Das beantwortet bereits meine erste Frage – Sie kennen sie also?«

»Ob ich sie kenne? Nein… ich meine… sie war früher öfter in meinem Klub.«

»Dem Albatross?«

»Genau.«

»Und Sie kennen sie?«

»Nicht so richtig.«

»Wollen Sie mir erzählen, dass Sie alle Leute, die früher im Albatross verkehrt haben, mit Namen kennen?«

Rebus schnaubte, was Mangolds Unbehagen nur noch verstärkte.

»Ich kenne den Namen«, zog sich Mangold aus der Affäre, »wegen ihrer Schwester. Die hat sich doch umgebracht. Hören Sie…« Er sah auf seine goldene Armbanduhr. »Ich muss nach oben. Wir öffnen in einer Minute.«

»Nur noch ein paar Fragen«, sagte Rebus mit Nachdruck, den Meißel in der Hand.

»Ich kapier nicht, was das alles soll. Erst die Skelette, dann Ishbel Jardine. Was hat das alles mit mir zu tun?«

»Ishbel ist verschwunden, Mr. Mangold«, teilte Siobhan ihm mit. »Früher hat sie in Ihrem Klub verkehrt, und jetzt ist sie verschwunden.«

»Im Albatross waren jede Woche Hunderte von Leuten«, jammerte Mangold.

»Aber die sind nicht alle verschwunden, oder doch?«

»Wir wissen von den Skeletten in Ihrem Keller«, fügte Rebus hinzu und ließ den Meißel erneut mit ohrenbetäubendem Scheppern fallen, »aber gibt es da auch ein paar Leichen? Gibt es irgendetwas, das Sie uns mitteilen möchten, Mr. Mangold?«

»Also, nein, ich habe Ihnen nichts zu sagen.«

»Stuart Bullen ist in Haft. Er wird uns einen Handel vorschlagen und uns mehr erzählen, als wir jemals wissen wollten. Was glauben Sie, wird er über die Skelette zu berichten haben?«

Mangold stürzte zwischen den beiden Kripobeamten auf die offene Tür zu, als bräuchte er dringend frische Luft. Er rannte hinaus auf die Fleshmarket Close und wandte sich schwer atmend um.

»Ich muss aufmachen«, keuchte er.

»Wir hören«, sagte Rebus.

Mangold starrte ihn an. »Ich sagte doch, ich muss die Bar öffnen.«

Rebus und Siobhan traten wieder ins Freie. Mangold schloss hinter ihnen ab. Sie sahen ihm nach, wie er zum Ende der Gasse marschierte und um die Ecke bog.

»Was denken Sie?«, fragte Siobhan.

»Dass wir noch immer ein gutes Team sind.«

Sie nickte zustimmend. »Er weiß mehr, als er uns sagt.«

»Genau wie alle anderen auch.« Rebus schüttelte seine Zigarettenschachtel und beschloss, sich die Letzte für später aufzuheben. »Und was jetzt?«

»Können Sie mich an meiner Wohnung absetzen? Ich brauche mein Auto.«

»Sie können doch nach Gayfield Square laufen.«

»Aber ich will nicht nach Gayfield Square.«

»Sondern?«

Sie tippte sich an die Nase. »Geheimnisse, John… genau wie alle anderen auch.«

27

Rebus war wieder in Torphichen, wo sich Felix Storey gerade mit DI Shug Davidson eine erregte Diskussion über seinen dringenden Bedarf an einem Büro, einem Schreibtisch und einem Stuhl lieferte.

»Und eine Telefonleitung«, fügte Storey hinzu. »Ein Notebook besitze ich selbst.«

»Wir haben keinen Schreibtisch übrig, von einem Büro ganz zu schweigen«, entgegnete Davidson.

»Mein Schreibtisch in Gayfield Square ist frei«, bot Rebus an.

»Ich muss *hier* sein«, beharrte Storey und deutete mit dem Finger auf den Fußboden.

»Meinetwegen können Sie gern da stehen bleiben«, raunzte Davidson und ging.

»Gar nicht schlecht, der Spruch«, bemerkte Rebus.

»Wie wär's denn mal mit etwas Kooperation?«, fragte Storey und klang, als habe er sich in sein Schicksal ergeben.

»Wahrscheinlich ist er nur neidisch«, gab Rebus zu bedenken. »Bei all diesen tollen Ergebnissen, die Sie erzielt haben.« Storey sah aus, als würde er sich geschmeichelt fühlen. »Ja«, fuhr Rebus fort, »all diese tollen, einfachen Ergebnisse.«

Storey starrte ihn an. »Was wollen Sie damit sagen?«

Rebus zuckte mit den Achseln. »Gar nichts, nur dass Sie Ihrem mysteriösen Anrufer die eine oder andere Kiste Malt schulden, so wie er Ihnen in dieser Sache unter die Arme gegriffen hat.«

»Das geht Sie gar nichts an.«

»Sagen das nicht normalerweise die Bösen, wenn sie uns was verheimlichen wollen?«

»Und was genau glauben Sie, will ich Ihnen verheimlichen?« Storeys Stimme klang belegt.

»Wahrscheinlich werde ich das erst erfahren, wenn Sie es mir sagen.«

»Und warum sollte ich das tun?«

Rebus schenkte ihm ein breites Lächeln. »Weil ich zu den Guten gehöre?«, schlug er vor.

»Davon bin ich noch nicht so ganz überzeugt, Detective Inspector.«

»Obwohl ich in diesen Kaninchenbau gesprungen bin, um Bullen am anderen Ende rauszuscheuchen?«

Storey setzte ein kühles Lächeln auf. »Soll ich dafür etwa Danke sagen?«

»Schließlich habe ich dafür gesorgt, dass Sie sich den schicken teuren Anzug nicht ruinieren mussten …«

»So teuer auch wieder nicht.«

»Und ich habe es geschafft, niemandem von Phyllida Hawes und Ihnen zu erzählen …«

Storey zog die Stirn in Falten. »DC Hawes war ein Mitglied meines Teams.«

»Und deshalb haben Sie beide Ihren Sonntagmorgen im Lieferwagen verbracht?«

»Wenn Sie hier irgendwelche Andeutungen machen wollen …«

Doch Rebus lächelte und gab Storey einen Klaps auf den Oberarm. »Ich nehme Sie doch nur auf die Schippe, Felix.«

Storey brauchte eine Weile, um sich wieder zu beruhigen. Währenddessen erzählte ihm Rebus von seinem Besuch bei Ray Mangold. Storey wurde nachdenklich.

»Glauben Sie, die beiden stecken unter einer Decke?«

Rebus zuckte mit den Achseln. »Ich bin nicht sicher, ob es von Bedeutung ist. Aber es gibt da noch etwas zu bedenken.«

»Was?«

»Diese Wohnungen in Stevenson House, die gehören der Stadt.«

»Und?«

»Und welche Namen stehen in den Mietverträgen?«

Storey musterte ihn. »Reden Sie weiter.«

»Je mehr Namen wir haben, desto leichter können wir Bullen in die Enge treiben.«

»Was bedeutet, dass wir bei der Stadtverwaltung anfragen müssen.«

Rebus nickte. »Und wissen Sie was? Ich kenne da jemanden, der uns helfen kann …«

Die beiden Männer saßen in Mrs. Mackenzies Büro, wo diese ihnen die Verzweigungen des illegalen Imperiums des Bob Baird darlegte, einem Imperium, zu dem anscheinend mindestens drei der Wohnungen gehörten, die am Morgen durchsucht worden waren.

»Möglicherweise auch mehr«, sagte Mrs. Mackenzie. »Bisher haben wir elf Decknamen gefunden. Er hat einige Namen seiner Verwandten benutzt, manche scheint er aus dem Telefonbuch zu haben, andere stammen von kürzlich Verstorbenen.«

»Werden Sie damit zur Polizei gehen?«, fragte Storey und bestaunte Mrs. Mackenzies Werk. Ein riesiger Stammbaum auf mehreren, mit Tesafilm aneinander geklebten Papierbögen, die fast ihren ganzen Schreibtisch bedeckten. Neben jedem Namen standen Angaben zu seiner Herkunft.

»Das Räderwerk ist bereits in Bewegung gesetzt«, erwiderte sie. »Ich wollte nur schon so viel fertig haben wie möglich.«

Rebus antwortete mit einem anerkennenden Nicken, das sie mit geröteten Wangen zur Kenntniss nahm.

»Können wir davon ausgehen«, sagte Storey, »dass der Großteil der Wohnungen im dritten Stock von Stevenson House von Baird untervermietet wurde?«

»Ich glaube, das können wir«, antwortete Rebus.

»Und können wir ferner davon ausgehen, dass er genau wusste, dass seine Mieter von Stuart Bullen herangeschafft wurden?«

»Scheint mir logisch. Wahrscheinlich wusste halb Knoxland Bescheid, was da vor sich ging – deshalb haben es die Kids nicht einmal gewagt, die Wände zu besprühen.«

»Dieser Stuart Bullen«, sagte Mrs. Mackenzie, »ist das ein Mensch, vor dem man sich fürchten muss?«

»Keine Sorge, Mrs. Mackenzie«, versicherte Storey, »Bullen ist hinter Schloss und Riegel.«

»Und er wird nicht erfahren, wie fleißig Sie waren«, fügte Rebus hinzu und tippte auf das Schaubild.

Storey, der über den Schreibtisch gebeugt stand, richtete sich auf. »Es ist wohl an der Zeit für einen kleinen Plausch mit Mr. Baird.«

Rebus nickte zustimmend.

Bob Baird war von zwei Uniformierten zum Revier Portobello eskortiert worden. Sie hatten die Strecke zu Fuß zurückgelegt, und Baird hatte den Großteil des Weges damit verbracht, sich lauthals über diese Demütigung zu beschweren.

»Was die Leute erst recht auf uns aufmerksam gemacht hat«, berichtete einer der Polizisten nicht ohne Häme.

»Was aber auch bedeutet, dass er ziemlich miese Laune hat«, warnte sein Kollege.

Rebus und Storey sahen sich an.

»Gut«, sagten sie unisono.

Baird lief in dem kleinen Vernehmungsraum auf und ab. Als die beiden Männer eintraten, öffnete er den Mund, um eine Liste von Beschwerden loszuwerden.

»Mund halten«, raunzte Storey. »So wie Sie in der Scheiße sitzen, kann ich Ihnen nur raten, sämtliche Fragen zu beantworten, die wir Ihnen stellen werden. Verstanden?«

Baird starrte ihn an, dann gab er ein Schnauben von sich. »Gut gemeinter Rat für Sie, Kumpel: Ich würd's mal etwas lockerer angehen lassen mit der Sonnenbank.«

Storey erwiderte sein Lächeln. »Gehe ich recht in der Annahme, dass das eine Anspielung auf meine Hautfarbe sein soll, Mr. Baird? In Ihrem Gewerbe hat man es als Rassist sicherlich leichter.«

»Und welches Gewerbe soll das sein?«

Storey holte seinen Dienstausweis hervor. »Ich komme von der Einwanderungsbehörde, Mr. Baird.«

»Und jetzt wollen Sie mich wegen Rassendiskriminierung drankriegen?« Baird schnaubte erneut, was Rebus an ein hungriges Schwein erinnerte, das eine Mahlzeit verpasst hatte. »Nur weil ich Ihren Stammesbrüdern Wohnungen vermietet habe?«

Storey drehte sich zu Rebus um. »Sie hatten Recht, er ist wirklich amüsant.«

Rebus verschränkte die Arme. »Das liegt daran, dass er immer noch glaubt, es gehe hier um das bisschen Schmu mit dem Sozialamt.«

Mit großen Augen drehte sich Storey wieder zu Baird. »Das glauben Sie wirklich, Mr. Baird? Nun, tut mir Leid, dass ich da schlechte Nachrichten für Sie habe.«

»Ist hier irgendwo eine versteckte Kamera installiert?«, fragte Baird. »Und gleich kommt irgend so ein Komiker rein und verkündet, dass alles nur ein Scherz war?«

»Kein Scherz«, antwortete Storey ruhig und schüttelte den Kopf. »Sie haben Stuart Bullen Ihre Wohnungen zur Verfügung gestellt. Er hat seine illegalen Ausländer dort untergebracht, wenn sie sich nicht gerade wie die Sklaven zu Tode schuften mussten. Ich nehme an, Sie haben auch seinen Geschäftspartner das eine oder andere Mal getroffen: netter Kerl, dieser Peter Hill. Unterhält interessante Beziehungen zu paramilitärischen Gruppen in Belfast.« Storey hob zwei Finger. »Sklaverei und Terrorismus, tolle Kombination, nicht wahr? Und dabei sind wir noch nicht mal bei der Einschleusung von Ausländern angelangt – da gibt es ja noch all die gefälschten Pässe und Krankenversicherungskarten, die wir in Bullens Besitz gefunden haben.« Storey hielt, dicht vor Bairds Gesicht, einen dritten Finger hoch. »Die Anklage lautet also auf Verabredung einer Straftat … und zwar mitnichten nur zum Betrug der Stadtverwaltung und der ehrlichen, hart arbeitenden Steuerzahler, sondern zu Menschenschmuggel, Sklaverei, Identitätsbetrug... nach oben hin ist dem keine Grenze gesetzt. Und die Staatsanwälte Ihrer Majestät schätzen nichts mehr als eine schöne, straff geführte kriminelle Organisation. Und wenn ich Sie wäre, würde ich mit meinem Humor sparsam umgehen – den werden Sie im Knast noch brauchen.« Storey ließ die Hand sinken. »Nach zehn, zwölf Jahren ist es vielleicht nicht mehr ganz so witzig.«

Schweigen. Es war so still, dass Rebus das Ticken einer Armbanduhr hören konnte. Vermutlich war es die von Storey – ohne Zweifel ein schickes Modell, nobel, aber nicht protzig.

Aus Bairds Gesicht schien alle Farbe gewichen. Äußerlich wirkte er gefasst, doch Rebus wusste, dass die Erschütterung groß war. Er presste die Kiefer zusammen, schürzte nachdenklich die Lippen. Es war nicht das erste Mal, dass er in Bedrängnis geriet; er wusste, dass die Entscheidung, die er in den nächsten Minuten traf, die wichtigste seines Lebens sein könnte.

Zehn, zwölf Jahre, hatte Storey gesagt. Nie im Leben würde Baird eine solche Strafe absitzen müssen, selbst wenn die Richter ihm die Schuldsprüche nur so um die Ohren hauten. Storey hatte das Strafmaß gerade richtig gewählt: hätte er fünfzehn bis zwanzig gesagt, hätte Baird gewusst, dass er bluffte, und ihn einen Lügner geheißen. Oder er hätte sich dazu entschlossen, das Risiko einzugehen und zu schweigen.

Ein Mann, der nichts zu verlieren hatte.

Aber zehn bis zwölf... Gewiss stellte Baird seine Berechnungen an. Angenommen, Storey hatte des Effekts willen übertrieben. Das könnte bedeuten, dass er sieben bis neun Jahre kriegte, von denen er immer noch vier bis fünf würde absitzen müssen, vielleicht sogar mehr. Für einen Mann in

Bairds Alter wurden die Jahre immer wertvoller. Jemand hatte das Rebus einmal erklärt: Was die meisten Wiederholungstäter kurierte, war das Alter. Kein Mensch wollte im Knast sterben. Man wollte für die Kinder und Enkelkinder da sein und Dinge tun, die man schon immer hatte tun wollen …

All das glaubte Rebus in Bairds tief zerfurchtem Gesicht lesen zu können.

Schließlich blinzelte er mehrmals, schaute zur Decke und seufzte.

»Stellen Sie Ihre Fragen«, sagte er resigniert.

Und das taten sie.

»Also noch einmal«, begann Rebus. »Sie haben Stuart Bullen mehrere Ihrer Wohnungen zur Verfügung gestellt, richtig?«

»Richtig.«

»Wussten Sie, was er damit gemacht hat?«

»Ich hatte so eine Ahnung.«

»Wie hat es begonnen?«

»Er ist zu mir gekommen. Er wusste bereits, dass ich an bedürftige Minderheiten untervermiete.« Bei diesen Worten wanderte Bairds Blick zu Felix Storey.

»Woher wusste er das?«

Baird zuckte mit den Achseln. »Vielleicht hatte er es von Peter Hill. Hill hat sich oft in Knoxland rumgetrieben und ist seinen Geschäften nachgegangen – dealen hauptsächlich. Wahrscheinlich ist ihm da was zu Ohren gekommen.«

»Und Sie haben seine Bitte gern erfüllt?«

Baird setzte ein schiefes Grinsen auf. »Ich kannte Stus alten Herrn. Stu hatte ich auch schon ein paarmal getroffen – bei Beerdigungen und so. Er ist nicht der Typ, dem man eine Bitte abschlagen möchte.« Baird nahm einen Schluck Tee und machte ein schmatzendes Geräusch mit den Lippen, wie um den Geschmack zu testen. Rebus hatte die winzige Kochnische des Reviers geplündert und für alle drei Tee gekocht. Es waren nur noch zwei Teebeutel da gewesen; er hatte sämtliches Leben aus ihnen heraus in die drei Tassen quetschen müssen.

»Wie gut kannten Sie Rab Bullen?«, fragte er jetzt.

»Nicht besonders gut. Ich habe mich selbst ein wenig als Kleindealer betätigt früher und dachte, Glasgow hätte vielleicht was zu bieten… Rab hat mich da bald auf den Boden der Realität gebracht. Sehr freundlich sogar – wie ein ganz normaler Geschäftsmann. Er hat mir dargelegt, wie die Stadt aufgeteilt ist, und dass es keinen Platz gibt für einen Neuen.« Baird legte eine Pause ein. »Müssten Sie das Gespräch nicht eigentlich aufnehmen oder so was?«

Storey lehnte sich vor, die Hände aneinander gelegt. »Betrachten Sie dieses Gespräch als Vorabverhör.«

»Soll heißen, es wird noch mehrere geben?«

Storey nickte. »Und die werden aufgenommen und gefilmt. Für den Moment fühlen wir nur vor.«

»Soll mir recht sein.«

Rebus hatte ein neues Päckchen Zigaretten hervorgeholt und hielt es in die Runde. Storey schüttelte den Kopf, Baird nahm eine. An drei der vier Wände hingen »Rauchen verboten«-Schilder. Baird blies den Rauch in Richtung eines der Schilder.

»Wir brechen doch alle mal die eine oder andere Regel, oder?«

Rebus ignorierte die Bemerkung und stellte stattdessen eine Frage. »Wussten Sie, dass Stuart Bullen zu einem Menschenschmugglerring gehörte?«

Baird schüttelte vehement den Kopf.

»Erscheint mir nicht sehr glaubhaft«, meinte Storey.

»Was an der Wahrheit nichts ändert.«

»Und was dachten Sie, wo die ganzen Ausländer herkamen?«

Baird zuckte mit den Achseln. »Flüchtlinge … Asylbewerber … war ja nicht meine Aufgabe, großartig Fragen zu stellen.«

»Waren Sie nicht neugierig?«

»Ist Neugier nicht schon so manchem zum Verhängnis geworden?«

»Dennoch …«

Baird zuckte erneut mit den Achseln und betrachtete die Glut seiner Zigarette. Rebus brach das Schweigen mit einer weiteren Frage.

»Wussten Sie, dass er diese Leute illegal für sich arbeiten ließ?«

»Ich hätte nicht sagen können, ob das illegal war oder nicht …«

»Sie haben sich für ihn halb tot geschuftet.«

»Und warum sind sie dann nicht abgehauen?«

»Das haben Sie doch gerade selbst gesagt: *Sie* hatten Angst vor ihm. Wieso sollte es diesen Leuten anders gegangen sein?«

»Da haben Sie wohl Recht.«

»Es liegen uns Beweise vor, dass er diese Menschen bedroht hat.«

»Vermutlich ist er ein Produkt seiner Gene.« Baird schnippte Asche auf den Fußboden.

»Wie der Vater so der Sohn?«, ergänzte Storey.

Rebus stand auf und ging um Bairds Stuhl herum, blieb hinter ihm stehen und lehnte sich vor, sodass er mit dem Gesicht auf dessen Schulterhöhe war.

»Und Sie sagen, Sie wussten nicht, dass er Menschen schmuggelte?«

»Nein, wusste ich nicht.«

»Und jetzt, wo wir Sie aufgeklärt haben, was denken Sie?«

»Wie meinen Sie das?«

»Sind Sie überrascht?«

Baird dachte einen Augenblick nach. »Ja, ich denke schon.«

»Und warum?«

»Weiß nicht. Vielleicht weil Stu nie erkennen ließ, dass er auf einer so großen Bühne spielen kann.«

»Weil er eher der Typ kleiner Fisch ist?«, vermutete Rebus.

Baird überlegte und nickte dann. »Menschenschmuggel. Das ist eine ziemlich große Sache, oder nicht?«

»Richtig«, stimmte Felix Storey zu. »Und vielleicht hat er es genau deshalb gemacht: um zu beweisen, dass er seinem Alten ebenbürtig ist.«

Dieser Satz machte Baird nachdenklich, und Rebus vermutete, dass er an seinen Sohn Gareth dachte: Väter und Söhne, die einander was zu beweisen hatten…

»Noch einmal fürs Protokoll«, sagte Rebus und ging wieder um den Tisch herum, sodass er Auge in Auge mit Baird war. »Sie hatten keine Ahnung von den gefälschten Pässen, und es überrascht Sie, dass Bullen eine so große Nummer war, dass er in dieser Liga mitspielte?«

Baird nickte und blickte Rebus dabei direkt in die Augen.

Felix Storey erhob sich. »Nun, genau das hat er getan, ob uns das gefällt oder nicht…« Er streckte Baird die Hand entgegen, woraufhin auch dieser aufstand.

»Sie lassen mich gehen?«, fragte Baird.

»Nur wenn Sie versprechen, nicht abzuhauen. Wir rufen Sie an – wahrscheinlich schon in den nächsten Tagen. Dann werden Sie noch einmal verhört, dieses Mal mit Tonband und Kamera.«

Baird nickte wortlos und ließ Storeys Hand los. Er blickte zu Rebus, der die Hände in den Hosentaschen hatte – und auch dort behielt.

»Finden Sie allein raus?«, fragte Storey.

Baird nickte und drehte den Türknauf. Er konnte sein Glück kaum fassen. Rebus wartete, bis die Tür wieder geschlossen war.

»Wieso sind Sie so sicher, dass er nicht abhaut?«, zischte er, damit Baird ihn nicht hören konnte.

»Bauchgefühl.«

»Und wenn Sie sich irren?«

»Er hat uns nichts sagen können, was wir nicht schon wussten.«

»Er ist ein Teil des Puzzles.«

»Vielleicht ist er das, John, aber wenn, dann höchstens ein Stück Himmel oder Wolke – ich kann das Bild auch ohne ihn ziemlich klar erkennen.«

»Das ganze Bild?«

Storeys Gesichtszüge verhärteten sich. »Finden Sie nicht, dass ich schon genug Zellen in Edinburgh mit Beschlag belegt habe?« Er schaltete sein Handy ein und wartete, ob er eine Nachricht erhalten hatte.

»Hören Sie«, hakte Rebus nach, »Sie arbeiten doch schon ziemlich lang an diesem Fall, richtig?«

»Richtig.« Storeys Aufmerksamkeit galt dem winzigen Display seines Handys.

»Und wie weit können Sie die Spur zurückverfolgen? Wissen Sie noch von anderen, außer von Bullen?«

Storey sah auf. »Wir haben einige Namen: ein Spediteur in Essex, eine türkische Bande in Rotterdam …«

»Und da besteht definitiv eine Verbindung zu Bullen?«

»So ist es.«

»Und das haben Sie alles von Ihrem anonymen Anrufer? Erzählen Sie mir nicht, dass Sie das nicht nachdenklich macht.«

Storey hob den Zeigefinger, um Rebus zum Schweigen zu bringen, damit er seine Mailbox abhören konnte. Rebus machte auf dem Absatz kehrt, ging zur gegenüberliegenden Wand und schaltete ebenfalls sein Handy ein. Es fing sofort an zu klingeln; es war aber nicht die Mailbox, sondern ein Anruf.

»Hallo Caro«, sagte er. Er hatte die Nummer erkannt.

»Ich hab's gerade in den Nachrichten gehört.«

»Was gehört?«

»Diese Menschen, die in Knoxland festgenommen wurden… diese armen, armen Menschen.«

»Falls es dich tröstet: Wir haben auch die Bösen verhaftet – und die werden noch lange hinter Gittern sitzen, wenn die anderen schon längst wieder auf freiem Fuß sind.«

»Auf freiem Fuß – aber wo?«

Rebus sah zu Felix Storey; eine einfache Antwort auf ihre Frage gab es nicht.

»John…?« Eine Sekunde, bevor sie fragen konnte, wusste er, wie ihre Frage lauten würde. »Warst du dabei? Als die Türen eingetreten und die Menschen zusammengetrieben wurden, hast du da zugesehen?«

Er dachte daran zu lügen, aber das hatte sie nicht verdient. »Ja, ich war da«, antwortete er. »Das ist mein Job, Caro, so verdiene ich mir meinen Lebensunterhalt.« Er senkte die Stimme, weil Storey dabei war, sein Gespräch zu beenden. »Hast du mir zugehört, als ich sagte, dass wir die Schuldigen festgenommen haben?«

»Es gibt jede Menge andere Berufe, John.«

»Aber das hier ist meiner, Caro. Ob dir das gefällt oder nicht.«

»Du klingst so wütend.«

Er schaute zu Storey hinüber, der sein Handy in die Tasche steckte, und begriff, dass seine Wut ihm galt und nicht Caro. »Ich habe jetzt keine Zeit. Können wir später darüber reden?«

»Worüber?«

»Was immer du möchtest.«

»Den Ausdruck auf ihren Gesichtern? Das Weinen der Kinder? Können wir darüber sprechen?«

Rebus drückte den roten Knopf und klappte das Telefon zusammen.

»Alles in Ordnung?«, fragte Storey mitfühlend.

»Alles bestens, Felix.«

»So ein Beruf wie unserer kann ziemlich verheerend sein manchmal… Als ich damals in Ihrer Wohnung war, habe ich von einer Mrs. Rebus nichts bemerkt.«

»Wir machen doch noch einen Detektiv aus Ihnen.«

Storey lächelte. »Meine Frau… na ja, wir bleiben zusammen, wegen der Kinder.«

»Sie tragen keinen Ring.«

Storey hielt die linke Hand hoch. »Das stimmt, ich trage keinen.«

»Weiß Phyllida Hawes, dass Sie verheiratet sind?«

Das Lächeln verschwand, seine Augen verengten sich. »Das geht Sie nichts an, John.«

»Da haben Sie Recht. Sprechen wir also über Ihren ›Deep Throat‹.«

»Was ist mit dem?«

»Er scheint ganz schön viel zu wissen.«

»Und?«

»Haben Sie sich nie gefragt, warum er das tut?«

»Nein, habe ich nicht.«

»Und Sie haben auch ihn nicht gefragt?«

»Wollen Sie, dass ich ihn vergraule?« Storey verschränkte die Arme vor der Brust. »Okay, warum sollten Sie das wollen?«

»Hören Sie auf, die Dinge zu verdrehen.«

»Wissen Sie was, John? Nachdem Stuart Bullen diesen Cafferty erwähnt hatte, habe ich ein bisschen Recherche betrieben. Sie und Cafferty verbindet eine lange Geschichte.«

Jetzt war es an Rebus, die Stirn in Falten zu legen. »Was wollen Sie damit andeuten?«

Storey hob abwehrend die Hände. »Na, das gehört jetzt nicht hierher. Ich sag Ihnen was…« Er blickte auf die Uhr. »Ich glaube, wir haben uns ein Mittagessen verdient. Ich lade Sie ein. Gibt es hier in der Nähe was, das Sie empfehlen können?«

Rebus schüttelte langsam den Kopf, die Augen weiter auf Storey gerichtet. »Wir fahren nach Leith und suchen uns ein Restaurant an der Küste.«

»Schade, dass Sie fahren müssen«, meinte Storey. »Dann muss ich wohl für zwei trinken.«

»Keine Angst, ein Gläschen kann ich mir erlauben.«

Storey hielt ihm die Tür auf und bedeutete Rebus vorauszugehen. Rebus ging mit unbewegter Miene an ihm vorbei, doch in seinem Kopf wirbelten die Gedanken. Storey hatte sich in die Ecke gedrängt gefühlt und Cafferty aufs Tapet gebracht, um Rebus in die Defensive zu bringen. Wovor hatte er Angst?

»Dieser anonyme Anrufer«, fragte Rebus fast beiläufig, »haben Sie die Gespräche mit ihm jemals aufgezeichnet?«

»Nein.«

»Wissen Sie, wie er an Ihre Nummer gekommen ist?«

»Nein.«

»Sie können ihn nicht zurückrufen?«

»Nein.«

Rebus warf dem finster dreinblickenden Mann von der Einwanderungsbehörde über die Schulter einen Blick zu. »Ein Phantom, wie?«

»Wenn er ein Phantom wäre«, brummelte Storey, »wären wir beide jetzt nicht hier.«

Rebus zuckte nur mit den Achseln.

»Wir haben ihn«, teilte Les Young Siobhan mit, als sie in die Bücherei von Banehall kam. Roy Brinkley saß an seinem Empfangstresen, sie hatte ihm im Vorübergehen zugelächelt. Im Ermittlungsbüro herrschte helle Aufregung, und jetzt wusste sie auch, warum.

Sie hatten Spider Man gefasst.

»Schießen Sie los«, sagte sie.

»Wie Sie wissen, habe ich Maxton nach Barlinnie geschickt, um sich nach Freundschaften zu erkundigen, die Cruikshank während seiner Zeit dort geschlossen hat. Dabei ist der Name Mark Saunders gefallen.«

»Spinnennetz-Tattoo?«

Young nickte. »Hat drei von fünf Jahren wegen Notzucht abgesessen. Er ist einen Monat vor Cruikshank rausgekommen und wieder in seine Heimatstadt gezogen.«

»Nicht Banehall?«

Young schüttelte den Kopf. »Bo'ness. Liegt nur fünfzehn Kilometer weiter nördlich.«

»Und da haben Sie ihn angetroffen?« Young nickte erneut. Sie fühlte sich unwillkürlich an die Plastikdackel erinnert, die sie früher oft auf der Hutablage von Autos gesehen hatte. »Und er hat den Mord an Cruikshank gestanden?«

Diesmal unterblieb das Nicken.

»Na ja, das war wohl etwas zu viel verlangt«, räumte sie ein.

»Aber der Punkt ist«, erläuterte Young, »dass er sich nicht bei der Polizei gemeldet hat, als der Mord bekannt wurde.«

»Und das bedeutet, dass er etwas zu verbergen hatte? Vielleicht hatte er einfach Angst, wir würden ihm die Sache in die Schuhe schieben ...«

Jetzt zog Young die Stirn in Falten. »Das ist ziemlich genau die Begründung, die er genannt hat.«

»Sie haben schon mit ihm gesprochen?«

»Ja.«

»Haben Sie ihn nach dem Film gefragt?«

»Was meinen Sie?«

»Warum er ihn gemacht hat.«

Young verschränkte die Arme vor der Brust. »Er hat die fixe Idee, sich zu einer Art Pornobaron aufzuschwingen und seine Sachen übers Internet zu verkaufen.«

»Hatte wohl viel Zeit zum Nachdenken in der Bar-L.«

»Er hat dort Computerkurse gemacht und Webdesign gelernt …«

»Wie schön, dass wir unseren Sexualstraftätern so nützliche Fähigkeiten vermitteln.«

Young ließ die Schultern ein klein wenig hängen. »Sie glauben nicht, dass er es war?«

»Nennen Sie mir ein Motiv, und fragen Sie mich noch einmal.«

»Solche Typen … die verkrachen sich doch ständig.«

»Ich verkrache mich ständig mit meiner Mutter, sobald wir telefonieren – trotzdem werde ich kaum mit dem Hammer auf sie losgehen …«

Young bemerkte den plötzlich veränderten Ausdruck auf ihrem Gesicht. »Was ist los?«, fragte er.

»Nichts«, log sie. »Wo wird Saunders festgehalten?«

»Livingston. In gut einer Stunde habe ich wieder eine Sitzung mit ihm, vielleicht haben Sie Lust mitzukommen.«

Doch Siobhan schüttelte den Kopf. »Hab noch was zu erledigen.«

Young betrachtete eingehend seine Schuhe. »Vielleicht können wir uns später treffen?«

»Vielleicht«, erwiderte sie.

Er wollte gerade gehen, als ihm noch etwas einfiel. »Wir werden auch mit den Jardines sprechen.«

»Wann?«

»Heute Nachmittag.« Er zuckte mit den Achseln. »Es muss sein, Siobhan.«

»Ich weiß – Sie machen nur Ihre Arbeit. Aber nehmen Sie sie nicht so hart ran.«

»Keine Sorge, meine Rambo-Tage sind vorbei.« Er schien sich zu freuen über das Lächeln, das er mit diesem Spruch erntete. »Und die Namen, die Sie uns genannt haben, Tracy Jardines Freundinnen, mit denen werden wir ebenfalls sprechen.«

Also mit Susie …

Angie …

Janet Eylot …

Janine Harrison …

»Glauben Sie, die wissen was?«, fragte sie.

»Sagen wir es so: sehr kooperativ war Banehall nicht gerade.«

»Sie haben uns die Bücherei zur Verfügung gestellt.«

Jetzt war es an Les Young zu lächeln. »Das stimmt.«

»Ist doch komisch«, meinte Siobhan. »Donny Cruikshank ist in einer Stadt voller Feinde gestorben, und unser einziger Verdächtiger ist zugleich der einzige Freund, den er hatte.«

Young zuckte mit den Achseln. »Sie wissen doch, wie das ist, Siobhan – wenn sich Freunde verkrachen, kann das schlimmer enden als jede Vendetta.«

»Das stimmt«, sagte sie leise und nickte.

Les Young spielte mit seiner Armbanduhr. »Ich muss los«, erklärte er.

»Ich auch, Les. Viel Glück mit Spider Man. Ich hoffe, er ist gesprächig.«

»Aber Sie würden nicht drauf wetten?«

Sie schüttelte den Kopf. »Was nicht heißen muss, dass es nicht passiert.«

Belustigt zwinkerte er ihr zu und ging Richtung Ausgang. Sie wartete, bis sie draußen einen Wagen anspringen hörte, dann trat sie an die Empfangstheke, an der Roy Brinkley vor dem Bildschirm saß und für eine seiner Kundinnen die Verfügbarkeit eines Titels prüfte. Die Frau, winzig klein und zerbrechlich, klammerte sich an ihren Gehwagen und wackelte leicht mit dem Kopf. Sie drehte sich zu Siobhan und schenkte ihr ein strahlendes Lächeln.

»*Polizisten leben gefährlich*«, sagte Roy Brinkley, »da haben wir es, Mrs. Shields. Ich kann es bei einer anderen Bücherei für Sie bestellen.«

Mrs. Shields nickte zufrieden, dann schlurfte sie langsam davon.

»Ich rufe Sie an, sobald es da ist«, rief Brinkley ihr nach. Und zu Siobhan: »Eine Stammkundin.«

»Und sie kann Polizisten nicht leiden?«

»Das ist Ed McBain – Mrs. Shields mag die ganz harten Sachen.« Er tippte die Bestellung in den Computer. »Wollten Sie etwas von mir?«, fragte er und stand auf.

»Ich habe gesehen, dass Sie hier Zeitungen abonniert haben«, sagte Siobhan und nickte in Richtung des runden Tisches, an dem vier Rentner die verschiedenen Teile der Boulevardblätter untereinander austauschten.

»Wir kriegen fast alle Tageszeitungen und ein paar Illustrierte.«

»Und wenn die gelesen sind?«

»Dann kommen sie weg.« Er bemerkte den Ausdruck auf ihrem Gesicht. »Größere Büchereien haben den Platz, die alle aufzubewahren.«

»Sie nicht?«

Er schüttelte den Kopf. »Suchen Sie was Bestimmtes?«

»Eine *Evening News* von letzter Woche.«

»Da haben Sie Glück«, sagte er und kam hinter seinem Tresen hervor. »Mir nach.«

Er führte sie zu einer verschlossenen Tür mit dem Schild »Unbefugten Zutritt verboten«. Brinkley tippte einen Zahlencode ein und drückte die Tür auf. Sie führte in einen kleinen Aufenthaltsraum mit Spüle, Wasserkocher und Mikrowelle. Eine weitere Tür führte in eine kleine Toilette, doch Brinkley ging zu der Tür daneben und drehte den Knauf.

»Lager«, erläuterte er.

Hierher kamen alte Bücher – sie füllten ganze Regale; bei manchen fehlten die Einbände, aus anderen schauten lose Seiten hervor.

»Hin und wieder starten wir einen Versuch, die zu verscheuern«, erklärte er. »Wenn das nicht funktioniert, gehen sie an Wohlfahrtseinrichtungen. Aber es gibt Bücher, die auch die nicht wollen.« Er schlug eines auf, um Siobhan zu zeigen, dass die letzten Seiten herausgerissen worden waren. »Die werden dann zusammen mit den alten Zeitungen und Illustrierten recycelt.« Er tippte mit dem Schuh gegen eine prall gefüllte Tragetasche. Daneben standen noch weitere, allesamt voll mit Zeitungen. »Sie haben Glück, wir recyceln erst morgen.«

»Und Sie meinen, Glück ist das richtige Wort?«, fragte Siobhan skeptisch. »Ich nehme nicht an, dass Sie wissen, in welcher Tüte sich die Zeitungen von letzter Woche befinden?«

»Sie sind hier die Polizistin.« Von draußen ertönte das gedämpfte Geräusch eines Summers: ein Kunde wartete an Brinkleys Tresen. »Ich lasse Sie dann mal allein«, sagte er mit einem Lächeln.

»Danke.« Die Hände in die Hüften gestemmt, stand Siobhan da. Die Luft im Raum war muffig, und sie erwägte mögliche Alternativen. Es gab einige, aber alle würden eine Fahrt nach Edinburgh und zurück bedeuten.

Also hockte sie sich hin, zog eine Zeitung aus der ersten Tragetasche und sah aufs Datum. Behielt sie in der Hand und zog eine andere von weiter hinten hervor. Behielt auch die und zog noch eine aus der Tasche. Die gleiche Prozedur bei der zweiten und dritten Tasche. In der dritten fand sie Zeitungen, die vierzehn Tage alt waren, also räumte sie sich etwas Platz frei, zog den ganzen Packen heraus und ging die Zeitungen einzeln durch. Für gewöhnlich nahm sie jeden Abend eine *Evening News* mit nach Hause, die sie manchmal beim Frühstück am nächsten Morgen durchblätterte. So konnte sie mit wenig Aufwand auf dem Laufenden bleiben, was die Stadtverwaltung und die Politiker so trieben. Doch jetzt wirkten die Schlagzeilen überholt und abgedroschen.

Bei den meisten konnte sie sich nicht daran erinnern, sie schon einmal gelesen zu haben. Endlich hatte sie gefunden, was sie suchte, riss die ganze Seite heraus, faltete sie zusammen und steckte sie in die Hosentasche. Der Packen Zeitungen wollte nicht mehr in die Tragetasche passen, aber sie tat ihr Bestes. Auf dem Weg nach draußen machte sie an der Spüle Halt, um etwas kaltes Wasser zu trinken. Als sie an Brinkley vorüberkam, reckte sie den Daumen in die Höhe, dann ging sie zu ihrem Wagen.

Im Grunde hätte sie auch zu Fuß zum Salon laufen können, aber sie hatte es eilig. Sie parkte in zweiter Reihe, marschierte zur Tür und wollte sie aufstoßen, doch die rührte sich nicht. Sie spähte durchs Schaufenster: keiner da. Auf einem Schild im Fenster waren die Öffnungszeiten zu lesen. Mittwochs und sonntags geschlossen. Heute war Donnerstag. Dann entdeckte sie eine Papiertüte, auf die jemand eilig etwas mit der Hand geschrieben hatte. Sie war hinters Fenster gesteckt worden, aber auf den Boden gefallen: »Geschlossen wegen unerwarteter...« Das nächste Wort hätte wohl »Vorkommnisse« sein sollen, doch die Orthographie hatte sich als etwas schwierig erwiesen, sodass der Schreiber es durchgestrichen und die Nachricht unvollendet gelassen hatte.

Siobhan fluchte leise vor sich hin. Hatte Les Young ihr nicht selbst davon erzählt? Sie wurden vernommen. Offiziell vernommen. Sie würde also nach Livingston fahren müssen. Sie stieg wieder in den Wagen und machte sich auf den Weg.

Da nicht viel Verkehr herrschte, parkte sie bereits kurze Zeit später vor der Direktion der Division F. Sie erkundigte sich bei dem Sergeant am Empfangstresen nach dem Vernehmungsraum im Fall Cruikshank. Er wies ihr die Richtung. Sie klopfte an die Tür und öffnete sie. Drinnen saßen Les Young und ein anderer CID-Beamter im Anzug; ihnen gegenüber am Tisch ein Mann, der von oben bis unten tätowiert schien.

»Entschuldigung«, sagte Siobhan und fluchte wieder leise vor sich hin. Sie blieb einen Moment auf dem Gang stehen für den Fall, dass Young herauskommen würde, um zu hören, was sie wollte. Er kam nicht. Sie versuchte es an der nächsten Tür. Wieder zwei Anzugträger, die angesichts der Unterbrechung die Stirn runzelten.

»Entschuldigen Sie die Störung«, sagte Siobhan und trat ein. Angie sah zu ihr auf. »Weiß jemand, wo Susie ist?«

»Wartezimmer«, erwiderte einer der Anzugträger.

Siobhan schenkte Angie ein aufmunterndes Lächeln und ging hinaus. Letzter Versuch ein Treffer, dachte sie.

Und sie hatte Recht. Susie saß mit übergeschlagenen Beinen da, feilte sich die Nägel und kaute Kaugummi, während sie Janet Eylot nickend zuhörte. Die beiden Frauen waren allein, keine Spur von Janine Harrison. Siobhan erkannte, was Les Young sich dabei gedacht hatte: Man bringe sie zusammen, damit sie zu reden anfangen, sich vielleicht gegenseitig nervös machen. Niemand fühlte sich wirklich wohl auf einem Polizeirevier. Janet Eylot wirkte besonders angespannt. Siobhan erinnerte sich an die Weinflaschen in deren Kühlschrank. Janet würde vermutlich auch jetzt nicht Nein sagen zu einem Gläschen, nur für die Nerven…

»Hallo zusammen«, begrüßte Siobhan die beiden. »Susie, könnte ich kurz mit Ihnen sprechen?«

Eylot blickte noch aufgelöster drein. Vermutlich fragte sie sich, warum ausgerechnet sie ausgeschlossen wurde, warum alle anderen mit der Polizei sprechen konnten, nur sie nicht.

»Dauert nur eine Minute«, versicherte Siobhan. Nicht dass Susie sich sonderlich beeilt hätte. Zuerst musste sie ihre leopardengemusterte Handtasche öffnen, ihr Make-up-Mäppchen herausholen und die Nagelfeile wieder unter einem kleinen Gummiband verstauen. Erst dann stand sie auf und folgte Siobhan auf den Gang.

»Bin ich dran?«, fragte sie.

»Noch nicht.« Siobhan faltete das Zeitungsblatt auseinander und hielt es Susie vor die Nase. »Kennen Sie den?«, fragte sie.

Es war ein Foto zu der Story von Fleshmarket Close: Ray Mangold vor seinem Pub, die Arme vor der Brust verschränkt, ein freundliches Lächeln auf dem Gesicht, Judith Lennox an seiner Seite.

»Er sieht aus wie ...« Susie hatte aufgehört zu kauen.

»Ja?«

»Der Kerl, der Ishbel öfter abgeholt hat.«

»Haben Sie eine Ahnung, wer das ist?«

Susie schüttelte den Kopf.

»Ihm hat früher das Albatross gehört«, erklärte Siobhan.

»Wir waren ein paarmal da.« Susie betrachtete das Bild genauer. »Ja, jetzt wo Sie es sagen ...«

»Ist das Ishbels geheimnisvoller Freund?«

Susie nickte. »Gut möglich.«

»Nur ›möglich‹?«

»Ich sagte doch schon, ich hab ihn nie richtig gesehen. Aber der hier sieht ihm ziemlich ähnlich – könnte er gut sein.« Sie nickte. »Und wissen Sie, was komisch ist?«

»Was?«

Susie deutete auf die Schlagzeile. »Ich habe das gesehen, als es erschienen ist, aber mir ist nichts aufgefallen. Ich meine, ist schließlich nur ein Bild, oder? Man denkt doch nicht ...«

»Nein, Susie, tut man nicht«, sagte Siobhan und faltete das Blatt wieder zusammen. »Das tut man nicht.«

»Diese Vernehmung und das Ganze«, sagte Susie mit gesenkter Stimme, »glauben Sie, dass wir in Schwierigkeiten stecken?«

»Wieso? Sie haben sich doch nicht zusammengerottet und Donny Cruikshank umgebracht, oder?«

Anstelle einer Antwort zog Susie eine Grimasse. »Aber

was wir da an die Klowände geschrieben haben… das ist Vandalismus, oder?«

»Nach allem, was ich vom Bane gesehen habe, Susie, würde ein vernünftiger Anwalt argumentieren, dass es sich um Verschönerungen handelte.« Siobhan wartete, bis Susie zu lächeln anfing. »Machen Sie sich also keine Sorgen… Sie alle. Okay?«

»Okay.«

»Und sagen Sie das auch Janet.«

Susie musterte Siobhan. »Sie haben es also gemerkt?«

»Sieht aus, als ob sie ihre Freundinnen braucht im Moment.«

»Hat sie schon immer«, sagte Susie mitfühlend.

»Dann sollten Sie jetzt besonders nett zu ihr sein, ja?« Siobhan berührte Susie am Arm. Sie nickte, lächelte und wandte sich zum Gehen.

»Wenn Sie das nächste Mal einen neuen Look wollen – der geht aufs Haus«, rief Susie ihr nach.

»Genau die Art von Bestechung, für die ich zu haben bin«, erwiderte Siobhan und winkte.

28

Sie parkte ihren Wagen in der Cockburn Street, durchquerte die Fleshmarket Close, ging am Ende nach links in die High Street und gleich wieder nach links durch die Tür vom Warlock. Die Kundschaft war gemischt: Arbeiter bei einer Pause, Zeitung lesende Geschäftsleute, Touristen, die sich in einen Stadtplan oder einen Reiseführer vertieften.

»Er ist nicht da«, verkündete der Barkeeper. »Aber Sie können ruhig hier warten – wahrscheinlich ist er in zwanzig Minuten zurück.«

Sie nickte und bestellte etwas Alkoholfreies. Machte Anstalten zu zahlen, aber er schüttelte den Kopf. Sie zahlte trotzdem – gewissen Leuten wollte sie lieber keinen Gefallen schulden. Er zuckte die Achseln und steckte die Münzen in eine Spendendose.

Sie setzte sich auf einen der Barhocker an der Theke und nippte an ihrem eisgekühlten Getränk. »Wissen Sie, wo er hin ist?«

»Keine Ahnung.«

Siobhan nahm einen weiteren Schluck. »Er hat doch bestimmt ein Auto, oder?« Der Barkeeper starrte sie an. »Keine Sorge, ich will Sie nicht aushorchen«, erklärte sie. »Ich habe bloß gerade daran gedacht, dass es höllisch schwer ist, hier in der Gegend einen Parkplatz zu finden. Und ich frage mich, wie er damit klarkommt.«

»Kennen Sie diese bogenförmigen Tore an der East Market Street?«

Sie wollte schon den Kopf schütteln, nickte dann aber. »Sind das Garagen?«

»Die meisten. Ihm gehört eine davon. Ich möchte nicht wissen, wie viel er dafür bezahlt hat.«

»Und dort stellt er sein Auto ab?«

»Ja. Die paar hundert Meter zu Fuß bis hierher ist das einzige Training, das ich ihn je habe machen sehen …«

Siobhan war bereits auf dem Weg zur Tür.

Die East Market Street verlief direkt neben den Bahngleisen, die von der Waverley Station nach Osten führten. Hinter der anderen Seite der Straße stieg die Jeffrey Street mit zwei Kurven steil zum Canongate an. Die Tore befanden sich zu ebener Erde, und diejenigen der Räume, die dicht an der Einmündung der Jeffrey Street lagen, waren zu klein für ein Auto; dennoch waren alle mit einem Vorhängeschloss gesichert. Gerade als Siobhan eintraf, war Ray Mangold dabei, seine Garage zu schließen.

»Nette Karre«, sagte sie. Er brauchte einen Moment, um

sie einzuordnen, dann folgten seine Augen ihrem Blick zu dem roten Jaguar-Cabriolet.

»Ja, finde ich auch«, sagte er.

»Ich habe mich schon öfter gefragt, was hinter diesen Toren ist«, fuhr Siobhan fort und betrachtete die gewölbte Ziegeldecke des Raums. »Wirklich eine prima Sache, diese Garagen.«

Mangolds Blick war auf sie gerichtet. »Wer hat Ihnen gesteckt, dass mir eine davon gehört?«

Sie lächelte. »Ich bin Polizistin, Mr. Mangold.« Sie ging inzwischen um den Wagen herum.

»Sie werden nichts finden«, blaffte er.

»Was glauben Sie denn, wonach ich suche?« Er hatte natürlich Recht. Sie inspizierte jeden Quadratzentimeter des Raums.

»Weiß der Geier … vielleicht weitere Skelette.«

»Ich bin nicht wegen der Skelette hier, Mr. Mangold.«

»Nicht?«

Sie schüttelte den Kopf. »Ich frage mich, wo Ishbel ist.« Sie baute sich direkt vor ihm auf. »Ich frage mich, was Sie mit ihr angestellt haben.«

»Ich weiß nicht, wovon Sie reden.«

»Woher stammen die Verletzungen in Ihrem Gesicht?«

»Ich hab Ihnen doch schon gesagt …«

»Kann das irgendwer bezeugen? Wenn ich mich recht entsinne, hat Ihr Barkeeper auf meine Frage hin gesagt, er sei nicht dabei gewesen. Vielleicht wird er ja nach ein paar Stunden bei uns auf der Wache mit der Wahrheit rausrücken.«

»Hören Sie …«

»Nein, Sie hören jetzt mir zu!« Sie hatte ihren Rücken gestrafft und war nun fast so groß wie er. Das Tor stand ein Stück offen, und ein Passant verharrte einen Moment davor, um den Streit zu verfolgen. Siobhan beachtete ihn nicht.

»Sie kannten Ishbel aus dem Albatross«, begann sie. »Sie haben ein Verhältnis mit ihr angefangen und sie ein paarmal von der Arbeit abgeholt. Jemand hat sie dabei beobachtet. Jede Wette, dass sich noch mehr Leute aus Banehall an Sie erinnern, wenn ich Fotos von Ihnen und Ihrem Auto im Ort herumzeige. Inzwischen ist Ishbel verschwunden, und Sie haben Verletzungen im Gesicht.«

»Glauben Sie etwa, ich hätte ihr etwas angetan?« Er griff nach dem Tor und wollte es schließen. Aber Siobhan verhinderte es. Sie trat gegen einen der Torflügel, sodass er weit aufschwang. Ein Stadtrundfahrtbus rumpelte vorbei, und die Touristen starrten herüber. Siobhan winkte ihnen zu, dann wandte sie sich wieder an Mangold.

»Jede Menge Zeugen«, warnte sie ihn.

Seine Augen wurden größer. »Herrje … hören Sie …«

»Ich bin ganz Ohr.«

»Ich habe Ishbel überhaupt nichts angetan!«

»Beweisen Sie's mir.« Siobhan verschränkte die Arme. »Erzählen Sie mir, was mit ihr passiert ist.«

»Nichts ist mit ihr passiert.«

»Sie wissen, wo sie ist?«

Mangold sah sie mit zusammengepressten Lippen an und mahlte mit dem Kiefer. Als er schließlich sprach, klang es wie eine Explosion.

»Ja, stimmt. Ich weiß, wo sie ist.«

»Und wo genau?«

»Es geht ihr gut … sie ist gesund und munter.«

»Aber ihr Handy ist abgeschaltet.«

»Weil sowieso niemand anders als ihre Eltern anrufen würde.« Jetzt, da es heraus war, schien eine Last von ihm abgefallen zu sein. Er lehnte sich gegen den vorderen Kotflügel des Jaguars. »Die beiden sind selbst schuld, dass sie abgehauen ist.«

»Beweisen Sie's mir – verraten Sie mir, wo sie ist.«

Er sah auf die Uhr. »Wahrscheinlich sitzt sie gerade im Zug.«

»Im Zug?«

»Auf dem Weg zurück nach Edinburgh. Sie war zum Shoppen in Newcastle.«

»Newcastle?«

»Gibt dort offenbar mehr und bessere Läden.«

»Wann erwarten Sie sie zurück?«

»Irgendwann heute Nachmittag. Ich weiß nicht, wann die Züge ankommen.«

Siobhan starrte ihn an. »Aber *ich* weiß es gleich.« Sie zückte ihr Handy und rief am Gayfield Square an. Phyllida Hawes ging an den Apparat. »Hallo, Phyl, hier ist Siobhan. Ist Col da? Ich würde ihn gern sprechen.« Sie wartete einen Moment, den Blick unverändert auf Mangold gerichtet. Dann: »Col? Ich bin's, Siobhan. Sie sind doch der Bahnexperte… Wann kommt der nächste Zug aus Newcastle an…?«

Rebus saß im CID-Büro des Torphichen Place und sah sich erneut die DIN-A-4-Blätter an, die vor ihm auf dem Tisch lagen.

Was darauf stand, war Ergebnis penibler Arbeit. Die Namen auf der Liste in Peter Hills Auto waren sowohl mit den Namen derjenigen abgeglichen worden, die man am Strand von Cramond verhaftet hatte, als auch mit den Namen der Bewohner des dritten Stocks vom Stevenson House. Im Büro herrschte Stille. Nach dem Ende der Befragungen hatten sich mehrere Gefangenentransporter in Richtung Whitemire in Bewegung gesetzt. Whitemire war ohnehin schon fast voll besetzt gewesen – Rebus konnte nur spekulieren, wie es gelingen würde, die Neuankömmlinge auch noch unterzubringen.

»Die Betreiber sind ein Privatunternehmen. Wenn für sie

ein Profit dabei herausspringt, dann schaffen sie's irgendwie.«

Felix Storey hatte die Aufstellungen, die vor Rebus lagen, nicht erstellt. Er hatte ihnen keine große Aufmerksamkeit geschenkt, als man sie ihm zeigte. Er sprach bereits über seine Rückkehr nach London. Andere Fälle von Menschenschmuggel verlangten dringend nach seiner Anwesenheit. Er würde natürlich hin und wieder zurückkehren, um – in seinen eigenen Worten – »am Ball« zu bleiben.

Rebus' Kommentar: »Sehen Sie zu, dass Sie sich nicht verdribbeln.«

Er blickte jetzt auf, denn Rat-Arse Reynolds war hereingekommen und sah sich suchend um. Er hatte eine braune Papiertüte in der Hand und wirkte selbstzufrieden.

»Kann ich Ihnen helfen, Charlie?«, fragte Rebus.

Reynolds grinste. »Ich habe ein Abschiedsgeschenk für Ihren Kumpel.« Er zog ein paar Bananen aus der Tüte. »Ich will sie irgendwo hinlegen, wo er sie bestimmt findet.«

»Weil Sie zu feige sind, sie ihm persönlich zu geben?« Rebus hatte sich langsam erhoben.

»Nur ein kleiner Scherz, John.«

»Sie finden das vielleicht witzig. Irgendwie ahne ich aber, dass man Felix Storey nicht so leicht zum Lachen bringt.«

»Das stimmt zufällig.« Derjenige, der das sagte, war Storey selbst. Während er den Raum betrat, zog er seine Krawatte fest und strich sie auf seiner Hemdbrust glatt.

Reynolds ließ die Bananen wieder in der Tüte verschwinden und drückte diese an die Brust.

»Sind die für mich?«, fragte Storey.

»Nein«, antwortete Reynolds.

Storey stellte sich dicht vor ihn hin. »Ich bin ein Schwarzer und darum ein Affe – so lautet doch Ihre Logik, oder?«

»Nein.«

Storey öffnete die Tüte. »Ich esse übrigens gerne Bananen, aber die hier scheinen mir schon zu matschig zu sein. Sie ähneln Ihnen: ziemlich eklig.« Er machte die Tüte wieder zu. »Los, verschwinden Sie und versuchen Sie zur Abwechslung mal, den Polizisten zu spielen. Ich habe eine konkrete Aufgabe für Sie: Finden Sie heraus, wie Ihre Kollegen Sie hinter ihrem Rücken nennen.« Storey tätschelte Reynolds' linke Wange, baute sich dann mit verschränkten Armen vor ihm auf, um ihm zu bedeuten, dass er sich zu entfernen habe.

Als er weg war, drehte sich Storey zu Rebus um und zwinkerte.

»Ich habe auch etwas Komisches anzubieten«, sagte Rebus.

»Für einen guten Witz bin ich immer zu haben.«

»Es ist aber nicht komisch im Sinne von lustig, sondern von merkwürdig.«

»Worum geht's?«

Rebus klopfte auf eines der Blätter auf dem Tisch. »Einige der Namen können wir keiner der verhafteten Personen zuordnen.«

»Möglicherweise haben diese Leute uns kommen hören und sind abgehauen.«

»Möglicherweise.«

Storey lehnte sich an die Tischkante. »Könnte doch sein, dass sie gerade gearbeitet haben, als die Razzia begann. Wenn sie davon Wind bekamen, ist es doch sehr unwahrscheinlich, dass sie sich in Knoxland blicken lassen, oder?«

»Stimmt«, meinte Rebus. »Das meiste sind chinesisch klingende Namen … und ein afrikanischer. Chantal Rendille.«

»Rendille? Finden Sie, dass sich das Afrikanisch anhört?« Storey runzelte die Stirn. »Chantal ist ein französischer Vorname.«

»Im Senegal wird Französisch gesprochen«, erklärte Rebus.

»Ihre unauffindbare Zeugin?«

»Daran habe ich auch schon gedacht. Ich werde Kate fragen.«

»Wer ist Kate?«

»Eine Studentin aus dem Senegal. Ich will sowieso noch etwas von ihr wissen …«

Storey richtete sich wieder auf. »Dann wünsche ich Ihnen viel Glück.«

»Warten Sie«, sagte Rebus. »Da ist noch etwas.«

Storey seufzte. »Was denn?«

Rebus tippte gegen ein anderes Blatt Papier. »Wer auch immer dahintersteckt, er war wirklich einfallsreich.«

»Ach ja?«

Rebus nickte. »Wir haben bei den Vernehmungen alle Leute aus dem Stevenson House gefragt, wo sie gewohnt haben, bevor sie nach Knoxland zogen.« Rebus musterte Storey, doch der zuckte lediglich die Achseln. »Einige behaupten, in Whitemire eingesessen zu haben.«

Plötzlich hörte Storey aufmerksam zu. »Was?«

»Scheint so, als habe jemand eine Kaution für sie bezahlt.«

»Und wer soll das gewesen sein?«

»Viele verschiedene Namen, wahrscheinlich alle frei erfunden. Die Adressen sind auch falsch.«

»Bullen?«, riet Storey.

»Das ist meine Vermutung – er holt sie gegen Kaution heraus und lässt sie für sich arbeiten. Da Whitemire wie ein Damoklesschwert über ihnen schwebt, wagt keiner aufzumucken. Und wenn es doch einmal jemand tut, hat Bullen immer noch die Skelette.«

Storey nickte bedächtig. »Das ergibt Sinn.«

»Ich glaube, wir sollten mit jemandem in Whitemire reden.«

»Wozu?«

Rebus zuckte die Achseln. »Es ist viel einfacher, so etwas durchzuziehen, wenn man vor Ort jemand hat, der … wie soll ich sagen …?« Rebus tat so, als suche er nach dem passenden Ausdruck, »… am Ball bleibt?«, schlug er schließlich vor.

Storey funkelte ihn an. »Vielleicht haben Sie Recht«, räumte er ein. »Mit wem müssen wir reden?«

»Einen gewissen Alan Traynor. Aber bevor wir diese Sache in Angriff nehmen …«

»Haben Sie noch etwas?«

»Nur eine Kleinigkeit.« Rebus Blick war immer noch auf die Papiere gerichtet. Er hatte mit einem Stift Verbindungslinien zwischen einigen Namen, Nationalitäten und Orten gezogen. »Die Leute, die wir im Stevenson House aufgegriffen haben – und auch die vom Strand …«

»Was ist mit denen?«

»Manche von ihnen sind in Whitemire gewesen. Andere hatten ein abgelaufenes Visum oder eines für ein anderes Land …«

»Ja?«

Rebus zuckte die Achseln. »Einige hatten überhaupt keine Dokumente bei sich … anscheinend sind nur ganz wenige in einen Lkw hergekommen. Nur ganz wenige, und bei keinem ein gefälschter Pass.«

»Ja und?«

»Wo sind die vielen eingeschmuggelten Menschen hin? Bullen, dieser ausgekochte Halunke, hatte einen Safe voller Blankopässe. Wieso ist keiner davon außerhalb seines Büros aufgetaucht?«

»Vielleicht hat er gerade eine frische Lieferung von seinen Freunden aus London bekommen.

»London?« Rebus runzelte die Stirn. »Sie haben mir gar nicht erzählt, dass er Freunde in London hat.«

»Ich erwähnte doch Essex, oder? Ist im Prinzip ein und dasselbe.«

»Wenn Sie meinen.«

»Also, fahren wir jetzt nach Whitemire oder nicht?«

»Eines noch ...« Rebus hob einen Zeigefinger. »Unter uns Pastorentöchtern: Haben Sie mir, was Stuart Bullen betrifft, irgendetwas verschwiegen?«

»Zum Beispiel?«

»Das weiß ich erst, wenn Sie es mir erzählt haben.«

»John, der Fall ist abgeschlossen. Die Ermittlungen waren erfolgreich. Was wollen Sie denn noch?«

»Vielleicht einfach nur ...«

Storey hielt, wie zur Warnung, eine Hand hoch, aber zu spät.

»Am Ball bleiben«, sagte Rebus.

Wieder einmal nach Whitemire: Sie fuhren an Caro vorbei. Sie stand am Straßenrand, sprach in ihr Handy und hob nicht einmal den Blick.

Die üblichen Sicherheitschecks, das Tor wurde aufgeschlossen und hinter ihnen verschlossen. Wieder holte sie ein Wachmann vom Parkplatz ab. Vor dem Gebäude stand ein halbes Dutzend leerer Gefangenentransporter – die illegalen Einwanderer waren also schon da. Felix Storey blickte sich neugierig um.

»Ich nehme an, Sie waren noch nie hier«, sagte Rebus.

Storey schüttelte den Kopf. »Nein, war ich nicht. Ich bin aber schon ein paar Mal in Belmarsh gewesen – haben Sie davon gehört?« Jetzt war es an Rebus, den Kopf zu schütteln. »Das ist in London. Ein richtiges Gefängnis – höchste Sicherheitsstufe. Dort sind die Asylbewerber interniert.«

»Nett.«

»Dagegen wirkt das hier wie ein Ferienklub.«

An der Tür erwartete sie Alan Traynor, der sich keine Mühe gab, seine Verärgerung zu verbergen.

»Hören Sie, was immer Sie wollen, hat das nicht Zeit bis morgen? Gerade ist eine größere Gruppe von Neuankömmlingen eingetroffen.«

»Ich weiß«, sagte Felix Storey. »Ich habe sie Ihnen geschickt.«

Traynor hörte gar nicht zu. War offensichtlich zu sehr mit seinen eigenen Problemen beschäftigt. »Wir mussten die Kantine in Beschlag nehmen... trotzdem wird es noch Stunden dauern.«

»In diesem Fall dürfte es für Sie umso wichtiger sein, uns schnell wieder loszuwerden«, meinte Storey. Traynor stieß einen theatralischen Seufzer aus.

»Na schön. Folgen Sie mir.«

Im Vorzimmer saß Jane Eylot, die Rebus mit durchdringendem Blick musterte. Sie öffnete sogar den Mund, um etwas zu sagen, aber Rebus war schneller.

»Mr. Traynor? Tut mir Leid, aber ich müsste mal...« Rebus hatte im Flur eine Toilettentür entdeckt. Er wies mit dem Daumen in die entsprechende Richtung. »Ich komme gleich nach.« Storey war klar, dass Rebus etwas im Schilde führte, wusste aber nicht was. Rebus zwinkerte ihm zu und trat wieder hinaus in den Flur.

Dort wartete er, bis er hörte, wie Traynors Tür geschlossen wurde, streckte den Kopf durch die Tür und pfiff leise. Janet Eylot erhob sich und kam zu ihm.

»Sie und Ihre Kollegen!«, fauchte sie. Rebus legte einen Finger an die Lippen. Sie senkte daraufhin ihre Stimme, die trotzdem noch vor Wut bebte. »Seit ich mit Ihnen gesprochen habe, hatte ich keine ruhige Minute mehr. Ihre Kollegen waren bei mir, haben in meiner Küche gesessen, und gerade komme ich vom Polizeirevier in Livingston zurück, da tauchen Sie schon wieder auf! Und dabei haben wir all die vielen Neuzugänge – wie sollen wir das schaffen?«

»Ganz ruhig, Janet, ganz ruhig.« Sie zitterte, ihre Augen waren gerötet. Ihr linkes Augenlid zuckte. »Es ist bald vorbei, Sie brauchen sich keine Sorgen zu machen.«

»Obwohl ich unter Mordverdacht stehe?«

»Nein. Das war reine Routine.«

»Sie sind nicht hergekommen, um mit Mr. Traynor über mich zu sprechen? Es ist schon schlimm genug, dass ich ihn heute Morgen anlügen musste. Ich habe behauptet, es sei ein familiärer Notfall.«

»Warum sagen Sie ihm nicht einfach die Wahrheit?«

Sie schüttelte heftig den Kopf. Rebus schaute an ihr vorbei ins Vorzimmer. Die Tür zu Traynors Büro war weiterhin geschlossen. »Hören Sie, die beiden schöpfen sicher bald Verdacht…«

»Ich will wissen, wieso das alles passiert! Und wieso passiert es ausgerechnet mir?«

Rebus umfasste ihre Schultern. »Durchhalten, Janet. Nur noch kurze Zeit.«

»Ich weiß nicht, wie lange ich das noch kann…« Ihre Stimme erstarb, ihre Augen blickten ins Leere.

»Am besten nur von einem Tag zum nächsten denken, Janet«, riet Rebus ihr, ließ sie los, ging auf Traynors Tür zu, klopfte an, trat in das Büro und schloss die Tür hinter sich.

Beide Männer saßen. Da es inzwischen zwei Besucherstühle gab, ließ Rebus sich auf dem leeren Platz nieder.

»Ich habe Mr. Traynor gerade von Stuart Bullens Organisation berichtet«, erläuterte Storey.

»Mir fehlen die Worte«, sagte Traynor und hob die Hände. Rebus beachtete ihn nicht, sondern tauschte einen Blick mit Felix Storey.

»Sie haben es ihm noch nicht gesagt?«

»Ich wollte warten, bis Sie wieder da sind.«

»Was hat er mir nicht gesagt?«, fragte Traynor mit gezwungenem Lächeln. Rebus wandte sich an ihn.

»Mr. Traynor, nicht wenige der von uns Festgenommenen saßen ursprünglich in Whitemire ein. Stuart Bullen hat sie gegen Kaution herausgeholt.«

»Völlig unmöglich.« Das Lächeln war verschwunden. »Das hätten wir niemals gestattet.«

Storey zuckte die Achseln. »Er hat das bestimmt nicht unter seinem Namen getan...«

»Aber wir unterziehen die Personen, die eine Kaution stellen wollen, einer genauen Befragung.«

»Tun Sie das persönlich, Mr. Traynor?«

»Nein, nicht immer.«

»Bullen hat sich wahrscheinlich einer Reihe ehrbar wirkender Strohmänner bedient.« Storey zog ein Blatt Papier aus der Tasche. »Das ist die Whitemire-Liste. Es dürfte Ihnen ein Leichtes sein, die einzelnen Fälle zu überprüfen.«

Traynor nahm das Blatt und sah es sich an.

»Kommen Ihnen irgendwelche Namen bekannt vor?«

Traynor nickte nachdenklich. Sein Telefon klingelte.

»Oh, ja, guten Tag«, sagte er in die Muschel. »Nein, wir schaffen das schon, es wird nur ein bisschen dauern. Möglicherweise müssen meine Leute einige Überstunden machen... Ja, natürlich kann ich eine Exceldatei mit den Daten erstellen, aber erst in ein paar Tagen...« Er hörte zu, den Blick auf die beiden Männer ihm gegenüber gerichtet. »Selbstverständlich«, sagte er schließlich, »und könnten wir vielleicht ein paar zusätzliche Leute anheuern oder uns ein paar von den Schwesterfirmen ausborgen? Nur bis sich die Neuankömmlinge hier häuslich eingerichtet haben, wenn ich das so sagen darf...«

Das Telefonat dauert noch eine weitere Minute. Traynor notierte etwas auf einem Zettel, bevor er den Hörer wieder auf die Gabel legte.

»Da sehen Sie, wie es hier zugeht«, sagte er zu seinen Besuchern.

»Organisiertes Chaos?«, meinte Storey.

»Ja, und aus diesem Grund muss ich unser Gespräch jetzt leider beenden.«

»Müssen Sie wirklich?«, fragte Rebus.

»Ja, wirklich.«

»Und der wahre Grund ist nicht etwa, dass Sie sich vor unseren nächsten Fragen fürchten?«

»Ich verstehe nicht, was Sie meinen, Inspector.«

»Soll ich eine Exceldatei erstellen?« Rebus schenkte ihm ein eisiges Lächeln. »Es ist viel einfacher, so etwas wie die Sache mit den Kautionen durchzuziehen, wenn jemand aus der Verwaltung mitspielt.«

»Was?«

»Jemand, dem man ein paar große Scheine zusteckt.«

»Ich verbitte mir diesen Tonfall.«

»Schauen Sie sich die Liste noch einmal an, Mr. Traynor. Da stehen ein paar kurdische Namen – es sind türkische Kurden, genau wie die Yurgiis.«

»Ja und?«

»Sie haben mir auf Nachfrage erklärt, es seien keine Kurden gegen Kaution aus Whitemire freigekommen.«

»Dann habe ich mich eben geirrt.«

»Außerdem ist da der Name einer Frau auf der Liste, die, soweit ich weiß, von der Elfenbeinküste stammt.«

Traynor warf einen Blick auf das Blatt Papier. »Ja, das steht hier.«

»Elfenbeinküste – offizielle Landessprache: Französisch. Aber als ich Sie nach Afrikanern in Whitemire gefragt habe, gaben Sie dieselbe Antwort – niemand von ihnen sei gegen Kaution freigekommen.«

»Hören Sie, ich hatte wirklich viel um die Ohren – ich erinnere nicht mehr, was ich gesagt habe.«

»Ich glaube, Sie wissen es noch sehr genau, und mir fällt nur ein Grund ein, wieso Sie gelogen haben könnten; Sie haben etwas zu verbergen. Sie wollten verhindern, dass ich etwas über diese Personen erfahre, denn sonst hätte ich wahrscheinlich nach ihnen gesucht und wäre auf die frei erfundenen Namen und Adressen ihrer ›Wohltäter‹ gestoßen.« Rebus hielt die Hände in die Höhe. »Es sei denn, Ihnen fällt ein anderer Grund ein.«

Traynor hieb mit beiden Händen auf die Tischplatte und erhob sich, dunkelrot im Gesicht. »Diese Anschuldigungen sind völlig haltlos.«

»Überzeugen Sie mich.«

»Dazu bin ich nicht verpflichtet.«

»Doch, das sind Sie«, warf Felix Storey ruhig ein. »Denn das sind schwer wiegende Anschuldigungen, und man wird ihnen nachgehen, was bedeutet, dass meine Kollegen und ich Ihre Akten unter die Lupe nehmen müssen. Wir werden das Unterste zuoberst kehren und uns auch Ihre privaten Finanzen ansehen – Kontoeingänge, größere Anschaffungen in jüngster Zeit... vielleicht ein neues Auto oder ein teurer Urlaub. Ich versichere Ihnen, wir werden sehr sorgfältig sein.«

Traynor hielt den Kopf gesenkt. Als das Telefon erneut klingelte, wischte er es vom Tisch und schleuderte dabei auch ein gerahmtes Foto durch die Luft. Das Glas zerbrach beim Aufprall auf dem Boden, und das Foto verrutschte: eine lächelnde Frau, die Arme um ein kleines Mädchen geschlungen. Die Tür ging auf, und Janet Eylot streckte den Kopf herein.

»Raus!«, brüllte Traynor.

Eylot verschwand mit einem erschrockenen Kiekser.

Einen Moment lang herrschte Stille im Raum, die von Rebus unterbrochen wurde. »Eine Sache noch«, sagte er leise. »Bullen wird seinen Kopf nicht aus der Schlinge ziehen können, daran gibt's keinen Zweifel. Glauben Sie im Ernst, er wird seine Komplizen decken? Er wird so vielen wie möglich schaden wollen. Vor einigen hat er vielleicht Angst, doch vor Ihnen garantiert nicht. Sollten wir Bullen einen Handel anbieten, dann wette ich, dass er Sie als einen der Ersten verpfeift.«

»Ich kann das nicht … nicht jetzt.« Traynors Stimme klang brüchig. »Ich muss mich um die vielen Neuankömmlinge kümmern.« Er starrte Rebus an, und es sah aus, als würde er gegen Tränen anblinzeln. »Diese Leute brauchen mich.«

Rebus zuckte die Achseln. »Aber anschließend reden Sie mit uns?«

»Das muss ich mir noch überlegen.«

»Falls Sie tatsächlich mit uns reden«, bemerkte Storey, »besteht für uns weniger Anlass, Ihr kleines Reich zu filzen.«

Traynor lächelte gequält. »Mein ›Reich‹? Sobald Ihre Behauptungen an die Öffentlichkeit dringen, bin ich meinen Job los.«

»Das hätten Sie sich vorher überlegen sollen.«

Traynor schwieg. Er kam hinter dem Schreibtisch hervor, hob das Telefon auf und legte den Hörer auf die Gabel. Augenblicklich fing es wieder an zu klingeln. Traynor reagierte nicht darauf, sondern bückte sich, um auch das Foto aufzulesen.

»Gehen Sie jetzt bitte. Wir reden später weiter.«

»Aber nicht sehr viel später«, warnte Storey ihn.

»Ich muss nach den Neuankömmlingen sehen.«

»Morgen früh?«, schlug Storey vor.

Traynor nickte. »Vergewissern Sie sich bei Janet, dass ich keine anderen Termine habe.«

Storey schien damit zufrieden. Er stand auf und knöpfte sein Jackett zu. »Dann lassen wir Sie jetzt allein. Aber vergessen Sie nicht, Mr. Traynor. Diese Angelegenheit wird sich nicht in Wohlgefallen auflösen. Ich rate Ihnen, mit uns zu reden, ehe Bullen es tut.« Er streckte die Hand aus, aber Traynor ignorierte sie. Storey verließ den Raum. Rebus wartete noch einen Moment, ehe er ihm folgte. Janet Eylot blätterte in einem großen Tischkalender. Sie fand die entsprechende Seite.

»Er hat um zehn Uhr fünfzehn eine Besprechung.«

»Absagen«, befahl Storey. »Wann kommt er normalerweise zur Arbeit?«

»Gegen halb neun.«

»Dann tragen Sie uns für diese Zeit ein. Wir brauchen ein paar Stunden.«

»Seine nächste Besprechung ist um zwölf – soll ich die auch absagen?«

Storey nickte. Rebus starrte auf die geschlossene Tür. »John«, sagte Storey. »Sie begleiten mich doch morgen, oder?«

»Ich dachte, Sie wollten unbedingt zurück nach London.«

Storey zuckte die Achseln. »Das hier ist das letzte noch fehlende Mosaiksteinchen.«

»Okay, ich bin mit von der Partie.«

Der Wachmann, der sie vom Parkplatz zum Gebäude begleitet hatte, erwartete sie am Eingang. Rebus fasste Storey am Arm. »Gehen Sie schon mal vor.«

Storey musterte ihn. »Was ist?«

»Ich will noch kurz zu jemandem … dauert keine Minute.«

»Sie verheimlichen mir etwas«, stellte Storey fest.

»Kann sein. Aber tun Sie mir trotzdem den Gefallen?«

Storey zögerte, willigte dann jedoch ein.

Rebus bat den Wachmann, ihn in die Kantine zu bringen. Erst als Storey außer Hörweite war, präzisierte er seinen Wunsch.

»Eigentlich möchte ich dorthin, wo die Familien untergebracht sind.«

Als er die Cafeteria betrat, sah er, was er hatte sehen wollen: Stef Yurgiis Kinder beim Spielen mit den Sachen, die Rebus ihnen gekauft hatte. Sie bemerkten ihn nicht: zu sehr in ihre eigene Welt versunken, genau wie ganz normale Kinder. Yurgiis Witwe konnte er nicht entdecken, und so nickte er dem Wachmann zu, der ihn daraufhin wieder zum Parkplatz geleitete.

Rebus war schon fast beim Auto, als er das Schreien hörte. Es drang aus dem Hauptgebäude und kam näher. Die Tür wurde aufgerissen, und eine Frau taumelte heraus und fiel auf die Knie. Es war Janet Eylot, und sie schrie noch immer.

Rebus und auch Storey rannten auf sie zu.

»Was ist los, Janet? Was ist?«

»Er... er hat...«

Statt zu antworten ließ sie sich auf den Boden sinken und fing an zu heulen.

»Oh Gott...«, jammerte sie. »Oh, mein Gott...«

Die beiden Männer liefen in das Gebäude, den Flur entlang und ins Vorzimmer. Die Tür zu Traynors Büro stand offen, und etliche Menschen drängten sich davor. Rebus und Storey schoben sich an ihnen vorbei. Eine Frau von der Wachmannschaft kniete neben einem auf dem Boden liegenden Körper. Überall war Blut – es sickerte in den Teppich und in Alan Traynors Hemd. Die Frau drückte mit dem Handballen auf eine Wunde an Traynors Handgelenk. Einer der Wachmänner tat das Gleiche am rechten, ebenfalls aufgeschlitzten Handgelenk. Traynor war bei Bewusstsein, starrte mit weit aufgerissenen Augen ins Leere. Seine Brust hob und senkte sich, auch sein Gesicht war blutverschmiert.

»Wir brauchen einen Arzt...«

»Einen Krankenwagen...«

»Kräftig drücken...«

»Handtücher...«

»Verbandszeug...«

»Drück so fest du kannst!«, rief die Frau dem Mann zu. »Nicht lockerlassen!«

Ja, nur nicht lockerlassen, dachte Rebus: Genau das hatten Storey und er getan.

Auf Traynors Hemd lagen Scherben. Scherben vom Glas des gerahmten Fotos. Die Scherben, mit denen er sich die

Pulsadern aufgeschnitten hatte. Rebus spürte Storeys Blick und erwiderte ihn.

Sie haben es gewusst, stimmt's, schien Storeys Blick zu sagen. *Sie wussten, dass so etwas passieren würde, und haben trotzdem nichts unternommen.*

Nichts.

Nichts.

Der Blick, den Rebus ihm zuwarf, sagte überhaupt nichts.

Bei Ankunft des Krankenwagens stand Rebus dicht hinter dem Zaun und rauchte eine Zigarette. Als das Tor geöffnet wurde, schlüpfte er hindurch, ging am Wachhäuschen vorbei und dann auf der abschüssigen Straße zu Caro Quinn, die beobachtete, wie der Krankenwagen auf dem Gelände verschwand.

»Doch nicht etwa ein weiterer Selbstmord?«, fragte sie erschrocken.

»Ein Selbstmord*versuch*«, erläuterte Rebus. »Aber niemand von den Insassen.«

»Sondern?«

»Alan Traynor.«

»Was?« Ihr gesamter Gesichtsausdruck wirkte wie ein Fragezeichen.

»Hat versucht, sich die Pulsadern zu öffnen.«

»Wird er's überleben?«

»Das weiß ich nicht. Für dich dürfte die Sache allerdings auch etwas Positives haben.«

»Wie meinst du das?«

»In den nächsten Tagen wird in dem Laden ganz schön die Kacke am Dampfen sein. Vielleicht wird er sogar dichtgemacht werden.«

»Und das findest du positiv?«

Rebus runzelte die Stirn. »Das hast du doch immer gewollt.«

»Aber nicht auf diese Weise! Nicht auf Kosten eines weiteren Toten.«

»Du hast mich missverstanden«, verteidigte sich Rebus.

»Das glaube ich nicht.«

»Dann bist du paranoid.«

Sie trat einen kleinen Schritt zurück. »Ist das dein Ernst.«

»Hör mal, ich wollte bloß ...«

»Du kennst mich nicht, John. Du kennst mich *überhaupt* nicht.«

Rebus schwieg, so als grübelte er über seine Antwort nach. »Damit kann ich leben«, sagte er schließlich, drehte sich um und ging zurück zum Tor.

Storey wartete am Auto auf ihn. Sein einziger Kommentar: »Sie scheinen hier in der Gegend eine Menge Leute zu kennen.«

Rebus schnaubte. Beide Männer verfolgten, wie einer der Sanitäter zum Krankenwagen trabte, weil er offenbar etwas vergessen hatte.

»Wir hätten wohl besser *zwei* Krankenwagen gerufen«, meinte Storey.

»Janet Eylot?«, tippte Rebus.

Storey nickte. »Ihre Kollegen sind ziemlich besorgt. Sie liegt in einem der Büros auf dem Boden, eingewickelt in eine Decke, und zittert wie Espenlaub.«

»Ich hab ihr gesagt, dass alles gut werden würde«, murmelte Rebus leise, fast wie zu sich selbst.

»Dann werde ich mich in Zukunft wohl besser nicht auf Ihre Expertenmeinung verlassen.«

»Nein«, sagte Rebus, »das sollten Sie auf keinen Fall tun ...«

29

Der Zug hatte fünfzehn Minuten Verspätung.

Siobhan und Mangold warteten am Ende des Bahnsteigs und beobachteten, wie die Türen sich öffneten und die Passagiere herausströmten. Müde und desorientiert wirkende Touristen mit ihrem Gepäck, Geschäftsreisende, die sich aus den Erste-Klasse-Waggons schnurstracks zum Taxistand begaben, Mütter mit Kindern und Buggys, ältere Paare und einzelne Männer, die leicht benebelt aussahen, weil sie vermutlich mehrere Stunden an der Zugbar verbracht hatten.

Doch von Ishbel keine Spur.

Es war ein langer Bahnsteig, und der Zug hatte viele Türen. Siobhan drehte eifrig den Kopf hin und her, in der Hoffnung, sie doch noch zu entdecken, und registrierte dabei die mürrischen Blicke der Leute, die um sie herumgehen mussten.

Plötzlich spürte sie Mangolds Hand auf ihrem Arm. »Da ist sie«, sagte er. Sie war schon fast bei ihnen angekommen, in beiden Händen Einkaufstüten. Als sie Mangold sah, hob sie freudig die Tüten. Sie schien Siobhan noch nicht bemerkt zu haben. Siobhan wiederum hätte sie, ohne Mangolds Hinweis, nicht erkannt und ungehindert vorbeilaufen lassen.

Denn sie war wieder die alte Ishbel: das Haar wie früher gekämmt und mit der natürlichen Farbe. Nicht länger eine Kopie ihrer toten Schwester.

Ishbel Jardine schlang die Arme um Mangold und küsste ihn mit geschlossenen Augen auf den Mund. Mangold blickte über Ishbels Schulter zu Siobhan. Dann trat Ishbel einen Schritt zurück, und Mangold drehte sie ein wenig herum, sodass sie Siobhan direkt ins Gesicht sah.

Und sie wieder erkannte.

»Oh, mein Gott, Sie sind's.«

»Hallo, Ishbel.«

»Ich geh nicht nach Hause zurück! Das müssen Sie den beiden erklären!«

»Warum sagen Sie's ihnen nicht selbst?«

Ishbel schüttelte den Kopf. »Sie würden ... sie würden mich irgendwie bequatschen. Sie kennen meine Eltern nicht. Die beiden haben lange genug über mein Leben bestimmt!«

»Da drüben gibt es einen Warteraum«, meinte Siobhan und zeigte auf die Bahnhofshalle. Der Menschenstrom war abgeebbt, Taxis krochen die Rampe zum Ausgang an der Waverley Bridge empor. »Dort können wir uns unterhalten.«

»Es gibt nichts, worüber wir uns unterhalten müssten.«

»Auch nicht über Donny Cruikshank?«

»Was ist mit ihm?«

»Sie wissen doch, dass er tot ist.«

»Ich weine ihm keine Träne nach.«

Ihr ganzes Auftreten – Stimme, Haltung – war abweisender als bei der letzten Begegnung mit Siobhan. Sie hatte sich einen Panzer zugelegt, war durch Lebenserfahrung härter geworden. Scheute sich nicht, ihre Wut zu zeigen.

Und war womöglich auch zu körperlicher Gewalt fähig.

Siobhan wandte sich Mangold zu.

»Wir reden im Warteraum«, sagte sie im Befehlston.

Aber der Warteraum war verschlossen, deshalb gingen sie durch die Halle in die Bahnhofskneipe.

»Im Warlock hätten wir's netter«, bemerkte Mangold, nachdem er die triste Einrichtung und die noch tristere Kundschaft gemustert hatte. »Ich muss sowieso zurück.«

Siobhan ignorierte die Bemerkung und bestellte Getränke. Mangold holte ein Bündel Geldscheine hervor und sagte, er könne nicht zulassen, dass sie bezahle. Sie widersprach nicht. Niemand in dem Pub unterhielt sich, dennoch war es so laut, dass man gefahrlos reden konnte: Der Fernseher war auf einen Sportsender eingestellt; aus Deckenlautsprechern rieselte Musik; die Lüftungsanlage surrte; Spielautomaten schepperten. Sie setzten sich an einen Ecktisch, und Ishbel breitete ihre Schätze um sich aus.

»Reiche Beute«, stellte Siobhan fest.

»Nur ein paar Kleinigkeiten.« Ishbel lächelte Mangold an.

»Ishbel«, sagte Siobhan geschäftsmäßig, »Ihre Eltern haben sich Sorgen um Sie gemacht, und als Folge davon auch die Polizei.«

»Nicht meine Schuld. Ich habe Sie nicht gebeten, Ihre Nase in meine Angelegenheiten zu stecken.«

»Detective Sergeant Clarke tut nur Ihre Pflicht«, erklärte Mangold, der anscheinend schlichten wollte.

»Und ich sage ihr, dass sie sich die Mühe hätte sparen können. Ende der Diskussion.«

»Leider stimmt das nicht ganz«, entgegnete Siobhan. »In einem Mordfall müssen wir mit allen verdächtigen Personen sprechen.«

Ihre Worte hatten den gewünschten Effekt. Ishbel starrte sie über den Rand ihres Glases hinweg an und stellte es dann ab, ohne davon getrunken zu haben.

»Ich werde verdächtigt?«

Siobhan zuckte die Achseln. »Fällt Ihnen jemand ein, der ein besseres Motiv für den Mord an Donny Cruikshank hätte?«

»Aber er war ja gerade der Grund, weshalb ich aus Banehall weg bin! Ich hatte Angst vor ihm …«

»Sie sagten, Ihre Eltern seien der Grund gewesen.«

»Stimmt, das kam noch dazu … Sie wollten, dass ich so werde wie Tracy.«

»Ich weiß, ich habe die Fotos gesehen. Ich nahm an, das wäre Ihre eigene Idee gewesen, aber Mr. Mangold hat mich eines Besseren belehrt.«

Ishbel drückte Mangolds Arm: »Ray ist mein aller-allerbester Freund.«

»Was ist mit Ihren übrigen Freundinnen und Freunden – Susie, Janet und den anderen? Ihnen muss doch klar sein, dass sie sich Sorgen machen.«

»Ich hatte vor, sie irgendwann anzurufen.« Ishbels Tonfall wirkte nun trotzig und erinnerte Siobhan daran, dass sie trotz ihres Panzers noch ein Teenager war. Erst achtzehn, etwa halb so alt wie Mangold.

»Und in der Zwischenzeit sind Sie unterwegs und geben Rays Geld aus.«

»Ich will, dass sie es ausgibt«, konterte Mangold. »Sie hat viel Schlimmes erlebt. Höchste Zeit, dass sie sich ein bisschen amüsiert.«

»Ishbel«, fuhr Siobhan fort, »Sie haben gesagt, dass Sie vor Cruikshank Angst hatten.«

»Stimmt.«

»Wovor hatten Sie denn Angst?«

Ishbel senkte den Blick. »Vor dem, was er in mir sehen würde, falls ich ihm noch einmal begegnet wäre.«

»Weil Sie ihn an Tracy erinnern würden?«

Ishbel nickte. »Und ich wüsste genau, woran er denken würde ... nämlich an das, was er ihr angetan hat ...« Sie hielt sich die Hände vors Gesicht, und Mangold legte einen Arm um ihre Schultern.

»Und trotzdem haben Sie ihm einen Brief ins Gefängnis geschrieben«, sagte Siobhan. »Sie haben ihm geschrieben, dass er nicht nur Tracys, sondern auch Ihr Leben zerstört hat.«

»Weil Mum und Dad mich immer mehr in Tracy verwandelt haben.« Ihre Stimme überschlug sich.

»Ist ja gut, Kleines«, beruhigte Mangold sie. Dann, zu Siobhan gewandt: »Sehen Sie, was ich meine? Sie hat es nicht leicht gehabt.«

»Das bezweifle ich nicht. Trotzdem muss sie zu dem Mordfall vernommen werden.«

»Sie sollte eine Weile in Ruhe gelassen werden.«

»Von allen außer Ihnen, meinen Sie?«

Mangolds Augen wurden hinter den getönten Brillengläsern zu schmalen Schlitzen. »Worauf wollen Sie hinaus?«

Siobhan zuckte mit den Achseln und tat so, als mustere sie ihr Glas.

»Ich hab Recht behalten, Ray«, sagte Ishbel nun, »Banehall wird mich immer verfolgen. Auch wenn ich ans andere Ende der Welt ziehe.« Sie klammerte sich an seinen Arm. »Du hast behauptet, alles ist in Ordnung, aber das stimmt nicht.«

»Du brauchst dringend Urlaub. Cocktails am Pool, Zimmerservice und ein schöner Sandstrand.«

»Was haben Sie mit der Bemerkung eben gemeint, Ishbel?«, unterbrach Siobhan ihn. »Als Sie sagten, es sei nicht alles in Ordnung?«

»Sie hat überhaupt nichts gemeint«, blaffte Mangold. »Wenn Sie uns noch mehr Fragen stellen wollen, dann laden Sie uns offiziell vor, okay?« Er erhob sich und griff nach einigen der Tragetaschen. »Komm jetzt, Ishbel.«

Sie nahm den Rest der Einkäufe und vergewisserte sich mit einem Blick, dass sie auch nichts vergessen hatte.

»Ich *werde* Sie vorladen, Mr. Mangold«, sagte Siobhan in warnendem Ton. »Skelette im Keller sind eine Sache, aber ein Mord ist etwas anderes.«

Mangold bemühte sich nach Kräften, sie zu ignorieren. »Komm jetzt, Ishbel. Wir nehmen ein Taxi. Hab keine Lust, den ganzen Kram zum Pub zu schleppen.«

»Rufen Sie Ihre Eltern an, Ishbel«, bemerkte Siobhan. »Die beiden sind zu mir gekommen, weil sie sich Sorgen um *Sie* gemacht haben. Das hatte nichts mit Tracy zu tun.«

Da Ishbel nicht reagierte, rief Siobhan noch einmal laut ihren Namen, sodass sie sich umdrehte.

»Ich bin froh, dass Ihnen nichts passiert ist«, meinte Siobhan lächelnd. »Das bin ich wirklich.«

»Dann sagen *Sie* es ihnen doch.«

»Das tu ich, wenn Sie das möchten.«

Ishbel zögerte. Mangold hielt ihr die Tür auf. Ishbel starrte ihn an und nickte fast unmerklich. Dann ging sie hinaus.

Siobhan beobachtete, wie sie den Taxistand ansteuerten. Sie schwenkte ihr Glas, freute sich über das Klacken der Eiswürfel. Sie glaubte, dass Mangold wirklich etwas an Ishbel lag, aber das allein machte ihn noch nicht zu einem guten Menschen. *Du hast behauptet, alles ist in Ordnung, aber das stimmt nicht...* Nach diesen Worten hatte Mangold es plötzlich sehr eilig gehabt. Siobhan glaubte zu wissen, warum. Liebe konnte ein destruktiveres Gefühl als Hass sein. Das hatte sie schon viele Male erlebt: Eifersucht, Misstrauen, Rache. Sie wägte die drei Alternativen ab, während sie erneut ihr Glas schwenkte. Offenbar nervte das Geräusch den Barkeeper.

Er drehte den Fernseher lauter, doch da hatte sie die drei Möglichkeiten schon auf eine reduziert: Rache.

Joe Evans war nicht zu Hause. Seine Frau öffnete die Tür des Bungalows am Liberton Brae. Das Haus hatte keinen richtigen Vorgarten, nur eine gepflasterte Fläche, auf der ein Wohnwagen stand.

»Was hat er angestellt?«, fragte seine Frau, nachdem Siobhan sich ausgewiesen hatte.

»Nichts«, versicherte Siobhan ihr. »Hat er Ihnen erzählt, was er im Warlock gefunden hat?«

»Nur etwa ein Dutzend Mal.«

»Ich habe nur noch ein paar Routinefragen.« Siobhan schwieg einen Moment. »Ist er schon mal mit dem Gesetz in Konflikt geraten?«

»Hab ich das gesagt?«

»Indirekt schon.« Siobhan lächelte, um die Frau wissen zu lassen, dass es für sie keine Rolle spielte.

»Bloß ein paar Kneipenschlägereien … nächtliche Ruhestörung. Aber seit einem Jahr ist er ein braver Junge.«

»Das freut mich zu hören. Haben Sie eine Ahnung, wo er sein könnte?«

»Bestimmt im Fitnesscenter, meine Liebe. Das ist seine große Leidenschaft.« Sie bemerkte Siobhans Miene und schnaubte. »Hab Sie bloß aufgezogen … Er ist da, wo er jeden Dienstag ist: Quizabend im Pub. Der Laden ist den Hügel hoch auf der anderen Straßenseite.« Mrs. Evans deutete mit dem Daumen in die Richtung. Siobhan bedankte sich und ging.

»Und falls er da nicht ist«, rief ihr die Frau hinterher, »dann kommen Sie bitte zurück und sagen's mir – das würde nämlich bedeuten, dass er sich eine kleine Freundin zugelegt hat!«

Ihr heiseres Lachen verfolgte Siobhan bis zum Bürgersteig.

Zu dem Pub gehörte ein kleiner Parkplatz, der bereits voll war. Siobhan stellte den Wagen auf der Straße ab und betrat das Lokal. Die Gäste waren schon etwas angejahrt und fühlten sich allem Anschein nach wohl: Anzeichen für eine gute Nachbarschaftskneipe. An jedem verfügbaren Tisch saß ein Team, und jeweils einer der Mitspieler schrieb die Antworten auf. Gerade als Siobhan hereinkam, wurde eine Frage wiederholt. Der Quizmaster schien auch der Wirt zu sein. Er stand hinter der Theke, in einer Hand ein Mikrofon und in der anderen den Zettel mit den Fragen.

»Die letzte Frage, Leute, und hier ist sie noch mal: ›Welches Starlett aus Hollywood stellt eine Verbindung zwischen einem schottischen Schauspieler und dem Song ›*Yellow*‹ dar?‹ Moira wird jetzt rumgehen und eure Antworten einsammeln. Nach einer kurzen Pause verraten wir euch, welches Team heute am besten war. Auf dem Billardtisch sind Sandwiches – bedient euch.«

Einige der Mitspieler erhoben sich von den Tischen, andere gaben Moira den von ihnen ausgefüllten Zettel. Plötzlich wurde überall geredet, sich nach den Lösungen der anderen erkundigt.

»Diese Rechenaufgaben machen mich immer total fertig …«

»Und du willst ein Buchhalter sein!«

»Bei der letzten Frage, war da *›Yellow Submarine‹* gemeint?«

»Also wirklich, Peter, es gibt auch Musik, die nicht von den Beatles stammt.«

»Aber keine, die auch nur annähernd so gut ist, und jeder, der das Gegenteil behauptet, kriegt's mit mir zu tun.«

»Wie hieß denn bloß Humphrey Bogarts Geschäftspartner im *Malteserfalken*?«

Siobhan wusste die Antwort: »Miles Archer«, sagte sie zu dem Mann. Er starrte sie an.

»Sie kenne ich doch«, meinte er. Er hatte ein fast leeres Bierglas in der einen Hand, und mit der freien zeigte er auf sie.

»Wir sind uns im Warlock begegnet«, rief Siobhan ihm ins Gedächtnis. »An dem Abend haben Sie allerdings Brandy getrunken.« Sie deutete auf sein Glas. »Noch eins?«

»Was wollen Sie?«, fragte er. Die anderen rückten ein Stück von Siobhan und Joe Evans ab, als wäre ein unsichtbares Kraftfeld aktiviert worden. »Geht es etwa immer noch um diese dämlichen Skelette?«

»Nein, nicht direkt … Ehrlich gesagt, möchte ich Sie um einen Gefallen bitten.«

»Was für einen Gefallen?«

»Einen, der mit einer Frage anfängt.«

Er überlegte einen Augenblick, dann betrachtete er sein Glas. »Dann holen Sie mir am besten mal Nachschub«, sagte er. Siobhan tat, wie ihr geheißen. An der Theke wurde sie mit Fragen bestürmt, die allerdings nichts mit dem Quiz zu tun hatten. Die Leute waren neugierig zu erfahren, wie sie hieß, woher sie Evans kannte, ob sie womöglich seine Bewährungshelferin war oder die für ihn zuständige Sozialarbeiterin. Siobhan reagierte einigermaßen schlagfertig, lächelte die Männer an und brachte Evans ein Glas des teuersten Biers. Er nahm drei oder vier große Schlucke und hielt dann inne, um Atem zu holen.

»Na los, stellen Sie Ihre Frage«, sagte er.

»Arbeiten Sie immer noch im Warlock?«

Er nickte. »War das alles?«, fragte er.

Sie schüttelte den Kopf. »Ich würde gern wissen, ob Sie einen Schlüssel haben.«

»Für den Pub?« Er schnaubte. »So blöd ist Ray Mangold nicht.«

Siobhan schüttelte erneut den Kopf. »Ich meinte den Keller«, sagte sie. »Kommen Sie allein in den Keller rein?«

Evans sah sie mit fragendem Blick an, trank ein paar weitere Schluck Bier und wischte sich dann die Oberlippe ab.

»Wollen Sie vielleicht das Publikum fragen?«, schlug Siobhan vor. Er verzog das Gesicht zu einem Lächeln.

»Die Antwort ist Ja«, sagte er.

»Ja, Sie haben einen Schlüssel?«

»Ja, ich habe einen Schlüssel.«

Siobhan holte tief Luft: »... lautet die richtige Anwort. Wollen Sie jetzt um den Hauptgewinn spielen?«

»Nicht nötig.« Evans Augen blitzten.

»Und wieso nicht?«

»Weil ich die Frage schon kenne. Sie wollen, dass ich Ihnen den Schlüssel leihe.«

»Und?«

»Ich frage mich, wie unbeliebt ich mich dadurch bei meinem Chef mache.«

»Und?«

»Ich frage mich außerdem, warum Sie den Schlüssel haben wollen. Glauben Sie, da unten gibt's noch mehr Skelette?«

»Gewissermaßen«, gab Siobhan zu. »Antworten werden zu einem späteren Zeitpunkt erteilt.«

»Wenn ich Ihnen den Schlüssel gebe.«

»Und wenn nicht, erzähle ich Ihrer Frau, dass Sie nicht beim Quizabend waren.«

»Das ist dann wohl eines dieser Angebote, die man nicht ablehnen kann«, sagte Joe Evans.

Spätabends in der Arden Street. Rebus drückte auf den Summer, um sie hereinzulassen. Als sie oben an der Treppe ankam, stand er in der Tür.

»Bin zufällig vorbeigekommen«, erklärte sie, »und habe gesehen, dass bei Ihnen noch Licht brennt.«

»Sie haben auch schon mal besser gelogen«, erwiderte er. »Wollen Sie was trinken?«

Sie hielt eine Einkaufstüte in die Höhe. »Zwei Seelen, ein Gedanke.«

Er forderte sie mit einer Handbewegung auf einzutreten. Im Wohnzimmer sah es nicht unordentlicher aus als sonst. Sein Sessel stand am Fenster, Aschenbecher und Whiskyglas daneben. Es lief eine CD: Van Morrison, *Hard Nose the Highway*.

»Die Lage muss ja schlimm sein«, stellte sie fest.

»Wann ist sie das nicht? Das ist ziemlich genau Vans Botschaft an die Menschheit.« Er drehte die Musik etwas leiser. Sie holte eine Flasche Rotwein aus der Tasche.

»Korkenzieher?«

»Kommt sofort.« Er ging in Richtung Küche. »Ich nehme an, Sie wollen auch ein Glas?«

»Verzeihen Sie bitte, dass ich so anspruchsvoll bin.«

Sie zog ihren Mantel aus und setzte sich auf die Sofalehne. »Ein ruhiger Abend daheim, was?« sagte sie und nahm ihm den Korkenzieher ab, als er zurückkam. Er hielt das Glas für sie, während sie einschenkte. »Wollen Sie auch?«

Er schüttelte den Kopf. »Hab schon drei Whisky intus, da sollte ich lieber die Finger vom Wein lassen.« Er reichte ihr das Glas, und sie machte es sich auf dem Sofa gemütlich.

»Hatten Sie auch einen beschaulichen Abend?«, fragte er.

»Ganz im Gegenteil – bis vor einer Dreiviertelstunde war ich noch voll in Aktion.«

»Ach ja?«

»Hab Ray Duff überredet, ein paar Überstunden zu machen.«

Rebus nickte. Ray Duff arbeitete im kriminaltechnischen Labor in Howdenhall; Siobhan und er schuldeten ihm inzwischen unzählige Gefallen.

»Ray kann nur schwer Nein sagen«, meinte er zustimmend. »Irgendetwas, über das ich Bescheid wissen müsste?«

Sie zuckte die Achseln. »Nicht unbedingt. Wie war Ihr Tag?«

»Haben Sie das von Alan Traynor gehört?«

»Nein.«

Rebus ließ sich Zeit; er nahm ein paar Schluck, genoss in aller Ruhe das Aroma, den Nachgeschmack.

»Nett, so beieinander zu sitzen und zu plaudern«, bemerkte er schließlich.

»Okay, Sie haben gewonnen. Erst erzählen Sie und dann ich.«

Rebus lächelte und ging zum Tisch, auf dem die Flasche Bowmore stand, schenkte sich nach, kehrte zu seinem Sessel zurück und begann zu reden.

Anschließend war Siobhan mit ihrer Geschichte dran. Auf Van Morrison folgte Hobotalk und auf Hobotalk James

Yorkston. Mitternacht war schon eine Weile vorbei. Toastbrotscheiben waren geröstet, gebuttert und gegessen worden. Vom Inhalt der Weinflasche war nur noch ein Viertel übrig, von dem der Whiskyflasche nur wenige Zentimeter. Als Rebus sich vergewisserte, dass sie nicht vorhatte, mit dem Auto nach Hause zu fahren, gab sie zu, mit einem Taxi gekommen zu sein.

»Das heißt, Sie sind davon ausgegangen, dass es so enden würde.«

»Kann schon sein.«

»Und wenn Caro Quinn hier gewesen wäre?«

Siobhan zuckte bloß die Achseln.

»Die Wahrscheinlichkeit war übrigens gleich null«, fügte Rebus hinzu. »Ich glaube, ich hab's mir mit der Guten Frau von Whitemire verdorben.«

»Mit wem?«

»So nennt Mo Dirwan sie.«

Siobhan starrte ihr Glas an. Rebus schien, als lägen ihr ein Dutzend Fragen auf der Zunge, ein Dutzend Bemerkungen. Aber am Ende sagte sie nur: »Ich glaube, ich habe genug.«

»Von meiner Gesellschaft?«

Sie schüttelte den Kopf. »Vom Wein. Besteht die Chance auf einen Kaffee?«

»In der Küche finden Sie alles Nötige.«

»Der perfekte Gastgeber.« Sie stand auf.

»Ich nehme auch einen, wenn's Ihnen nichts ausmacht.«

»Macht es aber.«

Aber sie brachte ihm trotzdem einen Becher. »Die Milch in Ihrem Kühlschrank ist noch genießbar«, klärte sie ihn auf.

»Und?«

»Eine echte Premiere.«

»Das nenn ich Undankbarkeit!« Rebus stellte den Becher auf dem Boden ab. Siobhan nahm wieder auf dem Sofa Platz und umschloss den Becher mit beiden Händen.

»Wissen Sie, was ich mich frage, Shiv? Nämlich, wie Stuart Bullen an die Skelette gekommen ist. Könnte er Pippa Greenlaws Begleiter an jenem Abend gewesen sein?«

»Wohl kaum. Sie hat gesagt, er habe Barry oder Gary geheißen, und er habe Fußball gespielt – ich glaube, dadurch haben sie sich kennen gelernt …« Sie hielt inne, als sich ein Lächeln auf Rebus' Gesicht ausbreitete.

»Wissen Sie noch, wie ich mir vor ein paar Tagen im Nook das Bein aufgeschürft habe?«, fragte er. »Der australische Barkeeper meinte dazu, er wisse aus Erfahrung, wie das ist.«

Siobhan nickte. »Typische Fußballerverletzung.«

»Und er heißt doch Barney, oder? Zwar nicht Barry, aber der Name klingt ähnlich.«

Siobhan holte Handy und Notizbuch aus ihrer Tasche und suchte die Nummer heraus.

»Es ist ein Uhr morgens«, warnte Rebus sie. Ohne ihn zu beachten, drückte sie die Tasten und hielt sich das Handy ans Ohr.

Als sich jemand meldete, redete sie sofort los. »Pippa? Hier ist DS Clarke, erinnern Sie sich noch an mich? Sind Sie in einem Klub oder einer Bar?« Sie schaute Rebus an, als sie die Antwort an ihn weitergab. »Will sich gerade ein Taxi besorgen, um nach Hause zu fahren …« Sie nickte. »Waren Sie in der Opal Lounge oder einem dieser Läden? Entschuldigen Sie bitte, dass ich Sie so spät noch störe.« Rebus kam zum Sofa und beugte sich vor, um mithören zu können. Verkehrslärm, die lauten Stimmen von Betrunkenen. Eine Frau schrie »*Taxi!*«, dann fluchte sie.

»Der Idiot hat nicht angehalten«, schimpfte Pippa Greenlaw. Sie klang eher atemlos als betrunken.

»Pippa«, sagte Siobhan. »Es geht um Ihren Begleiter … am Abend von Lex' Party.«

»Lex steht neben mir! Wollen Sie ihn sprechen?«

»Ich will mit *Ihnen* sprechen.«

Greenlaw senkte verschwörerisch die Stimme. »Zwischen ihm und mir, da bahnt sich etwas an.«

»Zwischen Lex und Ihnen? Das ist ja toll, Pippa.« Siobhan rollte mit den Augen und sagte mit besonderem Nachdruck: »Also, zurück zu dem Abend, an dem die Skelette verschwunden sind …«

»Wissen Sie, dass ich eines davon geküsst habe?«

»Sie haben's mir erzählt.«

»Selbst jetzt noch wird mir bei dem Gedanken kotzübel … *Taxi!*«

Siobhan hielt das Telefon ein Stück vom Ohr weg. »Pippa, ich habe nur eine Frage an Sie … der Mann, der Sie an dem Abend begleitet hat … könnte das ein Australier namens Barney gewesen sein?«

»Was?«

»Ein Australier, Pippa. Der Mann, mit dem Sie auf Lex' Party waren.«

»Wissen Sie was … jetzt wo Sie's erwähnen …«

»Und Sie hielten es nicht für nötig, mir das zu sagen?«

»Das spielte für mich damals keine Rolle. Und dann hab ich's irgendwie vergessen …« Sie redete jetzt mit Cater. Das Handy wurde weitergereicht.

»Spreche ich mit der Dame von der Partnervermittlung?« Lex' Stimme. »Pippa hat mir erzählt, dass Sie das Rendezvous zwischen uns arrangiert haben … eigentlich hätten Sie kommen sollen, aber dann tauchte Pippa auf. Weibliche Solidarität oder was?«

»Sie haben mir gesagt, dass Pippas Begleiter auf Ihrer Party ein Australier war.«

»War er das? Ist mir gar nicht aufgefallen … Jetzt kommt Pippa wieder.«

Aber Siobhan hatte das Gespräch bereits beendet. »Ist mir gar nicht aufgefallen«, wiederholte sie. Rebus setzte sich wieder in den Sessel.

»Bei solchen Leuten ist das halt so. Sie glauben, die ganze Welt dreht sich nur um *sie.*« Rebus dachte nach. »Wessen Idee es wohl war?«

»Was?«

»Die Skelette wurden nicht auf Bestellung gestohlen. Also hatte entweder Barney Grant die Idee, sie zu benutzen, um aufmüpfige Asylbewerber einzuschüchtern…«

»Oder Stuart Bullen.«

»Aber wenn es unser Freund Barney war, dann bedeutet es, dass er von allem wusste – also war er nicht bloß Barkeeper, sondern Bullens Helfershelfer.«

»Das könnte auch erklären, was er mit Howie Slowther zu schaffen hatte. Slowther hat auch für Bullen gearbeitet.«

»Oder, was wahrscheinlicher ist, für Peter Hill, obwohl das am Ende aufs Gleiche rauskommt.«

»Das bedeutet, Barney gehört auch hinter Gitter«, stellte Siobhan fest. »Sonst wird der ganze Mist womöglich wieder von vorn anfangen.«

»Ein paar Beweise könnten allerdings nicht schaden. Bisher können wir lediglich damit aufwarten, dass Barney zusammen mit Slowther in einem Auto gesessen hat…«

»Das und die Skelette.«

»Dürfte den Staatsanwalt kaum ausreichend überzeugen.«

»Das hat alles Zeit bis morgen, Shiv«, meinte Rebus schließlich.

»Ist das der Abmarschbefehl?«

»Ich bin älter als Sie… Ich brauche meinen Schlaf.«

»Ich dachte immer, je älter man wird, desto weniger Schlaf braucht man.«

Rebus schüttelte den Kopf. »Es geht nicht ums brauchen, man schläft einfach weniger.«

»Wieso?«

Er zuckte die Achseln. »Vielleicht, weil man allmählich das Ende herannahen spürt.«

»Und wenn man tot ist, kann man so viel schlafen, wie man will.«

»Genau.«

»Tja, dann tut's mir Leid, dass ich einen alten Mann so lange wach gehalten habe.«

Rebus lächelte. »Schon bald wird *Ihnen* jemand gegenübersitzen, der jünger als Sie ist.«

»Wirklich eine passende Schlussbemerkung ...«

»Ich rufe Ihnen ein Taxi, es sei denn, Sie wollen lieber mein Gästezimmer benutzen.«

Sie zog ihren Mantel an. »Wir sollten niemand Anlass für Klatsch und Tratsch bieten. Ich gehe runter zu den Meadows, da kommt bestimmt ein Taxi vorbei.«

»Um diese Zeit allein draußen auf der Straße?«

Siobhan nahm ihre Tasche und hängte sie über die Schulter. »Ich bin ein großes Mädchen. Ich komm schon zurecht.«

Er brachte sie zur Tür, dann stellte er sich ans Wohnzimmerfenster und schaute ihr nach, wie sie den Bürgersteig entlangging.

Ich bin ein großes Mädchen ...

Ein großes Mädchen, das Angst vor Klatsch und Tratsch hatte.

Zehnter Tag

Mittwoch

30

»Ich hab gleich eine Vorlesung«, sagte Kate.

Rebus hatte vor dem Studentenwohnheim auf sie gewartet. Sie hatte ihm einen abweisenden Blick zugeworfen und war, ohne stehen zu bleiben, zum Fahrradständer marschiert.

»Ich fahre Sie hin«, erklärte er. Sie reagierte nicht und schloss ihre Fahrradkette auf. »Wir müssen reden«, insistierte Rebus.

»Wir haben nichts zu bereden.«

»Das stimmt allerdings…« Sie blickte auf. »Aber nur, wenn wir so tun, als gäbe es Barney Grant und Howie Slowther nicht.«

»Über Barney spreche ich nicht mit Ihnen.«

»Hat er Ihnen das eingeschärft?«

»Ich spreche nicht mit Ihnen.«

»Das sagten Sie bereits. Und was ist mit Howie Slowther?«

»Ich weiß nicht, wer das ist.«

»Wirklich nicht?«

Sie schüttelte trotzig den Kopf und umfasste mit beiden Händen den Lenker. »Bitte, lassen Sie mich, ich komme sonst zu spät.«

»Nur noch ein weiterer Name.« Rebus streckte einen Zeigefinger in die Höhe. Er deutete ihr Seufzen als Erlaubnis, seine Frage zu stellen. »Chantal Rendille… Wahrscheinlich spreche ich es falsch aus.«

»Der Name sagt mir nichts.«

Rebus lächelte. »Sie sind eine schlechte Lügnerin, Kate –

Ihre Augen fangen an zu flackern. Das ist mir schon aufgefallen, als ich Sie letztes Mal nach Chantal gefragt habe. Natürlich kannte ich ihren Namen zu dem Zeitpunkt noch nicht, aber inzwischen kenne ich ihn. Jetzt, da Stuart Bullen hinter Gittern ist, braucht sie sich nicht mehr zu verstecken.«

»Stuart hat den Mann nicht getötet.«

Rebus zuckte die Achseln. »Trotzdem würde ich das gern aus ihrem eigenen Mund hören.« Er schob die Hände in die Taschen. »In der letzten Zeit haben es zu viele Leute mit der Angst bekommen, Kate. Das muss sich dringend ändern, finden Sie nicht auch?«

»Die Entscheidung liegt nicht bei mir«, sagte sie leise.

»Sie meinen, nur Chantal selbst kann das entscheiden? Dann reden Sie mit ihr, sagen Sie ihr, sie braucht keine Angst mehr zu haben. Es gibt für sie keinen Grund, sich noch länger zu verstecken.«

»Ich wünschte, ich wäre davon so überzeugt wie Sie, Inspector.«

»Vielleicht weiß ich ja einiges, das Sie nicht wissen … und das Chantal erfahren sollte.«

Kate blickte sich um. Ihre Kommilitonen waren auf dem Weg zur Universität. Einige betrachteten neugierig den Mann, mit dem sie sprach, da er ganz offensichtlich weder ein Student noch ein Freund war.

»Kate …«, sagte er.

»Ich muss zuerst mit ihr allein sprechen.«

»Nichts dagegen.« Er machte eine Kopfbewegung. »Fahren wir mit dem Auto, oder können wir zu Fuß gehen?«

»Das hängt davon ab, wie gern Sie zu Fuß gehen.«

»Also, ganz im Ernst, sehe ich aus wie ein Wandersmann?«

»Nicht direkt.« Sie lächelte beinahe, war aber immer noch nervös.

»Also mit dem Auto.«

Auch nachdem Rebus sie überredet hatte, auf dem Beifahrersitz Platz zu nehmen, dauerte es noch eine Weile, bis sie die Tür geschlossen, und noch länger, bis sie den Gurt angelegt hatte. Rebus fürchtete, sie könnte jeden Moment weglaufen.

»Wohin?«, fragte er, bemüht, die Frage beiläufig klingen zu lassen.

»Bedlam«, antwortete sie kaum hörbar. Rebus war sich nicht sicher, ob er sie richtig verstanden hatte. »Bedlam Theatre«, erklärte sie. »Das ist eine ehemalige Kirche.«

»In der Nähe der Greyfriars Kirk?«, wollte Rebus wissen. Sie nickte, und er fuhr los. Unterwegs erzählte sie ihm, dass Marcus, der in dem Zimmer ihr gegenüber wohnte, Mitglied der Theatergruppe der Universität war, die Bedlam für Proben und Aufführungen benutzte. Rebus erwiderte, er habe die Plakate bei Marcus an der Wand gesehen. Dann fragte er, wie sie und Chantal sich kennen gelernt hatten.

»Irgendwie ist diese Stadt das reinste Dorf«, meinte sie. »Ich bin ihr zufällig auf der Straße begegnet und wusste sofort Bescheid.«

»Was wussten Sie?«

»Woher sie kam, was sie war... Es ist schwer zu erklären. Zwei Afrikanerinnen mitten in Edinburgh.« Sie zuckte die Achseln. »Wir haben uns angelacht und drauflos geredet.«

»Und als sie Sie um Hilfe bat?« Sie starrte ihn an, als verstünde sie nicht, was er meinte. »Was dachten Sie da? Hat sie Ihnen erzählt, was passiert war?«

»Zum Teil...« Kate sah aus dem Beifahrerfenster. »Das soll sie Ihnen selbst erzählen, falls sie dazu bereit ist.«

»Ihnen ist doch klar, dass ich auf Chantals Seite bin? Und übrigens auch auf Ihrer.«

»Das weiß ich.«

Das Bedlam Theatre befand sich an der Stelle, wo die Straßen Forest Road und Bistro Place sich im spitzen Winkel trafen und in die George IV Street mündeten. Früher einmal waren diese Straßen Rebus' Lieblingsgegend in Edinburgh gewesen, voll absonderlicher Buchhandlungen und einem großen Laden mit Second-Hand-Schallplatten. Mittlerweile gab es dort Filialen von Starbucks und Subway, und in dem Plattenladen befand sich eine schick designte Bar. Die Parkplatzsituation hatte sich allerdings nicht verändert, und Rebus stellte den Wagen schließlich im Halteverbot ab, in der Hoffnung, dass er zurück sein würde, bevor der Abschleppwagen eintraf.

Das Haupttor war verschlossen, aber Kate führte ihn zu einem Nebeneingang und zog einen Schlüssel aus der Tasche.

»Marcus?«, fragte er. Sie nickte, öffnete die schmale Tür, dann drehte sie sich zu ihm. »Ich nehme an, ich soll hier warten«, sagte er.

»Nein«, antwortete sie entschlossen. »Sie können ruhig mitkommen.«

Drinnen war es düster. Sie stiegen eine Treppe mit knarrenden Stufen hinauf, die zu einem Zuschauerraum führte, von dem aus man auf eine improvisierte Bühne blickte. Auf vielen der ehemaligen Kirchenbänke lagen leere Kartons, Requisiten und Teile der Beleuchtungsanlage.

»Chantal?«, rief Kate. »*C'est moi.* Bist du da?«

Zwischen zwei Sitzreihen tauchte das Gesicht einer jungen Frau auf. Sie hatte in einem Schlafsack gelegen und rieb sich blinzelnd den Schlaf aus den Augen. Als sie sah, dass Kate nicht allein war, riss sie Mund und Augen erschrocken auf.

»*Calmes-toi*, Chantal. *Il est policier.*«

»Wer das sein?« Chantals Stimme war schrill und klang panisch. Als sie aus dem Schlafsack kletterte, sah Rebus, dass sie vollständig bekleidet war.

»Ich bin Polizist, Chantal«, begann Rebus langsam, »ich möchte mit Ihnen reden.«

»Nein! Ich nicht tun!« Sie fuchtelte mit den Händen. Ihre Arme waren dünn, das Haar kurz geschoren. Ihr Kopf wirkte im Vergleich zu dem schlanken Hals, auf dem er saß, überproportional groß.

»Sie wissen, dass wir die Männer verhaftet haben?«, sagte Rebus. »Die Männer, die für den Mord an Stef verantwortlich sind. Sie kommen so bald nicht wieder frei.«

»Sie mich auch umbringen.«

Rebus ließ sie nicht aus den Augen, während er den Kopf schüttelte. »Die Männer werden für lange Zeit im Gefängnis bleiben, Chantal. Sie haben viele schlimme Dinge getan. Aber eine Verurteilung wegen des Mordes an Stef… also, ich bin mir nicht sicher, ob wir das ohne Ihre Hilfe schaffen.«

»Stef war guter Mensch.« Ihr Gesicht nahm einen traurigen Ausdruck an.

»Ja, das war er«, stimmte Rebus zu. »Und sein Mörder darf nicht ungestraft davonkommen.« Er hatte sich langsam auf sie zu bewegt. Sie waren jetzt nur noch eine Armlänge von einander entfernt. »Stef braucht Sie, Chantal, dieses eine Mal noch.«

»Nein«, entgegnete sie. Aber ihr Blick sagte ihm etwas anderes.

»Ich muss es von Ihnen hören, Chantal«, erklärte er leise. »Ich muss erfahren, was Sie gesehen haben.«

»Nein«, wiederholte sie und warf Kate einen flehenden Blick zu.

»*Oui, Chantal*«, sagte Kate. »Es ist höchste Zeit.«

Nur Kate hatte schon gefrühstückt, also fuhr Rebus mit den beiden Frauen das kurze Stück zum Elephant House Café und fand in der Chambers Street sogar einen Parkplatz. Chantal wollte eine heiße Schokolade, Kate Kräutertee. Rebus bestellte Croissants und klebrige Kuchenstücke und für sich einen großen schwarzen Kaffee. Außerdem mehrere

Flaschen Wasser und Orangensaft – wenn niemand sonst sie wollte, würde er sie trinken. Und vielleicht müsste er auch noch ein paar Aspirin nehmen, zusätzlich zu den drei Stück, die er schon zu Hause geschluckt hatte.

Sie saßen an einem Tisch ganz hinten im Café, an einem Fenster, das zum Kirchhof hinausführte, wo ein paar Penner den Tag mit einer Dose extrastarkem Lagerbier begannen. Ein paar Wochen zuvor hatten Jugendliche auf dem Friedhof einen Schädel ausgegraben und als Fußball benutzt. *Mad World* schallte dezent aus den Lautsprechern des Cafés, und Rebus war nicht in der Stimmung, dem zu widersprechen.

Er wartete ab, ließ Chantal in Ruhe ihr Frühstück verzehren. Die Kuchen waren ihr zu süß, aber sie aß zwei Croissants und spülte sie mit einer Flasche Saft hinunter.

»Frisches Obst wäre besser«, sagte Kate, und Rebus wusste nicht, ob er damit gemeint war, denn er vertilgte gerade den letzten Bissen eines Aprikosentörtchens. Dann war ein weiterer Kaffee angesagt und für Chantal eine zweite Tasse heiße Schokolade. Kate hingegen schenkte sich himbeerfarbenen Tee aus ihrem Kännchen nach. Während Rebus an der Theke anstand, beobachtete er die beiden jungen Frauen. Sie unterhielten sich im Plauderton. Chantal wirkte ganz ruhig. Deshalb hatte er das Elephant House vorgeschlagen. Eine Polizeiwache hätte niemals dieselbe Wirkung gehabt. Als er mit den beiden Bechern zurückkam, lächelte sie und bedankte sich.

»Nun denn«, sagte er und nahm einen Schluck Kaffee, »endlich lernen wir uns kennen, Chantal.«

»Sie sehr hartnäckig.«

»Womöglich meine einzige gute Eigenschaft. Wollen Sie mir erzählen, was an dem Tag passiert ist? Einiges habe ich mir schon zusammengereimt. Stef war Journalist und wusste genau, wann er auf eine lohnende Geschichte gestoßen war.

Ich nehme an, Sie haben ihm vom Stevenson House erzählt, oder?«

»Er schon ein bisschen wissen«, antwortete Chantal zögernd.

»Wo sind Sie ihm zum ersten Mal begegnet?«

»In Knoxland. Er…« Sie wandte sich an Kate und haspelte ein paar französische Sätze herunter, die Kate anschließend für Rebus übersetzte.

»Er hatte ein paar von den illegalen Einwanderer interviewt, die er in der Innenstadt traf. Dabei wurde ihm klar, dass etwas Kriminelles vor sich ging.«

»Und Chantal lieferte die restlichen Informationen?«, riet Rebus. »Und die beiden freundeten sich an?« Chantal verstand und nickte. »Und dann erwischte Stuart Bullen ihn beim Ausspionieren…«

»Es war nicht Bullen«, korrigierte sie ihn.

»Dann war es Peter Hill.« Rebus beschrieb den Iren, und Chantal rückte auf ihrem Stuhl ein wenig nach hinten, so als weiche sie vor seinen Worten zurück.

»Ja, das ist er. Er ihn verfolgt… und erstochen…« Sie senkte den Blick und ließ die Hände in den Schoß sinken. Kate legte ihre Hand auf die ihrer Freundin.

»Sie sind weggelaufen«, fuhr Rebus ruhig fort. Chantal begann wieder auf Französisch zu sprechen.

»Sie musste das tun«, erklärte Kate. »Sonst hätten die Männer sie in dem Keller begraben, zusammen mit all den anderen.«

»Diese anderen gab es überhaupt nicht«, klärte Rebus sie auf. »Das war bloß ein Trick.«

»Sie hatte schreckliche Angst«, meinte Kate.

»Aber sie ist noch einmal zurückgekehrt, um die Blumen hinzulegen.«

Kate übersetzte für Chantal, die daraufhin wieder nickte.

»Sie ist Tausende von Kilometern gereist, um in einem

Land zu sein, in dem sie in Sicherheit ist«, sagte Kate zu Rebus. »Sie ist schon seit fast einem Jahr in dieser Stadt und begreift die Leute noch immer nicht.«

»Sagen Sie ihr, dass es auch anderen so geht. Ich hab's in über einem halben Jahrhundert nicht geschafft.« Als Kate das übersetzte, brachte Chantal ein mattes Lächeln zustande. Rebus dachte über sie nach… über ihre Beziehung zu Stef. War sie mehr als nur eine Informationsquelle für ihn gewesen, oder hatte er sie, was für viele Journalisten typisch gewesen wäre, schlicht und einfach benutzt?

»War noch jemand beteiligt, Chantal?«, fragte Rebus. »War an dem Tag noch jemand dort?«

»Ein junger Mann… schlechte Haut… und dieser Zahn…« Sie tippte gegen einen ihrer makellosen Zähne. »Nicht da.« Garantiert meinte sie Howie Slowther, und mit etwas Glück würde sie ihn auch bei einer Gegenüberstellung identifizieren.

»Was glauben Sie, Chantal, wie die Kerle Stef auf die Spur gekommen sind? Woher wussten sie, dass er die Geschichte einer Zeitung anbieten wollte?«

Sie sah ihn an. »Weil er ihnen gesagt.«

Rebus kniff die Augen zusammen. »Er hat es ihnen *gesagt*.«

Sie nickte. »Er wollen von den Männer, sie bringen seine Familie zu ihm. Er gewusst, sie das tun können.«

»Sie meinen, sie gegen Kaution aus Whitemire freizubekommen?« Erneutes Nicken. Unwillkürlich neigte Rebus sich über den Tisch zu ihr. »Er hat versucht, die Bande zu *erpressen*?«

»Er nicht erzählen, was er wissen… aber nur wenn seine Familie zu ihm kommen.«

Rebus starrte aus dem Fenster. Plötzlich fand er den Gedanken an ein extrastarkes Lagerbier um diese Zeit ziemlich verlockend. Mad World – die Welt war wirklich verrückt. Stef Yurgii hätte genauso gut gleich Selbstmord begehen können.

Er hatte sich mit dem Journalisten vom *Scotsman* nicht getroffen, weil er es nie ernsthaft vorgehabt hatte, sondern Bullen nur deutlich machen wollen, wozu er in der Lage war. Und das alles seiner Familie wegen. Chantal war lediglich eine gute Freundin gewesen, wenn überhaupt. Ein verzweifelter Ehemann und Vater war ein tödliches Risiko eingegangen.

War wegen seiner Dreistigkeit ermordet worden.

War umgebracht worden, weil er eine Gefahr darstellte. *Ihn* hätte kein Skelett eingeschüchtert.

»Haben Sie es beobachtet?«, fragte Rebus leise. »Haben Sie Stef sterben gesehen?«

»Ich nichts konnte tun.«

»Sie haben angerufen, haben getan, was Sie konnten.«

»Das nicht genug ... nicht genug ...« Sie begann zu weinen, und Kate tröstete sie. Zwei ältere Frauen an einem Ecktisch sahen herüber.

»Kate«, sagte er, »erklären Sie ihr, dass sie eine vorschriftsmäßige Aussage machen muss.«

»Auf einer Poliziewache?«, fragte sie. Rebus nickte.

»Es wäre natürlich gut«, meinte Rebus, »wenn Sie mitkommen würden.«

»Ja, natürlich.«

»Sie werden mit einem Kollegen von mir sprechen. Er heißt Shug Davidson und ist ein netter Mann, mindestens so mitfühlend wie ich.«

»Sie werden nicht dabei sein?«

»Wohl nicht. Shug hat das Kommando.« Rebus nahm einen Schluck Kaffee. »Ich hätte eigentlich gar nicht hier sein sollen«, sagte er, mehr zu sich selbst, den Blick wieder aus dem Fenster gerichtet.

Er rief Davidson per Handy an, erklärte, was Sache war, und sagte, er werden die beiden Frauen nach Torphichen bringen.

Chantal war während der Fahrt schweigsam. Rebus hatte noch ein paar Fragen an ihre Gefährtin auf dem Rücksitz.

»Wie lief Ihr Gespräch mit Barney Grant?«

»Ganz gut.«

»Glauben Sie, er wird das Nook weiterführen?«

»Ja, bis Stuart zurückkommt. Warum lächeln Sie?«

»Weil ich mir nicht sicher bin, ob Barney das unbedingt möchte … oder damit rechnet.«

»Ich verstehe nicht, was Sie meinen.«

»Macht nichts. Den Mann namens Peter Hill, den ich Chantal beschrieben habe … er stammt aus Nordirland, hat vermutlich Verbindungen zu einer Terrororganisation. Wir vermuten, dass er Bullen unter der Voraussetzung geholfen hat, dass dieser ihm im Gegenzug Rückendeckung bei seinem Vorhaben geben würde, in Knoxland Drogen zu verkaufen.«

»Was hat das mit mir zu tun?«

»Vielleicht gar nichts. Der jüngere Mann, der mit dem fehlenden Zahn … er heißt Howie Slowther.«

»Sie haben diesen Namen vorhin schon erwähnt.«

»Stimmt. Denn nach Ihrem kleinen Plausch mit Barney Grant in dem Pub ist Barney in ein Auto gestiegen, in dem auch Howie Slowther saß.« Ihrer beider Blicke trafen sich im Rückspiegel. »Barney steckt bis zum Hals in der Sache mit drin, Kate. Vielleicht sogar noch ein bisschen tiefer. Also, falls Sie die Absicht hatten, auf ihn zu bauen …«

»Sie brauchen sich um mich keine Sorgen zu machen.«

»Freut mich zu hören.«

Chantal sagte etwas auf Französisch. Kate antwortete ihr in derselben Sprache, sodass Rebus nur ein paar Worte verstand.

»Sie fragt, ob man sie abschieben wird«, bemerkte er und sah Kate im Rückspiegel nicken. »Sagen Sie ihr, dass ich Himmel und Hölle in Bewegung setzten werde, um das zu verhindern. Und dass sie sich darauf hundertprozentig verlassen kann.«

Eine Hand berührte seine Schulter. Er drehte sich zur Seite und sah, dass sie Chantal gehörte.

»Ich Ihnen glauben.« Mehr sagte sie nicht.

31

Siobhan und Young beobachteten, wie Ray Mangold aus seinem Jaguar ausstieg. Sie saßen in Youngs Wagen, den sie gegenüber von den Garagen an der East Market Street geparkt hatten. Mangold schloss die Tore auf und öffnete sie. Ishbel Jardine saß auf dem Beifahrersitz, schminkte sich und schaute zu diesem Zweck in den Rückspiegel. Als sie gerade anfangen wollte, Lippenstift aufzutragen, zögerte sie kurz.

»Sie hat uns gesehen«, bemerkte Siobhan.

»Sind Sie sicher?«

»Nicht hundertprozentig.«

»Dann warten wir ab, was passiert.«

Young wollte erst in Aktion treten, wenn der Wagen in der Garage stand. Dann könnte er mit seinem Wagen problemlos die Ausfahrt blockieren. Er hatte bereits über eine halbe Stunde zusammen mit Siobhan ausgeharrt und währenddessen ausführlich die Grundzüge des Kontraktbridge geschildert. Der Motor war ausgeschaltet, aber Youngs Hand befand sich am Zündschlüssel.

Als die Garagentüren weit offen standen, ging Mangold zurück zu dem im Leerlauf surrenden Jaguar. Siobhan beobachtete ihn beim Einsteigen, konnte aber nicht beurteilen, ob Ishbel etwas zu ihm sagte. Doch dann trafen sich die Blicke von Mangold und ihr in einem der Außenspiegel, und in dem Moment war die Antwort klar.

»Auf geht's«, sagte sie zu Young. Eilig öffnete sie die Beifahrertür – sie durfte keine Zeit verlieren. Doch die Rücklichter des Jaguars leuchteten schon auf. Der Wagen fuhr mit jaulendem Motor an ihr vorbei in Richtung New Street. Siobhan sprang zurück in den Wagen, und die Tür schloss sich von allein, da Young sofort Gas gab. Der Jaguar hatte inzwischen die Ecke New Street erreicht, raste mit blockierenden Rädern um die Kurve und zum Canongate hinauf.

»Los, rufen Sie Verstärkung!«, befahl Young. »Und geben Sie eine Beschreibung des Wagens durch!«

Siobhan betätigte das Funkgerät. Auf der Canongate befand sich stadteinwärts eine Autoschlange, deshalb bog der Jaguar nach links in Richtung Holyrood ab.

»Was meinen Sie?«, fragte sie Young.

»Sie kennen Edinburgh besser als ich«, räumte er ein.

»Ich glaube, er will zum Holyrood Park. Wenn er auf normalen Straßen bleibt, wird er über kurz oder lang in einen Stau geraten. Im Park hat er die Chance, ordentlich auf die Tube zu drücken und uns abzuhängen.

»Wollen Sie mein Auto beleidigen?«

»Meines Wissens haben Daewoos keine Vier-Liter-Maschinen unter der Haube.«

Der Jaguar scherte aus, um einen zweistöckigen, oben offenen Touristenbus zu überholen. Die Straße war an dieser Stelle besonders schmal, und Mangold riss den Außenspiegel eines geparkten Lieferwagens ab, dessen Fahrer daraufhin aus einem Laden gestürmt kam und dem Jaguar hinterherschimpfte. Der Gegenverkehr hinderte Young daran, den Bus zu überholen, der langsam den Hügel hinunterrollte.

»Hupen Sie doch mal«, schlug Siobhan vor. Er gehorchte, aber der Busfahrer ließ sich davon nicht beeindrucken und hielt erst bei dem geplanten Zwischenstopp am Canongate Tolbooth. Die Fahrer der entgegenkommenden Wagen beschwerten sich, als Young auf ihre Fahrspur wechselte, um das Hindernis zu überholen. Mangolds Jaguar war schon weit entfernt. Am Kreisverkehr vor dem Holyrood Palace, bog er nach rechts in die Horse Wynd ab.

»Sie hatten Recht«, sagte Young, während Siobhan die neue Fahrtrichtung durchgab. Der Holyrood Park befand sich im Besitz der Krone, weshalb für ihn eine eigene Polizei zuständig war. Doch Siobhan hatte nicht vor, sich mit protokollarischen Fragen aufzuhalten. Inzwischen jagte der Jaguar um die Salisbury Crags herum.

»Was nun?«, fragte Young.

»Tja, entweder er rast den ganzen Tag im Kreis durch den Park, oder er nimmt eine der Ausfahrten. Das hieße Dalkeith Road oder Duddingston. Ich wette auf Letzteres. Denn wenn er durch Duddingston durch ist, braucht er nur noch ein paar Mal hochzuschalten, schon ist er auf der A1 – und kann, wenn's sein muss, mit Vollgas bis nach Newcastle brettern.«

Vorher mussten jedoch noch ein paar Kreisverkehre bewältigt werden. An dem zweiten verlor Mangold beinahe die Kontrolle über den Wagen, und der Jaguar schoss den Kantstein hoch. Mit röhrendem Motor passierte er die Rückseite von Pollock Halls.

»Duddingston«, stellte Siobhan fest und gab eine weitere Meldung über Funk durch. Dieses Straßenstück war ziemlich kurvenreich, und Mangolds Wagen verschwand rasch außer Sichtweite. Doch kurz darauf sah Siobhan hinter einem Felsvorsprung eine Staubwolke aufsteigen.

»Oh, verdammt«, sagte sie. Als sie um die nächste Biegung fuhren, entdeckten sie Bremsspuren, die sich über die Fahrbahn schlängelten. Der Jaguar hatte die Leitplanke am rechten Straßenrand durchbrochen und rollte jetzt den steilen Abhang zum Duddingston Loch hinunter. Enten und Gänse brachten sich flügelschlagend in Sicherheit. Auf dem See hingegen glitten einige Schwäne unbeeindruckt übers Wasser. Der Jaguar wirbelte Steine und Federn auf, während er holpernd auf den See zuraste. Die Bremslichter leuchteten, aber den Wagen kümmerte das nicht. Er brach aus, vollführte eine Dreivierteldrehung, sodass er schräg, mit dem Kofferraum zuerst, im Wasser landete. Die Vorderräder hingen in der Luft und drehten sich langsam.

Ein Stück entfernt standen Leute am Ufer: Eltern und ihr Nachwuchs, die Vögel mit Brotresten fütterten. Einige von ihnen rannten in Richtung des Autos. Young hatte den Daewoo auf den schmalen Bürgersteig gesteuert, um die Straße nicht zu versperren. Siobhan stolperte den Abhang hinunter. Die Türen des Jaguars standen offen, und die Köpfe von Ishbel und Mangold tauchten auf. Doch dann rutschte der Wagen plötzlich nach hinten und begann, im See zu versinken. Mangold war schon ausgestiegen, aber Ishbel wurde zurück auf den Sitz geworfen, und das Wasser drückte die Tür zu, während es gleichzeitig in den Innenraum flutete. Mangold erkannte die Gefahr, griff nach Ishbel und versuchte, sie durch die Fahrertür zu ziehen. Aber sie steckte offenbar fest, und inzwischen ragten nur noch die Windschutzscheibe und das Dach aus dem See. Siobhan watete in das übel riechende Wasser.

»Helfen Sie mir!«, brüllte Mangold. Er hatte beide Arme von Ishbel gepackt. Siobhan holte tief Luft und tauchte unter. Das Wasser war trübe und voller Blasen, aber sie erkannte das Problem: Ein Fuß von Ishbel war zwischen Sitz und Handbremse eingeklemmt. Und je mehr Mangold zog, desto fester saß der Fuß. Siobhan tauchte wieder auf.

»Loslassen!«, rief sie ihm zu. »Loslassen, sonst ertrinkt sie!« Dann holte sie erneut Luft und begab sich wieder unter Wasser, wo sie sich in der dreckigen Brühe Ishbel Auge in Auge gegenübersah. Aus ihren Nasenlöchern und Mundwinkeln stiegen kleine Bläschen empor, doch sie wirkte erstaunlich ruhig. Siobhan beugte sich über sie, um an ihren Fuß zu gelangen, und spürte, wie Ishbel die Arme um sie legte und sie an sich drückte, so als wollte sie unbedingt, dass sie beide dort unten blieben. Siobhan versuchte, sich loszumachen, und zerrte gleichzeitig an dem eingeklemmten Fuß.

Aber der Fuß war gar nicht mehr eingeklemmt.

Und trotzdem blieb Ishbel, wo sie war.

Und hielt sie fest.

Siobhan versuchte, nach Ishbels Händen zu greifen, aber das war schwierig: sie hielten fest ihren Rücken umklammert. Der letzte Rest an Luft entwich aus ihrer Lunge. Sie war inzwischen fast bewegungsunfähig, außerdem versuchte Ishbel, sie weiter in das Auto hineinzuziehen.

Bis Siobhan ihr ein Knie in den Solarplexus rammte. Sie spürte, wie sich die Umarmung lockerte, und nun schaffte sie es problemlos, sich zu befreien. Sie packte Ishbel an den Haaren, strebte mit einem kräften Beinschlag nach oben, und wieder griffen Hände nach ihr – dieses Mal allerdings nicht Ishbels, sondern die von Mangold. Sobald ihr Gesicht über Wasser war, riss Siobhan den Mund auf, um Luft zu holen. Prustend wischte sie sich über Augen und Nase, schob sich das Haar aus dem Gesicht.

»Elendes Miststück!«, schrie sie, als Ishbel keuchend und spuckend von Mangold das Ufer hinaufgeführt wurde. Danach, an Les Young gewandt, der sie ungläubig anstarrte: »Sie wollte uns beide umbringen!«

Er half ihr aus dem Wasser. Ishbel lag ein paar Meter weiter, und einige Zuschauer versammelten sich um sie. Einer von ihnen hatte eine Videokamera dabei und zeichnete das Geschehen für die Nachwelt auf. Als er die Kamera auf Siobhan richtete, schob diese sie unsanft beiseite und beugte sich dann über die lang ausgestreckte, klatschnasse Gestalt.

»Was sollte das, verdammt noch mal?«

Mangold kniete neben Ishbel, versuchte, sie in den Arm zu nehmen. »Ich weiß es nicht«, erwiderte er.

»Ich meinte nicht Sie, sondern *sie* hier!« Sie stubste Ishbel mit dem Fuß an. Young versuchte, sie wegzuziehen, und sagte etwas, das sie nicht verstand. In ihren Ohren rauschte es wie verrückt, und ihre Lungen brannten.

Schließlich drehte Ishbel den Kopf und blickte zu ihrer Lebensretterin auf.

»Bestimmt ist sie Ihnen dankbar«, sagte Mangold, und Young fügte hinzu, so ein Verhalten sei eine Art Reflex … er habe davon schon gehört.

Ishbel selbst schwieg, drehte sich zur Seite und spuckte eine Mischung aus Galle und Wasser auf die feuchte, mit weißen Daunenfedern gesprenkelte Erde.

»Wenn ihr's genau wissen wollt – ich hatte von euch Typen die Schnauze gestrichen voll.«

»Ist das die Entschuldigung für Ihr Verhalten, Mr. Mangold?«, fragte Les Young. »Ihre ganze Erklärung?«

Sie saßen im Vernehmungsraum eins der Polizeiwache St. Leonard's, die sich in unmittelbarer Nähe des Holyrood Parks befand. Ein paar Constables hatten ihre Überraschung angesichts von Siobhans Rückkehr an ihren ehemaligen Arbeitsplatz geäußert; und ein Telefonat mit DCI Macrae vom Gayfield Square, der sie auf dem Handy angerufen hatte, weil er wissen wollte, wo zum Teufel sie stecke, hatte ihre Laune auch nicht gerade verbessert. Nach ihrer Antwort hatte er sich lang und breit über ihre Arbeitsauffassung beschwert, über ihre mangelnde Teamfähigkeit und über die offenkundige Verachtung, mit der gewisse Kollegen, die ehemals in St. Leonard's stationiert gewesen waren, ihrer neuen Dienststelle begegneten.

Während er seinen Vortrag hielt, wurde Siobhan in eine Decke eingewickelt, ihr ein Becher Instantsuppe in die Hand gedrückt und die Schuhe ausgezogen, um sie auf der Heizung zu trocknen …

»Tut mir Leid, Sir, ich habe nicht alles mitgekriegt«, musste sie zugeben, nachdem Macrae geendet hatte.

»Finden Sie das lustig, DS Clarke?«

»Nein, Sir.« Obwohl es das in gewisser Weise war. Sie bezweifelte allerdings, dass Macrae ihren Sinn für das Absurde teilte.

Inzwischen saß sie ohne BH in einem geborgten T-Shirt und einer schwarzen, drei Nummern zu großen Armeehose im Vernehmungsraum. An den Füßen ein Paar weiße Männer-Tennissocken und darüber jene Plastiküberzieher, die Polizisten an Tatorten tragen. Um ihre Schultern eine graue Wolldecke aus einer der Arrestzellen. Sie hatte keine Gelegenheit gehabt, sich die Haare zu waschen. Sie waren feucht und strähnig und rochen nach dem Wasser des Sees.

Mangold, ebenfalls in eine Decke gewickelt, hielt einen Plastikbecher mit Tee. Seine Brille mit den getönten Gläsern war verloren gegangen, und wegen des hellen Neonlichts kniff er die Augen zusammen. Zwischen ihnen stand ein Tisch. Les Young saß neben Siobhan und hielt seinen Stift schreibbereit über einen DIN-A-4-Block.

Ishbel befand sich in einer Arrestzelle. Sie würde später vernommen werden.

Erst einmal waren sie an Mangold interessiert. An Mangold, der seit ein paar Minuten schwieg.

»Anscheinend wollen Sie bei dieser Geschichte bleiben«, kommentierte Les Young. Er fing an, auf dem Block herumzukritzeln. Siobhan drehte sich zu ihm um.

»Er kann uns auftischen, was er will. An den Tatsachen ändert das nichts.«

»Was für Tatsachen?«, fragte Mangold und tat dabei so, als wäre es ihm eigentlich gleichgültig.

»Der Keller«, sagte Les Young.

»Herrje, geht das jetzt schon wieder los?«

Siobhan antwortete darauf. »Sie haben es zwar bestritten,

aber ich glaube, dass Sie Stuart Bullen sehr wohl kennen und das schon eine ganze Weile. Er hatte die Idee zu einer vorgetäuschten Beerdigungszeremonie: Die Skelette wurden begraben, um den Migranten vorzuführen, was mit ihnen passieren würde, falls sie nicht spurten.«

Mangold hatte den Stuhl nach hinten gekippt. Seine Gesicht war zur Decke gerichtet, die Augen geschlossen. Siobhan redete in ruhigem, sachlichem Ton weiter.

»Als die Skelette von der Betonschicht bedeckt waren, hätte die Sache damit erledigt sein sollen. War sie aber nicht. Ihr Pub liegt an der Royal Mile, Sie sehen tagtäglich Horden von Touristen. Die meisten finden nichts schöner, als sich ein bisschen zu gruseln – deshalb sind die Geistertouren so beliebt. Und Sie wollten für das Warlock ein Stück vom Kuchen abhaben.«

»Klar wollte ich das«, gab Mangold zu. »Aus dem Grund habe ich ja beschlossen, den Keller umzubauen.«

»Stimmt… Aber überlegen Sie mal, wie es sich auf Ihren Umsatz auswirken würde, wenn man plötzlich ein paar Skelette unter dem Fußboden fände. Jede Menge kostenlose PR, vor allem, wenn eine Lokalhistorikerin die Neugier der Leute anstachelt…«

»Ich verstehe noch immer nicht, worauf Sie hinauswollen.«

»Es war nur leider so, dass Sie mit übergeordneten Interessen in Konflikt geraten sind. Stuart Bullen wollte auf gar keinen Fall, dass die Skelette wieder auftauchten. Wir von der Polizei würden Fragen stellen und dadurch womöglich sein kleines Sklavenimperium in Schwierigkeiten bringen. Hat er Ihnen darum eine Abreibung verpasst? Ich vermute, das hat der Ire für ihn erledigt.«

»Ich habe Ihnen doch schon gesagt, woher die Verletzungen stammen.«

»Tut mir Leid, aber ich glaube Ihnen nicht.«

Mangold begann zu lachen, das Gesicht immer noch der Decke zugewandt. »Sie haben von Tatsachen gesprochen. Bis jetzt war noch nichts dabei, für das Sie auch nur den Hauch eines Beweises haben.«

»Wissen Sie, was ich mich frage…«

»Was?«

»Sehen Sie mich an, dann sag ich's Ihnen.«

Langsam bewegte Mangold den Stuhl nach vorn und richtete seine halb zusammengekniffenen Augen auf Siobhan.

»Mir ist nicht klar«, sagte sie, »ob Sie es getan haben, weil Sie von Hill verprügelt worden waren und Ihre Wut an jemand auslassen wollten…«, sie legte eine Pause ein, »… oder ob es mehr eine Art Geschenk an Ishbel war, um ihr Leben schöner zu machen.«

Mangold wandte sich an Les Young: »Können Sie mir einen Tipp geben: Haben *Sie* irgendeine Vorstellung, was die Frau meint?«

»Ich weiß genau, was sie meint«, erwiderte Young.

»Hören Sie«, fuhr Siobhan fort und veränderte ein wenig ihre Sitzposition, »als DI Rebus und ich Sie das letzte Mal besuchten… da waren Sie gerade im Keller…«

»Ja?«

»DI Rebus hat während unseres Gesprächs mit einem Meißel herumgespielt. Erinnern Sie sich noch?«

»Ich glaube nicht.«

»Der Meißel stammte aus Joe Evans Werkzeugkasten.«

»Wirklich eine weltbewegende Neuigkeit.«

Siobhan lächelte über die sarkastische Bemerkung; das konnte sie sich leisten. »Es war auch ein Hammer dabei, Ray.«

»Ein Hammer in einer Werkzeugkiste: Auf was für Ideen die Leute kommen.«

»Gestern Abend bin ich in Ihren Keller gegangen und habe den Hammer mitgenommen. Den Leuten von der Kriminaltechnik habe ich gesagt, dass es extrem eilt. Für ein Ergebnis der DNA-Untersuchung ist es noch zu früh, aber man hat Blut auf dem Hammer gefunden, Ray. Dieselbe Blutgruppe wie bei Donny Cruikshank.« Sie zuckte die Achseln. »So viel zu den Tatsachen.« Sie wartete, ob Mangold etwas dazu sagen würde, aber sein Mund war fest verschlossen. »Also«, fuhr sie fort, »für mich stellt es sich so dar … Wenn der Hammer beim Mord an Donny Cruikshank benutzt wurde, dann gibt es eigentlich nur drei mögliche Täter: Evans, Ishbel oder Sie, Ray.« Bei jedem der Namen hielt sie einen Finger hoch. »Einer von Ihnen muss es gewesen sein. Und ich glaube, Evans können wir realistischerweise ausschließen.« Sie senkte einen der Finger. »Bleiben noch Ishbel und Sie. Wer von Ihnen ist's gewesen?«

Les Youngs Stift schwebte wieder über dem Block.

»Ich will mit Ishbel reden«, erklärte Mangold, und seine Stimme klang plötzlich rau und spröde. »Allein … nur fünf Minuten.«

»Auf keinen Fall«, entgegnete Young entschlossen.

»Ich sage kein Wort mehr, ehe Sie mich nicht zu ihr lassen.«

Aber Les Young schüttelte den Kopf. Mangold richtete den Blick auf Siobhan.

»DI Young ist hier der Boss«, sagte sie. »Er entscheidet.«

Mangold beugte sich vor, die Ellbogen auf dem Tisch, den Kopf in den Händen. Als er zu sprechen begann, waren seine Worte kaum hörbar.

»Das konnten wir nicht verstehen, Ray«, meinte Young.

»Nicht? Dann verstehen Sie sicher das hier!« Mangold hechtete über den Tisch, einen Arm ausgestreckt, die Hand zur Faust geballt. Young wich reflexartig zurück. Siobhan sprang auf, packte Mangolds Arm und drehte ihn nach hinten. Young ließ seinen Stift fallen, rannte um den Tisch und nahm Mangold in den Schwitzkasten.

»Arschlöcher!«, pöbelte Mangold. »Alles Arschlöcher – euer ganzer Scheißverein!«

Und dann, etwa eine Minute später, als die Verstärkung mit Handschellen anrückte: »Okay, okay … ich war's. Seid ihr jetzt zufrieden, ihr blöden Schweinehunde? Ich hab ihm mit dem Hammer eins übergezogen. Na und? Hab der Menschheit damit einen Riesengefallen getan. Jawohl, das hab ich.«

»Das müssen Sie nachher noch mal wiederholen«, zischte Siobhan ihm ins Ohr.

»Was?«

»Wenn wir Sie nicht mehr festhalten, müssen Sie das alles noch mal erzählen.« Sie ließ ihn los, als ihre Kollegen hereinkamen.

»Denn sonst«, erklärte sie, »könnte der Eindruck entstehen, wir hätten Ihnen Gewalt angetan.«

Als sie später eine Kaffeepause einlegten, stand Siobhan mit geschlossenen Augen an den Getränkeautomaten gelehnt. Les Young hatte sich gegen ihren Rat für die Suppe entschieden. Nun roch er am Inhalt seines Bechers und verzog das Gesicht.

»Was glauben Sie?«, fragte er.

Siobhan öffnete die Augen. »Ich glaube, Sie hätten etwas anderes nehmen sollen.«

»Ich dachte an Mangold.«

Siobhan zuckte die Achseln. »Er hat gestanden.«

»Ja, aber ist er auch schuldig?«

»Wenn nicht er, dann Ishbel.«

»Er liebt sie, oder?«

»Sieht ganz so aus.«

»Also deckt er sie womöglich.«

Sie zuckte erneut die Achseln. »Bin gespannt, ob er im selben Trakt wie Bullen landet. Wär das nicht eine Art von Gerechtigkeit?«

»Vermutlich.« Young klang skeptisch.

»Sie könnten sich ruhig ein bisschen freuen, Les«, sagte Siobhan. »Immerhin haben wir einen Täter vorzuweisen.«

Er tat so, als betrachtete er interessiert den Getränkeautomaten. »Es gibt da etwas, das Sie nicht wissen, Siobhan…«

»Und das wäre?«

»Das hier ist das erste Mal, dass ich die Ermittlungen in einem Mordfall leite. Ich will alles hundertprozentig richtig machen.«

»So etwas klappt im Leben leider nicht immer, Les.« Sie klopfte ihm auf die Schulter. »Na, immerhin haben Sie jetzt Ihren Freischwimmer gemacht.«

Er lächelte. »Aber das Tauchen haben Sie übernommen.«

»Ja«, sagte sie mit leiser Stimme, »und beinahe wäre ich unten geblieben.«

32

Die Edingburgh Royal Infirmary befand sich am Stadtrand, in einem Viertel namens Little France.

Nachts erinnerte das Krankenhaus an Whitemire, fand Rebus. Zwar war der Parkplatz beleuchtet, doch drumherum herrschte Dunkelheit. Das moderne Gebäude hatte etwas Schroffes an sich, und das Gelände, auf dem es stand, lag etwas abseits. Als er aus seinem Saab ausstieg, bemerkte er, dass sich die Luft anders als im Stadtzentrum anfühlte: sauberer, aber auch kälter. Alan Traynors Einzelzimmer war schnell gefunden. Rebus hatte vor nicht allzu langer Zeit eine Nacht als Patient in der Infirmary verbracht, allerdings in einem Mehrbettzimmer. Er fragte sich, wer wohl die Zusatzkosten für Traynors Unterbringung bezahlte. Vielleicht seine amerikanischen Arbeitgeber. Oder die britische Einwanderungsbehörde.

Storey saß dösend am Bett. Er hatte eine Frauenzeitschrift auf dem Schoß, die so zerlesen aussah, dass Rebus annahm, sie stamme von einem Stapel in einem anderen Teil des Krankenhauses. Storey hatte sein Jackett ausgezogen und über die Stuhllehne gehängt. Der oberste Hemdknopf war offen. Für seine Verhältnisse wirkte sein Aufzug geradezu lässig. Er schnarchte leise, als Rebus hereinkam. Traynor hingegen lag wach in seinem Bett, schien aber völlig benommen zu sein. Seine Handgelenke waren bandagiert, und er hing an einem Tropf. Er schien Rebus kaum wahrzunehmen, als dieser das Zimmer betrat. Rebus winkte ihm trotzdem kurz zu und stieß dann gegen eines der Stuhlbeine. Storeys Kopf schnellte ruckartig in die Höhe.

»Weckdienst«, sagte Rebus.

»Wie spät?« Storey fuhr sich mit einer Hand übers Gesicht.

»Viertel nach neun. Sie würden einen lausigen Wachmann abgeben.«

»Ich wollte bloß hier sein, wenn er aufwacht.«

»Sieht so aus, als wäre er schon eine Weile wach.« Rebus nickte in Traynors Richtung. »Haben sie ihm Schmerzmitteln verpasst?«

»Volle Dosis, hat der Arzt gesagt. Morgen soll ihn sich ein Psychiater angucken.«

»Haben Sie schon etwas aus ihm herausgekriegt?«

Storey schüttelte den Kopf. »Übrigens habe ich mit Ihnen ein Hühnchen zu rupfen.«

»Wieso?«, fragte Rebus.

»Sie hatten versprochen, mit mir heute nach Whitemire zu fahren.«

»Ich breche ständig irgendwelche Versprechen«, entgegnete Rebus achselzuckend. »Außerdem musste ich über etwas nachdenken.«

»Worüber?«

»Das Einfachste wird sein, ich zeige es Ihnen.«

»Ich würde eigentlich lieber…« Storey schaute zu Traynor.

»Er ist nicht in der Lage, Fragen zu beantworten. Und selbst wenn, würde kein Richter seine Aussage gelten lassen…«

»Ja, aber ich sollte nicht so einfach…«

»Doch, das sollten Sie.«

»Jemand muss hier Wache halten.«

»Für den Fall, dass er ein zweites Mal versucht, sich umzubringen? Sehen Sie ihn sich an, Felix, er ist total weggetreten.«

Storey tat es und widersprach nicht.

»Dauert auch nicht lange«, versicherte Rebus ihm.

»Was wollen Sie mir denn zeigen?«

»Das ist eine Überraschung. Sind Sie mit dem Auto da?« Storey nickte. »Dann fahren Sie mir nach.«

»Wohin?«

»Haben Sie zufällig eine Badehose dabei?«

»Badehose?« Storey runzelte die Stirn.

»Nicht so schlimm«, meinte Rebus. »Dann müssen wir eben improvisieren…«

Rebus fuhr langsam, behielt im Rückspiegel Storeys Scheinwerfer im Auge. Improvisation, das war ihm klar, würde der zentrale Bestandteil des Besuchs sein, den er abstatten wollte. Nach zehn Minuten rief er Storey per Handy an und teilte ihm mit, sie wären bald da.

»Ich hoffe für Sie, dass es sich lohnt«, lautete die gereizte Antwort.

»Versprochen«, entgegnete Rebus. Zuerst waren sie durch Vororte gefahren: Bungalows in der vorderen Reihe, dahinter Hochhaussiedlungen. Ortsfremde würden nur die Bungalows sehen und denken, Edinburgh sei eine richtig nette, propere Stadt. Die Wirklichkeit verbarg sich nur knapp außerhalb ihres Blickfeldes.

Während ihrer Fahrt durch die südlichen Stadtviertel war der Verkehr nicht besonders dicht gewesen. Erst Morningside ließ erkennen, dass es in Edinburgh ein Art Nachtleben gab: Pubs und Takeaways, bis spät nachts geöffnete Läden und Studenten. Rebus blinkte links und vergewisserte sich, dass Storey dasselbe tat. Als sein Handy klingelte, wusste er, es würde Storey sein: genervter als zuvor, mit der Frage, wie lange denn noch.

»Wir sind da«, murmelte Rebus. Er hielt am Straßenrand, Storey tat es ihm gleich. Der Mann von der Einwanderungsbehörde stieg als Erster aus.

»Jetzt ist aber Schluss mit dem Spielchen«, schimpfte er.

»Bin voll und ganz Ihrer Meinung«, erwiderte Rebus und wandte sich ab. Sie befanden sich an einer baumbestandenen Straße, gesäumt von großen Häusern, deren Silhouetten sich gegen den Himmel abzeichneten. Rebus öffnete ein Tor, in der Gewissheit, dass Storey ihm folgen würde. Anstatt zu klingeln, marschierte er, energischer als zuvor, die Auffahrt entlang.

Der Jacuzzi befand sich noch immer an Ort und Stelle, auch dieses Mal fehlte die Abdeckung, und Dampf stieg empor.

Big Ger Cafferty saß im Wasser, die Arme seitlich ausgestreckt. Aus den Lautsprechern tönte Opernmusik.

»Hocken Sie den ganzen Tag lang in dem Ding da?«, fragte Rebus.

»Rebus«, erwiderte Cafferty gedehnt. »Und Sie haben Ihren Herzallerliebsten mitgebracht. Wie rührend.« Er fuhr sich mit einer Hand über sein dichtes Brusthaar.

»Beinahe hätte ich's vergessen«, sagte Rebus, »Sie beide kennen sich ja persönlich noch gar nicht, oder? Darf ich vorstellen: Felix Storey – Morris Gerald Cafferty.«

Rebus beobachtete Storeys Reaktion. Der Mann aus London schob die Hände in die Taschen. »Okay«, sagte er, »was ist hier los?«

»Nichts.« Rebus legte eine Kunstpause ein. »Ich dachte bloß, Sie würden der Stimme gern ein Gesicht zuordnen können.«

»Was?«

Rebus antwortete nicht sofort. Er sah zu dem Fenster über der Garage empor. »Kein Joe heute Abend, Cafferty?«

»Er bekommt ab und zu Ausgang, wenn ich glaube, ihn nicht zu brauchen.«

»Erstaunlich, dass Sie sich je sicher fühlen – bei den vielen Feinden, die Sie sich gemacht haben.«

»Jeder sollte von Zeit zu Zeit ein kleines Risiko eingehen.« Cafferty hatte an den Reglern gedreht, um die Wasserdüsen und die Musik auszuschalten. Aber das Licht blieb weiterhin an, und nach wie vor wechselte die Farbe alle zehn bis fünfzehn Sekunden.

»Sagen Sie, ist das hier eine Falle?«, fragte Storey. Rebus beachtete ihn überhaupt nicht. Sein Blick war auf Cafferty gerichtet.

»Man kann wohl davon ausgehen, dass Sie ziemlich nachtragend sind. Wann haben Sie sich mit Rab Bullen überworfen? Vor fünfzehn Jahren? Oder zwanzig? Und den Hass auf ihn hat sein Sohn geerbt, was, Cafferty?«

»Ich habe nichts gegen Stu«, brummelte Cafferty.

»Aber Sie hätten auch nicht dagegen, ein paar seiner Aktivitäten zu übernehmen, oder?« Rebus schwieg kurz, um sich eine Zigarette anzuzünden. »Schlau haben Sie das angestellt.« Er blies Rauch in den Nachthimmel.

»Mir reicht's jetzt«, sagte Felix Storey. Er drehte sich um und ging weg. Rebus versuchte nicht, ihn aufzuhalten, denn er war sich sicher, dass er nur bluffte. Nach ein paar Schritten blieb Storey wie erwartet stehen und kam zurück.

»Kommen Sie endlich zur Sache«, verlangte er.

Rebus betrachtete die Spitze seiner Zigarette. »Cafferty ist Ihr Deep Throat, Felix. Cafferty wusste genauestens Bescheid, denn es gab einen Maulwurf – Barney Grant, Bullens Helfershelfer. Barney hat Cafferty mit Informationen versorgt und Cafferty Sie. Als Gegenleistung darf Grant jetzt die Reste von Bullens Imperium leiten.«

»Was spielt das schon für eine Rolle?«, fragte Storey stirnrunzelnd, »selbst *wenn* es Ihr Freund Cafferty war …«

»Nicht *mein* Freund, Felix – *Ihrer*. Die Sache ist nämlich die: Cafferty hat Ihnen nicht nur Informationen geliefert, *er* hat die Pässe besorgt, und Barney Grant hat sie im Safe deponiert, wahrscheinlich, während wir Bullen durch den Tunnel verfolgt haben. Bullen wurde eingelocht, und alles war bestens. Bleibt noch die Frage, wie Cafferty sich die Pässe beschafft hat.« Rebus sah beide Männer an und zuckte die Achseln. »Dürfte für ihn kein Problem sein, wenn er derjenige ist, der die Ausländer ins Land schmuggelt.« Sein Blick ruhte auf Cafferty, dessen Augen kleiner und dunkler denn je wirkten, und dessen rundes Gesicht vor lauter Boshaftigkeit leuchtete. Rebus zuckte erneut theatralisch mit den Achseln. »Cafferty, nicht Bullen. Cafferty hat Bullen an Sie verpfiffen, Felix, damit er die Geschäfte in Zukunft allein machen kann …«

»Und das Schöne daran ist«, warf Cafferty ein, »dass es keine Beweise gibt, Sie mir also absolut nichts anhängen können.«

»Ich weiß«, sagte Rebus.

»Und wieso erzählen Sie mir das alles?«, knurrte Storey.

»Hören Sie gut zu, dann erfahren Sie's«, antwortete Rebus.

Cafferty lächelte. »Wenn man Mr. Rebus zuhört, erfährt man immer so einiges«, räumte er ein.

Rebus schnippte Asche in den Whirlpool, woraufhin das

Lächeln abrupt verschwand. »Cafferty kennt sich in London aus, er hat dort Kontaktleute. Im Gegensatz zu Stuart Bullen. Erinnern Sie sich an das Foto von Ihnen, Cafferty? Sie waren darauf zusammen mit Ihren Geschäftspartnern zu sehen. Auch unser Felix hier hat angedeutet, dass einige Herren aus London an der Geschichte beteiligt waren. Bullen besaß nicht genug Männer – und auch nicht das nötige Format –, um etwas so Aufwändiges wie das Einschmuggeln von Menschen zu organisieren. Man macht aus ihm den Sündenbock, und schon hat man für eine Weile seine Ruhe. Wobei es bedeutend einfacher ist, Bullen über die Klinge springen zu lassen, wenn noch jemand anderes mit im Boot sitzt – jemand wie Sie, Felix. Jemand von der Einwanderungsbehörde, der auf einen schnellen Erfolg aus ist. Wenn Sie die Sache aufklären, kriegen Sie eine dicke Belobigung. Bullen zahlt ganz allein die Zeche, aber in Ihren Augen ist er sowieso der letzte Dreck. Sie kümmert es nicht, wer dafür gesorgt hat, dass Bullen die Zeche zahlen muss, und warum er es getan hat. Aber das ist der springende Punkt: All der Ruhm, den Sie einheimsen werden, wird am Ende null Komma gar nichts wert sein; denn Sie, Felix, haben Cafferty den Weg geebnet. Ab sofort hat *er* das Sagen. Er wird die Ausländer jetzt nicht nur ins Land bringen, sondern sie auch schuften lassen, bis sie tot umfallen.« Rebus schwieg einen Moment. »Herzlichen Dank dafür.«

»So ein Schwachsinn«, blaffte Storey.

»Das glaube ich nicht. Für mich ist das die einzig logische Erklärung.«

»Aber wie Sie schon sagten«, mischte Cafferty sich ein, »können Sie niemandem etwas anhängen.«

»Stimmt«, gab Rebus zu. »Ich wollte Felix nur klar machen, für wen er in Wirklichkeit die ganze Zeit gearbeitet hat.« Er warf den Zigarettenstummel auf den Rasen.

Plötzlich griff Storey ihn mit gebleckten Zähnen an. Rebus

wich aus, nahm ihn von hinten in den Würgegriff und drückte seinen Kopf unter Wasser. Storey war ein paar Zentimeter größer, jünger und fitter. Aber er hatte nicht Rebus' Körpergewicht und fuchtelte hilflos mit den Armen, da er offenbar nicht wusste, ob er versuchen sollte, sich am Beckenrand festzuhalten oder sich aus Rebus' Griff zu lösen.

Cafferty saß in seiner Ecke des Whirlpools und verfolgte das Ganze wie ein Ringrichter.

»Sie haben noch nicht gewonnen«, fauchte Rebus.

»Von meiner Warte aus würde ich sagen, da irren Sie sich.«

Rebus spürte, wie Storeys Widerstand schwächer wurde. Er ließ ihn los und trat ein paar Schritte zurück, um außerhalb der Reichweite des Engländers zu sein. Storey sank prustend auf die Knie. Doch schon bald war er wieder auf den Beinen und machte Anstalten, erneut auf Rebus loszugehen.

»Genug jetzt!«, bellte Cafferty. Storey drehte sich zu ihm um, anscheinend in der Absicht, seinen Zorn an ihm auszulassen. Aber Cafferty hatte etwas an sich, obwohl er alt und übergewichtig war und nackt im Whirlpool saß...

Um sich mit Cafferty anzulegen, bedurfte es eines mutigeren – oder dümmeren – Mannes, als Storey es war.

Das begriff Storey blitzschnell. Er traf die richtige Entscheidung, entspannte die Schultern, löste die Fäuste, versuchte, sein Prusten und Keuchen in den Griff zu bekommen.

»Also, Jungs«, fuhr Cafferty fort, »ich glaube, ihr gehört beide schon längst ins Bett.«

»Ich bin noch nicht fertig«, stellte Rebus fest.

»Das kam mir aber so vor«, meinte Cafferty. Es klang wie ein Befehl, aber Rebus tat es mit einer verächtlichen Mundbewegung ab.

»Was ich will, ist Folgendes.« Er richtete seine Aufmerksamkeit nun auf Storey. »Ich habe zwar gesagt, dass ich nichts beweisen kann, ab das muss mich nicht davon abhalten, es trotzdem zu versuchen – und ein Scheißhaufen stinkt, auch wenn man ihn nicht sehen kann.«

»Ich habe doch schon erklärt, dass ich nicht wusste, wer Deep Throat war.«

»Und Sie hatten nicht einmal einen klitzekleinen Verdacht, auch nicht, als er Ihnen beispielsweise den Tipp gab, wem der rote BMW gehörte.« Rebus wartete auf eine Antwort, aber vergebens. »Überlegen Sie mal, Felix, die meisten Leute werden den Eindruck haben, dass Sie entweder korrupt oder strohdumm sind. Beides nützt nicht gerade dem Renommee.«

»Ich wusste von nichts«, beharrte Storey.

»Aber ich wette, Sie hatten eine leise Ahnung. Doch Sie haben sie verdrängt und sich stattdessen auf die Lorbeeren konzentriert, die Ihnen winkten.«

»Was wollen Sie«, krächzte Storey.

»Ich will, dass die Yurgiis – die Mutter und ihre Kinder – aus Whitemire entlassen werden. Ich will, dass sie eine Wohnung bekommen, in die auch Sie selbst einziehen würden. Und zwar gleich morgen.«

»Glauben Sie etwa, dafür reicht mein Einfluss?«

»Sie haben gerade eine Bande von Menschenschmugglern hochgehen lassen. Die Leute sind ihnen etwas schuldig.«

»Und das war's?«

Rebus schüttelte den Kopf. »Noch nicht ganz. Chantal Rendille ... ich will, dass sie nicht abgeschoben wird.«

Storey schien auf weitere Forderungen zu warten, aber Rebus war fertig.

»Ich bin mir sicher, Mr. Storey wird tun, was er kann«, sagte Cafferty in ruhigem Ton – so als sei er stets die Stimme der Vernunft.

»Und wenn einer Ihrer illegalen Einwanderer in Edinburgh auftaucht, Cafferty ...«, hob Rebus an, obwohl er wusste, dass es eine leere Drohung war.

Cafferty wusste es natürlich auch, aber er lächelte und neigte den Kopf. Rebus wandte sich an Storey. »Wissen Sie was, ich denke, Sie sind einfach zu gierig geworden. Es hat sich Ihnen eine verlockende Gelegenheit geboten, und Sie waren nicht bereit, über die Hintergründe nachzudenken. Aber Sie haben die Chance zur Wiedergutmachung.« Er deutete mit einem Finger auf Cafferty. »Indem Sie ab sofort *ihn* ins Visier nehmen.«

Storey nickte bedächtig, und beide Männer, die sich eben noch geprügelt hatten, starrten nun auf die Person im Whirlpool. Cafferty hatte sich zur Seite gedreht, als hätte er sie bereits aus seinem Gedächtnis und Leben verbannt. Er drehte an einem Regler, und plötzlich schoss wieder Wasser aus den Düsen. »Denken Sie das nächste Mal dran, Ihre Badehose mitzubringen?«, rief er, als Rebus in Richtung Auffahrt verschwand.

»Und ein Verlängerungskabel!«, rief Rebus zurück

Für den tragbaren Heizlüfter. Er war gespannt, wie sich die Farben verändern würden, wenn *der* im Wasser landete.

Epilog

In der Oxford Bar.

Harry zapfte für Rebus ein großes Glas IPA, dann sagte er zu ihm, »so'n Schreiberling« säße im Nebenzimmer. »Nur als Warnung«, fügte er hinzu. Rebus nickte und ging mit seinem Bier nach drüben. Es war Steve Holly. Er blätterte in einer Zeitung, wahrscheinlich der Ausgabe vom nächsten Tag, faltete sie aber zusammen, als er Rebus erblickte.

»Die Buschtrommeln machen einen Heidenlärm«, meinte er.

»Ich achte nicht auf die«, antwortete Rebus. »Lese auch möglichst selten eins von diesen Revolverblättern.«

»Whitemire steht kurz vor der Schließung. Die Polizei hat den Besitzer eines Stripklubs eingebuchtet, und es gibt Gerüchte, dass irische Paramilitärs versucht haben, in Knoxland Fuß zu fassen.« Holly hob die Hände. »Ich weiß gar nicht, wo ich anfangen soll.« Er lachte und hob sein Glas. »Na ja, eigentlich stimmt es nicht direkt. Wollen Sie wissen wieso?«

»Wieso?«

Er wischte sich den Bierschaum von der Oberlippe. »
ich überall, wohin ich schaue, auf Ihre Fingerabd
stoße.«

»Tatsächlich?«

Holly nickte. »Mit ein paar Insiderinformatione
ich Sie zum großen Helden machen. Dann würd
im Handumdrehen vom Gayfield Square erlöse

»Mein Retter«, erklärte Rebus und betracht

»Sagen Sie mal … Erinnern Sie sich an die Geschichte, die Sie über Knoxland geschrieben haben? Als Sie die Tatsachen verdrehten, sodass es am Ende aussah, als wären die Ausländer das Problem?«

»Sie sind *ein* Problem.«

Rebus ignorierte den Einwand. »Das haben Sie Stuart Bullen zuliebe geschrieben.« Es war eindeutig keine Frage, sondern eine Feststellung, und als Rebus dem Reporter in die Augen schaute, wusste er, dass es stimmte. »Wie ist das abgelaufen – hat er Sie angerufen? Um einen Gefallen gebeten? Als kleine Gegenleistung dafür, dass er Ihnen immer einen Tipp gegeben hat, wenn ein Promi in seinem Klub war …«

»Ich verstehe nicht, worauf Sie hinauswollen?«

Rebus beugte sich vor. »Haben Sie sich nicht gefragt, …ieso er das wollte?«

…Er hat gesagt, es gehe um Ausgewogenheit – auch die …ten in Knoxland sollten zu Wort kommen.«

… *warum?*«

…ckte die Achseln. »Ich nahm an, auch er sei ins… bisschen fremdenfeindlich. Ich hatte keine …twas anderes dahintersteckte.«

…en Sie's, oder? Er wollte, dass wir uns im … ein rassistisches Motiv konzentrieren. …en es er und seine Männer und Gesin… …lliger Helfer.« Obwohl Rebus Holly an… …fferty und Felix Storey, an die …en, wie man andere Men… … und manipulierte. Er …nken, und vielleicht …verten. Aber wo …in Gefühl der …

…ert«, entgegnete

Epilog

In der Oxford Bar.

Harry zapfte für Rebus ein großes Glas IPA, dann sagte er zu ihm, »so'n Schreiberling« säße im Nebenzimmer. »Nur als Warnung«, fügte er hinzu. Rebus nickte und ging mit seinem Bier nach drüben. Es war Steve Holly. Er blätterte in einer Zeitung, wahrscheinlich der Ausgabe vom nächsten Tag, faltete sie aber zusammen, als er Rebus erblickte.

»Die Buschtrommeln machen einen Heidenlärm«, meinte er.

»Ich achte nicht auf die«, antwortete Rebus. »Lese auch möglichst selten eins von diesen Revolverblättern.«

»Whitemire steht kurz vor der Schließung. Die Polizei hat den Besitzer eines Stripklubs eingebuchtet, und es gibt Gerüchte, dass irische Paramilitärs versucht haben, in Knoxland Fuß zu fassen.« Holly hob die Hände. »Ich weiß gar nicht, wo ich anfangen soll.« Er lachte und hob sein Glas. »Na ja, eigentlich stimmt es nicht direkt. Wollen Sie wissen, wieso?«

»Wieso?«

Er wischte sich den Bierschaum von der Oberlippe. »Weil ich überall, wohin ich schaue, auf Ihre Fingerabdrücke stoße.«

»Tatsächlich?«

Holly nickte. »Mit ein paar Insiderinformationen könnte ich Sie zum großen Helden machen. Dann würde man Sie im Handumdrehen vom Gayfield Square erlösen.«

»Mein Retter«, erklärte Rebus und betrachtete sein Glas.

»Sagen Sie mal... Erinnern Sie sich an die Geschichte, die Sie über Knoxland geschrieben haben? Als Sie die Tatsachen verdrehten, sodass es am Ende aussah, als wären die Ausländer das Problem?«

»Sie sind *ein* Problem.«

Rebus ignorierte den Einwand. »Das haben Sie Stuart Bullen zuliebe geschrieben.« Es war eindeutig keine Frage, sondern eine Feststellung, und als Rebus dem Reporter in die Augen schaute, wusste er, dass es stimmte. »Wie ist das abgelaufen – hat er Sie angerufen? Um einen Gefallen gebeten? Als kleine Gegenleistung dafür, dass er Ihnen immer einen Tipp gegeben hat, wenn ein Promi in seinem Klub war...«

»Ich verstehe nicht, worauf Sie hinauswollen?«

Rebus beugte sich vor. »Haben Sie sich nicht gefragt, wieso er das wollte?«

»Er hat gesagt, es gehe um Ausgewogenheit – auch die Schotten in Knoxland sollten zu Wort kommen.«

»Aber *warum*?«

Holly zuckte die Achseln. »Ich nahm an, auch er sei insgeheim ein bisschen fremdenfeindlich. Ich hatte keine Ahnung, dass etwas anderes dahintersteckte.«

»Aber jetzt wissen Sie's, oder? Er wollte, dass wir uns im Fall Stef Yurgii auf ein rassistisches Motiv konzentrieren. Aber in Wahrheit waren es er und seine Männer und Gesindel wie Sie als ihr williger Helfer.« Obwohl Rebus Holly anstarrte, dachte er an Cafferty und Felix Storey, an die vielen unterschiedlichen Methoden, wie man andere Menschen benutzte, missbrauchte, betrog und manipulierte. Er konnte jetzt Holly reinen Wein einschenken, und vielleicht würde der Mann es sogar irgendwie verwerten. Aber wo blieben die Beweise? Rebus hatte lediglich ein Gefühl der Übelkeit im Magen zu bieten und kalte Wut.

»Ich berichte lediglich über das, was passiert«, entgegnete

der Reporter. »Ich bin nicht dafür verantwortlich, *dass* es passiert.«

Rebus nickte gedankenverloren. »Und Leute wie ich dürfen hinterher sauber machen.«

Hollys Nasenflügel bebten. »Apropos: Sie waren nicht etwa gerade schwimmen?«

»Sehe ich etwa so aus?«

»Nein. Trotzdem riecht es hier eindeutig nach Chlor...«

Siobhan parkte vor seiner Wohnung. Als sie ausstieg, hörte er in ihrer Einkaufstüte Flaschen klimpern.

»Offenbar haben Sie zu wenig Arbeit«, sagte Rebus. »Ich habe gehört, Sie hätten heute Zeit gehabt, kurz in den Duddingston Loch zu hüpfen.« Sie rang sich ein Lächeln ab. »Ist aber wieder alles okay, oder?«

»Ja, spätestens nach ein paar Gläsern... Immer vorausgesetzt, Sie erwarten nicht noch anderen Besuch.«

»Sie meinen Caro?« Rebus schob die Hände in die Taschen und zuckte mit den Achseln.

»Ist das meine Schuld?«, fragte Siobhan nach kurzem Schweigen.

»Nein... aber von mir aus können Sie gern ein schlechtes Gewissen haben. Wie geht's übrigens General Superslip?«

»Gut.«

Rebus nickte, dann zückte er den Hausschlüssel. »Hoffentlich kein billiges Gesöff, da in Ihrer Tasche.«

»Die edelsten Sonderangebote der Stadt«, versicherte sie ihm. Sie stiegen schweigend die zwei Etagen hinauf. Als Rebus die letzte Treppenstufe erreichte, blieb er plötzlich stehen und stieß einen Fluch aus. Seine Wohnungstür stand sperrangelweit offen, und der Rahmen war in Höhe des Schlosses abgesplittert.

»Verdammter Mist«, schimpfte Siobhan und folgte ihm in den Flur.

Als Erstes steuerten sie das Wohnzimmer an. »Der Fernseher ist weg«, stellte Siobhan fest.

»Und die Stereoanlage.«

»Soll ich auf der Wache anrufen?«

»Damit ich eine Woche lang Zielscheibe blöder Witze bin?« Er schüttelte den Kopf.

»Sie sind doch versichert, oder?«

»Ich müsste erst nachschauen, ob ich die letzte Prämie pünktlich bezahlt habe…« Rebus verstummte, denn er hatte etwas entdeckt: einen Zettel auf seinem Sessel am Fenster. Er hockte sich davor, um festzustellen, was darauf stand. Eine siebenstellige Zahl, sonst nichts. Er nahm den Hörer seines Telefons ab, wählte die Nummer und blieb in der Hocke, während er zuhörte. Ein Anrufbeantworter, der ihm alles Notwendige verriet. Er legte auf und erhob sich.

»Und?«, fragte Siobhan.

»Eine Pfandleihe in der Queen Street.«

Sie wirkte ratlos, vor allem, als er zu lächeln begann.

»Die Arschlöcher von der Drogenfahndung«, sagte er. »Haben meine Sachen für die Summe verpfändet, die ihre dämliche Taschenlampe kostet.« Ohne es zu wollen, brach er in Gelächter aus. »Holen Sie mal den Korkenzieher. Er ist in der obersten Küchenschublade…«

Er nahm den Zettel, ließ sich in seinen Sessel plumpsen und starrte, während sein Lachen langsam verebbte, das Stück Papier an. Und dann stand Siobhan in der Tür, in der Hand einen weiteren Zettel.

»Doch nicht etwa der Korkenzieher?«, sagte er mit fassungsloser Miene.

»Der Korkenzieher«, bestätigte sie.

»Also, das ist *wirklich* fies. Das verstößt gegen die Menschenwürde!«

»Vielleicht können Sie sich bei Ihren Nachbarn einen ausborgen?«

»Ich kennen keinen meiner Nachbarn.«

»Dann ist das doch eine gute Gelegenheit, Bekanntschaft zu schließen. Andernfalls gibt's nichts zu trinken. Ihre Entscheidung.«

»Aber keine leichte«, grummelte Rebus. »Sie sollten sich lieber hinsetzen. Es könnte nämlich eine Weile dauern.«

Dank

Mein Dank gilt Senay Boztas und allen anderen Journalisten, die mir bei meiner Recherche über die Situation von Migranten und Asylbewerbern geholfen haben, und an Robina Qureshi von Positive Action In Housing (PAIH) für ihre Information über das bedauernswerte Schicksal von Asylbewerbern in Glasgow und dem Abschiebegefängnis Dungavel.

Der Ort Banehall ist frei erfunden, es hat daher keinen Zweck, ihn auf der Landkarte zu suchen. Es gibt auch kein Abschiebegefängnis namens Whitemire in West Lothian, und keinen Stadtteil Knoxland am westlichen Stadtrand von Edinburgh. Offen gestanden habe ich meinen fiktiven Stadtteil von meinem Freund, dem Schriftsteller Brian McCabe, gestohlen. Er ist der Verfasser einer großartigen Kurzgeschichte mit dem Titel »Knoxland«.

Weitere Informationen über einige der Themen dieses Buches sind unter folgenden Adressen erhältlich:

www.paih.org
www.closedungavelnow.com
www.scottishrefugeecouncil.org.uk
www.amnesty.org.uk/scotland